KB100888

폭군을 길들이는 방법

강하다 장편소설

단글

폭군을 길들이는 방법 3

초판 1쇄 인쇄 2016년 5월 4일
초판 2쇄 발행 2017년 2월 20일

지은이 강하다
발행인 오영배
기획 박성인
책임편집 김보나
표지 · 본문 디자인 권지연
일러스트 웃는해
제작 조하늬

펴낸곳 (주)삼양출판사 · 단글
주소 서울시 강북구 도봉로 173
대표 전화 02-980-2112 **팩스** / 02-983-0660
편집부 전화 02-980-2116 **팩스** / 02-983-8201
블로그 blog.naver.com/dan_gul
출판등록 1999년 3월 11일 제9-00046호

ISBN 979-11-313-0539-3 (04810) / 979-11-313-0536-2 (세트)

 은 (주)삼양출판사의 로맨스 문학 브랜드입니다.

3

강하다 장편소설

폭군을 길들이는 방법

단글

| 차 례 |

13 장
나를 원해?

"무, 물이나 마실까."

"아까도 마셨잖아."

"이상하게 자꾸 목이 말라서. 하하."

늦은 저녁. 이안과 단둘이 집에 남게 된 백화는 한 곳에 앉아 있지 못하고 이리저리 돌아다니기 바빴다.

딱히 할 일이 있어 분주한 건 아니었다. 같은 행동을 반복하고 괜히 시선을 피하고, 이안이 말을 걸어도 금방 대답하지 않는 걸 보면 그녀는 일부러 이안을 피하는 중인 게 분명했다.

"부인."

이안은 조금 더 노골적인 애칭으로 백화를 불렀다. 막 부엌으로 발길을 옮기던 백화는 잠시 그 자리에 굳었다가 여전히 고개는 돌리지 않은 채로 어색한 대답을 했다.

"으응? 나, 나 뭐요?"

"물어볼 게 있어."

"뭐, 뭘요?"

"혹시 나 피하는 중이야?"

이안은 낯설게 구는 백화에게 직접적인 질문을 던졌다. 그러자 그녀는 당황한 시선으로 이안을 바라보며 두 손을 가로저었다.

"아니, 아닌데! 안 피하는데! 나!"

"지금도 뒷걸음질 치잖아."

"무슨…… 무슨 소리야! 그냥 물 먹으러 가는 거예요! 하하!"

"나한테 화난 거 있어?"

"없어! 전혀!"

"내 멋대로 경비 보내 버려서 그래?"

"……예?"

이안의 추궁에 과하게 경직된 답만 늘어놓던 백화는 삼촌의 얘기가 나오자 잠시 입술을 멈추었다. 흔들리는 두 눈동자를 보니 그녀는 이안이 멋대로 보내 버린 삼촌이 적잖이 신경 쓰이는 모양이었다.

이안은 그런 백화를 위해 나름대로 변명을 꺼내놓았다.

"마음대로 하고 싶어서 그랬어."

"뭘…… 무슨 마음대로?"

"널, 내 마음대로."

순수한 만큼 그의 흑심은 적나라하게 드러났다. 오늘 아주 큰일이라도 치러낼 기세였다.

백화는 당황한 시선을 다시 애먼 곳으로 돌려 버렸다. 그건 겉보기엔 화난 사람처럼 보였지만 사실 그녀는 이안이 벼르고 있는 스킨십에 대해 잔뜩 긴장하는 중이었다.

군이 따지자면 오늘이 이안과의 첫날밤은 아니었다. 그러나 쌍수를 들고 반기기에는 마음에 걸려오는 한 가지가 있었다.

지난 번 이안과 처음으로 애틋한 사랑을 나누었을 때, 이안은 마치 한 떨기 백합과 같은 모습으로 그녀에게 애원했었다.

'나 지금 뭔가를 하고 싶은데…….'

'그게 뭔지 잘 모르겠어…….'

'나를 어떻게 해 줘…….'

그때의 달뜬 목소리와 목덜미에 엉겨 붙은 머리카락, 뇌쇄적인 보랏빛 눈동자는 백화의 이성을 잃게 만들었다. 그녀는 그 어떤 대답 대신 그의 입술을 덮쳐버렸고 무방비한 이안의 옷 안에 응큼한 손을 집어넣었다.

물론 아직까지도 먼저 유혹해 온 쪽은 이안이라고 생각한다. 하지만 더 능수능란하게 굴었던 쪽은 백화였고 그건 시간이 갈수록 그녀 스스로를 낯 뜨겁게 만들었다.

그러니 이번에는 조금 더 수줍은 소녀처럼 굴고 싶은데…… 어떻게 하면 그때 챙기지 못한 순수한 이미지를 어필할 수 있을까.

"으……."

백화는 저도 모르게 미간을 좁히며, 신음 같은 한숨을 토해 냈다. 그건 이안을 혼란스럽게 만들기에 충분한 반응이었다.

"나랑 둘이 있기 싫어?"

그래서 다소 서운함을 띤 목소리로 물으니, 백화는 황급히 해명을
했다.

"아니요! 조, 좀 부담스러워서……."

"부……담?"

"아, 부담이 아니라 이안 씨 이러는 게 창피하고……."

"내가…… 창피해?"

"아니요. 그게 아니라……."

하지만 긴장한 와중에 늘어놓는 해명은 잘 나올 리가 없었다. 연
달은 말실수에 마음을 다친 이안은 결국 시선을 내리깔며 딱딱하게
대답했다.

"알았어."

"알아……요? 뭘?"

"부담스럽게 해서 미안."

"아니, 아니야! 이안 씨! 그 뜻으로 하는 말이……!"

그냥 니가 쉬운 여자로 볼까 봐 걱정된다고!

라는 말을 대놓고 꺼내놓을 수 없었던 백화는 필사적으로 다른
이유를 생각해냈다. 그러나 이안은 그 시간을 기다려주지 않았고 서
운함을 가득 담은 표정으로 등을 돌렸다.

"이안 씨?"

"혼자 잘게. 오늘."

큰일이 났다. 그가 단단히 토라져 버렸다.

* * *

아무도 없는 제이기획 미래홍보부서. 평일보다 편안한 차림의 희운은 컴퓨터 화면을 들여다보며 흐린 한숨을 쉬었다.

다른 사원들과 달리, 휴대폰 번호와 이름을 제외하고는 어떠한 것도 드러나지 않는 '한지성'에 대한 정보.

그건 마치 누군가 고의로 막아 둔 것처럼 부자연스럽기 그지없었다. 그래서 희운은 본능적으로 느껴지는 이질감을 도무지 무시할 수 없었다.

"한지성을 숨겨 주는 건지, 없애 버린 건지……."

아무 소득도 얻지 못한 그는 혼잣말을 중얼거리며 모니터 창을 꺼 버렸다. 한참동안을 그 상태로 가만히 앉아 있자니 문득 우스워지는 건 자신의 이런 처지였다.

주말까지 회사에 나와서 이게 뭐하자는 걸까. 대체 나는 누굴 위해서 이 짓을 감당하고 있는 걸까.

사실 길게 고민할 필요도 없이 답은 나와 있었다. 희운은 고개를 돌려 해실의 자리를 바라보았고, 하염없이 서글프게만 느껴지던 작은 뒷모습을 떠올렸다.

평소엔 아무리 힘들어도 즐거워보이던 그녀였는데 요즘엔 도통 미소를 본 적이 없었다. 툭 치면 울어버릴 것 같았고 그렇기에 바라보기조차 위태로웠다.

그건 전부 말도 없이 사라져 버린 그 사람 때문이라고 생각한다. 그녀의 마음은 이제 그 사람 곁이 아니면 행복하지 못할 만큼 깊어져버렸다. 그러니 아무리 꼴이 우스워지더라도 조금 더 그를 찾아보는 수밖에.

희운은 모니터 전원을 도로 켰다. 혹시나 싶은 마음으로 사내 메신저 목록을 확인하니 접속해 있는 단 한 사람이 그의 눈에 띄었다.

"직속비서……."

희운은 딱 한 번 마주했던 그의 얼굴을 떠올렸다. 너무 앳되어 보이기는 했지만 그는 지금 누구보다 수상한 존재의 최측근이었다.

만나야 해, 라는 생각이 들자마자 희운은 곧바로 자리에서 일어났다. 일개 대리일 뿐인 희운이 그를 만나려면 공식적으로 거쳐야 할 절차와 관례가 있었으나 지금은 그런 것 따위 챙길 때가 아니었다.

혹시 이 일로 대표의 미움을 사게 되더라도, 그래서 목에 건 직원증을 반납해야하는 일이 생기더라도 별 상관없을 것 같다. 일단 모든건 다 제쳐두고, 죽어버린 그녀의 입꼬리부터 되살려 놓아야겠으니.

똑똑—

아무도 찾아올 리 없는 주말의 비서실에 노크 소리가 울렸다. C7은 그걸 똑똑히 들었으나 딱히 반응하지 않았고, 안에 있다는 대꾸도 하지 않았다. 하지만 낯선 손님은 막무가내로 문을 열고 들어섰고, 특유의 한기 서린 눈빛으로 인사를 건넸다.

"안녕하십니다. 비서실장님."

그제야 C7의 가라앉은 시선이 그에게로 틀어졌다.

"미래홍보부서 기획 B팀 김희운 대리입니다. 한지성 사원에 대해 여쭤보기 위해 실례를 무릅쓰고 찾아왔습니다."

희운은 그 틈을 놓치지 않고 용건을 꺼냈다. 무례한 일인 건 알지만 어차피 저 사람은 순순히 털어놔줄 것 같지도 않았다.

"아…… 그러십니까."

넌지시 꺼내지는 C7의 첫 마디에는 불쾌한 기색이 역력했다. 그러나 희운은 짐짓 모르는 척 꿋꿋하게 할 말을 이어 나갔다.

"혹시 한지성 사원의 행방을 알고 계십니까."

"그걸 왜 저한테 묻습니까."

"왠지 알고 계실 것 같아서요. 직감입니다."

순간 C7의 입꼬리에 비웃음이 얹혔다. 그건 확실히 그가 지성의 실종과 관련되어 있다는 증거였지만, 희운은 그저 가만히 서서 대답만 기다렸다. 일종의 기 싸움이었다.

"괜한 짐작입니다. 저도 어디 있는지는 잘 모릅니다."

C7은 건조한 목소리로 대답하며 고개를 돌리려 했다. 그러나 희운은 물러서기는커녕 끈질기게 C7을 추궁했다.

"잘 모르는 정보라도 말씀해 주시면 감사하겠습니다."

"……예?"

"저는 전혀 모르고 있어서 말입니다."

지성에 대한 이야기를 꺼내는 희운의 태도는 걱정보단 경계심이 더욱 강하게 느껴졌다. 그제야 C7은 희운이 자신을 찾아온 진짜 이유를 깨달았다. 아무래도 그는 모두가 관여할 생각도 않는 지성의 부재를 저 혼자서라도 신경 쓰겠다는 점을 어필하려는 모양이었다. 혹시라도 그에게 성급한 짓을 저지르지 못하도록.

'꽤 현명한 상사를 두었네…….'

다시 희운을 똑바로 직시한 C7은 적당한 대꾸를 꺼내놓았다.

"한지성 사원은 곧 나타날 겁니다. 김 대리님."

"그걸 어떻게 아십니까."

"급한 일이 끝났으니 다시 출근하겠다는 연락을 받았거든요. 한지성 사원에게 직접."

"아깐 모른다고 하시더니…… 직접 연락도 하신 모양이군요."

"비밀로 해달라고 부탁하길래."

앞뒤 안 맞는 C7의 대답엔 전혀 신빙성이 없었다. 하지만 계속 캐물어봤자 더 이상의 소득은 없을 것 같아서 희운은 팽팽하게 진행되던 대화를 끝마치기로 했다.

"알겠습니다. 그렇게 말씀해 주시니 마음이 놓이는군요."

"그런가요?"

"네. 아끼는 부하 직원이 나쁜 사건에 휘말린 건 아닐까 걱정했는데, 비서실장님께서 잘 알고 계신 것 같아 다행입니다."

"아하……."

"일단은 좀 더 기다려보다가 '곧'치고는 시간이 많이 지났을 때 경찰을 찾아야겠습니다. 그때도 많은 도움 부탁드립니다."

방금 희운이 꺼낸 말은 나쁜 사건이 생긴다면 가장 먼저 당신을 의심할 것이라는 협박에 가까웠다. C7은 그 뜻을 알아차렸으면서도 흔쾌히 대답했다.

"그러겠습니다. 기꺼이."

확답을 받은 희운은 C7에게 가벼운 묵례를 하고 뒤를 돌아섰다. C7은 비서실을 빠져나가는 그의 뒷모습을 물끄러미 바라보다가 문이 굳게 닫히고 나서야 긴 한숨을 내쉬었다.

"하아…… Z999하고 엮인 인물들이 많네. 뒤처리하기 힘들게."

잠시 후 C7은 휴대폰을 꺼내 들었고 한지성의 행동을 감시하고 있는 에이전트에게 전화를 걸었다.

"C7입니다. Z999 현재 위치 확인해 주십시오."

짧은 명령 끝에 믿지 못할 대답이 들려왔다.

"정말 그의 위치가…… 21세기, 확실합니까?"

* * *

밤이 까맣게 내려앉은 시각.

백화는 똥 마려운 강아지처럼 화장실 앞을 서성이고 있었다. 딱히 화장실을 쓸 차례를 기다리고 있는 건 아니었다. 굳이 말하자면 그녀는 돌이킬 수 없는 오해로 인해 단단히 토라져버린 이안을 걱정하는 중이었다.

쏴아아아— 이어지던 물소리가 뚝, 끊기고 옷을 챙겨 입는 기척이 들려왔다. 화장실 문 앞으로 좀 더 다가서는 백화의 표정이 비장해졌다. 그녀는 곧 밖으로 나올 이안을 마주하기에 앞서, 그에게 건넬 해명을 다시금 정리했다.

'이안 씨! 제가 이안 씨를 부담스러워 한다는 건 오해예요. 아깐 부끄러워서 말이 잘못 나왔어요. 제가 이래봬도 굉장히 수줍음 많은 여자라서…….'

바로 그때. 끼익, 화장실 문이 열리고 달콤한 바디 워시 향기가 코끝을 간질였다. 백화는 기다렸다는 듯 고개를 들어 자동응답기처럼 준비해둔 말을 재생시켰다.

"이안 씨, 제가 이안 씨를⋯⋯."

딱 거기까지 내뱉었을까.

"아⋯⋯."

다소 놀란 듯한 이안의 신음과 함께 그의 새하얀 살결이 눈에 들어왔다. 뒤이어 보기 좋게 솟아 나온 잔 근육도, 매끈한 허리 곡선도, 연달아 그녀의 눈앞에 펼쳐졌다.

아직 물기가 마르지 않은 이안의 몸은 은밀한 중앙부만 수건 한 장으로 가려둔 반나체의 상태였다. 그녀는 눈을 돌리려 이상하게도 동공은 꿈쩍도 하지 않았다.

"옷는 대체 어디로⋯⋯."

"입으려 그랬는데, 샤워기 떨어트려서 젖어버렸어."

정신은 우주를 둥둥 떠다니는 것처럼 멍해지고, 심장은 금방이라도 펑 터져 버릴 듯 부풀어 오른다.

"미안, 빨리 입을게."

이안은 짧은 사과를 내뱉으며 들고 있던 티셔츠로 가슴을 가렸다. 하지만 백화는 쉽사리 이성을 다잡지 못했고 보다 노골적인 시선으로 그를 관찰했다.

부끄러운 기색 가득한 표정부터 두 뺨에 벚꽃처럼 피어오른 홍조까지. 눈이 아닌 마음으로 꽂혀 들어오는 이안의 모습은 저런 남자가 정말 나의 남자여도 될까 싶을 정도로.

"예뻐⋯⋯."

"어?"

"이안 씨 왜 이렇게 예뻐?!"

갑작스럽게 변한 백화의 태도는 이안을 당황하게 만들었다. 분명 샤워하기 전까지만 해도 멀찍이 떨어져서 눈치만 살피던 그녀였는데, 지금은 다시 평소처럼 그에게 모든 관심을 쏟아내고 있다.

"아…… 고마워."

이안은 조심스러운 목소리로 대답했다. 다행히도 삐진 마음은 풀린 모양이었다. 하지만 서둘러 수갑을 챙겨들고 방으로 들어가려하는 그의 모습에는 여전히 백화를 피하는 기색이 역력했다.

"왜, 왜? 들어가게?"

"어. 자야지."

"혼자?"

"어."

"왜?"

"어?"

굳이 물어본다면 이유는 단 하나였다.

"니가 부담스러워하니까."

"내, 내가?"

"그랬잖아. 부담스럽다고."

그랬지. 내가 이 망할 입으로 그렇게 얘기했지. 쉬운 여자처럼 보이고 싶지 않아서 강이안을 더 어렵게 만들었어.

백화는 아까 열심히 준비해 두었던 해명을 꺼내려 했다.

그러나 멀리 떠났던 이성이 아직 온전히 돌아오지 않은 상태라 무슨 말을 해야 할지 잘 정리가 되지 않았다.

"저, 저, 저기 그 말은……."

"그럼 잘 자."

그사이 이안은 태양의 방문을 열었고 탐스러운 몸을 방문 뒤로 감춰버렸다. 홀로 남겨진 백화는 닫힌 문만 멀뚱히 바라보며 서 있다가, 이내 퍼뜩 정신을 되찾고 소릴 질렀다.

"악! 이안 씨! 아악! 잠시만!"

지금으로부터 정확히 삼 분 전까지만 해도 어떻게 하면 밝히는 여자처럼 비처지지 않고 이 밤을 응할 수 있을까 고민하던 그녀였다. 하지만 덧없는 자존심은 이안을 멀리멀리 날아가게 만들었고, 그건 백화가 원하는 전개가 아니었다.

사실은 나도 간절히 원하고 있으니까. 야릇한 핏기가 도는 너의 몸을 나도 껴안고 싶으니까. 그러니 이제 남은 방법이라고는 본래의 저돌적인 성격대로 달려드는 것 뿐.

"이안 씨! 내가 잘못했어! 문 열어 줘요! 예?!"

"……."

"절대 부담스럽지 않아! 괜히 내숭 부리지도 않을게!"

"……."

"진짜 맹세! 나 좀 들여보내 줘요! 우리 같이 자자!"

쿵쿵쿵! 쿵쿵쿵!

이안이 숨어 있는 태양의 방문을 두드리며, 백화는 애절한 목소리로 그를 부르짖었다. 쉬워 보이면 어떠랴. 원래 사랑이란 자고로 복잡한 머릿속도 단순해지게 만들어 버리는 것을.

잠깐의 시간이 지나고, 철컥— 소리와 함께 방문이 다시 열렸다.

백화의 눈앞에 도로 나타난 이안은 여전히 수건 한 장 차림이었지만, 눈빛은 아까와 달리 전혀 순하지 않았다. 짐승, 아니 그보다 뇌쇄적인 빛을 품은 채로 이안은 그녀에게 가까워진다.

"나를 원해?"

"……예?"

"원하냐고."

너무 단도직입적인 질문이라, 백화는 얼떨결에 고개를 끄덕여버렸다. 그러자 곧바로 뻗어 나온 이안의 손길이 그녀의 허리를 휘감았다. 놀란 백화가 눈을 동그랗게 치켜뜨자, 그는 느리고 낮은 목소리를 귓가에 흘려보냈다.

"그런데 왜 아닌 척해?"

"예, 예?"

이안은 한 걸음씩 앞으로 옮겨 그녀의 몸을 백화의 방, 바로 앞까지 떠밀었다. 방문에 밀어붙여진 백화는 숨까지 멎어버릴 지경이었으나 이안은 거기서 멈추지 않고 좀 더 가까이 얼굴을 가져왔다. 그러고는 애타는 시선으로 깊게 눈을 맞추며.

"들어가게 해 줘."

"아……."

"들어가고 싶어."

닿을 듯이 다가온 입술 새로 달콤한 숨결이 새어나왔다. 백화의 이성은 또다시 아득해졌고, 결국 그녀는 제 손으로 방 문고리를 붙잡았다.

"으…… 나는 천상 쉬운 여자인가 봐."

괜한 불평을 늘어놓으니 이안은 입꼬리를 장난스럽게 들어 올리며 말했다.

"아니, 내가 어려운 거야."

그 말이 백번 맞아. 너는 너무 어려워. 아무래도 지나치게 사랑스러워서 그런가 봐.

끼익―

머지않아 방문이 열리고, 드디어 백화의 방 안에 몸을 들인 이안은 기다렸다는 그녀의 입술을 머금었다.

그의 혀끝은 윗입술과 아랫입술을 살짝살짝 건드렸지만 그녀의 안으로 깊숙이 파고들지는 않았다.

애가 탄 백화는 그의 매끈한 턱을 붙잡고 조금 더 숨결을 몰아붙이려 했다. 그러나 이안은 얼굴을 뒤로 떼어내며 나른한 목소리를 흘렸다.

"싫어."

"뭐가 싫어?"

"너도 나 안달 나게 했으니까 나도 그렇게 할래."

"응? 무슨 안달을……."

백화가 말을 마치기도 전에 이안은 다시 한 번 부드러운 키스를 건넸다. 촉촉이 젖은 그의 입술은 그녀에게 머물렀다가 떨어지기를 여러 번이었다.

입술을 비집고 들어오려나 싶으면 물러나고, 이번엔 들어오려나 싶으면 물러나고. 이건 심술이 분명했다. 그걸 아는 이상 백화는 동요하는 내색을 보이고 싶지 않았다.

하지만 그 마음마저도 읽어냈는지, 이안은 그녀의 티셔츠 안으로 손을 집어넣었다. 안 그래도 예민하게 솟아있는 가슴에 그의 엄지손가락이 닿자 백화는 참지 못하고 신음을 내보냈다.

"앗!"

그 소리를 들려오기 무섭게 이안은 그녀의 몸을 침대로 이끌었다. 그녀를 매만지는 손길은 여전히 멈추지 않고 있는 상태였다.

결국 다리 힘이 풀려버린 백화는 침대 위에 쓰러지듯 누워버렸다. 이안을 올려다보는 그녀의 얼굴에는 수줍음 가득했다.

"이안 씨……."

미처 내리지 못한 티셔츠가 풍만한 그녀의 가슴을 감칠맛 날 정도로만 드러냈다. 의도하든 의도하지 않았든, 이안의 눈에 비치는 백화의 모습은 감싸 안아 주고 싶을 만큼 충분히 사랑스러웠다.

"아, 기억났어."

이안은 의미심장한 말과 함께 늘어진 그녀의 몸 위로 덮쳐 올랐다. 백화는 동그랗게 눈을 뜨고 이어질 말을 기다렸다.

그러자 이안은 그녀의 가슴을 반만 드러냈던 티셔츠를 전부 끌어올리며 낮은 목소리를 흘려보낸다.

"나는 이렇게 해 주는 거 기분 좋았는데."

말을 끝마친 입술이 바로 그녀의 가슴을 집어삼켰다.

"아, 이안 씨……!"

강렬함과 부드러움의 조합은 이내 짜릿한 전율이 되었다. 백화는 이불을 꽉 움켜쥐며 그의 자극을 버텨내려 했지만 저도 모르게 뒤틀리는 허리는 어찌할 도리가 없었다.

백화의 몸이 요동친다는 걸 깨달은 이안은 부드러운 가슴을 매만지던 손을 그녀의 입술로 뻗었다. 그 손길은 잠시 백화의 뺨을 쓰다듬었고 머지않아 뜨거운 백화의 입안으로 살며시 밀어 넣어졌다.

"으응……."

매끈한 손가락이 그녀의 젖은 혀를 희롱하자 백화에게선 흐린 신음이 새어 나왔다. 이안이 야릇한 미소를 띠며 물었다.

"……너도 이거 좋아?"

백화는 다시 눈을 뜨고 고개를 끄덕였다. 그새 이안의 손끝에 닿는 그녀의 혀는 더욱 농밀해져있었다.

"그럼 이것도 좋아하겠네."

이안은 짧은 말과 함께 충분히 촉촉해진 손을 거두었고 두 팔로 그녀를 끌어안았다.

백화가 그의 어깨에 팔을 둘러 마주 안아 주니 그는 그대로 상체를 일으켜 침대 위에 무릎을 세워 앉았다. 그러고는 백화의 하의를 모두 끌어내리기 시작했다.

"이, 이안 씨! 잠깐……."

비밀스럽게 감춰왔던 부위가 드러나자 백화는 그대로 엉덩일 붙여 주저앉으려 했다. 하지만 이안은 두 손으로 그녀의 허리를 단단히 붙잡아 다시 무릎으로 버티도록 만들었다.

"앉지 말고 팔 둘러."

낮게 흘러나온 이안의 명령은 첫날밤을 떠올릴 수 없을 만큼 단호하고 저돌적이었다.

그 모습에 당황한 백화가 잠시 눈빛을 떨자 이안은 언제 짐승처럼 굴었냐는 듯 곧바로 애절해진다.

"나한테 팔 둘러달라니까……."

확실히 백화는 강압적인 남자보다 모성애를 자극하는 청초한 남자에게 끌리는 것이 분명하다. 그가 말끝을 흐리며 보채듯 입술을 맞추는 순간, 그녀는 가슴 안에서부터 강렬한 충동이 폭발하는 것이 느껴진다.

백화는 순순히 그의 어깨를 붙잡았고 붉어진 이안의 귀를 살며시 머금었다.

"하……."

그러자 잠시 짙은 숨을 내쉬는가 싶던 이안은 그녀가 적셔둔 손가락을 은밀한 공간 깊숙한 곳까지 밀어 넣었다. 백화는 순간 다시 주저앉아버릴 뻔했지만 그럴수록 이안에게 힘주어 매달렸다.

이안이 그녀의 안을 자극하면 자극할수록 그의 귓불을 탐하는 백화도 더욱 집요해졌다.

그는 바로 가까이에서 들려오는 목소리와 온몸을 달아오르게 하는 숨결에 미칠 것 같았고, 그녀는 품안으로 스며드는 체온과 그녀를 젖게 만드는 움직임에 미칠 것 같았다.

"이안 씨, 이제 나 못 버티겠어……."

전신에 번지는 희열을 이기지 못한 백화는 이안을 끌어안았던 팔을 풀고 깊은 시선을 마주하며 속삭였다. 흐트러진 머리카락과 일렁이는 눈동자는 어느 때보다 관능적인 모습이었다.

이안은 그녀를 자극하던 손을 거둬냈고 입고 있던 티셔츠를 벗어 던졌다. 그리고 머지않아 하의마저도 골반 아래로 끌어내리며 장난기 어린 음성을 흘려보냈다.

"버티라고 말한 적 없는데."

이안의 입꼬리가 야릇하게 말려 올라갔다. 어느새 나신이 된 그는 그녀보다 먼저 침대 위에 몸을 눕혔다.

흔들리는 매트리스와 함께 그의 머리카락이 흐트러졌고 달아오를 대로 달아오른 본능이 백화의 시선을 사로잡았다.

그렇게 하얀 달처럼 신비롭고 아름다운 모습을 하고, 이안은 그녀를 향해 두 손을 뻗는다.

"안겨줄까?"

그리 묻는 그에게선 어린 아이 특유의 천진난만함이 묻어나와 더욱 더 자극적이다.

이안을 내려다보던 백화는 더 이상 참을 수 없다는 듯 미간을 구겼다. 그러고는 두 다리 사이에 그의 몸을 가둬놓으며 투정 어린 대답을 했다.

"안달 나게 만드는 거 그만해."

"……."

"이안 씨는 가만있어도 충분히 안달 난단 말이야."

그 반응이 만족스러웠는지 이안은 입술 새로 부드러운 웃음을 흘려보냈다. 그리고 두 손으로 잘록한 그녀의 허리를 붙잡아 천천히 끌고 내려왔다.

곧이어 백화의 안에 밀려들어오는 건 뜨겁게 데워진 이안의 본능이었다.

"아……."

백화는 나른한 신음을 흘리며 이안의 팔목을 붙잡았다.

이안은 그녀의 찡그러진 눈가가 너무나도 사랑스러워 당장이라도 입술을 집어삼키고 싶어졌다. 하지만 누워있는 그에게 그녀의 입술은 너무나도 멀어, 결국 애꿎은 백화의 허리만 조심스럽게 보챘다.

"더해 줘."

"뭘 더해 줘?"

"그냥…… 더해 줘."

이안은 제대로 설명하지 못했지만 백화는 정확히 알아들었다. 그녀는 긴 머리를 가볍게 쓸어 올렸고 이안의 눈을 지그시 마주했다.

그리고 마침내 허리를 움직이기 시작하자, 그는 곧바로 입술을 꾹 깨물며 반응했다. 짓궂게 굴만큼 여유 넘치던 모습은 순식간에 사라져버린 상태였다.

"아, 이안 씨……."

달뜬 음성과 함께 백화는 조금 더 농밀하게 움직였다. 그 선율에 맞춰 흔들리는 매트리스는 그의 마음도 일렁이게 만들었다.

이안은 몸 중심부로 몰려드는 아찔한 쾌락을 버티지 못하고 이내 거친 신음을 흘렸다.

"아, 아……!"

옆으로 젖혀진 고개와 질끈 내리감은 눈, 그리고 잇자국이 나 더욱 붉어진 입술이 백화의 이성을 앗아가는 듯했다. 그녀는 시선 아래 흐트러진 그에게 영원히 홀려버릴 지경이다.

"이안 씨…… 나 이안 씨가 너무 좋아서 어떡하지?"

백화는 가쁜 호흡이 뒤섞인 목소리로 물었다. 이안은 어느새 흠뻑 젖어버린 눈빛으로 그녀를 바라보다가, 달려들 듯이 상체를 일으켜 그녀를 끌어안았다.

그리고 신음처럼 나른한 목소리를 흘려보냈다.

"너무 좋아하는 걸로는 모자라."

"……."

"더 사랑해 줘……."

귓가에 스며드는 당신의 목소리는 심장이 아릴만큼 달콤하다. 마음 같아선 이 시간이 지나가지 못하게 묶어두고 싶지만 그럴 수 있는 방법이 없으니.

얼마만큼의 시간이 우리를 지나가든, 나는 당신을 붙잡고 놓아주지 않을 생각이다.

그럼 우리의 오늘 같은 밤은 언제까지고 계속될 테니.

*   *   *

어둠이 내려앉은 오피스텔 앞. 지성의 검은 세단이 잘 보이는 자리에 앉은 해실은 손에 들린 그의 휴대폰을 꼭 움켜쥐었다.

혹시나 싶은 마음에 계속 켜두었지만 단 한 번도 도착하지 않았던 그의 소식. 그녀는 이대로 그가 영영 사라져 버린 것일까 봐 두려웠다. 그날 본 애달픈 눈동자가 마지막 시선이 될 것 같아 서러웠다.

그 사람을 위해 조금 더 일찍 용기를 낼걸. 그날 그렇게 뒤돌아 가지 말걸. 혼자 남은 해실은 고문하듯 그와의 마지막 만남을 후회했지만 그럴수록 실감나는 건 그 사람의 빈자리뿐이었다.

"지성 씨……."

그녀는 휴대폰을 물끄러미 내려다보며 그의 이름을 불렀다.

"지금 어디 있어요?"

그러고는 닿지 못할 물음을 그에게 건넸다.

"하고 싶은 말이 너무 많아요."

부질없다는 걸 알면서도 목소리는 멈추지 않았다. 그럴수록 감정은 요동치는데 그녀는 더 이상 그걸 부정할 생각도 없었다.

"오늘은 꼭…… 돌아와 줬으면 좋겠어요."

가슴에 한기가 사무칠수록 그 사람의 온기가 그리워진다. 그녀는 간절한 마음을 홀로 게워 냈다. 그건 길가에 멈춰 선 그의 차만큼이나 외로운 광경이었다.

바로 그 순간, 새벽의 거리 끝에서부터 익숙한 향기가 전해져왔다. 오랜 기다림에 녹초가 된 마음조차 일깨울 만큼 반가운 내음이었다.

버릇처럼 눈가를 적시던 해실은 문득 고개를 들었다. 그리움과 외로움이 뒤섞여 있던 눈동자에 미치도록 간절한 존재가 또렷이 맺혔다.

해실은 입술을 떼어 내 그 사람의 이름을 소리쳐 부르려 했다.

"지성…… 지성 씨……."

그러나 정작 새어나오는 목소리는 무척이나 작았다. 평소보다 유독 지쳐 보이는 그 사람을 보니 자꾸만 목이 메었다.

결국 해실은 벤치에서 몸을 일으켰고 조심스러운 걸음을 옮겼다. 멈춰있는 그에게로 그녀가 먼저 다가가는 건 처음 있는 일이었다.

"하아……."

당신은 짙은 한숨을 쉰다. 달래줄 엄두도 나지 않을 만큼 지친 표정으로. 그리고 고갤 들어 나의 방을 확인한다. 난 이곳에 있는데 바보 같이.

새벽이 내린 보도블록.

점차 가까워지는 그리운 사람. 해실은 뿌옇게 흐려지는 눈가를 소매로 문질러 닦고 지성의 뒤에서 잠시 걸음을 멈췄다. 오늘따라 유독 서러워 보이는 그의 등은 거대한 벽과 같았지만 해실은 어떻게든 뛰어넘어볼 생각이었다.

"지성 씨……."

이렇게나 용기 없는 걸음으로라도 당신의 마음을 따라잡을 수 있다면 좋을 텐데.

"나 여기 있어요……."

너무 늦게 건네는 진심이라도 당신이 웃으며 반겨준다면 좋을 텐데.

"날 봐줘요……."

해실은 차가운 지성의 손을 조심스레 붙잡았다. 귓가에 들려오는 목소리를 차마 믿지 못하고 있던 지성은 그제야 뒤를 돌아보았고, 일렁이는 시선으로 그녀를 마주했다.

"해실 씨……."

이름을 부르고 있지만 실감은 나지 않았다. 눈앞에 있는 그녀는 홀로 힘겨워하던 시간 동안 끊임없이 되새기던 사람이라서, 그는 솟구치는 간절함에 반가운 내색도 하지 못했다.

하지만 그 마음까지도 알아차린 해실은 지저분해진 그 사람의 옷 깃을 어루만지며 말을 이었다.

"어디 갔던 거예요······."

"······."

"내가 얼마나 걱정했는데······."

울먹이는 목소리는 슬픔보단 안도에 가까웠다. 지성은 그녀의 손을 물끄러미 내려다보다가 겨우 정신을 차려 대답했다.

"미안해요. 급하게 처리해야 할 일이 생겨서······."

"······."

"많이 걱정 했어요?"

그가 다정하게 물었다. 나를 많이 걱정했냐고. 한 마디로 표현할 수도 없을 만큼 많이 걱정했던 그녀는 그간 참아왔던 눈물을 뚝뚝 떨어트리기 시작했다. 그러고는 영영 전해주지 못할까 봐 두려웠던 마음을 스스럼없이 꺼내놓았다.

"······신경 쓰여요."

"네?"

"나······ 지성 씨가 정말 많이 신경 쓰여요."

고백이라고 하기에는 서투른 말이었지만 해실은 일렁이는 눈빛에 모든 감정을 담아냈다. 이제 그녀는 알고 있다. 마음이라는 건 보여 주고 외면 받는 것보다, 애초부터 내뱉지 못할 때가 더욱 고통스럽다는 것을.

지성은 그런 해실을 가만히 내려다보았고 떨리는 숨결을 흘려보냈다. 그렇게 한동안 어떤 반응도 내비치지 못하다가 애꿎은 마른침만 삼켜 넘기다가.

해실이 소매 끝으로 눈물을 닦아 내기 시작하자 그제야 넌지시 묻는다.

"해실 씨, 나 좋아해요?"

"……."

"대답해 줘요. 지금."

울음을 그치지 못한 해실은 고개를 끄덕였다. 고민하던 시간이 무색할 만큼 망설임 없는 대답이었다.

지성은 조심스러운 손을 뻗어 그녀의 뺨을 어루만졌고, 젖은 눈가를 부드럽게 닦아 주었다.

"해실 씨 목소리로 듣고 싶어요."

그리 말하는 지성은 어느새 웃고 있었다. 그것도 그녀가 가장 보고 싶어 하던 미소를 띠고.

잠시 숨을 들이마신 해실은 진심으로 내뱉었다.

"네, 좋아해요."

"……."

"좋아해요. 지성 씨."

오랜 시간 마음이 닳도록 기다려왔던 말.

지성은 심장이 요동치는 가슴으로 그녀의 작은 몸을 와락 끌어안았다. 달콤한 향기가 코끝을 스치자 얼어붙었던 그의 마음도 사르르 녹아들었다.

"해실 씨. 오늘 나 멈추지 못할 지도 몰라요."

언제나 욕심이 자랄 때마다 강제로 멈춰왔던 지성은 처음으로 이성을 놓아 버린 채 속삭인다.

"……그래도 밀어내지 마요."

차마 거절할 수 없는 그 사람의 부탁에 해실은 그의 너른 등을 꽉 끌어안았다.

"밀어낼 리가 없잖아요. 얼마나 보고 싶었는데……."

늦은 밤, 해실의 좁은 오피스텔 문이 열렸다.

집 안에 들어선 지성은 그녀의 몸을 벽 쪽으로 밀어붙였고 그대로 입술을 집어삼켰다. 이전의 느긋함이 사라진 그의 혀끝은 집요하고도 애절했다.

해실은 그에게 모든 것을 내맡기듯 매달렸다. 허리에 휘감기는 지성의 손은 강렬했지만 겁이 나지는 않았다. 입술 새로 들어오는 그의 숨결은 너무나도 부드러워서 그녀는 오히려 놓칠까봐 두려웠다.

그동안 지성은 그녀의 몸을 식탁 위에 앉혀두었고 그녀의 다리 사이로 하체를 몰아붙였다.

"방은…… 저쪽이에요. 지성 씨……."

잠시 입술을 떼어낸 해실이 속삭였다. 그러자 지성은 정장 재킷을 벗어내며 짧게 대답했다.

"그때까지 못 참겠어요."

지성의 뜨거운 혀가 다시 거칠게 그녀의 입안을 탐했다. 해실은 수줍게 응하며 가쁜 숨을 내쉬었고 그때마다 그의 본능은 묵직하게 달아올랐다.

그는 목을 조여 왔던 넥타이를 내던져버렸고 성급한 손길로 와이셔츠 단추를 풀었다. 해실의 손가락이 맨가슴에 닿자 다시 떨어진 그의 입술에선 달뜬 목소리가 새어나왔다.

"나를 원한다고 한마디만 해 줘요."

"……."

"마지막으로 듣고 싶어……."

그리 애원하는 지성의 손은 이미 해실의 옷자락을 붙잡고 있었다. 하지만 차마 끌어올리지는 못했다. 오랜 시간 그녀를 바라보기만 해 왔던 그는 아직까지도 그녀에게 닿는 일이 조심스러운 모양이었다.

해실은 그런 지성에게 먼저 입을 맞춰주었고 깊은 시선을 마주하 며 말했다.

"저는 지성 씨를 원해요. 지금."

그 순간 가뭄처럼 메말라 있던 지성의 삶엔 그녀라는 단비가 달콤 하게 젖어든다. 악몽 같은 지난날은 거짓말처럼 흐려지고 두렵기만 하던 미래는 희망으로 번져간다.

드디어 마지막 이성의 고삐까지 풀어낸 지성은 주저하지 않고 해 실의 니트를 벗겨냈다.

"……그럼 가져, 전부."

그 말과 함께 지성은 그녀의 등허리를 감싸 쥐었다. 머지않아 해 실의 브래지어가 젖가슴 아래로 떨어졌고, 지성은 그녀가 가릴 새도 없이 거친 숨결로 머금었다. 움직이는 그의 혀는 해실의 모든 신경 세포를 일깨우는 듯했다.

해실은 입술을 깨물고 지성이 주는 쾌락을 조용히 감당하려 했지 만, 더 이상 버티지 못하게 된 그녀는 여린 신음을 터트렸다.

"앗……!"

지성에게 그 목소리는 출발을 알리는 신호탄과 같았다. 지성은
그녀의 몸을 식탁 위에 눕혀놓았다. 흐트러진 머리카락과 젖어버린
눈동자는 하염없이 순수해서 더욱 관능적이었다.

"이름으로 불러도 되요?"

지성은 흥분에 물든 목소리로 물으며 해실의 치마를 끌어내렸다.
고개를 끄덕인 해실은 골반을 들어 모든 천 쪼가리가 떨어져나가는
것을 도와주었다.

"해실아."

그녀를 부르는 지성은 이미 본능뿐이었다. 젠틀하던 미소도, 차
분하던 눈빛도 전부 잃어버린 그는 사랑을 갈구하는 한 남자에 불과
했다.

그 사이 은밀하게 드러난 꽃 한 송이는 그의 인내심을 무너트리기
에 충분했다. 더 이상 참을 수 없어진 지성이 살짝 미간을 구기자 해
실은 그 얼굴을 향해 간절한 손을 뻗었다.

"안아 줘요."

"……."

"안겨있고 싶어요……."

그녀의 말은 지성에게 절대적인 명령과 같아서, 그는 도저히 조급
해지는 손길을 절제할 수가 없다. 그는 늘어져있던 해실의 몸을 다
시 안아들었고 숨 쉴 틈도 없이 입을 맞추었다. 그녀가 농밀하게 휘
감기는 그의 혀끝을 느끼는 동안 근육이 솟아오른 두 팔에 실려 도
착한 곳은 그녀의 방이었다.

"하아."

침대 위에 떨어진 해실은 달콤한 숨을 토해냈다. 지성은 조금의 순간도 놓치고 싶지 않았지만 부끄러움에 몸을 가리려는 그녀를 위해 바지의 버클을 풀었다.

나신이 된 그의 몸은 우직하고 단단했다. 그러나 윤기 도는 살결엔 깊은 흉터가 많아서, 그녀의 눈빛이 걱정 어린 기색을 띠었다.

"지성 씨, 몸이 왜 이렇게⋯⋯."

"사랑해요."

해실은 흉터에 대해 물으려 했으나 지성은 갑작스러운 고백으로 막아섰다. 놀란 해실은 동그래진 눈동자로 그를 올려다보았다.

"네?"

"사랑해요. 사랑해⋯⋯."

사실 말을 가로채기 위한 고백이라고는 못 하겠다. 지금 그의 입술 새로 주체 못할 만큼 새어나오는 건 그만큼 오랜 시간동안 꾹꾹 삼켜왔던 진심이었으니까.

"해실아, 사랑해."

지성은 보다 짙은 목소리로 고백하며 그녀의 위를 타고 올랐다. 해실은 한동안 아무 대답도 못한 채 듣고만 있었으나, 잠시 후 비밀스러운 공간을 자극하는 손가락에 흐린 신음을 뱉어냈다.

"아, 지성 씨. 거긴⋯⋯."

"사랑해. 사랑해⋯⋯."

"지성 씨⋯⋯!"

"너도⋯⋯ 날 사랑해 줘."

어느새 고백은 애원이 되었고 해실은 그 마음에 푹 젖어들었다. 지성은 필사적인 키스를 건넸다. 거칠게 뒤엉키는 숨결은 이때껏 한 번도 느껴본 적 없는 욕망을 품고 있어서, 그녀는 감히 어떤 생각도 할 수 없었다.

그때, 아득해진 이성의 사이로 묵직한 무언가가 밀려들어왔다. 쾌락보다 먼저 찾아온 고통에 해실은 그의 등을 꽉 부여잡고 신음했다.

"아앗!"

그녀의 손톱은 지성의 살갗을 파고들었고 그는 입술을 깨물었다. 하지만 고통이나 걱정보다 강렬하게 그를 잠식하는 건 온몸이 녹아 버릴 듯이 뜨거운 그녀의 비밀스러운 공간이었다.

지성은 꽉 감고 있는 해실의 눈에 부드럽게 입을 맞추고는 천천히 허리를 움직이기 시작했다. 터져 나오는 해실의 목소리에선 좀처럼 아픔이 가실 줄 몰랐지만 지성은 도저히 움직임을 멈출 수 없었다.

"미안해요."

"아파요……."

"미안해."

지성은 사과를 거듭하면서도 달아오른 마음을 뿌리 끝까지 몰아붙였다. 해실은 그럴수록 그를 더 힘주어 안았고 생애 처음 겪는 자극을 버텨냈다.

"하아……."

지성은 허리를 점점 더 세게 움직이며 해실의 목덜미를 농밀하게 머금었다. 귓가에 닿는 그의 격한 숨은 너무나도 간지러워서 그녀는 온몸에 소름이 돋아나는 기분이었다.

그 순간이었다. 지금까지의 모든 고통이 아찔한 쾌락으로 뒤바뀌는 건.

"아, 아, 아앗⋯⋯!"

해실의 신음이 점차 빨라지고 짙어졌다. 어느덧 바뀐 목소리의 온도는 지성이 몰아쉬는 숨소리와 같았다.

"많이 아파요?"

잠시 입술을 뗀 지성이 걱정스럽게 물어왔다. 하지만 그녀는 두 다리로 그의 허리를 깊이 끌어당기며 달뜬 목소리로 대답했다.

"좋아요⋯⋯."

나는 내 안에 들어온 당신이. 나를 끌어안고 있는 당신이. 그냥, 나와 함께 있는 당신이라는 사람 자체가.

"정말 너무 좋아요⋯⋯."

지성의 눈동자가 어둠속에서 일렁였다. 그녀의 사랑을 전해 받은 지성은 솟구치는 행복감에 숨이 멎을 지경이었다. 그동안의 지옥 같던 시간들은 모두 다 이 날을 위해 존재했던 게 아닐까, 싶을 정도로.

붉게 물든 입술을 매끄럽게 올린 지성은 나른한 웃음을 흘렸다. 그는 흥분에 젖은 그녀의 아름다운 얼굴을 사랑스럽게 바라보았고, 야릇한 소리를 내며 움직이는 중심부에 열기를 더했다.

"더 기분 좋게 해줄게⋯⋯."

지성은 다정한 속삭임과 함께 그녀의 깊숙한 곳을 끈질기게 자극했다.

"하아, 지성 씨!"

순간 해실의 몸 안을 관통하는 건, 그 누구도 선물한 적 없던 관능적인 희열이었다.

*   *   *

목소리가 들렸다.

'A1의 돌연변이화 수술은 실패입니다…….'

무의식까지도 고통스럽게 만들어 버릴 만큼 나쁜 목소리였다.

'돌연변이의 존재는 오늘부로 기밀사항이다. 그 애는 훗
날 A1님의 충신이 될 수 있게끔 철저히 복종시킬 것이다. 또
한…….'

'어떤 권한도 가질 수 없도록, 가장 낮은 혈통코드인 'Z999'
을 부여한다.'

꿈속의 이안은 어두운 진실을 모두 머릿속에 새겨 넣으려 애썼다.
하지만 그러면 그럴수록 기억은 흐려지기만 했다. 마치 누군가 강제
로 지워버리려 하는 것처럼.

"……해."

이안의 입술 새로 신음 같은 말이 새어 나왔다. 가슴이 타들어 갈
듯 고통스러워졌고 머리는 부서질 듯 아파왔다.

"미안…….

흐린 사과를 내뱉으며 이안은 잠에서 깨어났다. 가장 먼저 품에
안긴 따뜻한 온기가 피부로 느껴졌다.

방금 분명 미안하다는 말을 중얼거린 것 같은데, 무슨 꿈을 꿨던
거지.

짧게 고민해봤지만 어떤 것도 떠오르지 않았다. 하지만 본능적으로 불안해지는 마음에, 이안은 백화의 어깨를 더욱 힘주어 끌어안았다.

"으음……."

그게 답답했던지 백화는 나른한 신음을 새어보냈다. 가슴이 뜨겁게 달아오를 만큼 사랑스러운 목소리였다. 덕분에 잠이 완전히 달아나버린 이안은 그녀의 새로운 애칭을 속삭이듯 불렀다.

"부인."

그러나 깊게 잠든 백화는 아무 대답이 없었다. 그게 아이처럼 심술이 난 이안이 그녀의 몸 위를 타고 올랐다.

"일어나, 부인."

"……."

"나 이상한 꿈 꿨어."

계속되는 방해에 백화의 미간이 살짝 구겨졌다. 그건 분명한 신경질이었지만 이안의 눈에는 그저 귀엽게만 보일 뿐이었다.

"……못 참겠다."

이안은 작은 혼잣말을 내뱉으며 그녀의 목덜미에 진한 키스를 건넸다. 아직 잠에서 깨고 싶지 않았던 백화는 옆으로 벗어나려 했으나 이안은 그럴수록 집요하게 파고들었다.

뜨거운 그의 입술이 목선을 따라 올라가다가 도톰한 귀불을 머금었다. 혀가 움직이는 소리가 청각을 자극했고 야릇하게 깨물리는 감촉이 온 신경을 곤두서게 만들었다.

"아, 정말 왜 이래……."

더 이상 그를 외면할 수 없었던 백화는 이안의 어깨를 붙잡아 밀어냈다. 그러면서 몽롱한 눈을 뜨니 이안 특유의 나른한 시선이 코앞에서 그녀를 반겼다.

"뭐하는 거예요? 지금?"

백화는 푹 잠긴 목소리로 이안에게 물었다. 그러자 이안은 입가에 미소를 얹으며 짧게 대답했다.

"너 깨우는 거야."

"대체 왜?"

"니가 먼저 나 깨웠으니까."

"으응? 내가?"

백화는 이해할 수 없는 그의 말을 되물었지만 그는 대답 대신 그녀에게 지그시 입을 맞춰왔다. 맞닿은 가슴에선 그 어느 때보다 큰 심장 소리가 요동쳤다.

백화는 부드러운 손길로 그의 머리카락을 쓰다듬었고 이안은 그에 반응하듯 더 깊은 숨결을 불어넣었다. 아무것도 모르는 줄만 알았던 그의 혀끝이 능숙하게 움직이자 백화의 이성이 아찔하게 달아올랐다.

"하아, 우리 이안 씨. 이제는 스킨십도 안 무서운가 보네?"

입술이 떨어진 순간, 백화는 숨 가쁜 목소리로 물었다. 이안은 붉어진 그녀의 뺨을 물끄러미 바라보다가 살며시 눈웃음을 지었다. 그리고 심장이 아릴만큼 달콤한 고백을 이어냈다.

"이젠 니가 너무 좋아서 무서워."

"왜, 내가 어디 가버릴까 봐?"

"아니……."

사실은 내가 어디로 사라져 버릴까 봐 불안해. 내가 너의 곁에 더 이상 있을 수 없는 순간이 찾아올까 봐.

감히 하지 못할 말이 목 끝까지 차올랐지만 굳이 내뱉지는 않았다. 행복하게만 보내도 모자란 이 시간, 확실치도 않은 걱정 때문에 벌써부터 겁을 먹기는 싫었다. 그래서 이안은 솔직해지기보단 거짓으로라도 담대해지기를 택했다.

"날 꽉 붙잡아."

"……."

"그리고 놓지 마. 절대."

간절한 부탁이 꺼내졌지만 오히려 그녀를 꽉 붙잡은 채 놓아주지 않는 건 이안이었다. 백화는 그런 그를 있는 힘껏 마주 안았고, 숨겨 둔 불안까지 잠재울 만큼 다정한 음성을 흘려보냈다.

"응, 놓지 않을게. 절대."

뻔한 대답처럼 들리는 진심 어린 약속.

이안은 그 말을 해주는 사람이 자신이 백화라서 기뻤다. 그녀라면 세상이 끝나는 날까지 함께 하고 싶었으니까.

* * *

"아하, 한지성이 돌아왔다고?"

지성의 귀환 소식을 들은 원은 생각보다 심드렁한 반응을 보였다. 그는 온정신을 큐브 맞추기에 쏟고 있는 듯했지만 C7은 아랑곳

하지 않고 상황보고를 이어 나갔다.

"네. 오늘 새벽 두 시경 파주 쪽에서 위치가 잡혔습니다."

"거기가 어딘데."

"이해실이 거주하는 자택입니다."

"……이해실?"

"한지성의 연인관계로 의심되는 그 여자 말입니다."

"아아, 그랬지."

해실에 대한 부연 설명까지 들은 원은 야릇한 비웃음을 흘렸다. 그는 이전에 딱 한 번 마주했었던 그녀의 얼굴을 떠올렸고, 가볍지만 진심 어린 대꾸를 했다.

"그 여자 언제 날 잡아서 조져야 되는데."

"한지성의 것은 건드리지 않겠다고 하지 않으셨습니까?"

"그러려고 했는데, 한지성이 나보다 그년한테 먼저 찾아갔다며."

"……."

"강이안 다음엔 그년인 것 같으니까 언젠가 처리는 해야지."

지독한 소유욕에 물들어버린 원에게 방해되는 사람의 목숨쯤은 대수롭지도 않았다. 그건 원초적인 공포심을 불러오기에 충분했지만, 그를 오랜 시간 모셔왔던 C7은 전혀 동요하는 기색이 없었다. 그저 감정적으로 일을 처리하는 원을 위해 우선순위를 되짚어줄 뿐.

"그 전에 먼저 손대셔야 할 것이 있지 않습니까. 원 님."

"손댈 거?"

"강이안의 고삐 말입니다."

"아아, 백화인가 뭔가……."

원은 평소 타인의 이름을 잘 기억해 두는 편이 아니었지만 그녀의 이름만큼은 정확히 언급했다. 그는 아직 맞추지 않은 큐브를 신경질적으로 내려놓고 악의 가득한 말을 이어 나갔다.

　"멍청한 줄 알았는데 의외로 머리가 빨리 돌아가."

　"……."

　"그래, 죽여 버려도 진작 죽여 버렸어야 했는데…… 저번엔 장난감 칼 들고 온 그 새끼 때문에 다 틀어졌었지?"

　험한 단어로 소개된 그는 태양임이 분명했다. C7은 조사한 자료를 꺼내들어 그에 대한 보고를 시작했다.

　"안 그래도 뒷조사를 해봤지만, 백화와 혈연관계는 아니……."

　그러나 원은 손을 휘저으며 C7의 설명을 저지했다.

　"아, 됐어. 그딴 날벌레 같은 새끼 안 궁금하고 차나 대기 시켜."

　"차는 왜……."

　"크흐, 그 여자가 자꾸 피해 다닌다면 내가 직접 찾아가야지."

　순간 C7의 눈동자엔 불안함이 서렸다. 감정 조절이 안 되는 원은 백화를 만나 무슨 짓을 저지를지 모르는데, 그걸 막아서기엔 지성에게 공격당한 C7의 몸 상태가 온전치 못했다.

　"지금은 성급합니다. 조금 더 준비 기간을 거치시는 게 좋을 것 같습니다."

　C7은 어떻게든 회복할 시간을 벌기 위해 당장이라도 나서려는 원을 저지했다. 그러나 금세 신이 난 원은 가볍게 대꾸했다.

　"준비는 이미 다 해됬는데?"

　"예?"

"사실 내가 강이안 몸에 무슨 짓을 좀 했거든."

원이 지칭하는 건 강이안을 붙잡아 온 그날, 그의 몸에 투여했던 각성촉진제를 뜻했다. 치사량에 가깝게 투여했던 그 약품의 부작용은 뇌의 편도체를 자극시켜 공포기억을 발현하는 것이었다.

"원 님, 그렇다면 더더욱 위험합니다."

사태의 심각성을 깨달은 C7의 표정은 어두운 표정으로 충고했다.

"입 닥치고 차나 대기시켜."

그러나 까만 가죽코트를 챙겨 입는 원은 그야말로 막무가내였다. 회복되지 않은 C7을 알고 있으면서도 무모한 일을 저지르는 그는 일말의 자비도 없었다.

"그럼 여기 계십시오. 제가 최대한 속히 이곳으로 데려오겠습니다."

결국 C7은 짧은 한숨과 함께 체념어린 목소리로 대답했다. 겉으로 보기엔 명령을 받드는 것처럼 보였지만 사실은 원이 일으킬 사고를 미연에 방지해보려는 노력이었다.

그런 C7의 의도를 알아차린 원의 눈빛이 날카로워졌다.

"니가 왜?"

"그야……."

"내 장난감인데 니가 왜 손을 대?"

그의 질문엔 경고성이 짙게 배어 있었다. 당황한 C7이 마땅한 대답을 하지 못하자 원은 비웃음 서린 입술로 말을 이었다.

"크흐흐, 걱정하지 마. 오늘은 아무 짓도 하지 않을게."

"……."

"뭐, 그게 내 마음대로 되는 건 아니지만……."

다짐 뒤에 따라붙은 말은 C7의 마음을 불길하게 만들었다. 그러나 그새 외출할 채비를 모두 마친 원은 가볍기 그지없는 표정으로 C7을 마주했다.

"갈까?"

짧지만 그 어느 것보다 부담스러운 질문. 할 수 있는 대답은 이미 정해져 있었다.

"네."

그리 대답하는 C7은 어쩌면 오늘 죽을지도 모르겠다는 생각을 하는 중이었다.

*   *   *

늦은 아침.

"사과 두 개, 당근 한 개, 검은콩 한 줌이라…… 검은콩이 있었나?"

앞치마를 허리에 두른 백화가 사뭇 진지한 눈으로 소이주스 레시피를 살폈다. 요즘 따라 유달리 잠을 설치고 피곤해하는 이안을 위해서였다.

비록 함께 지내는 시간은 잠깐이지만 백화는 그동안만이라도 이안의 영양을 챙겨주고 싶었다. 물론 꼼꼼한 지성이 어련히 알아서 하겠냐마는, 남자 둘이 하는 살림은 어쩐지 탐탁지 않았다.

"아, 검은콩이 아니라 당근이 없구나……."

하지만 비장한 마음과 달리, 그녀의 집 냉장고에는 메인재료부터가 빠져있었다. 난처해진 그녀는 앞치마를 풀어냈고 그녀의 방으로 걸음을 옮겼다. 마트는 집에서 멀지 않지만 혹시라도 그 사이 이안이 깨어나면 큰일이었다. 백화는 그가 자는 침대 머리맡에 짧은 메모를 붙여둬야겠다고 생각하며 방문을 열었다.

"⋯⋯이안 씨?"

그러나 그녀의 시선에 비쳐 들어오는 건 침대가 아닌 방 한가운데에 우뚝 서 있는 이안의 뒷모습이었다.

"이안 씨, 일어났었네."

백화는 반가운 아침인사를 건넸지만 그는 아무런 대답이 없었다.

"이안 씨?"

다시 불러 봐도 전혀 반응하지 않는 이안은 확실히 이상했다. 힘없이 떨군 고개부터 축 늘어진 손끝까지, 깨어 있다고 하기에는 무언가 부자연스러운 모습이었다.

"왜 그러고 서 있어요?"

백화는 한결 조심스러워진 목소리를 내며 그에게 다가갔다. 점점 선명해지는 이안의 숨소리는 곧 꺼져 버릴 듯 유약했다.

"이안 씨⋯⋯."

백화는 한 번 더 이안의 이름을 불렀고 그의 얼굴을 정면으로 마주했다. 허공을 향해 멈춰있는 그의 눈동자는 평소와 전혀 다른 공허함을 띠고 있었다. 마치 밀랍인형이 되어버린 사람처럼.

"이안 씨!"

백화는 보다 크게 소리치며 그의 어깨를 붙잡아 흔들었다. 그러자 그 손길을 따라 흔들리던 이안의 몸은 이내 중심을 잃었고 백화의 품 안으로 무너져 내렸다. 그가 자신의 의지로 서 있던 게 아니라는 것이 분명해지는 순간이었다.

"하아……."

이안의 입술 사이로 긴 한숨이 샜다. 백화는 그의 등을 쓸어내려 주었고 걱정스러운 목소리로 물었다.

"괜찮아, 이안 씨?"

이안은 그녀의 물음에 잠시 마른침만 삼키다가 힘겹게 눈꺼풀을 들어올렸다.

"백……화?"

겨우 그녀를 알아본 이안은 혼란에 가득 찬 표정이었다.

"나 왜…… 서 있어?"

"응?"

"니가 세웠어?"

아무것도 자각하지 못한 이안이 백화가 묻고 싶었던 질문을 던졌다. 갑작스러운 상황에 당황스러운 건 백화도 마찬가지였지만, 그녀는 일부러 티를 내지 않았다. 어제부터 자신의 몸 상태를 이상하게 여기던 그를 불안하게 만들고 싶지 않았다.

"방 한가운데에 정승처럼 서 있길래 붙잡았어."

"……내가?"

"이안 씨, 몽유병 있나?"

백화가 장난스럽게 묻자 이안은 그녀에게 기대어 있던 몸을 똑바로 세웠다. 그러고는 두려움 가득한 눈빛으로 걱정 가득한 목소리를 흘렸다.

"아니. 한 번도 이런 적 없는데……."

"……."

"나…… 혹시 폭주했어?"

그제야 백화는 아까와 비슷했던 이안의 모습을 떠올렸다. 그가 의식 없는 눈동자를 하고 있었던 건 지금까지 딱 두 번이었다. 첫 만남에서 그녀를 공격하던 에이전트와 맞서 싸울 때 한 번, 그녀의 심장박동을 시험하느라 일부러 이성을 놓았을 때 또 한 번.

두 번 다 폭주의 순간이었지만 백화는 깨달은 내색을 하지 못했다. 조만간 지성에게 이 사실을 귀띔해 줄지언정, 이안에게는 최대한 숨겨놓고 싶었다. 그건 이안이 가장 겁을 내고 있는 부분이니까. 미리 알려 준다고 해도 스스로 폭주를 제어할 수 없는 그는, 그저 가슴 아파하기만 할 것이다.

"폭주는 무슨! 피곤해서 한번 일어났다가 선 채로 또 잠들었나 보지!"

"……피곤해서?"

"응. 피곤해서. 요즘 잠꾸러기 다 됐네요."

"피곤한 거랑 서 있는 거랑 무슨 상관이야."

"나도 가끔 그럴 때 있어. 사람이 졸리고 지치면 뭘들 못해."

백화는 천연덕스러운 표정으로 거짓말을 했다. 이안은 아직까지 미심쩍은 눈빛을 풀지 못했지만 적어도 그 안에 두려움은 없었다.

백화는 그가 허튼 걱정을 시작할 새라 서둘러 말을 돌렸다.

"어쨌든 깨어나서 다행이다. 나 슈퍼 간다고 말하려 그랬는데."

"같이 가."

"뭘 같이 가. 이안 씨는 나 다녀올 동안 깨끗이 씻고 있어요."

"그래도……."

"옷은 태양이 방에 있는 거 꺼내 입고. 알았지?"

그래도 따라가고 싶은데.

이안은 한 번 더 보채려 했지만 백화는 가벼운 발걸음으로 방을 빠져나가버렸다. 이안은 곧바로 그 뒤를 따르려다 발목과 무릎에서 느껴지는 통증에 문득 미간을 좁혔다. 뻐근한 이 느낌은 분명 장시간 서 있었을 때나 생기는 것이었다.

나는 대체 얼마나 오랫동안 서 있었던 걸까. 아무리 너무 피곤해서 일어나려다말고 잠들었다 해도, 보통은 의식을 잃은 순간 휘청거리거나 쓰러지지 않을까.

"역시 나 이상해진 것 같아."

이안은 그녀를 따라 거실로 나오며 불안한 목소리를 흘려보냈다. 마침 신발을 신고 있던 백화는 확신 어린 목소리로 그런 이안을 달랬다.

"아니야. 안 이상해."

"너한테 정말 아무 짓 안 했어?"

"정말 안 했어. 서서 쿨쿨 코도 골았다니까."

"만약에……."

이안은 그녀에게 무언가를 말하려다가 이내 입술을 닫아버렸다.

지금 그가 내뱉고 싶은 이야기는 '만약 내가 폭주한다면 사실대로 말해 줘'라는 부탁. 그러나 차마 입 밖으로 꺼내놓지 못하는 이유는, 사실을 듣는다고 해서 이안이 해결할 수 있는 건 아무것도 없기 때문이었다.

혹시라도 그런 순간이 온다면 너는 내 곁을 떠나 버릴까. 그럼 나는 더 이상 너를 만나지 못하게 되는 걸까. 나는 이제 너 없이 살았던 순간이 잘 기억나지도 않는데. 니가 사라져 버린다면 나도 사라져 버릴 것 같은데…….

"슈퍼는 바로 앞이니까 걱정하지 마."

"……."

"혼자서도 집 잘 보고 있어."

밖으로 나서기 직전 백화는 이안에게 손을 흔들며 인사했다. 이안은 발끝으로 떨어졌던 눈동자를 들어 올렸고 미처 지워내지 못한 불안함을 드러냈다.

"혼자서도 잘 있으라고 하지 마."

"응?"

"그냥 잘 다녀오겠다고 해."

백화는 평범한 인사에도 예민하게 구는 그를 물끄러미 바라보았다. 이안은 분명 괜한 고집을 부리고 있었지만 그녀의 귀에는 어쩐지 사랑한다는 고백으로 들려왔다. 그녀는 그런 그에게 귀여워 죽겠다는 미소를 지어주곤 방금 전의 인사를 고쳤다.

"알았어. 잘 다녀올게. 이안 씨."

언제나처럼 나긋하게 전해지는 그녀의 음성. 이안은 그 목소리를 가슴 설레도록 좋아했지만 오늘은 어쩐지 울고 싶다는 생각을 했다.

"응, 꼭 잘 다녀와."

다시 한 번 힘주어 부탁할 만큼, 그는 현관문 사이로 멀어지는 그녀를 마음 아파했다.

시내로 통하는 골목을 따라 걸으며 백화는 지성의 휴대폰 번호를 찾아 눌렀다. 홀연히 사라진 뒤로 연락이 닿은 적은 없었지만 이안이 불안해하는 만큼 틈틈이 걸어보는 전화였다. 통화 버튼을 누른 백화는 지루한 통화연결음을 기다리다가.

―고객이 전화를 받지 않아 삐 소리 이후 음성사서함으로 연결됩니다. 연결된 후에는 통화료가 부과됩니다.

이미 몇 번이나 들었던 기계적인 음성에 긴 한숨을 내쉬었다.

―메시지 녹음은 1번, 연락받으실 전화번호를 남기시려면 2번을 눌러 주십시오.

그동안 항상 이쯤에서 끊었지만 오늘은 음성 메시지라도 남겨놔야겠다. 그에게 긴히 할 말도 있으니. 백화는 망설임 없이 1번을 누르고 안내에 따라 그에게 전할 말을 내뱉었다.

"지성 씨, 나 백화예요. 혹시 무슨 일 있는 건 아니죠?"

나 좀 봐, 전화 통화도 아닌데 뭘 물어보고 있는 거야. 대체.

"으음…… 다른 게 아니라 이안 씨가 점점 불안해하는 것 같은데 지성 씨의 도움이 필요해요. 그러니까 메시지 들으면 꼭 연락을……."

"큰일이네. 그거."

바로 그때. 외진 골목 구석에서 낯선 남자의 장난기 어린 목소리가 터져 나왔다. 놀란 백화는 지성에게 전하던 음성메시지를 멈추었고 그 남자의 쪽으로 시선을 옮겼다.

펑크 하게 넘긴 붉은 머리, 서늘하게 빛나는 눈동자, 입꼬리에 맺힌 비웃음. 분명 처음 보는 얼굴이었지만 무시하고 지나칠 수는 없었다. 적나라하게 마주한 시선이 묘하게 의미심장한 것이, 꼭 이곳에서 그녀를 기다리고 있었던 사람처럼 보였으니까.

"뭐야, 당신?"

백화는 음성 메시지를 끄지 않은 채로 까칠하게 물었다. 그러자 남자는 키득키득 웃으며 그녀에게로 가까이 다가왔다.

"혹시 개 키우나?"

"뭐? 개?"

"아니, 그냥. 개랑 붙어먹다 온 냄새가 진동을 해서."

단순한 시비라고 보기에는 짙은 악의가 배어 있는 말이었다. 남자를 보는 백화의 눈빛이 한층 더 사나워졌다.

"너 누구야."

"내가 누굴 것 같은데?"

"……."

"혼자서는 눈치껏 맞추지도 못할 정도로 머리가 안 굴러가?"

참으로 형편없는 대답이었으나 백화는 본능적으로 그의 정체를 알아차릴 수 있었다. 사실 시선이 닿았던 순간부터 어렴풋이 짐작했었다. 존재감만으로도 그녀를 두렵게 만드는 그는.

"……최원."

원은 백화의 입술 새로 터지는 자신의 이름에 눈웃음을 지었다.

"봐, 알면서 뭐하러 물어."

백화가 잔뜩 긴장한 채 그를 올려다보자, 그는 그녀의 목덜미 쪽으로 얼굴을 가까이 붙였다. 그리곤 웃음기 어린 목소리를 흘려보냈다.

"지성이, 안녕. 보고 싶어 미치겠어."

원이 내뱉은 익숙한 이름에 백화의 신경이 곤두섰다. 백화는 그제야 아직 메시지 녹음이 끝나지 않은 핸드폰을 알아차렸고, 뒤늦게 통화 종료 버튼을 눌렀다.

"지금 나 만나러 온 거예요?"

당황한 기색을 숨기기 위해 따지듯 물으니 그는 가볍게 고개를 끄덕였다.

"응."

"나를 왜?"

"그냥, 너무 대책 없이 안주하고 있는 것 같아서. 니가 얼마나 위험한 상황에 처했는지 알려주러 왔어."

그리 말하는 원의 말투는 위험을 알리러 온 사람치고는 무례했다. 백화는 잠시 적당한 대꾸를 찾아 헤매다가 그의 입꼬리에 어린 것과 똑같은 비웃음을 던졌다.

"하, 위험한 상황이라…… 지금 너만큼 위험한 새끼가 또 없는 것 같은데?"

날카로운 백화의 말투에 원의 두 눈이 반짝 빛났다. 대차게 뱉어 내면서도 욕 한 바가지쯤은 각오했는데, 아이러니하게도 원의 표정엔 흥미로운 미소가 가득했다.

"사납게 굴면 나 흥분하는데……."

"뭐?"

"한 번 줄 거 아니면 자극하지 마. 고문하는 것도 아니고."

이 미친 새끼가 뭐라는 거야.

"쓸데없는 소리 말고 용건이나 말해."

"크흐흐, 위험을 귀띔해 주러 왔다니까 그러네."

"그럼 빨리 속삭이고 가줄래? 내가 지금 당근을 사러 가야 해서."

원을 상대하는 백화의 태도에는 조금의 흔들림도 없었다. 원은 그런 그녀를 향해 더욱 입꼬리를 들어올렸고 경멸 섞인 목소리로 물었다.

"요즘 강이안이 하는 행동…… 뭔가 이상해진 것 같지 않아?"

"……."

"예를 들면 악몽을 자주 꾼다거나, 자꾸 무언가를 기억하려 한다거나. 이성을 놓는다거나……."

원의 말이 이어질수록, 그에 해당하는 이안의 모습이 파노라마처럼 스쳐 갔다. 이안은 잠이 많아졌고, 나쁜 꿈이라도 꾸는 것처럼 '미안해'라는 말을 애처롭게 반복했으며. 오늘 아침엔 분명 이성이 사라졌던 것처럼 보이기도 했다. 그 사람 스스로도 불안하게 여길 만큼 이상한 행동이었다. 하지만 백화는 무슨 말을 하는지 모르겠다는 듯, 딱딱하게 대꾸했다.

"전혀 그런 적 없어."

동요하는 순간 자신을 집어삼켜 버릴 것 같은 원을 방어하기 위한 거짓말이었다.

"오호, 그래?"

"그래. 이안 씨는 멀쩡해. 그러니까 괜한 소리 지껄일 거면 관둬."

백화는 더 이상 원이 파고들지 못하도록 확실한 선을 그었다. 그래도 몇 번쯤은 더 캐물을 줄 알았는데, 원은 의외로 순순히 체념했다.

"그래? 그럼 다행이고."

하지만 그게 끝은 아니었다. 눈꼬리를 곱게 휘며 웃어보이던 원은 그녀가 뭐라 대꾸하기도 전에 서늘한 말을 이어냈으니까.

"난 니가 폭주한 강이안 손에 죽는 꼴 보게 될까봐 걱정했잖아."

"뭐?"

"너 강이안이 폭주하면 어떻게 되는지 알아?"

"또 무슨 소릴……."

"사람을 갈기갈기 찢어. 형체도 못 알아볼 만큼 엉망진창으로."

"……."

"아무리 살려달라고 애원해도 닿지도 않을걸. 어차피 그 새끼는 혼자서 멈추지도 못하니까."

원의 말은 한 마디도 빠짐없이 백화의 귀로 욱여넣어졌다. 들리는 대로 받아들이기엔 믿기지 않을 만큼 잔혹했으나, 헛소리로 취급해 버리기엔 원의 눈빛이 지나치게 확신에 차있었다.

혼란스러워하는 그녀의 마음을 읽은 건지 원은 고개를 삐딱하게 꼬아 내리며 물었다.

"아, 한 번도 실제로 본 적 없나?"

"……."

"그래서 그렇게 거짓말로 감싸 주는구나. 병신 같이."

흔들리던 백화의 눈동자가 도로 굳건해졌다. 잠시 숨을 고르던 그녀는 미간을 구겼고 이내 반박하듯 고개를 가로저으며 대답했다.

"아니야. 이안 씨는 그런 짓 안 해."

"무슨 근거로?"

"……절대 안 해."

반복되는 대답은 전혀 설득력 없는 고집이었다. 이런 식으로 굴면 원이 비웃을 거라는 건 알지만 어느 정도 동요해 버린 그녀는 더 좋은 이유를 찾을 수 없었다.

그러지 않으려 해도 자꾸만 머릿속에 펼쳐지는 폭주의 순간. 만약 이성을 놓친 이안이 무자비하게 공격을 해 온다면, 나는 무엇을 해야 할까. 어떻게 폭주하는 그를 멈출 수 있을까.

고민해봤지만 그녀가 할 수 있는 건 단 한 가지 뿐이었다. 정신을 차리면 죄책감에 고통스러워할 그 사람을 안쓰럽게 지켜보는 것.

하지만 그런 생각까지는 하고 싶지 않아서 백화는 한 번 더 오기 섞인 말을 이어 붙였다.

"그 사람은 내가 잘 알아. 다른 사람 다치게 하지도 못해."

순간 원의 입술 새로 픽, 웃음이 터져 나왔다.

"뭐, 말을 해도 쳐 듣지를 않네……."

결코 달갑지 않은 혼잣말 뒤에 따라오는 건 모멸감 느껴지는 욕설이었다.

"멍청한 년."

마주한 원의 눈엔 조롱이 가득했다. 그걸 가만히 마주하던 백화는 분노 어린 손을 들어.

짜악—

원의 뺨을 거칠게 내리쳐버렸다. 그러고는 그에게 받았던 모멸감을 그대로 되갚아주었다.

"니가 그런 말을 하면 내가 도망칠 줄 알았니?"

"……."

"난 너처럼 약해빠지지 않았어. 이 멍청한 새끼야."

그녀의 목소리는 조금도 동요하지 않았던 것처럼 강직했다. 원은 고개가 돌아간 채로 한동안 붉게 달아오른 뺨을 매만졌고 다시 그녀에게로 시선을 두었다. 이때껏 우월한 위치에서 그녀를 깔보기만 했던 그의 표정은 어느새 휘몰아치는 분노에 젖어 있었다.

"다시 짖어 봐."

"뭘 다시 짖어 줄까?"

"아까 지껄였던 소리 다시 짖어보라고. 그대로."

원은 차갑게 명령했지만, 그건 방금 전의 도발을 취소하라는 협박이었다. 하지만 백화는 그걸 알고 있으면서도 태연하게 같은 말을 반복했다.

"난 너처럼 약해 빠지지 않았다고 했어. 왜."

그러자 원의 눈빛에는 이성을 잡아먹을 듯한 광기가 어린다. 그녀의 눈에 비치는 그 감정은 좀처럼 보기 힘든 크기의 증오심이었다.

"잘못 들은 줄 알았는데…… 역시 아니었나 보네."

흐리게 중얼거리던 원은 그녀에게로 거침없이 손을 뻗었다. 그의 손아귀가 백화의 긴 머리카락을 휘어 감자 그녀의 입에서는 아픈 비명이 터져 나왔다.

"아악!"

"있잖아, 내가 오늘은 널 안 건드리기로 했었는데……."

"이거 안 놔?!"

"아무래도 건드려야 할 것 같아."

원은 난폭하게 붙잡은 백화를 골목길에 주차되어 있던 빨간 웨건

쪽으로 끌어당겼다. 백화는 그의 팔을 때리며 거칠게 저항했지만 원은 그때마다 그녀의 머리채를 자비 없이 내둘렀다.

"원 님! 그만두십시오!"

웨건의 운전석이 열리며 누군가의 앳된 목소리가 터져 나왔다. 하지만 원은 조금의 망설임도 없이 뒷문을 열어젖혔고 막무가내로 그녀를 욱여넣었다.

"아……아! 이 새끼가! 진짜!"

백화는 곧바로 다시 빠져나오려 했다. 그러나 이미 광기에 찬 원은 구둣발을 밀어 넣어 그녀가 나오지 못하도록 저지했다.

"원 님! 제발!"

"시동 걸어."

"어쩌려고 이러십니까!"

"하, 어쩔 거냐고?"

잠시 발길질을 멈춘 원은 일그러진 얼굴로 신음하는 백화를 내려다보았다. 그 시선을 마주하는 그녀는 맞은 팔을 부여잡고 아파하면서도 전혀 두려움이 없었다.

"확실히 가르쳐야지. 누가 강자이고, 누가 약자인지."

원은 서슬 퍼런 목소리를 뱉어둔 채 차 문을 닫아버렸다. 순간 백화의 뇌리를 스치는 건, 잘 다녀오라는 말에 꼭 그러겠다고 했던 이안과의 지키지 못할 약속이었다.

* * *

점심때를 지난 시각. 오랜만에 깊은 잠을 잔 지성은 해실이 떠난 침대에서 뒤늦게 눈을 떴다.

이곳에서 하루를 여는 건 처음이지만 익숙한 향기 때문인지 그저 평온한 기분. 그는 잠시 뻐근한 허리를 매만졌고 침대 밖으로 발을 내디뎠다. 무얼 입고 나가야 하나 잠시 고민했으나, 그럴 필요도 없이 해실의 화장대 위에는 지성의 옷이 잘 개어진 채 놓여 있었다.

'이러니까 꼭 해실 씨랑 같이 사는 것 같아.'

그런 생각을 하자 지성의 두 귀가 붉게 달아올랐다. 원마저 두려워할 정도로 강인한 그였지만, 지금은 이제 막 첫사랑을 시작한 순정남일 뿐이었다.

그는 부드러운 미소를 머금으며 골격 좋은 몸 위에 정장을 갖춰 입었다. 분명 어제까지만 해도 형편없이 구겨져 있던 정장은 어느새 깨끗이 다려져 있는 상태였다.

옷감에 밴 향기는 어제 해실의 니트에서 느껴지던 것과 똑같았다. 습관처럼 설레어버린 지성은 어렴풋이 이곳에 눌러살고 싶다는 생각을 했다.

"해실 씨, 옷 정리해줘서 고마워요."

넥타이까지 완벽하게 갖춰 맨 지성은 방을 나서며 고맙다는 인사부터 건넸다. 그러자 거실에서 양말을 말리고 있던 해실은 요란한 소릴 내는 드라이기를 껐고, 다정한 미소를 지으며 그를 반겼다.

"잘 잤어요? 지성 씨 양말은 거의 다 말랐어요."

밀려드는 쏟아지는 햇살이 눈부신 건지. 아니면 웃고 있는 그녀가 지나치게 밝은 건지. 지성의 눈이 가늘게 휘어졌다. 그녀 앞으로 다가서는 그는 이 세상에서 가장 행복한 표정이었다.

"이러지 않아도 되는데."

"아니에요. 저한텐 큰 양말이 없어서 빌려주지도 못하거든요. 조금만 더 하면 되니까 기다려요!"

"응, 그러고 나서 키스해 줄래요?"

"네?"

불쑥 새어 나온 지성의 말이 다시 드라이기를 켜려던 해실의 손을 멈추게 만들었다. 놀란 해실이 토끼 같은 눈을 동그랗게 뜨자, 그 눈을 가만히 들여다보던 지성은 따뜻한 입술을 가까이 가져왔다. 짧게 입술이 맞붙었다 떨어졌고, 해실의 심장은 한 순간에 부풀어 올랐다.

"해실 씨, 오늘 저랑 데이트해 주세요."

"데이……트요?"

"네, 또 하고 싶어요. 데이트."

한없이 따뜻한 그의 목소리는 긴장감에 굳어있던 해실의 입꼬리마저도 부드럽게 만들었다.

"그래요, 우리 데이트해요."

고개를 끄덕인 그녀가 기쁘게 화답하자, 지성은 매끈한 턱 선을 비틀어 한 번 더 가까이 다가갔다. 조금 더 깊은 키스를 나누고 싶다는 신호였다.

해실이 그의 입술을 기다리며 지그시 눈을 감던 그 순간.

지이이잉— 어디선가 들려오는 진동음이 가까워지던 두 사람의 거리를 잠시 멈추게 만들었다. 지성은 못 들은 척 무시하려 했으나, 해실은 무언가 생각났는지 그를 밀어내며 소리쳤다.

"아, 맞다! 지성 씨한테 돌려줄 게 있어요!"

"돌려줄 거요?"

"휴대폰 제가 가지고 있었거든요, 충전도 다 해놨어요."

해실은 거실 찬장 위로 손을 뻗어 고이 간직하고 있었던 그의 휴대폰을 붙잡았다. 지성은 휴대폰이고 뭐고 당장이라도 그녀의 입술부터 집어삼키고 싶었지만, 애써 본능을 억눌렀다. 어제도 몇 번이고 욕심대로 몰아붙였던 그녀를 또 다시 괴롭힐 순 없었다.

"여기요. 그동안 전화도 많이 오고 문자도 많이 왔어요. 답장 드릴까도 생각했지만 그랬다가는 더욱 걱정만 끼칠 것 같아서……."

해실은 지성의 애타는 마음을 아는지 모르는지 휴대폰을 확인시켜주었다. 문득 시선을 내려 확인한 휴대폰 액정에는 백화의 부재중 전화가 수차례 남아 있었다.

다른 사람이면 충분히 답신을 미뤄뒀을 테지만 백화는 이안과 함께 있는 사람이라서 불현 듯 걱정스러워졌다.

'혹시 이안 님한테 무슨 일이 생긴 건 아니겠지.'

그는 해실의 머리카락을 쓰다듬으며 다정히 속삭였다.

"참 잘했어요. 고마워요, 해실 씨."

그러고는 곧바로 휴대폰을 받아들며 쌓여 있는 문자부터 확인해보니.

[지성 씨 무슨 일 있어요?]

[이안 씨가 많이 걱정하고 있어요 연락 보면 답신 줘요]

[휴대폰 잃어버린 건가]

[야 한지성 답장하라고]

지성의 안부를 걱정하는 내용들이 차례로 눈에 들어왔다. 하지만 그 중에서도 오늘 도착한 음성메시지는 유독 불안한 느낌이었다.

"해실 씨, 저 잠깐 연락 좀 하고 올게요."

"아, 네!"

지성은 음성메시지도 들을 겸, 그를 애타게 찾았던 백화에게 답신도 할 겸, 잠시 부엌 쪽으로 자리를 옮겼다.

위이이잉— 위이이잉—

다행히도 해실은 그가 멀어지자 다시 드라이기를 켰고, 그건 그녀에게 메시지 내용이 들릴 염려를 덜어주었다.

지성은 곧장 음성메시지를 재생시켰다.

—지성 씨, 나 백화예요. 혹시 무슨 일 있는 건 아니죠?

문자 메시지와 비슷한 내용으로 시작된 그녀의 이야기는.

—으음…… 다른 게 아니라 이안 씨가 점점 불안해하는 것 같은데 지성 씨의 도움이 필요해요.

그의 짐작대로 무언가 문제가 있음을 암시하다가.

—그러니까 메시지 들으면 꼭 연락을…….

—큰일이네. 그거.

이내 터져 나오는 달갑지 않은 목소리에 잡아먹혀 버린다.

—혹시 개 키우나?

—뭐? 개?

—아니, 그냥. 개랑 붙어먹다 온 냄새가 진동을 해서.

—너 누구야.

—내가 누굴 것 같은데? 혼자서는 눈치껏 맞추지도 못할 정도로

머리가 안 굴러가?

그 뒤로 이어지는 나쁜 대화는 평온하던 지성의 마음을 난잡하게 뒤흔들어 놓기에 충분하다.

—지성이, 안녕. 보고 싶어 미치겠어.

정확히 지성을 노리고 터진 광기 어린 목소리. 불길한 상황을 직감한 그의 심장이 쿵, 내려앉았을 때 음성메시지도 끝을 맺었다. 지성은 곧바로 백화에게 전화를 걸어봤지만 그녀는 받을 기미도 보이지 않았다.

"지성 씨, 무슨 일 생긴 거예요?"

그의 표정 변화를 알아챈 해실은 드라이기를 내려놓고 넌지시 물었다. 다시 그녀에게로 돌아온 지성의 눈빛에는 이전의 여유가 없었다.

"지성 씨, 괜찮아요? 무슨 일인데 그래요……."

해실은 또 한 번 되물으며 지성에게로 가까이 다가왔다. 조심스레 붙잡은 지성의 손은 솟구치는 감정을 억누르려는 듯 휴대폰을 힘껏 쥐고 있었다.

"해실 씨."

그는 한층 낮아진 목소리 해실을 불렀고, 미안한 기색을 띠며 말을 이었다.

"미안하지만 오늘 데이트는 다음으로 미뤄야 할 것 같아요."

"예?"

"……이번엔 금방 돌아올게요."

그건 얼마 전 말도 없이 사라지기 직전과 같은 느낌의 눈동자였다. 해실은 위태로운 그를 알고 있었으나 함부로 이유를 묻기에는 그의 비밀이 깊어보였다. 결국 해실은 떨리는 눈동자로 그를 마주하다가 애써 미소를 지어냈다.

"네, 걱정하지 말아요. 기다리고 있을게요. 지성 씨."

일부러 아무것도 모르는 척 흘려보낸 대답. 그녀는 이 순간 또 다시 떠나야하는 그가 자신에게 부디 속아주길 바랄 뿐이었다.

*   *   *

대문 앞을 얼마나 지키고 서 있었을까. 얼마만큼의 기대가 허망하게 무너졌을까. 골목 끝으로 애타는 시선을 둔 이안은 곧 저물 듯한 해를 바라보며 눈가를 문질렀다.

'알았어. 잘 다녀올게. 이안 씨.'

유독 마음에 걸렸던 그녀의 인사를 들은 지도 벌써 여섯 시간째. 이안은 그녀와 약속한 대로 혼자서도 집 안에 잘 머물러 있었지만 백화는 그의 약속대로 잘 다녀오지 않았다.

수차례 전화를 걸어 봐도 기운 빠지는 음성메시지 안내만 나올 뿐, 그녀가 어디에 있는지는 단서조차 찾을 수 없었다.

"백화야, 언제 와……."

이안은 그녀의 이름을 안쓰럽게 부르며 집 앞 골목을 지나다니는 사람들을 하염없이 바라보았다. 그녀와 비슷한 색상의 티셔츠를 입은 사람을 보면서 기대감을 키웠다가, 그녀가 아니었음을 확인하고는 금세 시들어버리는 일이 끝도 없이 반복되었다.

"빨리 와…… 보고 싶어……."

왜 하필 그녀는 오늘 이렇게 늦는 걸까. 그녀가 현관문을 나설 때, 본능은 그녀를 붙잡으라고 말했는데. 나는 왜 미련하게 보내줬던 걸까. 휘몰아치는 후회는 그를 더욱 불안하게 만들었다. 바로 그때, 끼이이익—! 요란한 브레이크 소리가 좁은 골목길을 가득 메웠다.

빠아아앙—!

이어지는 클락션 소리에 고개를 돌리자 익숙한 세단 한 대가 이안의 시선을 사로잡았다.

"한······."

이안은 순간적으로 떠오른 이름을 부르려다가 입술을 닫았다. 오랜 시간 그의 곁을 떠나있던 사람이라, 그 이름을 부르기엔 확신이 서지 않았다.

그러나 까만 세단의 운전석이 열리고 다급한 표정으로 모습을 드러낸 사람은 역시.

"이안 님! 어서 차에 타세요!"

다시 돌아온 이안의 유일한 아군, 한지성이었다.

14 장
괴물은 모든 것을 집어삼킨다

"아악!"

원이 소유한 폐건물에 백화의 비명이 터져 나왔다. 차가운 바닥에 내던져진 그녀는 한동안 팔꿈치를 부여잡은 채 신음을 흘렸고, 가까워지는 원망스럽게 노려보았다.

"아파?"

"이 새끼가 진짜……."

"어디가 아픈지 자세히 말해 줘. 그래야 거길 더 괴롭혀줄 거 아냐."

원은 발버둥 치는 그녀에게 비아냥거리듯 말했다. 광기로 빛나는 눈동자가 오싹할 정도로 주시하고 있는 건, 다름 아닌 백화가 부여잡고 있는 왼쪽 팔이었다.

"팔이구나. 아픈 부분."

원은 거친 손으로 그녀의 팔을 붙잡았다. 뼈가 어긋나는 것 같은 통증을 참지 못한 백화가 미간을 구기자, 그는 손아귀에 조금 더 힘을 주었다. 그녀의 고통을 반기는 원의 음성은 잔인하리만큼 태연했다.

"크흐흐, 나 이거 부러트릴 줄 아는데……."

"놔! 이거!"

"다시 붙일 수도 없게 산산조각 내는 법도 알아."

"놓으라고! 미친놈아!"

"그러니까 입 다물고 가만히 있어. 발악 안 해도 강이안 도착하면 어차피 넌 망가져."

위협적인 협박은 원의 인간성의 존재마저 의심스럽게 만들었다. 원은 내치듯 백화의 팔을 놓아주었고, 곁에 서 있던 C7에게 짧은 명령을 내렸다.

"묶어. 이년."

어디서 이년 저년이야. 머리색이랑 피부색이 같아질 때까지 쥐어패줄까 보다.

솟구치는 울화를 분출할 길이 없어 답답해하는 백화에게로 C7이 다가왔다. 그의 손에 들린 굵은 쇠사슬은 딱 봐도 심상치 않았다.

"포박하는 것뿐이니 겁먹지 않으셔도 됩니다."

"포박하는 것뿐? 이런 짓을 저질러놓고 포박하는 것뿐이라는 말이 나와?"

"이제부터라도 아무 일 없길 바랍니다. 오늘의 제 몸 상태로는 더 이상 큰일을 감당할 수 없으니까요."

"큰일은 저 새끼가 겁도 없이 벌였……!"

'겁도 없이' 부분에서 잠시 다른 곳을 향했던 원의 눈이 다시 백화를 노렸다. 그걸 알아챈 C7은 그녀의 입을 재빨리 가로막았고 쇠사슬을 두르는 척하며 조용히 속삭였다.

"당신을 해치고 싶지 않습니다. 하지만 원 님이 명령하신다면 저는 복종할 수밖에 없습니다."

"……."

"그러니 제발…… 원 님을 도발하지 마십시오. 부탁드리겠습니다."

감정의 높낮이는 없었다. 하지만 상처로 얼룩진 얼굴과 붕대로 휘감아둔 팔은 그의 말을 뒷받침하고 있었다.

백화는 눈짓으로 당장 손 떼라는 신호를 보냈다. C7은 한동안 그녀를 지켜보다가 반항기가 좀 더 약해지고 나서야 손을 떼어 냈다.

"그 여자 묶어둬. 숨도 잘 못 쉴 만큼 꽉. 알았어?"

원은 굵직한 쇠사슬을 들고 있는 C7에게 명령했다.

"네."

C7은 원의 명령에 곧바로 대답했으나 그녀의 상체를 두르는 쇠사슬은 헐렁하기 그지없었다. 백화는 순간 C7이 그리 나쁜 사람은 아니라고 생각했다. 물론 그래도 좋게 봐줄 생각은 없었지만.

"난 또 패악질을 부려 대길래 얼마나 깡 센 년인가 했는데…… 묶여 있는 꼴 보니까 영락없는 애완견이네. 크흐흐."

원은 쇠사슬에 묶인 백화를 내려다보며 기분 나쁜 웃음을 흘렸

다. 광기어린 그의 동공에선 어떠한 자비도 찾을 수 없어서, 시선이
닿는 부위마다 소름이 끼쳐왔다.

하지만 백화는 두려운 내색을 숨기기 위해 일부러 비웃음을 띤
채 대꾸했다.

"니가 날 어떻게 할 수 있을 것 같지? 천만에. 넌 나한테 아무 짓
도 못 해. 그건 이안 씨한테도 마찬가지야."

"……정말 그렇게 생각해?"

"그래. 내가 무슨 수를 써서든 너 하나는 꼭 막을 거야. 아마 이
안 씨한테는 손끝 하나 못 댈 거다. 이 새끼야."

백화의 눈빛에서부터 느껴지는 의지는 강렬했지만 그래 봤자 가
녀린 여자의 몸이었다. 원은 비틀린 입꼬리를 움직여 넌지시 질문
을 던져놓았다.

"그런데 말이야…… 넌 왜 강이안이 구해 줄 거라는 신파적인 얘
기 안 해?"

"뭐?"

"너도 아는구나. 강이안은 아무것도 못 한다는 거."

"그게 무슨……."

"그 새끼가 약해빠졌다는 것도…… 넌 이미 알고 있구나. 크흐
흐."

그리 말하는 원에게서는 묘한 희열이 느껴졌다. 마치 그렇게 믿
어야 자신의 존재가 높아진다고 생각하는 모양이었다. 백화는 그
런 그를 비웃는 것으로 상대했다.

"지금 누가 누구더러 약해빠졌다고 하는지 모르겠네."

"······."

"내가 봤을 땐, 본인이 누굴 걱정할 처지가 아닌 것 같은데."

백화는 보란 듯이 원을 위아래로 훑어보았다. 그녀의 시선이 거슬렸는지, 올라가 있던 원의 입꼬리가 싸늘하게 끌어내려졌다.

시한폭탄 같은 그가 터지기 일촉즉발의 상황. 백화는 눈 하나 깜빡이지 않고 뒷말을 이어 붙였다.

"왜. 약하다는 말······ 혹시 콤플렉스야?"

그러자 표정을 일그러트리는 건 원이 아닌 C7이었다.

"백화 님, 무례한 말을 당장 그만······!"

C7은 줄곧 차분하던 목소리로 그녀를 다그치려 했으나, 원은 한쪽 팔을 들어 그의 말을 가로막았다. 그러고는 서늘한 걸음을 앞으로 옮겨 백화의 코앞까지 가까워졌다.

"그 말, 한 번만 더 지껄이면······."

"······."

"아가리 찢어 버린다."

원의 가라앉은 목소리는 거친 협박이자 마지막 기회였다. 백화는 맞닿은 그의 시선에 조금의 자비도 담겨 있지 않다는 걸 알면서도, 눈동자에 담긴 적의를 감추지 않았다.

"비리비리하게 약한 새끼."

"······."

"찢어 봐. 이제."

결국 넘어버린 인내심의 한계.

"하······ 미친년이."

서슬 퍼런 욕설 뒤로 이어지는 건.

"앗—!"

정확히 백화의 오른쪽 뺨을 향해 내리꽂히는 원의 날카로운 손
끝이었다.

"어디로 가야 하는지는 알아?"

조수석에 앉은 이안이 초조한 듯 묻자 지성은 액셀을 지그시 눌
러 밟으며 대답했다.

"아마 예전에 이안 님께서 붙잡혀갔던 낡은 건물일 겁니다. 그 일
대는 모두 최원의 소유로 되어 있었으니까요."

"추측뿐이야?"

"네. 현재로써는 그렇습니다."

불안한 대답을 들은 이안이 미간을 좁혔다.

"만약 거기 없으면 어떡하라고……."

그렇게 불안해한다고 해도 확신을 줄 만한 단서는 가지고 있지
않았지만, 지성은 나긋한 음성으로 그를 타일렀다.

"걱정 마세요. 백화 님은 제가 꼭 찾아드리겠습니다."

이안은 무슨 대꾸를 하는 대신 차창 밖으로 눈길을 돌렸다. 아무
래도 그는 백화가 무사하다는 걸 확인하기 전까지 마음을 놓지 않
을 모양이었다.

서울 외곽, 인적이 드문 야산을 따라 빙 둘러진 비포장도로의 끝.
목적지는 이제 얼마 남지 않았고 지성이 아는 원이라면 분명 그곳
에 백화를 두었을 것이다.

그녀를 찾은 이안은 그제야 마음을 놓겠지만 지성은 딱 그 시점부터 압박감에 짓눌릴 것이다. 그는 집착에 미쳐있는 원이 오랜 시간 필사적으로 숨겨왔던 진실을 폭로할까봐 두려웠다. 그렇게 드러난 진실이 이안의 이성을 앗아가 버릴까봐 불안했다.

"이안 님."

지성은 낮은 목소리로 이안의 이름을 불렀다. 이안은 애먼 곳으로 돌렸던 시선을 다시 그에게로 건넸다.

"왜."

하지만 지성은 불러놓고도 한동안 입술을 떼지 못했다. 해야 할 거짓말이 있는데, 그 말을 내뱉는 순간 이안에게 받게 될 원망이 너무나도 가슴 아팠다.

"왜 그러는데."

이안은 그런 지성을 한 번 더 재촉했다. 평소와 달리 무거워진 분위기가 그의 감정을 더욱 위태롭게 만드는 듯했다. 지성은 그러고도 한동안 말을 꺼내지 못하다가.

"몸은 괜찮으세요? 그때, 정신까지 잃으셨잖아요."

결국 원래 하려던 것과 상관없는 말만 던져놓았다. 이안이 눈치채기에는 지나치게 자연스러운 말투였다.

"아, 응. 괜찮아. 잠을 많이 자게 된 것만 빼면."

사실 그거 말고도 이상한 점은 많았지만 이안은 솔직해지지 않기로 했다. 심상치 않은 몸의 상태는 이안마저도 받아들이지 못했기에, 섣불리 뱉어 버렸다가 괜한 걱정만 끼치고 싶지 않았다.

"피곤해서서 그럴 겁니다. 아마."

"알아."

그렇게 부질없는 거짓들만 주고받는 사이. 지성의 까만 세단은 원이 있을 폐건물 앞에 멈춰 섰다. 지성은 시동을 끄기 전 숨을 들이켰고 이안에게로 느리게 고개를 돌렸다.

아직은 당신에게 미움 받고 싶지 않아. 그들을 기만하는 거짓말을 내뱉고 싶지 않아. 그러나 안타깝게도 우리에겐 더 이상 시간이 없잖아.

"이안 님, 저⋯⋯."

"저 안에 있나 확인하고 올게."

지성은 어렵게 말문을 열었으나 머릿속이 온통 백화로 가득 찬 이안은 곧바로 차에서 내렸다.

"하아⋯⋯."

폐건물로 향하는 그의 뒷모습을 바라보던 지성은 느린 한숨을 내쉬었고 뒤늦게 운전석 밖으로 몸을 빼냈다. 그러고는 다급한 목소리로 이안의 걸음을 멈춰 세웠다.

"이안 님!"

"⋯⋯."

"잠시⋯⋯ 잠시 드릴 말씀이 있습니다."

멈칫한 이안은 다시 지성에게로 고개를 돌렸다. 초조함과 불안함으로 가득 찬 그의 두 눈은 지성의 입술을 더욱 무겁게 만들었다.

"할 말이 뭔데."

"⋯⋯."

"뜸 들이지 말고 빨리 말해. 너랑 이럴 시간 없어."

지성은 재촉하는 이안에게 마지막으로 묻고 싶은 말이 있다.

정말 괜찮겠냐고. 당신의 마음은 진실보다 나은 거짓말을 감당할 수 있겠냐고.

하지만 그리 말할 수는 없으니 그는 결국 흐린 눈으로 착한 거짓말을 시작한다.

"지금부터 제가 하는 말만 믿으세요."

"……."

"최원이 무슨 말을 하든, 제 말만 기억해 두세요. 아시겠어요?"

그건 평소의 지성답지 않은 강요 섞인 말투였다. 하지만 이안은 굳이 반항하지 않았다. 그도 그럴 것이, 이안은 언제나 지성을 당연하다는 듯 믿고 있었으니까.

"알았어."

짧게 흘러나온 이안의 낮은 목소리는 도저히 상처내지 못할 정도로 선했다. 지성은 시선을 내리깔았고 이안이 소화할 수 없는 말을 덤덤히 꺼내놓았다.

"이안 님을 낳아주신 분들은 제가 죽였습니다."

"……뭐?"

"이안 님의 부모님은 처형 당일 제 손에 돌아가셨습니다."

"그게 지금 무슨……."

"제 탓입니다. 전부."

언젠가 진실이 덮쳐올 때를 대비해 열심히 준비해 둔 거짓말이었다. 결코 쓰는 일이 없기를 바랐지만 결국엔 이렇게 사용하고 말았다.

그 내용은 지독히도 나빴으나 적어도 이안을 고통스럽게 만들지는 않았다. 그저 주인을 지키고 싶었을 뿐인 시종은 오로지 주인을 위해 자신의 가슴을 허물어트렸다.

　"제가 그들을 처참하게 죽였고, 제가 이안 님의 인생을 송두리째 망가트렸습니다."

　"……."

　"그러니…… 저를 원망하세요."

　그리 얘기하는 지성의 손끝은 이안이 알아차리지 못할 만큼 미세하게 떨려 왔다.

　"나쁜 것도, 잘못한 것도, 모든 비극의 시작이 된 것도……."

　목소리가 점점 흐려진다.

　"전부 저의 존재입니다. 이안 님."

　마지막 한 마디는 진실이라고 인정해버린 사람처럼.

　지성에게 향한 이안의 눈동자가 위태롭게 흔들렸다. 빠짐없이 듣고도 아파하지 못할 만큼 이안은 혼란스러워하는 중이었다.

　그는 고개를 가로저었고 짧은 부정의 말을 뱉어 냈다.

　"말도 안 돼."

　"……."

　"니가 나한테 그럴 리가……."

　그러나 확언하지는 못했다. 머리로는 그의 고백을 부인하고 있지만 다시금 떠오르는 원의 목소리는 이안의 마음을 자꾸 헤집어 놓았다.

　'그나저나 비극인 건지, 희극인 건지 알 수가 없네.'

'너랑 한지성의 관계 말이야.'

'역겹지도 않나?'

'……부모 죽인 새끼랑 같이 붙어 다니는 거.'

내내 마음에 가시처럼 걸렸었던 그 말. 아니길 바랐는데 사실이었구나. 내가 오해일 거라 믿었던 그 뜻이었구나.

이미 알던 사실을 외면하고 있었던 양, 놀라거나 억울하거나 서운한 감정도 없었다. 그래서 그의 마음은 더욱더 깊은 심연으로 가라앉았다.

이안은 잠시 숨을 고르다, 겨우 입술을 떼어 냈다.

"나중에 얘기해. 지금은 이럴 때가 아니잖아."

의미는 분명 재촉이었지만 멀어지는 발걸음은 현실로부터의 도피와 같았다. 지성은 다시 돌아서려는 이안을 물끄러미 바라보다가 성큼성큼 걸음을 옮겼고.

"꼭 지금이어야 합니다!"

단호히 말하며 그의 어깨를 붙잡았다. 이안의 몸이 휘청거릴 만큼 억센 손길이었다.

"지금 당장…… 제 말 그대로 믿으셔야 합니다."

"……."

"제가 알려드린 대로 기억하고 계셔야 합니다."

믿고 싶지 않고 알고 싶지 않고 기억하고 싶지 않은데, 넌 왜 이렇게 매정하게 구는 건지 모르겠다. 나에게 그 어떤 아픔도 주지 않으려 했던 니가 지금은 왜 이렇게 잔인한 상처를 내는 건지도 모르겠다.

이안은 천천히 고개를 저었다. 마음이 조급해진 지성은 이안을 붙잡은 손에 강한 힘을 불어넣었다.

"원을 만나기 전에 알았다는 대답이라도……!"

그러나 강제성 섞인 부탁이 다 끝나기도 전에 이안의 언성이 높아졌다.

"그만!"

잠시 굳어 버린 채로 그의 얼굴을 마주하고 있으니, 일렁이는 시선을 바닥으로 떨어트린 이안은 서러운 음성으로 몰아붙였다.

"그 말을 왜 지금 나한테 해!"

"……."

"내가 너한테 뭘 해 주길 바라는 건데!"

지성은 사정없이 흔들리는 그의 눈동자를 더 이상 마주하지 못하고 눈을 돌려버렸다. 이안은 어깨에 닿은 손을 떼어내며 의도치 않게 쏟아낸 원망을 거두었다.

"알았으니까…… 알았으니까 그만해……."

"……."

"나 백화 찾으러 가야 돼……."

다시 흐려진 마지막 한 마디를 끝으로 이안은 잠시 묵혀두었던 발걸음을 옮겼다. 멀어지는 그의 뒷모습은 누군가를 향해 가는 것이 아니라 지옥 같은 자리를 벗어나는 것처럼 보였지만, 지성은 굳이 붙잡지 않았다.

거짓보다 더 추악한 모습을 띠고 있는 진실. 지성은 차라리 이안이 저대로 진실이 닿지 않을 곳까지 멀어지길 바란다. 그를 잃어버리는 건 죽기보다 끔찍하지만, 제대로 자신의 곁에서 사라져 버리길 원한다.

우리는 시작부터 잘못되어 버린 운명이니까. 만나서는 안됐을 악연이니까.

지성은 무거워진 발걸음을 억지로 떼어 냈다. 폐건물로 향하는 동안 이안은 한 번도 뒤를 돌아보지 않았다. 그가 감추려는 표정은 보지 않아도 눈에 선했다.

아마 울지도 못하고 있을 거다. 누군가를 원망하기엔 마음이 너무 선한 사람이라서.

이안이 폐건물의 무거운 쇠문을 밀어젖히는 순간, 지성의 머릿속에선 안타까운 이안의 목소리가 떠올랐다.

'한지성. 오늘 알게 됐는데…….'

'나는 사람과 사람 사이에서 태어난 것 같아."

숨이 막혀왔다. 그래서 지성은 비릿한 맛이 배어날 때까지 입술을 깨물었다.

서늘한 기운만이 감도는 폐건물 내부.

다시는 오고 싶지 않던 그 공간에 발을 들여놓았을 때, 이안의 애타는 눈동자는 이미 젖어 있는 상태였다. 그는 반쯤 정신을 놓은 걸음으로 폐건물의 수많은 공간을 찾아 뒤졌고, 쉽게 나타나지 않는 백화의 흔적에 흐린 한숨만 내쉬었다.

"없어……."

"이안 님. 진정하세요."

이제 남은 것은 옥상뿐. 만약 그곳에서도 백화를 찾아내지 못한다면 그들에게는 아무런 희망도 없었다.

옥상으로 향하는 녹슨 문 앞에 멈춰 선 이안은 짧게 숨을 들이마셨다. 손잡이를 붙잡고 돌리기만 하면 되는데 너무나도 불안해진 마음 때문에 열어볼 용기가 나질 않았다.

하염없이 차오르던 답답함은 어느새 무기력한 자신에 대한 원망이 되어 버렸다.

나는 지금 대체 뭘 하고 있는 걸까. 왜 아무것도 할 수 있는 게 없을까. 무엇이 그리도 두려운 것일까.

아무리 생각해 봐도 결론은 자신이 나약한 탓이었다. 모든 것이 절망스러워 눈을 질끈 감아버리자, 아찔한 두통과 함께 몸이 쓰러질 듯 휘청거렸다.

"이안 님! 괜찮으세요?"

뒤에 서 있던 지성은 급히 이안의 몸을 붙잡으려 했다. 하지만 이안은 그의 손길이 닿기도 전에 차갑게 밀어내버렸다. 망설임은 없었지만 의도하진 않았던 행동이었다.

자신조차 당황해 버린 이안은 뒤를 돌아보려다가 차마 그러지 못하고 조심스럽게 말했다.

"괜찮아. 걱정 안 해도 돼."

이안은 숨기려 했지만 지성은 이미 눈치채고 있었다. 자신을 피하고 있는 이안의 마음을. 그것은 자신의 거짓말이 통했다는 증거였고, 원을 만나기 전 이뤄진 것이 참 다행인 일이었다.

지성은 내밀었던 손길을 군말 없이 거둬냈다. 짧은 숨을 들이마신 이안이 문고리를 돌렸다.

끼익—

듣기 싫은 쇳소리와 함께 칼날 같은 바깥 공기가 피부를 스쳤다. 떨리는 시선을 정면으로 들어 올리자 어슴푸레한 달빛 아래 누군가의 실루엣이 비쳐 들어왔다.

까마귀의 날개처럼 음산하게 휘날리는 까만 가죽코트. 본능적인 위협감을 자아내는 서늘한 눈동자. 등골에 소름이 끼쳐오를 정도로 광기 어린 비웃음.

"아, 이제 도착한 거야?"

휘몰아치는 어둠의 깊이에 비해 태연히 그들을 맞이하는 그 사람은.

"최원……."

이안은 뻔뻔한 낯짝으로 나타난 그를 가라앉은 눈동자로 바라보았다. 원은 인사대신 빙긋 눈웃음을 건넸고 오른손을 들어 가볍게 흔들어 보였다.

제스처는 가벼웠지만 반기는 건 아니었다. 그의 차가운 손끝에 보란 듯이 들려있는 권총은 위협의 의도가 충분했으니까.

"기다리느라 지루해 죽을 뻔했어."

"백화 어디 있어."

"와, 오자마자 그년부터 찾는 거야?"

"내 질문에 대답이나 해. 백화 어디 있냐고."

이안은 너스레를 떠는 원에게 사납게 물었다. 늘 온화하기만 하던 그가 처음으로 내비치는 감정이었다.

원은 그 반응에 더욱 희열감을 느끼며 가볍게 대꾸했다.

"저 밑에 떨어졌어."

"……뭐?"

"벌써 뒈졌을걸."

그러면서 장난스레 목을 긋는 시늉을 하자 이안의 시선이 떨려온다. 원은 이 모든 것이 재미있어 죽겠다는 듯 웃어댔다.

"크흐흐, 농담이야. 순진하게 그걸 믿네."

"대체…… 이게 뭐하는 짓입니까."

그 광경을 바라보던 지성이 무섭게 가라앉은 목소리로 물었다. 원은 이안에게 머물러있던 눈동자를 틀었고 이전보다 차분한 표정으로 대답했다.

"나한테 너무 뭐라고 하지 마. 나도 오늘 이렇게까지 일을 키울 생각은 없었어."

"이 상황에도 남 탓을 하시는 겁니까?"

"남 탓이 아니라 전부 그년 때문이야. 나한테 감히 약해빠졌다는 말이나 무례하게 지껄이고……!"

"그만하세요, 제발! 여기서 얼마나 더 망가지셔야 정신을 차리시겠습니까!"

결국 지성은 끓어오르는 화를 누르지 못하고 언성을 높이고 말았다. 누가 무슨 말을 해도 무시해 왔던 원은 이번만큼은 참지 못하고 눈썹을 일그러뜨렸다. 머지않아 흘려보내는 목소리엔 분노보다 서러움이 더 짙게 배어있었다.

"그건 내가 묻고 싶은 말이야……."

"……."

"도대체 내가 얼마나 더 망가져야 넌 저 새끼를 원망하기 시작할까."

그 말을 하는 원의 의도를 지성만큼은 정확하게 눈치채고 있다. 이안을 향한 날카로운 시선이 무슨 비밀을 품고 있는지도 충분히 알아차리고 있다.

마음 같아선 시한폭탄과 다름없는 원을 당장이라도 쥐어 비틀고 싶은데, 이안은 지성보다 먼저 원에게로 다가갔다. 그러고는 손이 닿을 거리에 멈춰 싸늘한 목소리를 꺼내놓았다.

"원망 받는 건 아무래도 좋으니까……."

"……."

"백화가 어디 있는 지나 말해."

평소에는 감정이 격해져 폭주를 하진 않을까, 늘 두려워하던 이안이었다. 하지만 지금의 그는 용솟음치는 분노를 숨길 생각조차 없어 보였다.

원은 그런 이안을 물끄러미 바라보다가, 피식 가벼운 웃음을 흘렸다.

"영수야, 끌고 나와."

다른 이에게 명령하고 있지만 원의 눈동자는 이안을 정확히 직시했다. 이안은 그 시선에 담긴 멸시를 알기에 피하지 않을 생각이었다.

"웁……우웁!"

그러나 뒤편에서부터 터져 나오는 신음은 이안의 시선을 단번에

앗아갔다. 옥상의 비상구 뒤편에서부터 원의 어린 시종에게 붙잡혀 질질 끌려 나오는 사람은 그가 목숨보다 애타게 찾고 있던 사람이 었으니까.

"백화…… 백화야!"

이안은 겨우 찾아낸 백화의 이름을 부르짖었다. 쇠사슬에 묶인 것도 모자라 입까지 테이프로 막혀 버린 그녀는 바라보기만 해도 안타까운 모습이었다.

이안은 백화에게로 달려가려했지만 원은 C7에게로 권총을 던졌다. 그걸 가볍게 건네받은 C7은 총구를 백화의 관자놀이 옆에 겨눔으로써 이안의 발길을 막았다.

"다가오지 마십시오."

"하지…… 하지 마……."

"한 발만 더 가까이 오면 방아쇠를 당기겠습니다."

"당장 그 손 치우라고!"

이안은 흥분한 기색을 드러내며 고함을 내질렀다. 창공을 메우는 목소리는 짐승의 서러운 울부짖음과 같아서 그걸 바라보는 백화의 눈빛이 크게 흔들렸다.

언제나 감정이 잘 드러나지 않았었던 이안의 표정은 그 어느 때보다 격한 감정을 품고 있다. 목소리는 원망과 울분이 섞여 있었지만 백화를 향한 애타는 시선엔 슬픔과 자책만이 가득하다.

'미안해.'

이안의 보랏빛 눈이 축축이 젖어들며 그리 말했다. 백화는 무너지는 그를 위해 눈빛으로 대답했다.

'괜찮아. 괜찮으니까 울지 마. 이안 씨.'

물론 이 상황이 두려운 건 그녀도 마찬가지였다. 억울함과 서러움이 파도처럼 밀려들어서 그녀도 울고 싶은 기분이었다.

그러나 서늘하게 겨누어진 총구도, 수차례 얻어맞아 감각조차 없어진 오른뺨도 괜찮은 척 해볼 작정이었다. 적어도 이안의 눈앞에서만큼은.

"아, 그러고 보니 이 상황. 며칠 전에 내가 그토록 만들고 싶어 했던 바로 그 상황이네."

"……."

"너, 니 여자, 나. 이렇게 삼자대면."

두 사람을 바라보던 원이 난간에서 가볍게 내려오며 말했다. 지성은 그의 비틀리는 입꼬리를 바라보면서도 떨리는 이안의 팔을 붙잡았다.

"동요하지 마세요. 이안 님."

"……."

"그럴수록 더 악독해지는 사람이니까."

하지만 정작 동요하고 있는 건 지성이었다. 원은 지금 이 순간 지성의 눈빛에 어린 미묘한 불안감을 읽어냈다. 그는 백화와 C7이 있는 쪽으로 걸음을 옮겼고 의미심장한 혼잣말을 중얼거렸다.

"나의 Z999이 전전긍긍할 때도 있네…… 더 괴롭혀주고 싶게."

어느새 백화의 바로 옆에 도착한 원은 삐딱한 자세로 쪼그려 앉았다. 차갑게 얼어붙은 그의 손은 이안의 시선을 의식하며 백화의 머리카락을 쓰다듬었다.

"손 치워."

"크흐흐, 싫어."

"제발…… 그러지 말고 그 손 치워."

"싫다고."

이안의 애타는 목소리에도 눈 하나 깜짝하지 않는 원은 기어이 이안을 무너트릴 모양이었다. 그 악의를 알아차린 백화는 이안이 더 동요하기 전에 거칠게 몸을 틀어 원의 손길을 거둬냈다. 살기 어린 원의 눈동자가 일순간 그녀에게로 향했다.

"아직도 팔딱거리네……."

"……."

"아까 더 세게 내리칠 걸 그랬다. 생선 기절시킬 때처럼. 그치?"

존재 자체를 기만하는 원의 태도에 백화는 분노를 담아 미간을 구겼다. 그러자 원은 그녀의 입을 막은 테이프를 붙잡았고.

"이제 짖어 봐, 한 번."

무례한 명령과 함께 자비 없이 떼어냈다. 백화는 따가운 고통에 눈을 질끈 감았다.

"아아……."

그녀의 입술 새로 흐린 신음이 흘러나왔다. 가슴이 철렁 내려앉은 이안은 호흡마저 멈춰버렸다.

하지만 다시 눈을 뜬 백화는 곧바로 원을 노려보았고 성난 고함을 바락바락 내질렀다.

"이 미친 새끼가 진짜! 두드려 맞고 싶냐!"

조금도 겁먹지 않은 듯한 그녀의 태도에 이안의 눈동자가 휘둥그레졌다.

"어이고, 잘 짖는다. 그래."

"이안 씨! 걱정하지 말아요! 나 아무렇지도 않으니까!"

"거짓말도 잘하는구나."

"이거 금방 풀고 내 발로 갈 테니까 거기 서 있어! 알았지?"

"그럼 두 다리를 작살내지, 뭐."

원은 일방적인 대답과 함께 C7이 쥐고 있는 권총을 그녀의 허벅지 쪽으로 겨누었다. 이안은 뻐근하게 번지는 두통을 느끼며 흐린 목소리로 애원했다.

"하지 마……."

"멀리서 주둥이만 나불대지 말고 폭주라도 해봐. 그럼 나 같은 건 말끔히 정리할 수 있잖아."

"그러지 마……."

"왜. 못 하겠어? 그냥 니 여자가 다리병신 되는 게 더 나을 것 같아?"

이안을 끊임없이 자극하는 원은 우월감에 젖어있었다. 자신의 말에 따라 휘둘리는 그를 바라보는 게 굉장히 즐거운 모양이었다.

이안은 그런 원에게서 시선을 떨어트렸고 금방이라도 폭주할 듯한 이성을 억눌렀다.

"대체 왜 그러는 거야……."

머지않아 흘러나오는 건 부질없는 질문이었다. 그건 마치 한탄처럼 느껴질 뿐이라서 이안은 마땅한 대답조차 기대하지 못했다.

그러나 원의 바로 옆에 앉아 있는 백화는 알 수 있었다. 이안의 말이 터져 나온 즉시, 불현듯 멈춰 버린 원의 숨소리를.

"내 것을 다 빼앗긴 이유가…… 너보다 약하기 때문이었으니까."

원은 분명 그렇게 중얼거렸다. 이안에게는 닿을 리 없는 작고 흐린 목소리로.

이상한 낌새를 눈치챈 백화는 천천히 그에게로 고개를 돌렸다. 이제껏 광기로 얼룩져있던 눈동자는 이때껏 본 적 없는 선명한 감정을 띠고 있었다.

백화는 문득 원에게 묻고 싶은 질문이 많아졌다. 무슨 생각을 하고 있는지, 얼마나 아파하고 있는지, 그렇게 투명한 시선으로 왜 단한 사람만을 보고 있는 건지, 이안의 곁에 선 지성이 차가운 눈빛으로 응시할 때마다 왜 서러운 듯 숨소리를 흐리는지.

그러나 원은 곧 어떤 말도 붙일 수 없을 만큼 서슬 퍼런 표정으로 이안을 직시했다. 그리고 이번엔 먼발치에 있는 두 사람에게까지 닿을 만큼 또렷한 목소리로 말했다.

"왜 그러냐는 질문을 니가 나한테 던지면 안 되지. 이 개새끼야."

그 목소리엔 오로지 원망이 가득해서, 백화는 그의 기억을 꺼내 보고 싶을 정도였다.

'내가 왜…… 더 이상 A1이 아니야?'

탄생과 동시에 증명되었던 최우수 혈통의 자리. 그 자리를 나와 별반 다르지 않은 새끼에게 강제적으로 넘겨주던 순간, 어린 나는 억울함조차 담겨 있지 않은 목소리로 물었다.

왜 내가 너에게 무언가를 빼앗기고 있는 거냐고.

그러자 내게 A1 대신 B1이라는 명 혈통코드를 붙여주었던 관리인은 조금의 망설임도 없이 냉정한 대답을 뱉어 냈다.

'A1의 자리를 감당하기엔 신체적으로 많이 약하십니다.'

그걸 곧이곧대로 받아들인 나는 고개까지 까딱까딱 끄덕였다.

아, 그럼 저 애는 나보다 강한 거구나. 나의 혈통코드 A1을 넘겨받는 저 애는 이 세상에서 가장 고귀한 존재구나.

지금 생각해보면 난 너를 어렴풋이 동경했던 것도 같다. 그때가 너와 나의 저주 같은 인연의 시작인지 전혀 몰랐으니까.

그렇게 나의 삶은 반강제적으로 끌어내렸지만, 나쁘다고 생각하거나 불만을 가지지는 않았다. 너에게 분명 엄청난 힘이 있을 거라고 믿었던 나는 그저 한 순간에 저급해진 인생에 적응하려 노력했다.

가끔 이전과는 확연히 달라진 취급이 서럽긴 했지만, 그때마다 나는 내 나약함을 탓했다. 약하게 태어나서 그런 거라고, 약해빠진 나에게 이런 삶은 당연한 거라고, 그렇게 스스로를 납득시켰다.

그러다가 내가 열다섯 살쯤 되던 해였다.

'B1님. 새로운 시종이 배정되었습니다.'

'시종?'

'B1님의 체력적 한계를 보완해 줄 최고의 병기입니다.'

나는 예고도 없이 갑작스럽게 그를 처음 만났다.

내 또래쯤 되어 보이나 훨씬 다부진 체격, 하지만 허수아비처럼 메마른 표정.

그는 로봇이라 여겨도 이상하지 않을 만큼 생기가 없었다. 가끔은 살아 있는 게 맞는지조차 의심될 정도였다. 그 중에서도 나는 그의 망막에 덧씌워진 다갈색 홍채가 가장 이상하다고 생각했다. 눈썰미가 좋았던 나는 그 가짜 눈이 그렇게나 어색해보였다.

'왜 가짜 눈을 끼고 있는 거야? 멋 부리려고 한 것 같지는 않은데.'

무례할 정도로 직접적으로 물으니, 딱딱하게 흘러나오는 그의 대답은.

'······더 이상 존재해선 안 될 색깔이니까요.'

'존재해선 안 될 색깔이라······.'

'······.'

'혈통 코드는?'

'Z999.'

Z999. 있을 거라 생각조차 하지 못했던 최하위의 혈통이었다. 혈통법에 따르면 델타 존의 그 누구보다 나약하고 저능하며 불결해야 할 존재였다.

그러나 혈통코드가 무색할 만큼 그의 눈빛은 고결하고 굳건했다. 최하위 혈통의 '나약함'은 조금도 느껴지지 않았다.

'그 눈, 부럽네. 강해 보여.'

가짜 눈인 걸 알면서도 시샘하자 그는 그제야 내 눈을 피했다. 우리의 시작은 비록 살갑지 못했지만 적어도 그 안에 거짓은 없었다.

그래서 너는 아마 죽을 때까지 모를 거다. 우리가 그때 나눈 감정이 무엇이었는지.

'B1님의 뜻대로 처리하겠습니다.'

'원하시는 것을 제게 말씀해 주십시오.'

'명령만 내려 주신다면, 모든 일은 B1님이 바라는 대로 진행
시키겠습니다.'

그는 마치 나를 위해 태어나고, 숨을 쉬고, 존재하는 것처럼 순종
했다. 나는 그를 일개 시종이라고 생각하지 않았지만 그에게 나는
언제나 일개 주인일 뿐이었다.

'Z999. 실종된 C존의 에이전트들…… 혹시 니가 죽인 거야?'

'네. 제가 처리했습니다.'

'왜 그렇게…….'

'B1님을 해치려 계획하던 자들이니까요.'

감히 시샘할 수조차 없는 위대한 힘을 오로지 나에게만 바쳤던
우상.

'어깨에 피 나. 그 팔, 곧 떨어지겠어.'

'괜찮습니다. 체질적으로 회복이 빠르니 신경 쓰지 않으셔
도 됩니다.'

'몸은 좀 사려가면서 하지그래.'

'저는 어디까지나 B1님을 위해 존재하는 것이니 언제나 B1
님의 안위가 우선입니다.'

텅 빈 복종심이 지독한 갈증을 느끼게 해도 그 이상 욕심낼 수 없
었던 동경의 대상.

그래, 그는 나의 신이었다. 하염없이 닮고 싶고, 갖고 싶고, 바라
보고 싶던 존재였다.

그는 나의 잃어버린 힘이자 내가 미처 가지고 태어나지 못한 강함. 그리고 나를 완벽하게 만들 수 있는 유일한 빛. 그 사람만 곁에 있어 준다면 빼앗긴 통치자의 삶도 별로 억울하지 않다고 생각했는데.

'……그게 무슨 말이야?'

'Z999은 내년 첫째 날부터 A1님의 직속보좌관으로 배치될 예정입니다.'

'그러니까 그게 무슨 개소리냐고!'

나는 왜 또다시 그를 너에게 빼앗겨야 했을까.

'A1 그 새끼가 대체 왜 Z999을 데려가! 왜!'

처음으로 거칠게 따져 물었던 질문 끝에 돌아온 대답이.

'약하시니까요.'

'……뭐?'

'B1님은 Z999을 감당하기에…… 너무 약하시니까요.'

왜 하필 또 수년 전의 그 말이었을까.

'내가…… 약해서라고? 이 델타 돔에서 강하다고 말할 수 있는 건, 진짜 돌연변이 Z999뿐인 거 다 알아.'

'……'

'그 힘이 두려워서 맨 밑바닥으로 처절하게 그 앨 끌어내린 주제에! 이번에도 내가 약한 탓으로 돌려버리는 거야?!'

'B1님 진정하시고……'

'그 개 같은 실험 실패작은 통치자 놀이나 시켜 주고! 왜 또 나는 그 장단에 맞춰서 다 빼앗겨야 하는데!'

내가 알고 있는 너의 비밀은 '나약함'이었다. 너는 단지 특별한 그 사람의 존재를 뛰어넘으려다가 실패한 A1존의 실험체였다.

그걸 알면서도 난 너에게 고개를 숙이고, 통치자로 떠받들어주고, 그렇게 너는 최고가 아닌 혈통으로 최고의 삶을 살고.

거기까진 나도 아무 말 없이 지켜봐 줬잖아. 부러워하지도 않고, 질투하지도 않았잖아. 원래 내 것이었던 혈통도, 지위도, 권력도 모두 다 넘겨줬으면…….

'당장 데려와!'

'B1님 진정하세요! 이번 시종도 기어이 죽이셔야 속이 시원하시겠습니까?!'

'Z999 아니면 다 죽여 버릴 거니까, 당장 그 애 데려오라고!'

그 사람만큼은 건드리지 말았어야지. 내게서 빼앗아가지 말았어야지.

"백화 더 이상 건드리지 마."

"……."

"나 이제 못 참겠으니까 제발……."

지금 너는 흐린 목소리로 내게 애원한다. 너의 사람을 건드리지 말라고. 나의 사람을 건드리다 못해 강탈해간 니가 감히 그렇게 말한다. 주제도 모르고.

나는 너의 나약한 눈동자를 볼 때마다 속이 타들어 갈 것 같은데, 어느덧 너의 사람이 된 그는 이런 나를 적의 가득한 눈으로 바라보고 있다.

그를 떠나보낸 지도 어느덧 11년째. 이성적으로 계산해 보면 까마득히도 긴 시간이지만.

"나도 못 참겠어……."

아직도 그와 지냈던 과거에 얽매인 나에게 그딴 건 조금도 중요하지 않다.

"너의 그 약해빠진 면상때기 쳐다보고 있는 것도……."

나는 아직도 그를 필요로 하고 너는 아직도 내 눈에 나약해 보일 뿐이니.

"……정말 더는 못 해먹겠어."

뒤틀린 결말을 납득하지 못한 나만 이렇게 미쳐갈 수밖에.

원은 백화의 뒷목을 거칠게 부여잡았다. 그 모습을 바라본 이안은 이를 악물며 그의 손아귀를 노려보았다.

그러나 원은 그가 결국 아무것도 하지 못할 거라 믿고 있었다. 이안의 나약함을 굳게 믿고 있는 그는 제발 지성도 그 사실을 깨달아주길 바랐다.

그래야 약하다는 이유로 빼앗겨버린 그 사람은 다시 제자리로 돌아와줄 테니까.

"강이안…… 나는 니가 내가 있는 곳까지 추락했으면 좋겠어. 그리고 Z999, 너는……."

"……."

"다시 날 니가 있는 곳까지 끌어올려 줬으면 좋겠어."

서러움 가득한 원의 말은 마치 최후의 순간 내뱉는 유언과도 같았다. 누구 하나 대꾸해 주는 사람은 없었지만 그는 모든 준비를 마친 듯 백화의 얼굴을 힘주어 끌어당겼다.

"윽!"

그리고 가는 신음이 터지기가 무섭게 그는 결코 원한 적 없던 그녀의 입술을 강압적으로 집어삼켰다. 오직 더럽히고 싶다는 일념 하나만으로.

백화의 손이 원을 떼어 내려 발악하면 할수록 그의 혀는 집요하게 파고들어갔다. 질끈 감은 그녀의 속눈썹 아래로 투명한 공포감이 떨어졌다.

"이안…… 이안 님!"

모든 광경을 지켜보고 있는 지성은 본능적으로 이안을 붙잡았다. 지나치리만큼 잠잠해진 그는 폭발을 앞둔 화산과도 같았다.

"이안 님! 제발 정신 차리세요!"

지성은 소리 높여 그를 불렀지만 돌아오는 대답은 없었다. 이미 이성을 놓아버린 사람처럼 이안은 차가운 숨만 내쉴 뿐이었다.

원은 그제야 고집스러운 입술을 떼어냈고 고갤 돌려 이안을 바라보았다. 평소의 온순함을 흔적도 없이 지워낸 이안의 눈동자는 사람의 것으로 보이지 않을 만큼 기괴한 빛을 띠고 있었다.

"……죽여도 되는 거지. 죽이고 싶어. 죽일래. 죽일 거야."

이안의 입술 사이로 본능에 충실한 혼잣말이 새어나왔다. 지성은 절박한 표정으로 그를 안은 팔에 힘을 더했다.

"이안 님!"

"죽여 버릴 거야. 죽여 버릴 거야. 죽여 버릴 거야……."

"이안 님! 진정하세요!"

"다 죽여 버릴 거야……."

하지만 이안은 소름끼치도록 싸늘한 음성만 중얼거리며 공허한 발걸음을 움직였다. 이 모든 행동 안엔 이안의 의식도, 자아도 존재하지 않았다.

백화는 폭주를 시작하는 이안의 모습을 지켜보며 떨리는 숨소리마저 죽였다. 두려운 건 아니었다. 도망치고 싶은 것도 아니었다. 그녀는 그저 걷잡을 수 없이 최악으로 추락하는 상황이 낯설고 혼란스럽기만 했다.

"크흐흐, 11년 전 폭군이 이제야 돌아왔네."

원의 입가에 느긋한 비웃음이 얹혔다. 그는 발밑에 있는 백화의 머리채를 붙잡았고 막무가내로 제 앞에 끌어다놓았다.

"악! 아파!"

"잘됐네! 이제 드디어 강이안이 사람 죽이는 꼴 구경 좀 하겠어!"

"아파! 아프다고! 이 새끼야!"

"내가 말했지? 저 새끼는 폭주하면 사람을 갈기갈기 찢어버린다고!"

그리 말하는 원의 목소리엔 뜻 모를 희열이 서려 있었다. 백화는 고통스러운 비명을 내질렀고, 그 순간 이안의 눈동자는 완벽한 어둠으로 물들었다.

폭주하는 시선이 향하는 곳이 원인지, 백화인지 확실치는 않았다. 그러나 지성은 느낄 수 있었다. 지금 이안에게 남아있는 건 잔혹한 살의뿐이라는 걸.

"이안 님, 제발 정신을……!"

지성은 자신의 모든 힘을 더해 이안을 붙잡았다. 하지만 이안은 점점 더 격렬한 공격성을 띠기 시작했고, 그건 곧 지성이 감당할 수 없을 정도로도 치달아올랐다.

"당장 이곳에서 벗어나세요! 죽고 싶지 않으면!"

한계를 느낀 지성은 애타는 고함을 거칠게 내질렀다. 그러나 원은 위기를 벗어날 생각이 전혀 없어보였고 백화 역시도 벗어나지 못하고 있었다.

지성은 더 이상 이안의 폭주를 감당할 수 없을 지경인데, 그들의 어린 몸이 머물러있는 곳은 여전히 핏기 어린 옥상이었다.

"이안 님…… 제발 폭주를 멈추세요……."

지성은 한 번 더 애원하듯 매달렸다. 이안의 힘은 이미 자신이 제어할 수 있는 수준을 넘어섰지만, 그는 제발 폭주하는 이안이 제 품 안에서 멈춰주기를 간절히 바랐다.

"이안 님……."

"으……."

"이안 님!"

"으아아아!"

하지만 완벽한 괴물로 거듭나버린 이안은 목이 찢어질 듯한 괴성과 함께 지성의 품을 벗어났다. 원이 붙잡고 있는 백화에게로 달려드는 그는 안타깝게도 지켜야 할 대상과 없애야 할 목표조차 구분하지 못하는 상태였다.

"그래! 다 죽어 버려! 그렇게!"

원은 폭주하는 이안을 부추기며 백화의 몸을 구둣발로 떠밀었다. 원래의 폭주 개념대로라면 원보다 앞에 있는 백화부터 해치게 될 테니, 그동안 그는 유유히 옥상을 벗어나버릴 계획이었다.

아니나 다를까. 순식간에 백화의 앞으로 다가온 이안은 괴력이 실린 팔을 뻗었다. 위기를 느낀 백화는 고통을 준비하듯 눈을 감았고 어깨를 잔뜩 움츠렸다.

"안 돼!"

짙은 절망이 밴 지성의 고함이 옥상을 가득 메웠다. 그러나 이안의 손아귀는 한 치의 주저함도 없이 살아 숨 쉬는 울대를 붙잡았다. 잔뜩 솟아오른 근육은 상상하지도 못할 힘을 짐작케 했다.

"커억……!"

미처 비명이 되지 못한 신음이 터지고 허공에 떠오른 두 발이 맥없이 늘어졌다. 모두의 예상대로 이안의 파괴본능은 손끝에서부터 폭발하는 중이었다.

하지만 공격대상은 어느 누구도 예상하지 못한 사람이었다. 이론대로라면 폭주하는 이안과 가장 가까이에 있던 백화가 첫 타깃이 되어야 하지만.

"강이안…… 이 개새끼가…….."

막상 포획된 건 그녀의 뒤로 비열하게 물러나 있던 원이었다. 난데없는 돌발상황에 C7의 눈동자가 파르르 떨려왔다.

"놔……!"

원은 잔혹한 손아귀에서 벗어나기 위해 이안의 팔을 몇 차례나 내리쳤다. 그러나 폭주하는 이안의 눈동자는 조금도 흔들리지 않았고 오히려 힘만 더해질 뿐이었다.

"이안…… 이안 씨!"

백화는 이안의 이름을 크게 외쳤다. 그건 폭주를 저지하려는 의도였으나, 이안은 그녀의 목소리를 신호탄 삼아 원의 몸뚱이를 세게 내던져 버렸다.

허수아비처럼 휘둘러진 원의 몸뚱이가 딱딱한 옥상 시멘트 바닥에 철퍽, 매다 꽂혔다.

쿵― 잔혹한 소리와 함께 허리부터 떨어졌고 뒤흔들린 심장에 강렬한 고통이 일었다. 단단한 바닥에 이마가 부딪히자 붉은 피가 터져 나오며 어지럼증이 일었다.

"아…… 미친……."

그야말로 순식간에 벌어진 일격에 원은 곧바로 일어서지도 못하고 신음 섞인 욕설을 내뱉었다. 그렇게 한참을 삐걱거리다가 널브러진 몸을 간신히 추스르려는데.

빠악― 가차 없이 휘둘린 이안의 발끝이 원의 상체를 가격했다. 원의 몸뚱이가 찌그러진 캔처럼 맥없이 나뒹굴 만큼 초월적인 힘이었다.

원도 이번에는 피해가 상당했는지 고통도 호소하지 못하고 이를 악물었다. 통증의 강도로 보건대, 맞은 팔뚝은 이미 부러져 버린 듯했다. 하지만 이안은 그가 정신 차릴 틈도 주지 않고 그의 한쪽 다리를 붙잡았다.

"놔……! 놓으라고! 미친 새끼야!"

이안의 싸늘한 발걸음이 향하는 곳은 다름 아닌 옥상 난간이었다. 원은 바닥을 사정없이 긁어대며 저항했지만 이안은 멈출 기미도 보이지 않았다.

뼛속까지 스며드는 원초적인 공포감에 이성을 놓아 버린 원은 결국 자신의 구원자 쪽으로 애타는 시선을 돌렸다.

비록 함께했던 시절이 까마득하게 멀지만 아직까지 곁에서 놓지 못한 사람. 영원히 내 것이길 바라는 나의 힘. 언제나 그래 왔듯 나를 위해 움직여 줘. 내가 동경하는 그 힘으로 나약한 내 몸뚱이를 구원해 줘.

"한지성!"

원은 간절히 바라는 그 사람을 목놓아 불렀다.

"원 님!"

그러나 그 이름의 주인보다 먼저 몸을 던지는 사람은 이 순간조차도 선택받지 못한, 버려진 시종 C7이었다.

"그만두십시오! 그만!"

그는 처절하리만큼 필사적으로 이안에게 매달렸다. 이안은 허리에 휘감긴 팔을 떼어내려 했지만 C7은 혈관이 끊기는 듯한 고통에도 그의 몸을 놓아주지 않았다.

"부탁드립니다! 제발 원 님을⋯⋯!"

이미 다치고 상처 입은 C7의 몸뚱이는 폭발하는 이안의 힘을 버텨 낼 수 있을 리 만무했다. 그건 자살과 같은 부질없는 짓이었고 오히려 이안만 자극하는 미련한 행위였다.

그러나 사실을 알고 있을 텐데도 불구하고, C7은 어떻게든 이안의 폭주를 저지해 보려한다. 주인을 지키려는 그의 모습은 전세와 상관없이 강인하다.

순간 지성의 눈빛이 크게 흔들렸다. C7과 비교도 할 수 없을 만큼 강한 힘을 가진 지성은 두려움 때문에 이안을 막아내지 못하고 있었다. 불가능하다는 걸 깨달은 직후부터 멈추려는 시도조차 하지 않았다.

사실 지성은 이때껏 단 한 번도 이안의 폭주를 겁낸 적 없었다. 11년 전 첫 폭주를 수습하면서도 그는 그저 태연했고 숱한 폭주의 위기 역시 능숙하게 대처해 왔다. 그건 돌연변이 특유의 선천적인 힘과 치유력 덕분이기도 했지만 가장 커다란 이유는 따로 있었다.

돌연변이로 태어난 것부터가 잘못이었던 삶, 죽음은 전혀 두렵지 않았다.

'자, 그럼 이제부터 형을 집행한다.'

'두 사람은 A1님의 안위까지 위협할 만큼 끔찍한 돌연변이를 탄생시킨 죄로!'

'……지금 즉시 총살형에 처한다.'

자신의 존재로 인해 사라져 버린 소중한 사람을 홀로 남아 그리워하는 것도.

'너는…… 같이 있어 줄 거야?'

'가지 마…… 제발 나를…… 혼자 두고 가지 마…….'

시작부터 악연이 되어 버린 인연을 지켜내는 것도. 지성에게는 그야말로 생지옥일 뿐이었으니까.

태어난 적도 없던 것처럼 사라지는 게 끝없이 반복되는 고통에서 벗어날 수 있는 유일한 방법이었다. 그는 그렇게 확신하며 오랜 시간 죽음만을 기다려왔다.

'안녕하세요! 오늘부터 출근이세요?'

'이해실이라고 해요. 정직원은 아니지만 오늘부터 잘 부탁해요!'

그런데 언제부터였을까. 빈껍데기 같았던 내가 어제를 추억하고, 오늘을 기뻐하고, 내일을 기대하게 된 건.

'나는 지성 씨가…… 정말 많이 신경 쓰여요.'

'네, 좋아해요. 지성 씨.'

'저는 지성 씨를 원해요. 지금.'

당신 때문일까. 살아 있어서 다행이라는 생각을 하게 된 이유가.

사랑을 품어버린 지성은 폭주하는 이안을 막기 위해 목숨을 거는 일이 진심으로 두려워졌다. 폭주상태가 지속되면 선천적으로 평범하게 태어난 이안의 몸은 부서질 텐데, 그 사실을 너무나 잘 알면서도 이기적인 망설임만 커져갔다.

"이안 님……."

지성은 흐린 목소리로 하염없이 이안을 불렀다. 반응할 리 없다는 걸 알면서도 저지르는 세상에서 가장 부질없는 짓이었다.

예상대로 이안은 지성의 애타는 음성을 의식하지 못했고 방해라고 생각되는 C7을 사정없이 밀쳐 냈다. 덕분에 C7의 몸은 뼈가 으스러질 정도로 망가졌지만, 폭주하는 힘을 감당하지 못해서 늘어져버린 이안의 팔 역시 처참하긴 마찬가지였다.

이안은 아픔조차 자각하지 못하고 다시 원의 다리를 끌어당겼다. 원의 머리에서부터 흘러나오는 핏자국이 난간을 향해 이어졌다.

이대로 더 시간이 흐른다면 원은 목숨을 잃게 될 것이고 이안의 팔은 가루처럼 바스러져 버릴 것이다. 상황은 그야말로 최악이 되어버려 이안이 정신을 차렸을 땐 아무것도 남아있지 않을 것이다.

마치 11년 전 그 날처럼. 폭군이 되어 11년 동안의 외로움을 짊어 져야했던 지옥 같은 시간처럼.

"지성 씨!"

잔혹한 역사가 되풀이되기 직전, 옥상 한 편에서부터 지성을 부르는 또렷한 목소리가 들려왔다. 흐려진 그의 시야로 들어오는 건 참극의 한가운데서도 굳건한 백화의 눈동자였다.

"……백화 님?"

"당장 이 쇠사슬 좀 풀어 줘요!"

"……."

"얼른!"

백화는 자리에 얼어붙은 지성을 향해 다급히 외쳤다. 가까스로 정신을 다잡은 지성은 서둘러 그녀 쪽으로 걸음을 옮겼다. 거리가 좁혀질수록 더 자세히 보이는 백화의 얼굴엔 일말의 불안감도 없었다. 언제나처럼 그녀는 강인하고 대담한 모습이었다.

"백화 님 어디 다친 곳은……."

"지금이 나 걱정할 때에요?! 이거나 풀어 달라니까요!"

백화는 그녀의 안위를 걱정하는 지성을 매정하게 다그쳤다. 지성은 순간 당혹스러웠지만 이내 다급한 손을 뻗어 쇠사슬의 이음새를 끊어 주었다.

포박된 몸에 자유가 찾아오자 백화는 기다렸다는 듯 자리를 박차고 일어섰다. 그녀는 고개를 돌려 멀어지는 이안을 바라보았고 긴장된 한숨을 내뱉었다.

하지만 걱정스러운 기색과는 달리 씩씩하게 내뱉는 말은.

"이안 씨는 내가 어떻게든 막아 볼게."

"네……?"

"지성 씨는 다친 두 사람 좀 안전한 곳으로 옮겨 줘요."

폭주하는 이안을 막아 내겠다는 터무니없는 소리였다. 지성은 똑똑히 들어놓고서도 받아들일 수 없다는 듯 되물었다.

"이안 님의 폭주를…… 백화 님이 막겠다고요?"

"막아야지, 그럼."

"안 됩니다! 백화 님!"

지성은 금방이라도 달려 나갈 듯한 백화의 팔을 붙잡았다. 이안의 폭주가 얼마나 위험한지 알고 있는 이상, 절대 그녀를 그에게로 보낼 수 없었다.

"이럴 때가 아니야! 놔줘!"

"위험합니다! 폭주상태에선 백화 님도 알아보지 못해요!"

"그러니까 정신 차리게 하려고 가는 거 아니야! 지성 씨가 처음에 나한테 했던 부탁 생각 안 나요?!"

"그건……!"

"저 사람이 폭주할 때 멈춰달라며! 이젠 지성 씨도 감당하기 힘드니 내가 어떻게든 막아달라며!"

하지만 백화는 막무가내였다. 그녀는 지성의 손을 뿌리치려 애썼고 무모한 고집만 부려댔다.

답답해진 지성은 더욱 사나워진 목소리로 그녀를 다그쳤다.

"지금의 폭주는 평소와 다릅니다! 백화 님 목숨도 위험해질 수 있어요!"

"알겠으니까 놔!"

"정신 차려! 지금의 강이안은 평소에 알던 그 사람이 아니라고!"

그때, 성급함뿐이던 백화의 눈빛에 날카로운 분노가 서렸다. 그녀는 흔들리는 지성의 눈동자를 마주하며 차갑게 가라앉은 목소리로 물었다.

"강이안이 아니면 누군데."

"백화 님……."

"당신 눈에는 저 사람이 대체 뭐로 보이는데."

"제 말은 그런 뜻이……."

"내 눈에는…… 지금 누구보다 슬퍼하고 있는 우리 이안 씨로 보여."

"……."

"그러니까 내가 가서 달래줘야 해……."

백화의 말은 애원처럼 끝이 흐렸다. 그러나 지성의 귓가로 스며드는 순간, 여렸던 그녀의 음성은 예리한 칼날이 되어 그의 마음을 깊게 찌른다.

지성은 흔들리는 눈동자를 옮겨 다시 한 번 폭주의 현장을 바라보았다. 눈앞에 펼쳐진 현실은 여전히 끔찍하고 안타까웠다.

"이안 님……."

하지만 지성은 이제야 죽을 만큼 슬퍼하는 단 한 사람을 알아본다.

　　'제발 나를…… 혼자 두고 가지 마…….'

함께 있어 달라고 그랬었는데.

　　'나중에 누가 물어보면…… 내 편은 너라고 말해도 돼?'

같은 편이 되어달라고 그랬었는데.

"나는 지금 대체……."

휘몰아치던 공포가 후회로 바뀌었다. 모든 두려움이 가시자 그녀를 붙잡고 있던 지성의 손에선 거짓말처럼 힘이 빠져나갔다. 백화는 그 틈을 타 지성에게서 벗어났고 곧바로 이안에게로 내달렸다.

지금 그녀의 시선이 또렷이 향한 곳엔 폭주하는 이안이 있다. 이성을 잃어버린 그의 눈은 새까만 어둠을 닮아서 더욱 기괴하다. 그건 처음 그의 폭주를 발견했을 때도, 두 번째로 재차 확인했을 때도 같은 생각이었다.

마주하는 것조차 오싹하고, 소름이 끼쳐 오르고, 숨이 막히고.

　　'잡아 줬다.'

　　'네……네?'

　　'그 여자 말고 니 손.'

그러나 이 사람이 얼마나 선한 사람인지를 깨닫고.

　　'니가 부서질 것 같아.'

　　'내가?'

　　'……내가 널 아프게 하면 어떡해.'

이 사람이 얼마나 겁이 많은 사람인지를 알게 되고.

'날 꽉 붙잡아. 그리고 놓지 마. 절대.'

이 사람이 얼마나 사랑스러운 존재인지를 절실히 느끼게 된 지금.

그동안의 시간들이 헛되지 않았는지, 오늘 세 번째로 마주하는 기괴한 눈동자는 더 이상 무섭지 않았다. 오히려 꼭 안아서 달래 주고 싶을 만큼 서러워 보였고, 지켜줘야겠다는 생각만 들 정도로 안타까웠다.

"이안 씨!"

백화는 이안의 이름을 외쳐 부르며 그의 목을 힘껏 끌어안았다. 난간에 오르기 직전이었던 이안의 몸이 크게 휘청거렸고, 죽음을 향해 가던 발걸음은 잠시 멈추었다.

백화는 그가 두 팔에 더욱 힘을 불어넣어 자신의 심장을 밀착시켰다. 그러고는 이안이 가장 좋아하는 말을 주문처럼 흘려보냈다.

"이안 씨, 괜찮아. 이제 괜찮아. 내가 여기 있어."

"……."

"괜찮아. 내가 안아 줬으니까 이제 괜찮아……."

"으으……."

이안은 발작하듯 신음을 흘렸다. 그리고 머지않아 원의 다리를 붙들고 있던 손을 느슨하게 풀어냈다.

이성이 돌아오는 줄 알았으나 그건 아니었다. 원의 무게를 내려놓은 그의 손은 근육이 망가져 버렸는지 덜덜 떨려오다가 곧 그녀의 어깨를 거칠게 붙잡아 버린다.

"아!"

그것도 비명이 터져 나올 정도로 꽉 힘을 주어서.

"하아. 하아. 하아."

"이안 씨, 진정해……."

"으으……."

"나잖아, 백화……."

백화는 애타는 목소리로 이안을 달랬다. 그러나 그는 숨만 더욱 가쁘게 내쉬었고 머지않아 그녀의 몸을 밀어냈다.

백화는 자신의 존재를 거부할 만큼 심각해진 폭주상태에 몹시 불안해졌지만, 자신보다 더 무서워하고 있을 이안을 위해 눈빛으로조차 두려워하지 않으려 애썼다.

"이안 씨, 숨 천천히 쉬어. 천천히."

백화는 차분히 이안을 달래며 그의 두 뺨으로 손을 뻗었다. 다정한 손길로 어루만져주면 훨씬 더 수월하게 이성을 되찾을 수 있을 것 같아서였다.

그러나 이안은 그녀의 손이 닿기도 전에 옥상 비상구 벽 쪽으로 그녀를 밀어붙였다. 백화의 등이 세게 부딪혔고 날갯죽지 부근에 강렬한 통증이 번졌다.

"웃……!"

그녀는 입술을 깨물며 작은 신음을 흘렸다. 살기를 담은 채 어깨를 짓누르는 손아귀도, 원초적인 공포를 자아내는 숨소리도, 이안의 것이라는 게 마음 무너지도록 슬퍼졌다.

하지만 그럼에도 불구하고 폭주하는 이안에게서 도망칠 생각을 하지 못하는 이유는.

"이안 씨……."

"으……으으."

"많이 힘들지……."

고개를 들어 마주한 이안의 눈이 애원하고 있었기 때문이었다. 제발 구해달라고. 나를 멈춰달라고.

백화는 다시 한 번 손을 뻗었다. 따뜻한 손이 이안의 볼을 매만지자 그는 저항이라도 하듯 오기 섞인 힘을 더했다.

"이제 무서운 건 다 끝났어."

"으……."

"나랑 같이 집으로 돌아가자……."

그럴수록 백화의 목소리는 태연하게 흘러나왔다. 이렇게 해서 무의식에 잠긴 이안을 꺼내줄 수 있을 것처럼, 그녀는 그야말로 필사적이었다.

피부로 스며드는 따뜻한 체온에 거칠었던 이안의 호흡이 이전보다 차분해졌다. 그는 잠시 길고 흐린 한숨을 내쉬었고 어둠뿐이던 두 눈을 천천히 내려감았다. 파르르 떨리는 긴 속눈썹에선 그의 고통이 그대로 전해졌다.

"강이안……."

결국 눈시울을 붉히고만 백화가 그의 이름을 부르자, 그녀의 어깨를 짓누르던 이안의 손이 거짓말처럼 느슨해진다.

이성을 되찾고 있는 사람처럼 살며시 깨문 입술. 그 사이로 새어나오는 따뜻한 숨결. 모든 것은 예전의 이안으로 돌아오는 중이었다. 살며시 그녀에게서 떨어지는 손길은 평소의 그 사람처럼 자상하기 그지없다.

"많이 아파?"

백화는 부드러운 음성으로 그의 상태를 물었다. 그러자 이내 힘없이 움직이는 이안의 입술은 지독히도 서러웠다.

"아파……."

"……."

"너무 아파……."

울음 섞인 대답을 끝으로, 이안의 몸은 힘없이 무너져 내렸다. 브레이크가 고장 난 채 달리던 자동차가 어딘가에 부딪혀 겨우 멈춘 것처럼, 폭주를 끝낸 이안의 상태는 그야말로 만신창이었다.

"이안 씨!"

백화는 아픔이 가시지 않은 두 팔로 쓰러진 그의 뜨거운 몸을 끌어안았다. 귀를 가까이 가져다 대고 이안의 숨소리를 확인하니, 아까보다 훨씬 고른 숨이 여리게 새어나왔다. 그건 충분히 안쓰러웠지만, 이제 다 끝났다는 생각에 백화는 겨우 마음을 놓았다.

"백화 님……."

그 모습을 바라보던 지성은 한숨 섞인 목소리를 흘렸다. 이안을 놓쳐 버린 이후로 줄곧 혼란에 빠져 있던 지성은 아무것도 할 수 없었던 자신을 자책하는 중이었다.

처음으로 느껴보는 무기력함에서 이유를 찾으려다보니 어렴풋이 누군가의 얼굴이 떠올랐다.

'네, 걱정하지 말아요. 기다리고 있을게요. 지성 씨.'

하지만 억지로 지워냈다. 이안을 지키지 못한 게 꼭 그 사람을 욕심냈던 탓인 것 같아서, 그는 도저히 아무런 생각도 이어 나갈 수가 없었다.

결국 해답을 찾지 못한 지성이 쓰러진 이안에게로 다가서려던 그 순간.

타앙―!

귀가 아플 만큼 날카로운 총성이 창공을 찢어발겼다. 제자리에 얼어붙은 지성은 소란의 방향 쪽으로 시선을 어긋 냈다.

"저 괴물새끼는 꼭 내가 죽여 버릴 거야……."

가장 먼저 눈에 들어오는 건 이안에게로 떨리는 총구를 겨누고 있는 원이었다. 피투성이가 된 그의 손끝은 차마 무슨 말도 꺼낼 수 없을 만큼 비참했다.

"지금 이게 뭐 하는 짓이야! 누구한테 총을 쏴!"

백화는 본능적으로 이안을 바짝 끌어안은 채 원을 다그쳤다. 하지만 원은 고집스럽게 권총을 재장전 했다. 피로 뒤덮여 있는 그의 얼굴은 무슨 표정을 짓고 있는지 좀처럼 알아볼 수 없었다.

"죽고 싶지 않으면 먼저 죽여야 돼……."

"내려놓으라고! 미친 새끼야!"

"죽여야 돼. 죽여야……."

그러나 목소리로 드러나는 원의 감정은 거대한 공포심과 비슷했다. 위태로운 그를 바라보던 지성은 거친 고함을 내질렀다.

"폭주는 멈추었으니 진정하세요!"

"아아……."

"제발 좀! 총 내려놓고 진정하라고!"

원은 지성 쪽으로 고개를 돌렸다. 여전히 두 눈은 진정하지 못하고 떨려왔으나, 머지않아 거친 목소리를 터트리는 그는 나름대로 필사적이었다.

"오늘이 마지막 기회야! 오늘 못 죽이면 우리가 저 새끼 손에 뒤진다고!"

"……."

"멈출 수 있을 때 숨통을 끝내버려야 해!"

지성은 원이 왜 갑자기 이러는지 이해할 수 없었다. 그저 본능적인 불안만이 선명하게 느껴질 뿐이었다. 불안을 억누른 지성이 싸늘하게 가라앉은 얼굴로 입을 열었다.

"오늘 이후 당신이 나타나지 않는다면 이안 님도 폭주할 일 없을 겁니다."

"그게…… 그게 아니라……!"

"당장 델타 돔으로 돌아가세요. 그리고 다시는 제 앞에 나타나지 마세요."

참으로 냉정한 음성이었다. 원을 바라보는 지성의 시선에는 경멸밖에 담겨 있지 않았다.

원은 입술을 꽉 깨문 채로 그를 노려보았다. 평소대로라면 울분을 담아 역정을 내고도 남았지만, 자신을 이토록 뒤흔들리게 만드는 사람은 하필 그의 유일한 약점이었다.

원은 마른침을 삼키며 뒤틀리는 감정을 정리했다. 그리고는 절절한 애원을 지성의 모진 말 뒤에 이어 붙였다.

"니가 저 새끼한테서 벗어났으면 좋겠어."

"……."

"저 새끼 손에 죽어버리지 않았으면 좋겠어."

"원 님. 이제 그만……."

"강이안이 모든 걸 기억해내기 전에 도망치라고! 제발!"

그의 비명 같은 고함 안에 담긴 '기억'이라는 단어. 가라앉아 있던 지성의 시선이 파르르 떨렸다.

"그게…… 무슨 뜻입니까."

불길한 기색을 가득 머금고 지성이 되묻자 원은 체념한 듯한 표정으로 대답했다.

"강이안의 몸에 각성제를 투여했어……."

"……각성제?"

"그 약이 강이안의 잠재의식까지 전부 떠올리게 만들 거야."

"……."

"자신이 어떤 존재인지, 끊임없이 되풀이되는 악몽은 무엇이었는지. 그날 강화에 실패한 대가로 누가 처형당하고! 누가 나락으로 떨어졌는지!"

"……."

"니가 그토록 숨기고 싶어 했던 모든 것들을 전부 기억하게 될 거야!"

필사적인 목소리로 터져 나온 진실은 하나같이 지성의 마음을 허물어뜨렸다. 그도 그럴 것이, 원이 말한 기억들은 바로 지성이 그토록 숨기고자 했던 잔혹한 진실이었으니까.

"그걸 왜……."

"……."

"내가 어떻게 지켜왔는데 그걸 왜……."

비보를 전해 들은 지성은 흐린 목소리로 되물었다. 하지만 뒷말까지는 차마 이어지지 않아서 그는 곧 입술을 닫고 시선을 움직였다.

지금 지성이 바라보고 있는 건 백화의 품 안에 죽은 듯이 안겨 있는 이안이었다. 방금 전에 폭주하던 모습을 떠올릴 수도 없을 정도로, 늘어진 그의 몸은 한없이 여리기만 했다.

"이안 님……."

원은 지성의 눈동자에 묻은 미련을 읽어냈다. 그는 불안뿐이던 얼굴에 분노를 머금었고 참아왔던 울분을 되는 대로 터트렸다.

"강화실험에서 실패한 직후에 죽여 버렸으면 이런 일도 없었어! 그런데 그 병신들이 살려두는 바람에 지금 이 꼴이 난 거 아냐?!"

"……."

"부작용을 일으키는 실패작은 처리하는 게 맞는 거잖아!"

나쁜 뜻이 가득했지만 일부러 엇나가는 건 아니었다. 봇물처럼 터져 나오는 말은 원의 진심이었고 지성 역시 머리로는 그 뜻을 이해하고 있었다.

하지만 가슴으로는 차마 받아들일 수 없는 '실패작'이라는 단어. 사전적 정의 그대로 '일을 잘못하여 그르친 작품'이라 여기기엔 처음 마주했던 보랏빛 눈동자가 너무나도 선했다.

'행복하세요.'

'제가 그렇게 만들어드릴게요.'

얼마 전 이안에게 일방적으로 뱉어 두었던 약속이 떠올랐다. 그때는 별 대답을 듣지 못했지만 그날 바라본 그 사람의 뒷모습은 눈에 띄게 기뻐보였다.

'정신 차려! 지금의 강이안은 평소에 알던 그 사람이 아니라고!'

그런 사람에게 나는 오늘 그런 말을 내던졌다. 이안에게 느꼈던 두려움은 전부 스스로에 대한 혐오감이 되어 버린다.

"그냥 저 새끼 하나만 죽이면 끝나."

"……."

"끝내자. 이 지긋지긋한 악연 좀, 제발……."

원은 다시 한 번 이안의 숨통을 정확히 노린 총구를 겨누었다. 지성은 그 끝을 힘없이 바라보았고 잠시 모든 호흡을 멈추었다. 모든 것을 체념한 듯한 그의 표정에, 백화는 이안을 더욱 꽉 끌어안으며 소리를 질렀다.

"안 돼! 그러지 마!"

타앙—!

그 처절한 외침을 신호탄 삼아 기어이 쏘아지고야만 총탄.

너무 짧은 순간이라 아무것도 할 수 없었던 백화는 눈을 질끈 감았다. 그녀는 그저 모든 아픔이 이안을 빗나가길 바랐고 차라리 자신의 몸에 박혀들기를 빌었다.

하지만 총성이 터진 후 메아리가 맴도는 동안까지도 고통은 느껴지지 않았다. 서둘러 이안의 몸을 확인해 보니 그 어디에도 총에 맞은 흔적은 없었다.

"후우……."

그제야 안도 섞인 한숨을 내뱉으며 백화는 다시 한 번 원에게로 고개를 돌렸다. 그녀는 한 번 더 미쳐 날뛰는 원을 막아볼 생각이었으나, 실천에 옮기지는 못했다. 원을 가리고 있는 지성의 커다란 등 때문이었다.

"윽……."

지성의 입에서는 겨우 들릴 정도의 미세한 신음이 샜다. 순간 백화는 그가 총격을 당했다고 생각했지만, 머지않아 원의 손에서 권총을 빼앗아드는 그는 조금의 흔들림도 없었다.

"뭐하는…… 뭐하는 거야……."

이어지는 원의 목소리에는 당황감이 가득했다. 하지만 지성은 아무 대꾸도 없이 정장재킷 안주머니 안에 권총을 넣었고 단정하게 단추를 여몄다.

"Z999!"

지성을 부르는 원의 목소리가 처절해졌다.

그러나 매정하게도 뒤돌아선 지성은 천천히 백화에게로 가까워졌다. 그녀는 그의 몸 상태를 자세히 살폈지만 까만 그의 정장에서 핏자국을 찾을 수 있을 리는 없었다.

"지성 씨, 괜찮아요? 혹시 총……."

"괜찮아요."

"정말 다친 데는……."

"정말 괜찮아요, 백화 님. 전부 다 끝났잖아요."

지성은 단호한 목소리로 그녀의 질문을 끊었다. 믿기지는 않았지만 어쩐지 믿어 줘야 할 것만 같은 대답이었다. 백화는 그런 그를 가만히 올려다보다가 품 안의 이안을 내보이며 말했다.

"이안 씨도 괜찮아요. 잠깐 정신은 잃었지만……."

그러자 지성은 내리감은 이안의 속눈썹 위로 시선을 떨구더니 그녀의 눈앞에 손을 건네며 물었다.

"혼자 일어날 수 있겠어요?"

"네? 아, 네."

"이안 님은 제가 업을 테니까, 우선 손부터 이리 내요."

재촉하는 목소리는 아니었다. 그러나 어쩐지 서둘러야 할 것만 같아서, 백화는 이안을 순순히 품 안에서 내려놓고 그의 손을 버팀 목 삼아 일어섰다.

순간 지성은 이를 악 무는 듯했지만 이내 다시 표정을 풀었다. 그건 분명 심상치 않은 기색이었지만, 지성은 그녀가 무언가 되묻 기도 전에 이안을 가뿐히 들쳐 업었다.

"집으로 데려다드릴게요. 차로 같이 내려가요."

이대로…… 이렇게?

라는 의문이 떠오르긴 했지만 지성의 걸음은 먼저 미련 없이 움 직였다. 백화는 얼떨결에 그의 뒤를 따르며 문득 고갤 돌려 원의 표 정을 살폈다.

목소리에서 느껴졌던 것만큼이나 원의 눈빛은 혼란스러웠다. 그 는 제자리에서 움직이지도 못하고 거친 숨을 신경질적으로 몰아쉬 었다. 그러다가 이안을 업은 지성이 옥상 비상구 안으로 들어갈 때 쯤 되자 악에 받힌 고함을 내지른다.

"뭐하는 거냐고! 병신새끼야! 그 시한폭탄 짊어지고 가서 뭘 어쩌겠다는 건데!"

피에 젖은 그의 손이 눈가를 감싸 쥐는 모습은 가슴 아릴 정도로 절박하다.

모든 상황을 곁에서 지켜보게 된 백화는, 갑자기 지성에 대해 궁금한 것이 많아졌다. 아까 이안을 두고 나누었던 대화는 무엇이었는지, 실험에서 실패했다는 얘기는 무슨 뜻이었는지, 당신의 인생은 왜 나락으로 떨어졌고, 이안이 왜 진작부터 없애버려야 했던 존재라는 건지.

그러나 옥상에서 벗어나는 지성의 뒷모습은 그녀에게 확실히 말하고 있었다. 물어보지 말아달라고. 오늘은 제발 우리에 대해 아무것도 물어보지 말아달라고.

하는 수 없이 백화는 불안함을 가슴 한편에 묻어둔 채로 지성을 따라나섰다. 욱신거리는 어깨 때문에 어쩐지 뒤늦은 서러움이 밀려왔지만 그녀는 구겨졌던 미간을 의식적으로 풀어내며 아픔을 감췄다.

"죄송합니다, 백화 님."

앞서 가는 지성이 흐린 목소리로 말했다. 표정은 볼 수 없었으나 울음기가 섞여 있다는 것만큼은 분명히 드러났다.

그녀는 재촉하던 걸음을 다시 늦췄다. 바로 대답을 했다간 지성을 따라 울어버릴 것 같아서, 그녀는 일부러 마른침을 삼킨 뒤 한 템포 늦은 목소리를 꺼냈다.

"괜찮아요. 지성 씨. 전부 다 끝났잖아."

뱉고 보니 이 말은 아까 전에 지성이 고집스레 반복했던 말이었다. 백화는 그 역시도 이렇게 불안했을까, 생각하며 다시 한 번 입술을 열었다.

"정말 괜찮으니까…… 아무것도 미안해하지 않아도 돼요."

그 다정한 말에, 모든 것이 미안했던 지성은 남몰래 뜨거운 눈물을 떨어트렸다. 그의 걸음을 따라 회색 시멘트 바닥에는 동그란 자국이 생겨났지만 백화는 못 본 척 시선을 뗐다.

아무리 모든 것이 낯설고 혼란스러울 지라도, 오늘만큼은 아무것도 물어보지 않을 생각이었다. 백화가 알고 있는 한지성이라는 사람은 누구보다 생각이 깊은 사람이니까. 차마 꺼내지 못하는 고민은 그만한 이유를 가지고 있을 테니까.

훗날 때가 되면 묻지 않아도 이야기해 주겠지, 우리 사이에 그 정도 믿음은 있겠지, 그녀는 그렇게 생각하며 모든 의문을 넣어 두었다.

새벽의 찬 공기가 살갗을 에워싼다. 다른 날들보다 유독 춥게 느껴져서 백화는 옷깃을 단단히 여몄다.

한빛 여고 정문 앞.

백화를 늘 내려주던 장소에 지성의 까만 세단이 멈춰 섰다. 그새 얼굴이 더욱 창백해진 지성은 사이드브레이크를 잠근 뒤 조수석에 앉아있던 백화를 불렀다.

"백화 님."

"응?"

"도착했습니다. 모두 걱정하실 테니 어서 들어가 보세요."

"아, 벌써요?"

백화는 그제야 잠시 흐트러졌던 정신을 다잡고 시계를 확인했다. 시간은 벌써 새벽 세 시. 원에게 잡힌 지 열두 시간이 좀 지났으려나.

그녀는 안전벨트를 풀고 뒷좌석을 확인했다. 지성이 살며시 눕혀놓은 이안은 새근새근 고른 숨을 내쉬었고 다행히도 얼굴은 깊은 잠에 빠진 듯 편안했다.

"걱정하지 마세요. 이안 님은 병원으로 바로 모셔갈게요."

백화의 눈에 어린 걱정을 읽어낸 지성이 먼저 차분한 대답을 꺼냈다. 그 말에 백화는 짧은 한숨을 흘렸고 만만찮게 상태가 안 좋아 보이는 지성에게 말했다.

"이안 씨만 병원에 맡겨놓지 말고, 아픈 곳 있으면 지성 씨도 꼭 치료 받아요."

"저도 걱정해 주시는 건가요?"

"늘 걱정은 한답니다. 여차하면 내가 같이 가줄게."

걱정 섞인 백화의 제안은 진심이었지만 지성은 미소를 띠며 고개를 저었다.

"아니에요. 저는 정말 괜찮습니다. 이안 님 상태 확인 되는 대로 연락드릴게요."

"어휴, 항상 괜찮다고만 하는 사람이니, 믿을 수가 있어야지."

"하하. 제 걱정은 말고, 내일 백화 님도 병원에서 검사 꼭 받아보세요. 진료비는 제가 부담할 테니."

"됐어요. 우리 사이에."

짧은 대화를 마친 백화는 또 한 번 이안 쪽으로 흘깃 눈길을 돌렸다. 그녀는 잠시 그렇게 멈춰 있다가 대화할 때 목소리보다는 작은 톤으로 조심스러운 말을 흘렸다.

"혹시라도 이안 씨가 폭주 얘기를 꺼내게 되면…… 그냥 아무 일도 없었다고 할게요."

"……."

"무슨 일이 일어나기도 전에 내가 멈췄다고, 그렇게 말할게요."

그건 지성도 그리해 주길 바라고 있었던 일이었다. 지성은 이야기를 맞춰 주겠다는 의미로 고개를 끄덕였다.

백화는 그제야 편안해진 안색으로 앞좌석 문을 열었고 미련 가득한 몸을 천천히 빼냈다. 지성은 운전석에 가만히 앉은 채 떠나는 백화에게 말했다.

"아, 백화 님. 제가 집 앞까지 데려다드리지는 못할 것 같아요."

그러자 그녀는 당연한 소릴 한다는 듯 손을 휘저어가며 그를 재촉했다.

"나는 알아서 잘 가니까 병원으로나 달려가."

"네, 알겠습니다."

"그럼 꼭 어디 병원인지 연락해 줘요!"

백화의 씩씩한 인사를 마지막으로 차문이 조심히 닫혔다. 그녀는 몇 발자국 가다말고 뒤를 돌았고 한 번 더 손을 흔들어준 뒤 다시 앞으로 걸었다. 그 뒷모습을 가만히 지켜보던 지성은 그녀가 작아질 때까지도 계속 정면만 응시하고 있다가.

"으윽……."

그녀의 몸이 코너를 돌아 골목으로 사라지고 나서야, 고통스러운 신음과 함께 고개를 파묻었다. 운전대를 꽉 잡고 있던 손끝은 덜덜 떨렸고 평온하던 미간에는 깊은 주름이 패였다.

그는 입술을 꽉 깨물고 어떻게든 아픔을 견뎌내려는 듯했으나, 더 이상 참지 못하고 큰 숨을 뱉어 냈다. 잠가두었던 정장 재킷의 단추를 조심스레 풀자, 까만 원단과 닿았던 손바닥 부근에는 붉은 얼룩이 묻어 나왔다.

온몸을 감싼 고통을 참아 내며 재킷을 열어젖히니 새빨간 핏자국이 가득 물든 와이셔츠가 흐린 시야에 들어왔다. 옆구리에 난 상처는 괴롭다 못해 호흡까지 멎을 지경이었다.

지성은 고개를 들어 올린 채 눈을 감았고, 신음 섞인 숨을 가쁘게 뱉어 냈다. 이대로 집에 돌아가 복부에 박힌 총탄부터 제거해야 하는데, 이미 많은 피를 쏟아 내서 혼미해진 그의 정신으로는 도저히 운전대를 잡을 수가 없었다.

결국 지성은 한계에 다다른 고통으로 정신을 잃어버리기 직전, 바지 주머니 안에서 휴대폰을 꺼내 들었다. 겨우 눈을 뜨고 맞지도 않는 초점으로 휴대폰 액정을 더듬거려 찾은 전화번호.

단 한 번도 직접 연락해본 적 없던 사람이다. 하지만 지금 이 상황에서 도움을 요청할 수 있는 건, 아이러니하게도 그 사람 한 명뿐이다.

지성은 마지막으로 쥐어짜낸 정신으로 통화버튼을 눌렀다.

뚜루루루— 뚜루루루— 몇 번의 신호음 끝에 이어지는.

—……여보세요.

낮게 가라앉아 있지만 차갑지는 않은 목소리.

지성은 거칠게 터져 나오던 호흡을 정리했다. 하지만 피부 속에서부터 번져오는 아픔은 숨기지 못하고 떨리는 목소리를 흘려보냈다.

"도와……주세요."

—한지성?

"제발…… 도와주세요. 김 대리님."

고른 숨을 내쉬던 지성의 눈꺼풀이 뜨인 건, 어두운 새벽이 물러가고 따뜻한 해가 중천에 떠오른 늦은 시간이었다. 그는 팔목에서 느껴지는 불편한 통증에 미간을 구겼고 입술 사이로 옅은 신음을 뱉어 냈다.

콧잔등을 스치는 약품냄새를 의식하며 주변을 살펴보니, 가장 먼저 링거바늘 꽂힌 팔이 눈에 들어왔다. 그건 델타 돔에서 실험용 쥐처럼 취급받던 시절을 떠올리도록 만들기 충분했다. 바늘을 잡아 빼기 위해 상체를 일으키려 하자 복부 쪽에서 아릿한 고통이 전해졌다.

"아……."

지성은 어느새 갈아입혀진 환자복을 걷어내고 총상 부위를 확인했다. 하얀 거즈로 깔끔하게 처리된 환부는 분명 세심한 의사의 손길이었다. 그러고 보니 정신을 잃기 직전보다 통증도 옅어져있다.

지성은 그제야 이곳이 병원임을 확신하고 안도의 한숨을 내쉬었다. 분명 차 안에서 기절했던 것 같은데 어떻게 여기까지 왔을까, 곰곰이 생각을 하던 찰나.

드륵——

병실 문이 열리며 익숙한 얼굴이 안으로 들어섰다.

"……김 대리님?"

"아, 깨어났네."

지성은 희운의 서늘한 목소리를 듣고서야 잊고 있었던 기억을 떠올렸다.

아, 나 쓰러지기 전에 김희운 대리님께 도움을 요청했었지.

"대리님께서 저를 이곳으로 데려다주신 겁니까?"

지성은 미안한 기색을 담아 나직이 물었다. 희운은 침대 옆 링거액을 확인하며 특유의 차가운 표정으로 무뚝뚝하게 대답했다.

"그랬으니까 내가 여기서 이러고 있겠지."

말투는 곱지 않았지만 진심 어린 짜증은 아니었다. 지성은 잠시 손끝을 바라보다가 이전보다 약해진 음성을 흘려보냈다.

"도와주셔서…… 감사합니다."

그 말에 희운은 즉각 반응하지 않았다. 그저 링거액에서 시선을 떼고 지성의 다친 복부를 물끄러미 내려다볼 뿐.

"뒷좌석에 쓰러져 있던 남자는 중환자실로 갔어."

뒤따라 조심스럽게 꺼내진 이야기는 이안에 관한 소식이었다. '중환자실'이라는 불안한 단어에 잠잠하던 지성의 심장이 철렁 내려앉았다.

"상태가…… 많이 위독합니까?"

"그런 건 아니고."

"혹시 제가 정신을 잃었던 사이에 무슨 일이⋯⋯."

"진정해. 그런 거 아니라고."

희운은 그런 지성을 차분하게 달랬다. 새까만 그의 시선은 도무지 무슨 생각을 하고 있는지 읽어 낼 수 없었지만 확실히 비보를 담은 느낌은 아니었다.

"의식을 잃은 지 한참 되어보여서 혹시나 싶은 마음에 그리 보낸 것뿐이야."

"아⋯⋯."

"어깨뼈 탈골 외에는 별 이상 없으니까 쓸데없는 걱정 마."

희운이 설명하는 이안의 상태는 생각보다 괜찮은 듯했다. 지성은 그제야 떨리던 눈동자를 고정시켰다. 이미 이안에 대한 미안함만이 가득한 지금. 그가 잘못되기라도 했더라면 영영 죄의 무게에서 벗어나지 못할 뻔했다. 지성은 남몰래 안도의 한숨을 내쉬었다. 그런 그를 빤히 내려다보던 희운은 이내 무심한 턱 끝으로 지성의 총상을 가리키며 말을 이었다.

"더 심각한 건 너야. 지금은 마취가 안 풀려서 잘 모르겠지만, 그 옆구리 수술한 상태니까."

"⋯⋯그랬나요?"

"그래, 그랬어. 그러니까 오지랖부릴 생각 말고 니 몸이나 잘 챙겨."

희운의 단호한 말은 자칫 정이 없어 보일 수 있었지만 그 안엔 진심 어린 염려가 담겨 있었다. 지성은 입가에 부드러운 미소를 머금은 채 예의를 차려 대답했다.

"정말 감사합니다. 여러모로 신경 써 주셔서."

희운은 별 대답 없이 고개를 한 번 끄덕였다. 그는 병실에서 도로 빠져나가기 위해 발걸음을 돌렸지만 얼마 못 가 멈춰 섰다. 그리고 짧은 망설임 끝에 질문했다.

"⋯⋯그나저나 무슨 일이 있었던 거야?"

"예?"

"총 맞는 게 흔히 벌어지는 일은 아니잖아."

"아, 그게⋯⋯."

지성의 얼굴에 금세 난처한 기색이 번졌다. 복잡한 설명을 필요로 하진 않았으나 21세기 일반인인 희운을 납득시킬 자신은 없었다. 머뭇거리는 지성에게 희운은 덤덤히 입을 열었다.

"됐어. 어려운 일이면 말하지 않아도 돼."

애초부터 대답을 기대한 적조차 없는 듯한 말투였다. 지성은 조심스러운 눈동자로 희운을 바라보았다. 희운은 안심시키듯 그 눈을 마주했고 이내 지성이 부탁하려는 말을 알아서 꺼내주었다.

"아, 병원 사람들 입단속은 단단히 시켜놨으니까 걱정 마. 이래봬도 내가 이 병원 집안 데릴사위거든."

"데릴⋯⋯ 사위요?"

지성은 희운의 농담 같은 말이 쉽게 이해되지 않아 되물었다. 그러자 희운은 섬세한 시선을 잠시 땅바닥으로 떨구는가 싶더니, 맥락과 전혀 다른 말을 툭 던져 놓았다.

"어쨌든 너랑 같이 실려 온 그 사람은 세 시쯤 일반병실로 옮겨질 예정이야. 넌 링거액부터 다 맞고, 가서 보든가 말든가 해."

그건 분명 대답을 회피하는 것이었으나 지성은 연이어 캐묻지 않았다. 알았다는 뜻으로 고개만 끄덕여줄 뿐.

희운은 그대로 발길을 돌려 병실을 빠져나갔다. 문이 닫히기 전, 슬쩍 비친 그의 눈동자에는 이 장소에 대한 거북함이 가득 담겨 있었다. 그럴수록 지성의 마음에 차오르는 건 불편한 상황조차 감수하고 자신을 도와준 희운에 대한 고마움이었다.

언젠가 정식으로 보답해야겠다고 생각하며 그는 옆구리의 상처를 매만졌다. 내장이 다친 게 아니라면 돌연변이 특유의 회복력 덕분에 몇 시간이면 완치될 터였다.

비정상적인 회복속도를 들켜버리는 것도 꽤나 곤란한 일이기에, 지성은 간호사가 방문하기 전에 서둘러 이곳을 빠져나가기로 했다. 팔목을 파고든 링거바늘을 무심히 뽑아내자 붉은 핏방울이 동그랗게 맺혔다. 어쨌든 살아는 있구나, 싶은 마음이 들어 심란했던 지성의 마음이 사뭇 평온해졌다.

물론 그의 머릿속을 복잡하게 만들었던 두려움에 대한 고민은, 아직 하나도 해결하지 못한 상태였지만.

15 장
용서를 말하거든
고개를 끄덕여 줘

"생각보다 심하네……."

민소매티를 입은 채 거울을 바라보는 백화의 입에서 시름에 찬 혼잣말이 새어 나왔다. 시퍼렇게 멍든 어깨는 어젯밤 폭주하는 이안의 손아귀에 짓눌렸던 부위였다. 집에 들어와 곧바로 샤워할 때만 해도 불긋한 정도였는데 자고 일어나보니 말도 못하게 흉한 꼴이 되어 버렸다.

백화는 보기만 해도 아픔이 느껴지는 멍 자국을 물끄러미 응시했다. 이 상처를 내던 이안의 모습보다 이 상처를 알아채면 슬퍼할 그의 모습이 가장 먼저 떠올랐다.

마음이 여린 그 사람은 눈도 제대로 못 맞출 만큼 미안해할 게 분명하다. 금세 눈시울을 붉게 적시고 끊임없이 자신을 자책하고 말

거다.

"절대 들키면 안 돼. 절대⋯⋯."

백화는 다짐하듯 낮고 단호한 목소리를 냈다. 좀처럼 멈추지 않는 욱신거림에 잠시 파스라도 찾아 붙일까 고민했지만, 혹시 알싸한 냄새가 몸에 배기라도 했다간 이안이 수상쩍게 여기길 것 같다.

결국 별다른 조치 없이 두툼한 맨투맨 티셔츠를 걸쳐 입은 백화는 휴대폰을 들어 지성에게 문자를 보냈다.

[지성 씨. 이안 씨는 어떻게 됐어요? 병원이름 좀 알려줘요.]

얼마 지나지 않아 도착한 답장은.

[중앙병원 802호입니다. 세 시 이후에 오세요.]

첨부된 주소를 확인한 백화의 눈동자가 반짝 빛났다. 물어보고 싶은 건 많지만 그 전에 우선적으로 해야 할 일이 있었다.

그녀는 가지고 있는 모든 솜씨를 발휘해서 세상에서 제일 고소하고 따뜻한 야채죽을 끓일 예정이다. 혹시나 풀이 죽어 있을지도 모르는 그 사람을 위해 예쁜 메모도 써 붙여줘야겠다.

그래야 이안은 기쁘게 웃어줄 것이고 그렇게 우리는 원래대로 돌아올 테니까.

VIP 개인 병동 802호.

지성은 환자복 대신 다 구겨진 정장 차림으로 문 앞에 서 있다. 붉게 물들었던 하얀 와이셔츠는 대충 손세탁해두긴 했지만 아직 완벽하게 깨끗해지진 않았다.

그는 혹시나 핏자국이 남아 있는 부분이 보일까 싶어 정장재킷의 단추를 단단히 여몄다. 그러고 나서야 겨우 문고리를 붙잡고 조심스럽게 열어젖히니.

"……한지성?"

흐린 목소리에 그의 이름이 조심스레 담겼다. 고개를 들자 시선 끝에 바로 걸려 들어오는 사람은, 어느새 정신을 차리고 깨어나 침대 위를 가만히 지키고 앉아 있는 이안이었다.

지친 기색은 가득하지만 눈에 띄는 상처는 보이질 않아서 그를 마주한 지성의 입술 사이로 안도의 한숨이 새어 나왔다.

"이안 님, 몸은 괜찮으세요?"

지성은 이안에게 염려 섞인 질문을 건네며 병실로 몸을 들였다. 이안은 지성이 문을 닫는 동안 천천히 고개를 끄덕였고 그가 자신의 곁으로 발걸음을 옮기기 시작하자 목소리를 내뱉었다.

"어. 너는 어때?"

"네?"

"나 때문에 다치지는 않았어?"

그 때문에 조금도 다치지 않았다. 애초부터 폭주하는 이안에게 다가간 적도 없었으니까.

"네. 아무 일도 없었습니다. 저는."

그건 이안이 기뻐할 대답이었으나 그 말을 하는 지성의 안색은 결코 좋지 않았다. 심상치 않은 분위기를 느낀 이안은 지성에게 재차 물었다.

"그럼…… 백화는 괜찮아?"

사실 폭주에서 깨어나던 순간 처음으로 마주한 게 백화의 젖은 눈동자라서 이안은 질문을 던지면서도 대답을 듣기가 두려워졌다.

그 마음을 미리 예상했던 백화는 이럴 때를 대비해 대답까지 미리 준비해주었다.

'혹시라도 이안 씨가 폭주 얘기를 꺼내게 되면⋯⋯ 그냥 아무 일도 없었다고 할게요.'

'무슨 일이 일어나기도 전에 내가 멈췄다고, 그렇게 말할게요.'

그녀의 목소리를 떠올린 지성은 어두워지려던 낯빛을 억지로 밝혔다. 그러고는 맞추기로 했던 말을 그대로 전했다.

"곧바로 멈추셨어요. 백화 님이 안아 주자마자."

"⋯⋯그래?"

"네. 전혀 아무 일 없었습니다. 사상자도 발생하지 않았는데요, 뭐."

"그래도 병원 같이 데리고 오지 그랬어. 혹시 모르잖아."

"말씀 드려봤지만 정말 괜찮다고 하셨어요. 이따 병원으로 찾아온다고 했으니까 그때 이안 님이 한 번 더 확인해 보세요."

"아⋯⋯ 그래, 그럼."

그제야 안도감 어린 이안의 목소리가 밖으로 흘러나왔다. 창가로 스며드는 햇빛이 그의 하얀 목덜미를 비췄다.

그동안 떨어져 있었던 탓에 발견하지 못했던 주삿바늘 자국들이 아프도록 선명하게 비쳐 들어왔다. 원이 말했던 각성제의 흔적이자 자신이 이안을 지켜내지 못했다는 증거였다.

지성은 결국 더 이상 바라보지 못하고 시선을 돌렸다. 이대로 자신의 과오에서 멀리 벗어나고 싶었는데. 이안은 지성의 심장을 철렁 내려앉게 만드는 말로 도망칠 수 있는 퇴로를 막아버렸다.

"아까 이상한 꿈을 꿨어."

"……네?"

지성은 자신도 모르게 숨을 멈췄고 순식간에 흐트러지는 마음을 다잡기 위해 마른침을 삼켰다.

"무슨 꿈을…… 꾸셨는데요?"

그러고 나서 한층 정리된 목소리로 물으니 이안은 잠시 생각하는가 싶더니 곧바로 대답했다.

"수술대."

"……수술대?"

"수술대 위에 어린 내가 누워 있는 꿈."

그날의 꿈이구나. 온전하게 태어난 당신이 고장 나던 순간.

"주변에 의료 에이전시들이 꽤 많이 있었는데…… 나를 내려다보면서, 실패했다고 말했어."

탐욕을 현실로 만드는 미친 짓을 억지로 감행했던 그들이 애꿎은 당신에게 실패작이라는 낙인을 찍어버렸던 그 순간. 나는 나락으로 떨어지고 나를 낳아줬던 그들은 차가운 주검이 되었던 그날을.

"그리고 무언가 명령을 내렸는데 그 내용은 잘……."

당신도 조금씩 기억하려 하나보다. 진실과 마주하는 순간 당신은 죽을 만큼 아파할 텐데도.

"이안 님."

지성은 이안의 말이 끝나기도 전에 갑작스레 말을 끊었다. 그리고 억센 손으로 이안의 어깨를 붙잡았다.

이안은 의아한 눈동자로 지성의 안색을 살폈다. 이전보다 격해진 호흡과 흔들리는 시선이 그를 불안하게 만들었다.

"어제 제가 했던 말, 기억하세요?"

"무슨 말."

"이안 님을 낳아준 분들은…… 제 손에 목숨을 잃었다는 그 말."

그건 이안을 상처 입히는 거짓말이었다. 하지만 목숨을 위협할 만큼 잔혹한 진실보다는 안전한 보호막이었다.

선천적 돌연변이는 지성이고 자신은 그저 강화실험에 실패한 실패작일 뿐이며, 그로 인해 사형 집행된 사람들이 지성의 부모님이라는 사실을 이안이 알게 되는 순간. 마음이 여린 그는 11년 전의 그날처럼, 처절하게 무너지고 말 테니까. 자신의 존재를 끝없이 원망하고 두려워하며 겨우 찾은 삶의 희망마저도 놓으려 할 테니까.

차라리 지성을 죽을 만큼 미워하게 되더라도 진실에서 멀어지게 만들어놓는 편이 가장 나은 선택이다. 그러니 이렇게 말해 두는 것이 백 번 천 번 옳다.

"제가 죽였습니다. 그러니 저를 원망하세요. 나쁜 것도, 잘못한 것도, 모든 비극의 시작이 된 것도……."

"……."

"전부 저의 존재입니다. 이안 님."

이안은 쓰디쓴 말을 어제와 똑같이 반복하는 지성을 똑바로 마주했다. 요동치는 그의 다갈색 눈동자에는 여전히 짙은 슬픔이 가득했다.

그걸 가만히 바라보던 이안은 잠시 말을 아끼는가 싶더니 이내 고개를 끄덕이며 대답했다.

"알고 있어."

그렇게 말하는 이안의 눈빛에는 의심이 전혀 없었다. 이안은 지성의 거짓말을 믿어 주는 중이었고 부탁 받았던 대로 머릿속에 고이 간직해 두었다.

이제 충분하다는 건 알지만 지성은 더욱 날카로운 쐐기를 박아 넣으려 입술을 달싹였다.

어떻게 죽였는지, 얼마나 잔인한 광경이었는지, 그들은 얼마나 살려 달라 애원했고, 나는 그걸 바라보며 얼마나 악독하게 굴었는지.

전부 이 자리에서 최대한 끔찍하게 꾸며낼 생각이었다. 원이 무기처럼 휘두르는 진실이 아무 소용없어질 수만 있다면 부모에게 못난 자식이 되어도 좋았다.

그러나 미처 입을 다시 열기도 전에 이안은 지성이 생각지도 못한 말을 이어냈다.

"······용서할게."

"이안 님······."

"그걸 내가 용서해도 되는 건지는 잘 모르겠지만······."

"······."

"되돌릴 수도 없는 일로 널 힘들게 하고 싶진 않아. 그동안 나 때문에 마음고생 했을 너한테 내가 더 미안해."

이안이 토해 내는 진심은 한 치의 어긋남도 없이 지성과 같았다. 지성은 자신의 모든 것을 무너트린 이안의 존재를 같은 마음으로 용서했다.

되돌릴 수도 없는 일로 힘들게 하고 싶지 않아서. 나 때문에 충분히 불행한 삶을 살고 있는 그에게 오히려 더 미안해져서.

"그러니까 전부 잊어. 지금 내 유일한 가족은 너니까."

그래서 진실은 전부 묻어 버렸다. 지금 곁에 남아 있는 유일한 가족은 당신이니까.

갑자기 코끝이 알싸해지며, 눈앞이 흐려졌다. 숨겨야하는 감정들이 금방이라도 솟구칠 듯 가슴 안에서 요동쳤다.

지성은 이안의 어깨를 스르륵 놓았고 혹시나 슬픔의 흔적이 떨어질까 싶어 등을 돌렸다.

"어디 가."

갑작스레 멀어지는 지성에게 이안이 묻자 잠시 말을 잇지 못하던 그는 겨우 짧은 대답을 뱉어 냈다.

"백화 님이 곧 도착하니까……."

하지만 말을 끝맺지는 못했다. 조금이라도 길게 늘였다가는 목소리에 서린 울음기가 들킬 것 같았다.

"아, 곧 도착한대? 아까 식사 준다고 하던데, 그럼 그냥 취소할까."

"……."

"너도 괜찮으면 밥 같이 먹자."

이안은 다소 들뜬 목소리로 지성에게 말했다. 그러나 지성은 아무 대꾸도 하지 않은 채 그 상태 그대로 이안의 병실을 빠져나와 버렸다. 더 이상 막아 내지도 못할 만큼 솟구치는 감정 때문에 그는 부자연스럽게라도 도망칠 수밖에 없었다.

이안의 공간에서 멀리 벗어난 순간, 지성은 복도 벽면에 몸을 기댄 채 허물어지듯 주저앉았다. 눈물샘은 감당할 수 없을 만큼의 슬픔을 토해냈으나, 그는 손바닥으로 눈물을 꾹 막아버렸다. 그러나 점점 더 격해지는 호흡과 울음소리까지 숨기지는 못했다.

유독 차갑고 고요한 복도의 구석자리. 아무도 지나다니지 않는 외로운 공간에서, 지성은 그렇게 한참 동안 무너져 울었다. 그간 잘 참아왔다고 생각했던 고통은 외면해 왔던 시간만큼 악화되어 있었다.

'용서할게.'

'되돌릴 수도 없는 일로 널 힘들게 하고 싶진 않아.'

'지금 내 유일한 가족은 너니까.'

조금 전, 마음을 파고들었던 이안의 목소리가 이명처럼 맴돌았다. 그때는 입술조차 떼어 내지 못했지만 사실은 하고 싶은 대답이 있었다.

나도 마찬가지야. 나는 이미 지나버린 과거의 일로 당신이 힘들어하는 걸 원치 않아. 지금 내 곁에 있는 당신이 너무 소중해서 잃고 싶지 않아.

그러니, 훗날 내가 너에게 용서를 말하거든 너도 오늘의 나처럼 가만히 고개를 끄덕여 줘. 모든 걸 잊어버린 사람처럼 계속해서 나의 곁에 남아 주겠다고, 그렇게 약속해 줘. 부탁이야.

"이안 씨! 나 왔어!"

이안이 머물러있는 VIP 병동. 야채죽이 담긴 보온병을 품에 꼭 안아든 백화가 요란스레 문을 열고 등장했다. 그녀는 익히 알고 있던 병실의 모습과 전혀 다른 내부에 가장 먼저 당황했고 이내 텅 비어 있는 이안의 침대를 확인하곤 난처한 듯 미간을 구겼다.

"뭐야. 어디 간 거야?"

그때 문 앞에서는 잘 보이지 않는 쪽에서 바스락거리는 인기척이 들려왔다. 그가 이안일 거라 확신한 그녀는 씨익 미소 지었고 발소리를 죽여 살금살금 다가갔다.

멍한 구석이 있어서 놀리는 재미가 쏠쏠한 나의 남자. 비록 어제는 우울하게 헤어지긴 했지만 오늘은 오늘의 해가 떴으니까 평소처럼 유쾌하게 시작해야지.

"내 사랑, 거기서 뭐하나!"

백화는 일부러 과하게 밝은 목소리를 내며 인기척의 현장을 덮쳤다. 그러자 준비할 새도 없이 시야에 꽉 들어차는 건 탄탄한 남자의 몸이었다. 그녀가 익히 보아 왔던 몸보다는 훨씬 골격이 크고, 우람하고, 근육이 알찬…….

"백화 님?"

"아악!"

백화는 예상치 못한 지성의 목소리에 소리를 지르며 뒤로 물러섰다. 정작 놀라야 할 사람은 갑작스레 맨가슴을 들켜버린 지성이었지만 오히려 그는 담담하게 인사를 건넸다.

"일찍 도착하셨네요. 안 그래도 마중 나가려 했는데."

"아아……."

"어젯밤, 잠은 편히 주무셨어요?"

"예, 잘 자긴 했는데……."

백화는 대답을 하다 말고 지성의 손에 들린 와이셔츠에 신경을 빼앗겼다. 비록 흐리게 남아 있긴 하지만 아직 다 빠지지 않은 와이셔츠의 붉은 얼룩은 분명 핏자국과 비슷했다. 순간 백화의 머릿속에 어제의 총성이 문득 떠올랐다.

"그 옷…… 왜 그래요?"

백화가 넌지시 묻자, 지성은 들고 있던 와이셔츠를 되는 대로 둘둘 말아버렸다. 그러고는 잠시 대답을 망설이는가싶더니.

"이안 님은 잠깐 검사 받으러 가셨어요. 곧 돌아오실 거예요."

결국 수상쩍게 말을 돌려 버렸다. 그냥 넘어갈 수 없을 만큼 마음에 걸리는 반응이었다.

"지성 씨 혹시 어제 어디 다쳤던 거예요?"

백화는 지성의 팔을 붙잡고 다그치듯 물었다. 그러나 지성은 고개를 저었고 평소와 조금도 다르지 않은 나긋한 목소리로 대답했다.

"전혀요. 다른 사람 피가 묻은 거예요."

"다른 사람?"

"네. 어제 최원한테서 묻었나 본데, 신경 쓰지 마세요. 저는 괜찮아요."

그녀는 의심스러운 시선으로 그의 몸을 훑었다. 옆구리 부분에 미심쩍은 상처가 있긴 했지만 한창 새살이 돋아나고 있는 상태였다.

그건 지성의 비정상적인 회복력을 뜻했다. 그러나 이를 알아차릴 리 없는 백화는 그의 말을 곧이곧대로 받아들이며 안도의 한숨을 내쉬었다.

"그런 거라면 다행이지만……."

때마침.

"……둘이 뭐해?"

그녀가 애타게 기다린 목소리가 뒤편에서부터 터져 나왔다. 하필 지성은 웃통을 벗고 있는 상태였고, 하필 백화는 그의 단단한 몸을 유심히 살피던 중이었다.

백화는 홱— 고갤 돌려 이안의 눈을 마주했다.

"아, 이안 씨!"

그의 이름을 부를 때까지만 해도 그녀는 별 생각이 없었지만.

"한지성 몸을 왜 뚫어져라 쳐다보고 있어?"

일렁이는 그의 시선을 확인하고 나자 생각이 많아졌다. 강이안은 질투의 화신인데, 이것 참 큰일이네.

"그냥…… 이안 씨인 줄 알고 들이닥쳤는데 때마침 지성 씨가 벗고 있던 거예요."

"그런데 왜 계속 구경해."

"아니, 계속 구경한 건 아니고 그냥 실수로 본 건데……."

"실수라고 하기엔 너무 오래 유심히 뚫어져라 봤잖아."

"내가 언제 또……."

"……나도 그렇게는 안 쳐다보면서."

심술이 난 이안은 미간을 좁힌 채 고개를 틀었다. 앙 다문 입술은 한동안 삐쳐 있겠다는 그의 의지를 여실히 드러내주고 있었다.

백화는 그의 불긋한 눈가를 보며 진지하게 고민했다. 저 남자가 저리도 까칠하게 구는 모습에 마음이 설렌다면 내가 변태인 걸까. 조금 더 괴롭히고 싶다는 생각이 드는 건, 내 심보가 고약한 탓인 걸까.

"으악, 질투하는 것 좀 봐. 왜 이렇게 귀여우실까!"

결국 끓어오르는 욕망을 참지 못한 백화가 이안의 양 볼 쪽으로 손을 뻗으려던 찰나.

"이안 님, 옷 좀 빌려 입을게요."

이미 이안의 까만색 티셔츠를 입어버린 지성이 뒤늦은 허락을 구했다. 손에 들고 있던 핏자국 밴 와이셔츠는 어느새 등 뒤로 숨겨버린 채였다.

"그건 상관없는데, 넌 어디 가게."

"잠깐 바람 좀 쐬러 다녀오려고요."

"혼자서?"

"마음에 걸리세요? 그럼 백화 님이랑 같이 갈게요. 오붓하게."

딱히 그런 뜻은 아니었는데. 이안이 살짝 미간을 구기자 지성은 장난스럽게 픽, 웃어 보였다.

"농담입니다. 두 분이서 좋은 시간 보내세요."

그건 여유롭고 나긋한 평소의 한지성이었다. 백화가 오기 전, 어둡게 가라앉은 모습과는 확연히도 다른.

이안은 끊임없이 흐렸다가 개었다가를 반복하는 지성이 신경 쓰였다.

"오래 나가 있지는 마."

그래서 걱정 어린 투로 말하니, 지성은 별다른 대꾸를 하지 않았다. 천천히 발걸음을 움직여 병실을 빠져나갈 뿐.

사라지는 그를 바라보던 이안의 눈빛에 불안함이 어렸다.

"둘이 무슨 일 있었어요?"

눈치 빠른 백화는 조심스레 물었지만 이안은 아무 대답도 하지 못했다. 아까 복도에서 흐느끼는 소리가 들렸는데 그게 아무래도 한지성인 것 같다는 이야기를 멋대로 꺼내놓을 수가 없었다.

"그냥, 기분 상하는 일이 있었어."

"기분이 왜 상해?"

"내 여자가 저 몸을 보고 반한 것 같았거든."

"으유, 아니라니까! 별로 삐지지도 않았으면서 삐진 척이야!"

백화는 너스레를 떠는 이안을 장난스레 흘겼다. 이안은 살짝 눈초리를 휘며 웃었고 그녀의 손에 들린 보온병으로 시선을 두며 물었다.

"그건 뭐야."

"이거? 야채죽. 병문안 오는 길에 힘 좀 써봤지요."

"아아."

"그런데 숟가락을 안 가져왔어. 여기 식당에서 잠깐 빌릴 수 있나?"

백화의 물음에 이안은 간단히 대답했다.

"걱정 마. 방법이 있어."

"무슨 방법?"

"입으로 먹여주면 되잖아."

"으, 응?"

엄청 걱정했는데 굉장히 멀쩡한가 보다. 이렇게 능글맞은 말도 잘 내뱉는 걸 보니.

"느끼하니까 이러지 마요."

백화는 덕분에 시름을 놓았으면서도 괜히 툴툴거렸다. 이안은 그 구겨진 미간이 좋아서 그녀의 어깨에 자연스레 팔을 두르려 했다.

"아, 잠시!"

그러나 백화는 어깨에 그의 손끝이 닿자마자 급히 몸을 비틀어 피해 버렸다. 누구도 예상하지 못했던 본능적인 방어였다.

"왜 그래."

이안의 눈동자가 당황한 기색의 백화에게로 내려앉았다. 아직 그녀의 부상을 눈치챈 것 같지는 않았지만 충분히 의아해하는 시선이었다.

그녀는 혹시나 이안이 이유를 캐물을까 싶어 서둘러 대답했다.

"나, 나 화장실이 급해졌어!"

마땅찮은 변명들 중에서도 가장 뻔하고 형편없는 변명. 그러나 이안은 그녀의 말을 곧이곧대로 믿으며 뻗었던 손길을 살며시 거둬 냈다.

"다녀와. 문 옆에 있어."

"아……응! 그럼 이만!"

"음식은 놔두고 가지."

"아! 그러네! 참!"

백화는 허둥지둥 하는 와중에도 팔만큼은 조심스럽게 움직였다. 행여 어깨에 감당 못할 고통이라도 일어날까 노심초사하는 마음에서였다.

보온병을 건네받은 이안은 곧바로 뒤를 도는 백화를 물끄러미 지켜보았다. 그러다 문득 시선을 내리니 보온병 뚜껑에 붙어 있는 예쁜 포스트잇이 한눈에 들어왔다.

　　　이거 다 먹고 다시는 내 허락 없이 아프지 말기♡

이안의 입가에 진심 어린 미소가 맺혔다. 다시 고갤 들었을 때 그녀는 이미 화장실 안으로 사라진 후였지만 그는 마치 그녀를 앞에 둔 것처럼 속삭이듯 대답했다.

"넌 내가 허락해도 아프지 마. 절대."

이안의 입가에 부드러운 미소가 얹혔다. 그건 백화가 그토록 원해왔던 반응이었다.

제이그룹 연계 병원, 특별격리병동.

"아…… 미친 새끼. 내 몸을 감히 이따위로 만들어 놔?"

광기 어린 눈이 불안정하게 흔들렸다. 호흡은 거칠었고 분노에 찬 목소리는 좀처럼 가라앉을 줄 몰랐다.

"최 대표님, 진정하세요! 지금은 안정을 취하셔야 합니다!"

"꺼져! 내 몸 만지는 년들은 다 뒤질 줄 알아!"

"꺄악!"

다가오는 간호사들의 손길을 거칠게 치워내는 원은 그야말로 제정신이 아니었다. 어느 누구도 접근하지 못할 만큼 그는 격해진 감정을 가라앉힐 생각조차 없는 듯 난폭하게 굴었다.

그런 그에게 가까이 다가설 수 있는 사람은 오직 C7 뿐이었다. 원의 직속비서로서 특권을 얻은 건 아니었다.

"오지 말라고 했잖아! 이 새끼야!"

그는 다른 간호사들처럼 원의 손아귀에 내쳐지는 처지였지만, 그럼에도 불구하고 또다시 원에게 손을 내밀어주는 유일한 사람이었다.

"심호흡하세요. 원 님."

"심호흡? 지금 내가 여기 앉아서 심호흡이나 할 처지야?!"

"회복하셔야 퇴원하실 수 있습니다."

C7은 평소보다는 단호한 말투로 원을 진정시켰다. 원은 이를 악물고 그를 노려보다가 억센 손아귀를 뻗어 그의 울대를 붙잡았다.

"지금…… 나 협박하는 거야? 어?"

"크윽……."

"그대로 명줄 끊어버리는 수가 있어. 신경 거슬리게 하지 말고 주둥이 꽉 다물어."

원의 손톱이 살갗을 파고들었다. 마치 짐승의 이빨처럼 날카롭게 파고드는 고통에 눈을 질끈 감자 원은 거친 욕설과 함께 C7의 몸뚱이를 내쳐버렸다.

"꺄아아악!"

바닥에 나동그라지는 그를 보며 간호사들은 겁에 질린 비명을 터트렸다. 그에 더욱 예민해진 원은 손에 잡히는 대로 물건을 집어 던지는가 싶더니 곧 발악하듯 소리치기 시작했다.

"다 여기서 나가! 나가라고! 버러지 새끼들아!"

고함을 내지르는 원의 목에는 서슬 퍼런 핏대가 섰다. 평소에도 불안정한 면이 있던 그였지만 오늘은 유독 그 정도가 심각했다.

C7은 원을 위해 신음조차 삼켜내며 아무렇지 않은 표정으로 몸을 일으켰다. 회복할 여유조차 없었던 그의 몸은 이미 만신창이었지만, 정신적으로 피폐해질 대로 피폐해진 원 때문에 고통을 호소할 틈도 없었다.

"원 님."

C7은 건조한 목소리로 다시 원의 이름을 불렀다. 어깨를 들썩이며 가쁜 호흡을 고르던 원은 독기 어린 시선으로 그를 노려보았다.

C7은 그 위협적인 시선을 피하지도 않고 지금 이 순간 원에게 꼭 필요한 말을 담담하게 내뱉었다.

"한지성은 걱정하지 않으셔도 됩니다. 총알이 급소를 공격한 건 아니었으니까요."

"……뭐?"

"게다가 회복력도 대단하신 분이지 않습니까. 지금쯤 온전해지셨을 테니, 원 님께서도 어서 안정을 찾으세요."

그 안에 있는 사람들은 맥락조차 이해하지 못한 말이었다. 그러나 단 한 사람, 원만큼은 떨리던 동공을 차츰 가라앉혔다.

"아직, 안 멀쩡해졌으면. 아직도 날 원망하고 있으면……."

"원 님."

"이제 내 앞에 나타나려고 하지도 않을 거야. 이대로 강이안의 개새끼처럼 묶여서 다시는 나한테……!"

"원 님!"

이성이 돌아올 만하면 다시금 무너지려하는 원은 처절하기 그지없었다. C7은 재차 그의 이름을 부르며 흔들리는 원을 다잡았다.

"머지않아 한지성은 원 님의 소유가 될 것입니다. 그 엄청난 힘은 모두 원 님을 위해 바치게 될 것입니다."

"……."

"제가 그리 만들어드릴 테니 더는 불안해하지 마세요."

연달아 이어지는 낙관적인 미래에 원은 난폭하게 날뛰던 이성을 조금씩 진정시켰다. 그러고는 지칠 대로 지쳐버린 음성으로 애원하듯 물었다.

"……예전처럼?"

"네. 예전처럼."

"그 애도, 그 애가 가진 힘도…… 지금 강이안한테 갖다 바치고 있는 그 병신 같은 충성심도."

"……."

"전부…… 예전처럼 돌아오는 거야?"

"네. 한지성의 모든 것은 전부 원 님에게로 돌아올 것입니다."

C7의 강단 있는 목소리는 유일하게 행복했던 과거의 기억을 떠올리게 만들었다.

지성을 곁에 두었던 그 시절의 자신은 아무것도 두려울 게 없었고 나약해질 필요도 없었다. 모든 걸 다 가질 수 있는 자리에서 태어났으나 힘이 없어 늘 빼앗기기만 해야 했던 삶.

　'저는 어디까지나 B1님을 위해 존재하는 것이니 언제나 B1
　님의 안위가 우선입니다.'

동경하는 그 사람이 그리 말해 주었을 때, 원은 태어나서 처음으로 기쁨을 느꼈다. 언제나 결핍되고 위태로웠던 시간들이 안정되는 기분이었다.

그 사람의 존재가 지난날 무참히 빼앗겨 버린 것들에 대한 보상이라면 기꺼이 빼앗겨주겠다. 이미 잃어버린 수많은 것들은 되돌아보지도 않겠다.

그리 생각하고 살아왔건만…….

지금의 우린 왜 이렇게 되었을까. 나는 왜 또다시 혼자 남아버린 걸까.

체념의 말을 뱉어낸 원은 그제야 숨을 제대로 쉬기 시작했다. 혼돈으로 가득했던 그의 눈동자는 상처투성이가 된 손끝을 향해 힘없이 굴러 떨어졌다.

"나는…… 그 애가 세상에서 가장 무서워."

"……."

"그래서 말도 쉽게 못 붙이겠고…… 다가가지도 못하겠어……."

"……."

"처음엔 힘 때문인 줄 알았는데 다시 생각해보니까 그것도 아닌 것 같아……."

"원 님……."

"그냥 나는 그 애랑 눈을 마주치는 것도…… 자꾸 겁이 나."

혼잣말을 마친 원의 몸뚱이가 축 늘어진 채 침대 위로 쓰러졌다. 헐렁한 병원복 사이로 비치는 그의 몸은 제 피부색을 알아보기 힘들 정도로 엉망이었다.

그 꼴이 되어놓고서 그는 자신에게 상처를 입힌 사람을 그리워한다. 그 사람의 온기를 끊임없이 찾아 헤맨다.

이제는 결핍된 힘에 집착하는 건지, 그 사람 자체에 대해 집착하는 건지도 모르겠다. 그저 죽음을 앞둔 맹수처럼 흐린 호흡만 겨우 내쉬는 그는 처절하리만큼 초라할 뿐이다.

C7이 너절해진 그의 옷깃을 차분히 정돈해 주었다. 순식간에 모든 힘을 잃어버린 원은 지그시 속눈썹을 닫았고 그대로 죽은 듯 불안한 잠에 들었다.

C7은 한동안 침대 옆을 지켜서고 있다가 원의 숨이 눈에 띄게 차분해지자 그제야 숨죽인 발걸음을 떼어 냈다.

"어, 어디 가시게요?"

혼자서는 원을 감당하지 못할 간호사가 걱정스레 물었다. C7은 인간미 없는 눈동자로 그녀를 마주하며 명령 같은 대답을 했다.

"잠시 누굴 만나러 다녀와야겠습니다. 원 님이 오래 주무실 수 있도록 수면제를 투여해 주세요."

바람을 쐬고 오겠다던 지성이 돌아온 건 노을이 저무는 저녁 무렵이었다. 마침 집으로 돌아갈 채비를 하고 있던 백화는 그가 들어서자마자 입술 위에 손가락을 가져다대며 조용히 하라는 신호를 보냈다.

그 모습에 그녀 곁을 살펴보니 침대에 길게 누워 세상모르게 자고 있는 이안이 지성의 눈에 들어왔다. 약이 몸에서 잘 돌고 있는 건지 참으로 편안해 보이는 얼굴이었다.

지성은 알겠다는 뜻으로 고개를 끄덕이며, 닫아두려던 문을 붙잡았다. 백화는 다 비워진 보온병을 조심스럽게 안아든 뒤, 살금살금 발걸음을 움직여 병실을 벗어났다.

"아휴, 겨우 잠 들었네."

복도로 나온 백화의 입에선 가벼운 한숨이 새어 나왔다.

"왜요? 이안 님이 속이라도 썩히던가요?"

지성이 나긋이 묻자 백화는 핀잔을 주듯 대답했다.

"말도 마요. 눈이 반쯤 감겼으면서 안 자겠다고 어찌나 고집을 부리던지."

"아하."

"계속 우리 집에 가고 싶다는 걸 뜯어말리느라 죽는 줄 알았어요."

목소리는 결코 곱지 않았지만 그녀의 눈에는 흐뭇한 웃음기가 남아 있었다. 그녀 역시도 이안을 떠나는 걸 아쉬워하고 있는 모양이다.

"이안 님이 매달리시는 모습 좋아하시면서 뭘 그러세요. 하하."

지성은 백화에게 장난스럽게 대꾸하며 어깨를 툭 밀었다. 그리힘을 준 건 아니었지만.

"아!"

백화의 입에서는 비명 같은 신음이 터져 나왔다. 지성조차 당황할 만큼 고통에 차있는 소리였다.

"……백화 님?"

이상한 낌새를 느낀 지성은 조심스레 백화의 이름을 불렀다. 그녀는 잠시 눈동자를 흔드는가 싶더니 언제 아파했냐는 듯 애써 미소를 지었다.

"노, 놀랐잖아요! 갑자기 툭 쳐서!"

"……"

"하하. 간 떨어질 뻔했네. 하하."

백화는 미묘하게 어긋난 상황을 천연덕스럽게 모면하려 했다. 하지만 지성은 그녀의 비명이 놀란 기색과는 확연히 다르다는 사실을 이미 눈치채버렸다.

"빨리…… 빨리 와요. 나 없는 거 이안 씨가 알아채기 전에."

그녀는 어색하게 웃으며 걸음을 재촉하려 했으나 지성은 그녀의 옷깃을 붙잡았다. 그러고는 백화의 경직된 눈동자를 내려다보며 가라앉은 목소리로 물었다.

"어깨 아프세요?"

"네, 네?"

"이안 님께 붙잡혔을 때, 어깨 다치신 겁니까?"

"아니에요. 그런 거. 그냥……."

백화는 변명하려 했지만 지성과 눈까지 마주치진 못했다. 미간을 좁힌 지성은 손을 뻗었고 그녀의 어깨를 붙잡으려 했다. 이번에는 놀라서 피하는 일이 없도록 하기 위한 느리고 차분한 손길이었다.

그러나 그녀는 또 한 번 어깨를 뒤틀어 그가 닿기도 전에 몸을 사렸다. 어느새 그녀의 눈동자는 불안함을 가득 담고 있었다.

"하아……."

전부 알아 버린 지성이 긴 한숨을 내쉬자 백화는 다급해진 목소리로 해명했다.

"별로 많이 다친 건 아니에요. 멍이 조금 들었는데 이안 씨가 많이 걱정할 것 같아서……."

"……."

"아무 이상도 없어요. 팔도 잘 움직이고, 만지지만 않으면 별로 아프지도 않아요."

"……."

"그러니까…… 이안 씨한테는 비밀로 해 줘요."

어떤 마음으로 다친 사실을 숨기려는 건지는 지성이 누구보다 잘 이해하고 있다. 누굴 위해서 아픈 내색을 하지 못하는 건지도 지성이 누구보다 잘 공감하고 있다.

그러나 비밀을 파묻는 일에도 지쳐버린 지성은 잠시 대답을 망설였다. 그러자 백화는 간절함을 담아 고집을 부리기 시작했다.

"안 그러면 지성 씨가 숨기고 있는 거 다 말해버릴 거예요."

"……."

"아까 간호사한테 들었어. 옆구리 총상 때문에 수술 받았다며. 지성 씨도 그 사람 걱정시키고 싶지 않아서 숨기는 거 아니에요?"

차마 아니라고 할 수는 없었다. 고개를 저어봤자 뻔히 들킬 거짓말일 테니까.

백화는 그에게서 일말의 틈을 발견했고 집요하게 파고들었다.

"나도 지성 씨 총 맞은 거 숨겨 줄게요. 절대 말 안 할게요."

"백화 님……."

"그러니까 지성 씨도 내 어깨는 비밀로 해 줘요. 부탁이에요."

지성은 결국 고개를 떨어뜨렸다. 사실 그에게는 애초부터 백화의 고집을 뜯어말릴 면목도 없었다. 심지어 그의 비밀이 그녀의 비밀보다 거대하고 잔악했으니.

그는 잠시 말을 아끼고 서 있다가 불안한 그녀의 눈을 내려다보며 나직이 대답했다.

"알겠습니다."

"……."

"아무 말도 하지 않을게요."

백화의 입술 새로 차분한 숨소리가 흘러나왔다. 안도감이 느껴지는 호흡이었다.

"……그래서, 대체 얼마나 다쳤는데요? 뼈에는 이상 없습니까?"

지성은 걱정스러운 마음으로 그녀의 어깨에 대해 물었다.

"괜찮아. 괜찮아."

백화는 고개를 저으며 대답했지만 아까 전의 신음 소리를 되새겨보면 썩 믿을 만하지는 않았다. 어느새 엘리베이터 앞에 선 지성은 안내판을 보며 정형외과를 찾았다. 이대로 그녀를 돌려보낼 수는 없으니, 이안 몰래 진료라도 받게 할 생각이었다.

그러나 실천에 옮기지는 못했다. 엘리베이터 문이 열리는 순간, 피할 수도 없이 직면한 사람 때문에.

"어? 그쪽은……."

"……."

"잠시…… 말씀 좀 나눌 수 있겠습니까. Z999."

Z999?

백화는 알아듣지 못할 단어로 지성을 부르는 C7을 의아하게 바라보았다. 호칭처럼 들리기는 하나 지나치게 딱딱했고 정체불명의 알파벳과 숫자의 나열이라 의미를 알아낼 수 없었다.

지성은 이때까지 백화에게 보여준 적 없던 어두운 눈빛으로 대답했다.

"의외군요. 우리 사이에 해야 할 말이 있다니."

C7의 방문을 결코 달갑지 여기지 않는 기색이었다.

"백화 님."

"네?"

"죄송하지만, 오늘 혼자 돌아가실 수 있겠습니까?"

지성은 그녀를 보내려 했다. 백화는 상황을 전혀 이해하지 못했지만 캐물어선 안 될 것 같아 순순히 고개를 끄덕였다.

"응, 나 혼자 가 볼게. 내 걱정은 하지 말고 얘기 나눠요."

백화는 닫히려는 엘리베이터 문을 붙잡았다. 몸을 싣기 전 바라본 C7의 목 언저리엔 붉은 상처가 유독 선명했다.

'혹시 이안 씨가 낸 상처일까?'

원의 최측근이라는 건 알고 있지만 그는 어쩐지 위험인물로 느껴지지 않았다. 그에게는 사람을 해칠 의도가 없어보였고 오히려 원을 뜯어말리기 위해 애쓰는 것 같았다.

비록 이안이 머무는 병원에 찾아오긴 했지만 별 문제는 일으키지 않겠지.

복잡한 머릿속을 정리한 백화는 엘리베이터에 발을 들였다.

"몸조리 잘하고 이따 연락해요."

1층 버튼을 누르고 지성에게 작별인사를 고하니 지성은 작은 눈웃음을 지으며 화답했다. 하지만 그 표정은 엘리베이터 문이 닫히기가 무섭게 차갑게 굳어버렸다. 백화는 상상하지도 못할 냉정함이었다.

"일단 자리를 옮기죠."

지성은 가라앉은 목소리로 말했다. C7은 별다른 대꾸 없이 지성을 뒤따라 나서며 백화에 대해 물었다.

"아까 저분은 멀쩡하신 겁니까. 어제의 강이안은 한 번에 폭주를 멈추지 못하던데."

"당신과 상관없는 말은 집어치우세요. 전 그거 상대해 줄 만큼 착한 사람이 아니니까."

그리 대답하는 지성은 전혀 호의적이지 않았다. 어떤 말로 서두를 꺼낸다 해도 돌아올 반응은 잔인할 게 분명했다. C7은 자신보다 몇 뼘은 더 큰 지성의 존재가 두려워졌으나 굳이 내색하지는 않았다.

두 주먹을 꽉 쥔 그는 끊임없이 원의 처절한 눈물을 되새기는 중이었다.

백화의 하숙집.

끼이이익—

한동안 드나든 적 없던 사람의 손에 의해 파란 대문이 열렸다. 때마침 거실에서 빨래를 널고 있던 백화의 삼촌은 고개를 돌려 그를 발견했다. 그러고는 가볍게 반가움을 표했다.

"오, 태양이. 이제 돌아오네."

"아, 예."

"합숙훈련은 잘 했냐?"

"그럭저럭요."

엄연히 밝히자면 친구의 집에서 얹혀살다 온 태양이었지만 그는 능청스럽게 거짓말을 뱉어 냈다. 딱히 의심할 이유가 없었던 삼촌은 '고생했네'라는 짧은 대구를 했고 턱 끝을 까딱 움직이며 새로운 소식을 전했다.

"니 앞으로 편지 왔더라."

"편지요? 누구한테서요?"

"뭐…… 그냥 니가 가서 읽어 봐."

처음에는 딱히 떠오르지 않았던 수취인이 삼촌의 애매모호한 반응 덕분에 확실해졌다. 대화 사이에 언급되는 것조차 불편한 존재이자 언뜻 들리는 근황조차 신경 꺼버리고 싶은 존재였다.

"혹시, 그 사람들이 보냈어요?"

"뭘 또 정 없이 '그 사람들'이라고 부르냐. 부모님인데."

역시 그들일 줄 알았다. 평소엔 잘만 내버려 두다가, 잊을 만하면 연락해서 속을 뒤집어놓는 사람들.

"생일 때도 연락 한 번 없더니, 왜 갑자기 종이 쪼가리를 보내고 난리야."

태양은 미간을 구기며 사나운 혼잣말을 뱉어 냈다. 그건 분명 무례한 언동이었지만, 삼촌은 혼자 남겨진 이후 한동안 마음의 문을 꽉 닫아버렸던 태양을 차마 꾸짖지 못했다.

"따로 떨어진 시간이 길어졌던 건 말 못 할 여러 가지 문제가 겹치다보니까 그런 걸 거야."

그러면서도 친구인 태양의 아버지 입장 역시 충분히 이해하는 터라, 최대한 유하게 그를 달래주려 하니.

"지들끼리만 알고 나한테는 말 못할 문제가 대체 뭔데요."

"……."

"나는 그 사람들한테 가족이 아니에요. 그냥 직장동료인 두 사람 사이에 어느 날 갑자기 생겨버린 애새끼지."

태양은 원망과 불신이 잔뜩 섞어 대꾸했다. 삼촌도 뭐라 반박하지 못할 만큼 확신에 찬 태도였다.

삼촌은 잠시 긴 한숨을 내쉬다가 고개를 애먼 곳으로 떨구었다. 그러고는 얼마 전 태양의 아버지와 나누었던 짧은 통화내용을 떠올리며, 의미심장한 이야기를 꺼내놓았다.

"그래도 니 엄마 아빠는 항상 널 자랑스럽게 생각해. 대회 영상은 하루에도 수백 번씩 돌려보고 있고."

"하, 나 참……."

"이젠 그쪽에 자리도 제대로 잡아놨으니까, 너 사는데도 문제없을 거라고 좋아했어."

하지만 가볍게 스치는 그의 말은 예상치 못한 가시가 되어 태양의 심기를 자극한다.

"잠깐, 그게 무슨 소리예요?"

"어? 뭐?"

"방금 그 말이요. 그쪽에 자릴 잡아놔서 나 사는데 문제없다느니 뭐니……."

"아, 그게……."

"혹시 그 사람들이 날 미국으로 불러들이겠대요?"

삼촌을 바라보는 태양의 눈빛은 칼날처럼 날카로웠다. 백화 덕에 한동안 가라앉아 있었던 외로움이, 방심한 순간 분노가 되어 쏟아져 나온 모양이다.

삼촌은 다시 태양을 마주하며 수습하려 했지만 그러기도 전에 그는 한층 격해진 목소리를 내뱉었다.

"지들 잘난 맛에 떠난 사람들이 지금 와서 나를 왜 끌어들여! 그러면 내가 좋다고 따라나설 줄 알았대요?!"

"태양아……."

"대체 그 사람들 머릿속에 나는……!"

그러다 문득 말을 멈추었다. 그들에게 동요하는 자신의 모습조차 끔찍하게 싫어 죽을 것만 같았다.

결국 입술을 닫고 마른침만 삼키던 태양은 주먹을 꽉 쥔 채로 낮은 목소리를 내보냈다.

"어쨌든…… 이제 와서 개소리하지 말라고 전해 주세요."

하지만 떨리는 눈빛은 쉽게 감추지 못해서 그는 삼촌에게 허물어진 마음을 들키고야 말았다. 삼촌은 집 안으로 숨어들어가려는 그를 안타깝게 살폈고 그 아이의 손에 의해 현관문이 열릴 때쯤 나직이 불러 세웠다.

"최태양."

"……."

"잠깐만 내 말 좀 들어 봐."

늘 장난스럽기만 하던 삼촌의 진지한 목소리에 태양은 그 자리에 가만히 굳어버렸다. 딱히 대답은 하지 않았지만 무시하는 건 아니었다. 단지 고집스럽게 등을 돌린 채 동요하는 얼굴을 들키지 않으려 애쓸 뿐.

"나도 가라고 등 떠밀 생각은 없어. 그건 어디까지나 너의 선택이니까."

"……."

"그냥…… 니가 외롭지 않을 수 있는 쪽으로 결정했으면 좋겠다."

삼촌은 태양의 마음이 다치지 않도록 최대한 조심스럽게 그를 타일렀다. 그 말에 담긴 걱정을 모르는 건 아니었지만 태양은 회의적인 헛웃음을 뱉어 냈다.

외롭지 않을 수 있는 쪽. 나한테 그런 게 있기나 한 걸까.

'태양아, 아빠 친구분 하숙집이니까 편하게 있어. 엄마 아빠는 미국에서 중요한 연구과제만 마치고 다시 올게.'

'…….'

'우리 태양이는 어른스러우니까 걱정 안 해도 되겠지? 혼자
서도 잘 할 수 있지?'

내가 외로워졌던 순간은 애초부터 나의 선택으로 인해 생겨난
것이 아니었는데.

'여자로서 좋아해. 나도 강이안처럼.'

'미안해. 태양아. 오늘 이건…… 없던 일로 하자.'

무언가를 결정 내린다고 해서 상황을 바꿀 수 있는 것도 아니었
는데. 나한테 무슨 선택권이 있겠어. 그냥 이렇게 조금 더 살만한
곳에서 버티는 거라면 또 모를까.

"이렇게 혼자 남겨진 건, 내가 자초한 일이 아니잖아요."

"……."

"그 사람들이 날 버린 거지……."

흐린 음성을 내뱉은 태양은 붙잡고 있던 문고리를 끌어당겼다.

열린 현관문틈새로 익숙하지 않은 냄새가 느껴졌고 곱게 접힌
낯선 옷가지들이 차례로 시야에 들어왔다. 몇 년을 살았지만 오늘
만큼은 나의 보금자리가 아닌 것 같은 기분이었다.

태양은 어디에도 속하지 못하는 기분이 들어 마음이 불편해졌
다. 이젠 익숙해질 대로 익숙해진 줄 알았으나 이질감은 여전히 그
를 비참하고 고독하게 만들었다.

그럼에도 불구하고 태양은 오기 부리듯 제 방으로 들어선다. 그
러고는 가장 먼저 책상 위에 놓인 편지를 낚아채듯 집어 든다.

굳이 펼쳐보지 않아도 어차피 내용은 뻔할 것이다. 믿고 싶지도
않고 믿겨지지도 않는 변명으로 절반 이상은 채워져 있을 것이다.

결국 태양은 뜯지도 않은 편지를 쓰레기통 안에 처박아버렸다. 그런다고 해서 너저분하게 묻은 심란한 감정들까지 떨쳐 버릴 수는 없었지만 태양으로서는 그것이 최선의 방어였다.

외로움은 이미 적응되었다. 외롭지 않을 수 있는 쪽을 선택하는 것은 더 이상 의미가 없다. 지금 두려워하는 단 한 가지는 누군가 곁이 익숙해질 때쯤 또다시 버려지게 되는 것.

그러니 애초부터 혼자 남겨져 있을 것이다. 어느 누구도 절대 나를 버릴 수 없도록.

나는 외로운 이곳에서 어떻게든 홀로 버텨볼 생각이다.

"그럼 본론 시작하시죠."

스산한 바람이 부는 중앙병원 옥상. 지성은 지독하리만큼 차가운 눈빛으로 C7을 마주했다. 살기를 받아내는 건 원의 곁에서 진절머리 나도록 겪어본 일이었기에 C7은 별다른 동요 없이 딱딱한 목소리를 뱉어 냈다.

"B1 님 곁으로 돌아오십시오. Z999."

그러나 그 말은 지나치게 본론만 있었던 터라 지성은 비웃음을 머금은 채 가볍게 되물었다.

"지금 그게 가당키나 한 말이라고 생각하세요?"

"물론 한 번에 납득하지 못할 거란 예상은 하고 있었습니다."

"몇 번을 되풀이해도 소용없습니다. 거기까지도 알아주셨으면 좋겠네요."

지성은 혹시나 원이 무슨 말도 안 되는 명령을 내려놓았을까 싶어 C7이 타협을 시도할 틈조차 주지 않았다. 그는 원이 집착할 거리 조차 제공해 주지 않도록 시종일관 냉정한 태도를 유지하는 중이었다.

C7은 그런 지성을 가만히 마주했고 짧은 숨을 내쉬었다. 대화가 끊겼다고 여긴 지성은 단호하게 그의 곁을 떠나려고 했지만.

"당신이 그 사람을 위해 할 수 있는 마지막 일입니다."

"……."

"어차피 당신은 강이안의 폭주를 더 이상 감당할 수도 없지 않습니까."

매정한 걸음을 떼어 내기도 전에 C7은 절대 외면하지 못할 말로 그의 발목을 붙들었다. 지성의 싸늘한 시선을 흔들리게 만들 만큼 강렬한 자극이었다.

결국 그 자리에서 벗어나지 못한 지성은 사나운 눈길로 그를 내려다보았다. 그러나 C7은 위협적인 반응을 알아챘으면서도 오기를 부리듯 입술을 마저 움직였다.

"분명 어제 당신은 강이안을 두려워했습니다."

"뭐?"

"강이안의 폭주를 막지도, 멈추지도 못했습니다."

"……."

"그런 당신이 강이안 곁에 남아 있을 이유는 더 이상 없습니다."

이미 지성의 마음속에 스며있던 죄책감이 C7의 목소리를 따라 요동쳤다. 지성의 눈동자가 어둡게 가라앉았다.

"그래서."

"……."

"그게 당신들이랑 무슨 상관인데."

그건 원이 만족스럽게 여길만한 감정의 틈새였다. 그러나 C7은 조금도 기뻐하거나 확신하는 내색 없이 차분한 대답을 덧붙였다.

"저는 원 님이 폭주하는 힘과 두 번 다신 부딪치지 않았으면 좋겠습니다."

"……."

"강이안도 더 이상 원 님으로 인해 이성을 잃어버리지 않았으면 좋겠습니다."

"……."

"그러려면, 두 사람의 악연을 끊어내야 합니다. 두 번 다시는 마주칠 수 없도록 철저히 격리 시켜두어야 합니다."

격리라는 단어에 지성의 시선이 날카로워졌다. 델타 돔에서 11년 동안 격리되었던 존재는 다름 아닌 이안이었으니까.

그는 독방에 갇혀 외로움에 시들어가던 이안을 아직까지도 생생하게 기억하고 있었다. 그건 바라보기에도 고통스러운 순간이었고, 똑같이 되풀이되는 일 만큼은 막아 내고 싶었다.

"혹시 이안 님을 다시 가둬 놓을 계획이라면 저는 이곳에서 당신을 처리할 겁니다."

그래서 C7을 향해 진심 어린 위협을 가하니 그는 예상했던 것과 전혀 다른 말을 뱉어 냈다.

"안심하십시오. 격리되는 건 원 님 입니다."

"원……?"

"원 님만 델타 돔으로 돌아간다면 강이안은 더 이상 자극받는 일도, 폭주하는 일도 없지 않겠습니까."

너무나도 당연한 소리였지만, 지성의 낯빛은 눈에 띄게 어두워지고 말았다. 어쩐지 C7이 찾아온 의도를 알 것만 같아서 지성은 섣불리 고개를 끄덕이지도 못했다.

"……그럼 잘 모시고 돌아가세요. 마중은 못 나가겠네요."

결국 C7의 입에서 피하고 싶은 부탁이 대놓고 꺼내지기 전에 지성은 하나도 알아듣지 못한 척 무심한 태도를 보였다. 그러나 C7은 전혀 물러서지 않았고 오히려 회피하려는 그를 단호하게 붙잡았다.

"그걸 왜 저한테 부탁하십니까. 당신만이 할 수 있는 일인데."

"그게 어떻게 제가 할 일이 되죠?"

"당신은 폭주를 멈추기 위해 강이안에게 배치된 에이전트입니다. 이제 폭주는 강이안이 아니라 원 님이 하고 계시니 그분 곁으로 돌아오는 게 당연하지 않습니까."

"……."

"저는 당신의 일을 하라고 말씀드리는 것뿐입니다. 하찮은 가족 놀이는 집어치우고."

하찮은 가족 놀이라…….

거슬리는 말이었지만 반박하지는 못했다. 분명 지성이 이안에게 느끼는 감정은 단순한 복종보다 깊었고 그건 충분히 가족애로도 설명이 가능했다.

Z999이라는 혈통코드로서는 감히 상상하지도 못할 무례한 마음.

'형이야.'

'내 형이라고.'

'사정상 성은 다르지만.'

착한 이안은 그런 지성을 기쁘게 받아주었다. 그래서 지성은 자신이 정말 그 사람의 형이라도 된 것처럼 착각하고 지내 왔다.

'나는 주제 넘는 짓을 하고 있는 걸까.'

잠깐 고민하던 순간, C7의 입에선 짧은 숨이 새어 나왔다. 그는 흔들리는 지성의 눈빛을 바라보았고 이내 이전보다 감정이 섞인 목소리를 차분히 내뱉었다.

"이렇게 말은 하지만…… 사실은 저도 다를 바 없습니다. 이렇게 당신을 찾아오는 것 자체가 제 분수에 맞지 않는 일이니까요."

늘 빈껍데기 같았던 그가 처음으로 인간적인 감정을 내비친다.

"저는 그분이 더 이상 당신에게 매달리지 않았으면 좋겠습니다. 비참해지지 않았으면 좋겠고, 초라해지지도 않았으면 좋겠습니다."

그건 동정심이었다. 그의 신분에도 맞지 않고 원과의 관계에서도 가당치 않은 사치스러운 정서.

"그래서 당신을 다시 원 님 곁으로 불러들이는 일이 내키지는 않지만……."

그는 언제나 메말라 있던 눈동자로 지성을 바라보았다. 지성은 차마 눈을 돌리지 못했고, 이어지는 목소리를 가만히 귀에 담았다.

"안타깝게도 제가 할 수 있는 일은 이것뿐입니다. 그러니 당신도…… 강이안을 위해 할 수 있는 일이 무엇인지, 이성적으로 생각해 보시길 바랍니다."

C7은 생각하라 말했지만, 지성은 모든 사고를 닫아두었다. 그는 이미 자신이 해야 할 일을 깨달아버린 후였고 지금은 그 사실을 외면하려 애쓰는 중이었으니까.

"……대체 무엇 때문에 원에게 헌신하는 겁니까."

지성은 언제나 원에게 멸시당하고 외면당하기만 하던 C7을 떠올리며 물었다. 그러자 C7은 잠시 입술을 닫고 생각에 잠기는가 싶더니 옅은 미소를 머금었다.

"당신과 다를 바 있겠습니까."

"……."

"처음엔 주인이라서 복종해왔지만 지금은 책임지고 있다는 마음이 더 큽니다. 가엾고 불쌍하고 미련한 사람이니까."

"……."

"그래도 가만 보면 순수합니다."

그리 대답하는 C7은 한결 편안해진 말투였다. 주종관계에 묶여 모시고 있는 사람이 아닌 곁에서 지키고 있는 가족에 대해 말하는 것처럼.

그 말에 동의하지 못하는 건 아니지만 그렇다고 기꺼이 동조해 줄 수도 없었다. 결국 지성이 혼란스러운 표정으로 고개를 돌려버리자 C7은 발길을 떼어내며 짧은 한 마디를 덧붙였다.

"제가 이런 말 했다는 건 그분께 전해주지 마세요."

언제 지성을 붙잡고 늘어졌었냐는 듯 그의 걸음은 미련 없이 깔끔했다. 그건 본인의 사명을 받아들였기에 가능한 일이라고 생각한다.

지성도 C7처럼 이안을 위한 결정을 내리고 싶었다. 이안 역시 가엾고 불쌍하고, 그 와중에도 미련하리만큼 착한 사람이니까 지성은 어떻게든 끝까지 책임지고 싶었다.

하지만 원을 위해 원의 곁을 떠나지 않는 C7과 달리 지성은 이안을 위해서 그에게 이별을 고해야하는 처지이기에.

도저히 그를 남겨 두고 이곳을 떠날 자신이 없었던 지성은 결국 한 발자국도 떨어트리지 못했다. 혼자 뒤돌아가는 순간을 상상하는 것만으로도 마음이 허물어져서, 그는 가능한 한 버텨 볼 생각이었다.

어차피 어떠한 결정에도 정답은 없으니, 이왕이면 이곳에서.

[우리 병원에 있다고 들었어요. 이따 얼굴 좀 봐요.]

비상계단에 서 있는 희운은 휴대폰 액정에 떠오른 글자를 보고도 한동안 손가락을 움직이지 않았다.

급한 마음에 우선 이곳으로 지성과 이안을 실어오긴 했지만 그 여자에게 알리고 싶은 생각도, 이곳에서 얼굴을 마주하고 싶은 마음도 그에게는 없었다.

[제가 약속이 있어서 급히 가 봐야 할 것 같습니다.]

희운은 정 없는 약혼녀에게 거짓 통보를 하고는 휴대폰을 집어넣으려 했다. 그러나 그럴 새도 없이 곧바로 도착한 문자는 희운의 숨통을 단단히 조여 왔다.

[저희 부모님이 식사 같이 하자네요. 약속은 취소해요.]

'중요한 약속입니다'를 적던 와중에 그녀의 연락이 이어졌다.

[어차피 중요한 약속도 아니잖아요.]

그저 냉랭하기만 한 희운의 얼굴에 아주 옅은 짜증이 배었다. 희운은 더 이상 말을 늘이고 싶지 않아 답장을 보내지 않고 휴대폰을 넣어 두었다.

그녀가 식사를 원하는 이유는 굳이 만나지 않더라도 이미 잘 알고 있다. 아마 이전에 대화를 나누다가 틀어져 버린 자녀계획 문제 때문일 것이다.

그녀는 아무리 쇼윈도 부부일지라도 아이 하나쯤은 갖길 원했다. 이미 모든 걸 포기한 희운이지만, 그것만큼은 끔찍이 싫었다.

그러나 드러내 놓고 거절을 할 수가 없어 대답을 회피하니, 그녀의 아버지는 희운을 노려보며 사납게 말했다.

'반응을 보니 어지간히도 싫은 모양이군. 자네에게 선택의
여지가 있다고 생각하는 건가.'

'…….'

'사돈댁이 귀한 사업파트너고 훌륭한 집안이라는 건 알고
있네. 하지만 자네 자체로는 별 볼 일 없지 않나.'

그가 내뱉는 한 마디 한 마디가 비참하고 서글퍼서 희운은 말없이 밥알만 씹어 삼켰다. 그런 희운을 향해 혀를 끌끌 차는 소리가 이어졌다.

"후……."

희운은 타들어 갈 듯한 가슴을 툭툭 치고는 습관처럼 담배를 꺼내 들었다. 줄곧 연기만 태운다고 해서 해결되는 건 없지만 잠깐이

라도 현실에서 도망치고 싶은 심정이었다.

그러나 흡연 장소로 발걸음을 떼어 내기도 전에.

"대리님. 여기…… 계셨습니까."

위층에서부터 걸어 내려오던 지성이 희운에게 인사를 건넸다. 그는 지금 이 순간 가장 부러운 사람을 물끄러미 바라보다가 질투가 눈에 비칠까 싶어 딱딱하게 대꾸했다.

"그래."

지성은 계단을 마저 내려와 희운의 옆에 섰다. 비상구로 나가지도 못하게 문을 가로막은 채였다. 무언가 자신에게 털어놓을 얘기가 있다는 걸 깨닫는데 까지는 그리 오래 걸리지 않았다.

"김 대리님."

다시 한 번 희운을 부르는 지성의 목소리는 하염없이 가라앉아 있었으니까.

"왜."

"대리님이 예전에 하셨던 말 기억하십니까?"

"무슨 말."

"무언가를 결정해야 했고, 선택을 했고, 지금은 그 선택에 대한 책임을 지고 있는 중이라는 말."

덤덤히 건네진 지성의 말에 희운은 딱히 유쾌하지 않았던 그날의 대화를 기억해냈다. 대답을 하는 대신 물끄러미 지성을 바라보고 있으니 그는 잠시 망설이다 마저 입술을 움직였다.

"지금 제가 그 선택의 기로에 놓여 있는데 말입니다."

"……"

"결정을 내리지 못하겠습니다. 두 사람 다 소중해서."

"……."

"한 사람을 택하면 다른 사람의 존재가 자꾸 마음에 걸리고, 그 다른 사람을 택하자니 남아 있을 그 사람이 안타깝습니다."

지성의 이야기를 듣는 희운은 잠시 다른 여자가 생긴 건 아닐까 의심했다. 그러나 화가 뻗치기도 전에 그는 지성이 애타게 걱정하던 한 남자를 기억해냈다.

해실을 선택하기에는 마음에 걸리는 사람. 혼자 남아 있는 모습이 안타까운 사람. 어느 쪽이든 강이안은 지성의 마음이 짐처럼 내려앉기 충분했다. 그래서 희운은 다짜고짜 캐묻는 대신 넌지시 운을 떼었다.

"무슨 말을 하고 싶은 건데. 넌."

사실은 머릿속이 너무나도 혼란스러워 희운을 발견하자마자 무턱대고 붙잡았던 지성이었다. 방금 전 털어놓은 고민은 진지한 상담이라기보다는 감정을 토악질 하는 것에 가까웠고 그래서 진지하게 들어주는 희운에게 딱히 하고 싶은 말은 없었다.

하지만 그렇다고 해서 아무 말하지 않기에는 희운이 내비쳤던 쓸쓸한 얼굴이 마음을 꽉 메이게 만들어서. 지성은 예전부터 줄곧 묻고 싶었던 질문을 꺼내놓기로 했다. 희운에게는 의미를 잃어버린 질문이겠지만 지성에게는 대답을 들을 가치가 있었다.

"대리님은…… 무슨 이유로 지금의 결정을 내리신 겁니까."

"……."

"저는 두 사람 모두 소중해서 도저히 어느 한쪽을 선택할 수가 없습니다."

　시작은 질문이었지만 끝은 푸념이 되어 버렸다. 결국은 스스로
가 답을 내야 하는 일인데 무턱대고 희운에게 도와 달라 손을 뻗었
다.

　지성의 가라앉은 목소리를 들은 희운은 한동안 입술조차 움직이
지 않았다. 무시하거나 망설이는 건 아니었다. 그의 눈은 평소의 서
늘함보다는 감정적인 온도를 띠고 있었으니까.

　"그거…… 듣던 얘기 중 가장 개 같은 소리네."

　그리고 이어지는 그의 목소리는 따갑기 그지없다.

　지성은 예상치 못한 희운의 반응에 당황한 듯 눈빛을 떨었다. 하
지만 그가 뭐라 되묻기도 전에 희운은 날카로운 목소리를 다시 내
뱉었다.

　"내가 지금 더 소중한 걸 선택한 것 같아?"

　"……."

　"니 눈엔 선택받지 못한 그 사람이 나 같은 새끼한테 버려질 만큼
하찮은 사람으로 보여?"

　좀처럼 알기 힘들었던 희운의 마음이었지만 그의 따지는 듯한
질문의 답이 '아니'라는 것쯤은 눈치챌 수 있었다. 희운은 그를 똑바
로 노려보며 날카로운 직언을 여과 없이 쏟아 냈다.

　"나한테 소중한 사람은 그 여자 하나였어. 선택하고 싶었고, 지
금도 그러고 싶어. 하지만 왜 못 돌아가는 줄 알아?"

　"……."

　"내 선택을 감당할 자신이 없어서. 내 이기적인 욕심 때문에, 그

여자가 힘들어지는 모습을 도저히…… 도저히 두고 볼 수가 없어서."

그의 목소리가 흐려졌다. 그건 희운의 감정이 밑바닥으로 푹 꺼지고 있다는 것을 의미했다. 희운은 허물대로 허물어버린 감정을 짧은 한숨으로 뱉어냈고 다시 힘을 주어 지성에게 충고했다.

"니가 책임지고 감당할 수 있는 쪽을 선택해."

"……."

"한 사람을 선택하든, 두 사람 다 선택하든, 아니면 그냥 두 사람다 놓아 버리든. 하지만 그 전에……."

"……."

"눈빛부터 고쳐먹어. 그렇게 약해빠진 눈으로는 어느 것 하나도 지키지 못할 테니까."

희운의 마지막 말은 지성의 마음을 그어내기에 충분했다.

자신의 목숨까지 바치며 지켜 왔던 사람과 앞으로 곁에 머무르며 지켜 주고 싶은 사람. 지성을 혼란스럽게 만드는 두 사람은 그런 존재였기에 희운의 대답이 더욱 서럽게 느껴졌다.

그래서 입을 꾹 다문 채 아무 말도 하지 않자 머지않아 희운은 발걸음을 옮겨 비상구를 빠져나갔다. 무심하게 스친 어깨에는 더 이상 그와 얘기를 나누고 싶지 않다는 의도가 다분했다.

저렇게 떠나면 그만이니까 조언 따위 쉽게 던질 수 있는 거라고 생각한다. 목숨이 위태로울 만큼 커다란 책임을 져본 적이 없으니 감당하라는 얘기도 쉽게 꺼내는 거라고 확신한다.

삐딱하게 어긋나는 마음은 분명 오기였지만 지성은 일부러 자각하지 않았다. 그건 자신의 무능력을 인정해버리는 일 같았고 그랬다가는 정말 아무것도 지켜내지 못하게 될 것 같았다.

"내 상황이 되어보면…… 그런 말 못할 텐데."

지성은 희망을 놓치지 않기 위한 부정을 하며 창밖으로 고개를 돌렸다. 내리쬐는 노을빛은 무척이나 뜨거워서, 괜히 눈시울이 시큰거렸다.

병실에 짙은 어둠이 내려앉은 밤.

지성은 지친 걸음으로 이안의 곁에 돌아왔다. 침대에 앉아 있던 이안은 고개를 돌렸고 낮은 목소리로 핀잔하듯 물었다.

"늦었잖아. 왜 이제 와."

"아직 안 주무셨어요?"

"잘 거야. 이제."

지성은 잠시 멈췄던 걸음을 다시 움직였다. 가까이 다가오는 그의 얼굴을 계속 바라보고 있으니 지성의 붉은 눈가가 새삼 마음에 걸렸다.

'왜 자꾸 울어?'

이안은 대놓고 질문하고 싶었지만 하지 않았다. 그 나약한 시선이 향한 곳은 이안의 흉터뿐인 손목 언저리라서 이안은 지성이 아파하는 이유가 자신 때문일까 봐 차마 묻지 못했다.

"나 내일 퇴원해."

그래서 적당한 이야기 거리를 찾아 뱉어내니, 지성은 평소처럼 가볍게 대꾸했다.

"아, 별 이상 없으신가요?"

"어. 딱히. 팔 빠져서 통원치료 받아야하는 것 빼고."

"다행이네요."

그리 말은 하고 있지만 목소리는 전혀 다행이지 않은 것 같았다. 뒤이어 흐르는 지성의 한숨도, 맞닿은 눈동자의 씁쓸한 감정도 자꾸만 불안하기만 했다.

역시 캐물어서라도 알아내야 하나. 그럼 조금 나아지려나.

"무슨 일 있어?"

결국 이안은 모르는 척하려했던 질문을 지성의 앞에 꺼내놓았다. 걱정과 근심이 가득 담긴 음성이었다.

"별일 없습니다. 괜찮습니다."

하지만 지성은 형식적인 대답으로 단호하게 선을 그었다. 그리고 나선 애꿎은 말로 화제를 돌렸다.

"아, 이안 님. 좀 더 두꺼운 이불을 가져올까요? 새벽에 추울 것 같은데."

이쯤 되면 이안은 눈치로도 알 수 있었다. 지성이 지금 무언가를 숨기고 있다는 것을. 그리고 그건 분명 외면해선 안 될 만큼 심각한 문제인 게 분명했다.

이안은 지성이 원하는 쪽으로 말머리를 어긋내지 않고 다시 한 번 더 힘주어 물었다.

"대체 왜 그러는데."

"……."

"말을 해 줘야 내가 알 거 아니야."

하지만 알려줘도 이안이 해결할 수 있는 건 없어서 지성은 결국 입술을 꼭 닫아두었다.

"뭔데 대답을 못 해."

"……."

"그렇게 심각한 거야?"

"아…… 그게."

"……죽을병이래?"

"네?"

되묻고 되묻다 애먼 곳으로 넘겨짚어진 이안의 추리. 뜬금없는 죽을병 타령에 지성은 자신도 모르게 눈을 동그랗게 뜨고 말았다.

이제 그의 얼굴엔 불안감 대신 의아함이 가득했지만 이안은 그것과는 상관없이 심각한 말을 이어 나갔다. 시선은 엉뚱한 곳으로 빗나간 채였다.

"간호사가 그랬어. 너는 더 입원해 있어야 한다고."

"……."

"너 어디 다쳤냐고 물어보니까, 옆에 서 있던 남자가 그 여자 말을 가로막았어."

"아…… 대리님이신가."

"그리고 나한테 별 문제없을 거라고 하던데……."

이안은 속이 상하는지 점점 말끝을 흐리다가 다시 지성과 눈을 마주쳤다. 그러고는 어떠한 비보도 받아들일 준비가 되었다는 듯 단호하게 말했다.

"보통 그런 건 죽을병 걸렸을 때 벌어지는 상황이잖아."

"왜…… 갑자기 죽을병이에요?"

"드라마에서 봤어. 확실해. 넌 죽을병이야."

단 한 번도 TV시청지도를 받지 못한 이안은 막장드라마의 전개가 현실에서도 통할 것이라 확신하는 모양이었다. 그의 눈빛은 굉장한 슬픔을 담고 있었지만 그건 그거대로 순수하게 비칠 뿐이었다.

"푸흡…….."

결국 지성은 심각한 이안의 상태와는 전혀 상관없이 웃음을 터트리고 말았다. 이안은 서글프게 내려앉았던 눈썹을 도로 올리고 까칠한 반응을 보였다.

"웃을 기분 아니야."

"푸하하하."

"웃을 기분 아니라고."

그제야 지성은 하도 웃어서 축축해진 눈가를 닦았고 다시 터지려는 웃음을 참느라 떨리는 목소리로 대답했다.

"아니, 대체 어떤 생각을 했길래 불치병이라는 결론이 나와요?"

"여러 번 봤으니까. 그런 결말."

"결말이라면 드라마 결말? 아, 정말 그걸 실화라고 믿는 거예요?"

실화까진 아니지만, 충분히 있을 법하다고 생각했는데…… 반응을 보니까 터무니없는 허구인가 보구나.

"……아니."

"믿었구나. 하하하하."

"안 믿었어. 그거 다 지어낸 이야기잖아."

이안은 아까의 걱정 어린 얼굴과 상반되는 표정으로 딱딱하게 대꾸했다. 그러나 지성은 전혀 믿는 눈치가 아니었다. 오히려 커다란 손으로 이안의 머리카락을 쓰윽쓰윽 쓰다듬어줄 뿐.

"이안 님, TV 그만 보셔야겠네요."

"손 치워. 나 만지지 마."

심술이 난 이안이 그의 손길을 치워냈다. 지성은 동생을 바라보는 형처럼 다정한 시선으로 이안을 내려다보았다. 그리고 부드럽게 물었다.

"제가 죽을까 봐 걱정되세요?"

"죽든가 말든가."

"이제 와서 심술부려도 소용없어요. 이안 님 단순한 건 이미 다 들통나버렸는데요, 뭐."

"안 단순해. 난 복잡한 사람이야."

이안은 지성의 말을 되는 대로 삐딱하게 받아쳤다. 그리고 이내 민망함을 숨기려 침대에 몸을 눕혔다. 지성으로부터 야무지게 등을 돌린 자세였다.

골격만 건장할 뿐 살이라고는 제대로 붙어 있지도 않는 이안의 뒷모습을 바라보며, 지성은 마음속으로 진심 어린 대답을 했다.

'이러니까 아무 말도 못 하는 거잖아요.'

하지만 정작 입술 밖으로 꺼내지는 말은 마음과 전혀 다른 내용이었다.

"제가 이안 님한테 뭘 숨길 수 있겠습니까. 항상 다 털어놓는데."

"……."

"아무래도 병원에서 다른 사람이랑 착각한 것 같은데 저는 다친 곳도 없고 입원하지도 않았어요."

"거짓말."

"정말."

가볍게 실랑이가 오고갔지만 그리 오래 끌지는 않았다. 지성을 등지던 이안은 똑바로 몸을 눕혔고, 조심스럽게 눈동자를 움직여 지성의 안색을 살폈다. 수심이 깊었던 아까와는 달리 평소처럼 여유롭고 편안한 얼굴이었다.

한결 나아진 그를 확인한 이안은 겨우 불안한 마음을 내려놓았다. 지성은 흐트러진 이불을 깔끔히 정돈해 준 후 가벼운 굿나잇 인사를 건넸다.

"그럼 안녕히 주무세요. 내일 모시러 올게요."

이안은 곧바로 대답하지 않았다. 그는 발길을 병실 문 쪽으로 돌리는 지성에게서 눈길을 떼지 않고 있다가 무언가가 갑작스레 떠올랐다는 듯 말했다.

"아, 수갑."

"네?"

"급히 나오느라 손목에 채울 수갑을 안 가져왔어."

불안해하지 않았으면 하는 눈이 미세하게 떨려 온다. 겨우 내려 앉은 걱정이 그의 곁을 다시금 맴돈다.

'눈빛부터 고쳐먹어. 그렇게 약해빠진 눈으로는 어느 것 하나도 지키지 못할 테니까.'

순간 왜 그가 했던 타박이 떠오르는 걸까. 그저 차갑게만 들렸던 그의 목소리에서 왜 뒤늦은 온기가 전해지는 걸까.

아마 희운이 어떤 심정으로 매몰찬 말을 건넸는지 이제는 이해할 수 있기 때문일 것이다. 지금 이안을 바라보는 지성은 그가 감당해야 할 고통의 크기를 알고 있기에, 이안이 사사로운 일에 불안해하지 않았으면 한다.

하지만 이 순간 이안이 내비치는 눈빛은 떨어지는 잎사귀처럼 볼품없기 그지없으니.

"일일이 두려워하지 마세요. 그렇게 나약한 마음으로 어떻게 폭주를 멈추시겠어요."

"나약한 게 아니라……."

"제가 언제까지고 이안 님 곁에 남아 있을 수도 없는데."

마지막 말을 뱉어낸 지성은 스스로 놀라서 입을 굳게 다물었다.

두 사람을 지키고 싶은 지성은 자신이 무엇을 선택해야 하는지 어렴풋이 알고 있었다. 그래도 마음의 준비가 될 때까지는 내색하지 않으려 했건만, 마음은 언제나 이성보다 성급해서 미처 신경 쓰지 못한 새에 왈칵 새어 나와 버린다.

그런 지성을 주시하는 이안의 눈동자는 더 이상 나약하진 않았지만 평온하지도 않았다. 그는 지성에게 언제까지고 곁에 있을 수 없다는 말이 무슨 뜻이냐고 매섭게 추궁하려 했다.

그러나 지성은 이안의 입술이 떨어지기도 전에 등을 돌려 걸음을 재촉했다. 병실 문이 열렸다 닫히는 소리와 함께 지성은 이안의 시야에서 사라져버렸다.

이안은 지성이 머물렀던 자리를 물끄러미 바라보았다. 그곳엔 그를 떠올릴 만한 흔적이 단 하나도 없었다.

문득 '저 애가 사라진 자리에는 아무것도 남아 있지 않겠다'하는 생각이 들었다. 하지만 그건 생각하는 것만으로도 마음이 아리는 기분이라, 이안은 그저 고른 숨만 내쉬었다.

어차피 너는 나에게서 조금도 멀어지지 않을 사람이니까.

*　　*　　*

"나 라면 끓여 주라."

헐렁한 반팔 티셔츠 차림의 백화가 늦은 시간 훈련을 마치고 돌아온 태양에게 말했다. 아직 가방도 내려놓지 않았던 태양은 미간을 좁혔고 제법 까칠한 대구를 했다.

"니가 끓여줘 봐라. 좀."

"나 어깨 아파서 팔 못 움직이겠어."

"어깨가 왜."

태양의 시선이 별안간 예민해졌다. 그건 진심 어린 걱정을 가득 담고 있었지만 백화는 사실대로 말해 줄 수가 없어 되는 대로 둘러대기로 했다.

"그냥…… 잠을 잘못 자서 근육통 왔어."

"근육통? 근육통 때문에 어깨를 못 써?"

"응."

근육통이라면 진절머리 나게 겪어보았던 태양은 문득 미간을 좁혔다. 어깨를 쓰지 못할 정도면 인대가 늘어났거나 근육이 파열된

것일 텐데. 백화의 말똥말똥한 눈을 보니 딱히 그 정도로 아파보이
진 않았다.

"너 라면 끓이기 귀찮아서 그러지?"

"아니거든! 진짜 아프거든!"

"어휴, 가지가지 한다. 정말."

짧은 한숨을 내쉰 태양은 부엌이 아닌 제 방으로 발길을 옮겼다.

"아아, 좀 끓여 줘라. 제발!"

백화는 태양이 거절하는 걸로 생각하고 한 번 더 보챘지만, 애초
부터 그럴 필요도 없이 그는 곧바로 그녀에게 돌아왔다. 손에는 파
스 두 장이 들려 있는 채였다.

"팔 걷어봐."

"파, 팔을 왜 걷어?"

"어차피 반팔이잖아. 조금만 어깨 보이게 걷어. 파스 붙여줄게."

"아, 됐어."

"이거 효과 직빵이야."

어느새 파스 한 장을 벗겨낸 태양은 백화의 어깨 쪽으로 손을 뻗
었다. 그녀는 화들짝 놀라며 손길을 피했고 잠시 당황한 눈동자를
떨었다.

"왜 그래."

태양의 물음이 낮게 터졌다. 뭐라고 설명할 길이 없어서 백화는
괜한 신경질을 냈다.

"가만 놔둬! 별로 안 아파!"

"아프다며. 아파서 팔도 못 움직이겠다며."

"아니야! 사, 사실은 그냥 그래."

"……."

"정말 괜찮아. 그냥 내일쯤 되면 저절로……."

길게 늘어지는 백화의 말은 태양이 속아주지도 못할 만큼 어색했다. 태양은 그녀의 눈과 마주했던 시선을 어깨 쪽으로 내렸고 가라앉은 목소리로 말했다.

"그럼 팔 들어 봐."

"뭐……뭐?"

"팔 들어보라고. 위로."

드는 건 어렵지 않았지만 뒤따르는 고통을 내색하지 않을 자신은 없었다. 그래서 잠시 망설이고 있자 태양은 긴 한숨을 내쉬었다.

백화는 본능적으로 이 자리를 벗어나야겠다고 생각했다. 더 머물러있다가는 감추고 싶은 진실까지 들켜버릴 것 같았다.

"아…… 그냥 라면 안 먹을래. 살찌니까."

그래서 어색한 목소리를 내보내며 등을 돌리려던 그때. 태양은 손을 뻗어 그녀의 팔목을 붙잡았다. 그러고는 그녀가 아픔을 토해낼 틈도 없이 소매를 걷어 올려버렸다.

"아……."

그의 눈앞에 피멍이 든 어깨가 적나라하게 드러났다. 그 위에 선명히 찍힌 손자국은 아무리 봐도 폭행의 흔적이었다.

"……누가 이렇게 만들었냐."

그는 서늘한 음성으로 물었다.

"누가 이렇게 만들기는…… 그냥 어디 세게 부딪혔지."

그녀는 대답을 피했지만 역시 믿을 수는 없었다.

"아깐 잠 잘못 잔 거라며."

"그야…… 어디 부딪혔다고 하면 니가 놀릴까 봐…….'"

"내가 그딴 걸로 언제 놀렸는데."

"……."

"맞았냐?"

"아니! 아니라니까!"

돌연 백화의 목소리가 거세졌다. 크고 작은 문제들이 생기면 언제나 스스럼없이 하소연하던 그녀가 언급자체를 꺼린다면, 그건 문제를 일으킨 사람을 제 입으로 밝히고 싶지 않다는 뜻이었다.

분노로 아득해지는 태양의 머리에 단 한 명의 얼굴이 떠올랐다.

"혹시…… 강이안이냐."

"뭐?"

"강이안이 그렇게 만들었냐."

백화의 눈동자가 크게 흔들렸다.

"아니. 그게 말이 돼?"

뒤따라 이어진 거짓말은 아무 소용이 없었다. 태양은 솟구치는 감정을 억누르려 했지만 푸른 멍을 계속 마주하고 있는 상황에선 무리였다. 그는 다시 그녀의 소매를 내려주었지만 화는 멈추지 않고 점차 크기를 키워갔다.

결국 태양은 폭발 직전의 사람처럼 살벌한 목소리를 내뱉었다.

"나 그 새끼 좀 만나러 가야겠다."

애써 태연하던 백화의 표정이 울컥, 일그러졌다. 그녀는 이안이 폭주를 멈추지 못했다는 사실을 깨닫게 되었을 때, 그가 얼마나 무너져 내릴지 짐작조차 할 수 없었다.

"안 돼. 나 이안 씨 때문에 이렇게 된 거 아니야."

그래서 아픈 팔을 뻗어 태양을 붙잡고 애원하듯 말하니 태양은 눈빛에 더욱 한기를 띠고 대답했다.

"그럼 누구 때문에 그렇게 됐는데."

"그냥…… 그냥 어디 부딪혔다고!"

"부딪혀서 손자국이 나냐? 너는 지금 나한테 그딴 말을 믿으라고 내뱉는 거야?!"

태양은 거칠게 소리치며 자신을 붙잡고 있는 백화의 팔을 떼어냈다. 백화는 다시 매달려보려 했지만 그럴 새도 없이 그는 현관문 쪽으로 단호한 걸음을 옮겼다.

"강이안 아니라고 하잖아! 진짜 부딪힌 거라니까!"

"……."

"최태양!"

"……."

"괜히 가서 무슨 말을 하게!"

백화는 절박한 목소리로 태양을 말렸다. 그러나 이미 분노에 휩싸여버린 그는 듣는 내색도 하지 않았다.

결국 신발을 구겨 신은 그가 현관문 잠금장치를 풀어낼 때쯤, 그녀는 수습하기 힘든 말을 무턱대고 꺼내놓는다.

"니가 무슨 상관이야! 대체!"

그제야 태양의 모든 움직임이 잠시 멈추었다. 그는 그녀를 돌아보지도 못하고 있다가.

"내가 괜찮다는데! 내가 아니라는데! 왜 나서냐고! 왜!"

이어지는 그녀의 날 선 목소리에 천천히 고개를 돌렸다.

돌아온 그의 눈빛엔 깊은 상처가 나 있었지만 정작 이어지는 건 헛웃음 섞인 되물음이었다.

"하, 그거 진짜…… 나한테 하는 말이냐?"

이쯤에서 멈추어야 하는 건 알고 있다. 이미 여러 번 난도질 된 그의 마음을 더 이상 건드려선 안 된다는 것도 알고 있다.

하지만 두 눈을 똑바로 뜨고도 보이는 건 이안의 서러운 얼굴뿐이라서, 백화는 또 한 번 태양의 마음에 잔인한 말을 찔러 넣었다.

"그래! 너한테 하는 말이야! 내 일이잖아! 그러니까 간섭하지 말고 신경 꺼! 제발!"

"하……."

무슨 상관이냐는 말. 왜 나서냐는 말. 간섭하지 말고 신경 끄라는 말. 모두 태양을 서럽게 만드는 못된 내용들이었지만 무엇 하나 반박할 수 있는 건 없었다.

그녀 때문에 오랜 시간 지켜 왔던 짝사랑을 내려놓은 일도, 그녀 대신 강이안을 구하러 갔다가 죽도록 얻어맞았던 일도. 태양에게는 자존심까지 내려놓아야 했던 희생이었지만 따지고 보면 굳이 그렇게 하지 않아도 될 일이었다.

그래도 백화만큼은 그리 생각하지 않길 바랐는데 고마워하진 않더라도 괜한 짓이라고 여기지만 않길 원했는데.

"내가 너 때문에 한 짓들이 아무리 하찮은 오지랖처럼 보여도…… 너는 그렇게 말하면 안 되지 않냐?"

"……."

"나도 신경 끄고 싶다. 그런데, 그게……."

억지로 대꾸를 하다 보니 말문이 막혔다. 하염없이 초라해지는 자신의 처지가 느껴져서 참을 수 없이 화가 났다.

"그냥 니가 신경 거슬리는 짓만 안 하고 돌아다니면 되잖아!"

그래서 결국 그녀를 따라 언성을 높여버렸다. 백화도 움츠러들 만큼 분노에 찬 목소리였다. 엉망이 되어 가는 분위기를 알면서도 태양은 감정을 수습하지 않았다.

그는 방금 신었던 신발을 벗어던지고 그녀의 코앞까지 다가왔다. 그러고는 일렁이는 시선을 똑바로 그녀에게 고정시킨 채 매서운 말을 이어 나갔다.

"너한테는 내가 상관없는 사람이지! 나한테는 강이안이 전혀 상관없는 사람이야!"

"……."

"그 새끼가 미치든 말든 그딴 거 하나도 안 중요하고! 그냥 너 하나만 멀쩡하면 좋겠어!"

"……."

"그래서 그동안 비켜 주고, 기어 주고, 대신 맞아 주고 다 했잖아! 그런데도 내가 이러는 게 나서는 걸로 보여!?"

"최태양……."

"니 눈에는 내가 그냥 병신처럼 보이냐고!"

태양의 눈가가 붉어졌다. 그걸 바라보고 있는 백화는 대꾸할 면

목조차 없어졌다.

사실 이 아이를 하찮게 생각했던 적은 단 한 번도 없다. 마음을 모르는 척해야 했던 순간에도 더 심한 상처를 주지 않으려는 의도 뿐이었다.

그러나 결국에는 이리도 엉망진창이 되어 버린 관계.

무슨 변명도 하지 못하게 된 백화가 시선을 피하자, 태양은 입술을 떼고 먹먹한 목소리를 흘려보냈다.

"그래. 니들이 무슨 지랄이 나든 내가 무슨 상관이냐."

"……."

"내 주제 실감나게 해 줘서 고맙다."

돌아서는 그 아이의 뒷모습은 바라보기 안쓰러울 만큼 나약했다.

제 방 안에 틀어박히듯 몸을 들인 태양은 무거운 방문을 힘주어 닫았다.

쾅―!!

요란한 소음과 함께 잠겨버린 그의 마음.

이렇게 만든 건 백화 자신이었다. 백화는 지금 이 순간 초라하게 무너져버린 태양이 눈시울 붉어질 만큼 가슴 아팠다. 그래도 한 편 으로는 그의 발길이 멈춰서 다행이라는 생각을 했다. 어찌 되었든 이안은 계속해서 아무것도 모르고 지낼 수 있게 되었으니.

하지만 머지않아 뒤따라오는 건 그런 자신에 대한 혐오감이었 다. 이안을 지키기 위해 오랜 시간 그녀를 지켜준 태양을 내쳐버린 건 스스로 돌이켜봐도 역겨웠다.

나는 지금 니가 느끼는 것보다 훨씬 더 이기적이고 못된 여자인가 봐. 그런 나를 걱정해 주는 넌 분명 과분한 사람인데도 자꾸만 상처 줘서 미안해.

이기적인 나를 용서하지도 이해하지도 말고 미워해 줘. 그냥.

*　　　*　　　*

어둠이 모두 물러간 이튿날 아침.

"좋은 아침입니다. 이안 님."

지성은 어제보다 가벼운 표정으로 이안의 병실에 들어섰다. 이안은 창밖에 두었던 시선을 그에게로 옮겼고, 인사에 답하는 대신 전혀 생각지도 못한 질문을 던졌다.

"그거 기억 나?"

"어떤 거요?"

"예전에는 밖에 나가는 게 두려워서 이렇게 창문으로 구경만 하고 있었는데."

"아…… 그랬죠."

"어느 순간부터는 나도 다른 사람들하고 똑같아진 것 같아. 아무것도 무섭지가 않아."

이야기를 하는 이안의 눈가에 옅은 미소가 어렸다. 지성은 고개를 끄덕여주며 지금과는 확연히 달랐던 이안의 옛 모습을 떠올렸다.

그때의 이안은 집 앞에 나가는 것조차 불안해했고 사람들을 만나는 일은 아예 엄두조차 내지 못했다.

"내 여자 때문인가?"

진심으로 백화 덕분이라고 생각한다.

"내 여자가 날 평범한 사람처럼 만들어 준 건가."

놀랄만한 이안의 변화는 모두 그녀가 불러와준 기적이다.

하지만 백화가 그를 세상 안으로 이끌어줄 수 있었던 데에는 그녀의 손을 용기 내어 붙잡아준 이안의 덕도 컸기에.

"이안 님이 의외로 사교성 좋은 스타일인지도 모르죠. 한 번 만난 사람들은 전부 이안 님을 좋아해 주잖아요."

지성은 다정한 목소리로 말했다. 혹시 먼 훗날 이안의 곁에 아무도 남지 않게 되더라도 여전히 세상을 두려워하지 않았으면 하는 마음에서였다.

이안은 잠시 깊게 고민하는가 싶더니 입꼬리를 장난스럽게 들어올리며 대꾸했다.

"사랑받는 거라면 자신 있어."

그건 이안이 생전 내뱉은 적 없던 자랑이었다. 하지만 노심초사한 마음으로 움츠려 있는 것보다는 이쪽이 훨씬 더 보기 좋아서, 지성은 그를 따라 부드럽게 웃어보였다.

"아, 나 오늘 퇴원 맞는 거지?"

"네. 집에 가기 전에 백화 님 얼굴 좀 보고 오실래요?"

"그래도 괜찮겠어?"

"네. 지금 택시타고 출발하시면, 백화 님 출근 전에 아슬아슬하게 도착할 수 있을 것 같기도 하고."

이안은 시계를 확인하며 대답하는 지성을 물끄러미 바라보았다. 요즘 계속 우울해보여서 곁에 있어줄 생각이었는데, 그의 표정은 언제 가라앉았었냐는 듯 다시 평온해진 상태였다.

"너는."

"아, 저는 회사에 잠깐 들러야 해서요."

지성은 정장 재킷을 추스르며 대답했다. 흘깃 비친 안주머니에서 하얀 봉투 하나가 보였다. 이안을 의식한 지성은 서둘러 재킷 단추를 여몄고 괜히 그를 재촉했다.

"어서 옷 갈아입으세요. 이안 님 새 옷도 챙겨 왔으니까."

"어. 그래."

"전 밖에서 기다리고 있겠습니다. 다 갈아입으면 말씀해 주세요."

지성은 가벼운 발걸음으로 병실을 나섰다. 그의 기척은 지난밤처럼 흔적 없이 사라졌지만 이안의 마음은 전혀 불안하지 않았다.

여느 날과 다름없는 평범한 대화, 평범한 농담, 평범한 분위기. 장소가 병원이라는 것 빼고는 전혀 이상할 것 없는 하루의 시작.

"하아……."

이안은 위태롭게 보이던 지성이 겨우 되돌아온 것 같아 저도 모르게 안도의 한숨을 쉬었다. 오늘처럼 근심걱정 없어 보이는 지성이라면 언제까지고 자신의 곁에 머물러줄 것 같았다.

아직은 혼자서 못 하는 일이 더 많지만 앞으로 점점 나아질 거라고 생각한다. 이제는 입에 붙어버린 명령조도 고쳐서 그가 조금 더 편한 마음으로 지내게 해주고 싶다. 내 곁이 힘들다는 이유로 떠나지 않도록.

"네, 이번 주까지는 출근하겠습니다. 어차피 출국 날짜는 다음 주라서요."

같은 순간, 닫힌 문 너머에서 이어지는 지성의 통화 내용을 듣지 못한 이안은.

"제출은 오늘 중으로 하겠습니다."

그가 안주머니에서 꺼내 든 하얀 봉투가 '사직서'라는 사실을 알지 못해서.

"그리고…… 저의 퇴사에 대해선 한동안 비밀로 해 주실 수 있겠습니까?"

그렇게 노력하면 지성을 붙잡아둘 수 있을 거라고. 언제까지고 지금처럼 함께할 수 있을 거라고.

"……저도 이곳에 더 머물지 못해 유감입니다."

진심으로 그렇게 생각했다. 상상으로조차 해본 적 없던 이별이 코앞으로 다가온 줄도 모르고.

출근 준비는 복잡한 정신마저도 단순하게 만든다.

태양으로 인해 무겁게 가라앉았던 마음도, 시간에 쫓기다 보면 어느새 멀리 날아가 버린다.

옷장 서랍을 하염없이 뒤지던 백화는 결국 출근 시간을 10분 남겨 놓은 시점에서도 민소매 셔츠에 반바지 차림을 벗어나지 못했다. 평소에 정리를 잘 해놓지 않았던 탓에 출근할 때 입을만한 옷이 남아 있질 않았다.

"하아, 블라우스란 블라우스는 다 구겨져있네……."

백화는 한숨을 푹 내쉬며 거실로 나섰다. 아침을 준비하던 삼촌이 탐탁지 않게 그녀를 맞이했다.

"야, 너는 시간이 몇 신데 아직까지 그 꼴이냐."

"아, 옷이 하나도 없는 걸 어떡해! 추리닝 입고 가게 생겼어!"

"어제 다려놓지! 좀! 하여간 게을러 빠져서는!"

"그제랑 어제 얼마나 바빴는데! 이번 주말이 얼마나 다사다난했는지 알아?!"

"몰라! 이 기지배야! 그럼 그 모양으로 출근……!"

백화를 따라 언성을 높이던 삼촌의 말이 끝나기도 전에 벌컥, 문이 열리는 소리가 들렸다. 삼촌과 백화는 동시에 인기척을 향해 고개를 돌렸다. 평소보다 이른 시간부터 집을 나서려하는 태양을.

"최태양……."

백화는 저도 모르게 그의 이름을 불렀다. 그건 태양을 어색하게 여기는 느낌이었지만 아무것도 모르는 삼촌은 살갑게 말을 걸었다.

"태양아! 너는 새벽부터 일어나서 부지런히 준비하더니 지금 나가는구나!"

"네."

태양은 건조한 목소리로 짧게 대답하며 현관 앞으로 걸음을 옮겼다. 그동안에도 백화의 시선은 그에게 향해 있었지만 태양은 끝내 마주보지 않았다.

"다녀오겠습니다."

"응? 오늘은 백화랑 같이 안 가냐?"

"네."

"니가 봐도 지각할 것 같아서 그러지?!"

"……네."

반복되는 대답에 진실 따윈 없다는 걸 백화는 잘 알고 있었다. 백화는 태양에게서 고갤 돌렸고 괜한 말을 붙이는 삼촌을 흔들어 말렸다.

"됐어. 괜히 시간 잡아먹지 말고 학교 보내."

"너는 이 기지배야, 시간 귀한 줄 알면서 이따위로 쓰냐. 이것아."

"아오, 그만 좀 하고!"

"가 볼게요."

태양은 집 안이 시끄러운 틈을 타 현관문을 열고 밖으로 나섰다. 쌀쌀한 아침 공기가 집안으로 밀려들어오자 백화는 으스스한지 몸을 떨었다.

"으, 추워. 그냥 빨래통에 있는 거 주워 입어야지."

"넌 눅눅한 냄새나는 옷을 입고 출근하고 싶냐?"

"그럼 어떡해. 진짜 내 방엔 멀쩡한 옷이 하나도 없단 말이야."

삼촌과 백화 사이에 거슬리는 대화가 오고갔지만 태양은 관심을 두지 않았다. 먼저 신경 끄라고 말했던 건 그녀이니 태양은 어떻든 모든 관심을 끊어버릴 생각이었다.

하지만 그때, 태양이 발견해버린 건 마당 빨랫줄에 널려 있는 백화의 깨끗한 옷들이었다. 상황이 상황이고, 분위기가 분위기고, 입장이 입장이라서 별로 알려 주고 싶진 않은데.

"저지 입고 가면 나 짤릴까? 삼촌?"

"백수는 우리 집에서 아웃이다."

백화는 자꾸 태양의 마음을 툭툭 건드린다. 그래서 도저히 가만히 놔둘 수가 없다. 태양은 잠시 멈춰 선 채로 고민에 휩싸였다. 그는 몇 번 입술을 달싹였지만 목소리가 나오지 않아서 관두었다. 그냥 백화 스스로 저 옷들의 존재를 알아챌 수 있도록 현관문을 열어놓고 떠날 뿐.

"이건 진짜 아니야. 저지는 정말 아닌 것 같아."

태양이 떠나간 후 얼마 지나지 않아, 백화는 후줄근한 저지를 도로 내벗어던지며 투덜거렸다. 다시 민소매셔츠 차림이 된 그녀는 살갗을 파고드는 한기에 두 팔을 매만졌고 열려 있는 현관문을 뒤늦게 알아차렸다.

저래 놓고 간 태양에게 대놓고 불평하지는 못했다. 마음이 걸리는 일이 있어서.

그래서 군말 없이 제 손으로 현관문을 닫으려는데.

"어? 옷⋯⋯."

백화는 태양보다 몇 분 늦게 마당에 널린 깨끗한 옷들을 발견했다. 출근시간까지 5분 남은 이 시점에 내려진 기적과도 같은 행운이었다.

"악! 옷 찾았다! 옷!"

삼촌의 구두를 아무렇게나 구겨 신은 백화는 지체 없이 마당으로 향했다. 그녀는 빨랫줄에 널린 옷 중 가장 구김이 덜한 티셔츠와 청바지를 골랐고, 머릿속으로는 함께 매치할 코트를 떠올렸다.

화장할 시간은 확실히 없을 것 같으니 여교사 휴게실 가서 해야지. 뭐.

다급함 때문인지 안도감 때문인지, 팔을 움직일 때의 고통쯤은 아무렇지도 않았다. 그렇게 바빠진 걸음으로 다시 집 안에 몸을 들이던 그 순간.

아무도 눈길을 두지 않았던 담벼락 뒤에서, 흐린 숨이 멈추었다. 들떴던 발걸음은 그 자리에 얼어붙었고 상기되어 있던 입꼬리는 싸늘하게 내려앉았다.

"아……."

그녀를 기다리던 자리에서 흐린 신음과 함께 무너져 내린 사람은 다름 아닌 이안이었다. 모두가 진실을 숨겨주려 했지만 결국 눈치채버린 그는 자신의 손바닥을 흔들리는 눈동자로 바라보았다.

아무리 확인해 봐도 그녀의 멍 자국은 자신의 손을 꼭 닮아 있다. 그날 얼마나 세게 옥죄었던 건지, 시퍼렇게 물든 상처에는 고통이 가득하다.

떨리는 두 손을 힘없이 늘어트린 그는 이내 눈가를 축축이 적시고 말았다.

'어느 순간부터는 나도 다른 사람들하고 똑같아진 것 같아.'

소망은 그렇게 끝이 났다. 돌이킬 수도 없이 망가져 버린 그의 세상. 남은 것이라고는 어느새 더 자라 버린 괴물뿐이었다.

그래서 이안은 또다시 사람들과 섞이는 게 두려워져 버렸다. 끔찍하게도 혐오스러워져 버렸다.

"음, 정말 아쉽게 됐구먼."

지성의 사직서를 받아 든 부장은 전혀 아쉬움 없는 목소리로 말했다. 지성은 입가에 엷은 미소를 얹었고 이별을 고하는 사람치고는 담담한 표정으로 대답했다.

"부장님 밑에서 더 배우고 싶었는데 이렇게 갑작스레 떠나게 되어 저도 마음이 무겁습니다."

끝까지 가식적인 놈.

부장은 그를 올려다보며 차마 입 밖으로는 내뱉지 못할 말을 삼켰다. 어차피 제이기획 대표 최원이 돌아온 후로 무슨 배짱이 생겼는지 출근도 제대로 하지 않았던 직원이었다. 뭐라고 딱 잡아 말할 수는 없지만 묘하게 사람을 하대하는 느낌도 없지 않아 있었다.

그러나 그동안 싫은 내색 한 번 하지 못했던 이유는, 절대 건드리지 말라는 원의 엄포도 있었지만.

"아, 부장님. 그동안 감사했다는 의미에서 작은 선물을 준비했는데……."

"으, 응? 선물?"

"요즘 수족냉증 때문에 고생이시라는 소리를 들어 녹용을 주문했습니다. 몸이 허하고 찰 땐 이것만큼 좋은 게 없다고 하더군요."

진심으로 싫어지려 할 때마다 그 모든 걸 용서하게끔 만드는 지성의 노련한 처세술 때문이었다.

곰곰이 생각해 보면 업무성과도 그렇고 사회생활도 그렇고 신입답지 않게 능숙했었지. 아마.

"녹용? 어허허, 이 사람 참! 자네 부모님이나 챙겨드리지!"

"저에게는 그동안 부장님이 부모님 같으셨는걸요."

"인사고과 때는 몰라도 퇴직하는 직원한테 받아보는 건 처음이네. 허허."

"앞으로 연이 이어진다면 또 뵙겠습니다. 그럼 이만."

지성은 부장에게 고개 숙여 인사한 후 발걸음을 돌렸다. 부장이 기뻐하는 정도를 보아하니 부자연스러운 실종 후에도 문제가 될 만한 말은 나오지 않을 듯했다.

이제 부장이 며칠 동안 퇴직 문제만 비밀로 해 주면 될 텐데, 그건 영 탐탁지 않네.

"지성 씨!"

자리로 돌아온 지성에게 해실이 반갑게 인사를 건넸다. 밝다 못해 온기까지 느껴지는 얼굴은 언제 보아도 사랑스럽기 그지없었다.

그래서 지성 역시 그녀를 마주보며 살갑게 화답해 주고 싶었지만.

"부장님이랑 꽤 오래 얘기하던데…… 무슨 일 있어요?"

"아니요, 딱히 일은…….."

"혹시 전에 며칠 동안 결근해서 그래요?"

연이은 질문에 차마 사실대로 답할 수 없어 마음이 조금 울적해졌다. 그는 새어 나오려는 한숨을 가슴 깊숙이 집어넣고, 그녀의 어깨에 손을 얹었다.

"내가 그렇게 보고 싶었어요?"

"예?"

"이번 주에는 점심 나가서 같이 먹어요. 해실 씨가 좋아하는 거

사 줄게요."

"네, 네!"

지성의 따듯한 손길은 머지않아 가볍게 떨어졌다. 하지만 그의
흔적은 해실의 두 뺨에 붉게 남아 한동안 지워지지 않았다.

언제부터 이렇게 되어 버렸는지 모르겠다. 처음에는 누군가에게
가려져 존재조차 흐리던 사람이었는데, 어느 순간부터 마음은 기울
어 세상에서 가장 선명한 존재가 되어버렸다.

이런 마음을 언젠가 제대로 표현하고 싶었는데 해실은 쉽사리
기회를 잡지 못했다. 손끝으로 글자를 적거나 혀끝으로 사랑을 말
하는 게 어렵지는 않았지만 무언가 자꾸 그녀를 불안하게 만들었
다.

"해실 씨. 커피 타올게요. 머그컵 이리 주세요."

"제가 다녀올게요!"

"내가 타주고 싶어서 그래요. 이번 주엔 무슨 일이든 나한테 맡
겨요."

아마 그의 입에서 연달아 터져 나오는 '이번 주'라는 기한이 꼭 시
한부처럼 느껴져서인 것 같다.

그녀의 심장을 자극하는 따듯한 눈빛도, 달콤한 목소리도, 부드
럽게 흐르는 숨소리마저도, 바뀐 것이 하나 없는데. 그는 손을 뻗으
면 곧 사라져 버릴 것처럼 위태롭기 그지없다.

"지성 씨. 다음 주에는 어디 가요?"

"네?"

"계속 이번 주를 강조하길래……."

해실의 갑작스러운 질문에 지성은 잠시 입을 닫았다. 그의 눈빛은 미묘하게 가라앉는가 싶었으나 머지않아 평소의 생기를 되찾았다.

"······커피는 모카로 달게. 맞죠?"

"지성 씨."

"어디 안 가고 금방 타올게요. 잠시만 기다려요."

방금 전의 대답은 명백한 회피라는 걸 알고 있다. 하지만 진실을 받아들일 용기조차 없는 그녀는 눈치챈 티도 내지 못했다.

혹시 심각한 고민이 있는데 내가 걱정할까 봐 숨기는 중인 걸까. 차라리 그런 거였다면 좋겠다. 그 사람에게 나라는 존재가 조금 더 믿음직스러워진다면 지금의 불안한 감정들은 모두 나아질 테니까.

"네. 고마워요. 다음 주에는 제가 타드릴게요."

"······."

"꼭."

해실은 멀어지려는 지성에게 아무렇지 않게 웃어 보이며 대답했다. 지성은 다정한 미소를 머금었고 이내 그녀의 곁을 떠났다.

금세 돌아올 줄 알면서도 해실은 한동안 그의 뒷모습을 물끄러미 바라보았다. 오늘따라 유독 무겁게 느껴지는 어깨에 떨리던 그녀의 심장이 뻐근하게 아려오는 듯했다.

"하아······."

그녀의 불안한 마음이 옮아간 건지. 해실의 곁을 떠난 지성의 입술 새로 흐린 한숨이 새어 나왔다. 그는 해실의 머그컵을 든 채로 휴게실이 아닌 사무실 밖으로 나섰다.

사람들이 좀처럼 오고가지 않는 비상계단에 다다라서야, 지성은 정장재킷 안주머니에서 휴대폰을 꺼내 확인했다.

　오전부터 연달아 도착했던 전화. 발신인은 확인했지만 받진 않았다. 발신인을 알고 있기에 더욱 받기 힘들었다.

　하지만 미룰 수 있는 시간도 여기까지가 한계인지라, 지성은 수차례 찍힌 부재중 전화번호 옆 통화 버튼을 눌렀다. 그 사람과 도무지 어울리지 않는 클래식 음악이 시작되고 얼마 되지 않아, 유독 가라앉아 있는 목소리가 흘러나왔다.

　—왜…… 이제 받아?

　꽤 오랜 시간 동안 비명을 질러댄 건지, 아니면 크게 울어댄 건지. 그의 음성은 쉴 대로 쉬어버렸다. 무슨 눈빛을 띠고 있을 지는 안 봐도 뻔하다.

　"어쩐 일로 연락하셨습니까. 원 님."

　지성은 의식적으로 차가운 물음을 던졌다. 그러나 그런 태도에 이미 익숙해져버린 원은 조금도 기죽지 않고 주절주절 말을 늘어놓았다.

　—어디야? 지금 나 있는 데로 와. 빨리. 보고 싶어.

　"거기가 어디인 줄 알고 갑니까. 제가."

　—안 오면 전부 다 죽여 버릴 거야…… 김희운이고, 이해실이고, 뭐고…….

　"……."

　—아, 이런 말 싫어하지……. 미안, 그래도 어쩔 수 없으니까…….

대체 얼마나 망가져 버린 건지. 어디까지 무너져 내린 건지.

원의 중얼거림은 쉽게 이해할 수 없을 만큼 혼란스러웠다. 밖으로 꺼내지는 음성은 신음과 같았고 휴대폰 너머로 전해지는 숨소리는 금방이라고 끊길 듯 힘이 없었다.

지성은 얼어붙은 시선으로 침묵을 유지하다가, 이내 아무 감흥 없는 딱딱한 목소리로 답했다.

"이미 끔찍하게 싫어하는 중이니까 그런 걱정은 마세요."

—…….

"계신 곳을 말씀해 주시면 퇴근 후에 찾아뵙겠습니다."

어찌 보면 정이 없고, 어찌 보면 잔인한 독설이었다. 그럼에도 불구하고 원은 조금의 자존심도 없는 사람처럼 기뻐한다.

—정말? 정말 올 거야? 나는 여기…… 아, 대표실이야.

"역시."

—빨리 내 눈앞으로 와줘. 보고 싶어서 미칠 것 같아.

마음에도 질감이 있다면 원의 마음은 분명 질고 끈적할 것이다. 호흡을 가로막아서라도 제 안에 끌고 들어가려하는 깊은 늪처럼.

어떻게든 벗어나고는 싶지만 그러기엔 너무 많은 것을 떠안아버린 지성이라서.

"예."

그는 무겁게 가라앉은 대답을 했다. 턱 끝까지 차오른 절망 때문에 숨조차 제대로 쉬지 못할 지경이었다.

"아, 왜 연락이 안 되지……."

여유로운 점심시간. 여교사 휴게실에서 이제 막 주스 한 캔을 비워낸 백화는 몇 시간째 답이 오지 않는 이안과의 메시지 창을 훑어내렸다. 단 한 번도 이런 적은 없었는데 그는 휴대폰이라도 잃어버린 것처럼 어떤 연락도 받질 않았다.

"흐음…… 무슨 일 있나."

백화는 탄식과 함께 고개를 떨구었다. 이안의 몸 상태가 그리 좋지 못하다는 걸 알기 때문에 더욱더 걱정스러운 마음이었다. 백화는 서운함이 담긴 손가락을 움직였고 다시 메시지를 적어 보냈다.

[이안 씨 무슨 일 있어요?]

하지만 이건 그동안 수차례 답변을 받지 못한 내용들과 별다른 게 없어 그녀는 진심을 좀 더 드러내기로 했다.

[걱정되니까 무슨 일이 있으면 있다고 말 좀 해 줘요]

[나 속상해지려고 그래]

이번에는 분명 대답해 줄 것이다. 예전부터 그녀가 마음 상하는 꼴은 못 보던 이안이었으니까. 물론 곧바로 도착할 거라는 기대는 하지 않지만 시간이 지나서라도 그는 미안해하며 그녀를 안심시킬 것이다. 늘 그래왔던 사람이니까.

백화는 불안한 기운이 스며들려는 마음을 애써 잠재우며 캔에 남아 있는 주스를 남김없이 들이켰다. 문득 어제 만났던 이안의 모습이 떠올랐다.

'내 여자.'

'응?'

'아니다, 부인.'

'푸핫, 뭐야.'

그녀와 따듯하게 마주쳐주던 시선.

'뭐라고 부를지 아직 못 정했어. 넌 어떤 게 좋아?'

'글쎄요…… 그냥 평범하게 '자기야'라고 해 봐.'

'……자기야?'

'워어…… 심장이야. 안 되겠다. 그건 내가 감당할 수 없겠
네요.'

'그래?'

입가에 짓궂게 어리던 웃음기.

'자기야.'

'악! 하지 마! 그냥 내 여자라고 해! 그게 익숙해졌으니까!'

'싫어. 자기야.'

'그만 하래도?!'

'자기야…….'

귓가를 간질이던 그 사람의 목소리까지도.

그는 평소와 다를 바 없던 것 같아서 마음이 놓였다. 괜한 불안
함으로 그를 보채진 말아야겠다. 사소한 연락문제를 핑계로 그를
괴롭히지는 말아야겠다. 그렇게 스스로 다짐하며 백화는 다시 휴
대폰을 들었다.

[속상하다는 건 농담! 이따 시간나면 연락해요! 사랑해♡]

훨씬 느긋한 메시지를 보내고 나니 마음도 따라 느긋해졌다. 백
화는 고집스럽게 쥐고 있던 휴대폰을 코트 주머니에 넣어 두고 쭈
욱 기지개를 켰다.

그제야 꽉 막혀 있던 숨통이 트인다. 답답하던 가슴이 드디어 편안해진다.

[속상하다는 건 농담! 이따 시간나면 연락해요! 사랑해♡]
문자가 도착했다. 사랑하는 사람이 보낸 사랑스러운 메시지였다.

이게 첫 번째는 아니었다. 이른 아침 공기가 물러가고 해가 중천을 지나칠 때까지 그녀는 셀 수 없이 많은 메시지를 보냈고 많은 전화를 걸었다.

그러나.

[이안 씨! 지금 뭐해요?]
라는 질문에는 '울어'라는 대답을 차마 해 주지 못했고.

[어딘데 이렇게 연락이 안 돼?]
라는 질문에는 '방에 갇혀 있어'라고 말할 수 없었다.

요란하게 울려 대는 진동벨 소리에도 통화버튼을 누르지 못했던 건 그녀에게 해 줄 수 있는 말을 도저히 찾지 못했기 때문이었다.

회색 시멘트로 뒤덮인 방. 그 위에 덩그러니 놓인 철제 침대. 손목을 포박한 무거운 수갑.

하나같이 이안이 끔찍이도 싫어하는 것들뿐이었지만 그는 스스로 벗어나지 못하게 가둬두었다. 그러고 나서야 마음껏 슬퍼했고 그녀의 어깨에 난 끔찍한 손자국을 떠올리며 끝없이 절망스러워 했다.

오늘처럼 발작하듯 온 세상이 무서워졌을 때, 이안이 세상에서 가장 사랑하는 그녀는 말했다.

　'안아달라면서. 안겨 있고 싶다면서. 내가 폭주하지 못하게
　지켜 주면 되잖아.'

　'이리 와. 안아 줄게.'

　'괜찮아. 이안 씨는 이제 정말 괜찮아.'

그날 이안의 귓가에 스며든 목소리는 요동치던 심장도 잠잠해지게 만들었다. 피부로 느껴지는 그녀의 체온은 불안했던 모든 것들을 괜찮아지게 만들었다.

그래서 앞으로도 계속 그녀만 곁에 있다면 괜찮을 수 있을 거라 생각했는데.

결국에는 이렇게 되어 버렸다. 우리를 빠져나온 맹수의 최후가 늘 그러하듯, 아무리 길들여졌다고 해도 비참한 결말은 어쩔 수 없었던 거다.

똑바로 들여다 볼 엄두도 나지 않는 짙은 불행 속에서 이안은 아주 작은 목소리로 힘없이 중얼거렸다.

"미안해."

털어놓아야 할 많은 말 중에 겨우 한 마디를 내뱉었을 뿐인데 목이 막히고 눈시울이 뜨거워졌다. 그는 붉어진 눈가를 포박된 손목 사이에 파묻었고 다시 입술을 움직였다.

"내가 정말 미안해……."

폭주하는 힘으로 그녀를 해친 건 용서를 구할 수도 없는 일이라는 걸 알고 있다. 그래서 사과 같은 건 감히 내뱉을 엄두도 내지 못한다.

그러니 지금 그가 연이어 흘려보내는 '미안해'라는 말은 훗날 그
녀에게 거짓된 마음으로 고해야 할 이별의 연습이었다. '그러니까,
우리 이제 그만 사랑해.'라고 완성시켜야 할.

"그러니까 우리……."

정작 중요한 대사는 꺼내지도 못했다. 머릿속에 떠올리는 것만
으로도 가슴이 무너져서 자꾸 눈물만 뚝뚝 떨어졌다.

하지만 그는 이 나쁜 말이 담담하게 터져 나올 때까지 쉬지 않고
연습할 생각이다. 끝도 없이 반복하다 보면 의미가 닳아지고, 의미
가 닳아지면 '그만'이라는 단어가 주는 아픔도 무뎌질지 모르니까.

"우리……."

해가 지자 이안의 방엔 어둠이 가득 차올랐다.

한동안은 내일을 기대하던 침실이었지만, 오늘부터 다시 외로운
감옥이 되어 버린 공간.

이안은 침대 머리맡에 놓인 인형을 힘겹게 붙잡아 품에 끌어안았
다. 그녀의 품과 같은 향기가 코끝을 스치자 서럽던 눈물은 흐느낌
이 되고, 그건 곧 처절한 울음으로 번져 버렸다.

이대로 울다가 지쳐 죽어 버렸으면 좋겠다. 괴물로 태어난 삶은
이렇게 끝내버리고 다음 생에서 평범하고 괜찮은 사람으로 태어나
게.

그때 너와 다시 만나서, 딱 남들처럼만 싸우고 딱 남들만큼만 걱
정하고. 이번엔 못했던 것만큼 오래오래 사랑해 줄 수 있었으면 좋
겠다.

그랬으면 정말 좋겠다.

대표실 문이 무겁게 열렸다. 열린 문틈으로 차분한 발걸음이 들어섰고 그 뒤로 감정 없는 목소리가 이어졌다.

"자주 뵙습니다. 요즘."

그 말에는 분명 날카로운 가시가 돋쳐 있었다. 그러나 원은 소파에 흐트러져 있던 몸을 바로 앉히며 고개를 들었다. 겉으로 피가 배어 나온 거즈가 덕지덕지 붙어 있는 그의 몰골은 숨이 붙어 있는 것이 용할 지경이었다.

"한지성……."

원은 간절히 기다리던 사람의 이름을 입에 담는다.

"나의 Z999……."

그러고는 가슴까지 고통이 전해지는 혈통코드로 또 한 번 재차 그를 부른다.

"억지로 반가운 연기는 하지 않겠습니다. 하실 말씀 하세요."

"그럼…… 바로 돌아갈 거잖아. 다시."

"네. 돌아갈 겁니다."

"왜?"

"이 자리에 서 있는 것이 불편하니까요."

하지만 지성의 태도는 조금도 흔들림이 없었다. 엉망이 된 원 따위와는 전혀 상관없다는 태도였다.

곁에서 두 사람의 기류를 물끄러미 지켜보고 있던 C7은 속이 뒤틀리는 기분이었다. 매정하게 구는 지성의 마음을 이해하고는 있지만, 섬기는 주인이 하대 당하는 모습은 언제 봐도 불쾌했다.

그래서 그는 지성이 도착하기 직전, 원에게 애원하듯 부탁했었다.

'원 님. 제발 한지성에게 나약한 모습을 내비치지 마십시오.
그럴수록 하찮게 여기는 그를 잘 아시지 않습니까.'

그러나 원은 지금의 나약한 모습과는 상반되는 사나움을 띠고 대답했다.

'한 번만 더 나한테 이래라 저래라 훈수두면 그 혓바닥부터
잘라 버릴 줄 알아.'

'……'

'개새끼 주제에 어디서 짖어.'

C7의 염려 가득한 조언은 늘 그렇듯 그의 귀에 들어가지도 않았다. 굳이 확인하지 않아도 지성은 이미 떠나버린 사람인데, 원은 언젠가는 다시 붙잡을 수 있을 거라 굳게 믿는 모양이었다.

'B1님 곁으로 돌아오십시오. Z999.'

'지금 그게 가당키나 한 말이라고 생각하세요?'

'물론 한 번에 납득하지 못할 거란 예상은 하고 있었습니
다.'

'몇 번을 되풀이해도 소용없습니다. 거기까지도 알아주셨
으면 좋겠네요.'

하긴, 그날 지성이 지었던 단호한 표정을 직접 보지 못했으니까.

그가 원을 지켜주었던 과거에 진심 따윈 없다는 걸 받아들이지 못하고 외면하는 것이겠지. 미련한 사람이 언제나 그러하듯이.

어둡게 가라앉은 C7의 얼굴을 확인하지 못한 지성은 원의 깁스

한 팔을 내려다보며 넌지시 물었다.

"다친 곳은 회복 가능합니까?"

그 안에 걱정은 담겨 있지 않았지만 원은 일렁이는 눈동자를 피 딱지 없은 손끝으로 내렸다. 그러고는 흐린 음성으로 대답했다.

"아파. 죽을 만큼."

굳이 말로 하지 않아도 고통의 크기가 고스란히 전해질 만큼 쓰라린 숨이 흘렀다. 지성은 눈길을 거두며 제 손목시계를 확인했다.

"턱뼈에는 무리가 없으신 것 같네요. 본론 시작할까요?"

원의 부상에 대한 반응이 아닌 재촉이었다. 닿기도 전에 사라져 버리는 마음이 야속하게 느껴져서 원은 입술을 지그시 깨물었다.

분명 원의 기억에 남은 그 사람은 결핍된 부분을 완벽하게 채워 주던 우상 그 자체였는데.

'저는 어디까지나 B1님을 위해 존재하는 것이니, 언제나 B1 님의 안위가 우선입니다.'

세상에서 가장 굳건했던 충성의 맹세는 빛이 바래진 채 버려졌 다. 강이안에게 넘겨진 뒤로는 완벽했던 우리의 관계까지 흉측하게 뒤틀렸다.

손을 쓸 수 없다는 건 어렴풋이 알고 있었다. 하지만 원은 그를 되찾고 싶은 욕심을 아직 내려놓지 못했다.

"왜…… 나한텐 나쁜 말만해?"

"……."

"정말 내가 싫어?"

그래서 서러움 섞인 목소리로 속삭이듯 묻자, 지성은 너무나도 간단한 대답을 꺼내놓는다.

"네."

그 짧은 목소리엔 타협의 여지도 없었다. 원은 미간을 구겼고, 이전보다 언성을 높여 소리쳤다.

"대체…… 대체 A1은 되고 나는 안 되는 이유가 뭔데!"

"……."

"니 인생 망쳐 놓은 건 A1 그 새끼잖아! 그 새끼만 없었어도 넌 더 좋은 혈통으로 살 수 있었던 거 아니야?!"

"……."

"지금 와서 아무리 순진한 척 포장한다고 해도! 그 새끼는 11년 전에 A존 전부를 찢어 죽인 학살자야!"

"……."

"니가 죽도록 증오해야할 사람은 내가 아니라 그 새끼라고!"

일방적으로 쏟아 내는 감정은 받아내는 사람이 없어서 부질없이 흩뿌려져 버린다. C7은 어느새 붉어진 원의 눈가를 보며 걱정하던 일이 터졌다는 듯 짧은 한숨을 내쉬었다.

한동안 적막이 흐르고 무심하던 지성의 눈빛은 조금씩 떨려 왔다. 그 시선 안엔 크기를 가늠할 수 없을 정도의 절망이 꿈틀대고 있었다.

지성은 그 요동치는 감정을 숨길 생각도 없는지 지독하게 가라앉은 목소리를 흘려보냈다.

"제발…… 속아줄 때 그만하세요."

그리고 C7은 상상조차 하지 못했던 또 다른 진실을 세상 밖으로 꺼내놓았다.

"11년 전 그날, A존에 있던 전부를 학살한 건…… 당신이지 않습니까."

원을 바라보는 지성의 눈빛은 이전보다 훨씬 더 온도가 낮았다. C7의 얼굴은 혼란으로 물들었으나 원은 오히려 담담한 숨을 내쉬었다.

"처음부터 알고 있었습니다. 이안 님의 통치자 즉위식에 맞춰 A존 폭파명령을 내린 게 당신이라는 걸요. 델타 돔 데이터베이스에서 증거자료도 백업해 두었으니 발뺌할 생각은 접으세요."

"……."

"하지만 그 폭발 때 이안 님은 폭주 덕분에 살아남았고, 당신은 결국 B급을 벗어나지 못했죠."

"……."

"마지막 남은 A급 혈통을 깔끔하게 처리하고는 싶은데 폭주하는 힘은 두렵고……."

"……."

"그래서 진짜 돌연변이인 나를 필요로 하는 것도 알고 있습니다. 이제 같잖은 순애보 연기는 그만 하셔도 됩니다."

이어지는 말은 원을 향해 있었지만 그 충격을 고스란히 받고 있는 건 C7이었다.

시작부터 잘못되었던 폭군의 역사. 믿고 있던 모든 사실이 뒤바뀌는 순간, 가해자의 수하로서 감당해야 할 번민은 거대했다.

제발 고개라도 저었으면 좋겠건만, 어느새 고갤 떨군 원은 조금의 미동조차 없었다. 그래서 떨리는 눈빛으로 마른침만 삼켜 넘기자 지성은 처연함을 되찾은 목소리로 말했다.

"저는 당신과 함께 델타 돔으로 돌아가겠습니다."

그가 꺼낸 건 어제 C7이 간절히 청했던 부탁이자 그동안 원이 애타게 바라 왔던 대답이었다. C7은 놀란 눈으로 지성을 마주했으나 그는 반응도 하지 않고 뒷말을 이었다.

"분명히 밝혀두건대, 제 목적은 당신을 막아내는 것뿐입니다. 델타 돔에 도착하자마자 저는 모든 시공간 이동장치부터 파괴시킬 계획이거든요."

"……"

"이제 당신은 이안 님께 더 이상 해를 끼치지 못할 것입니다. 델타 돔에 있는 그 어느 누구도 이쪽 세계에 발걸음조차 들일 수 없을 테니까요."

"……"

"그러니…… 참고해두세요. 당신은 저와 함께 델타 돔에서 소멸하는 겁니다."

당신을 위한 결정이 아니라는 말. 무엇도 기대하지 말라는 말.

그건 분명 거절보다 냉정하고 자비 없었으나 누구 하나 말끝을 붙잡고 늘어지진 못했다.

지성은 그대로 발길을 돌려 지독한 공간을 빠져나갔고 C7은 불안한 얼굴로 원의 상태를 살폈다.

"원 님……"

나직이 그를 부르자 원은 그제야 미세하게 어깨를 떤다. 처음에는 흐느끼는 줄 알았던 그 몸짓은 그가 고개를 들고 나서야 키득대는 웃음이었음을 깨닫는다.

"크흐흐…… 들켰네."

원의 첫 마디는 C7의 등골을 오싹하게 만들기에 충분했다. 원은 두려움에 떨고 있는 C7을 마주했고 웃음기 어린 음성으로 말했다.

"하지만 괜찮아. 일단은 다시 내 곁으로 돌아왔으니까……."

"……."

"이제 내가 안 놓아주면 되는 거잖아. 그렇지?"

11년 전 그날, 모든 것을 파괴해서라도 되돌려놓고 싶었던 그 사람은 드디어 먼 길을 돌고 돌아 나에게로 왔다. 가로막혔던 시간만큼 오해는 쌓였지만 이제 나에게는 얼마든지 해명할 기회가 있다.

"……기뻐."

욕망 때문에 자신을 필요로 한다는 지성의 생각과는 달리, 원은 마치 모든 것이 만족스럽다는 표정으로 희미한 숨을 내쉬었다. 언제나 광기뿐이었던 그의 눈엔 어느새 안정감만이 가득했다.

그런 원을 지켜보는 C7은 또 한 번 머리가 어지러워졌다.

아무래도 그는 기형적으로 정에 굶주려 있는 모양이다. 그래서 누군가에게 처음으로 보호받았던 십 수 년 전 기억을 내려놓지 못하고 헤매는 듯하다.

그 안에는 전혀 감정이 없었는데도 불구하고. 바보 같이.

C7은 뻔히 보이는 진실을 외면하는 그가 진심으로 가여웠다. 돌려받지도 못할 헌신을 하는 그가 미련해보일 만큼 불쌍했다.

하지만 그 사람이 주는 차가운 반응조차 기뻐하는 그의 모습은 말 잘 듣는 아이처럼 순진하기만 해서, C7은 감히 그를 동정하기도 미안할 지경이었다.

깜빡깜빡.

램프를 반짝이며 하얀색 휴대폰이 전화 수신을 알렸다. 방금 체력훈련을 끝마친 태양은 옷을 갈아입으려다 말고 캐비닛 안 휴대폰을 집어 들었다. 별 감흥 없는 눈동자로 액정을 확인하니 선명히 떠오른 열한 자리 숫자는 분명 모르는 전화번호였다.

태양은 통화버튼을 눌러 딱딱한 첫 마디를 내뱉었다.

"여보세요."

그러나 휴대폰 너머에선 아무 대답이 없었고 한동안 부질없는 침묵만 감돌았다.

"누구세요."

다시 한 번 말을 건네는 태양의 목소리에 까칠한 날이 섰다. 그는 이번에도 반응이 없다면 그대로 전화를 끊어 버릴 생각이었다.

하지만 휴대폰을 귓가에서 떼어 내려 하던 그때.

—나야.

아슬아슬한 타이밍으로 흘러나온 목소리는 외면할 수 없는 누군가와 닮아 있어서, 태양은 도로 휴대폰을 고쳐 쥐었다. 그러고는 가라앉은 눈빛으로 그 남자의 이름을 불렀다.

"……강이안?"

—잠깐 통화 가능해?

예상했던 존재가 확실해지는 순간 태양은 관자놀이 부근이 뻐근해질 정도의 분노를 느꼈다.

그는 엉망이 된 백화의 어깨를 떠올렸고 그 사실을 필사적으로 숨기려던 미련한 그녀의 모습도 연이어 되새겼다.

마음 같아서는 알고 있는 모든 욕설을 뱉어버리고 싶은데 그래도 되는 건지는 잘 모르겠다. 어제의 태양은 분명 이들에게 관여하지 않겠다고 결심했지만, 막상 상황이 닥쳐오니 매정하게 끊어내지도 못하겠다.

이럴 수도 저럴 수도 없는 태양은 무게감이 느껴지는 깊은 한숨을 내쉬었다. 그러고는 주변 사람들을 피해 자리를 옮기며 낮게 물었다.

"용건이 뭔데."

사실 그가 어떤 말을 하든 태양이 내뱉을 답안은 정해져 있다. 그는 백화를 위험하게 만든 이안을 도무지 용서할 수가 없었고, 폭주라는 증상으로 폭력을 이해하기에는 앞으로의 시간들이 염려스러웠다.

그래서 어떤 변명을 늘어놓더라도 모진 말을 내던지며 당장 그녀에게서 떨어지라고 엄포를 놓을 생각이었는데.

—난 백화를 떠나야 될 것 같아.

단단한 마음의 준비 끝에 맞닥뜨리게 된 건 미처 예상하지 못했던 이안의 이별 선언이었다.

—그러니까 넌 그 애가 날 따라오지 못하게 붙잡아 줘.

이어지는 부탁에 태양의 눈동자가 불안하게 흔들렸다.

띵—

가벼운 알림음과 함께 펜트하우스로 가는 엘리베이터 문이 열렸다. 지성은 어두운 1층을 벗어나 밝은 엘리베이터 내부로 발을 들였고, 곧바로 고갤 돌려 거울에 비친 자신의 모습을 확인했다.

유독 힘겨운 하루를 보낸 그의 얼굴은 조금의 생기조차 없었다. 어깨는 듬직한 넓이가 무색할 정도로 늘어져 있었고, 눈가에는 피곤한 기색만이 가득했다.

이안이 본다면 충분히 걱정할 만한 몰골이었기에 지성은 의식적으로 입꼬리를 들어 올렸다. 집으로 들어서기 전 마지막으로 해 보는 웃는 연습이었다.

'얼마 남지 않은 시간동안 좋은 모습만 보여야하는데…….'

사실 이안의 곁에 영원히 머물 수 있을 거라는 생각은 해본 적 없었다. 계급의 차이와 위험한 외부압력들 때문에라도 언젠가는 끝나게 될 거라 예상했다.

하지만 오늘 원을 만나 그의 상태를 확인하고 온 지성은, 이안과의 작별이 어느새 코앞으로 다가왔음을 깨달아버렸다. 모든 비밀을 거둬내고 정면으로 맞서야 할 만큼, 원의 광기는 도를 넘어 있었으니까.

아직은 이안과 해 보지 못한 일들이 많이 남아 있다. 그 흔한 외식 한 번 가져본 적 없던 지난날, 우리들의 일상은 지나치게 평범했고 단조롭기 그지없었다.

그런 내가 하루아침에 사라져 버린다면 이안은 과연 무슨 생각을 할까. 백화가 곁에 있으니 걱정하는 것보다는 괜찮을 지도 모르겠다. 섭섭하기는 해도 매일 나를 찾아 헤매는 것보다는 낫겠지.

"문이 열립니다."

머지않아 열린 엘리베이터 문은 펜트하우스의 응접실 내부를 드러냈다. 지성은 올라간 입꼬리를 그대로 유지한 채 발걸음을 내디뎠다.

현관문을 열자 칠흑 같은 암흑이 내려앉은 집 안이 지성을 반겼다. 어두운 걸 싫어하는 사람이라 조금만 해가 기울어도 온갖 조명을 다 켜두던 사람이었는데, 정말로 이상한 일이었다.

"저 왔습니다. 이안 님."

지성은 이안에게 인사하면서도 그가 외출했을지 모른다고 생각했다. 하지만 신발장 안으로 들어서자마자 보이는 건 분명 흐트러진 이안의 신발이었다.

"이안 님, 집에 계시면서 왜 대답을 안 하세요."

지성은 제 구두를 정리하는 김에 흐트러져 있던 이안의 신발까지도 함께 매만졌다. 다시 한 번 이안을 불렀다.

"벌써 주무시나요?"

그리고 다시 한 번 이안에게 말을 걸어봤지만 그는 대답은커녕 기척조차 전해주지 않았다. 지성은 목을 조였던 넥타이를 느슨하게 풀어 헤치며 이안의 방 쪽으로 다가섰다.

"이안 님?"

짧은 머뭇거림 끝에 방문을 열자, 끼이익— 소름 끼치는 쇳소리와 함께 어둠보다 더 까만 이안의 실루엣이 눈에 들어왔다.

"아무 말씀도 없으셔서 놀랐잖아요."

"……."

"어디 아프신 곳이라도 있으십니까?"

지성은 침대 위에 가만히 머물러있는 이안에게 조심스럽게 물었다. 그러나 이번에도 아무 말이 없던 이안은 지성이 한 걸음 다가오기 무섭게 낮은 목소리를 내뱉었다.

"들어오지 마."

"이안 님……?"

"그냥…… 거기 있어."

단호하게 반복되는 말은 분노의 표현이 아니었다. 굳이 말하자면 다가오지 말라는 경고였고, 이안 스스로를 향한 경계심이었다.

이런 모습을 보였던 건 델타 돔에서 빠져나온 후로 처음이었기에 지성은 더욱더 혼란스러워졌다. 오늘 아침까지만 해도 멀쩡하던 사람이었는데, 갑자기 극도로 불안해하는 걸 보면 그 사이 무슨 일이 있었던 모양이었다.

"이안 님…… 오늘 무슨 일 있으셨어요?"

지성은 그럴수록 태연하게 물었다. 하지만 이안은 대답을 하는 대신 지성을 직시했다. 어둠에 가려진 눈은 무슨 감정을 띠고 있는 건지 알 방법이 없었다.

"왜 그러시는 건데요……."

"……."

"말씀을 해 주셔야 제가 알 수 있지 않습니까."

어차피 이안 스스로 해결할 수 있는 문제가 아닐 텐데, 혼자서 버텨 보려는 노력은 꼭 쓸데없는 자격지심처럼 느껴진다. 주어진 시간은 이미 부족한데, 혼자서 무언가를 해 보려는 이안의 시도가 부질없게 여겨질 뿐이다.

이미 감당하기 벅찬 짐을 짊어지고 있는 지성은 기다림에 지쳐 미간을 구겼다. 그러고는 원망과 비슷한 말을 흘려보내듯 중얼거렸다.

"하아…… 이안 님. 이러지 좀 마세요."

"……"

"어린아이처럼 고집만 부린다고 해서, 문제가 해결되진 않습니다."

그 말이 결코 이안의 앞에 꺼내져선 안 됐을 말이었다는 걸 깨닫는 데까지는 오랜 시간이 필요하지 않았다. 지금껏 굳게 닫혀 있던 이안의 입술은 그제야 천천히 움직여, 체념 섞인 대답을 꺼내놓았으니까.

"나도 알아."

"……"

"그래서 돌아가려고. 내가 있어야 할 자리로."

그 자리가 어디인지는 본능적으로 알 수 있었다. 하지만 지성은 애써 머릿속에 떠오르는 하얀 방을 지워내고 이해되지 않는다는 듯 물었다.

"그게 무슨 소립니까. 돌아가긴 어딜 돌아가요."

그러자 이안은 전에 없던 굳은 시선으로 지성을 바라보며 들어주기 힘든 대답을 한다.

"이제는 아무도 내 폭주를 멈추지 못한다는 거 알아."

"이안 님……."

"가장 지켜 주고 싶은 사람까지 망가트리려 한 이상, 숨어봤자 답은 없어."

"……."

"내 본능은 사람이 아니라 괴물이잖아."

담담한 어조로 털어놓는 말은 백화의 다친 어깨에 관한 것이 분명했다.

어디서 들은 건지, 아니면 대체 어떻게 보았는지. 백화가 숨기려 했고 지성이 함께 묻어 두려 했던 비밀은 이안의 앞에 적나라하게 드러나 버렸다.

해명도 소용없게끔 그는 벌써 자신의 과오를 체념하듯 받아들인 상태였다. 지성은 절레절레 고개부터 저으며 어떻게든 벌어진 상황을 수습하려 했다.

"아닙니다. 이안 님, 제가 책임집니다. 이안 님이 평범하게 살 수 있도록 전부 막아드릴 테니……."

"그럴 필요 없어."

그러나 냉정하리만큼 지성의 말을 단호하게 가로막은 이안은 방금 전 들었던 다그침을 되풀이했다.

"방금 니가 그랬잖아. 고집 부리고 버틴다고 모든 문제가 해결되는 건 아니라고."

"……."

"나도 그렇게 생각해."

"이안 님……."

"그러니까 그만 버텨. 너도."

섣불리 던졌던 화살이 아프게 되돌아올 줄 알았다면 그냥 처음부터 이 방 문을 열지 말 걸 그랬다. 확연히 느껴지던 외로움도 심상치 않았던 불안감도 전부 외면해버릴걸 그랬다.

나는 지금 당신이 정확히 무슨 생각을 하고 있는지, 잘 이해가 되지 않는다.

"나는 돌아가서 태어나지도 않았던 것처럼 살아갈게."

하지만 오늘 내가 했던 다짐과 비슷한 이야기를 꺼내는 걸 보면.

"너는 이곳에서 자유롭게 지내."

당신은 나를 떠나 모든 감정이 메말라 버린 그곳으로 사라져 버리려는 것 같다.

마치 태어나지도 않았고, 만난 적도 없었던 사람처럼.

16 장
내 사랑도 사랑이었다

'난 백화를 떠나야 될 것 같아.'

며칠 전, 그가 했던 말이 자꾸 머릿속을 맴돈다.

'그러니까 넌 그 애가 날 따라오지 못하게 붙잡아 줘.'

그가 건넸던 부탁 역시 마음에 가시처럼 걸려 며칠째 빠지질 않는다.

존재 자체만으로도 원망스러웠던 사람의 갑작스러운 이별 선언.

태양은 그 순간을 애타게 바라 왔지만 그는 마음껏 기뻐할 수가 없었다. 잘못한 것도 없는데 죄책감이 들었고 미련한 줄 알면서 뜯어말리고 싶었다.

나는 어느새 그 여자를 완벽히 포기해 버린 걸까.

되짚어는 봤으나 딱히 그런 것 같지도 않았다. 늦은 저녁, 평소보다 힘든 하루를 마치고 돌아와 현관문을 연 태양은.

"아, 최태양. 왔어?"

"……."

거울 앞에서 머리를 빗는 그녀의 모습에도 가슴이 뭉클해져버렸
으니까.

"이제 인사도 안 받아 주네…… 아직도 많이 화났어?"

백화는 얼마 전 태양을 다그쳤던 일을 떠올리며 물었다.

이안에게 숨기고 싶었던 비밀을 태양이 무기처럼 휘두르려 할 때,
그녀는 태양에게 섭섭한 소리를 했었고 그 후 관계는 서먹해졌다.

태양이 그녀에게 상관없는 사람은 아니지만 그때는 어쩔 수 없었
다고 생각한다. 어깨의 멍 자국에 대해 이안이 알게 되면 그는 손을
쓸 도리도 없이 무너져 내릴 테니까.

그러나 노심초사하던 마음은 오늘 이안에게 도착한 전화 한 통으
로 눈 녹듯 사라졌다.

　'이안 씨! 왜 그동안 연락두절이었던 거예요?! 엄청 걱정했잖
　아! 무슨 일이라도……!'

　―어깨는 어때.

　'예……예?'

　―나 때문에 상처 난 어깨. 괜찮냐고,

오랜만에 백화에게 전화를 건 이안은 그녀의 다그침을 뒤로하고
어깨에 대해 언급했다. 아니라고 딱 잡아떼기엔 너무 늦은 분위기였
다.

섣불리 반응할 수 없었던 백화는 아무 대답도 하지 못하고 잠시

말을 잃었다. 이안은 짧은 숨을 들이마시는가 싶더니 평소보다 강하고 단호한 목소리로 말했다.

　─오늘 보자. 일 끝날 때 맞춰서 연락할게.

　그러고 나서 해가 저물 무렵 도착한 이안의 문자는 일방적인 통보와 비슷했다.

　[한빛 여고 건너편 카페에서 기다리고 있으니까 나와]

　곧바로 가보고는 싶었으나 오늘따라 머리 꼴이 말이 아니라서 잠시 집에 들렀다. 어차피 이안은 순진한 두 눈동자로 울먹이며 미안하다는 말을 할 테니 그를 달랠 만한 멘트도 생각해 둘 필요가 있었다.

　"그날은 내가 정말 미안했어. 태양아."

　마음의 여유가 생긴 백화는 태양에게 진지한 사과를 건넸다. 그녀는 연락불통이었던 이안에 대한 불안감을 괜히 태양에게 풀었던 것 같아 죽을 만큼 미안할 뿐이었다.

　"앞으로 그런 소리 안 할게. 미안."

　되풀이 되는 진심어린 말에 태양은 발끝을 향해있던 시선을 들어 올려 그녀를 마주했다. 그러고는 가라앉은 목소리로 넌지시 물었다.

　"어디 가는데?"

　"아…… 그게……."

　태양은 머뭇거리는 백화를 보며 그녀의 대답을 예상했다. 아무래도 그 말을 들으면 마음이 더욱 안 좋아질 것 같아 질문을 바꾸려 했는데, 주제거리를 찾는 틈에 그녀는 입술을 떼어 내고 말았다.

　"이안 씨랑 드디어 연락이 닿았거든. 그래서 만나고 오려고."

역시 그럴 줄 알았다. 그 사람의 부름일 줄 알고 있었다. 이제 마음의 준비가 끝난 그 사람은 너를 떠나려고 하나 보다. 그럼 난 홀로 남겨진 니가 그를 따라 나서지 못하게 붙잡아야 하는 걸까.

대체 나한테 무슨 자격이 있다고…….

"가지 마."

태양은 대책 없이 짧은 말로 백화를 붙잡았다. 그저 이안을 만날 생각으로 들뜬 그녀가 이별을 맞이하지 않길 바라서였다.

물론 예상치 못하게 찾아온 그들의 끝이 자신의 오랜 짝사랑을 청산할 수 있는 기회라는 사실은 알고 있다. 이때가 아니면 두 번 다신 그녀에게 닿지 못하리라는 것도 알고 있다. 하지만 그녀의 아픔을 행복으로 삼고 싶진 않았다.

누군가를 사랑한다는 건, 태양에게 그런 의미니까.

"내 생각엔 전화로 먼저 얘기해 보는 게 좋을 것 같아."

근거가 부족한 충고는 백화를 의아하게 만들기 충분했다.

그녀는 염려 가득한 태양을 물끄러미 바라보았고 한동안 입술을 움직이지 않았다. 태양이 느끼기에 백화는 과도한 간섭이라고 생각하는 것이 분명했다.

"왜 그래?"

라고 그녀는 말하는데 마땅히 할 수 있는 대답이 없다.

"니가 그렇게 얘기하니까 괜히 불안하다, 야."

백화는 태양을 보며 싱긋 웃었고 들고 있던 머리빗을 내려놓았다. 그러고는 태양의 어깨를 두어 번 두드리며 말했다.

"다녀올게. 걱정하지 마."

지금 이 순간, 태양은 백화에게 하고 싶은 질문이 있다.

"……넌 강이안을 그렇게 믿어?"

너를 부르는 그 사람의 목소리는 결코 살갑지 않았을 텐데. 그저 기쁜 마음으로 마중 나갈 만큼 넌 그 사람을 믿고 있어?

백화는 그의 갑작스러운 물음에 말을 아끼다가, 잠시 먼 곳을 바라보다가. 다시 태양을 마주 보며 대답한다.

"그럼. 믿고말고."

"……."

"혹시 어깨 다친 거 때문이라면 걱정 마. 두 번 다신 그런 일 없을 거야."

곧 마음에 회복할 수 없는 상처를 얻게 될 그녀는 아무것도 모르고 그리 말했다. 태양은 새어 나오는 한숨을 숨길 수 없어 괜히 주먹을 꽉 쥐었다 풀길 반복했다.

그리고 결심했다. 굳이 강이안이 했던 부탁 때문이 아니더라도 그녀를 지켜내기로.

"그래도 이따 무슨 일 생기면 전화해라."

"……."

"마중 나갈게."

태양의 말에 백화는 가만히 그를 마주하다가 다시 한 번 장난스레 웃었다.

"너 이제 화 풀렸나보구나?"

"뭐래."

"이따 아이스크림이나 사 줄게. 전화하면 나와."

백화가 혼자 해치운 술값이나 해결하러 갈 일 없으면 다행이다, 라고 생각하며 태양은 고개를 끄덕였다. 그녀가 좋아하는 대답이었다.

백화는 행복한 표정을 지으며 가장 아끼는 구두를 신었다. 그러고는 현관문을 가로막은 태양을 은근슬쩍 밀어붙이며 인사했다.

"그럼 다녀온다."

태양의 시선이 현관문 너머로 사라지는 그녀의 뒤통수에 따라붙었다.

사랑하는 사람이 사랑을 주던 사람에게서 버려지러 가는 길. 그건 꿈꿔왔던 것보다 조금도 기쁘지 않아서, 태양은 혼란스러워졌다.

그저 모든 게 엉망진창 되어 버린 기분이다.

[나 정말 집에만 있을 거니까 꼭 연락해 이따가]

"뭐야, 나한테 할 말이라도 있나?"

이안과 만나기로 한 카페 앞.

카페의 유리문을 열기 전, 백화는 태양이 보낸 문자를 읽어 내려가며 의아한 눈빛을 띠었다.

집을 나설 때도 무슨 일 생기면 전화하라고 하더니만, 굳이 문자로까지 신신당부하는 걸 보면 할 말이라도 있는 모양이었다.

[알았다고]

짧은 답장을 보낸 백화는 휴대폰을 코트 주머니에 집어넣었다.

그리고 서둘러 커피향이 가득한 카페 안으로 들어서니 익숙한 뒷모습 하나가 눈에 들어왔다.

곧게 뻗은 어깨, 흐트러진 머리카락, 숨을 쉴 때마다 미세하게 움직이는 널찍한 등.

"이안 씨!"

그리고 그녀의 목소리로 불린 이름에 반응하듯 틀어지는 느린 고개.

그는 사랑하는 그녀의 남자 강이안이 분명했다. 하지만 뒤를 돌아보려던 이안은 다시 정면을 향해 시선을 옮겼다.

백화는 미묘하게 차가운 시작이 이상하게 느껴졌지만 크게 문제 삼지 않았다. 지금 그녀는 한동안 연락이 닿지 않았던 그와 다시 만나게 된 것만으로도 기뻐하는 중이었다.

"이안 씨, 몸은 괜찮아? 그동안 밥은 잘 먹었고? 연락은 왜 안 됐던 거야?"

그동안 잡초처럼 자라났던 서운함들은 그 사람이 주는 반가움 한 번에 모두 깔끔히 뽑혀 나가 버렸다. 혼자 이런저런 고민에 휩싸여 있을 때만 해도 그녀는 이안을 만나면 한바탕 크게 화를 낼 생각이었으나, 막상 본 그에게 할 수 있는 말은 애정이 가득 담긴 걱정 밖에 없었다.

하지만 이안의 반응은 이번에도 아무런 감정이 없었다. 그는 보랏빛 눈을 들어 맞은편에 앉은 그녀를 물끄러미 주시했고 낮게 가라앉은 목소리를 냈다.

"일이 있었어."

대답도 인사도 아닌 쌀쌀맞은 한 마디에 백화의 눈동자가 미세하게 흔들렸다.

"무슨 일? 심각한 거예요?"

"……."

"나쁜 사람들이 또 찾아오기라도 했었어?"

그를 온전히 믿고 있는 그녀는 건성으로 뱉어낸 대꾸마저도 곧이 곧대로 받아들였다. 백화를 바라보는 이안의 눈빛은 그저 차가울 뿐 이었지만, 그런 것 따위에 일일이 상처를 받기엔 그에 대한 믿음이 너무나도 두터웠다.

지금 그녀는 이안의 존재가 아픔이 될 거라는 생각을 조금도 하지 못하고 있다.

"이안 씨, 안색이 너무 안 좋잖아. 이리 와봐. 열 있나 보자."

한기가 느껴지는 분위기에도 스스럼없이 상냥한 손길을 뻗을 만 큼 현재의 상황에 대해 안심하고 있다.

그런 그녀에기에 그동안 이안은 숨통을 조이는 불안마저도 추스 를 수 있었으나.

"건드리지 마."

이번만큼은 싸늘한 말과 함께 다가오는 그녀의 손을 치워낸다.

그러고는 갑작스러운 저항에 놀란 그녀의 시선을 보고도 못 본 척, 제 용건만 본격적으로 늘어놓는다.

"할 얘기만 하고 돌아갈 거니까 뭐 시키지는 마."

"……."

"그냥 들어."

저 사람이 저렇게 강압적인 태도를 보인 적이 있었던가.

화를 내야 하는 순간조차도 나쁜 말을 하지 못해 아파하기만 했던 그는 마치 다른 사람이 된 것처럼 가시를 세우고 있었다. 백화는 그 날카로움이 낯설어서 감히 뭐라고 대답해야 할지 짐작도 가지 않았다.

"우리 이제 그만 두자."

"……네?"

"그만 두고 싶어졌어."

머지않아 이어지는 말은 쉽게 소화시킬 수 없는 내용이었다. 백화는 두 번이나 꽂혀 들어온 이안의 목소리를 몇 번이나 되새겼다.

하지만 그러고 나서도 이해가 가지 않아 떨리는 음성으로 되물었다.

"뭘…… 그만 둬요?"

눈치가 빠른 그녀는 본능적으로 답을 알고 있다. 하지만 그 답이 틀리길 간절히 바랄 뿐이다.

항상 예측할 수 없었던 방향으로 튀어나갔던 그였으니까, 이번에도 내가 생각지 못한 말을 꺼낼 거야.

하지만 이미 가슴이 철렁 내려앉은 나는 무섭게 화를 낼 테고 그는 아무렇지 않다는 표정으로 왜 헤어질 거라 생각했는지 묻겠지. 속이 뒤집힐 정도로 뻔뻔하게.

"너와 나의 관계. 여기서 그만 두겠다고."

"……."

"더 이상은 의미가 없을 것 같아."

그러나 이안이 잇는 대답은 지나치게 전형적인 이별통보였다. 한마디 한 마디 사이엔 조금의 여유도 없어서 애써 다른 의미로 돌려

볼 수도 없었다.

"왜…… 갑자기 의미가 없어진 건데요?"

백화는 이제야 들뜬 기색을 모두 가라앉히고 똑바로 반응하기 시작했다. 목소리는 날이 서 있었지만, 구겨진 그녀의 미간은 분노보단 초조함에 가까웠다. 하지만 그녀와 달리 이안은 감정 없이 메마른 대답을 곧바로 내뱉었다.

"나한테 니가 별 도움이 안 된다는 걸 알았으니까."

그리 말하는 이안의 시선은 정확히 백화의 어깨를 향해 있다. 두꺼운 코트 안에 숨겨져 있을 멍 자국을 의식하게 될 만큼 수치스러운 눈빛이었다.

아픈 티를 냈다고는 생각하지 않는다. 진실을 알고 있는 지성이 일러바쳤을 거라고 의심하지도 않는다. 아무리 생각해도 이안이 그녀의 부상을 어떻게 눈치챘는지는 짐작할 수 없지만 사실 지금에 와서 그딴 문제가 중요한 것도 아니다.

그녀는 그저 수일이 지나면 흔적도 없이 사라질 상처 때문에 그 사람의 존재를 잃고 싶지 않았다.

"이안 씨, 어깨 때문이라면 신경 쓰지 않아도 돼요. 원래 멍이 잘 드는 체질이기도 하고, 그날 딱히 세게 붙잡은 것 말고는 별일도 없었으니까……."

"……."

"이거 봐, 멀쩡하게 잘 움직이잖아."

백화는 그의 마음속에 가득 차오른 죄책감을 덜어내고자 아직 뻐근한 어깨까지 휘휘 돌려가며 말했다.

잠시 굳었던 표정은 다시 어색한 미소를 짓고 있었고 그 안에는 필사적으로 괜찮게 보이려는 노력이 가득했다.

그러나 시선을 피한 이안은 딱딱하기 그지없는 목소리로 대답했다.

"그래서."

"……네?"

"니 어깨랑 나랑 무슨 상관인데."

"이안 씨……."

믿기 힘들 만큼 나쁜 말은 분명 이안의 입술 새로 나오고 있다.

와닿지는 않지만 이별은 백화에게 찾아온 현실이고, 그의 차가운 얼굴에서 일말의 희망을 찾고 있는 건 미련하리만큼 궁상맞은 현실도피다.

"내가 너한테 원한 건 폭주를 멈춰주는 것뿐이었어. 그게 불가능해진 널 내 곁에 둘 이유가 없어."

"……."

"나한테서 그 이상을 기대했다면 미안해. 좋은 사람 만나."

미안하다는 말. 좋은 사람 만나라는 말.

사랑하는 사람에게서 만큼은 결코 듣고 싶지 않았던 뻔한 이별 멘트를 끝으로 이안은 자리에서 일어났다.

돌아서는 뒷모습에는 잠시 동안의 망설임도 없었고 영원히 이대로 사라질 사람처럼 위태롭게 느껴졌다.

"이……이안 씨! 잠깐만!"

백화는 마지막 힘을 다해 그의 손을 붙잡았다. 일방적으로 매달려 있는 손이었지만 온기는 예전처럼 따듯해서 그녀는 울컥 눈물이 나올 뻔했다.

이렇게나 따듯한 사람이 차갑게 굴며 멀어지려고 한다. 아직까지는 순순히 붙잡혀주는 사람이 이대로 어딘가로 사라져 버리려고 한다.

손을 놓고 싶지 않아. 당신 역시 나와 같은 마음이라는 걸 알아. 수없이 연습했을 나쁜 말이 무색하리만큼 당신의 눈빛은 너무나도 선하잖아.

그러니까 괜히 더 서로 힘들게 하지 말고…….

"그만 두지 말자."

"……."

"우리 그만 두지 말자, 이안 씨……."

이안과의 만남을 기대하며 예쁘게 빗었던 그녀의 머리카락은 어느새 다시 헝클어져 있었다. 생기 넘치던 눈망울엔 서러운 울음기가 가득했고 애달프게 흘러나오는 목소리는 비참하기 그지없었다.

이안은 그녀를 빛바래게 만든 사람이 자신이라는 걸 누구보다 잘 알고 있다. 지금의 자신은 그녀의 어깨를 짓누를 때보다 더 잔혹한 모습이라는 것 역시도 충분히 깨닫고 있다.

그래서 그는 그녀에게 붙잡힌 손에 힘을 주었고.

"건드리지 말라고 했잖아."

매정한 말과 함께 뿌리쳤다.

"이안 씨……."

"계속 내 옆에 있고 싶었으면 날 멈췄어야지."

"……"

"날…… 멈췄어야지."

마지막에 같은 말이 반복된 건 진심 어린 원망이 아니었다. 그저 준비했던 멘트가 모두 바닥을 드러냈을 뿐.

그에게는 더 이상 연습해 둔 거짓말이 없다. 그래서 이제부턴 표정까지 숨긴 채 나쁜 이별을 고할 자신도 없다.

결국 그는 백화의 손길이 또 한 번 닿기 전에 서둘러 걸음을 옮겼다. 규칙적이지 못하고 점점 빨라지는 걸음은 울음이 터지기 전에 그녀의 시야에서 벗어나려는 다급한 몸부림이었다.

카페의 유리문을 힘주어 여는 순간, 차가운 공기가 이안의 뺨을 스쳤다. 다행히도 백화의 부름은 더 이상 들려오지 않아서 그는 미련 없이 밖으로 몸을 빼냈다.

처음이었다. 그녀를 남겨 두고 먼저 돌아선 건. 그녀가 붙잡아준 손을 모질게 뿌리쳤던 것도, 그녀가 듣기 싫어하는 나쁜 말을 내뱉은 것도, 그는 처음 해 보는 일이었다.

그래서 이안은 이별 후에 밀물처럼 밀려들어오는 감정을 어떻게 정리해야 할지 알 수 없었다. 이제 막 백화에게서 벗어났을 뿐인데 벌써 눈가가 흐려지고 심장이 녹아버릴 듯 아파왔다.

"아……"

신음이 터지니 참아왔던 눈물이 뚝뚝 떨어진다. 호흡이 거칠어지고, 울음소리가 자꾸 입 밖으로 새어 나온다.

거리에 사람들은 엉망이 된 얼굴로 울고 있는 그에게 너도나도 시선을 두었다. 이안은 겁먹은 눈빛으로 주위를 살피다가 소란스러운 길거리 한복판에 대책 없이 멈춰 섰다.

그리고 깨달았다. 자신이 말한 이별이 무슨 의미였는지를.

그는 이제 다시 두려운 세상 안에서 철저히 혼자가 되어 버린 거다. 외로움이란 괴물이 하루에도 수천 번씩 정신을 갉아먹던 끔찍한 지난날들처럼.

'지금 난 잘하고 있는 걸까.'

옳은 일이라 확신하고 저질렀던 일이 돌이킬 수 없는 상처가 되어 버린 순간. 이안은 고개를 떨군 채로 끊임없이 생각했다. 아무리 고민을 거듭해 봐도 답을 내리진 못했지만 할 수 있는 건 그것밖에 없어서 그만두지 못했다.

그렇게 고장 난 로봇처럼 가만히 멈춰있던 그때, 눈물이 묻은 이안의 손을 누군가 단단히 붙잡아 줬었다. 그러고는 강한 힘을 실어 그를 돌려놓았다.

이안은 고개를 들지 않았지만, 굳이 바라보지 않아도 손길의 주인이 누구인지 정도는 알 수 있었다. 그동안 수천 번도 더 와 닿았던 온기였고 수만 번도 더 새겨두었던 향기였으니.

이성적으로 막을 틈도 없이 그의 심장이 반응했다. 미칠 만큼 고통스러운 이 상황에서도 미치도록 설레게 만들 사람은 오직 단 한 사람, 그녀 밖에 없다.

"백화⋯⋯."

이안은 결국 드러나 버린 설움을 담아 그녀를 불렀다. 고집스레 그를 따라 나온 백화는 낚아챘던 그의 손을 내려놓고 깊은 숨을 들이마시며 입술을 꽉 깨물었다.

그리고 곧바로.

짜악—!

그의 뺨을 내리친다. 이안의 얼굴이 맥없이 틀어질 정도로 강렬하게.

예상치 못한 백화의 행동에 이안은 그토록 숨기려했던 눈물을 그대로 툭 떨어트리고 말았다. 결국 적나라하게 드러난 이안의 서툰 거짓말을 애초부터 알고 있었던 백화는 꽉 다물었던 입술을 떼어 냈다.

"거짓말을 하려면 똑바로 해. 강이안."

경직된 그녀의 첫 마디에 이안의 눈빛이 떨려왔다. 하지만 그녀의 눈은 평소보다 흔들림 없이 그를 직시하고 있었다. 그러고서 강인한 목소리로 이어내는 말은 분노였다.

"제대로 속이지도 못할 거면서 왜 그런 나쁜 말을 해?"

"……."

"집구석에 처박힐 때까지 울음 하나 못 참는 주제에, 이게 무슨 고집이야!"

이안은 그 말에 아무런 대답도 하지 못한 채 눈가를 문질러 닦았다. 백화는 그런 이안을 애타게 바라보며 조금 더 언성을 높였다.

"도와 달라고 하면 되잖아! 그냥 너무 불안하고 무서우니까 지켜 달라고 말하면 되잖아!"

"……."

"힘들 땐 같이 있어야지, 날 버리면 어떡해! 난 너한테 부담스러워지면 내려놓을 짐이었던 거야?!"

"……."

"그렇게 마음 약하게 굴 거면서 내 마지막까지 지켜주겠다는 약속은 왜 했어! 대체!"

지나다니는 행인들의 시선이 이전보다 더욱 노골적으로 백화와 이안에게 향했다. 그러나 백화에게 주변상황 따위는 아무래도 상관 없었다.

그저 금방이라도 사라져 버릴 것처럼 구는 이 남자를 어떻게든 잡아두고 싶을 뿐.

백화는 흐트러진 머리를 쓸어 올리며 폭발하는 감정을 억눌렀다. 그리고 점차 젖어드는 목소리로 이안에게 말했다.

"지금이라도…… 내가 필요하다고 말해."

"……."

"같이 있어 줄게. 어깨가 부서지든, 머리가 부서지든…… 내가 이안 씨 곁에서 같이 버텨 줄게."

"……."

"그러니까 제발 진심을 말해."

명령조였지만 그녀의 눈빛은 애원과 같았다. 이안은 흐린 숨을 내쉬며 울음기를 정리했고 눈앞에 그녀에게 간절한 시선을 두었다.

사실은 누구보다 잡고 싶은 사람. 누구보다 간절히 원하는 사람. 그러나 진심을 말하라고 한 백화의 말은 이안의 욕심을 내비칠 수 없게 만들었다.

'널 잡고 싶어.'

강렬하게 심장을 두드리는 그 마음마저 새까맣게 가려두는 이안의 가장 커다란 진심은.

'하지만 난 그러지 못해.'

다름 아닌 스스로에 대한 짙은 회의감이었으니까.

이안은 약해지려는 마음을 다잡고 흔들리는 감정을 정리했다. 그리고 입술을 떼어 그녀가 원치 않는 대답을 했다.

"미안해."

"……."

"내 곁엔 다른 사람을 두지 못할 것 같아."

그의 낮은 목소리가 한 마디 한 마디 울릴 때마다 백화는 몇 번이고 가슴이 무너져 내린다. 그는 아무리 매달려도 결국 이별을 향해 내달리려는 모양인가보다.

"너한테는 내가 그냥 다른 사람이었니?"

"……."

"나한테 넌 내 사람이었는데……."

마지막으로 뱉어낸 원망 섞인 고백은 백화 역시도 진심이었다. 붉어진 눈가에선 금방이라도 굴러 떨어질 만큼의 눈물이 차올랐지만, 그녀는 일부러 닦아내지 않았다. 그녀가 그에게 내비치고 싶은 진심은 바로 상처받은 마음이었으니까.

지금의 너는 정말 나쁘고, 정말 야속한 사람이야. 힘들 때 가장 소중한 걸 놓아 버리는, 세상에서 가장 비겁한 새끼야.

"나쁜 새끼……."

백화는 모든 감정을 꾹꾹 눌러 담은 욕설 한 마디를 끝으로 이안에게서 등을 돌렸다. 걸음을 옮길수록 이안의 격해지는 숨소리가 선명하게 들렸지만 절대 뒤를 돌아보지 않았다.

저리도 아프게 흐느낄 거면서 그 사람은 끝내 나의 손을 붙잡지 못했다. 그건 그의 선택이니 원망을 할 순 있으나 강제로 바꿀 수는 없다.

백화는 이안의 울음이 들려오지 않을 때까지 발걸음을 빠르게 움직였다. 그녀의 입에서도 머지않아 처절한 울음소리가 새어버릴 것 같아서였다.

"으으……."

눈앞은 이미 흐리고, 앞도 잘 보이지 않는다. 신음 같은 흐느낌은 시작되었고 억누르는 건 점점 더 힘들어진다.

그래도 어떻게든 집에 도착할 때까진 참아보려 애를 쓰고 있는데.

"백화!"

길거리에 소음 사이에서 그녀의 이름이 어느 때보다 강렬하게 불리어진다. 보이지 않는 시야를 겨우 들어 확인해 봤지만 확인할 수 있는 건 맞은편에서부터 급히 달려오는 누군가의 실루엣이었다.

"백화야! 멈춰!"

"……."

"거기 가만히 있어! 내가 갈게!"

"……."

"내가 갈 테니까! 제발 움직이지 마!"

"태양아……."

대답은 들려오지 않았지만 누구보다 애타는 목소리로 알아볼 수 있었다.

그녀가 무너지는 순간마다 가장 먼저 달려와 주는 사람. 필요하다 말하지 않아도 버릇처럼 곁에 머물러 있는 사람.

요란하게 울리는 클랙슨 소리 틈새로 성큼성큼 가까워지는 그 사람은 이번에도 어김없이 태양이었다.

"태양……."

그의 이름을 마저 부르기도 전에 태양은 그녀를 힘주어 끌어안았다. 그녀의 뒤로 빠른 바람이 일었고 순간 등줄기에는 서늘한 소름이 돋아났다.

태양은 격한 숨을 몰아쉬며 사납게 소리쳤다.

"너 미쳤어?! 빨간불인데 왜 건너 가! 위험하잖아!"

그녀는 자신이 서 있는 이곳이 횡단보도 한복판인 줄도 몰랐다. 그래서 아무 말 없이 울기만 했다. 억눌러오던 설움까지 모두 끌어내, 목이 쉬도록 비참하게.

"너……."

태양은 점점 커지는 그녀의 울음소리에 당황했는지 흥분한 기색을 전부 지워냈다. 그러고는 하염없이 따뜻한 음성으로 그녀를 달랬다.

"울지 마. 울지 마……."

그런다고 해서 금세 멈춰질 울음이 아니었지만 태양은 애절하기까지 했다.

"그만 울어…… 응?"

태양의 따뜻한 손이 그녀의 등을 토닥였다. 그녀는 그 손길에 맞춰 흐느낌을 정리하는가 싶었으나 결국 다시 아이처럼 울기 시작했다.

"니가 울면…… 나도 울고 싶어진단 말이야."

태양의 숨결이 그녀의 귓가를 스친다. 그가 흐리게 내보내는 목소리엔 그녀에 대한 걱정이 가득해서 백화는 한없이 미안해졌다.

　'여자로서 좋아해.'

　'나도 강이안처럼.'

예전에 딱 한 번, 넌 내 앞에서 지금의 나처럼 슬퍼한 적이 있었다.

너는 지켜보기 고통스러울 정도로 서러워했고, 따라 울고 싶어질 만큼 처절했다.

그때 나는 어렴풋이 너의 고통을 짐작했다. 하지만 그게 어느 정도인지는 실감하지 못했다. 그래서 얼마만큼 미안해야 하는지 몰랐고, 얼마만큼 나쁜 짓을 저지른 건지 생각하지 못했다.

하지만 지금은 확실히 알 수 있다.

그날 밤의 넌 이만큼이나 비참했었구나. 나는 널 이만큼이나 아프게 했었구나. 나는 정말 미안하다는 말도 감히 꺼낼 수 없을 정도로 나쁜 사람이었구나.

오늘의 그 사람처럼.

"하아……."

태양의 입술 새에서 한숨이 흘렀다. 그 안에는 선명한 울음기가 서려 있어서 백화는 태양의 등을 함께 끌어안아 주었다. 그리고 서러운 목소리로 그를 달랬다.

"나 때문에 울지 마……."

"……."

"나 같은 거 때문에 아파하지 마……."

서로 같은 상처를 지닌 가슴이 맞닿았을 때, 두 사람 사이에는 말이 필요 없을 정도로 강렬한 동질감이 생겨난다. 말을 하지 않아도 마음을 전할 수 있고 표현하지 않아도 서로의 감정을 느낄 수 있다.

그래 봤자 주고받을 수 있는 건 아픔, 고통, 슬픔과 같은 부정적인 감정들뿐이지만 먼발치에서 보기에 그것은 마치 애절한 사랑과 비슷하다.

"아……."

이안의 입술 새로 자격 없는 신음이 흘렀다.

머지않아 등을 돌린 그가 떠나간 자리엔 지저분한 미련만 남아 있었다.

"이제 남은 건…… 신분증이랑 지갑 정도뿐인가."

커다란 가죽 가방의 지퍼를 단단히 여민 지성은 숨을 돌리며 혼잣말을 내뱉었다.

그의 곁에는 가죽 가방 말고도 캐리어 몇 개가 더 있었고 더 이상 집 안에 그가 살았던 흔적은 남지 않게 되었다.

사실 어젯밤, 이안에게 그런 말을 듣지 않았더라면 그는 한두 주 정도의 시간을 두고 떠날 채비를 할 생각이었다. 지성에게는 챙겨야 할 짐도 많았지만 무엇보다 마무리 지어야 할 관계가 너무 많았으니까.

'좋아해요. 지성 씨.'

거우 마음을 준 해실에게 어떻게 이별을 고해야 할지 모르겠다. 전부 다 주겠다는 말을 대책 없이 꺼내놓았지만 결국 하나도 주지 못하고 사라지게 되었다.

이럴 줄 알았으면 사랑하지 말걸 하는 생각도 어렴풋이 든다. 하지만 생각해 보면 그녀는 사랑할 수밖에 없는 사람이었다.

그러니 무책임한 내가 나쁜 거다. 내가 못난 사람이다. 라고 생각하며, 지성은 입술을 깨물었다.

이럴 줄 알았으면 사랑은 하되, 원하지는 말걸 그랬다. 멀리서 바라볼 때 더 아름다운 별처럼.

'그저 나는…… 무언가를 결정해야 했고, 선택을 했고, 지금
은 그 선택에 대한 책임을 지고 있는 중이야.'

문득 희운이 가장 처음으로 내비쳤던 진심이 떠올랐다. 그 말이 그저 비겁하게만 들렸던 지성은 노골적으로 비꼼 섞인 질문을 던졌다.

'궁금해지네요. 사랑까지 버리면서 지키고자 했던 게 대체
무엇인지.'

그 사람은 그 버릇없는 말에 대해 뭐라고 대답했더라.

'사랑을 '버렸다'라…… 정말 그렇게 생각해?'

희운은 그렇게 되물었다. 그 목소리의 온도는 차가웠고, 굳은살이 박혀 아무것도 느껴지지 않는 듯 담담했다.

그때는 속으로 고개를 끄덕였지만 지금은 아니라고 생각한다. 그 사람은 단 한 번도 사랑을 버린 적이 없었다. 차마 선택하지 못했을 뿐.

그래도 그는 계속해서 그녀 곁에 머물며 그녀가 다시 행복해질 수 있도록 지켜주었는데.

지성은 그리 하지 못한다. 그 점이 그 사람보다 못하다는 증거가 될 것만 같아서 한없는 죄책감만 커져간다.

상처가 많아 사랑을 받는 것조차 망설였던 그녀에게 난 대체 어떤 말로 이별을 고해야 할까. 다시는 볼 수 없을 거라는 얘기를 어떻게 꺼낼 수 있을까.

"하아……."

마땅한 답을 찾지 못해 의미 없는 한숨만 짓던 그때.

철컥—

무거운 현관문이 느리게 열렸다. 확인조차 불필요한 그 사람은 지성이 애타게 기다리고 걱정하던 이안이 분명했기에 그는 자리에서 일어나 현관 앞으로 급히 나섰다.

그는 가장 먼저 이안에게 '떠나겠다'는 말을 전할 생각이다. 준비는 되지 않았지만 무턱대고 저질러 버릴 계획이다.

"이안 님, 이제 오셨습니까?"

지성은 평소보다 가라앉은 음성으로 이안에게 인사했다. 이안은 비틀거리는 걸음으로 마저 몸을 들였고 이내 한쪽 벽에 쓰러지듯 기대섰다.

당황스러울 만큼 힘겨워 보이는 그의 모습에 지성의 눈빛에 불안감이 서렸다.

"이안 님!"

마음을 짓누르던 고민들은 잠시 접어 두고, 곧바로 이안에게 다가

서니.

"……싫어."

한 번에 알아들을 수 없는 이안의 목소리가 옅게 흘렀다. 지성의 손끝이 닿은 그의 몸은 불덩이처럼 뜨거웠고 오한에 시달리는 것처럼 바들바들 떨리고 있었다.

"이안 님, 괜찮으십니까? 어디 아프세요?"

"……."

"이안 님……."

지성의 눈동자가 크게 흔들렸다. 그가 염려 섞인 표정을 지을 때면 곧장 반응을 보이던 이안이었지만, 이번엔 아무 미동조차 없었다.

그저 집 안에 들어설 때부터 바닥을 향해 있던 고개를 여전히 고집스레 떨어트린 채 가쁜 호흡만 내쉴 뿐.

"말씀을 해 주세요. 그래야 제가 도와 드릴 수 있지 않겠습니까…… 어제부터 자꾸 왜 이러세요……."

지성은 어제와 비슷한 말로 이안을 달랬다. 그러자 이안은 한동안 침묵을 유지하다가 정신을 놓은 사람처럼 중얼거리기 시작한다.

"……고 싶어."

"네?"

"……싫어. 죽고 싶어. 죽고 싶어. 죽고 싶어."

흐린 목소리는 점점 빛을 찾았고 새까만 의미를 드러냈다. 어두운 감정에 잠식당한 그는 이미 이성이 반쯤 사라진 듯 보였다.

시선을 흔들던 지성은 서둘러 이안의 얼굴을 붙잡았다. 그리고 강제로 들어 올렸다. 제발 불길한 예상이 빗나가기를 바라며.

"죽고 싶어. 죽고 싶어. 죽고 싶어. 죽고 싶어⋯⋯."

"이안 님⋯⋯."

하지만 좀처럼 가슴 미어지는 혼잣말을 멈추지 않는 이안은.

"이안 님, 정신 차리세요⋯⋯."

"⋯⋯죽고 싶어. 죽고 싶어."

이미 이성을 놓은 지 오래인 듯싶다.

오래전, 멀쩡한 이안을 돌연변이처럼 만들기 위해 새까맣던 눈동자를 인위적인 보랏빛을 바꾼 이후 생긴 부작용. 폭주 때마다 새까매지는 안구가 적나라하게 드러난 걸 보니.

"그만⋯⋯."

"⋯⋯죽고 싶어. 죽고 싶어. 죽고 싶어."

"제발 그만⋯⋯."

폭주가 시작된 이안을 말리던 지성의 눈시울이 붉어졌다. 다른 무엇보다 이 꼴이 되었으면서도 누군갈 해치고 싶지 않아 폭주를 억누르며 걸어왔을 이안이 가장 안타까웠다.

"대체 왜 그러십니까⋯⋯ 제가 막아드린다고 했잖아요."

지성은 그에게 닿지 못할 말을 했고 이안은 대답해 주지 못했다. 폭주로 인해 파묻힌 이안의 이성은 태양과 백화의 마지막 모습만 끊임없이 되새기고 있을 뿐이었다.

그건 스스로에게 가하는 고문이었으나 그럴수록 부정적인 감정만 극단적으로 거대해졌다. 이 상태가 계속 유지된다면 이안의 몸은 과부하 된 기계처럼 엉망진창으로 망가질 게 뻔했다.

그렇다면 차라리.

"마음 놓고 폭주하세요. 이안 님……."

지성은 감당하지 못할 거란 예상을 하며 이안의 목을 졸랐다.

호흡이 불가능해지자 이안의 뇌압은 상승했고 그의 폭주는 본격적인 시작을 알렸다.

"으으……으아아아!"

더 이상 사람의 것이 아닌 괴성을 지르며 이안은 지성의 팔을 강한 힘으로 붙잡았다.

뼈가 부스러지는 고통이 일었지만 지성은 힘을 풀지 못했다. 연이어 이안의 다른 쪽 손아귀가 그의 목을 졸랐다. 그래도 지성은 이를 악물고 버틸 뿐이었다.

폭주하기 직전, 마지막 이성이 강렬하게 떠올린 본능이 '죽음'인 이상. 제어장치를 잃은 이안이 할 짓은 너무나도 당연했다. 그는 무슨 짓을 해서든 스스로 목숨을 끊으려 할 테고 그건 결코 일어나선 안 될 비극이었다.

"안 됩니다. 이안 님. 절대…… 으윽!"

이안은 괴물 같은 힘으로 단번에 지성의 몸을 들어 올렸다. 그러곤 비현실적일 정도로 가뿐하게 그의 몸을 내던져 버렸다.

콰앙―!

등부터 바닥에 내동댕이쳐지며 요란한 소리가 났다. 순간적인 고통에 심장마저 멈출 듯 조여오던 그때.

쉽사리 움직일 수 없게 된 지성의 눈앞으로 이안이 다가온다. 폭주한 두 눈동자가 맺힌 곳은 단 한 군데, 까마득히 높은 절벽과 같은 펜트하우스의 전면 유리창이었다.

"안 돼…… 안 돼……."

"……."

"안 돼!"

지성이 내지른 절규를 신호탄 삼아, 이안은 달리기 시작한다. 절망을 향한 발걸음에는 어떠한 미련도 담겨 있지 않다.

"이안 님!"

지성은 목 놓아 이안의 이름을 부르며 그의 다리를 붙잡아 안았다. 이안은 다리를 휘둘러 지성의 몸을 벽 쪽으로 내쳤으나 지성은 등이 부스러지는 고통에도 이안을 놓지 않았다.

"으으……흑!"

지성의 입술 사이로 거친 신음이 터졌다. 하지만 그의 아픔을 자각하지 못한 이안은 매정한 손을 뻗어 지성의 머리카락을 붙잡았다.

허릴 숙여 다가오는 얼굴엔 살의만이 가득했다. 격한 호흡은 마치 맹수의 으르렁거림과 비슷해서 지성은 본능적인 공포에 젖어들 수밖에 없었다.

"이안 님, 그만……."

하지만 그는 가까스로 두려워지려는 마음을 억눌렀다. 눈앞의 그 사람이 괴물처럼 보이지 않도록 스스로를 끊임없이 다그치고 다그쳤다.

"제가 다 받아드릴 테니, 이안 님 스스로를 괴롭히는 건 제발 그만……."

그건 이안이 아닌 지성 자신을 위한 필사적인 노력이었다.

당신을 처음 만났던 11년 전 그날.

  '나…… 미안해해야 하는 게 맞는 걸까.'

온몸을 포박당한 당신은 내게 그런 질문을 던졌고 나는 머릿속에 떠오른 생각을 직관적으로 내뱉었다.

  '네.'

당신의 존재를 더럽혔다는 명목으로 죽어야 했던 나의 소중한 사람들. 당신보다 대단한 존재로 태어났다는 명목으로 밑바닥까지 추락해야 했던 나의 단 한 번뿐인 삶.

그 모든 것들의 원망을 담아.

  '미안해하셔야 합니다. 죽을 만큼 미안해하시고, 또 후회하
  셔야 합니다.'

아직도 선명하게 기억난다. 그때 당신이 지어 보였던 눈빛이. 당신은 작은 미움조차 감당하지 못할 눈빛이었고 나는 그게 참 보기 싫었다.

  '제가 이런 말씀을 드려, 기분이 언짢아지셨습니까?'

나쁜 의도를 가득 담아 차갑게 묻자 당신은 천천히 고개를 저었다. 그러고는 흐린 목소리로 대답했다.

  '미안해할게.'

  '……'

  '넌 내 곁에서 죽지 말고 나를 벌해 줘.'

당신의 진심을 듣는 순간, 마치 가슴 한편이 칼로 패이듯 아렸다. 당신에게 상처를 주려했던 나의 마음은 고스란히 나의 상처가 되었고 되새길 때마다 사무치도록 후회스러운 과오로 남았다.

어차피 당신은 나로 인해 탄생한 존재이니까. 당신의 아픔은 전부 나로 인해 얻게 된 흉터이니까.

그날 이후로, 지성은 단 한 번도 이안을 원망해본 적이 없다. 과거에 했던 원망까지 다 갚을 생각으로 지성은 괴물처럼 날뛰는 그를 온 마음으로 품어 왔다.

"이안 님, 제 말 똑바로 들으세요……."

숨소리를 가다듬어 또렷해진 지성의 음성이 흘러나왔다. 이안은 어둠으로 일그러진 눈빛을 띤 채 그를 위협적으로 마주 보았다.

"지금 폭주하는 감정들은 모두 저에게 쏟아 내시는 겁니다. 아시겠습니까?"

"하아, 하아, 하아."

"불안이든, 고통이든, 증오든, 원망이든 뭐든 좋으니까……."

"으……으으."

"스스로에게 하고 싶은 만큼…… 저를 벌해 주세요."

진심 어린 지성의 말은 이안에게 향해 있던 서슬 퍼런 죽음을 돌려놓는다. 이안의 본능은 지성의 명령대로 순순히 스스로에게서 증오를 거두어냈고 벌을 기다리고 있는 지성에게로 폭풍처럼 몰아쳤다.

"으……으아아아!"

고통을 머금은 괴성과 함께 이안은 지성의 몸을 사정없이 공격하기 시작했다. 이미 성한 곳이 없었던 그의 피부는 붉은 피로 뒤덮였고 아프다 못해 얼얼하기까지 한 뼈 마디마디는 제 상태를 알리듯 덜덜 떨려 왔다.

숨이 끊어져 가는데 마음에는 안식이 스며들었다. 이제는 더 이상 당신을 걱정하지 않아도 되니.

모든 불안이 물러나자 거짓말처럼 고통이 아득해졌다. 밀물처럼 밀려드는 깊은 잠에, 지성은 그대로 눈을 감았다.

꿈에 그대가 나왔다. 아름다운 드레스를 입고, 눈부시도록 예쁜 미소를 띠고.

그대는 꽃을 따라 나에게로 다가와 하얀 장갑을 낀 손을 내밀었다. 그리고 작은 입술을 열어 말했다.

'안녕. 지성 씨.'

그 목소리는 여전히 따뜻하고 상냥했는데. 그대에게 항상 어려 있는 온기까지 변함없이 그대로였는데.

'가지 마요.'

나는 왜 그런 말을 했는지 모르겠다.

'제발 가지 마요……'

왜 그대가 날 떠난다고 생각했는지 전혀 모르겠다.

'부탁이야, 나를 붙잡아 줘……'

그대는 나의 애원을 신호탄 삼아 천천히 나에게서 등을 돌렸다. 멀어지는 그대는 여전히 아름다웠고, 그래서 나는 하염없이 무너져 내려야만 했다.

'너 없이는 안 돼. 나를 붙잡아 줘, 제발……'

맥없이 반복되는 혼잣말. 들어주는 이 하나 없는 공허한 부탁.

그대가 입고 있던 하얀 드레스는 신기루처럼 흔적도 없이 사라졌다. 결국 나는 혼자 남았고 어딘지도 알 수 없는 공간에서 한참 동안 울부짖기만 했다.

꿈인 걸 알면서도 나는 온 마음을 다해 슬퍼했다. 눈을 뜨면 다시 그대를 만날 줄 알면서도 나는 진심으로 그대를 그리워했다.

어쩌다 이리도 멀리 그대의 곁을 떠나왔는지. 그대에게로 돌아갈 수 있는 방법은 있는 건지. 끊임없이 물었지만 답은 찾을 수 없었다.

그래, 답은 어디에도 없었다.

흐리게나마 의식이 돌아왔다. 목구멍이 타들어 갈 듯한 갈증과 함께 온몸의 감각이 서서히 되살아났다.

지성은 무겁게 감겨 있던 눈꺼풀을 열었고 느린 시선으로 주변을 살폈다. 쓰러진 건 거실이었지만 어느새 몸은 지성의 방 침대 위에 조심스레 눕혀져 있었다. 몸 위를 덮은 따뜻한 이불은 그 사람의 손길이 분명했다.

"아아……."

지성은 신음 소리와 함께 누워 있던 상체를 일으켜 세웠다. 그리고 습관처럼 자신의 몸 상태를 확인했다.

전신을 옭아맸던 끔찍한 고통은 확연하게 줄었고 부서졌던 뼈마디마디는 어느 정도 제자리를 찾았다. 피부를 너절하게 만들었던 깊은 상처들은 벌써 아픔이 느껴지지 않을 정도까지 아문 상태였다.

돌연변이 특유의 빠른 회복 능력으로 짐작해봤을 때, 적어도 며칠은 흐른 모양.

지성의 머릿속에 문득 혼자 남겨졌을 이안이 떠올랐다. 그는 서둘러 침대를 벗어났고 빠른 걸음으로 방을 나섰다.

끼익—

문틈에서부터 나오는 쇳소리 뒤로.

"……아……아아."

미세하지만 처절한 흐느낌이 이안의 방에서부터 흘러나왔다. 오랜 시간 혹사당한 듯 잔뜩 쉬어버린 음성이었다.

그는 언제부터 울고 있었던 걸까. 대체 얼마나 무너져 있는 걸까.

답을 알기 두려운 의문들이 지성을 두렵게 만들었다. 그러나 그는 고집스럽게 문고리를 잡았고 힘주어 밀었다.

그러나 문은 굳게 닫힌 채 열리지 않았다.

"하아……."

지성은 긴 한숨을 내쉬었다. 그는 두어 번 손끝에 힘을 불어넣다가 이내 포기하듯 놓아 버렸다.

이제 그에게는 괜찮다는 위로도 먹히지 않는다는 걸 알고 있다. 이러지 말라는 부탁은 상처만 된다는 것 역시 잘 알고 있다.

그러니 지성에게 남은 건 오직, 같이 아파하는 선택지뿐.

지성은 문에 등을 기댄 채 주저앉았다. 그리고 미처 지워지지 않은 발끝의 마른 핏자국을 보며 입술을 떼어 냈다.

"이안 님."

"……."

"아무것도 못 해 드려서 죄송합니다. 저도 이제 어떻게 해야 할지 모르겠어요……."

그건 이안의 앞에서 처음으로 드러내는 나약한 본심이자 스스로에게 허락하지 않았던 서러운 진심이었다.

지성은 뻑뻑한 눈동자에서 얇디얇은 다갈색 렌즈를 벗겨냈다. 거짓이 없는 보랏빛 홍채가 밖으로 선명히 드러났다.

"답을 찾겠다는 생각 자체가 욕심일지도 모른다고 생각합니다. 우리에겐 애초부터 답이 없었을지도 모른다고 생각합니다."

진실이 또 다른 진실에게 내비치는 마음은 절망적이었다.

작은 창으로 드는 햇빛이 무색할 만큼 어두운 방 한가운데에서, 이안은 몸을 웅크린 채 그의 말을 조용히 듣고만 있었다.

"하지만 저는 이렇게라도 이안 님과 살아 있는 게 좋으니까……."

"……."

"이안 님도 지금 살아 있어서 다행이라는 생각을 하고 계셨으면 좋겠습니다."

"……."

"저와 함께."

지성의 말엔 이안이 화답해주길 바라는 간절함이 섞여 있었다. 그러나 이안은 이번에도 아무런 대답을 하지 못했다.

목소리가 나오지 않는 건 아니었다. 그의 말을 무시하고 싶은 것도 아니었다. 나도 그리 하겠다, 너와 함께 버텨주겠다, 대답은 하고 싶었지만. 이안에게는 안타깝게도 그럴 면목이 없었다.

이제는 하루에도 수십 번 씩 점멸하는 그의 이성. 언제 나갔는지도 모를 정신이 몇 시간이 지나서야 겨우 돌아왔을 때, 이안의 방 안에 남은 건 형체를 알아볼 수 없을 만큼 처참하게 찢겨진 인형이었다.

태어나서 처음으로 받아본 선물이었는데 폭주상태의 괴물은 이 안의 작은 희망마저 무참히 망가트렸다. 목숨보다 아끼던 존재는 갈 기갈기 찢겨 사라졌고 그동안 이안은 그야말로 아무것도 할 수 있는 게 없었다.

'나는 살아 있는 게 아파.'

이안은 입 밖으로 내뱉지 못할 말을 삼키며 시린 눈을 감았다.

한때는 세상의 모든 행복을 가진 듯했었지만 이제 남은 거라곤 어 느 부분인지도 알 수 없는 인형의 잔재뿐.

다 헐어버린 가슴이 다시금 쓰라렸다. 죽은 사람처럼 숨을 멈추 니 이성은 다시 아득해졌다.

오늘만 벌써 몇 번째 폭주인지 모르겠다. 바라건대, 제발 이대로 영원히 사라져 버렸으면 좋겠다.

*   *   *

누군가 그랬다.

실연의 상처가 영원할 것만 같아도 생각보다 일상은 빨리 찾아온 다고. 그 사람이 계속 떠오를 것만 같아도 생각보다 머릿속은 금세 비워진다고.

하지만 그렇게 잘 지내다가도 문득 이별을 실감해버리는 순간, 그 순간의 고통은 갑자기 터지는 지뢰와도 같아서. 온전해 보였던 삶은 와르르 무너지고 나는 다시 당신과 처음 이별하던 그날에 폐허처럼 남게 된다고 그 누군가는 말했다.

백화 역시 그랬다. 마치 그 말을 한 사람과 같은 이별을 했던 것처럼 그녀는 이별한 지 며칠 만에 일상으로 돌아왔고 놀랍도록 괜찮아졌다.

물론 가끔 멍하니 생각에 잠길 때는 있었지만 딱히 슬퍼하는 건 아니었다. 그저 퓨즈가 끊긴 것처럼 정신이 멍할뿐.

하지만.

'내 여자.'

괜찮았던 하루 중 단 1초 만이라도 그 사람의 얼굴이 떠오르게 되면.

'그러고 있으니까 내 부인 같잖아.'

'설레게.'

그 뒤를 이어 고통스러울 만큼 사랑스러운 목소리가 생각나게 되면.

'미안해.'

'내 곁엔 다른 사람을 두지 못할 것 같아.'

그녀는 끝나버린 그 사람과의 인연을 실감했고 다시 막 이별을 통보받았던 순간처럼 마음 아파했다. 그래서 백화는 그 찰나의 시간을 피하기 위해 요 며칠간 감당하지 못할 수많은 일을 저질렀다.

[백화 쌤! 소개팅 장소는 내일 일곱 시 압구정역 2번 출구 앞 카페야! 부담 갖지 말고 편하게 만나고 와!]

그중 하나가 오늘 이미자 선생에게 덥석 받아 온 소개팅이었다.

허한 마음을 다른 남자로 메우려는 생각은 아니었지만 가만히 있다가는 이대로 이안에게 달려가 버릴 것 같아서 저지른 일이었다.

[네 알겠어요!]

백화는 마음의 무게에 비해 가벼운 대답을 하고 마당의 파란 대문을 열었다. 오늘따라 유독 귀에 거슬리는 녹슨 소리와 함께 누군가의 시선이 그녀를 자극했다.

마당 한구석 가장 어두운 곳에 가만히 서 있는 한 사람.

"……어쨌든, 지금은 아무 대답도 못 해 드려요."

"……"

"먼저 끊습니다."

그녀의 얼굴을 확인하자마자 정리되지 않은 통화를 서둘러 끊어버리는 그 사람.

"태양아."

백화는 지친 기색이 역력한 목소리로 그를 불렀다. 태양은 휴대폰을 저지 주머니에 넣고는 느린 걸음으로 그녀에게 다가왔다.

"지금 오는 거야?"

"응."

"밥은 먹었어?"

"배가 별로 안 고파."

"그래도 밥 먹자. 오늘 아저씨 늦게 오신다고 저녁 차려놓고 가셨어."

"아니야. 나는……."

"내가 이때까지 기다렸는데 같이 먹어줘라, 좀."

평소와 같은 대화가 오고갔지만 태양은 백화에게 조금 더 자상했다. 그건 그녀를 걱정하는 것이 분명했기에 그녀는 더 이상 마다하지 못하고 입술을 닫았다.

태양은 그녀의 팔을 붙잡고 현관문 쪽으로 끌어당겼다. 백화는 그를 따라 하는 수 없이 걸음을 옮기다가.

"내일 나랑 놀러가자. 퇴근 시간 맞춰서 정문에 서있을게."

일방적인 그의 통보에 잠시 걸음을 멈추었다. 태양의 의아한 눈빛이 그녀에게로 내려앉았다.

"왜. 싫어?"

"그게 아니라……."

"싫겠지. 내키지도 않겠지. 그냥 방구석에 처박혀서 곰처럼 잠이나 퍼자고 싶겠지."

"……."

"그래도 나랑 같이 놀아. 너 좋아하는 거 다 해 줄게."

그리 보채는 태양은 그녀를 도저히 혼자 놔둘 수 없었다. 백화가 아무리 멀쩡한 것처럼 살고 있어도 그의 눈엔 어둡게 가라앉은 그녀의 낯빛이 확연하게 보였다.

그러나 백화는 태양이 염려 섞인 고집을 부리고 있다는 걸 알면서도 단호하게 고개를 저어보였다. 그리고 목소리를 낮춰 대답했다.

"내일 약속 있어."

"무슨 약속?"

"소개팅."

신경을 자극하는 단어에 태양의 눈빛이 돌연 날카로워졌다. 그는 현관으로 향하던 몸을 백화에게 돌렸고 사나운 음성으로 되물었다.

"뭔 개소리야. 그거."

"만나보기로 했어. 괜찮은 사람이라길래."

"뭐?"

"나도 벌써 내년이면 스물일곱이잖아. 벌써 결혼하는 친구들도 있고."

"그래서."

"그래서…… 좋은 자리 있으면 일단은 나가 보려고."

"……."

"인연은 어디서 나타날지 모르는 일이니까……."

얼버무릴 줄 알았던 백화는 또렷한 목소리로 자세하게 설명했다. 그러나 말이 이어지면 이어질수록 태양의 눈동자엔 혼란스러움이 가득해졌다.

태양은 왜 지금 그녀가 관심도 없던 소개팅 자리를 나가려는 건지 도통 알 수 없었다. 왜 갑자기 주변사람 결혼까지 들먹이며 인연을 찾으려는 건지도 납득이 되지 않았다.

그중에서도 가장 이질적으로 느껴지는 건 강이안의 존재를 잊은 것처럼 구는 그녀의 태도였다.

"나도 이제 슬슬 연애 좀 해 봐야지. 남자란 남자는 전부 멀리하고 살았으니까."

그녀는 강이안을 지우려 하고 있다. 하지만 그 방법을 몰라, 아예 통째로 들어내는 방법을 택한 모양이다. 그딴 노력은 아무 소용이 없는데. 바보같이.

"괜히 애쓰지 마."

"……."

"그런다고 없던 사람 되는 거 아니잖냐."

태양은 이안에게서 멀어지려는 백화의 의식을 다시 그의 곁으로 데려다놓았다. 순간 백화의 시선은 눈에 띄게 흔들렸지만 태양은 아랑곳 않고 그녀가 듣기 싫어하는 말만 이어 나갔다.

"사람이 다른 사람으로 메워질 것 같냐?"

"……."

"너한테는 강이안이 그렇게 별 볼 일 없는 사람이었냐?"

"……."

"아무리 널리고 널린 게 인연이라고 해도, 그게 전부 필연이 되는 건 아니야. 그러니까 괜히 쓸데없는 짓 하지 말고 소개팅 취소해."

단호한 명령을 내린 태양은 백화의 대답을 기다렸다. 하지만 백화는 미간을 구긴 채 그를 마주 보았다.

"취소 못 해. 나갈 거야. 나가 볼 거야."

"야."

"못 메워질 거 알고 그런 사람 다신 못 만날 거 알아. 그래서 뭐. 떠나겠다는 사람을 나더러 어떡하라고!"

하소연처럼 쏟아지는 건 그녀의 슬픔이었다.

주로 괜찮다가 불현듯 이별이 실감나는 그 지옥 같은 순간이 찾아왔다. 겨우 다독여놓았던 눈가가 다시 붉어졌고 숨이 턱턱 막힐 정도로 가슴이 미어졌다.

그녀는 지금 태양이 원망스럽다. 이대로 백화는 그 사람을 잊어버린 채 새로운 인연을 기대할 예정이었는데. 그가 현실을 일깨워주는 바람에 백화의 발버둥은 전부 우스꽝스러운 짓이 되어 버렸다.

오히려 다른 사람의 곁을 상상하면 상상할수록 단 하나뿐인 그 사람의 옆자리만 간절해진다. 마치 빠져나갈 수 없는 깊은 늪에서 홀로 발버둥치는 기분이다.

"아…… 또 생각나잖아."

"……."

"너 때문이야……."

백화는 소매 끝으로 눈가를 문질러 닦았다. 화장이 엉망으로 번졌고 그녀의 마음도 보기 안 좋은 슬픔으로 얼룩졌다.

차라리 이대로 목 놓아 울면 가슴은 좀 더 시원해질 것 같은데. 백화는 내심 그러고 싶으면서도 애써 눈물을 가라앉혔다. 그 사람만 떠올리면 울음이 터져 나오는 버릇부터 빨리 고치고 싶어서였다.

"어쨌든 나갈 거야. 말리지 마."

다시 굳은 표정을 한 백화는 한 번 더 힘주어 말하며 고개를 들었다. 태양은 그 모습을 물끄러미 내려다보았고 한동안 아무 말도 하지 않았다.

그가 그녀의 고집을 달가워하지 않는다는 것 정도는 눈치챌 수 있었다. 그러나 백화는 굳이 말하지 않아도 들려오는 태양의 본심을 모르는 척 외면했다. 그렇게 도망치듯 태양과 같은 공간에서 벗어나려던 그때.

"그럼 나로 잊어."

그의 진지한 고백이 그녀의 발길을 붙잡았다.

"……뭐?"

"못 들었어? 강이안, 나로 잊으라고."

도망칠 수도 없이 거듭되는 진심은 그녀의 숨마저 멎게 만들었다.

"태양아……."

"죽을 만큼 잘해 줄게."

"……."

"미친 듯이 사랑해 줄게."

그는 손을 뻗었고, 부드럽게 백화의 턱 끝을 붙잡았다. 그가 닿기 좋을 정도로 들어 올려지는 그녀의 입술.

"올 힘도 없으면 가만히 있어."

드디어 그가 다가오기 시작한다.

"……내가 갈게."

마음에 두고 탐하기에도 벅찼던 그녀에게로 나지막한 한 마디와 함께 태양이 가까워졌다.

그가 강압적으로 구는 건 아니었지만 백화는 온몸이 얼어붙은 듯 꼼짝도 할 수 없었다. 절대 닿아선 안 될 숨결이라는 걸 알고 있다. 이대로 입술을 허락해 버린다면 자책밖에 남지 않는다는 것도 알고 있다.

그러나 지금의 그녀는 피해야 한다는 생각조차 들지 않는다. 오히려 천천히 무거워진 속눈썹을 내리감을 뿐.

'나는 지금 망가지고 있는 걸까.'

낭떠러지의 끄트머리에 선 백화는 어렴풋이 생각했지만 어쩌면 이미 망가져 버린 걸지도 모른다는 확신이 들었다.

강이안 때문이다. 모든 건 무책임하게 떠나버린 그 사람 때문이다. 그렇게 섣부른 충동마저도 그의 탓으로 떠넘기며 돌이킬 수 없는 짓을 저지르려던 그때.

"······정말 하게?"

코끝이 닿을 정도로 가까운 거리에서 태양의 목소리가 울렸다. 멈춰 버린 이성을 강하게 두드리는 날카로운 질문이었다.

백화는 감은 눈을 느리게 뜨고 코앞에 다가온 얼굴을 마주했다. 태양의 시선은 그녀의 입술을 애타게 향해 있었으나 더는 거리를 좁혀오지 않았다.

밤공기처럼 고요한 눈빛을 띠고 태양은 그녀에게 물었다.

"책임질 수 있겠냐."

"······."

"우리 이런 짓 하고도 괜찮을 수 있겠냐."

고민하나 마나 할 수 있는 대답은 뻔해서 백화는 눈시울을 붉히며 고개를 떨어트렸다. 그녀는 이제야 자신이 무슨 짓을 하려 했는지 실감할 수 있었다.

"봐, 넌 제정신 아니라니까."

죄책감에 사로잡힌 백화에게 태양은 장난스러운 대꾸를 내뱉었다. 다정한 그의 손길이 그녀의 머리카락을 흩트렸고, 그는 곧 다가왔던 만큼 뒤로한 걸음 물러났다.

마치 자신이 있어야 할 자리를 알고 있는 듯 멀어지는 그에게는 한 치의 망설임도 없었다.

"미안해. 태양아. 이런 꼴 보이려고 한 건 아닌데······."

"······."

"나는 정말 내가 뭘 해야 할지 하나도 모르겠어."

태양에게 나약한 본심을 털어놓은 백화는 다시 울기 시작했다. 태양은 뚝뚝 떨어지는 그녀의 눈물을 가만히 내려다보다가 부드러운 손길로 그녀의 어깨를 감싸 쥐었다.

"고개 들어 봐. 물어볼 거 있어."

"……."

"얼른 들어 봐, 좀."

태양의 재촉에 그녀는 하는 수 없이 화장이 번진 얼굴을 그의 앞에 내보였다. 겨우 마주한 그의 얼굴은 평소보다 성숙해진 느낌이었다.

"그거 하나만 대답해 줘."

"……."

"강이안이 너 사랑하냐?"

태양은 어느 때보다 진지한 눈빛을 띤 채 백화에게 물었다. 백화는 의아한 듯 눈빛을 떨었고 혼란을 가득 담아 되물었다.

"그게…… 무슨 뜻이야?"

"말 뜻 그대로야. 넌 그 새끼한테 사랑받고 있냐고. 지금."

버려진 사람에게 던져진 의미를 잃어버린 질문.

하지만 백화는 자신의 처지를 알면서도 고개를 저을 수 없었다. 이안에게 일방적인 이별을 통보받은 것도, 애타게 붙잡았던 손길마저 내쳐진 것도 똑똑히 기억하고 있었으나.

'미안해.'

'내 곁엔 다른 사람을 두지 못할 것 같아.'

버려지는 그녀보다 더 아파하던 이안의 마지막 모습 때문에 차마 사랑받지 못한다고 부정할 수가 없었다.

"받고 있어. 사랑."

"……."

"그 사람은 지금도 날 사랑해……."

백화의 목소리는 결국 미련처럼 흘러버렸다.

"그래."

태양은 짧은 대꾸와 함께 자신의 마음을 정리했다.

"그럼 사랑 받고 살아야지……."

한탄 같은 혼잣말이 덧붙었다. 그녀에게서 시선을 거둔 태양은 천천히 발걸음을 움직였다. 저녁식사가 차려진 집 안이 아닌 어두운 골목이 기다리는 파란 대문 쪽으로.

"어디 가?"

"추우니까 들어가서 기다려."

"뭘 기다리라는 건데?"

백화는 재차 물었지만 태양은 단 한 번도 제대로 대답해주지 않았다. 그는 대문 너머로 사라졌고 백화는 마당에 덩그러니 혼자 남아버렸다.

"후우……."

백화는 머리를 쓸어올리며 무거운 한숨을 내쉬었다. 어디로 가는지 모를 그 아이의 눈빛은 지금까지 보아왔던 것 중 가장 서글퍼보여서, 그녀는 마음이 무너져내리는 기분이었다.

시간의 한계가 뼛속으로 사무친다. 아직 하나도 결정된 건 없는데 끝은 폭주하는 기관차처럼 너무나도 빨리 다가오고 있다.

엉망이 된 거실 한 복판에 주저앉아서 지성은 끊임없이 고민했다.

나는 어떤 선택을 해야 할까. 어떤 책임을 져야 할까.

"책임……."

모든 것이 혼란스러웠지만 지성에게 내려진 책임 한 가지는 확실했다. 끝을 상상하지도 못하는 사람에게 끝을 말하는 것.

지성은 그 사람에게 할 말을 준비하며 휴대폰을 들었다. 밝은 액정화면에 눈에 담기에도 미안한 이름 석 자가 비쳤다.

이대로 전화를 걸어 이별을 고할 자신은 없지만 그래도 망설이는 것보다는 나을 것 같아 통화버튼부터 누르려던 그때.

쿵쿵쿵—!

현관문을 거칠게 두드리는 소리와 함께.

"강이안!"

이안을 부르는 남자의 음성이 사납게 터져 나왔다. 지성은 날선 시선을 현관으로 옮겼고 숨까지 죽인 채 불청객의 신원을 확인했다.

"너 집에 있는 거 다 알아! 이 새끼야! 전화를 쳐 받든가! 낯짝을 들고 기어 나오든가!"

"……."

"내가 꼭 여기까지 올라와야겠냐! 미친 새끼야!"

울분이 가득 찬 이 목소리의 주인은 얼굴을 보나 마나 분명 최태양이었다.

그는 이미 집 앞에 도착하기 한참 전부터 이안과 전화상으로 실랑이를 벌이고 있었던 듯 감정적으로 많이 격해진 상태였다.

"태양 님……."

"이젠 휴대폰까지 꺼놨네, 이 병신새끼가! 진짜!"

"……."

"좋은 말로 해 봤자 안 나올 것 같으니까 문 부순다! 알겠냐!"

쿵쿵쿵—! 쿵쿵쿵—!

연달아 태양의 거친 주먹질이 이어졌다. 아무래도 쉽게 돌아가진 않을 것 같아 현관문을 열어주려고 발걸음을 옮기니, 철컥— 잠금장치가 풀리는 소리와 함께 별안간 이안의 방문이 열렸다.

"이안 님……."

작은 틈 사이로 비치는 메마른 얼굴은 이안이라는 확신이 없었다면 알아보지 못했을 만큼 수척해진 모습이었다.

"놔 둬."

"……."

"열지 말고 놔두라고."

이안은 재차 명령했지만 지성은 대답을 할 수가 없었다.

생기가 사라진 눈동자는 지성을 향해 있는데 시선을 마주치고 있는 건지는 잘 모르겠다. 혈색 없는 입술을 달싹달싹 움직이긴 하는데 새어 나오는 소리가 하도 흐려서 숨결인지 음성인지도 분간이 가지 않는다.

"이안 님……."

지성은 곧 싸늘한 주검으로 발견되어도 이상할 것 없는 그를 애타는 눈빛으로 불렀다. 이안은 잠시 그런 지성을 마주하는가 싶더니 도로 천천히 문을 닫아버렸다.

철컥— 스스로를 가두는 소리가 다시금 들려왔다.

아주 잠깐 열고 닫혔을 뿐인데 얼음장처럼 차가운 공기의 온도와 피비린내가 진동을 한다. 감히 상상도 할 수 없는 문 너머의 광경에 지성의 이성은 까무러칠 듯 아득해져온다.

쾅—! 쾅—!

때마침 터져 나오는 강한 소음에 약해지려는 정신이 긴장감을 되찾았다. 이전보다 강렬한 타격음은 발로 현관을 냅다 걷어차는 소리가 분명했다.

그런다고 부서지지 않을 문이라는 걸 알 텐데도 그는 결코 멈추지 않는다.

"계속 피하기만 하면 해결될 것 같냐! 빨리 문 열라고! 개새끼야!"

아무리 소릴 질러도 대답해 주는 이 하나 없는데 그는 사활이라도 건 사람처럼 필사적이다.

지금껏 무기력한 이안의 곁에서 혼자만 고군분투 한다 느꼈던 지성은 현관문 너머 태양에게 묘한 동질감을 느꼈다.

나만 발버둥치는 게 아니구나. 나만 애쓰는 게 아니구나.

우습게도 태양의 발악은 외로웠던 지성에게 위로가 되어서 그는 이안의 방 쪽을 향해 있던 몸을 도로 현관 맞은편에 고정시켰다.

이안이 명령을 내린 이상 화답은 해 주지 못하겠지만 지성은 일방적인 태양의 외침을 가만히 들어 줄 생각이었다.

"하아…… 나는 너 전화 죽을 만큼 받기 싫어도 받아 줬잖아."

"……."

"니 꼴 쳐다보기 싫어서 속 뒤집어질 것 같아도 꾸역꾸역 찾아가서 구해 줬잖아."

"……."

"은혜를 원수로 갚냐! 양심도 없는 새끼야!"

콩—!

거친 발길질로 인한 진동이 온 집안을 울렸다. 지성은 자신도 이렇게 과격하게 다그쳤어야 했나 고민했지만 미동도 없는 이안을 보니 딱히 효과가 더 좋은 것 같지는 않았다.

"하아…… 진짜 병신 같은 새끼."

문밖의 태양은 결국 욕설 섞인 한숨을 터트렸다. 잠시 숨을 고른 그에게서는 이전보다 정돈된 목소리가 흘러나왔다.

"불이 났으면……."

"……."

"밖으로 달려 나와서 불을 꺼야지, 왜 골방에 기어들어가서 처박혀 있냐. 등신아."

"……."

"니 몸뚱이 타들어 갈 동안 밖에서 애태우는 사람 생각은 조금도 안 하냐."

방금 전에 그 말은 지성이 이안에게 수천 번도 넘게 내뱉고 싶었던 말이었다.

누구보다 까맣게 속을 태웠던 지성은 이안이 똑똑히 들었기를 바라며 그의 닫힌 방문을 바라보았지만.

"그렇게 사라져 버리면…… 남은 사람들은 행여나 발 뻗고 자겠다."

이어지는 한 마디에 어쩐지 마음이 찔려왔다.

무책임하게 사라진 후에 남게 될 사람들. 그건 지성에게도 분명히 존재했으니까.

나는 그녀가 불안해할 때마다 단 한 번이라도 달래준 적이 있었던 가. 괜찮을 거라는 확신을 주었던 적이 있었던가.

그렇다고 하기엔 방금 전까지도 그녀 전화 한 통을 걸지 못했던 자신의 모습이 생생했다. 생각해 보면 피하는 건 지성 역시 마찬가 지였고 주변 사람만 애태우게 만든 기간만 해도 이안보다 길었다.

'저는 당신과 함께 델타 돔으로 돌아가겠습니다.'

'당신은 저와 함께 델타 돔에서 소멸하는 겁니다.'

모두를 위한 거라 믿었던 일도 그녀에게는 의미 모를 자학처럼 느껴질 수 있겠다. 불안이 뻔히 보이는데도 아무 설명조차 하지 않았던 나는 그녀에게 그저 이기적인 사람이려나.

요즘 따라 줄곧 가라앉아 있었던 지성의 시선이 선명한 빛을 냈다. 그는 이제부터라도 타오르기 시작한 문제를 외면하지 않을 생각이었다. 계속해서 미뤄두기만 했던 선택을 하고 그 선택에 대한 책임을 지기로 했다.

나의 가족과 나의 여자.

무엇과도 바꿀 수 없는 소중한 존재들 사이에서 끊임없이 갈등하던 지성이었지만 이를 위해 희운은 딱 알맞은 조언을 건네준 적이 있었다.

'니가 책임지고 감당할 수 있는 쪽을 선택해.'

책임지고 감당할 수 있는 쪽. 그런 거라면 당연히······.

"백화 내일 소개팅 한다더라."

"……"

"계속 그렇게 숨어 있을 건지, 쫓아 나올 건지는 니가 알아서 결정해."

태양의 마지막 말이 나직이 흘렀다. 순간 이안의 방에선 작은 기척이 새어 나왔다.

그는 무슨 생각을 하고 있을까. 어떤 선택을 하게 될까.

"어느 쪽이든, 감당할 수 있는 선택을 하세요. 이안 님."

지성은 이안에게 겨우 들릴 만한 목소리로 조언을 건넸다. 고통뿐인 이안의 방에 다시금 고요한 정적이 찾아들었다.

*   *   *

백화는 지금 아무런 생각이 없다.

"아, 그래서 말입니다. 저희 어머님 건물이 양평에 하나 있는데 말이죠!"

자기소개를 하라고 했더니 어머님 재산목록만 늘어놓고 있는 남자의 앞에서 그녀는 그저 머리를 비운 채 가만히 앉아 있다.

"거기에 병원이 들어서서 꽤 가격이 짭짤하단 말입니다!"

"아……"

"하긴, 뭐 예전부터 어머니가 부동산 투자에 두각을 드러내시긴 했는데…… 그 있잖아요! 촉! 아시죠?! 대박의 촉!"

"아, 예. 대박의 촉."

간간히 반응을 보이긴 하지만 진심은 담겨 있지 않다. 사실 어젯밤부터 소개팅을 취소해버릴까 했지만 전날 그러는 건 예의가 아닌 것 같아서 일단은 참석했다.

그래, 감정조차 담기지 않은 이 만남은 그야말로 '출석체크'다.

이대로 식사가 끝나고 나면, 그녀는 다시 집구석에 쿡 처박혀 있을 생각이다.

"백화 씨. 끝나고 나서 뭐하세요?"

마치 그녀의 생각을 읽기라도 한 듯 남자가 물어 왔다. 백화는 잘게 썰어둔 스테이크를 집으려다 말고 가식적인 미소를 지으며 대답했다.

"글쎄요, 사실 지금 학교에 급한 일이 생겨서……."

"저녁은 제가 쏘는 거니까 영화는 보여 줄 거죠?"

"예?"

"아까 근처 영화관 시간대를 확인해봤는데 이십 분 뒤에 요즘 1위 하는 액션영화 한다고 하네요."

"아, 저기 저녁은 제가 살……."

"그거 보죠! 액션 괜찮잖아요. 그죠?"

제발 대답을 끝까지 들어. 이 새끼야.

백화는 확 뻗쳐오르는 열을 애써 가라앉혔다. 제멋대로인 이 남자에게는 은근한 거절이 통하지 않으니 그냥 자리를 뜨는 편이 더 나을 것 같았다.

그래서 엉덩이를 슬며시 떼어 내니.

"좋습니다! 지금부터 슬슬 자리를 옮겨보죠!"

남자는 득달같이 따라 일어서며 먼저 외투를 챙겨 입었다. 한 번

물면 절대 놓지 않는다는 곰치처럼, 그의 질척거림은 타의 추종을 불허했다.

"지갑이…… 아! 여기 있네요! 하하!"

남자는 외투 안주머니에서 꺼낸 지갑을 흔들어 보이며 레스토랑 카운터 쪽으로 걸음을 옮겼다.

마음이 불편해진 백화는 미간을 구긴 채 한숨을 내쉬었다.

'난 여기서 대체 왜 이러고 있냐.'

혼자 한탄을 해봤지만 원인은 단 하나였다. 강이안에게 버려진 충격으로 인해 요 며칠 간 잠시 미쳤던 거다.

백화는 대책 없이 저질러놓은 일에 책임을 지기 위해 남자의 뒤를 따랐다. 어제 그녀가 그녀의 입으로 받겠다고 한 소개팅이니 아무리 지루해도 무례하게 떠나지는 않을 생각이었다.

그렇게 사명감 넘치는 마음으로 계산을 하는 남자의 곁에 서자 남자는 휙 고개를 돌려 영문 모를 질문을 던졌다.

"백화 씨. 저녁 값은 언제 계산했어요?"

"예?"

"벌써 계산 끝났다 그래서 깜짝 놀랐잖아요. 하하."

예상하지 못했던 당황스러운 전개였다.

"계산……이라뇨?"

"백화 씨가 여기 계산한 거 아니에요?"

"예? 아닌데요?"

"으음? 그럼 대체 누가……."

"아, 계산은 저기 저분이 하셨습니다."

혼란스러워 하는 그들에게 카운터 점원이 두 손을 쭉 뻗어 어딘가를 가리켰다. 백화와 남자는 그의 손끝을 따라 동시에 고개를 돌렸고 문 앞을 장승처럼 지키고 서 있는 누군가의 뒷모습을 확인했다.

"누구야? 저 사람은."

남자는 인상을 더욱 구겼지만 백화는 단번에 알아차릴 수 있었다. 저 딱 벌어진 어깨. 월등하게 큰 기럭지. 살짝 돌린 고개로 보이는 여유로운 눈동자. 존재 자체로도 특유의 위엄이 풍기는 그 사람은 분명.

"한지성⋯⋯."

"응? 백화 씨 아는 사람입니까?"

"한, 한지성이 여길 왜⋯⋯."

지성을 확인한 백화는 슬금슬금 뒷걸음을 쳤다. 갑작스럽게 닥친 난처한 상황에 머리는 실타래가 엉킨 듯 복잡해졌지만 이 와중에도 도망쳐야겠다는 본능은 강렬하게 피어올랐다.

"우, 우리 디저트 안 먹지 않았나요? 먹고 갑시다! 먹고!"

그래서 괜한 변명과 함께 다시 이 레스토랑에서 가장 구석진 곳으로 되돌아가려 하는데.

"그러기엔 제가 다음 약속까지 시간이 좀 **빠듯해서요**."

그녀의 두 발을 붙잡는 부드러운 목소리가 결국엔 터져 나왔다. 백화는 걸음과 함께 숨도 멈춰버렸고 부드럽게 마주 닿는 지성의 눈빛을 피해 고개를 숙였다.

"자, 소개 다 끝나셨으면 작별 인사를 나눠볼까요?"

"⋯⋯."

"앞으로 다신 얼굴 볼 일 없을 텐데."

그리 말하는 지성의 목소리엔 은근한 날이 서 있었다. 그건 백화에게 겨눈 협박이 분명했지만 이를 눈치챌 리 없는 소개팅 남은 얼굴을 붉히며 역정을 냈다.

"당신 뭐야? 뭔데 갑자기 끼어들어서 작별을 하라 마라야?!"

"아하, 저 말씀이십니까?"

낯이 뜨거워지는 상투적인 대사 뒤로 능글맞은 그의 대답이 이어졌다.

"이 여자 아주버님 되는 사람인데요."

번쩍 고갤 든 백화의 눈이 휘둥그레졌다.

"아⋯⋯아주, 뭐?!"

놀란 백화가 버럭 소리를 내지르자 지성은 부드러운 미소와 함께 파격적인 자기소개를 이어 나갔다.

"제 동생이 지금 이 여자 때문에 울고불고 난리가 나서 말입니다."

"아⋯⋯아아."

"분명 실례가 될 테지만 이쯤에서 데려가 봐도 되겠습니까?"

"한지성!"

아연실색이 된 백화는 결국 날카로운 음성으로 그의 이름을 불렀다. 그러자 지성은 조금의 망설임도 없이 곧바로 대답했다.

"네, 제수씨."

뭔가 작정을 단단히 하고 온 듯한 그는 비장해 보이기까지 했다. 백화는 갑작스러운 그의 등장이 이해되지 않아서 미간을 좁힌 채 사납게 물었다.

"여, 여긴 어떻게 알고 온 거예요?"

"위치추적 했다고 솔직하게 대답하면 우리 제수씨가 화내시려나."

"당장 그 호칭 떼요! 강이안이랑 나랑 끝난 거 몰라요?"

"끝은 모르겠고 잠깐 떨어져 있다는 건 알고 있습니다."

"잠깐이 아니라, 아예 헤어졌어요. 이제 지성 씨도 나한테 이럴 자격 없어요."

"흐음. 그렇습니까?"

백화는 강한 어조로 쐐기를 박아두었지만 지성은 그다지 신경 쓰는 눈치가 아니었다. 꼭 어린아이의 고집을 두고 보는 것처럼 그녀에게 닿는 그의 시선은 그저 태연하기만 했다.

백화는 끓어오르는 자신의 감정과 상관없이 구는 지성을 가만히 노려보았다. 어지간해서는 말로 이기지 못할 지성이었지만 지금의 입장이라면 논리적으로 반박할 자신이 있었다.

"자격이 없어지다니 그것참 안타깝게 되었네요."

그러나 이미 그녀의 머리꼭대기에 올라서 있는 지성은 전혀 안타까움 담겨 있지 않은 목소리로 백화의 팔목을 강하게 붙잡았다. 그러고는 그녀를 레스토랑 밖으로 무작정 끌어내기 시작했다.

"악! 이거 놔요!"

"……."

"좋은 말로 할 때 이거 놓으라고!"

백화는 그를 따르지 않기 위해 발버둥을 쳤다. 얼빠진 얼굴로 이 상황을 지켜보던 그녀의 소개팅 남은 그제야 정신을 차렸는지 지성의 어깨를 거칠게 붙잡았다.

"이봐! 백화 씨가 싫다는데 억지로 왜 이래!"

하지만 그를 오래 멈춰 놓지는 못했다. 남자의 손이 닿음과 동시에 고개를 튼 지성은 미소 속에 감춰 두었던 서늘한 기세를 내비쳤으니까.

"안 건드리시는 게 좋을 텐데."

"뭐……뭐?"

"제가 좀 사납거든요."

"허, 허참! 내 살다 살다 별일을 참!"

남자는 그의 반 협박에 인상을 구기면서도 은근슬쩍 손에 힘을 풀었다. 백화는 배신자를 보듯 남자를 흘겼고 다시 지성에게서 벗어나는 데에 집중했다.

"진짜 안 놓을래?! 이거?!"

"……."

"야! 한지성!"

"백화 님, 계단 조심하세요."

"이 인간이 진짜!"

그러나 워낙 강한 그의 손아귀를 탈출할 방법은 없었다. 들어주지도 않는 소리를 내지르느라 괜히 기운만 더 빠졌을 뿐.

결국 백화는 레스토랑 밖 가로수 밑까지 맥없이 이끌려 나왔다. 그녀는 원망어린 눈으로 지성을 노려보았지만 그는 도로 끝을 주시하며 일방적인 통보만 늘어놓았다.

"콜택시는 십 분쯤 뒤에 도착할 겁니다."

"콜택시는 무슨! 지금 대체 나랑 뭐하자는 거예요?!"

"사람 하나 살려보려고요."

"뭐……뭐라고?"

"당장 죽기 일보직전인 사람, 목숨 좀 살려보겠다고요."

그가 말한 죽기 일보직전인 사람이 누구인지, 백화는 설명을 듣지 않아도 알 수 있었다. 그렇기에 순순히 동조할 생각이 없었고 그가 본론을 꺼내도록 놔두고 싶지도 않았다.

어제의 태양도 오늘의 지성도 대체 왜 나에게만 무언가를 바라는지 모르겠다. 나는 하루아침에 버려진 사람이고 그를 붙잡지 못한 사람인데. 어째서 나에게만 돌아가라고 다그치는지 모르겠다.

나는 단 한 번도 이 자리에서 움직인 적이 없다. 헤어지던 날 역시도 그가 내 곁을 떠난 것일 뿐, 나는 여전히 같은 자리에 서 있었다.

그럼 그 사람이 돌아와야지 왜 다들 나한테 그래. 내가 할 수 있는 일이 뭐가 있다고, 왜 나만 못 다그쳐서 안달이야.

"말했잖아요. 강이안이랑 나는 끝난 사이라고."

"……."

"나는 끝낼 생각도 없었고 끝내고 싶지도 않았는데…… 강이안이 일방적으로 날 끝내버린 거라구요."

"……."

"그래서 나도 힘든데! 나도 죽을 것 같은데! 왜 다들 나한테 그래!"

"백화 님."

"나더러 뭘 어떻게 하라고! 울며불며 매달려도 꿈쩍 않던 사람을 나더러 더 이상 어쩌라고!"

며칠 동안 꾹꾹 우겨두었던 서러움이 한 순간에 쏟아져 나왔다. 백화는 지성의 앞에서 무너진 모습을 보이고 싶지 않았지만 그와의 이별을 되새기니 시야부터 흐려지는 건 어쩔 수 없었다.

하지만 그럴수록 마음을 다잡으며 그녀는 지성에게 냉정한 말을 건넸다.

"이젠 내 곁을 떠난 사람이니까, 지성 씨 선에서 해결해요."

입술을 닫자 눈물방울이 툭 하고 떨어져 버렸다. 지성은 말없이 그녀의 얼굴에 내려 그어진 투명한 흔적을 바라보다가, 짙은 한숨과 함께 속눈썹을 파르르 떨었다.

그러고는 어느 때보다 서글픈 목소리를 그녀의 귓가에 흘려 넣었다.

"제가 먼저 떠나야 해서 그래요."

"……."

"이미 끝을 본 백화 님보다도…… 제가 먼저 가야합니다."

흔한 이별의 말이었다. 하지만 그 말을 하는 사람이 하필 지성이라서 그녀는 차마 단번에 납득하지 못했다.

그녀보다 먼저 이안의 곁을 지켰던 사람. 그녀보다 더욱 끝이 멀었던 사람. 그런 사람이 이별을 고할 줄은 전혀 예상치 못했기에 모질게 굴려 애썼던 백화도 떨리는 목소리로 동요했다.

"그게…… 무슨 말이에요? 지성 씨 어딜 가는데요?"

그리 물을 줄은 알았지만 어디서부터 설명해야 할지는 미처 정하지 못했다. 그래서 지성은 아직 마르지 않은 백화의 눈을 바라보며 그녀가 감당할 수 있는 만큼만 말하기로 했다.

"저는 더 이상 이안 님을 지켜드리지 못합니다. 이안 님의 폭주는 점점 거세지는데, 제 능력은 벌써 한계가 찾아왔거든요."

"……."

"그러니 이안 님을 자극하는 원인이라도 제거하려고 하는데, 그 방법이 화근이 되는 그 사람과 같이 사라지는 거라서……."

"사라진다고……?"

"죄송하지만 저는 더 이상 이안 님 곁에 남을 수 없게 되었습니다. 저는 이곳을 떠나야하는 사람이에요."

지니고 있는 비밀을 전부. 그녀라면 충분히 감당할 수 있을 테니, 하나도 남기지 않고 전부.

"이안 씨는 알고 있어요?"

"아니요."

"왜 아직까지도 말 안 했어요?"

"말씀을 드리면 분명 혼란스러워 하실 텐데 지금은 곁에서 붙잡아줄 수 있는 사람이 아무도 없잖아요."

"하아…… 진짜."

이안은 백화가 그의 폭주를 받아들이는 것이 불가능할 거라 생각했다. 스스로조차 멈추지 못하는 파괴본능을 그녀가 감당할 리 없다고 확신했다.

그러나 지성은 알고 있었다.

'이럴 때가 아니야! 놔줘!'

'위험합니다! 폭주상태에선 백화 님도 알아보지 못해요!'

'그러니까 정신 차리게 하려고 가는 거 아니야! 지성 씨가 처

음에 나한테 했던 부탁 생각 안 나요?!'

'저 사람이 폭주할 때 멈춰달라며! 이젠 지성 씨도 감당하기

힘드니까 내가 어떻게든 막아달라며!'

이안이 폭주하는 동안 내비쳤던 백화의 강한 마음.

그건 쉽게 꺾일 만큼 볼품없는 것이 아니었다. 그녀는 이안이 약해질 때 더욱 단단해지는 사람이었고, 이안이 두려워할 때 더욱더 굳세지는 사람이었다.

"그래서…… 그 사람은 지금 뭐하고 있는데요."

"말씀 드렸지 않습니까. 죽기 일보직전이라고."

"……."

"제가 아무리 불러도 반응이 없어요. 어제는 백화 님이 선물하셨던 인형을 폭주상태에서 망가트린 모양인데 그 뒤로는 거의 제정신이 아니에요."

백화는 그 언젠가 이안에게 전해주었던 허그 인형을 떠올렸다. 그땐 그렇게나 싫은 내색뿐이더니 사실은 그 어떤 보물보다 소중하게 간직해온 모양이다.

"인형…… 그깟 게 뭐라고 바보 같이……."

쓰라림이 묻어나는 백화의 혼잣말에 지성은 긴 한숨을 내쉬었다. 그리고 아직 정리되지 않은 마음을 하소연하듯 내비쳤다.

"마음 같아선 이안 님 스스로 일어날 때까지 기다려드리고 싶지만 제게는 더 이상 시간이 없습니다."

"……."

"이제는…… 저도 어떻게 해 드려야 할지 모르겠습니다. 백화 님."

순간 여태 불안하던 그녀의 눈빛이 단단해졌다. 백화는 지성에게 잡혀 있던 팔을 힘주어 빼냈고 단호한 목소리로 말했다.

"어떻게 하긴 뭘 어떻게 해요."

"……."

"정신 차리고 똑바로 살 때까지 엄하게 혼내야지."

표정은 여전히 곱지 못했으나 이 상황을 벗어나고 싶어 하는 느낌은 아니었다.

백화는 길가에 가만히 서서 여러 번 무거운 한숨을 내쉬었다. 그동안 지성은 그녀를 재촉하지 않았고 긴 침묵으로 불안을 달랬다. 그렇게 얼마나 시간이 흘렀을까.

"저 택시예요?"

"예?"

백화는 그들의 앞으로 다가오는 예약 택시를 보며 담담히 물었다. 그러고는 지성이 제대로 된 대답을 꺼내놓기도 전에 손을 흔들어 택시를 멈춰 세웠다.

"콜 부르셨어요?"

"네. 제가 불렀어요."

백화는 기사에게 망설임 없이 대답하고는 가볍게 뒷좌석 문을 당겨 열었다. 지성은 순식간에 태도를 바꾼 백화를 저도 모르게 붙잡았다. 혹시나 이 택시를 타고 그대로 그녀의 집에 돌아가 버릴까 싶어서였다.

"왜요."

"아, 그게……."

"강이안 위험하다고 하지 않았어요?"

네. 위험합니다. 그래서 저는 당신이 이안 님께로 가시는 길이었으면 좋겠습니다.

"이안 님을…… 만나러 가시는 거죠?"

아직 그녀의 마음을 확신하지 못한 지성이 물었다. 백화는 그의 불안까지도 잠재울 만큼 또렷하게 대답했다.

"아니요. 그 사람은 나 만나주지도 않잖아."

"……."

"그러니까 내가 쳐들어가서 끌어내야지."

계속 고립되려고만 하는 이안을 끌어내겠다는 생각은 백화이기에 가능한 일이었다. 지성은 어느 때보다 빛나는 그녀의 눈동자를 보며 그간 돌덩이처럼 마음을 짓눌렀던 걱정들이 사라지는 것을 느꼈다.

그녀를 붙잡았던 지성의 손에 스르륵 힘이 풀렸다. 지성은 안도의 한숨을 내쉬었고 진심 어린 감사를 표했다.

"정말 고맙습니다. 백화 님……."

백화는 대답 대신 서둘러 택시 안으로 몸을 실었다. 당연히 지성도 따라 들어올 줄 알았는데 그는 배웅하듯 문을 닫아주려 했다.

"지성 씨는 같이 안 가요?"

"저는 따로 해결해야 할 일이 있습니다."

아무렇지 않게 웃고 있는 지성의 눈가에 지친 슬픔이 비쳤다. 백화는 떠나려는 그의 해결하려는 일이 무엇인지 대충 알 것만 같아서 일부러 믿음직스러운 대답을 했다.

"강이안 문제는 내가 잘 해결할 테니까 걱정하지 마요. 바로 연락 줄게."

지성은 고개를 끄덕거리며 뒷좌석 문을 마저 닫아주었다. 그녀는 그렇게 이안에게로 향했고 지성은 빠르게 멀어지는 택시를 물끄러미 바라보았다.

이제 그에게 남은 것이라고는 늘 외면하려하기만 했던 자신의 문제를 해결하는 것뿐.

지성은 코트 주머니에서 휴대폰을 꺼냈다. 그리고 이번만큼은 망설이지 않고 통화버튼을 눌렀다.

―어. 거의 도착했어.

단조로운 신호음 끝에 이어진 서늘한 음성. 머지않아 그에게 커다란 실망감을 안기게 될 지성은 가라앉은 눈빛을 띤 채 대답했다.

"저는 생각보다 일이 빨리 끝났으니, 카페에서 기다리겠습니다. 김 대리님."

오랜만에 지성과 저녁 시간을 보내기로 약속한 날.

"여기 포장 끝났습니다. 즐거운 데이트 하세요!"

"네! 고맙습니다!"

꽃집 여주인이 넘겨주는 마른 안개꽃다발을 받은 해실은 어느 때보다 들떠 있었다.

한동안 지성은 출근도 제대로 하지 못했고 그녀에게 이유를 설명해 주지도 않았다.

해실은 이러다가 하루아침에 그 사람이 사라져 버릴 것만 같아,

잠도 제대로 들지 못할 만큼 불안해했다. 하지만 이런 걱정마저도 그에게 짐이 될까 내색조차 하지 못하고 있었는데.

—해실 씨, 저녁에 시간 괜찮아요?

'네? 아…… 괜찮아요!'

—그럼 우리 맛있는 거 먹으러 갈래요? 오랜만에.

'좋아요! 지성 씨 먹고 싶은 거 있어요?'

—음, 해실 씨 먹고 싶은 거 먹을게요. 그런데 급한 일들이 있어서 아홉시쯤 만날 수 있을 것 같은데…….

'시간은 늦어도 상관없어요! 기다릴게요!'

—하하, 네. 그럼 데리러 갈게요.

다행히 오늘 해실과의 약속을 잡는 지성의 목소리는 시름없이 깨끗했다. 무언가 끙끙 앓던 이라도 뺀 사람처럼 말투에 배어 있는 웃음기는 후련해 보이기까지 했다.

어쩌면 그 사람에게 기쁜 일이 생겼을지도 모르겠다. 만약 그렇다면 그녀는 준비한 꽃다발을 건네며 진심을 다해 축하해 줄 생각이다.

"지성 씨가 기다리는 카페가 이 근처였던 것 같은데……."

해실은 약속 장소를 찾기 위해 휴대폰을 뒤적였다.

급히 해결해야 한다던 일이 끝났는지는 모르겠지만 십 분 전에는 근처에 도착해 있을 생각이었다.

"니가 무슨 말하는지는 잘 알아들었어."

그때, 해실의 뒤편에서 익숙한 목소리가 들려왔다.

살며시 뒤를 돌아 확인하자 그녀가 찾고 있던 카페의 야외 테이블에 앉아 누군가와 이야기를 나누는 사람은 분명 희운이었다.

"대리님이 왜 여기에……."

해실은 작은 혼잣말을 중얼거리며 물끄러미 그의 뒷모습을 바라보았다. 그는 손에 들린 담배를 재떨이 위로 떨어트렸고 특유의 서늘한 목소리로 맞은편에 앉은 사람에게 이별을 고했다.

"이렇게 갑자기 떠날 줄은 몰랐는데."

"……."

"못 본다고 생각하니 아쉽네."

인사를 받는 사람은 희운의 등에 가려져 보이지 않았다. 길게 늘어진 그림자를 통해 고개를 끄덕였다는 것만 겨우 알아차릴 수 있을 뿐.

"조심히 가."

아쉬움의 깊이에 비해 담담하게 꺼내진 희운의 마지막 인사.

그는 자리에서 일어나 손을 내밀며 악수를 청했다. 맞은편의 상대는 잠시 고민하는 듯 망설이다가 이내 뒤따라 몸을 일으키며 따뜻한 미소로 화답했다.

"안녕히 계세요. 김 대리님. 그동안 정말 고마웠습니다."

그제야 해실의 눈에도 떠나는 사람의 얼굴이 담긴다. 그 사람의 미련 묻은 목소리, 지친 기색이 가득한 얼굴, 금방이라도 사그라질 듯한 위태로운 눈빛이 하나도 빠짐없이 마음에 걸린다.

"해실 씨는 걱정하지 마세요."

"지성……."

"제가 잘 마무리하고 떠나겠습니다."

"지성 씨……."

당신은 지금 나에게 무슨 말을 준비하고 있는지. 함께할 생각에 기뻤던 우리의 시간들은 왜 벌써 끝을 바라보고 있는지.

물어보고 싶은 것이 너무나도 많아졌다. 하지만 머릿속이 아득해지는 바람에 아무것도 할 수 없었다.

해실의 바람이 담긴 안개꽃다발이 맥없이 바닥으로 툭 떨어졌다. 그녀는 도로 주울 정신도 없이 뒤를 돌아 서둘러 자리를 벗어났다.

이렇게 도망친다고 해서 피할 수 있는 이별이 아니라는 건 알지만 그날, 그 시간, 그 장소에서 그녀가 할 수 있는 건 많지 않았다. 아니, 떠나려는 그를 잡기 위해 할 수 있는 게 아무것도 없었다.

때마침 지성의 시선이 희운 너머의 보도블록 위로 어긋났다.

그는 어렵지 않게 초라한 안개꽃다발을 발견했고 멀어지는 뒷모습도 뒤이어 시선 끝에 담아냈다.

"해실……씨?"

이별을 떠안은 그가 해실에게로 걸음을 옮기기 시작했다. 따라오는 기척을 느낀 그녀의 눈가가 순식간에 먹먹해졌다.

―문이 열립니다.

차분한 안내음과 함께 엘리베이터 문밖으로 응접실 내부가 드러났다. 백화는 가쁜 숨을 몰아쉬며 몸을 내렸고 이안의 펜트하우스 현관문을 향해 빠르게 내달렸다.

가지런히 정돈되어 있던 머리는 어느새 흐트러져 있었지만 그녀에게 사사로운 걸 챙길 여유는 없었다.

도어락 앞에 도착하자마자 지성이 알려 준 비밀번호를 입력하는 동안에도 백화의 머리는 그저 강이안을 만날 생각뿐이었다.

"999001……."

그녀의 떨리는 손끝이 도어락 터치패드를 눌렀다. 마음과 다른 경쾌한 멜로디와 함께 현관문의 잠금장치는 허망하리만큼 간단히 풀어졌다.

이 문처럼 강이안이 걸어 잠가둔 마음도 쉽게 열렸으면 좋겠다. 허망하다 느껴져도 좋으니 당신도 나에게 스스럼없이 진심을 드러냈으면 좋겠다.

간절한 바람과 함께 백화는 문고리를 잡았다. 그러나 잡아당기려는 그때, 우연찮게 시선에 걸려 들어오는 물건은 그녀의 걸음을 멈추게 만들었다.

"……지갑?"

알아보건대, 늘 태양의 뒷주머니에 들어 있던 갈색 지갑이었다. 예상치 못한 그 아이의 흔적에 백화의 눈빛이 파르르 흔들렸다.

'태양이가 왜 여기에…….'

혼자만의 생각이 끝나기도 전에 현관문 아래쪽에 발길질 자국이 눈에 띄었다. 연이어 선명하게 느껴지는 건 그녀와 같은 자리에 서서 열리지 않는 문을 두드리며 하염없이 강이안을 불렀을 태양의 존재감이었다.

'그럼 사랑 받고 살아야지…….'

지난 밤 너의 말이 무슨 뜻이었는지 이제야 알겠다. 한지성이 오늘 어떻게 나를 찾아왔는지도 이제야 확실히 알겠다.

너였구나. 나를 보이지 않는 곳에서 묵묵히 도와준 건 이번에도 너였구나, 태양아.

"최태양……."

백화는 잡았던 문고리에서 손을 떼어 내고 바닥에 떨어진 태양의 지갑을 주워들었다. 차가운 감촉에는 어쩐지 그 아이 특유의 온기가 담겨 있는 것 같아 눈시울이 붉어졌다.

그 아이는 항상 이런 사람이었다. 아무것도 바라지 않고 자신의 모든 것을 내주는 사람. 그토록 굳세던 자존심도 그녀의 앞에서는 무참히 꺾어버리던 사람.

너는 굳게 닫힌 문을 두드리며 무슨 생각을 하고 있었을까. 그 사람에 매달리는 너의 모습이 초라하게 느껴지지는 않았을까.

백화는 태양의 지갑을 코트 깊숙이 찔러 넣었다. 그러고는 휴대폰을 꺼내 들어 망설임 없이 태양에게 보낼 메시지를 입력했다.

[태양아. 나 이안 씨 집이야. 무슨 일이 있어도 그 사람 붙잡아서 돌아갈게.]

결국 이안에게로 가겠다는 이별의 말은 다시는 흔들리지 않겠다는 다짐과 같았다. 그녀는 망설임 없이 전송버튼을 눌렀고, 휴대폰을 다시 코트 주머니 안에 집어넣으려 했다.

그리고 머지않아.

지잉—

짧은 진동음과 함께 곧바로 돌아온 그 아이의 대답 한 마디는 무척이나 담담했다.

[잘하고 와.]

요동치던 백화의 불안은 그제야 잠잠해졌다. 더 이상 이안을 만나는 것이 두렵지 않았다.

아마 나의 뒤에 네가 있기 때문인 것 같다. 너는 항상 존재만으로도 나를 든든하게 만들어 주는 사람이니까.

이제 남은 일은 위태롭게 꺼져 가는 이안의 숨을 채워주러 가는 것뿐.

그녀는 다시 현관 문고리를 붙잡았다. 그리고 이전보다 담대해진 눈빛으로 이안에게 향하는 닫힌 문을 열었다.

드디어 백화의 걸음은 혼자 숨어 있을 그에게로 옮겨진다. 아직 확신은 없지만 태양의 말대로 잘해볼 생각이다.

구두 소리가 이안이 갇혀 있는 방 안까지 울렸다. 암흑에 파묻혀 버린 아픈 눈동자가 가늘게 떨리며 반응했고.

"백……화……."

다 꺼져 가는 목소리가 그녀의 이름을 흘려보냈다. 이안은 기척의 주인이 제발 그녀이기를 바랐다. 그러면 안 되는 줄 알면서도 제발 그녀가 같은 공간에 있는 것이길 간절히 바라고 바랐다.

"해실 씨!"

"……."

"해실 씨! 잠깐만 멈춰 줘요!"

"아……!"

겁이 많은 해실은 도망치는 일도 제대로 하지 못했다. 그녀는 인적이 드문 샛길에서 맥없이 팔목을 휘어 잡혔고 축축이 젖은 눈가를 여실히 그의 앞에 드러내고야 말았다.

"해실 씨, 제 말을…… 제 말을 좀……."

지성은 제대로 말을 잇지 못했지만 그녀는 이미 꺼내질 이야기를 알고 있었다. 그래서 듣지 않으려 고개를 돌렸으나 지성은 그녀를 붙잡은 채 끊어졌던 목소리를 이었다.

"해실 씨한테 할 얘기가 있어요."

"……."

"지금이 아니면 늦어요……."

아무래도 그는 기어이 이별을 고할 모양이다. 고집스럽게 말문을 여는 걸 보면.

해실은 손등으로 눈물을 닦아 내고는 지성을 올려다보았다. 그의 눈동자는 평소처럼 따뜻했지만 어느 때보다 깊은 슬픔을 띠고 있었다.

"그 얘기 안 하면 안 돼요?"

"……."

"안 듣고 싶어요……."

쓸데없는 고집이라는 건 알고 있다. 그러나 해실은 뒤늦게 연 마음을 닫을 엄두가 나지 않아 어떻게든 버텨 보려는 중이었다.

"어디론가 떠난다는 말할 거잖아요. 저는 이렇게 정리할 자신이 없어요……."

"해실 씨……."

"그러니까…… 아무 말도 하지 마요, 지성 씨."

그녀의 애절한 부탁을 받아 든 지성은 긴 한숨을 흘렸다. 무거운

정적이 잠시 그들을 찾아 왔고 차마 삼키지 못한 그녀의 울음소리가
틈새를 메웠다.

이렇게 이별을 고할 생각은 아니었다. 물론 헤어져야 한다는 말을
기쁘게 할 수는 없겠지만 이렇게 상처만을 남기고 싶진 않았다.

그래서 밤새도록 표정, 말투, 손짓, 숨소리까지 연습하고 또 연습
했었는데. 결코 버려지는 느낌이 들지 않도록 최선을 다해 다정한
안녕을 건넬 생각이었는데.

"저는 지성 씨가 어디로 가는 건지, 무슨 일로 가는 건지 하나도
모르겠어요."

"……."

"물어봐도 대답해 주지 못할 거라는 거 알아요. 제가 알아도 되는
일이었다면 미리 말해 줬을 테니까……."

"……."

"그래도…… 지성 씨는 정말 나쁜 사람이에요."

해실은 지성의 앞에서 눈물을 흘리며 아파하고 있다. 버려지는 사
람과 별반 다르지 않은 모습에 지성의 마음이 허물어진다.

그는 잠시 숨을 멈추었고 그녀의 흐느낌을 가만히 귀에 담았다.
그녀는 오직 이별을 두려워하고 있었지만 해야 할 말이 그게 전부는
아니었다.

안녕을 고하기에 앞서 더 중요한 이야기를 꺼내야하는데 입술이
자꾸 멈칫거린다. 서럽게 우는 그녀의 얼굴을 보니 이런 말을 할 수
있는 자격이 되는지 고민스럽다.

그런 지성에게 오늘 희운은 말했다.

'가야하는 건 알겠어. 이유를 설명하지 못하는 것도 이해할
게.'

'…….'

'그래도 돌아오겠다고 말해.'

'대리님…….'

'돌아오겠다고 말하고 떠나는 거랑 그냥 사라지는 거랑은
마음가짐부터가 달라지니까.'

비록 가시와 같은 존재였지만 희운이 건네는 조언은 항상 옳았
다. 그 사람은 아무리 두려운 순간에도 도망치지도 않았고 내리기
어려운 선택도 스스럼없이 감당해냈다.

그러니 이번에도 그의 말을 따르고 싶지만 기다림은 오로지 그녀
의 몫이라는 걸 지성은 너무 잘 알고 있다. 그것이 차마 섣부른 약속
을 꺼내놓지 못하는 가장 큰 이유가 된다.

그래도…… 나는 당신의 말처럼 나쁜 사람이니까. 나 하나밖에
모르는 이기적인 사람이니까.

"해실 씨."

지성은 그녀의 이름을 불렀다. 그러고는 눈물로 얼룩진 그녀에게
가장 주제 넘는다고 생각하는 부탁을 건넸다.

"기다려 주세요."

"……."

"내가 돌아올 때까지…… 기다려 주세요, 해실 씨."

해실은 대답을 하지 못했다. 고개를 끄덕이거나 가로젓지도 않았
고 그저 계속 울기만 했다.

지성은 그녀를 애타는 눈길로 바라보다가 마른침을 삼켜 넘겼다. 그러고는 욕심과 비슷한 고백을 나지막이 흘려보냈다.

"나도 정리할 자신이 없어."

"……."

"당신과 끝내고 싶지 않아……."

그녀의 머리 위에서부터 시작된 지성의 목소리가 점점 밑으로 녹아내렸다.

"이대로 사라지면 당신이 날 잊을까 봐 무서워. 그러니까 제발……."

해실은 축축한 그의 음성에 떨어트렸던 고개를 들었고 서러운 시선 아래 무너져 내리는 지성의 모습을 바라보았다.

"지성 씨……?"

"부탁이야. 나를 떠나지 말아 줘……."

그는 최선을 다해 그녀에게 매달리고 있다. 단 한 번도 부려본 적 없는 욕심을 감히 그녀에게 부리고 있다.

제발 나를 떠나지 말아달라고. 비록 나는 당신 곁에 머무르지 못하지만 잊지는 말아달라고.

"기다려줘요……."

결국 이별보다 더 어려운 이야기는 염치도 없이 흘러나오고 말았다. 그녀의 앞에 두 무릎을 꿇은 지성은 어느새 어깨를 떨며 흐느끼고 있었다.

무릎 내주는 일이 처음이라고는 못하겠다. 지금껏 그의 무릎은 섬기는 자를 위해 수만 번 헤프게 굽혀져 왔었다. 그러나 아무리 닳고 닳도록 반복해도 이 안에 담긴 의미는 변하지 않는다.

저는 온 맘을 다해 당신을 섬기겠습니다. 제 남은 시간은 전부 당신을 위해 바치겠습니다. 그러니까 부디.

"날 계속 사랑해 줘요……."

위태롭게 흔들리던 해실의 눈빛이 그의 울음 섞인 부탁에 단단해졌다. 그녀는 눈물을 닦던 손을 조심히 뻗었고 지성의 젖은 얼굴을 품에 안아 넣었다.

그녀의 따뜻한 향기가 불안한 마음까지도 잠재웠다. 고통스럽게 옥죄이던 지성의 마음이 그제야 편안해졌다.

그는 그녀의 허리를 끌어안았고 한참 동안 그녀의 옷깃에 눈물을 심었다.

"기다릴게요. 꼭 돌아오겠다고 약속해 주면…… 얼마가 되었든 잊지 않고 기다릴게요. 계속 지성 씨만 사랑하면서."

귓가에 닿는 해실의 목소리는 지금까지 들어온 어느 음성보다도 달콤했다. 지성은 그 말에 여러 번 고개를 끄덕이다가.

"……돌아올게요. 꼭."

언제 망설였냐는 듯 확신이 담긴 약속을 했다.

마치 모든 것이 폭파될 그 공간에서 혼자만 살아 돌아올 수 있을 것처럼. 감당하지 못할 미래를 버텨 낼 수 있을 것처럼. 그의 목소리에는 어떠한 두려움도 없었다.

지성을 안은 해실의 두 팔에 은근한 힘이 실렸다. 그녀의 품은 언제까지라도 식지 않을 듯 따뜻해서 벌써부터 눈물 나게 그리워지는 기분이었다.

잔잔하게 들려오는 심장박동. 사랑스러운 그녀의 숨소리.

이별의 순간까지도 당신의 모든 것들은 눈물 날 만큼 따뜻하다. 그래서 바보같이 심장이 뛰어버렸다.

"아……."

백화의 입새로 탄식 같은 한숨이 흘러나왔다. 그녀는 여기까지 오는 동안 머릿속으로 참 많은 말들을 준비했었지만 그 사람이 있는 공간을 육안으로 확인하자 말문이 막혀버렸다.

대리석 바닥에 흩뿌려진 채 굳어 버린 핏자국, 흐트러질 대로 흐트러진 장식장, 가죽이 찢겨진 소파와 깨진 화분들.

펜트하우스는 그야말로 전쟁이라도 났었던 듯 엉망이었다. 지성조차 치우지 못하고 내버려 둔 걸 보면 그들에게 벌어진 상황의 심각성은 충분히 알만 했다.

"……이럴 줄 알았어. 내가."

백화는 혼잣말과 함께 머리를 쓸어 올리며 구두를 벗었다. 그녀는 다시 비장해진 눈빛을 띠었고 이안의 방을 향해 망설임 없는 걸음을 옮기기 시작했다.

이제 남은 건 없는 용기까지 쥐어짜내서 이안이 숨어 있는 감옥안으로 들이닥치는 일뿐.

그 사람의 방 문 앞에 선 백화는 잠시 심호흡을 했다. 그리고 마침내, 문고리를 향해 긴 손가락을 뻗었다.

열릴 거라는 기대는 하지 않았다. 허나, 언젠가 그가 모습을 드러낼 때까지 고집스럽게 기다려볼 각오는 되어 있었다.

하지만 그럴 필요도 없이.

끼익—

듣기 싫은 쇳소리와 함께, 굳게 닫혀 있던 문이 움직였다. 백화는 문고리에 닿은 적도 없던 손을 거두어냈고 떨리는 시선을 위로 들어 올렸다.

가쁜 숨소리가 귓가에 스친다. 데일 듯이 뜨거운 눈동자가 피부에 와 닿는다. 흐트러진 모습과 수척해진 얼굴은 낯설기 그지없었지만 그래도 그녀는 어렵지 않게 그 사람을 알아보았다.

"이안 씨……."

소리 내어 그를 부르니 문을 붙잡고 있던 이안은 꺼져 가는 음성으로 반응한다.

"너……."

그는 흔들리는 눈동자로 그녀를 내려다보았고 다소 차가운 첫 마디를 뱉어 냈다.

"왜 왔어."

"얼굴이…… 왜 그래."

"왜 왔냐고."

"이안 씨는 얼굴이 왜 그러냐고."

고집스러운 두 남녀는 서로의 질문만 오기 부리듯 반복했다. 이안은 멀리 떠난 자신을 찾아온 그녀를 아픈 시선으로 바라보았고, 백화는 어디가 얼마나 다친 건지 온통 피투성이인 그를 애달픈 시선으로 마주했다.

두 사람의 미간이 동시에 구겨진다. 반가운 마음보다 울컥 차오르는 감정이 앞서서 좋은 표현보다는 못된 마음이 먼저 비친다.

나는 당신이 왜 이렇게 답답하게 구는 건지 모르겠다. 당신을 위해 뭐든 해 보려는 내 노력을 왜 헛되 보이게 만드는 건지 모르겠다.

'나는 이러는 니가 답답해.'

똑같은 생각을 하는 두 사람은 동시에 입술을 깨물었다. 하지만 둘 중 먼저 감정을 터트리는 건 조금 더 지쳐 있는 이안이었다.

"가."

그는 백화의 어깨를 붙잡고는 단호한 손길로 밀어냈다.

"부탁이야. 돌아가."

금방이라도 무너질 것 같은 눈빛을 하고 있으면서 잘도 내뱉는 마음에 없는 소리였다.

백화는 그런 이안을 굳은 표정으로 바라보았고 밀려난 만큼 가까이 발걸음을 두었다. 그리고 방금 전의 말은 들은 적도 없다는 듯 태연히 입술을 떼어 냈다.

"내가 가긴 어딜 가. 난 이안 씨 찾아 왔는데."

"……."

"꼴이 그게 뭐야. 누가 길바닥에 버려놓은 강아지처럼 엉망진창이잖아."

강단 있는 그녀의 음성에 이안의 속눈썹이 파르르 떨려 왔다. 그는 더러워진 얼굴을 소매 끝으로 문질러 닦았으나 그래도 나아질 게 없다는 건 본인이 가장 잘 알고 있었다.

버릇처럼 눈가가 뜨거워진다. 이안은 고개를 떨군 채 서 있다가 마음의 동요가 멈추고 나서야 다시 그녀의 얼굴을 바라보았다. 하지만 오래 마주하진 못했다.

"너 없이도 잘 지내고 있었어."

뱉어 내는 말과 자신의 모습은 스스로 생각해 봐도 우스울 정도로 불일치했기에.

"정말 잘 지내고 있었어⋯⋯."

그는 똑같은 말을 오기 부리듯 반복하면서도 눈동자를 애먼 곳으로 돌렸다. 세상에서 가장 비참한 얼굴이었다.

백화는 그런 이안을 보며 크게 숨을 들이쉬었다. 그리고 기가 찬 헛웃음으로 입 밖에 터트렸다.

"지금 이게 잘 지내는 거라고?"

"⋯⋯."

"말이 되는 소리를 해! 그 꼴을 하고 잘 지냈다는 얘기가 나와?!"

이안의 감정이 맥없이 식어버리자 이번에는 백화의 감정이 폭발하듯 쏟아지기 시작한다. 그녀는 이안의 팔을 억센 힘으로 붙잡았고 시선이 닿는 곳까지 들어 올렸다.

"이거 봐! 지금 니 모습이 이래!"

이안의 눈에 피가 엉겨 붙은 자신의 손이 담겼다. 더러워질 대로 더러워진 옷자락도 똑똑히 보였다. 깨끗한 그녀의 피부와 너무나도 비교가 된다. 언제 이렇게 망가졌는지 그는 도무지 알 수가 없다.

"이거 놔⋯⋯."

"그렇게 당당하게 떠났으면 최소한 멀쩡하게라도 있었어야지!"

"놔⋯⋯."

"그 잠깐 사이에 니가 이 모양 이 꼴이 되었는데도, 못 놓는 내가 나쁜 거야?!"

"부탁이야, 제발 놔줘……."

"내가 없으면 죽을 것 같은데 널 어떻게 놔!"

언성을 높이던 백화의 눈가가 순식간에 붉어졌다. 그건 마치 무너져 내리는 이안과 비슷했지만 그와 달리 그녀에게는 조금도 여린 기색이 없었다.

그녀는 오히려 이전보다 강해진 눈빛으로, 이안을 세게 붙잡아 끌어당긴다.

"이리 와."

"아……."

"당장 따라 오라고!"

백화는 이안이 거부할 새도 없이 막무가내로 발걸음을 옮겼다. 이안은 몇 번 그녀의 손을 떼어 내려 했지만 상처로 허문 손끝이 아려서 제대로 힘을 주지 못했다.

"여기 있으면 안 돼……."

"……."

"넌 내 옆에 있으면 안 돼……."

맥없이 끌려가는 이안은 몇 번이고 그녀를 저지하려 했다. 하지만 백화는 그의 애절한 목소리가 들리지 않는 것처럼 대꾸 없는 발길만 바삐 재촉했다.

그녀의 손이 벽 한가운데의 스위치를 내리치고 한동안 본 적 없던 하얀 조명이 이안의 시선을 덮쳤다. 뻐근할 정도로 밝은 빛이 적응되자 눈앞에 보이는 건 물기 하나 없는 욕실이었다.

"지금······."

뭐하는 거냐고 물을 틈도 주지 않고 백화는 욕실 안 샤워부스로 그의 몸을 이끌었다. 이안은 고집스럽게 뒷걸음을 쳤으나 쇠약해진 체력으로 그녀에게서 도망치는 건 불가능했다.

쾅 소리가 날 정도로 거칠게 이안의 몸을 밀어붙인 백화는 혹시나 그가 빠져나올 새라 샤워부스의 유리문을 굳게 닫아버렸다.

"아······."

좁은 부스 안. 서로의 호흡이 피부에 닿을 만큼 가까운 거리에서, 이안은 옅은 신음을 흘렸다.

방금 벽면에 부딪힌 등이 아픈 건지, 붙잡혀 있었던 손목이 아픈 건지, 아직 아물 지도 못한 수많은 상처들이 아픈 건지.

물어봐도 그는 대답을 못 해 줄 것 같았다. 그래서 그녀는 아무것도 듣지 못한 척, 무작정 샤워기를 틀었다.

쏴아아아—

차가운 물이 시원한 소리를 내며 머리 위에서부터 쏟아져 내렸다. 이안은 갑작스러운 물줄기에 얼굴을 감싸 쥐었고 백화를 향해 원망처럼 들리는 음성을 흘려보냈다.

"하지 마······."

"······."

"나는 널 위험하게 만들고 싶지 않아······."

백화는 답답하리만큼 반복되는 그 말이 무슨 뜻인지 잘 알고 있다. 어떤 심정으로 그녀를 밀어내는 건지도 별다른 설명이 필요 없을 만큼 잘 이해하고 있다.

그러나 이안이 수차례 강조하는 그 말만큼 백화도 수차례 전하고 싶은 말이 있다.

당신은 무섭지 않아. 당신은 괴물이 아니야. 당신은 날 해치지도 않을 거고 나는 당신의 손에 부서질 만큼 약하지도 않아.

하지만 지금 당신의 귀에는 아무것도 들어가지 않는다는 것마저 너무나도 잘 알고 있으니.

"이안 씨, 눈 떠."

"……."

"눈 뜨고 날 똑바로 봐."

물소리 사이에서도 또렷이 들리는 그녀의 목소리에 이안은 살며시 눈꺼풀을 열었다.

그의 앞에 선 그녀는 쏟아지는 찬물을 함께 맞으며 굳건히 서 있었다. 이안은 한참 동안 백화를 바라보았지만 그녀는 아무 말도 하지 않았다.

그렇게 침묵 계속될수록 점점 더 창백하게 질려가는 그녀의 얼굴.

굳이 피부를 만지지 않아도 알 수 있다. 그녀의 온도는 찬물에 섞여 점점 사라져가고 있다.

"여기서 나가……."

"……."

"춥잖아……."

보다 못한 이안은 울음 섞인 목소리로 그녀를 걱정했다. 그러나 그녀는 고집을 부리듯 움직이지 않았다. 이안의 얼굴이 점점 난처해지는 걸 보면서도 아무런 동요가 없었다.

"아…… 안 돼……."

이안은 물을 끄기 위해 샤워기로 몸을 돌렸다. 하지만 끄지는 못했다. 백화가 두 팔로 이안을 붙잡고 저지하는 바람에 그는 차가워지는 그녀를 위해 아무것도 해 주지 못했다.

혼란스러워하는 이안의 눈을 확인한 백화는 색을 잃어가는 입술을 움직여 나지막이 물었다.

"이안 씨가 생각해 봐."

"……."

"나를 구하기 위해 이안 씨가 할 수 있는 일이 뭔지 혼자 잘 고민해 봐."

이제야 조금은 알 것 같다. 그녀가 굳이 차가운 물 안에서 버티며 고집을 부리는 이유를.

"지금까지 했던 것처럼 나 버리고 여기서 나갈 거예요?"

"……."

"아니면 수도관 끊어보겠다고 보이지도 않는 곳에 혼자 숨어 들어갈래?"

재차 이어지는 질문의 정답도 이제는 분명히 알 것 같다.

내 몸도 얼음장처럼 차가워. 어쩌면 너보다 더 차가울 지도 몰라. 나는 쏟아지는 시련을 다 막아줄 자신도 없고, 너의 한 몸 다 가려줄 만큼 넓은 등을 가진 것도 아니야. 혹시나 내가 너를 더 차갑게 만들까 봐 미칠 만큼 불안해.

그래도…….

"안아……줄까."

아무리 내가 그렇게 형편없는 사람이라 하더라도.

"이리 와, 내가 안아 줄게……."

드디어 백화를 밀어내기만 했던 이안의 두 팔이 그녀를 품었다. 그녀의 가슴은 얼음장처럼 차가운 그의 몸과 맞닿았고 냉기 속에 감춰진 온기를 나누었다.

껴안아주는 일이 근본적인 문제를 해결해 주지는 않겠지만 이안은 점점 따듯해지는 그녀의 몸을 느끼며 함께 버티는 것의 의미를 깨닫는다.

차가운 물이 쏟아지든 위태로운 폭주가 덮쳐오든, 너를 안고 있는 이상 쓰러지지는 않을 것 같아. 나 너를 지키기 위해서라도 버티는 데까지 버티고 싶어.

"미안해…… 혼자 둬서."

이안은 수없는 고백대신 작은 속삭임을 흘려보냈다. 가만히 안겨 있던 백화는 한결 부드러워진 목소리로 물었다.

"그럼 이제…… 내가 어떻게 해 주면 좋겠어요?"

그러자 방금 전까지만 해도 제발 놓아 달라 떠나 달라 애원하던 그는 그녀를 안아 넣은 두 팔에 힘을 주며 보챈다.

"너도 나를 안아 줘."

"……."

"그리고 놓지 말아 줘……."

그 말을 다시 듣기까지 참 먼 길을 돌아왔다.

서로가 함께 있어주지 않으면 더 나약해지고 더 외로워질 뿐이었는데, 왜 그리도 떨어지려 했었는지 이제는 잘 모르겠다.

겁이 많고 마음 여린 그 남자는 이제야 그녀가 얼마나 자신을 강하게 만드는 존재인지 깨닫는다. 감정적이고 매사에 격한 그 여자는 이제야 그가 얼마나 자신을 따뜻하게 만드는 존재인지 깨닫는다.

이런 내가 감히 당신을 떠나려했어. 감히 당신을 잊으려 했어.

전해 주기조차 미안한 마음을 담아 그들은 잠시 서로를 떼어 냈다. 그러고는 입술로 다시 서로를 마주했다.

씁쓸했던 시간을 보상하듯 달콤하게 엉기는 혀끝에 그들은 아픔조차 잊었다. 붙잡아 안을수록 따뜻해지는 서로의 살결에 마음이 금세 설레어버렸다.

죽었던 심장이 뛴다. 거짓말처럼 요란하게.

"봐, 이안 씨는 내 옆에 있을 때 가장 사랑스럽잖아……."

"응……."

그래, 믿기지 않게도. 너와 나는 다시 사랑을 한다.

"벌써 열 시네."

시계를 확인한 태양은, 오늘 밤 그녀가 돌아오지 않을 걸 확신했다. 떠나 있는 사람은 아직 아무런 말이 없었지만 떠나보낸 사람은 직감적으로 알 수 있었다.

태양은 백화를 위해 줄곧 켜두었던 대문 앞 조명을 제 손으로 꺼트렸다.

"바깥 불은 왜 꺼? 백화 못 온다고 전화 왔어?"

거실 소파에 앉아 텔레비전을 보던 삼촌은 의아해하며 물었지만 태양에게는 딱히 할 수 있는 대답이 없었다.

"아마도요. 중요한 약속이 있다고 했으니까."

그래서 되는 대로 적당한 말을 뱉어 냈다. 이런 거짓말을 하게 될 거라고는 상상도 하지 못했었는데, 그녀를 위한 변명은 생각보다 아프지 않았다.

아무래도 그의 아픈 짝사랑엔 딱딱한 딱지가 내려앉은 모양이다. 모든 걸 다 털어 낸 지금에 와서야 겨우.

"하여간. 걘 놀았다하면 매번 외박이야."

삼촌은 백화에게 핀잔을 날리며 다시 텔레비전 화면을 주시했다. 그건 주고받던 대화가 끝났다는 것을 의미했지만 태양은 그 자리에서 미동도 하지 않았다.

꼭 중요한 용건이라도 있는 것처럼 삼촌을 바라보는 시선에는 망설임이 가득하다.

"왜, 할 말 있어?"

눈치가 빠른 삼촌은 태양 쪽으로 다시 고갤 돌려 넌지시 물었다. 그러자 늘 어른스럽던 그 아이가 아이처럼 망설이며 뱉어 내는 말은.

"저…… 부모님한테 돌아갈까 해요."

순간 삼촌의 얼굴에 놀란 기색이 서렸다. 그가 아는 태양은 언제나 혼자 남겨져 있던 아이였고 외로움이 너무 많아서 외로운 줄도 모르던 아이였다.

그런 그 애를 친조카처럼 아끼던 삼촌으로서는 가족의 울타리 안으로 돌아가겠다는 태양의 선택이 내심 반갑게 느껴졌지만, 며칠 전까지만 해도 매정히 굴었던 모습을 기억하고 있기에 어쩐지 걱정스러웠다. 일부러 본심과 다른 선택을 하는 것 같아 불안하기만 했다.

"선호가 막무가내로 오라 그러더냐?"

"저 아버지가 말 안 듣는 거 잘 아시면서."

"그럼 왜 가려는 건데?"

"……."

"정말 가고 싶은 거 맞아?"

삼촌은 태양의 안색을 살피며 조심스러운 질문을 재차 던졌다. 태양은 잠시 할 말을 정리하듯 입술을 닫고 있다가 곧이어 흐린 목소리를 꺼내놓았다.

"이제 그만 하려고요."

떠나려는 이유는 그게 전부지만 아마 그는 이해하지 못할 것이다. 하지만 태양은 가라앉은 눈동자로 그를 바라보며 한 번 더 같은 대답을 한다.

"고집 부리는 건, 이제 여기서 그만 하려고요."

주지 못하고 그저 품기만 하는 사랑은 시간이 길어지면 길어질수록 거추장스러워질 뿐이니까. 이제는 더 이상 해 줄 수 있는 일도 바칠 수 있는 시간도 남아 있질 않으니까.

태양은 미련으로 버티고 있던 자리에서 떠나보려 한다.

그래, 지긋지긋한 짝사랑을 혼자만의 첫사랑으로 마무리 지으려 한다.

—이쪽은 모든 정리가 끝났습니다. 그쪽도 출발 시간에 늦지 않게 알아서 준비하세요.

전화기 너머에서 들려오는 그 사람의 목소리에 원의 눈동자가 또렷한 빛을 냈다. 그는 간단한 스케줄이 적힌 달력을 확인하고는 망설임 없는 대답을 했다.

"나도 떠날 준비는 끝냈어. 지금 출발해도 상관없을 정도야."

떠나는 사람 특유의 아쉬움도 없이 들떠 있는 목소리는 C7을 불안하게 만들었다. 그건 떨리는 눈빛에 그대로 드러났지만 원은 조금도 신경 쓰지 않고 통화를 이어나갔다.

―다시 한 번 말씀드리지만, 이제 당신과 이안 님의 인연은 끝입니다.

"알아, 알아."

―저는 델타 돔에 도착하자마자 시공간 이동장치부터 전부 파괴할 테니, 혹시나 허튼짓할 생각은 마세요.

"응. 안 해, 안 해."

시공간 이동장치를 파괴하는 순간부터 그의 삶은 영원히 델타 돔에 갇히게 될 텐데. 어떤 탈출구도 없이 멸망하면 멸망하는 대로 사라져 버려야 할 텐데.

그 사람을 손에 넣었다는 희열은 원의 이성적인 사고를 모조리 망가트렸나보다. 그래서 지옥과 다름없는 미래마저도 그에게는 그저 향긋한 꽃밭으로 보이는 모양이다.

"아, 있잖아. 도착하면 너한테 새로운 혈통코드를 줄게. 니가 원하는 것으로."

―…….

"나보다 높아도 상관없어. 아, 말 나온 김에 A1은 니가 가질래? 원래 너의 자리는 가장 높은 곳이어야 했잖아."

—…….

원은 목숨까지 내어 줄 기세로, 신이 난 목소리를 멈추지 않았다.

하지만 그 사람은 아무런 대답도 하지 않았고 겨우 들리는 숨소리만으로 듣고 있음을 알려 줄 뿐이었다.

그런데도 원하는 반응을 돌려받은 것처럼 원은 서슴없이 뒷말을 잇는다.

"델타 돔에 돌아가면 날 밑으로 둬, Z999. 너를 위해선 뭐든 다 해 줄게."

—하아…….

일방적으로 쥐어지는 무거운 마음에 그 사람은 낮은 한숨을 터트렸다. 그리고 이내 지친 목소리를 한탄하듯 흘려보냈다.

—당신이 제게 원하는 것이 뭔지…… 전혀 모르겠네요.

원은 대답하려 입술을 움직였지만, 그는 기다려 주지 않았다.

—이만 끊겠습니다.

본론을 모두 꺼낸 지성은 짧은 한 마디를 마지막으로 전화를 끊었다. 무어라 말을 이어가려던 원에게 남은 건 규칙적인 기계음이 전부였다.

하지만 원은 손에서 수화기를 내려놓지 못하고, 그 사람을 마음으로 되새겼다.

늘 결핍되어 있던 삶을 채워주었던 유일한 사람. 그토록 갈구하던 '힘'을 실감하게 해 준 위대한 존재.

그 사람은 원에게 있어 신과 다름없었다. 그러니 11년 전 A존을 폭파시켜 버렸던 끔찍한 일도, 다른 이들에게는 학살이었겠지만 원에게는 응징이었다.

감히 그를 기만하고 멸시한 자들을 향한, 처절한 응징.

"내가 너에게 원하는 것······."

수화기를 내려놓기 전, 원은 그 사람이 중얼거렸던 말을 떠올렸다. 그리고 차마 닿지 못할 대답을 했다.

"넌 그냥 있어주기만 하면 돼. 너의 자리에서."

너 하나를 위해서 나는 모든 것을 파괴했고 이제는 복종할 준비도 되어 있어.

나는 널 온 맘 다해 바라볼 수만 있다면 너의 개가 되어도 상관없어. 그러니 너는 내가 준비한 최고의 자리에 앉아서.

"내가 널 동경하도록 허락해 줘. 너는 나의 신이니까······."

아직 새벽의 공기가 가시지 않은 이른 아침.

저 먼 골목 끝에서부터 구두소리가 들려왔다. 파란 대문 앞에 주저앉아 있던 태양은 가까워지는 인기척에 고개를 들었고 한참 동안 기다렸던 그 사람의 얼굴을 확인했다.

"최태양?"

오늘따라 유독 하얀 빛을 띠는 그녀는 그를 한눈에 알아보고 발걸음을 재촉했다. 태양은 자리에서 몸을 일으켜, 담담한 목소리로 대답을 한다.

"어. 이제 오냐."

손에 닿을 거리까지 가까워진 백화의 얼굴은 다행히도 생기를 되

찾은 상태였다. 그건 누가 봐도 마음의 짐을 덜어놓은 것처럼 보였
지만 태양은 그래도 질문을 던졌다.

"강이안 붙잡는 건 성공했어?"

"응. 잘 해결했어. 그동안 혼자 얼마나 끙끙 앓고 있었는지, 긴장
풀리자마자 기절하듯이 자더라."

"그렇게 금방 화해할 거면서 괜한 사람 걱정시키기나 하고."

"아, 그러게 말이야……."

반짝이던 백화의 눈빛이 태양의 혼잣말을 듣자 무겁게 가라앉았
다. 이미 태양에게 깊은 죄책감을 갖고 있는 그녀는 이안으로 인해
행복해하는 것조차 조심스러운 모양이었다.

그런 그녀를 위해 태양은 보란 듯이 입꼬리를 들어 올렸다. 그러
고는 일부러 물어보지도 않은 말을 한 발 앞서 뱉어 냈다.

"난 바람 쐬러 나왔어. 방금 일어났거든."

"아…… 그래?"

백화는 태양의 변명을 온전히 믿지 않았다. 그는 지금껏 백화의
귀가가 늦어질 때마다 바로 이 자리에서 하염없이 기다려주던 사람
이었으니까.

"태양아."

백화는 낮은 목소리로 태양의 이름을 불렀다. 태양은 대답대신
눈썹을 들어 올려 뒷말을 보챘다. 그러자 잠시 머뭇거리던 그녀는
어렵게 입술을 떼어 낸다.

"다 니 덕분이야."

너의 도움으로 그 사람을 되찾을 수 있었다는 말을 해도 되는지,

확신은 잘 서지 않지만.

"너 아니었으면 난 용기도 내지 못했을 거야."

백화는 그 말을 하면서도 혹시나 그가 아파하진 않을까 걱정했다. 하지만 그럼에도 불구하고 굳이 진심을 전하는 이유는 떨어진 지갑만큼이나 비참했을 그 아이의 노력을 모른 척하고 싶지 않아서였다.

"그래."

돌아오는 태양의 대답은 그저 담담했다.

백화는 조심히 시선을 들어 올렸고 버릇처럼 태양의 안색을 살폈다. 그 아이의 눈빛엔 서러운 감정도, 쓰라린 감정도 담겨 있지 않았다.

그는 담담한 얼굴로 가만히 그녀를 바라보기만 했고 이내 중요한 이야기를 꺼내려는 듯 가벼운 한숨을 내쉬었다.

"할 말 있어?"

백화가 형식적으로 묻자 태양은 곧바로 대답한다.

"어."

그러고도 한참 동안을 그녀의 눈동자만 마주 보고 있다가 나직한 목소리를 이어낸다.

"나 이번 학기만 마치면 미국 가려고."

"뭐?"

예상치 못한 소식에, 백화의 눈빛이 크게 흔들렸다.

"지금…… 갑자기 그게 무슨 말이야?"

쉽게 받아들일 수 없어서 날이 선 목소리로 되물으니 태양은 오히려 더욱 태연한 음성으로 설명을 덧붙였다.

"고민한 지는 꽤 됐는데 결정을 내린 건 얼마 안 됐어. 학교도 옮기고, 새로운 것도 배워보려고."

"그래도 하던 일들이 있잖아."

"하던 일 뭐."

"검도. 누구보다 열심히 한 걸 내가 아는데……."

이 순간, 백화는 마음이 불안하다. 지금껏 태양에게는 못된 짓들만 잔뜩 저질렀는데 혹시 그의 결정이 상처받기도 지쳐서 섣불리 내려버린 포기일까 봐 두렵다.

그러나 태양은 백화의 마음을 아는지 모르는지 장난스러운 미소를 띤 채 태연하게 말했다.

"그거 어차피 너 때문에 시작한 거였어."

"뭐?"

"니 첫사랑. 기억 안 나?"

태양이 불쑥 뱉어낸 '첫사랑'이라는 오랜 단어에 그녀는 잊고 있던 예전 기억 하나를 떠올린다.

어린 시절 그녀의 첫사랑은 검도 학원을 같이 다니던 중학교 3학년 선배였고, 그녀는 그 뒤로도 한동안 검도하는 남자를 참 좋아했었다.

그러다가 태양이가 한 열여섯 살 때쯤이었을까.

'내 첫사랑이 검도학원 오빠여서 그런지, 난 남자가 검도하
면 그렇게 설레더라.'

텔레비전에 나오는 검도 경기를 보면서 그녀는 옛 첫사랑을 회상

했고, 잠깐 고민하던 태양은 작은 목소리로 물어 왔다.

　'너 이상형이 검도하는 남자냐?'

　'이게 자꾸! 누나보고 너래!'

　'대답이나 해. 검도하는 남자가 이상형이냐고.'

그때 그녀는 그 아이의 질문을 깊게 생각하지 않아서.

　'응. 검도하는 남자가 최고지.'

단순한 마음으로 확신에 찬 대답을 했다. 태양은 그날 아무런 대꾸를 하지 않았지만, 머지않아 그 애는 검도를 배우기 시작했던 것 같다.

그래, 생각해 보면 너는 내게 마음을 고백하기 훨씬 오래전부터 나의 곁을 맴돌고 있었다.

"내일 나 검도 그만 두겠다고 말할 거야."

"……."

"그리고 너한테도 그만 매달릴 거야."

"태양아……."

"시작은 널 위해서였어. 그래도 끝은 날 위해서야. 그러니까 괜히 미안해하지 마."

태양은 기나긴 시간 동안 애 닳게 바라봐 왔던 그녀를 향해 굳은 다짐을 뱉어 냈다. 그 말을 들은 백화는 마음이 복잡한 듯 긴 머리를 쓸어 올렸고 이내 흐린 목소리를 흘려보냈다.

"너한테는 무슨 말을 해야 할지 모르겠어……."

미안하다는 말 밖에 떠오르지 않는데 그 말을 할 염치도 더 이상은 없는 것 같아.

결국 백화는 죄책감 가득한 얼굴을 아래로 떨어트렸다. 태양은 한동안 고요한 숨만 내쉬며 가만히 서 있다가 조심스럽게 손을 뻗어 그녀의 어깨를 감쌌다.

　　그리고 말한다.

　　"그럼 내가 듣고 싶은 말 좀 해 줘라."

　　"……."

　　"나 이대로 끝나기 전에 마지막으로…… 너한테 꼭 듣고 싶은 말이 있어."

　　넌지시 건네지는 태양의 부탁에 백화는 다시 그의 눈을 마주했다. 그녀는 지금 모든 걸 정리하려는 그를 위해 무엇이든 해 줄 준비가 되어 있는 상태였다.

　　"무슨 말을 듣고 싶은데? 뭐든 해 줄게."

　　그래서 보채는 듯 물으니 그는 보기 좋게 씨익 웃어 보였다. 그러고는 이내 마지막이 되어 버릴 부탁을 그녀의 앞에 꺼내놓았다.

　　"수고했다고 말해줘."

　　아무리 내 마음이 당신에겐 보잘것없었어도. 내가 준 감정들이 너의 눈에 보이지 않았어도. 처절하게 달려왔지만 단 하나도 얻지 못하고 되돌아가는 내 사랑을 위해서 마지막으로 딱 한 번만.

　　"수고했다는 말 한 마디만 해줘."

　　"……."

　　"난 그거면 돼."

　　태양의 바람을 들은 백화의 눈빛이 파르르 떨려 왔다. 그건 분명 울컥하고 터져 나오려는 울음기였지만 그녀는 애써 식혀보려는 듯 크게 심호흡을 했다.

그러고는 입고 있던 코드 주머니를 뒤적여서 이안의 현관문 밑에 애처롭게 떨어져 있던 지갑을 꺼내주며.

"수고했어."

그녀는 그가 그토록 듣고 싶어 했던 말을 한다. 다음엔 전하고자 하는 그녀의 진심을 덧붙인다.

"그리고 정말 고마워. 태양아."

고맙다는 말, 한동안 정말 간절하게 원했었는데. 숨겨왔던 내 마음을 전부 꺼내서 건네줄 때 나는 당신이 내가 가장 좋아하는 미소를 지으며 고맙게 받아주길 바랐었는데.

아이러니 하게도 나는 당신에게 줬던 내 마음을 거둬갈 때에서야 겨우 고맙다는 말을 듣는다. 나는 짧게 고개를 끄덕이며 되가져온 마음을 씁쓸히 정리한다.

"들어가라. 춥다."

"너는?"

"난 바람 조금 더 쐴래."

"알았어. 그럼 나 먼저 갈게."

당신은 나를 향해 가벼운 인사를 하고 그렇게 내 곁에서 멀어진다. 당신에게 닿지 못한 나의 마음은 이렇게 끝을 맺었고 당신은 나의 첫사랑이 되었다.

혼자서만 품었던 마음이라, 우리가 사랑했던 흔적은 어디에도 없다. 그러나 분명 내 사랑은 당신 곁에 머물러있었고 나는 당신을 사랑했다.

다른 사람에게만 향했던 눈동자, 아픈 말만 내뱉었던 입술, 나를 밀어냈던 두 손, 나를 아프게만 만들었던 당신의 마음까지도 전부.

　나는 당신을 남김없이 사랑했다.

　그래, 대접받지 못한 내 사랑도 분명 사랑이었다.

17 장
너를 위해 해 줄 수 있는 일

오랜만에 찾아온 온화한 일상이었다.

"우유 좀 더 드릴까요?"

"어. 그래."

"따듯하게 데워드려요?"

"아니, 그건 됐어."

지성은 다소 늦은 이안의 아침식사를 분주히 챙기고 이안은 여유롭게 식탁에 앉아 샌드위치를 우물거리는 평소의 아침 풍경.

대화가 많은 건 아니었지만 분위기만큼은 언제 얼어붙었었냐는 듯 따듯했다. 마치 단 한 번도 서로로 인해 힘들지 않았던 것처럼 스치듯 주고받는 시선은 평화롭기까지 했다.

"식사 속도가 빠르시네요. 그러다 얹히겠어요, 이안 님."

지성은 앉은 지 오 분도 채 되지 않아 커다란 샌드위치 하나를 없애버린 이안에게 타이르듯 말했다.

　그러자 이안은 입 안에 있던 음식물을 한 번에 삼켜 버리고 다소 들뜬 대답을 했다.

　"내 여자랑 데이트하기로 했어."

　"몸도 아직 다 안 나으셨잖아요."

　"그래도 보고 싶어서."

　"와, 보통은 재결합하고 한참 동안은 서먹하다고 하던데. 이안 님은 그저 애정이 샘솟나봅니다."

　지성의 목소리는 꼭 놀리는 것 같았지만 이안은 그의 미소에서 안도를 느꼈다.

　내가 걱정을 많이 시키긴 시켰나보다. 오늘의 너는 평소보다 훨씬 더 기뻐하는 것 같아.

　"다 먹었어. 설거지 부탁해."

　이안은 깨끗이 비운 빈 접시를 지성에게 건네주었다. 오랫동안 당연히 해온 행동이었다.

　하지만 지성은 곧바로 넘겨받지 않고 물끄러미 이안을 바라보았다.

　"왜."

　그런 그를 향해 이안이 짧게 묻자, 지성은 부드러운 눈웃음을 지으며 답했다.

　"이안 님이 치우세요."

　"뭐?"

"한 번도 안 치워보셨잖아요. 이런 거."

"하지만 나 지금 나가야 하는데……."

"고작 접시 하나니까 시간 오래 안 걸려요."

예상치 못한 지성의 부탁에 이안의 눈동자가 흔들렸다. 그는 당황한 듯 미간을 좁혔고 이해 안 된다는 말투로 되물었다.

"나는 그런 거 못 하는데?"

"왜요? 저를 위해 해 주는 게 언짢으세요?"

"아니, 한 번도 해본 적 없어서 그래."

"무슨 일이든지 처음엔 두렵고 어렵습니다. 그러니 부담 갖지 말고, 괜히 겁먹지도 마세요."

약한 소리를 하면 별수 없다는 듯 봐줄 줄 알았는데. 이안에게 내뱉은 지성의 목소리는 단호했고 맞닿은 시선은 조금의 자비도 없었다.

결국 마지못해 접시를 받아든 이안은 느린 걸음으로 싱크대 앞에 섰다.

"손으로 해?"

"아니요. 거기 노란 수세미로요. 병에 담긴 세제도 묻히셔야 합니다."

"물이 먼저야, 세제가 먼저야?"

"접시를 물로 한 번 씻어주는 게 먼저입니다."

"근데 씻는 건 수세미로 하라며."

"……."

"그럼 다시 수세미에 물이 먼저인지, 세제가 먼저인지 고민하게 되잖아."

제대로 시작하기도 전에 이안은 뜻밖의 난관에 부딪혔다. 정말 아무것도 모르는 이안을 향해 지성은 긴 한숨을 내쉬었다.

그 반응이 탐탁지 않았던 이안은 제법 사나운 목소리로 따지듯 말했다.

"나 너 설거지 하는 거 제대로 본 적 없어. 그런데 갑자기 시키기만 하면 나 혼자 어떻게 해."

"……."

"옆에 서서 알려 주기라도 하든가."

언뜻 들리기엔 불평이었지만 이안에게는 간절한 애원이었다. 이안은 지성이 곁에 설 수 있도록 한 발 옆으로 물러났고 장화 신은 고양이 같은 눈빛으로 그를 바라보았다.

"혼자 하세요."

하지만 이번에도 역시 지성은 흔들리지 않았다.

"그래도……."

"이제부턴 조언도 드리지 않을 테니, 어떻게든 해 보세요."

번번이 도움요청을 거절당한 이안의 어깨가 점차 서운하게 내려갔다. 그는 매정한 지성에게서 시선을 떼어냈고 결국 다시 싱크대 앞으로 걸음을 옮겼다. 서툰 설거지를 하는 이안의 손길은 하기 싫은 마음만큼 느리고 답답하기만 했다.

지성은 그 모습을 한동안 지켜보았고 이내 숨겨왔던 비장의 카드를 꺼내 들었다.

"설거지랑 요리 잘하는 남자는 부인한테 사랑 받는답니다. 이안 님."

이안은 그에게 무시당했던 만큼 똑같이 무시해 주고 싶었다. 하지만 백화에게 사랑받고 싶다는 욕심은 그의 대쪽 같은 자존심마저도 허물어지게 만들었다.

"하면 될 거 아냐. 하면."

이안은 탐탁지 않은 대답을 하면서도 수세미를 꽉 쥐어들었다. 지나치게 단순한 건 걱정스럽지만 저런 성격이라면 어디서든 미움받진 않을 것 같아 마음이 놓인다.

지성의 입가에 미소가 없었다. 뒤돌아 있는 이안은 눈치채지 못하겠지만 어딘가 공허하고 서러워 보이는 씁쓸한 웃음이었다.

"정말? 오늘 이안 씨가 설거지를 하고 왔어요?"

카페 문을 열고 들어서며 백화는 이안에게 놀란 목소리로 되물었다.

"응."

이안은 일러바치기라도 하듯이 곧바로 대답했고 미간을 좁히며 또 다른 불만을 덧붙였다.

"그리고 말도 안 되는 고집을 부렸어."

"무슨 고집?"

"그냥…… 이상한 거."

이안은 뒷말을 뭉뚱그리면서 귓바퀴에 부착된 이어커프형 언어 통역기를 매만졌다. 이건 사람들과의 의사소통을 도와주는 가장 중요한 장치였지만 지성은 외출하려는 이안을 붙잡고 터무니 없는 요구를 했다.

'그거 빼고 가세요. 오늘은.'

'언어통역기?'

'네. 그거 빼세요.'

'안 돼. 이거 없으면 말은 어떻게 하고, 글씨는 어떻게 읽어.'

이안은 그것만은 안 된다는 표정으로 완강한 거부의사를 내비쳤다. 그러자 지성은 자신의 귀에 달린 언어통역기를 먼저 제거했고 주저 없이 입을 열었다.

'하셔야 합니다. 델타 돔의 기술 지원을 받지 않아도 다른 사람들이랑 말을 하고, 글씨도 읽을 수 있으셔야 합니다.'

언어통역기의 도움이 필요 없을 만큼 유창한 지성의 언어능력.

평소 같았으면 대단하다고 생각했을 이안이었다. 하지만 오늘은 바쁜 와중에 무리한 요구를 하는 지성이 이상하게만 느껴져서 그는 언어통역기를 빼지 않고 집을 나서버렸다.

싸우려는 의도는 아니었다. 하지만 오늘의 그 애는 순순히 받아들이기에는 낯설었다.

"이안 씨, 뭐 마실래? 바나나스무디?"

"나 바나나 싫어해."

"아, 맞다. 그럼 다른 거 마셔 봐요. 아이스티 같은 거."

카운터 앞에 선 백화는 턱을 움직여 위쪽에 부착된 메뉴판을 가리켰다. 이안은 수많은 글씨 중에서 '아이스티'를 찾으려다가 문득 시선을 멈추었다.

현관문을 닫기 전에 들려왔던 지성의 혼잣말이 불현듯 생각나서였다.

그 목소리에 슬픔만 느껴지지 않았더라면 이안은 지성의 말을 가슴에 담아두지 않았을 거다. 하지만 귓속을 파고든 그의 음성에는 평소와 다른 미묘한 무게가 느껴져서.

"잠깐만."

이안은 결국 한 번도 뺀 적 없었던 언어통역기를 떼어 냈다. 그러고는 이곳으로 와 처음으로 직접 언어를 받아들이기 시작했다.

방금 전까지만 해도 친숙했던 글자들은 마구잡이로 휘갈겨 놓은 낙서처럼 이해되지 않는다. 주변 사람들의 대화도 말소리가 아닌 시끄러운 소음처럼 들릴 뿐이다.

백화는 갑자기 흔들리는 이안의 눈빛을 보며 무슨 말을 했지만 그는 한 마디도 이해하지 못했다. 마치 낯선 곳에 떨어진 이방인처럼, 이안의 세계는 순식간에 엉망이 되어 버렸다.

"아……."

이안의 입술 새로 결국 흐린 신음이 샜다. 그는 급한 손길로 언어통역기를 부착했고, 고개를 떨군 채 어지러운 이성을 다잡았다.

"정말 어디 아픈 거 아니에요? 증상이 어떤지 나한테 말해 봐."

지지직거리는 잡음 끝에 걱정 가득한 그녀의 목소리가 전해졌다. 불안하던 마음이 잔잔히 가라앉았고 혼란스럽던 세상이 다시금 편안해졌다.

이안은 떨구었던 고개를 들어 올렸고 그녀를 똑바로 내려다보며 대답했다.

"아이스티."

"응?"

"아이스티 마실래."

사실은 이렇게나 쉬운 말인데 혼자 힘으로는 왜 이렇게 어려운 건지. 훗날 델타 돔과의 모든 인연이 끊어지게 되면 나는 이제 어떻게 살아가야 하는 건지.

문득 해본 적 없던 걱정이 들었다. 이제야 지성의 의도를 어렴풋이 알 것만 같아서 그를 향한 불평이 거짓말처럼 녹아들었다.

너는 어쩌면 내가 이곳에 조금 더 자연스럽게 섞일 수 있도록 도와주려는 걸지도 모르겠다. 언제까지고 너의 도움만 바라는 건 무리일 테니까.

"있잖아."

이안은 조심히 입술을 떼어 말문을 열었다. 백화는 눈동자를 동그랗게 뜨고 그를 마주했고 이안은 뒷말을 이어 붙였다.

"나 많이 배우고 싶어."

"응? 뭘 많이 배워?"

"그냥 이것저것. 아직은 혼자서 할 줄 아는 게 많이 없으니까."

"그럼 지성 씨한테 알려달라고 하면……."

딱 거기까지 말을 꺼낸 순간, 백화는 기억 하나를 불현듯 떠올린다.

'제가 먼저 떠나야 해서 그래요.'

'이미 끝을 본 백화 님보다도…… 제가 먼저 가야합니다.'

생각해 보니 지성은 이별을 준비하는 것 같았는데. 이 사람은 그 걸 알고 있으려나.

백화는 이안의 안색을 살폈다. 찬란하게 빛나는 그의 보랏빛 눈 동자는 잔잔하긴 했으나 슬퍼하는 기색은 없었다.

그녀는 머릿속으로 할 말과 하지 못할 말을 정리했다. 그러고는 조심스러운 목소리로 물었다.

"이안 씨. 지성 씨가 무슨 얘기 안 해요?"

"무슨 얘기."

"음…… 그냥, 뭐. 의미심장한 얘기……."

빙 돌려 내뱉은 질문은 쉽사리 이안에게 닿지 못했다. 그는 이해 되지 않는 듯 미간을 좁혔다가 넌지시 되물었다.

"너한테 무슨 얘기했어?"

"응?"

"의미심장한 말했냐고."

이건 어쩌면 갑작스럽게 벌어질지 모를 이별을 준비시킬 수 있는 찬스였다.

"아니, 뭐…… 그런 건 아니고."

하지만 솔직하게 대답하지 못했다. 이안의 순수한 눈빛을 가만 히 마주하고 있자니 섣불리 나쁜 소식을 꺼내놓을 수 없었다.

그녀는 휘휘 고개를 저으며 거짓을 전했다.

"아무 말 안 했어요. 지성 씨가 사사건건 얘기하는 성격은 아니 잖아요."

이안은 잠시 의아한 눈동자를 그녀에게 두었다. 그건 방금 전의 질문을 곱씹고 있는 것이 분명했기에 백화는 카운터 쪽으로 고개를 돌리며 크게 혼잣말을 했다.

"나는 망고스무디 마셔야지! 이안 씨가 사 주려나?!"

"사 주긴 사주는데……."

"와, 우리 이안 씨 오늘 큰 턱 쏘네!"

"괜히 띄우지 마. 작은 턱이야. 이건."

대화 주제는 불안한 진실에서 아슬아슬하게 빗겨나가 일상으로 되돌아왔다. 백화는 평온해진 이안의 숨결을 느끼며 남몰래 가슴을 쓸어내렸다.

물론 피한다고 해서 해결될 문제가 아니라는 건 알고 있다.

하지만 지금이 아니라도 기회는 있겠지. 조금 더 안정을 되찾은 후에 얘기해도 되겠지.

그렇게 안일한 생각만 하며 백화는 이안의 손을 살며시 감싸 쥐었다.

"이안 씨 손은 항상 따듯해서 좋아."

그녀가 넌지시 흘려낸 말에 이안의 시선이 웃음기를 띠었다. 그는 맞닿은 손끝에 힘을 주었고 나직한 목소리로 속삭이듯 말했다.

"그럼 매일 잡고 있어."

"잡혀줄 거야?"

"응."

던져진 질문에 비해 돌아온 이안의 대답은 제법 진지했다.

그래, 붙잡고 있으면 된다고 생각한다. 아무리 불안하고 절망스럽더라도 꼭 잡은 이 손만 놓치지 않으면 된다고 생각한다.

백화는 그를 마주 보며 기쁘게 웃었다. 머지않아 따듯한 웃음기가 달콤하게 되돌아왔다.

그야말로 완벽한 일상이었다. 이런 날이 영원히 되풀이된다고 해도 이상하지 않을 만큼.

PM 04:00 펜트하우스

그는 집을 정리하기 시작했다.

딱히 정을 붙인 공간은 아닌지라 치울 게 별로 없을 줄 알았는데, 생각보다 집안 곳곳에 그의 흔적은 많았다. 하나둘 치우다보니 준비해 둔 커다란 쓰레기봉투는 벌써 반이나 채워졌다.

그는 주방 찬장을 차가운 손끝으로 훑어 내리며 자신의 그릇만을 골라냈다.

컵 하나, 밥그릇 하나, 그리고 수저 하나.

많이 나오진 않았다. 하지만 함께 쓰던 자리에서 그의 물건만 꺼내놓으니 따듯한 온기가 감돌던 주방은 금세 외로워져 버렸다.

'컵은 많을수록 좋으니까 남겨 둘까.'

그는 잠시 고민했지만 이내 마음을 고쳐먹었다.

11년 전, 섬겨오던 주인을 뒤로하고 떠날 때에도 모든 흔적을 정리했던 그였다. 한 번도 머무르지 않았던 것처럼 치워주는 건 남겨지는 사람에 대한 예의라고 생각한다.

혹시 내가 다시 이 자리로 돌아오지 못하게 된다면 나의 물건을 버리는 일은 모두 당신의 몫이 될 테니까.

당신은 마음이 여려서 내가 사라졌다는 사실을 받아들이지도 못할 것이다. 언제까지고 내 물건만 미련하게 지키며 나의 흔적만 고문처럼 되새기고 있을 것이다.

그러니 하나도 남겨 두지 않고 정리하는 것이 낫다. 차라리 내가 돌아와서 도로 채워두는 편이 훗날에는 더 좋다.

흔들렸던 마음이 다시 정리됐다.

자신의 물건을 거두는 그의 손길이 조금 더 빨라진다.

PM 05:00 번화가

"정말 이거 사게?"

그녀의 물음에 이안은 고개를 끄덕였다. 그의 손에 수줍게 들려 있는 건 다름 아닌 정신없이 춤을 추는 강아지 인형이었다.

백화는 망설임 없이 지갑을 꺼내는 그를 향해 탐탁지 않은 혼잣말을 중얼거렸다.

"난데없이 장난감은 왜 사는 거야……."

"장난감 아니야. 장식품이야."

"장식품? 어디다가 장식해 둘 건데?"

"한지성 책상. 저번에 화분 하나 올려두고 싶어 했거든."

"그럼 화분을 사줘야 하는 거 아닌가?"

"화분은 재미없잖아. 인형이 낫지."

그건 어디까지나 인형을 좋아하는 당신의 생각인 것 같은데 말입니다.

백화는 지성을 위해서라도 진지하게 말려야 하나 고민했다. 하지만 지폐를 지불하는 이안의 표정은 유달리 들떠보여서 굳이 초를

치지는 않기로 했다.

현명하고 자비로운 지성이라면 괜한 걸 사왔다고 나무라는 대신 억지로라도 고마운 척을 해 줄 것만 같다.

"지성 씨는 좋겠다. 이안 씨가 선물 사 줘서."

"그런가."

"당연하지. 그동안 지성 씨한테 뭐 선물한 적 없지 않아?"

백화는 별 뜻 없이 한 말이었지만 이안은 제법 진지한 눈빛을 띠었다.

생각해 보니 나는 단 한 번도 너한테 무언가를 사 줘본 적이 없었던 것 같아. 항상 너만 이것저것 사들고 왔었지.

"응. 없어. 이게 처음이야."

이안은 가볍게 고개를 끄덕이며 대답했다. 그러고는 봉투에 담아 건네는 인형을 조심히 받아 들었다.

손끝에 은근한 무게가 느껴지자 마음 한 편이 흐뭇해졌다. 그의 방을 선물로 채우는 일이 이렇게 기쁠 줄 알았다면 진작 이것저것 챙겨줄 걸 그랬다.

"그러고 보니 벽시계도 사야겠어. 그 애 방에 시계가 없거든."

"오늘 지성 씨 방 꾸며 주기로 작정한 날이에요?"

"응, 얼마 전에 방 청소했는지 뭔가 텅 비어보여서 기분이 좀 그래."

그의 선물 센스를 아는 백화는 걱정이 앞섰지만 그가 나름대로 마음을 표현하는 법을 배워나가고 있는 것 같아 흡족해졌다.

첫 시도에 시행착오는 당연하다. 실수조차 기쁘게 받아주는 사람이 있는 한, 서툰 마음이라도 내비치는 게 백 번 낫다고 생각한다.

백화는 이안 몰래 대견한 미소를 지었다. 매대 앞을 떠나는 이안의 발길이 어쩐지 가벼워졌다.

PM 06:00 펜트하우스

사각사각 소리가 고요한 집 안을 메웠다.

하얀 종이들 위에 정갈한 글씨를 새겨 넣던 그는 마지막 마침표를 찍으며 연필을 내려두었다. 일방적인 통보만 잔뜩 적혀 있는 그건 안내문과 다름없는 손편지였다.

감정은 최대한 배제했다. 어떤 감정을 담아 넣든, 남은 사람들은 힘들어할 것이 분명했기에. 하지만 다시 읽어보니 어쩐지 아쉬움이 묻어 나오는 것 같아 그는 몇 문장을 고쳐 썼다. 지운 자리가 너저분해졌다.

그는 두 장의 편지 중 한 편지를 반으로 고이 접어 거실 테이블 위에 조심스레 올려두었다. 그리고 또 다른 편지 하나는 머지않아 입고 나갈 코트 안주머니에 챙겨 넣었다.

모든 준비를 마친 그는 마지막으로 텅 빈 집 안을 둘러보고, 현관 앞에 쌓여 있는 짐들을 체크했다.

지잉—

휴대폰에 문자 도착을 알리는 진동이 울렸다. 그제야 그는 아직 통신 서비스를 해지하지 못했음을 깨닫는다. 그는 곧바로 휴대폰을 꺼내 들고 통신사에 전화를 걸기 위해 액정을 켰다.

그러자 방금 도착한 문자 하나가 예기치 못하게 읽혀버렸다.

[너 선물 사서 집에 가는 중이야. 기대해. 명령이야.]

그는 떠나야 하는데 그 사람은 오겠다고 한다. 이미 일어나버린 이별을 예견하지 못하고 그저 하염없이 들떠만 있다.

그 사람의 기쁨을 망치고 싶지는 않지만 안타깝게도 그에게는 마지막 식사를 같이 나눌 시간조차 없었다.

그는 테이블 앞에 다시 앉았다. 그러고는 급한 손길로 연필을 쥐어들었다.

뒤늦게 터져 나온 마음이 메마른 글자들을 덮는다. 다시 채워지는 그의 편지에는 수습하지도 못할 미련이 가득 묻어 있었다.

그리고 몇 시간 후.

"미안. 늦었지."

펜트하우스의 현관문이 열리며 들뜬 이안의 목소리가 스며들어 왔다. 양손에 쇼핑백을 가득 든 채 집 안으로 들어선 그는 신발을 대충 벗어 두며 의기양양하게 말했다.

"일찍 오려고 했는데 지하철을 잘못 탔어. 아, 지하철을 왜 탔냐면 너 말대로 나도 할 수 있는 일을 늘려보려고……."

하지만 대답은 없었다. 불 꺼진 집 안에는 어떠한 기적도 없었다. 뒤늦게 공허한 내부를 확인한 이안은 잠시 말을 멈추고 두 눈을 깜빡였다.

"한지성?"

조심히 불러 봐도 돌아오지 않는 반응.

슬쩍 고개를 떨어트린 이안은 그의 신발이 사라졌다는 사실을 깨달았다. 아마도 그가 외출을 나간 모양이라고 생각하며, 이안은 아쉬움 담긴 혼잣말을 중얼거렸다.

"말도 없이⋯⋯."

그의 손에 꼭 들려있던 선물들이 거실 한편에 놓여졌다. 그리고 자리에서 일어나 형광등을 켜러 가려는데.

쿵―!

벽걸이 시계가 들어 있던 종이봉투가 옆으로 쓰러지는 바람에 요란한 소음이 났다. 깨졌다고 해도 이상하지 않을 크기였다.

"아."

이안은 혹시나 노심초사하는 얼굴로 다시 제자리에 주저앉았다. 그는 세심한 손길로 봉투를 뒤적였지만 시계보다 먼저 시선에 닿아온 건 테이블 위 하얀 종이 한 장이었다.

밤이 내려온 집 안이라 잘 보이지는 않았다. 그러나 달빛이 어렴풋이 비추는 한 문장은 뜻밖의 인사였다.

고마웠습니다.

이안은 편지로 보이는 그 종이를 잡으려 손을 뻗었다.

"⋯⋯어?"

그러다 문득 자신을 둘러싼 이질감을 느낀다. 소름처럼 끼쳐오는 이 감정은 무척이나 불안하고 불편하다.

이안의 불안한 눈동자가 평소와 다를 바 없어 보이는 내부를 살폈다. 이안이 주로 머무는 까만 소파, 이안이 즐겨 신는 슬리퍼, 이안이 혼자 쓰는 컵⋯⋯.

이안의 물건들은 하나도 **빠짐없이** 자리를 지키고 있는데.

"한지성……."

아무리 찾아도 그의 것은 없다. 마치 누군가가 가위질을 한 것처럼 그의 모든 것은 전부 깔끔하게 도려내져 있다.

아직 닫혀 있는 그의 방문까지 열어 확인해본 건 아니지만 굳이 그럴 필요는 없을 것 같다. 그 안이 얼마나 외로운 모습일지는 보지 않아도 떠올려낼 수 있으니까.

"아……."

이안의 입술 새로 흐린 신음이 흘렀다. 그는 떨리는 손을 마저 뻗었고 그 애가 남기고간 마지막 흔적을 조심스레 붙잡아 읽어 내려갔다.

이안 님께.

오늘 자정, 제가 델타 돔으로 돌아가면 이안 님과의 모든 인연은 끝이 나게 될 것입니다.

언어통역기도 쓸모없어지겠지만, 백화 님께 천천히 배우시면 금방 적응하실 수 있을 거예요.

거실 첫 번째 서랍 윗칸에 구급상자 있습니다. 아프면 약 챙겨 드시고, 간단한 요리법은 냉장고에 붙여뒀으니 꼭 끼니 잘 챙기셔야 합니다.

가전제품 사용 설명서는 전부 책꽂이에 꽂혀 있습니다. 항상 손조심하고, 뜨거운 것이나 날카로운 것은 특별히 더 조심히 만지고.

재정 관리에 관한 사항은 파일로 정리해서 식탁 위에 올려두었으니, 백화 님께 전달해 주세요.

마지막으로, 부디 행복하시길.

P.S 혼자 남겨둬서 미안합니다. 그리고 고마웠습니다.

흰 종이에 적힌 너의 글씨는 잔뜩 흐트러져 있다. 마지막 인사는 오로지 나에 대한 걱정뿐이라서 떠나는 걸음의 무게가 온전히 느껴진다.

이런 너라면 결국 멀리 가지 못하고 다시 되돌아올지 모른다. 지금껏 늘 그래왔듯이 이름을 부르면 눈앞으로 나타나 줄 것만 같다.

"한지성……."

이안은 편지에서 시선을 떼어내고 무거운 고개를 들어 올렸다. 그 사람의 존재는 어느 때보다 간절하게 마음을 울렸다.

이안은 다시 한 번 집안 구석구석을 살펴보았지만 그는 흔적조차 찾을 수가 없었다. 그 언젠가 어렴풋이 걱정했던 것처럼, 서러운 그의 곁엔 이미 아무것도 남아있지 않았다.

"하아, 하아, 하아……."

사람들이 발길이 닿지 않는 외진 골목. 대부분의 사람들이 정체를 알지 못하는 부스 앞으로 거친 숨을 몰아쉬는 이안이 도착했다.

이안은 급한 손길을 뻗어 부스의 녹슨 문을 열었고 내부의 장치들을 확인했다.

"제발……."

그는 필사적이었다. 그 어느 때보다 필사적으로 그 사람을 찾을 수 있길 바라고 바라는 중이었다.

하지만 이번에도 역시 시공간 이동장치에는 전원 자체가 들어오지 않았다. 이안은 그 자리에 힘없이 주저앉았다. 그는 서늘한 부스 안에서 한동안 설움 담긴 신음을 흘리다가 절망스러운 얼굴을 감싸 쥐었다.

약해지지는 않을 생각이다. 절대 무너지지 않을 생각이다. 니가 가고 있는 길이 어떤 모습인지는 나도 알지 못하지만, 함께 하자 말하지 않은 건 분명 내가 감당할 수 없을 거라고 생각해서일 테니.

나는 너에게 그 생각이 틀렸다는 걸 보여 주고 싶다. 나도 너의 고통을 감당할 수 있다고, 확인시켜주고 싶다.

"찾을 수 있어. 찾을 거야."

이안은 다짐 같은 혼잣말을 힘주어 내뱉었다. 그러고는 다시 똑바로 서서 정면으로 시선을 두었다.

이제 남은 장치는 딱 하나, 벌써 두 차례나 들어갔었던 폐건물 안 시공간 이동장치뿐.

그것은 원의 개인 소유물이라 타인은 작동시킬 수 없었다. 만약 지성이 원과 함께 떠나는 것이라면 충분히 사용될 가능성이 있었다.

물론 그렇게 된다면 지성이 자신이 아닌 원을 택했다는 이야기가 되겠지만 그의 선택엔 어떤 것이든 이유가 있을 거라고 생각한다. 그리고 그 이유는 그를 붙잡을 수 있는 방법이 될 거라 믿는다.

지이이잉— 지이이잉—

때마침 이안의 손에 들려 있던 휴대폰이 요란하게 몸을 떨었다. 그는 혹시 지성일까 싶어 발신자도 확인하지 않고 곧바로 통화버튼을 눌렀다.

"대체 어디야."

성급한 마음에 대뜸 뱉어낸 추궁 뒤로.

―응? 나야 당연히 집이지.

백화의 의아한 음성이 들려왔다.

"하아⋯⋯."

이안은 온몸에 힘이 빠져 저도 모르게 깊은 한숨을 내뱉고야 말았다.

―이안 씨, 무슨 일 있어요?

"아니, 아무 일도⋯⋯."

―그런데 왜 울어?

아직 눈물을 떨어뜨린 적은 없는데 목소리는 억누르고 있던 울음기까지 적나라하게 드러내버린 모양이다. 이안은 마른침을 삼키며 애써 목을 가다듬었지만 뒤이어 흘려보낸 목소리는 이전보다 더 서러웠다.

"그냥⋯⋯ 집에 왔는데⋯⋯."

아무래도 전해야 할 내용 때문인 것 같다.

"한지성이 없어져서⋯⋯."

아직 받아들이지 못한 사실을 말로 내뱉자니 마음이 얹힌 것처럼 쓰리고 아파온다.

―지성 씨가⋯⋯ 벌써 떠났어요?

돌아오는 백화의 대답은 의미심장했다. 그녀는 그가 떠날 걸 이미 예견하고 있었던 듯 생각보다는 이르다는 반응이었다.

이안은 흔들리는 눈빛으로 되물었다.

"……알고 있었어?"

─아, 그게…….

"그런데 왜…… 아무 말 안 했어?"

─얘기 들은 지 얼마 안 됐어요. 말할까 했지만 나도 마음의 준비가 안 돼서 그러지 못했어.

"그래도 말해 주지 그랬어."

─이안 씨…….

"말해 줬어야지……."

어느새 이안의 말에는 원망이 서려 있었다.

사실 미리 알았다고 해서 바뀌는 건 없을 것이다. 어떤 결정이든 신중하게 내리는 지성은 정해둔 답을 절대 번복하지 않는 성격이니까.

하지만 뭐라도 할 수 있었을 거라고 믿고 싶었다. 그에게 어떤 도움이라도 줄 수 있었을 거라고 생각하고 싶었다.

그렇지 않으면 내가 너무 짐이 되는 느낌이잖아.

"찾으러 갔다 올게. 어디 있는지 알 것 같으니까."

이안은 약해지려던 눈빛을 다잡고 말했다. 백화는 순간 짧은 숨을 토해 냈고 걱정 가득한 목소리로 물었다.

─혹시 최 원, 그 사람한테 가려는 거예요?

"……."

이안은 대답을 피했지만 그건 충분한 답변이 되었다. 휴대폰 너머 백화는 애절해진 목소리로 그에게 매달리기 시작했다.

─안 돼. 이안 씨. 거긴 혼자 가지 마.

"가서 데리고 올 거야."

—그 사람은 위험해. 벌써 몇 번이나 죽을 뻔했잖아!

"이대로는 못 보내. 그러니까……."

—정신 똑바로 차려! 이안 씨!

"……."

—혼자서 대체 뭘 어쩌려고 그래!

나도 알아. 나 혼자서는 아무것도 하지 못한다는 거. 나는 불안하고 겁이 많고 외로움도 많이 타서, 혼자 남겨지면 어느 것 하나도 버티지 못해.

그래서 혼자가 되고 싶지 않은데. 그러려면 지금 당장 그 애를 꼭 붙잡아야 하는데.

지금의 나는 이미 혼자 남겨져 버렸잖아. 그럼 아무것도 못 하더라도 일단은 혼자 부딪혀봐야 하는 거잖아.

"모르겠어……."

—…….

"뭘 어떻게 해야 할 지…… 사실은 하나도 모르겠어."

같은 자리에서 같은 고민만 수도 없이 반복하던 이안은 결국 체념과 비슷한 소리를 흘려보냈다.

멈춰있는 시간이 길어지면 길어질수록 자라나는 건 약한 자신에 대한 자책뿐이었지만 그렇다고 해서 감당 못할 위기 속으로 무작정 뛰어들 용기도 없었다.

휘몰아치는 불안이 이성을 옥죄는 듯한 기분이 들었다. 마치 폭주의 전조와도 비슷한 상태에 다다르자 이안은 더욱 눈앞이 깜깜해졌다.

그래도 어떻게든 요동치는 본능을 잠재워보려 애쓰던 그때.

—괜찮아. 내가 있잖아.

그녀의 강한 목소리가 이안의 귓가를 파고들었다.

"……뭐?"

—이안 씨가 약한 게 아니야. 혼자서는 어떤 사람이든 다 무섭고 힘들어. 그래도 누군가 옆에 있어주면 훨씬 든든해지니까…….

"……."

—나랑 같이 가자. 내가 이안 씨 옆에 있어 줄게.

그녀가 함께 가겠다는 곳은 분명 덫과도 같았다. 이안에게는 닥쳐오는 시련을 다 막아줄 힘도 없었고 다가오는 모든 위험으로부터 그녀를 숨겨줄 방법도 없었다.

그래서 혼자만 죽음 속으로 가라앉아버리려 했을 때, 그녀는 조금의 망설임도 없이 그를 붙잡아주며 말했다.

　'이안 씨가 생각해 봐.'

　'나를 구하기 위해 할 수 있는 일이 뭔지, 이안 씨 혼자 잘
　생각해 봐.'

그녀를 구하기 위해 할 수 있는 일. 아무리 나약하더라도 해 줄 수 있는 일.

단 하나 뿐이라는 건 충분히 알고 있다. 나는 너를 놓아서도 안 되고, 너를 두고 혼자만 사라져서도 안 된다.

"이리 와…… 그럼 같이 가자."

—응. 같이 가서 지성 씨 찾아보자.

두렵고 불안하게만 느껴지던 길에 너의 걸음이 더해졌다. 한 치 앞도 보이지 않던 깜깜한 시야에 밝은 빛이 들어왔다.

　혼자선 아무것도 못 하지만 너와 함께라면 뭐든 할 수 있을 것만 같다. 멀리 떠나려는 그 사람도 어떻게든 붙잡을 수 있을 것 같다.

　해실에게 오늘은 여느 때와 똑같은 하루였다.

　컴퓨터 앞에 앉아 밀려 있는 업무를 하고, 사람이 꽉꽉 들어찬 만원버스에 몸을 싣고, 쌀쌀한 밤길을 걸어 집에 도착하는 평범한 일상.

　긴 시간을 비워두었던 집 안은 싸늘한 공기로 가득했다. 그녀는 하루 종일 발을 옥죄고 있었던 낡은 구두를 벗었고 한 걸음을 내디뎌 혼자가 익숙한 공간에 들어섰다.

　"후우……."

　해실의 작은 입술 새로 깊은 한숨이 기다렸다는 듯 흘러나왔다. 그건 숨통이 트이는 느낌이 아닌 차오르는 고통을 애써 억누르려는 발악과 같았다.

　분명 쳇바퀴처럼 반복되던 날들 중 하루일뿐인데 오늘의 그녀는 유독 지쳐 쓰러지기 일보직전이다. 마치 커다란 전쟁이라도 치르고 온 사람처럼 성한 곳 없이 아리고 아프다.

　몸살기운인 걸까. 문득 고민했지만 그게 아닐 거라는 결론은 금세 내릴 수 있었다.

　어디가 아픈 건지, 무엇 때문에 아픈 건지. 정답을 알아내는 건 쉬웠으나 해실은 의식적으로 모든 생각을 닫아두었다.

'기다려 주세요, 해실 씨.'

사실은 떠올릴 자신이 없었던 건지도 모르겠다.

'나도 정리할 자신이 없어.'

'당신과 끝내고 싶지 않아…….'

'이대로 사라지면 당신이 날 잊을까 봐 무서워.'

처음으로 그녀의 앞에서 두려움을 내비쳤던 그 사람.

'부탁이야. 나를 떠나지 말아 줘.'

'날 계속 사랑해줘요…….'

어느 때보다 애절했던 그의 마지막 모습.

그날 해실은 기약 없는 재회를 약속했으나 떠나는 그의 뒷모습은 영원히 사라져 버릴 듯 위태로웠다. 그리운 그를 떠올리면 떠올릴수록 마음만 불안해졌다.

그래서 해실은 당분간 그 사람을 생각하지 않기로 했다. 언제 끝날지 모를 기다림을 버티기 위해서는 감당할 수 있을 만큼만 슬퍼해야 하니까.

띵동—

그때, 컴컴한 집 안 내부에 요란한 초인종소리가 울렸다. 놀란 해실은 곧바로 뒤를 돌았고 찰나의 순간 작은 기대를 품었다.

'혹시…….'

하지만 간절히 바랄 새도 없이 터져 나오는 건.

"택배 왔습니다."

낯선 사람의 감정 없는 목소리였다.

잠깐 빛을 찾았던 해실의 눈동자가 다시금 가라앉았다. 그녀는 맨발로 신발장을 내디뎠고 순순히 현관문을 열어 주었다.

"안녕하세요."

"이해실 씨 본인 맞죠?"

"아, 네."

"여기 받으세요."

"네? 이걸 누가……."

"안녕히 계세요."

남자는 그녀의 품에 박스 하나만 들려주고 급히 뒤를 돌아 발길을 재촉했다. 밀린 업무 탓에 상대해 줄 시간도 내지 못하는 모양이다.

다시 집 안으로 들어선 해실은 조심스러운 손길로 박스 포장을 뜯었다. 윗면을 열어 박스 안을 확인하니 이내 눈송이처럼 가득 피어난 안개꽃다발이 그녀의 눈에 들어왔다.

그에게 전해 주고 싶었지만 결국 그러지 못했던 마음. '사랑의 성공'이라는 이 예쁜 꽃의 꽃말.

해실의 눈시울이 촉촉이 젖어들었다. 그녀는 소매 끝으로 눈가를 닦아냈고 쏟아지려는 그리움을 애써 억눌렀다.

그러고는 한결 차분해진 눈빛으로 꽃다발을 꺼내드는데.

"……어?"

이번엔 그 밑에 숨겨져 있던 편지봉투와 작은 케이스 하나가 그녀를 반긴다. 떠나는 그가 남겨진 그녀에게 마지막으로 전하는 선물이다.

해실은 편지봉투를 열어 그 안에 들어 있던 내용물을 툭툭 털어냈다.

'한지성'

그리운 이름 석 자가 적힌 사원증과 곱게 접힌 종이 한 장이 그녀의 손바닥 위로 떨어졌다.

사원증 한가운데 새겨진 그의 얼굴은 어느 때처럼 부드럽게 웃고 있었다. 그 모습은 마치 아무 걱정도 없는 것 같아 보여서 해실의 입가에도 부드러운 미소가 얹혀버렸다.

"안녕하세요. 지성 씨."

그의 이름을 입 밖으로 꺼내자 내내 힘겨워하던 해실의 마음이 바보처럼 설레었다.

해실은 웃음기 어린 표정 그대로 사원증을 내려놓고 봉투에 함께 들어 있던 편지를 조심히 펼쳐 읽었다.

대답은 나중에 해 줘요. 나는 당신을 사랑해요.

충분히 두근거리지만 쉽게 이해하진 못할 짧은 글귀였다.

그녀는 잠시 가지런한 글자들을 내려다보다가 의아한 시선을 작은 케이스 쪽으로 옮겼다.

한 번도 받아보지 못했던 모양이라 그 안에 무엇이 들어 있을지 쉽게 짐작할 수는 없다. 그렇기에 케이스를 향한 그녀의 손길은 일말의 망설임조차 보이질 않는다.

해실은 벨벳으로 감싸진 케이스를 열었고 쿠션 한가운데서 반짝이고 있는 작은 빛 눈에 담았다.

"아……."

무엇인지는 알고 있으나 차마 받아들여지지 않는 그건 고결한 다이아몬드 반지 하나였다.

외로운 반지 옆에 생겨난 빈자리는 분명 이곳엔 또 다른 반지가 있었던 공간일 것이다. 어떤 모양인지 알 수는 없지만 그 반지는 그녀가 보고 있는 반지와 그리 다르지 않을 거라는 확신이 든다.

해실은 그제야 의미심장했던 편지의 의미를 깨달았고 테이블 위에 펼쳐진 그 사람의 선물들을 하나하나 바라보았다.

사랑의 완성이라는 의미가 담긴 안개꽃. 미소 가득한 그 사람의 사진. 대답을 기다리겠다는 진심 어린 편지. 그리고 영원한 사랑을 맹세하는 다이아몬드 반지.

"지성 씨……."

그 사람이 무엇을 말하는지 이제는 알 것 같다. 그를 기다린다는 일의 의미도 이제는 제대로 받아들일 수 있을 것 같다.

해실은 억지로 참고 있었던 눈물을 뚝뚝 떨어트렸고 이내 소리 내어 울기 시작했다. 그 안에 슬픔은 없었다. 다만, 그리움만 진하게 배어들어 있을 뿐.

"보고 싶어요…… 보고 싶어요, 지성 씨."

그녀는 마음에 가득 찬 말을 하염없이 중얼거렸다.

목소리는 그에게 들리지 않겠지만 간절한 사랑만큼은 그가 어디에 있든 전해질 수 있을 거라 믿는다. 그의 사랑은 분명 그녀에게 전해졌고 그 안에 담긴 수많은 말들까지도, 무사히 건네받았으니.

고통뿐일 거라 생각했던 기다림에 거짓말처럼 희망이 깃든다. 이 순간조차 그대는 멀어지고 있겠지만 지금은 알고 있다.

그 떠나는 걸음마저도 나에게 돌아오는 길이라는 것을.

"대답 꼭 들으러 와요……."

눈물을 떨구던 해실이 진심을 담아 속삭였다. 그러자 기다렸다는 듯 그 사람이 가슴 안에서 사무쳤다.

하지만 그녀는 더 이상 잊으려 발버둥치지 않았다. 이제는 간절한 그리움만이 그녀가 표현할 수 있는 사랑이 될 테니 해실은 마음껏 지성을 그리워하기로 했다.

그렇게 사랑하기로 했다.

"안색이 별로 안 좋아 보여. 어디 불편해?"

원의 물음이 지성의 미간이 구겨졌다. 그는 싸늘한 눈으로 원을 내려다보았고 이내 날카로운 대답을 내뱉었다.

"뭐가 불편한지 제가 굳이 말씀드려야 아시겠습니까."

"크흐흐, 아니."

"쓸데없는 관심은 그만 두세요. 출발하기 전에 처리해야 할 일이 많습니다."

금세 원에게서 고개를 돌려버린 지성은 시공간 이동장치를 점검하기 시작했다.

"틈틈이 관리해두긴 했는데 작동할지는 모르겠어. 파워는 멀쩡해? 수리할 부분은 없어?"

"……."

"아, 혹시 델타 돔에서 입을 옷은 챙겨왔나?"

원은 재차 다른 질문을 던지며 호기심을 표했지만 그는 단 한 번의 반응도 보이지 않았다.

그게 무시라는 걸 원은 누구보다 잘 알고 있다. 하지만 지성에게 만큼은 어떠한 책망도 하고 싶지 않아서 원은 한 발자국 물러나며 혼자 중얼거렸다.

"뭐, 사실 옷이랑 니가 묵을 거처는 전부 최상의 것으로 준비해 줄 생각이니까 걱정하지 마. 강이안이 입던 하얀 통치자의 슈트도 잘 어울릴 것 같고……."

아무렇지 않게 섞여 들어간 그 사람의 이름에 지성의 입술이 노골적으로 비틀렸다. 그러나 그것 역시 원을 상대하는 느낌이 아니라서, 그는 그대로 뒤를 돌아 발길을 옮겼다.

"원 님."

두 사람의 모습을 하나도 빠짐없이 지켜보고 있던 C7이 원을 불렀다. 원은 언제 유하게 굴었냐는 듯 사나운 표정을 띠며 대꾸했다.

"왜."

그러자 C7은 지성이 서 있는 쪽을 흘끗 보다가 다시 원에게로 눈동자를 옮겼다. 그러고는 낮은 목소리로 경계심 어린 말을 뱉어 냈다.

"Z999도 이제 원 님의 수하입니다. 너무 맞춰 주시려는 태도는 좋지 않습니다."

"뭐?"

원의 눈빛에 돌연 날이 섰다. 하지만 C7은 여기서 멈추지 않고 감정을 배제한 이성적인 목소리를 이어 붙였다.

"저자의 진짜 목적을 아시지 않습니까. Z999은 델타 돔을 파괴하려는 것일 뿐, 결코 원 님의 뜻을 따르자는 게 아닙니다."

"……."

"비정상적인 힘을 가지고 있는 위험인물인 만큼 다시 복종시키셔야합니다. 그러니…….."

"딱 거기. 그쯤에서 입 닥쳐."

원은 C7의 말을 잘랐다. 그는 차갑게 내려앉은 눈으로 C7을 응시했고 지성에게는 닿지 않을 크기로 넌지시 물었다.

"내 뜻이 뭔데."

"원 님……."

"니가 생각하는 내 뜻이라는 게…… 대체 뭔데."

질문의 답은 어떤 것이 꺼내지든 오답일 것이 분명했다. 그 사실을 알고 있는 C7은 그저 입술을 닫았고 불안한 시선으로 원을 마주했다.

원은 머리를 쓸어 올리며 긴 한숨을 내쉬다가 지성의 뒷모습 쪽으로 고개를 틀었다. 그러고는 지성도 들을 수 있을 만큼 또렷한 대답을 내뱉었다.

"내가 원하는 건 단 한 가지야. 나의 신을 마음껏 섬기는 것."

"……."

"이제야 그에 걸맞은 자리를 되찾아 줬으니 남은 일은 복종하는 것뿐이야."

"원 님, 제발……."

"그러니까 방해하지 마! 델타 돔이든 내 목숨이든 다 끝장나도 상관없어!"

애초부터 나의 힘은 너에게 있었으니. 그 힘으로 무엇을 하든, 나는 그저 받아들일 수밖에.

"잘 들어, Z999."

"……."

"나는 그냥 널 내 옆에 묶어 두기만 하면 돼. 너만 나와 함께해 준다면 지옥의 밑바닥이라도 괜찮아."

그의 집착을 고스란히 넘겨받은 지성은 두 눈을 질끈 감았다. 어떻게든 빛을 찾아보려 했던 미래가 원으로 인해 깜깜해진 느낌이었다.

'돌아올 수 있을까.'

잠시 고민했지만 그는 억지로 확신했다. 돌아올 수 있을 거라고.

누가 어떻게 그의 발목을 붙잡더라도 반드시 제자리로 돌아올 수 있을 거라고, 그는 다짐하고 또 다짐했다. 끌려가는 이가 할 수 있는 건 그것뿐이었다.

"제발 정신 차리세요……."

지성의 그런 마음까지도 낱낱이 알고 있는 C7이 애원하려던 그 순간.

"……성!"

폐건물 어디쯤에서인가 또렷한 외침이 터져 나왔다. 얼어붙었던 지성의 표정까지도 동요시킬 만큼 익숙하고도 그리운 목소리였다.

"한지성!"

"……이안 님?"

지성은 그 사람의 목소리를 따라 움직였다. 의식이 아닌 본능으로 따르는 걸음이었다. 그 뒷모습을 지켜보고 있던 원은 곧바로 분노의 찬 눈빛을 떨었다.

C7은 이성을 잃기 직전인 그를 붙잡으려 했지만 원은 그럴 새도 없이 지성에게 소리쳤다.

"가지 마!"

"……."

"니가 가면 강이안 그 새끼 죽여 버릴 거야! 너와 눈이라도 마주친 적 있던 사람들도 전부 찾아내서 처리할 거야!"

오기 섞인 비명. 그 뒤로 이어지는 애원.

"그러니까…… 가지 마."

"하아……."

"넌 그 새끼한테 잡혀줄 거잖아……."

원은 저도 모르게 눈가를 적셨다. 애타는 마음이 드디어 터져 버린 모양이었다.

지성은 느리게 고개를 돌렸고, 흔들리는 시선으로 원을 마주했다. 아무리 두드려도 꿈쩍 않던 그가 아득한 목소리만으로 동요하는 모습에 원은 곧바로 비참해지고 말았다.

"B1."

지성은 원을 낮춰 불렀다. 원은 일그러진 얼굴로 그를 가만히 마주했고 이내 이어지는 상처들에 마음을 내주어야 했다.

"내가 너의 신이라며."

"그렇지만……."

"그럼 명령은 내가 해야 하는 거 아닌가?"

"……."

"아, 혹시 빈말이었어?"

아니야, 그건 내 진심이야.

간절한 뜻을 담아 원은 고개를 저었다. 그러자 지성은 입가에 부드러운 미소를 띠었고 원이 절대 거역하지 못할 명령을 내뱉었다.

"기다려."

"……."

"너는 여기서 한 발자국도 움직이지 말고, 가만히 기다려."

그렇게 원의 걸음은 꽁꽁 묶어두었으면서, 그는 다시 돌아오지 않을 사람처럼 미련 없이 곁을 떠난다. 원은 그가 멀어지는 순간순간이 불안해서 미칠 지경이다.

"실컷 해 봐. 그 잘난 복종."

시공간 이동장치가 있는 방을 빠져나가기 직전, 그가 던져놓은 말엔 악의가 가득했다. 원은 입술을 꽉 깨물었고 사무치는 비참함을 참아 냈다.

그는 지금이라도 지성을 붙잡아두기를 원했으나 차마 처음으로 내려진 명령을 져 버릴 수는 없었다. 그래서 그는 주먹을 꽉 쥐었다가 떨리는 눈빛을 바닥으로 떨구었다가.

"그럼 붙잡히지 않겠다고 약속해 줘……."

결국엔 나약한 부탁을 한다. 물론 지성의 대답은 돌아오지 않았지만.

"약속만 해 줘……."

갑자기 내린 비가 덩그러니 남겨진 원의 목소리를 덮었다. 건물 안으로는 단 한 방울도 들어오지 않았지만 어쩐지 잠겨버리는 기분이 들어, 원은 숨을 쉬기도 곤란해졌다.

까만 밤, 고속도로.

희운은 지친 얼굴로 차를 몰아 집으로 돌아가고 있었다. 밀린 업무 때문에 주말도 없이 일해야 했던 오늘, 회사엔 해실도 함께 있었지만 오늘따라 유독 수척해 보이던 탓에 말을 걸 수는 없었다.

그 이유가 무엇인지 알고 있는 한 그녀를 위해서라도, 떠나는 그 사람을 위해서라도 끼어들고 싶지는 않았다.

우선 그녀의 감정이 정리되면, 넌지시 위로를 건네야겠다.

희운은 딱 그 정도로만 생각을 정리해 두고 핸들을 쥔 손에 힘을 더했다.

그때. 휴대폰 거치대에 놓여 있던 휴대폰이 요란하게 울렸다. 그는 시선만 움직여 발신인을 확인했고, 곧바로 미간을 좁혔다.

받아봤자 기분 좋을 이야기는 하나도 하지 않을 여자. 모멸감만 전해 주지 않아도 다행인 여자.

피하고 싶은 상대였지만, 불행히도 그런 여자가 한 달 뒤에 결혼식을 올릴 상대였다. 그는 하는 수 없이 통화 버튼을 눌렀고 군더더기 없이 전화를 받았다.

"네."

―전화 좀 빨리빨리 받을 수 없어요?

그녀는 첫 마디부터 희운에게 날을 세웠다. 희운의 눈빛은 급속도로 가라앉았지만 그는 내색하지 않고 적당한 사과를 했다.

"죄송합니다. 운전 중이라서."

―핑계는 듣고 싶지 않네요. 다른 때라고 해서 일찍 받는 건도

아니잖아요.

"……용건이 뭐죠."

―당신은 참 정이 없어요. 아무리 집안 결혼이라고 해도 너무 무례한 거 아닌가요?

이렇게 사람을 대하면 우위를 선점할 수 있을 거라고 생각하는지, 이어지는 한 마디 한 마디에는 멸시가 가득하다.

희운은 상대하기도 지쳐 대꾸를 멈췄고 입술을 깨물며 화를 참았다. 그러자 그녀는 괜한 헛기침을 하더니 제 할 말을 이어 나갔다.

―저는 지금 가평이에요. 동창회를 하고 있는데 친구들이 희운 씨 얼굴 궁금해 하네요.

"……"

―우리 사이가 나아질 필요는 없지만 그래도 그 애들한테 사랑받지 못하는 걸 들키고 싶진 않아요. 쇼윈도 부부라도 해야겠어.

"그래서요."

―그래서는 무슨 그래서예요? 제 말 이해 못 해요?

"……"

―이리 와달라구요.

본격적으로 떨어진 명령에, 희운은 시간을 확인했다.

자정이 다 되어 가는 늦은 시간. 이제 와서 차를 돌리기엔 자신의 컨디션이 좋지 않았기에 희운은 딱 잘라 거절했다.

"죄송하지만 그럴 수 없을 것 같습니다. 몸 상태가 좋지 않네요."

―하, 이미 올 거라고 얘기 해 뒀어요. 당장 이리 와서 날 데려가

요.

"일방적으로 통보하고 강요까지 하는 건 불쾌합니다."

—불쾌? 희운 씨는 희운 씨 기분만 중요해요?

"……."

—희운 씨가 안 오면 난처해질 내 상황은 신경 안 쓰나요?

곧 감당할 수 있는 한계를 넘어설 듯한 그녀의 태도에 희운은 깊은 한숨을 내쉬었다. 그의 속은 새까맣게 타들어 가고 있었지만 감정을 드러내봤자 좀처럼 알아먹을 상대가 아니었다.

"정말 죄송하지만……."

그래서 사과를 거듭하며 조금 더 간곡하게 거절하려 하니.

—주제를 좀 똑바로 알아요.

그녀는 희운이 가장 마음 아파하는 말을 그의 귀에 찔러 넣는다. 일부러 노리고 내던진 공격이라 희운은 그대로 고통을 받는다.

—나 솔직히 희운 씨 이럴 때마다 기분 나빠요. 나도 나보다 좋은 조건 만나서 결혼하고 싶고 다른 애들이 부러워할 만큼 화려하게 살고 싶어.

"……."

—하지만 희운 씨는 아무리 의사 집안이라 해도, 의사는 아니잖아. 잘난 스펙도 없는데 사랑까지 없어 보이면 주변에서 내가 팔려가는 줄 알 거 아니야.

날카로운 음성이 이어지면 이어질수록 분노가 가슴 안에서 휘몰아친다. 희운은 도저히 이 감정을 버틸 수 없어 갓길에 서둘러 차를 멈춰 세웠다.

그는 고개를 떨어트린 채 심호흡을 했고 그래도 한 번 더 억눌러 그녀를 설득하려 했다.

"그러니까 제 말은……."

하지만 그 순간 머릿속을 스치는 그 남자와의 대화.

'저 해실 씨를 떠나야 할 것 같습니다.'

'그 남자를 선택한 건가?'

'아니요. 그분의 곁에도 있을 수 없어요.'

'대체 니가 내린 답이 뭔데.'

'혼자 감당해 보려고 합니다. 제가 어떻게든 해결할 거예요.'

그는 짙은 미련을 뒤로한 채 혼자 절망을 짊어지려 했다. 희운은 어느 누구도 선택하지 않은 그의 결정이 의아해 한 번 더 질문했다.

'그럼 넌 뭘 감당하고 있는 거야?'

그러자 그는 입가에 후련한 미소를 띠우며.

'두 사람 전부 감당할 겁니다.'

'……'

'두 사람 중 한 사람을 떠나보내서 책임이 줄어든다 한들, 마음은 이전보다 더 힘들어질 테니까…….'

'……'

'두 사람 다 지켜낼 거예요. 그래야 제가 버틸 힘이 생길 것 같거든요.'

그 사람이 그렇게 말했을 때. 희운은 오랜 시간 헤매왔던 답을 찾았다.

분명 해실을 위해 떠나왔지만 매일매일이 지옥과 같았던 하루. 그는 버티려고 했지만 도저히 버틸 수 없었고, 그녀가 행복하면 될 줄 알았으나 그 행복이 자신의 행복과 일치하지는 않았다.

그녀를 나의 시련으로부터 멀리 떨어트리면 후련할 줄 알았다. 그러나 그의 삶은 오히려 빛이 없어 더욱 답답해진 암흑이 되어 버렸다.

어떻게든 자신의 선택을 감당하려 했던 그는 이제야 뒤늦게 깨달았다. 그녀를 떠나왔을 때 느껴야 했던 죽을 듯한 마음의 고통. 어쩌면 그것이 내가 감당할 유일한 책임이었을지 모르겠다.

나는 그 고통을 내색하지 않고 그녀가 더 나은 사람을 찾을 수 있도록 최선을 다 했으니, 이제 내가 감당해야 할 것은 아무것도 없을 수도 있겠다.

지금의 상황 역시도 불필요한 자학일 수 있겠다.

"너."

희운은 그녀를 불렀다. 처음으로 불러보는 무례한 호칭이었다.

—뭐? 너? 지금 너라고 했어요?

예상대로 그녀는 기가 막히다는 듯 되물었고 희운은 그 사나운 태도에 눈빛 하나 흔들지 않고 말을 이었다.

"내가 낮춰주는 건 니가 잘나서가 아니야. 내가 관대해서지."

—이봐요, 지금……!

"하지만 이젠 그 꼴도 못 봐주겠으니까……."

그리고 나도 이제 그동안 누구보다 수고했던 내 삶을 존중해야겠으니까.

"내가 싫으면 니가 꺼져. 괜히 끼어들어서 내 인생 훼방 놓지 말고."

그 말을 뱉어냈을 때, 희운은 숨도 쉬지 않았는데 숨통이 트이는 기분이었다.

―미친 거 아니야?!

분노에 찬 그녀의 목소리는 무슨 짓이라도 저지를 수 있을 것처럼 부들부들 떨었지만 희운은 이제야 겨우 후련해졌다.

"할 말 다 했으니 끊지."

그녀는 무슨 말을 내뱉으려 했지만 희운은 기다려 주지 않고 끊어 버렸다. 드디어 희운에게 고요함이 찾아들었다.

'뒷감당을 할 수 있을까.'

잠시 고민했지만 답을 내리는 건 어렵지 않았다. 그 어떤 고통도 사랑을 놓아야 했던 고통에 비할 수는 없기에 무슨 일이 펼쳐지든 그는 전혀 두렵지 않았다.

"하하."

아주 오랜만에 희운의 입에서 기쁨에 찬 웃음이 터져 나왔다. 언제나 서늘했던 인상이 기억 안 날 만큼 아이처럼 어린 그의 미소는 그저 예뻤다.

이제야 내뱉는 숨이 편안해진다. 이 기분이라면 뭐든 이겨 낼 수 있을 것 같다.

"한지성!"

이안은 애타는 마음으로 지성을 찾았다. 그는 오랜 시간 헤맸던 만큼 잔뜩 지쳐 있었으나 결코 나약해지지는 않았다.

"한지성! 어디 있어!"

하염없이 내지른 소리 역시도 굳세고 강하기만 하다.

"이안 씨, 위층으로 올라가요. 여긴 없는 것 같아."

"한지성……."

"괜찮아, 아직 늦지 않았을 거야."

그것은 아마도 곁을 지켜 주는 그녀 때문일 것이다. 이안의 이성이 흔들리려 할 때마다 그녀가 단단히 붙잡아준 덕분에 그는 아직까지 똑바로 버티고 있다.

이안은 일렁이는 시선으로 백화를 바라보며 고개를 끄덕였다. 백화는 그의 손을 마주잡아주었고 위층으로 향하는 계단에 발을 디뎠다. 사실 지성의 행방을 모르는 건 그녀 역시 마찬가지이지만, 반드시 찾을 수 있을 것처럼 그녀의 걸음은 확신만이 가득했다.

바로 그때, 기적 같은 일이 벌어졌다.

"이안 님, 절 부르셨나요?"

흔적도 없이 사라졌던 그 사람의 목소리가 아무 일 없었다는 듯 부드럽게 새어 나왔다.

이안은 떨리는 눈빛을 위층으로 고정시켰고 발길을 재촉해 성큼성큼 계단을 올랐다. 그리고 펼쳐진 긴 복도를 마주하자 저 끝에서 그를 반기는 사람은.

"한지성……."

"네, 이안 님."

"너 한지성이야?"

"그럼요. 접니다."

연이은 대답을 들을 필요도 없이 지성이었다. 분명 다시는 보지 못할 수도 있다고 생각했던 사람이었다.

이안은 그제야 커다란 숨을 토해 내며 지치도록 움직였던 두 발을 멈춰 세웠다. 그리고 가장 먼저 원망처럼 들리는 서러움을 내뱉었다.

"왜 여기 있어……."

"……."

"왜……."

그 안의 속뜻이야 애절한 눈을 마주친 순간부터 알아챘지만 지성은 그가 흘린 질문에 직관적인 대답을 내놓았다.

"떠나야 해서요."

"어딜 떠나."

"델타 돔으로 떠나야 합니다."

"나 없이 어딜 떠나."

"……."

"왜 너 혼자 가는 건데……."

다그치는 것처럼 들리는 말에 지성은 잠시 말을 멈추었다가.

"저는 모든 것이 폭파되어도, 살아남을 수 있으니까요."

"뭐?"

"델타 돔과 이 세계를 단절시키고 돌아오겠습니다. 잠깐 다녀오는 것뿐이니, 너무 걱정하지 마세요."

위로치고는 터무니없이 위험한 소리를 한다. 해야 할 대꾸조차 떠올릴 수 없을 만큼 불가능한 이야기이다.

"폭파? 지성 씨, 대체 지금 뭘 하러 가는 거예요?"

얼어붙은 이안을 대신해 상황조차 파악하지 못한 백화가 물었다. 지성은 백화에게로 시선을 옮겼고 나긋한 목소리로 대답했다.

"이안 님이 계시던 곳에서 이곳으로 넘어오지 못하도록, 연결고리를 차단하러 가는 겁니다. 그러면 이안 님을 해치려는 자가 오지 못할 테니까……."

"두 사람이 살던 곳이 대체 어딘데요."

"그건 두 세계의 질서를 위해서라도 말씀드리지 못합니다."

"세계? 세계라고 부를 만큼 거대한 곳이에요?"

"백화 님. 더 이상은 설명이 불가능합니다. 이해해 주세요."

급히 대화를 닫아버리는 지성은 백화를 조금도 납득시키지 못했다. 백화의 눈동자가 조금 더 짙은 의구심에 물들던 그때, 가만히 지성의 말을 듣고 있던 이안은 그녀의 손을 잡았다. 하려는 말이 있어보이진 않았지만 분명 그는 그녀를 말리는 중이었다.

백화는 이안을 올려다보았고 이내 긴 한숨을 내쉬었다.

"알았어, 이해할게. 대충 알아서 이해하는 대신 딱 한 가지만 물어보자."

그렇게 깔끔한 운을 떼고 꺼내놓는 질문은.

"그쪽에서 이쪽으로 건너올 수 없도록 막아버리면 지성 씨는 어떻게 돌아오겠다는 거예요?"

이안도 묻고 싶은 질문이다.

"정말 돌아올 수 있는 건 맞아요?"

사실은 지성을 보는 안타까운 시선으로 묻고 물었던 말이다.

이번 역시도 지성은 대답하기 난처한지 시선을 회피했다.

"그건 제가 잘 마무리할 테니까…… 그러니까……."

그러고는 서둘러 다른 주제로 말머리를 돌리려 했다. 그러나 백화는 그에게 둔 시선을 움직이지 않았고, 한 번 더 힘주어 머뭇대는 그를 다그쳤다.

"어떻게 마무리할 건지 똑바로 말하고 가! 적어도 남겨진 사람 불안하게 만들지는 말아야지!"

"백화 님……."

"나한테는 아무것도 얘기 안 해 줘도 돼! 그렇지만 계속 지성 씨와 함께였던 이안 씨는 다 이해할 거 아니야!"

"……."

"나 말고 강이안한테 제대로 설명해! 남겨지는 사람 마음은 책임지고 떠나!"

연이어 터지는 그녀의 호통에 지성의 눈빛이 흔들렸다. 그는 어떠한 대꾸도 하지 못했고 이안만 애타게 바라보았다. 고집 있는 지성을 이토록 흔들어버릴 수 있는 건 백화이기에 가능했다.

이안은 붙잡은 손에 힘을 주며, 지성의 눈동자를 가만히 마주했다.

"말해. 가지 말라는 말도 안하고, 붙잡지도 않을 테니까……."

"……."

"어떻게 돌아올 건지, 그거 하나만 알려줘."

애원하는 보랏빛 눈동자. 그리고 그 뒤에 숨겨진 또 다른 보랏빛 시선.

납득시키는 방법은 단 한 가지뿐이었다. 지성이 어떠한 고통도 버텨 낼 수 있는 돌연변이라는 것을 밝히는 것. 그 비밀은 지성의 생존 가능성을 높여주고 불가능한 일이 가능할지도 모른다는 희망을 만들어 주기 충분했다.

하지만 지성은 마주 선 이안이 진실을 감당할 수 있을까 불안해서. 한참을 고민하다가 결국 관두어버렸다. 그는 아직도 나약한 그 사람에게 불안감을 안겨주는 일이 몹시도 두려웠다.

그래서 섣불리 입술을 떼어 내지 못하고 서 있으니 그 모습을 지켜보던 이안은 나긋해진 목소리로 말을 이었다.

"알아, 내가 못 미더운 거."

"……"

"난 혼자서 아무것도 못 하니까, 그렇게 여기는 것도 이해해."

하지만 이 몸으로 델타 돔에서의 지옥 같은 11년도 이겨냈던 나니까. 아무리 외로움이 날 집어삼켜도 끝끝내 무너지지 않았던 나니까.

"그래도 감당해 줄게."

"……"

"니가 감당하려는 거, 나도 같이 감당해 줄게."

감당해 주겠다는 한 마디는 지성에게도 이안에게도 뜻 깊은 말이었다.

한 명이 다른 한 명을 위해 일방적으로 희생하던 관계가 아닌 서로가 서로를 위해 쓰러지지 않고 버텨내주는 관계. 그것은 마치 델타 돔에서는 갖지 못할 가족과 같았다. 일방적인 강요나 집착으로는 절대 다다를 수 없는 사이였다.

"이안 님……."

이안의 이름을 부르는 지성의 목소리가 가늘게 떨려 왔다. 그는 자신의 비밀은 이안이 감당할 수준이 아니라는 걸 누구보다 잘 알고 있었지만, 그 걱정을 도저히 솔직하게 표현할 수가 없었다.

나는 이렇게 흔들리는데 나를 바라보는 당신은 전혀 휘둘리지 않는다. 나는 이렇게 걱정이 많은데 당신의 표정은 평온하다 못해 강해 보이기까지 한다.

지금 이 순간 당신이 듬직해서 일까, 아니면 애초부터 당신은 강한 사람이었던 걸까.

"하아……."

고민 끝에 지성은 깊은 한숨부터 내쉬었다. 그건 여전히 혼란스러워 보였지만 마음은 이미 정리된 상태였다. 이젠 어떻게든 숨기려고만 했던 진실을 꺼내둘 차례만 남았다.

"이안 님, 사실……."

지성이 운을 떼어 내자 이안의 보랏빛 눈동자가 깊어졌다. 혼자 모든 뒷감당을 할 수 있을 것처럼 온전한 시선이었다.

지성은 그 눈 하나만을 믿고 입술을 떼어 낸다.

"이안 님과 저의 관계는……."

"거기까지."

그러나 지성의 뒤편에서부터 가라앉은 목소리가 말을 가로막아 버렸다. 고개를 돌린 쪽엔 아니나 다를까 그가 있었다.

이안과 지성의 진심이 마주 닿는 순간을 참지 못하고 달려 나와 버린 그 사람이.

"최원……."

"……."

"이안 씨, 뒤로 물러나요."

원을 알아본 백화는 경계어린 눈빛으로 그의 먹잇감이 될지 모를 이안을 끌어당겼다. 그러자 원은 비웃음을 흘렸고 여유 가득한 대꾸를 내뱉었다.

"아아, 긴장 풀어. 하려던 얘기 방해하러 나온 건 아니니까."

"……."

"굳이 말하자면 도와주러 나온 거야. 나도 아는 진실쯤은 있거든."

그 말을 들은 지성의 눈동자가 갑자기 흔들렸다. 지금껏 이안의 앞에서 단 한 번도 흥분한 적 없던 그는 곧바로 원을 노려보며 사나운 반응을 내비친다.

"저 안에 처박혀 있으라고 명령했잖아."

"크흐흐. 했지, 명령."

"그럼 한 마디도 놀리지 말고 꺼져."

저 아이가 저런 말도 할 줄 알았던가.

이안은 잠시 혼란스러워졌지만 금세 이성을 다잡았다. 그러고는 긴장한 백화보다 한 걸음 앞으로 나와 똑바로 원을 바라보았다.

"아무 짓도 하지 않아. 나는."

"……."

"진실이 무엇인지만 알게 해 줘."

그건 어느 때보다 간절하게 부탁이었다. 그러나 원은 전혀 동요하는 기색 없이 노골적인 비아냥거림만 되돌려주었다.

"아무것도 하지 않겠다는 그 말, 별 의미 없을 텐데. 내 생각에 너는 분명 폭주할 거거든."

"아니야, 나는……."

"폭주할 거야. 너는 절대 진실을 감당하지 못해."

그의 표정은 단순한 시비 치고는 확신에 차있었다. 이안은 고집스레 고개를 저었다. 그가 말하는 진실이 무엇인지도 모르면서 무작정.

지성은 그 모든 장면을 바라보았고.

"그만 두라고!"

이내 거친 소리를 내질렀다. 이안의 불안함이 증폭될 만큼 서슬 퍼런 목소리였다.

원의 입꼬리가 더욱 비틀렸다. 어차피 지성의 반응에 목말라 있던 그이기에 그것이 호의든 적의든 별 상관은 없었다.

원은 지성을 마주하며 고민했다.

어떻게 하면 너를 더 자극할 수 있을까. 어떻게 하면 니가 내게 집중할 수 있을까. 그리고 칼날처럼 갈아두었던 날카로운 진실을 드디어 이안에게 휘두른다.

"진실은 생각보다 가까이 있어."

"……."

"기억해 봐. 내가 보내준 돌연변이 보고서."

머뭇거리던 이안의 뇌리에 기억의 조각이 파고들었다. 내용은 전부 기억나지 않았지만 단 한 가지는 그 무엇보다 선명하게 떠올랐다.

"혹시 나의 부모에 대한 이야기인가."

이안은 원을 바라보며 나지막이 물었다. 그러자 원은 특유의 웃음소리를 흘려보냈고, 지성은 과하게 느껴질 만큼 허물어져 버렸다.

"이안 님, 듣지 마세요! 전부 거짓입니다!"

"뭐가."

"아무것도 기억하지 마세요, 제가 말씀드릴 테니 아무것도……."

"대체 왜 그러는 건데……."

불안해하는 이안에게 원은 한 발자국씩 가까워졌다. 지성은 그를 저지하려 했으나 원은 고집스럽게 손길을 뿌리쳐내고 기어이 입을 열었다.

"나의 부모? 지랄하네. 그게 왜 너네 부모인데?"

"뭐?"

"그들한테서 태어난 건 그 누구보다 강한 돌연변이야."

"……."

"하지만 니가 약해 빠졌던 탓에, 그 애는 가엾게도 전부 빼앗겨버리고 말았지. 혈통도, 지위도, 자유도, 게다가 유일한 그 애의 편이었던 부모까지도……."

무슨 말인지 이해는 되지 않았다. 그러나 의식하지 못한 저 깊은 심연에서부터 기억 하나가 꿈틀거렸다.

'A1의 돌연변이화 수술은 실패입니다…….'

무언가 이질감을 깨달을 때쯤 원은 그 누구도 원치 않는 뒷말을 덧붙였다.

"그런데 왜 그 돌연변이가 너라고 생각했던 거야?"

"……."

"가장 밑바닥에 있는 건 Z999인데. 크흐흐."

혼란에 찬 이안의 눈빛이 지성에게로 향했다.

"그만……."

지성의 얼굴이 깊은 절망의 색을 띠기 시작했다.

이안은 원의 말 중 어떤 부분도 이해하지 못했다. 하지만 요동치는 지성의 눈동자를 통해 심상치 않은 진실이 자신을 겨누고 있음을 깨달았다.

무슨 반응을 보여야 할지 혼란스러워하는 이안에게 원은 말했다.

"자, 이제부터 내가 세상에서 가장 안타까운 사람의 이야기를 해 줄게. 잘 들어."

듣고 싶지 않은데 벌써부터 그가 하는 한 마디 한 마디가 마음에 박힌다. 그 사람의 이야기는 내가 믿고 있는 모든 것들을 허물어트릴 것 같은데, 아까 다짐했던 대로 이성을 유지할 수 있을지 확신이 들지 않는다.

하지만 원은 입술을 떼어 냈고 오랫동안 묵혀두었던 비극을 풀어놓기 시작했다.

"모든 것이 A존의 뜻대로 이뤄지던 델타 돔에서 유일하게 사랑을 하던 두 남녀가 있었어."

사랑의 탄생으로 시작되는 그의 이야기.

지성은 원의 입을 틀어막고 싶었으나 순간 과거의 기억들이 파노라마처럼 펼쳐지는 바람에 그러지 못했다.

　'아가.'

"그만……."

　'아가, 어젯밤은 잘 보냈니?'

"제발 그만……."

그들의 목소리가 생각나자 마음이 허물어진다. 고통과 비슷한 슬픔이 그를 마구 파고든다.

겨우 버티고 서서 고개를 드니 두 눈에 담기는 건 원에게 집중하고 있는 이안의 시선이었다. 그 간절함을 알아챈 지성은 이제 모든 것이 끝났다고 생각했다.

나는 최선을 다해 당신을 지켰고 나의 절망이 당신의 죄책감이 되지 않도록 온 힘을 다해 모든 고통을 참아왔지만, 기어이 찾아온 진실 앞에서 당신의 눈빛은 벌써부터 위태롭기 그지없으니.

우리는 결국 이렇게 파국을 맞이하게 될 것이다.

나의 비밀은 감춰졌던 시간만큼 날카로워진 채로 당신의 숨통을 겨눌 것이다.

지성의 숨이 점점 흐려졌다. 그야말로 모든 힘을 잃어버린 지치고 지친 호흡이었다.

　　　*　　　*　　　*

A존에서 가장 현명한 그녀는 그 남자를 좋아했다.

처음엔 멀리서 봐도 한눈에 들어오는 큰 키를 좋아했고 그다음으로는 그의 입가에 잔잔하게 어려 있는 선한 미소를 좋아했다.

그러던 어느 날, 우연히 그와 어깨를 부딪쳤을 때.

"죄송합니다."

"네? 아, 네……."

처음으로 들었던 그 사람의 목소리는 그 어떤 비단보다도 부드러워서.

"저기요!"

"네?"

그녀는 그 남자를 사랑하게 되었다.

"안녕하세요!"

"누구……."

"예전에 우리 부딪힌 적 있었는데……."

"아, 그랬었나요?"

"앞으로 제 인사 받아주세요!"

그 사람도 나를 사랑해 주었으면 간절히 바라고 바라기 시작했다.

D존에서 가장 힘이 강한 그는 그 여자를 좋아했다.

처음엔 볼 때마다 매만지고 싶은 갈색 머리카락을 좋아했고 가끔 마주칠 때마다 인사를 건네주던 상냥함을 좋아했다.

그러던 어느 날, 넘어지려던 그녀를 한 팔로 붙잡아 안았을 때.

"괜찮아요?"

"아……."

"발목 안 다쳤어요?"

"네, 네…… 안 다쳤어요."

두 뺨을 벚꽃처럼 물들인 그 사람의 향기는 그 어떤 꽃보다도 향기로워서.

"좋은 향기 나네요."

"네?"

"이렇게 달콤한 향기는 처음 맡아봐요."

그는 그 여자를 사랑하게 되었다. 그래서 둥근 보름달이 뜨던 날 밤, 가감 없이 그 마음을 전했다.

"계속 당신이 내 곁에 있어줬으면 좋겠어요."

"왜……요?"

"눈앞에 없으면 숨도 잘 안 쉬어지니까. 이젠 혼자서는 아무것도 못 하겠어요."

"그 말…… 진심이에요?"

"진심이에요. 그 어떤 순간보다도. 그러니까……."

"……."

"입 맞춰도 돼요?"

"아……."

"그러고 싶어……."

그녀는 기다렸던 만큼 간절하게 그의 허리를 껴안았다.

언제나 선한 미소가 얹혀 있던 그의 입술이 닿자, 어떤 것보다도 달콤한 숨결이 그녀를 어루만졌다.

그들은 그렇게 사랑을 시작했다. 인간관계와 감정 따윈 불필요하게만 여겨 왔던 델타 돔에서 사랑을 피워낸 단 한 쌍의 아름다운 연인이었다.

사실 사랑을 시작하기 전부터 그들은 죄를 짓고 있다는 걸 알았다. 하지만 사랑하는 그 여자가 하필이면 A급 혈통이라서, 사랑하는 그 남자가 하필이면 D급 혈통이라서.

그들은 금기를 알면서도 매일 서로를 원했다. 두 사람을 인정하지 않는 사회는 사소한 불안일 뿐, 결코 마음을 거둬내야 할 이유가 되지 못했다.

"저, 아이를 가진 것 같아요."

간절한 사랑의 결실은 새로운 생명이었다. 그녀는 불러온 뱃속에서 꿈틀거리는 느낌으로 아이의 존재를 깨달았고 그의 손을 끌어당겨 매만지게 해 주었다.

쿵쿵쿵.

아빠로서 처음 느껴보는 아이의 움직임.

두 남녀가 사랑을 나눠 자연적으로 생명을 잉태하는 것은 엄연한 불법이었으나, 그는 그런 것 따위 생각할 겨를도 없이 그저 기뻤다.

그래서 두려운 눈빛으로 움츠러 있는 그녀의 몸을 세상에서 가장 든든한 품에 꽉 안아 넣고는.

"정말 사랑해요."

그는 어느 순간보다도 간절하게 사랑을 속삭였다. 그 말을 들은 그녀는 모든 걱정이 씻겨 내리는 듯해서 웃으며 화답했다.

"나도 너무 많이 사랑해요."

그 뒤로 아이가 세상 밖에 모습을 드러낼 때까지 그들은 한 번도 미래를 두려워한 적이 없었다.

지킬 것이 없는 우리는 약해져도 되지만, 한 생명을 감당해야하는 엄마와 아빠는 그 누구보다도 강해져야만 하니까. 부른 배를 숨길 때도, 이상한 시선들에 대해 변명할 때도 그들은 용감했다. 그 어떤 순간에도 절대 무너지지 않았다.

그렇게 시간은 흘러, 예전 그들이 사랑을 시작하던 날처럼 보름달이 무척이나 밝았던 밤.

어느 누구의 발길도 닿지 않는 기계실 가장 어두운 구석에서 한참을 기다려왔던 아이가 태어났다.

아이의 울음소리가 터지자 그녀는 녹초가 된 몸을 그제야 편안히 눕혔고, 아이를 안아본 그는 커다란 몸을 주저앉힌 채 한참을 울었다.

"고마워요. 정말 고마워요……."

그가 아이처럼 흐느끼며 하염없이 뱉어내던 감사의 말.

그녀는 언제 고통스러워했냐는 듯 환하게 웃으며 그의 눈가를 닦아 주었다. 그러고는 다 쉬어버린 음성을 따뜻하게 흘려보냈다.

"울지 마요. 이제 아빠도 됐는데, 더 단단해져야지."

개념조차도 생소한 아빠라는 단어는 그를 더욱 울게 만들었다. 그는 가슴에 벅찬 감동이 수그러들 때까지 눈물을 멈추질 않았고 그녀는 바보같이 순수한 그 사람을 다정히 쓰다듬어주었다.

먼 훗날, 모든 삶이 끝나던 때 다시 생각해 봐도 그날은 그들에게 가장 기뻤던 순간이었다.

그 후로도 그들은 아이가 처음으로 방긋 웃어주었을 때, 아이가 처음으로 옹알이를 시작했을 때, 아이가 작은 손으로 커다란 손가

락을 붙잡아주었을 때, 아이의 잠든 얼굴을 바라볼 때,

그저 아이와 함께 했던 모든 순간 내내 마음껏 기뻐했다.

아이는 엄마를 닮아 갈색 머리가 참 부드러웠고 아빠를 닮아 웃는 모습이 참 예뻤다. 그들은 세상에서 가장 사랑하는 사람을 닮은 어린 생명을 보며, 이 목숨만큼은 어떻게든 지켜내야겠다고 다짐했다.

그들에게는 존재의 이유와 같았던 소중한 시간. 그들은 이 시간이 영원히 끝나지 않기를 간절히 바라고 바랐다. 영혼을 팔아 시간을 멈출 수만 있다면 기꺼이 그리 했을 정도로.

그러나 시간이라는 것은 결코 내 힘으로 멈춰둘 수 있는 것이 아니기에.

"열이 멈추지 않아요……."

"따듯하게 안고 있어도 계속 그래요?"

"네…… 우리 아이 잘못 되면 어떡하죠?"

행복의 끝은 너무나도 빨리 그들을 찾아왔다.

젖을 떼고 난 후, 제대로 끼니를 챙겨 주지 못해 매일 같이 앓기만 하는 어린아이. 원인은 알고 있었지만 아이를 숨겨 키우는 처지인 그들이 해 줄 수 있는 건 없었다. 그렇게 찾아온 부모로서의 첫 한계는 결국 그들에게 가혹한 선택지를 던져 주고 만다.

"아무래도 델타 돔 인공 양육실에 보내야겠어요."

"우리의…… 아이를요?"

"비록 우리는 더 이상 이 애의 부모로서 살 수 없겠지만…… 그래도 지금 당장 목숨부터 살려야 하니까……."

그녀는 목소리가 자꾸 무너지는 탓에 마른침을 삼켰다. 그러고

는 눈가에 고인 눈물과 상반되는 강인한 눈빛을 띤 채 말을 이었다.

"내일 인공 양육실 문이 열리기 전에 빈 침대에 몰래 내려놓아요. 보안장치는 제가 꺼둘게요."

"정말…… 그렇게 할 수 있겠어요?"

"할 수 있어요. 해야만 해요."

강인함 속에 감춰진 그녀의 슬픔.

그는 그걸 뻔히 보고 있으면서도 어찌 달래줄 도리가 없었다. 그래서 그는 말없이 그녀를 꼭 안아주다가 그녀가 가장 좋아하는 부드러운 미소를 머금으며 대답했다.

"그럼 우리 잠시 떨어져 있겠네요."

"……."

"그래도 가족은 가족이니까…… 당신은 여전히 나의 아내고, 나는 당신의 남편이고, 우리는 이 아이의 부모예요."

"……."

"그 사실은 얼마나 떨어져 있든지 간에 변하지 않을 거예요."

그 따뜻한 위로 한 마디에 무능력함으로 인한 죄책감은 사르르 녹아들었다.

그녀는 그날 유일한 피난처인 그 남자의 품에 안겨 하염없이 울기만 했고 그는 아무리 소중히 여겨도 모자란 그 여자를 밤새 쓸어내려주었다.

그리고 드디어 그들을 찾아온 어슴푸레한 새벽. 델타 돔의 모든 조명이 꺼져 있는 시간. 그들은 아이를 떠나보냈다. 그것은 상상했던 것보다 훨씬 가슴 아프고 미치도록 서러운 순간이었다.

아무것도 모른 채 방긋 웃어 보이는 아이를 양육실 침대에 내려두고 마지막으로 작은 손을 붙잡아보며, 그는 눈물에 젖은 작별을 고했다.

　"사랑해."

　아이는 아직 알아듣지도, 대답해 주지도 못하겠지만.

　"아빠는 너를 정말 많이 사랑해……."

　이건 그 어느 때보다도 진정한 진심이야. 절대 변하지 않을 거야.

　"나중에 꼭 다시 보자, 아가."

　아이는 그날 이후로 혼자가 되었다.

　델타 돔 양육실에선 갑자기 늘어난 한 명의 인원을 의아해했지만 그리 큰 관심을 두지는 않았다. 그 한 명이 대체 누군지, 어디서부터 나타난 건지. 알아내자면 알아낼 수 있었지만 생명을 대량생산된 물품처럼 다루는 그들에게 한 명 늘어나고 줄어드는 일쯤은 대수가 아니었다.

　무관심 덕에 아이는 어떠한 위험도 없이 무탈하게 자랐고 일곱 살이 되던 해, 드디어 인공 양육실에서 벗어나 델타 돔의 시민 사이에 섞여 들어가기 시작했다.

　비록 애초부터 혈통코드를 등록하지 않았던 그 아이는 배정 구역조차 없는 떠돌이 신세가 되었지만.

　"왜 복도에 서 있어?"

　"혈통코트가 없어서요."

　"델타 돔에…… 등록되지 못했니?"

　"무슨 말씀인지 잘 모르겠어요."

"아, 괜찮아. 내가 머물 곳을 구해 줄게."

A존에서 가장 현명한 여자는 중앙 홀 복도 한편에 버려져 있던 창고를 마련해 주었다. 아이는 그녀가 누군지 알아보지 못했으나 따듯하게 닿는 손길만큼은 어렴풋이 좋아서.

"고맙습니다."

라고 대답했다. 이유는 모르겠지만 순간 그 여자의 눈가는 유독 붉어졌던 것 같다.

"안녕, 여기가 너희 집이니?"

"······네."

"안락하네. 이불을 가져왔어. 안에 넣어둘게."

"······."

"아, 형광등도 갈아줄 테니까 잠시만 기다려."

D존에서 가장 힘이 센 남자는 매일 같이 찾아와 아이가 필요로 하는 모든 것을 챙겨주었다.

아이의 기억 속에서 그는 그저 처음 보는 사람이었지만 시선이 닿을 때마다 곱게 휘어지는 눈웃음이 좋아서, 아이는 그를 따라 살짝 미소를 지었다.

"웃는 모습이 예쁘구나."

그가 아이의 머리를 쓰다듬으며 건넸던 칭찬. 분명히 듣기 좋은 말이었으나 어쩐지 가슴이 아팠다. 그건 아마도 남자의 얼굴이 어쩐지 웃고 있어도 슬퍼보였기 때문인 것 같다.

아이의 집이 완벽하게 꾸며진 이후로도 두 남녀는 쉬지 않고 아이를 찾아왔다.

아이는 한 번쯤 묻고 싶었다. 왜 모두가 신경 쓰지 않는 나를 다정하게 챙겨 주는지. 왜 나를 볼 때마다 울 것 같은 표정을 짓는지. 왜 당신들에게서 나와 같은 온기와 향기가 느껴지는지.

그러나 물어보진 못했다.

"있잖아요."

물어보려 입술을 떼면 매번 따듯한 눈동자가 자신을 향하는데, 어쩐지 그때마다 목이 메이는 듯해서 결국 한 마디도 내뱉지 못했다.

아이는 스스로에게도 묻고 싶어졌다. 왜 나는 그들을 볼 때마다 이토록 먹먹해지는 걸까. 하지만 이건 백 번 천 번을 물어도 답을 찾을 수 없었다.

결국 아이의 이유 있는 호기심은 해결되지 못한 채 애꿎은 시간만 흘러갔다.

아이가 태어난 지 열 살이 되던 해.

"이제부터 509기 델타 돔 시민의 1차 능력 검사를 실시한다."

아이에게 델타 돔 시민으로서 받는 첫 번째 능력 검사가 찾아왔다. 델타 돔에 등록되지 않은 아이는 참여하지 않는 쪽이 더욱 안전했지만, 하필이면 양육실에서 수차례 눈을 마주쳤던 사람이 검사관이라서 맥없이 끌려갈 수밖에 없었다.

"넌 어디 있다가 지금 나타나!"

"아파요! 놔주세요!"

어린 몸을 겁주던 위협적인 손길.

"혈통코드가 없네? 너 뭐하는 새끼야?"

"네?"

"너 뭐냐고! 왜 혈통코드가 등록이 안 되어 있어!"

"아…….''

영문을 이해할 수 없는 사나운 호통.

"검사관님! 여기 이 수치를 보십시오!"

"뭔데 그렇게 수선이야?"

"신체능력, 인지능력, 지적능력…… 그냥 인간이 가지고 있는 모든 능력이 델타 돔 A급 혈통보다 세 배가량 높습니다!"

"뭐, 뭐?!"

"심지어 이 모든 능력은 신체발육과 함께 더욱 성장할 것으로 보입니다. 어쩌죠?"

"이, 이 괴물 새끼는 정체가 뭐야."

아이를 바라보던 시선에 어린 경멸까지.

그들이 수호하던 아이의 세계가 무너지는 건 그야말로 한 순간이었다. 아이는 그날 검사결과가 나오자마자 온몸을 포박 당했고 델타 돔에서 가장 구석진 곳에 위치한 밀실에 갇혔다.

그들은 아이를 차가운 철제 침대 위에 올려놓았고 하얀 피부 위에 알 수 없는 기계장치를 덕지덕지 연결했다.

"풀어주세요! 무서워요! 풀어주세요!"

아이는 몸부림을 치며 애원했지만 그들은 하나같이 그 아이의 목소리를 외면했다. 마치 사람이 아닌 짐승을 대하듯 그들은 무자비하기 그지없었다.

120cm가 조금 넘는 몸뚱이에서 엄청난 양의 혈액을 뽑아내고, 한 손으로 잡아도 절반이 남는 마른 팔에 강한 전류를 흘려보내고,

곱던 피부가 헐어버릴 때까지 울고 울어도 놓아주지 않았던.

"회복속도 봐라. 경이로울 정도네, 이거."

"……."

"괴물 새끼."

누가 사람이고, 누가 괴물인지 분간이 가지 않는 고통의 장소.

아이는 모진 고문과 비슷한 실험을 감당하며 내가 왜 이렇게 되었을까. 무엇을 잘못했기에 이런 벌을 받고 있는 걸까. 깊이 생각했다.

그때 마침, 아이를 차갑게 내려다보던 검사관이 말했다.

"어이구, 나도 어린애한테 이러려니까 마음이 안 좋긴 하네."

"도, 도와주세요. 아파요."

"아파? 그래도 어쩔 수 없어. 감히 이런 몸으로 태어나지 말았어야지."

아이는 그제야 겨우 현실을 깨달았다.

아, 나는 태어난 것부터가 잘못이었구나. 나의 존재가 죄였던 거구나. 나는 이 세상에 없었어야 하는 목숨이구나.

허나 그 사실은 열 살 남짓한 어린아이가 견디기에 너무나도 비극이었던 지라, 그날부터 아이는 차라리 빈껍데기가 되기로 결심했다. 어차피 괴물 같은 몸뚱이는 아무리 죽을 것처럼 아파도 하룻밤만 지나면 거짓말처럼 나아버리니까.

아파도 아픈 내색을 하지 않고 서러워도 서러운 감정을 드러내지 않고, 그렇게 고통에 수긍하기로 했다.

"연구 결과가 나왔습니다. 여기, 그 보고서입니다."

"어디 봐."

"원인이 참 더럽더군요."

"자연수정이라…… 이 연놈들 아주 배짱이 대단하군."

그 어떤 진실도 마치 알아듣지 못하는 것처럼.

"이 아이를 자연수정 시킨 짐승새끼들을 잡아와. 최대한 빨리."

"네. 알겠습니다."

"그리고 더러운 짓에 대한 심판은…… A존에게 맡기지."

아이는 동요하지 않았다. 아무것도 느끼지 않았다. 다가오는 불안감마저도 두 눈 감은 채 외면했다.

그러나 아이가 체념해 버린 절망은 그대로 저를 낳은 부모에게로 스며들어, 어미는 매일 같이 슬피 울었고 아비는 돌아오지 않는 아이를 애타게 찾아 헤맸다.

"능력 검사 다 끝나지 않았나요?"

"뭐야, D급 혈통이 여기가 어디라고 찾아와?"

"아직 한 아이가 돌아오지 않아서 그래요…… 확인해 주세요. 부탁드리겠습니다."

"뭐야? 너? 한 놈이 돌아오든, 못 돌아오고 뒈져 버리든 그게 무슨 상관인데?"

"……예요."

"뭐?"

"제 아들이에요……."

"너…… 지금 그 말 무슨 뜻인지 알고 지껄이는 말이야?"

"네, 압니다. 벌은 제가 다 받겠습니다. 그러니까 우리 아이만 무사히 돌려주세요. 부탁드려요."

"……."

"제발 그 애만 살려 주세요……."

그 남자의 처절한 부탁은 A존을 뒤흔들었다. A존은 자식을 잃은 부모의 슬픔보다 우월한 개체를 만들어 낸 자가 D급 혈통이라는 사실에 더욱 동요했다.

그는 곧바로 죄수처럼 붙잡혔고 머지않아 그녀 역시 사슬에 포박당한 채 그가 있는 곳으로 끌려 들어왔다.

두 남녀를 강제로 끓어앉힌 A존은 그야말로 살기뿐이었다. 하지만 아이의 목숨줄을 쥐고 있는 그곳은 두 남녀에게만큼은 유일한 희망이라서, 그녀는 머리를 조아리며 간절히 애원했다.

"아이를 살려 주세요. 부탁이에요. 다 저희의 잘못이니까 아이만큼은 살려 주세요……."

그녀의 절절한 목소리를 들은 통치자의 후견인은 비웃음을 띠었다.

"왜 죽을 생각부터 해? 우리한테 순순히 협조해서 세 사람 다 살아날 생각을 해야지. 안 그래?"

"……네?"

"돌연변이를 만든 너희들의 유전자로 통치자를 강화시킬 거야. 만약 유전자 강화에 성공한다면 너희는 인류를 구제할 영웅이 되는 것이고……."

"……."

"실패한다면 인류를 배반한 반역자. 그 이상도 이하도 아니지, 뭐."

그가 탁한 현실에 여지를 던졌다. 두 남녀는 그 실낱같은 희망에 매달릴 수밖에 없었다.

"협조할게요. 무엇이든 할게요."

"그래그래, 잘 생각했어."

"그럼 아이는 무사히……."

"이봐, 당장 저자들의 유전자 정보를 채취해. 오늘 자정에 시행될 강화수술에 곧바로 이용한다."

명령을 받든 에이전트들은 일사불란하게 두 남녀를 붙잡아 일으켰다. 그는 끌려가면서도 아이에 대한 확답을 받기 위해 목청껏 소리쳤다.

"아이는 건드리지 않겠다고 약속해 주세요!"

"……."

"제 몸은 어찌 쓰셔도 괜찮습니다! 그러니 부디! 아이만…… 그 아이의 목숨만 장담해 주세요!"

통치자 후견인의 눈매에 사나운 날이 섰다.

"내일 아침이면 강화수술의 결과가 나올 거야. 기존의 A1보다 더 나은 체력을 가진 아이를 찾긴 했는데…… 잘 버텨줄 지는 나야 모르지."

"아아……."

"그때까진 얌전히 갇혀 있어. 모든 건 날이 밝으면 얘기하자고."

마지막까지도 확답은 아니었다.

하지만 이미 새까만 A존의 욕망은 확인이 필요 없을 만큼 선명했기에 그는 불안감에 휩싸여 무너지고 말았다.

"아무것도 모르는 어린아이잖아!"

"어디서 반말이야. 하찮은 D급 주제에!"

"그 애한테 무슨 죄가 있다고! 대체 왜 그렇게 못 괴롭혀 안달인 건데!"

"죄? 그걸 정말 몰라서 물어?"

통치자 후견인은 오만함이 담긴 얼굴로 분노에 찬 그의 눈을 직시했다. 이미 손끝도 움직일 수 없는 상태가 된 그는 그저 시선을 피하지 않는 것밖에 저항할 방법이 없었지만.

짜악—

메마른 뺨으로 내리꽂힌 매서운 손바닥에 그마저도 맥없이 떨구어지고 말았다.

"감히 A존을 넘어선 죄. A존의 우월함을 의미 없게 만든 죄. 그리고 더 나아가!"

"……."

"A존의 통치에 거슬리는 존재가 되어버린 죄."

"그게 대체……."

"벌써 세 개나 찾았네? 그러게 이렇게 죄 많은 애새끼를 왜 낳았어."

나쁜 새끼. 정말 쳐 죽여도 모자랄 나쁜 새끼.

"으아아아!"

그는 괴성을 지르며 저항했으나 별 소용은 없었다. 두 남녀는 그 길로 연구실 안에 던지듯 넣어졌고 가지고 있는 모든 것을 빼앗겼다.

그 후 다시 바깥으로 나왔을 땐 이미 온몸이 너덜너덜해진 상태였다. 그러나 사랑하는 사람이 아직 내 곁에 살아 있어서 그들은 진심으로 다행이라고 생각했다.

허나 살아나왔다는 감동을 느낄 틈도 없이 잔혹한 A존은 두 사람을 델타 돔에서 가장 구석진 밀실에 처박아 넣었다. 차가운 바닥에 내던져진 그들은 서로의 떨리는 몸을 끌어안고 한참을 울기만 했다.

무엇이 잘못되었는지 묻는다면 세상은 나의 사랑이 잘못되었다고 한다. 하지만 사랑할 수밖에 없는 사람을 두고 내가 어찌 했어야 하는지 답을 내릴 수 없다.

그래서 후회하지 않기로 했다. 결코 우리의 선택을 후회하지 않고 모두가 손가락질해도 우리만큼은 당당하기로, 그렇게 결심했다.

그때, 밀실의 문이 열리고.

"아……."

작은 몸뚱이 하나가 비틀거리며 들어섰다.

성한구석이 한 군데도 없는 아이의 몸을 보며 그녀는 울부짖었고 그는 그대로 달려가 아이를 품에 넣었다.

"아파요……."

"……."

"아파요. 놔주세요……."

"괜찮아. 이젠 아플 일 없을 거야. 혼자 많이 무서웠지?"

"벌 받는 거니까 괜찮아요."

"벌 받는 거 아니야. 니가 무슨 잘못이 있어서 벌을 받아……."

"……태어난 죄요."

너를 위해 해 줄 수 있는 일 383

"뭐?"

"괴물로 태어난 죄요."

탄생을 참회하는 아이는 조금의 흔들림도 없었다. 그 약한 아이가 단단해질 때까지 무슨 일이 있었는지, 부모는 상상하기조차 두려워졌다.

그 어떤 과거의 일도 후회하지 않기로 한지 얼마 되지도 않았는데. 아이의 처참한 몰골을 보니 굳은 다짐은 전부 물거품처럼 사라진다. 아이가 이렇게 된 것이 전부 우리의 욕심 탓인 것만 같다.

나는 사랑을 느꼈던 것이 후회스럽고 그녀를 안았던 것이 미안하다. 감히 가진 것도 없는 주제 부모가 되려 했던 것이 사무치도록 고통스럽다.

"미안해……."

"……."

"내가 정말 미안해……."

늘 사랑만 주고 싶었던 그는 오랜만에 다시 만난 아이를 끌어안고 죄책감만을 건넸다. 아이는 메마른 표정으로 그의 목소리를 들었고 텅 빈 시선으로 그녀의 우는 모습을 지켜보았다.

아이는 이들이 왜 나보다 더 아파하는지, 그 감정을 이해하지 못했다. 그래서 그들이 슬퍼하는 동안 같이 슬퍼해 주지 못했다.

그것은 아이가 자라면 자랄수록 고통스러운 기억이 되었지만 그때의 아이는 단 일 초 뒤의 미래조차도 내다보지 못했기에, 그렇게 가만히 서 있기만 했다.

그들의 눈앞에서 가장 가슴 미어지는 모습으로. 가만히, 괜찮다는 말도 없이 가만히 멈춰있기만 했다.

그날 밤. 황폐한 지구에 동이 틀 무렵.

아이의 엄마는 눈가를 닦아 내고, 아이의 어깨를 잡았다. 그리고 언제 흐느꼈냐는 듯 강인해진 목소리로 말했다.

"아가. 내가 하는 말 잘 들어."

"……"

"태어나줘서 고마워."

"……네?"

"태어나줘서 정말 고마워. 너를 만나게 해 줘서 너무 기뻐."

그녀는 입꼬리를 들어 힘겹게 웃었다. 아이는 그 웃음이 어쩐지 낯이 익은 듯했지만 젖도 못 떼던 시절의 기억을 떠올리진 못했다. 그래서 낳아줘서 고맙다는 인사도 해 주지 못했다.

그런 아이에게 이번엔 그가 다정한 손길을 건넸다. 그는 하염없이 아이의 부드러운 갈색 머리카락을 쓰다듬어주다가.

"나는 너를 정말 사랑해."

"……"

"무슨 일이 있어도, 혹시 오늘부터 혼자가 되더라도 이건 꼭 기억해 줘."

"……"

"내 모든 순간을 다 합쳐도 너만큼 사랑스럽고 소중한 사람은 없을 거야."

하염없는 사랑을 고백한다.

아이에게는 이 말 역시 낯설지 않았지만 그와 처음으로 헤어지던 순간을 어김없이 떠올리지 못했다. 그래서 그에게도 역시 사랑한다는 대답을 들려주지 못하고 마지막 순간까지 빈껍데기인 채로 가만히 안겨만 있었다.

철컹—

아침이 되자 드디어 굳게 닫혀 있던 밀실의 문이 열렸다. 밀려들어온 감시관들은 아이의 손을 꼭 잡은 두 남녀를 떼어 냈고 우악스럽게 밖으로 내몰았다.

그는 질질 끌려 나가면서도 뒤를 돌아 아이가 무사히 따라오고 있는지를 확인했다. 그녀는 아이의 걸음을 지켜보며 비틀거릴 때마다 가슴을 쓸어내렸다.

목숨이 위태로운 지금의 상황쯤은 아무래도 좋았다. 그들에게는 아이의 생명만이 중요했다.

"앉아."

"아이는…… 아이는 어디로 데려가는 건가요!"

"앉으라고! 이 새끼들아!"

"그 아이는 저희가 부모라는 사실도 몰라요! 그 애는 아무 죄가 없어요!"

"질서를 어긴 죄라면…… 저희가 목숨으로 갚겠습니다. 제발 아이는 건드리지 말아 주세요…….."

"지금 니들 새끼부터 죽여줄까?! 그래야 순순히 무릎 꿇을래?!"

드디어 A존의 집행대 앞에서 밝혀지는 운명의 결과.

"A1 강화수술 결과."

제발, 기적이 일어나주기를.

"강화 실패. A57과 D43은 총살형을 선고한다."

우리는 어찌 되어도 괜찮으니 제발 아이의 목숨이 무사할 수 있는 기적이 일어나주기를.

두 남녀는 간절히 바라고 바랐다. 자신의 삶은 끝을 맺었음에도 불구하고 남겨진 삶을 위해 어떻게든 희망을 찾아보려 애썼다.

"그리고 두 사람이 낳은 돌연변이는……."

"……."

"혈통코드 Z999을 증여하고, 훗날 A1의 충직한 부하가 될 수 있도록 정신교육을 실시한다."

그리고 다행히도 내내 보이지 않던 희망은 죽을 때가 되어서야 겨우 모습을 드러낸다.

두 남녀는 아이의 삶이 계속될 것이라는 소식을 듣고 그 어느 때보다도 마음을 다해 기뻐한다.

"감사합니다……."

아무도 이 마음을 이해하지 못하겠지만. 누군가는 죽음을 선고받고도 기뻐하는 우리를 미쳤다고 생각하겠지만.

"정말 감사합니다……."

징벌은 아이와 마지막 인사를 나눌 틈도 없이 바로 시작되었다.

"자, 그럼 이제부터 형을 집행한다."

집행이 시작되자 그녀와 그는 서로를 마주 보고 처음 눈이 마주쳤던 순간처럼 예쁘게 웃어 주었다.

"두 사람은 비합법적인 자연수정을 저지른 죄, 고기한 혈통체계를 어지럽힌 죄, 더 나아가! A1님의 안위까지 위협할 만큼 끔찍한 돌연변이를 탄생시킨 죄로!"

"……."

"지금 즉시 총살형에 처한다."

죄목을 듣자 하니 정말 의미 있이 살다가는 인생이란 생각이 든다. 일말의 미련조차 남지않은 지금, 사랑하는 사람과 함께 눈을 감는 것이 나쁘지만은 않을 것 같다.

총구는 저항 없는 그들의 머리를 잔혹하게 겨누었고.

타앙―!

서늘한 굉음을 터트리며 선한 미소가 누구보다 아름다웠던 그의 삶을 먼저 끝냈다.

그를 잃은 그녀는 죽음이 두렵지 않아졌으나, 마음 한편으로는 자신의 목숨이 사라지는 순간부터 영영 혼자가 될 아이가 걱정스러웠다. 그래서 마지막으로 고개를 돌려 그 사람을 빼닮은 아이를 한 번 더 눈동자에 담으려는데.

타앙―!

총구는 어떤 꽃보다 향기로운 그녀의 몸에도 잔혹한 죽음을 선사했다. 짧은 인사마저도 건넬 수 없을 만큼 순식간에 이뤄진 집행이었다.

"기분이 어때?"

아이를 근처에 있던 A존의 시민 하나가 흥미 가득한 목소리로 물었다. 아이는 그 기분을 차마 설명할 수 없어 그저 입을 다물고 있었다. 그들의 시신이 질질 끌려 나갈 때도 계속. 그들이 흘린 피가 구정물에 섞여 지워질 때도 계속.

자신이 느끼는 감정이 절망이라는 것을 깨닫지 못해서, 아이는 그저 가만히 모든 비극들을 바라보기만 했다. 아이는 그렇게 혼자가 되었다.

　그 누구보다 아름다웠고, 그 누구보다 용감했던 삶에 대해 알게 된 건 그로부터 10년도 더 지나서의 일이었다.

　그들의 존재를 뒤늦게 깨달았을 때 나는 무슨 생각을 했더라.

　그저 나는 슬퍼하는 것도 지쳐서.

　'태어나줘서 정말 고마워. 너를 만나게 해 줘서 너무 기뻐.'

　'나는 너를 정말 사랑해.'

　'내 모든 순간을 다 합쳐도 너만큼 사랑스럽고 소중한 사람은 없을 거야.'

　그 사람들의 마지막 말만을 끊임없이 되새겼던 것 같다.

　이 삭막한 세계에 나를 목숨보다 사랑해 주던 두 사람이 있었구나, 하고.

*　　*　　*

　나는 너에 대해 아무것도 몰랐다. 아니, 나만 너에 대해 아무것도 몰라주었다.

　그래서 나는 너의 앞에서 감히 무너지려 했고 감히 지치려 했고 감히 돌연변이의 삶을 저주했다.

　너는 그때마다 상처를 받았을까. 꼭 너의 삶을 비난하는 것 같아, 서럽다고 느꼈을까.

'한지성. 오늘 알게 됐는데…….'

'나는 사람과 사람 사이에서 태어난 것 같아.'

'내 부모가 누군지, 넌 알아?'

어느 날, 내가 멋도 모르고 꺼냈던 그들에 대한 이야기.

'거짓입니다, 전부. 더 정확히 말씀드릴까요?'

'이안 님께는…… 부모라는 존재가 없습니다.'

그 대답을 하는 너의 마음은 배려였을까. 원망이었을까. 슬픔이었을까. 죄책감이었을까.

"이안 님……."

이야기의 주인공인 너는 주저앉아 나를 부른다. 너의 시선에는 나에 대한 걱정만이 가득해서 나는 사과를 내뱉을 면목도 없어졌다.

그래서 아무 말 없이 너와 눈을 마주하고 있으니.

'제가 죽였습니다. 그러니 저를 원망하세요. 나쁜 것도, 잘못한 것도, 모든 비극의 시작이 된 것도…….'

'전부 저의 존재입니다. 이안 님.'

니가 했던 거짓말이 문득 선명하게 떠오른다.

'……용서할게.'

'되돌릴 수도 없는 일로 널 힘들게 하고 싶진 않아.'

'그러니까 전부 잊어. 지금 내 유일한 가족은 너니까.'

감히 내가 내뱉었던 대답까지도.

나는 감히 너에게 용서라는 단어를 꺼냈고 지금에 와서야 너의 눈동자가 크게 흔들리고 있었음을 깨달았다.

너는 아파하고 있었구나. 그날 누구보다도 아파하는 중이었구

나. 그것도 모르고 나는 매정히 등 돌려 떠나는 너에게 서운해 했었는데.

순간 눈앞이 하얗게 변하며 새로운 기억이 머릿속을 가득 채웠다.

'A1 님, 돌연변이를 만들어 낸 반역자를 붙잡았습니다. 그 유전자를 사용해 A1 님께도 어마어마한 힘을 안겨드리겠습니다.'

지금껏 꿈인 줄로만 알았던 과거의 단면이자, 수술실로 들어가던 날의 짧은 대화였다.

'만약 실패한다면?'

'글쎄요. 델타 돔의 통치자가 되실 A1 님께서 한낱 D급 혈통이 섞인 돌연변이만도 못하시다면 그것도 나름대로 곤란하니까…….'

'……'

'앞으로 언제든 돌연변이를 생산해낼 수 있는 자들은 우선적으로 처리해야 하는 게 맞지 않겠습니까?'

그 이야기를 들은 나는 분명 대답을 했었던 것 같다. 그게 제발 수긍은 아니었으면 좋겠는데.

'그리해야겠지.'

나는 그렇게 그들에게 죽음을 선사했고 아무 생각 없이 수술실로 향했다. 되살아난 기억은 잔혹한 나의 과오를 드러내고야 말았다.

"아…… 안 돼……."

"이안 님……."

"안 돼……."

이젠 모두 기억이 난다. 잃어버렸던 첫 폭주 이전의 삶이.

나는 항상 누구도 다치지 않길 바라는데 이미 두 목숨은 나로 인
해 죽음을 맞이했다.

갚을 길도 없는 죄책감의 빚.

나의 세계가 무너져가고 있다.

*　　　*　　　*

"미안…… 미안……."

이안은 들리지도 않는 목소리로 중얼거렸다. 하지만 끝을 맺지
는 못했다.

지금까지 보아 왔던 얼굴 중 가장 혼란스러운 얼굴을 하고 그는
바들바들 몸을 떨었다. 사랑으로 시작되었지만 죽음으로 끝을 맺
은 이야기는 그의 이성을 망가트리기 충분했다.

"말도 안 돼. 어떻게 그런 일이……."

백화는 그들의 세계에서 벌어진 비극을 도저히 받아들일 수 없
었다. 상식선에서는 이해하지 못할 잔인한 전개는 원이 지어낸 공
상이라고 믿고 싶을 정도였다.

그러나 거짓을 고한다고 보기엔 너무나도 당당한 원은 혼자만
즐겁다는 듯 웃으며 말했다.

"하아, 이제라도 너의 추악한 면을 드러내게 되어서 다행이야. 착
한 척, 순한 척하는 게 얼마나 역겨웠는지."

그러고는 주저앉아 있는 지성에게로 고개를 돌려 이안에게 건넸
던 것과 달리 애틋하기만 한 시선을 넌지시 내려둔다.

"Z999. 나는 니가 얼마나 고통스러웠을지 알아."

"……."

"그래서 A존을 없애버린 거야. 너를 망가트리려 했던 모든 인간들과 너에게 지옥이었던 모든 공간을 가루로 만들었어."

"……."

"그러니까…… 11년 전 그날 내가 저지른 건 쿠데타가 아니야. 너에게 바치는 복수지."

그건 모두 지성을 향한 목소리였으나 반응하는 건 이안이었다. 이안은 그의 말이 이어지면 이어질수록 고통스러운지 머리를 감싸쥐었다.

"이안 씨! 괜찮아요?! 정신 차려요!"

불안한 낌새를 느낀 백화는 급히 이안을 붙잡았다. 그러나 이안은 백화의 눈을 마주치지도 못하고 흐린 음성만 흘려보냈다.

"오지 마……."

"이안 씨……."

"위험해…… 옆에 있지 마……."

절대 놓으면 안 될 것 같은데 부디 놓아주길 바라는 그는 이해되지 않는 모습이었다.

혼란스러워하는 백화에게 원은 고개를 돌려 친절한 설명을 덧붙인다.

"아, 그거 폭주하려는 거야."

"……."

"하지만 걱정하지 마. 폭주하면 가까이 있는 사람이 아니라 폭주를 하게 만든 원인을 해치는 것 같으니까."

그러면서 그가 안주머니에 손을 넣어 꺼내 드는 건 권총 한 자루였다.

"그냥 여기로 오는 순간 죽여 버리면 돼."

이안을 향한 서슬 퍼런 죽음을 느낀 지성은 그제야 힘없이 떨어트렸던 고개를 들어 올렸다. 그는 느리게 손을 뻗어 원의 손목을 강하게 붙잡았고 강한 경고를 내뱉었다.

"총 집어넣어. 방아쇠 당기기 전에 내가 먼저 널 끝낼 거야."

원은 그가 진심이라는 걸 누구보다 잘 알 수 있었다. 이젠 눈빛만 스쳐도 그의 기분을 읽을 수 있을 정도로 오랫동안 애타게 바라봐 왔던 사람이니까.

그러나 그 사람이 간과한 사실이 하나 있다면, 지금 원에게 중요한 건 자신의 목숨 따위가 아니라는 것이었다.

"마음대로 해."

"……."

"말했잖아. 너와 함께 가는 곳이라면 지옥의 밑바닥이라도 좋다고."

나는 그저 너를 약하게 만드는 모든 것들을 없애버리고 싶을 뿐이야. 강해진 너를 두 눈으로 다시 보고 싶어. 니가 얼마나 대단한 존재인지, 또 한 번 느끼고 감탄하고 싶어.

원의 눈에 다시 광기가 어렸다. 지금까지 보아 왔던 것 중에서도 가장 농도 짙은 집착이었다.

지성은 이 지경까지 망가져 버린 그를 안타까운 시선으로 바라보았고.

"왜 나한테 이렇게까지 하는 거야……."

처음으로 연민했다. 그렇다고 해서 나아질 건 없는 단순한 동정심만으로.

그 말은 원을 더욱 비참하게 만들었지만 어느새 그에게 비참함을 느끼는 건 당연한 일이 되어 버린 터라 괜찮았다. 상처받아도 받지 않은 척, 지쳐도 지치지 않은 척. 혼자만 애타게 매달려 있는 건 누구보다 자신 있었다.

"이안 씨, 이대로는 안 돼. 제발 정신 차려."

백화는 점점 심각해지는 사태에 조금 더 힘주어 이안을 붙잡았다.

"나 봐. 이안 씨."

"……."

"내 얼굴 똑바로 봐."

그녀는 이안의 어깨를 흔들며 재촉했고 이안은 고집스럽게 시선을 피했다.

"고개 들라고!"

백화의 목소리가 터지듯 쏟아졌다. 그래도 반응이 없는 이안을 억센 손길로 자신을 향하게 만드니 역시 예상했던 대로 그는 눈동자부터 새까맣게 물든 상태였다.

"나한테서 떨어져…… 부탁이야……."

일말의 이성은 남아 있지만 그것마저 곧 사라질 만큼 그는 위태로웠다.

지금 흘러나오는 목소리마저도 금방 끊어질 것처럼 힘겹기만 했고, 시선은 어느 한 곳에 맺혀 있지 못한 채 사정없이 흔들렸다.

"이안 씨……."

그 모습을 본 백화는 저도 모르게 머뭇거리고 말았다. 그녀의 불안을 느낀 이안은 여기서 더 겁을 주는 존재가 되기 전에 스스로 갇혀버리기로 결심했다.

분명 이럴 때 혼자 숨어들어 가선 안 된다고 그녀는 말했지만 모든 이성이 사라지니 그녀의 말을 떠올릴 겨를도 없었다. 그의 나약한 모습만 그대로 드러나 버릴 뿐이었다.

"혼자…… 혼자 있을 곳으로 가야 해……."

이안은 막무가내로 발걸음을 움직이려 했다. 백화는 이럴 때 그를 혼자 두면 어떤 꼴이 되는 줄 알고 있었기에 그의 어깨를 붙잡고 놓아주지 않았다.

"안 돼. 이안 씨, 못 가."

"놓아줘……."

"못 간다고! 또 이안 씨 몸만 엉망진창으로 만들어 버릴 거잖아!"

"제발……."

"절대 안 돼! 폭주하지 말고, 이성을 찾아! 멈추라고!"

나도 그러고 싶은데 그게 안 돼. 나는 폭주를 멈추지 못해. 지금껏 계속 그래 왔는걸.

약해진 이안에게 희망을 가질 힘은 없었다. 그래서 그는 간절한 그녀의 눈을 외면하고 쉽게 체념을 내뱉었다.

"죽일 거야……."

"뭐?"

"내가 여기 있는 전부를 죽여 버릴 거야……."

"……."

"그러니까 제발…… 혼자 있게 해 줘……."

그 말에 지성은 긴 한숨을 쉬었고 원은 비웃음을 흘렸다. 두 사람의 감정은 달랐지만 둘 중 이안이 버텨 낼 수 있을 거라는 확신을 가진 자는 없었다.

백화는 누구보다 착한 이 사람이 괴물이 되는 과정을 지켜보며 입술을 꾹 깨물었다. 그러고는 손끝에 그녀가 가진 모든 힘을 실어.

짜악―!

그의 하얀 뺨을 내리쳐버렸다. 지성의 눈동자가 크게 흔들렸다.

"백화 님! 위험합니다!"

"……."

"당장 이안 님에게서 물러나세요!"

그는 도발하는 백화에게 애타는 경고를 던졌지만 그녀는 그 외침이 들리지 않는 듯 아무 반응이 없었다. 그녀는 그저 이안의 얼굴만 단호하게 직시했고 짧게 들이마신 숨을 커다란 목소리로 내뱉었다.

"정신 똑바로 차려! 강이안!"

"……."

"니가 사람을 왜 죽여! 왜 지키는 게 아니라, 당연히 해칠 생각부터 하는데!"

그것은 호통이었다. 이안은 태어나서 처음 들어보는 진심이 담긴 호통.

그는 얼얼한 뺨을 매만지며 괴물이 된 눈동자로 그녀를 마주했다. 그는 여전히 절망에 빠져 있었지만 똑바로 바라본 그녀의 눈은 평소처럼 흔들림 없이 굳건했다.

"소중한 사람 놔두고 도망치지 말라고 했잖아! 또 전부를 잃어버려야 정신 차릴래?!"

"……."

"혼자 틀어박히면! 그럼 니가 할 수 있는 일이 갑자기 생겨나기라도 해?!"

"……."

"지금 힘든 건 지성 씨인데! 왜 니가 사라져! 니가 이럴까 봐 아무리 힘들어도 너한테 못 기댔던 거잖아!"

그녀의 말은 하나도 반박할 게 없었다. 지성이 잔혹한 진실을 가슴에만 묻어 두고 있었던 건 분명 이안이 감당하지 못할 거라 생각했기 때문이었다.

하지만 이안은, 떠나려는 지성을 원망하기만 했다.

그렇게 떠나는 건 정말 무책임하다고. 남겨진 나에게 정말 못할 짓이라고. 나는 감당할 수 있고, 버틸 수도 있으니까 제발 혼자서만 사라지지 말라고.

"이안 님……."

지금 다 허물어진 모습으로 나를 부르는 너도 같은 마음일까. 내가 혼자 숨어들어 가면, 남겨진 너는 지금보다 더 고통스러워질까.

지금의 눈빛을 보면 너는 충분히 더 아파하고도 남을 텐데, 내가 본능 안에서 날뛰고 있는 폭군으로부터 널 지켜낼 순 있을까.

한없이 고민하고 고민하던 그때.

"지킬 수 있어."

따뜻한 한 마디와 함께 다정한 손길이 와 닿았다.

마치 떠오르는 생각들을 모두 읽어낸 것처럼 그녀는 지금 이 순간 가장 절실한 말을 건넸다.

"넌 소중한 사람을 충분히 지킬 수 있어."

"……."

"그건 니가 지키고 있는 사람이 다름 아닌 나라서 잘 알아."

내가 가장 열심히 지켜 온 사람이 말한다. 나는 분명 소중한 사람을 지킬 수 있다고.

"그러니까 겁먹지 말고……."

"……."

"지성 씨를 위해서 할 수 있는 일이 뭔지, 생각해 봐요. 이안 씨."

그러니 겁을 먹을 필요도 없다고 말한다. 나도 무언가를 할 수 있을 거라는 믿음을 준다.

순간 이안은 자신이 얼마나 온 힘을 다해 그녀를 지켜왔는지 떠올려냈다.

처음엔 단순히 필요한 사람이라서. 그다음엔 많은 것을 챙겨 주는 사람이라서. 마지막으로는 목숨보다 소중한 사람이라서.

그는 그녀를 곁에 두려 애썼고 아픔을 주지 않기 위해 노력했다. 서투른 게 많아 실수도 잦았지만 그녀는 마침내 이안으로 인해 기뻐했다.

그러니 어쩌면 나도 너를…….

"이제 멀어지지 말고 다가가."

스스로에 대한 믿음이 딱 거기까지 이르렀을 때, 백화는 지그시 이안의 몸을 지성 쪽으로 밀었다.

이안은 거부하는 대신 순순히 지성의 쪽으로 순순히 걸음을 옮겼다. 그리고 이내 그는 지성의 앞에서 처음으로 무릎을 꿇는다.

"이안 님……."

"알려줘."

뜨거운 눈가를 매만지며 이안은 지성에게 말했다.

"내가 너를 위해 뭘 해 줄 수 있는지, 제발 알려줘."

"……."

"니가 원하는 건 다 해 줄게."

믿음직스러워 보여야 그 애는 말을 할 텐데, 이안의 눈에서는 자꾸 주체 못 할 만큼의 눈물이 쏟아진다.

하지만 눈물을 쏟아 내면 쏟아낼수록 점멸하던 시야는 점점 제 빛을 되찾고 요동치던 마음도 잔잔해지기 시작한다. 이안은 아직 눈치채지 못했지만 어느새 되돌아온 그의 눈동자는 평소처럼 순결기만 했다.

그걸 가장 먼저 알아챈 지성은 부드럽게 말했다.

"이안 님…… 혼자 힘으로 폭주를 멈추셨네요."

이안은 그제야 차마 지성에게 두지 못했던 시선을 움직였고, 지금까지 어둡고 멀어서 제대로 보지 못했던 그의 눈동자를 똑바로 마주했다.

"너 눈……."

"이안 님과 비슷하죠?"

늘 따듯한 다갈색이었던 눈동자는 지금껏 상상하지도 못했던 보라색을 띠고 있다.

하지만 비슷하진 않았다. 거짓으로 만든 자신의 눈동자보다 훨씬 더 신비롭고 영롱하게 빛났으니까.

이안은 살면서 보아 왔던 것 중 가장 아름다운 그 눈을 보며 이것은 절대 저주 따위가 아니라고 생각했다. 그렇게 불길한 뜻으로 여기기엔 보라색 눈동자를 가진 지성의 존재가 너무나도 소중했다.

"아니, 훨씬 나아. 너한테 정말 잘 어울려."

이안의 뒤늦은 대답에 지성은 입꼬리를 들어 올렸다. 그리고 무슨 말을 꺼내려는데.

"무슨 개수작이야. 이 새끼가."

그 모습을 지켜봐 주고 있던 원에게서 결국 악의 섞인 말이 터졌다. 원은 이안이 저항할 새도 없이 그의 머리카락을 움켜쥐었고, 지성이 말릴 틈도 없이 바닥으로 내쳤다.

"이안 님!"

걱정 가득한 지성의 외침. 하지만 그건 원의 신경을 더욱 날카롭게 만들 뿐인지라 원은 결국 하염없이 흥분한 채 쓰러진 이안을 마구 짓밟기 시작했다.

"내가 손대지 말라고 했잖아! 욕심내지 말라고 했잖아!"

"아······."

"다 빼앗겨줬으니까 내 사람만큼은 죽어도 안 된다고! 질리도록 말했잖아! 개새끼야!"

이안은 몸을 웅크렸고 입술을 깨물어 신음을 참았다.

지성은 저항도 하지 않는 이안을 위해 급히 원을 밀쳐내려 했으나.

"왜! 날 죽여버리기라도 하게?!"

손이 뻗어 나가기도 전에, 원은 지성의 이마 정중앙으로 총구를 들이밀었다. 조금이라도 움직인다면 그대로 총알을 박아 넣을 기세였다.

"그만둬. 널 따라가겠다는 약속은 지킬 테니까."

"나 위해서 따라오는 거 아니잖아! 그것마저도 강이안 이 새끼 때문인 거잖아!"

"일단 진정해."

"그럼 지금 당장 저 새끼 버리겠다고 말해! 저 눈 똑바로 보면서! 인생에서 꺼져달라고 말하라고!"

"……진정하라고. 제발."

지성은 발악하는 원이 답답한지 미간을 구겼다. 그러나 원은 애원하고 빌어도 그 뜻을 알아주지 않는 그가 마음에 사무치도록 서러웠다.

"못 해?"

"……."

"그래…… 그럴 줄 알았어."

사실 이런 취급이야 흔하지만 자주 아프다고 해서 아픔의 정도가 덜 해지는 것은 아니다.

내가 하는 일들은 결코 나를 위한 것이 아닌데, 너는 나를 미워하기만 한다. 내가 하는 말들은 결코 어린아이의 고집이 아닌데, 너는 나를 하찮게만 여긴다.

이젠 내가 여기서 뭘 어떻게 해야 하는지, 얼마나 더 악착같이 매달려야 너를 빼앗기기 전으로 시간을 되돌릴 수 있는지.

전혀 모르겠다. 그 방법이라는 게 있었는지조차 모르겠다.

"그럼 하는 수 없지……."

가지지 못한다면 내 손으로 부서트려서라도 너에게 의미 있는 사람이 되는 수밖에.

원은 방아쇠 위로 손가락을 올렸다.

"뭐하는 짓이야! 그만 안 둬?!"

백화는 사납게 소리를 질렀지만 원은 실신한 사람처럼 미소만 지을 뿐이었다. 방아쇠를 당길 생각이지만 그를 죽이고 싶다는 살의는 아니다.

지금 원을 지배하고 있는 건, 그 사람에게 한낱 스쳐 지나간 존재로 남고 싶지 않다는 욕심이었다.

"기억해. Z999."

"……."

"너의 시작도 나였고 끝도 나였어."

그의 삶에서 마지막으로 들릴 목소리는 나의 목소리. 마지막으로 마주할 얼굴은 나의 얼굴. 마지막으로 마음에 들어찰 존재는 나의 존재.

원은 이것으로 충분하다고 생각했다. 그래서 망설임 없이 손끝에 힘을 주려했다.

바로 그 순간.

"많이 흥분하셨네요. 원 님."

앳되지만 생기 없는 목소리와 함께 목 언저리에서 찌릿한 통증이 일었다.

"으으……."

신음을 흘리며 고개를 옆으로 비트니 곧바로 눈에 들어오는 건 마취제 주사를 들고 있는 C7이었다.

그는 피스톤을 끝까지 누르고 주삿바늘을 빼냈다. 원은 목 언저리를 붙잡으며 그를 노려보았으나, C7은 조금도 동요하지 않고 침착하게 말을 이었다.

"뒤처리는 제가 해놓겠습니다. 안녕히 주무십시오."

"너…… 지금 무슨……."

원은 계획을 순식간에 망쳐버린 그를 책망하려 했다. 하지만 전신에 빠르게 퍼지는 약 기운을 못 이겨 결국 한 마디도 맺지 못하고 쓰러져 버렸다.

탈칵—

차가운 바닥에 나뒹구는 총처럼 힘없이 늘어져 버린 원의 몸.

C7은 그의 상체를 붙잡아 시공간 이동장치가 있는 밀실 안으로 이끌 준비를 했다. 그러다 문득 지성과 눈이 마주치자 그는 냉정한 표정으로 배려 섞인 말을 내뱉었다.

"마무리할 시간은 많이 못 드립니다."

"……."

"먼저 들어가 대기하고 있을 테니, 인사 나누고 오세요."

빠른 상황 정리에 혼란스러워하던 지성은 그제야 제정신을 붙잡았다. 그는 원을 옮기는 C7을 향해 고개를 끄덕였고 쓰러져 있는 이안에게 곧바로 다가갔다.

"이안 님 괜찮으십니까?"

"……어."

"일어나실 수 있겠어요?"

"난 괜찮으니까 걱정 안 해도 돼."

거짓말. 발길에 차인 피부엔 새빨간 핏방울이 올라오고 있는데.

"너는 아프지 않아?"

"제가 아플 일이 뭐가 있겠습니까."

"그래도…… 어디 아프지 않아?"

당신은 단 한 대도 맞지 않은 나를 걱정한다. 당신은 끝까지 너무나도 여린 사람이다.

"이안 님."

지성은 이안의 어깨를 붙잡은 채 낮은 음성으로 그를 불렀다. 이안은 대답 대신 마주한 시선에 힘을 더했다.

"아까 이안 님이 저를 위해 해 줄 수 있는 일이 무엇이냐고 물으셨죠?"

지성의 질문에 이안은 고개를 끄덕였고 그는 곧바로 이안이 원하던 대답을 내뱉었다.

"버티세요."

첫 시작은 버티라는 짧은 말이었다.

"죽을 것처럼 힘들어도, 죽지 말고 버티세요. 너무 고통스러워서 미쳐버릴 것 같아도, 정신줄 똑바로 잡고 어떻게든 버텨내세요."

그 뒤에 이어지는 건 간절한 부탁이었다.

"제가 이안 님 때문에 울고 싶어도 울지 못했던 만큼, 무너지고 싶어도 무너지지 못했던 만큼……."

"……."

"이안 님도 저 때문에 울지 말고, 무너지지 말고, 힘들어하지도 말고 꼭 버티고 계세요. 당신은 그럴 자격이 없습니다."

하지만 그건 곧 원망을 가장한 걱정 어린 진심이 되고.

"저한테 이안 님은 미워하고 싶어도 도저히 미워할 수 없는 사람이었으니까……."

"……."

"이안 님도 저를 미안한 사람이라고 생각하지 마세요. 아무리 미안해도 미안해하지 마세요."

결국 미안해하지 말고 잘 지내라는 다정한 인사로 마무리 지어졌다.

그건 아무리 되새겨도 그건 혼자 남는 이안을 위한 일들이었다. 지성의 부탁 안엔 끝까지 그의 욕심이 들어있지 않았다.

"그게 제가 이안 님께 내리는 형벌입니다. 용서는 다시 만나는 그날 해드릴게요……."

하지만 지성은 그 걱정 어린 마음을 형벌이라고 칭하며 다음을 기약했다. 깊이 마주하고 있는 보랏빛 눈동자엔 흔한 미움조차 없어서, 이안의 시야는 다시금 흐려졌다.

하지만 이안은 끝내 눈물을 떨어트리지 않고 단단한 음성으로 대답했다.

"그래. 그렇게 할게."

"……."

"혼자서 잘 버티고 있을게."

이안이 뱉어낸 '혼자'라는 단어에 지성의 마음은 와르르 무너졌다. 외로움을 가장 두려워하는 이안을 두고 떠난다는 사실이 뒤늦게 실감나서였다.

그러나 그 역시도 이 순간의 슬픔을 버텨 내고 고개를 끄덕였다.

"그럼, 다녀오겠습니다."

꼭 돌아오겠다고, 마음속으로 다짐하고, 또 다짐하며 지성은 자리에서 일어났다. 그의 손길이 떨어지자 이안은 이를 악 물고 터져나오려는 감정을 참아냈다.

백화는 그의 얼굴을 주시하고 있었지만 그가 바로 등을 돌려버린 탓에 어떤 표정을 짓고 있는지는 알 수가 없었다.

그 모습은 그 나름대로 염려스러워서 그녀는 멀어지는 지성의 뒷모습을 향해 씩씩한 목소리로 외쳤다.

"이안 씨는 걱정하지 마요! 힘들어할 때마다 내가 같이 버텨줄게!"

그러자 문득 지성의 발걸음이 멈칫하는가 싶더니 이내 공중에서 손이 흔들렸다.

"……네. 부탁드릴게요."

뒤따라 흘러나온 목소리에는 울음기가 가득했다. 그녀는 그가 감추려는 표정을 또렷하게 떠올려버렸으나 이안을 위해 아는 체하지 않았다.

이안 역시 마찬가지였다.

11년 동안 매일 함께했던 그 사람이 멀어지는 동안 이안은 그 사람과 같은 것을 감추기 위해 잘 가라는 말도, 꼭 무사히 돌아오라는 말도, 그 어떤 인사조차도 하지 못했다.

지성은 그렇게 밀실의 문 너머로 사라졌다. 머지않아 그 안에서는 눈부신 섬광이 터졌지만 이내 감쪽같이 수그러들었다.

굳이 확인하지 않아도 알 수 있다. 저 문 너머에 그 사람은 없을 것이다. 그에게 향하는 길 역시도 다른 길들처럼 가로막혔을 것이다.

"이제…… 이제 난 어떻게 해야……."

이안은 흐린 혼잣말을 중얼거렸다.

백화는 혼란스러워하는 이안에게 다가와 무슨 말을 했지만 그는 하나도 알아듣지 못했다. 마치 귀에 부착한 언어 통역기가 더 이상 델타 돔과 연결되지 못하는 것처럼, 다정한 그녀의 목소리는 낯선 언어로만 느껴질 뿐이었다.

델타 돔과 완벽하게 분리되었다는 사실을 실감하는 순간, 지성이 남겼던 편지 한 줄이 떠오른다.

'오늘 자정, 제가 델타 돔으로 돌아가면 이안 님과의 모든
인연은 끝이 나게 될 것입니다.'

그렇게 매정한 말을 남겨 두고 떠나려 했던 너는 정말 다시 돌아올 수 있는 걸까. 니가 끝날 거라고 했던 인연이 다시 이어질 수 있는 걸까.

"하아……."

불안한 한숨을 내쉬는 그에게 따뜻한 체온이 와 닿았다. 힘들 때마다 함께 버텨주겠다던 백화의 온기였다.

그녀가 하는 말은 여전히 이해할 수 없었지만 이상하게 그의 마음으로는 다정한 목소리가 들린다.

'괜찮아. 울지 마. 이안 씨는 내가 지켜줄게.'

어쩌면 지금 듣고 싶은 말일지도 모르겠다. 하지만 그런 것 따윈 상관없을 만큼 그의 등을 쓸어내리는 그녀의 손길은 한없이 든든했다.

이안은 불안한 만큼 힘주어 그녀를 껴안았다.

쿵. 쿵. 쿵. 쿵.

규칙적으로 뛰는 심장 소리. 모든 외로움을 잠재우는 너의 소리.

그 소리를 듣자 애써 동여 놓았던 눈물샘마저 모두 풀어져 버린 탓에.

"으으……."

이안은 그녀의 품에 안겨 한참을 울었다.

그날 밤은 그렇게 하염없이 서러운 아이처럼 울기만 했다. 하나뿐인 가족을 두고 떠나온 천 년 후의 한 사람이 그러했듯.

18 장
고마워요, 내 사람

시간은 생각보다 빠르게 흐른다.

영원히 그날 밤에 멈춰 있을 것 같았는데, 그리운 하루는 모이고 모여 어느덧 2년이라는 긴 시간을 이루었다.

2년 동안 이안은 많이 아파했고 많이 외로워했으며 또 많이 불안해했다. 어떤 날은 죄책감이 사무쳐서 밤새 잠 못 들기도 했고, 또 어떤 날은 그가 없다는 사실이 뼈저리게 실감 나서 몸살을 앓기도 했다.

만약 누군가 '잘 지내셨습니까?'라고 묻는다면 고갤 끄덕이지는 못하겠다. 그만큼 못 지낸 기간이 더 길었으니까.

하지만 확실한 건 그는 2년 동안 울고 싶어도 울지 않고 미치고 싶어도 미치지 않고, 어떻게든 버텨냈다는 사실이다.

얼마나 아파했든 얼마나 약한 마음을 품었든. 지금은 평범한 의사소통이 가능할 만큼 이곳의 언어도 배웠고 혼자 할 수 있는 일들도 굉장히 많아졌으니, 그야말로 완벽한 홀로서기였다.

늘 이안을 걱정해 왔던 그 사람이 보았더라도 분명 그렇게 말해 주었을 것이다. 정말 잘 버티셨다고.

"아, 망했다."

그런 이안이 지금 혼자서는 해결할 수 없는 심각한 문제에 처해 있다.

하얀 꽃으로 가득한 넓은 정원이 유독 아름다운 전원주택 앞. 한 손엔 망치를, 다른 한 손엔 '백화♥이안 Love House'라고 쓰인 명패를 든 이안의 표정은 망연자실 그 자체였다.

그도 그럴 것이, 그가 바라보고 선 하얀 대문에는 처참한 구멍이 뚫린 채 부서져 있는데, 신혼집의 대문을 그 꼴로 만든 사람이 다름 아닌 이안 본인이기 때문이었다.

단 두 번의 망치질만으로 이뤄 낸 눈에 띄는 업적이었다. 이럴 걸 예상했던 백화는 그가 망치를 찾아들자마자, 필사적으로 뜯어말렸었다.

'아, 가만히 있어! 내가 할게!'

'이런 건 남편이 하는 건데.'

'아니야, 부인도 해. 그러니까 그냥 내비 둬!'

'싫어. 나한테 반하게 해 줄게.'

'반했어! 지금도 충분히 반했으니까 사고치지 말고 냅두라고!'

이안은 그 모습이 꼭 자신을 믿지 못하는 것 같이 느껴져서 고집스럽게 현관문을 박차고 출발했다. 뒤에서는 '그러다 대문 부순다!'라는 백화의 예언이 들려왔었지만 그는 해내고 말 거라 다짐하며 무시했다.

허나, 그 다짐이 지나치게 과했던 탓일까.

쾅!

망치로 명패 한쪽 귀퉁이에 못질을 했을 때 '쩌적' 소리를 냈던 대문은,

쾅!

두 번째 망치질에 '와자작!' 부서지고 말았다.

그와 같이 산산조각이 나버린 건 나도 할 수 있을 거라는 자신감, 가능성, 그녀와의 신뢰관계쯤 되려나.

"아니, 이게 무슨 소리래!"

이안이 허망함에 빠져 있는 사이 정원에 테이블을 세팅하고 있던 백화는 소스라치게 놀라며 다가왔다. 이안은 서둘러 대문을 가로막았으나 예민한 그녀의 눈썰미는 심상치 않은 기운을 알아채 버렸다.

"뭐야, 거기 무슨 일이야. 당장 비켜 봐."

"아무 일도 없어."

"비켜 봐! 그럼! 어정쩡하게 서 있지 말고!"

"없다고. 가."

이안은 딱 잡아떼며 말했으나 마음마저 숨기기엔 시선이 지나치게 불안했다.

참 거짓말 못 하는 사람, 이라고 생각하며 백화는 성큼성큼 그에

게로 다가왔다. 이미 그가 무슨 짓을 벌였는지 예상은 되지만 순순히 비키지 않는다면 힘으로 밀쳐내서라도 확인할 생각이었다.

"왜, 키스해 주게?"

상황을 모면하기 위해 이안은 능글맞은 너스레를 떨었다.

아무리 화가 나도 그 말 한 마디면 픽 웃던 그녀였는데, 백화는 이안의 어깨를 찰싹찰싹 내리치며 성질을 부렸다.

"키스는 얼어 죽을! 대문을 얼마나 부숴 먹은 거야! 보자고, 좀!"

그건 자신이 저지른 일을 감안하고 보더라도 섭섭한 태도라 이안의 미간이 그녀를 따라 좁혀졌다. 그는 시선을 바닥으로 떨어트렸고 서운함을 있는 대로 끌어 담은 목소리로 말했다.

"너무하네. 얼어 죽으라니."

"뭐?"

"너 결혼하면 마음이 식는 그런 사람이었나."

"결혼식 아직 안 치렀거든요?! 마음 타령 하지 말아줄래요?!"

"어차피 내일이니까 벌써부터 식어 가는 중이겠지."

그러면서 이안의 눈동자는 세 번이나 흘깃거리며 백화의 얼굴을 바라본다. 위기를 모면할 타이밍을 보는 것이 분명한데 그 뻔한 속을 알면서도 백화는 매몰차지지 못한다.

그녀의 남자는 이렇게 섹시한 외모로 여린 눈동자를 할 때, 가장 마음을 두근거리게 만드는 능력이 있다.

"아니, 식어 가긴 누가 식어 간다고……."

"식었어."

"안 식었어. 이안 씨를 두고 어떻게 마음이 식어요."

"날 못 믿잖아."

"못 믿는 게 아니라…….."

결국 이번에도 말려들어 가나 싶던 그때였다.

"야, 대문짝이 왜 부서져 있냐. 너희 여기서 결혼식 올린다고 하지 않았냐?"

대문 밖에서부터 들려오는 반가운 목소리가 다 꺼진 불에 기름을 끼얹었다. 놀란 이안이 고개를 돌리자 몇 개월 만에 더욱 성숙해진 모습으로 나타난 그 아이는.

"에드워드?"

"닥쳐. 최태양이라고 불러."

미국에서 2년째 대학 생활을 하고 있는 태양이었다.

그를 확인한 이안의 눈이 반짝 빛났다.

"진짜 에드워드네."

"아, 최태양이라고! 한국이니까 한국 이름 불러!"

이안은 필사적으로 가리고 있던 대문에서 곧바로 몸을 떼어 냈다. 백화는 그 틈에 부서진 대문을 확인했고 그의 등을 내리치며 다시 성질을 냈다.

"아악! 우리 집 대문! 이럴 줄 알았어! 강이안!"

"반가워."

"그러니까 내가 가만히 있으랬잖아! 냅두랬잖아!"

"보고 싶었어."

"내 말 안 들리냐! 이거 어쩔 거야!"

"아, 내가 쓴 편지는 받았어?"

하지만 이안은 얻어맞는 와중에도 아랑곳하지 않고 귀국한 태양을 맞이했다. 한때는 감정적으로 어긋났던 사이였으나 이래봬도 지금의 태양은 혼자가 된 이안의 유일한 친구였다.

"어, 받긴 받았는데 그만 좀 써라. 하루에 열 통은 너무 많지 않냐."

비록 이안이 일방적으로 더 많이 좋아하고 있긴 하지만 태양은 미국에서 생활하는 동안 끊임없는 관심을 보내준 그가 싫지 않았다.

굳이 말하자면 호감 축에 속하려나.

"그런데 왜 답장 안 해."

"했잖아. 보낸 지 한참 됐는데 도착 안 했냐?"

"한 통만 왔어. 나머지 아홉 통은 어디 갔는데."

"야, 인간적으로 어떻게 열 통 다 답장을 쓰냐. 거기다가 편지도 매일매일 신문처럼 배달 오는데."

"너 새 친구 생겼어?"

"뭔 소리야, 또."

"생겼냐고, 새 친구."

이 징글징글한 집착만 아니라면 더 좋아해 줄 텐데 말이야.

"이안 씨! 쟤 붙잡고 늘어지지 말고 대문 수습해! 얼른!"

백화는 그런 이안을 다그치며, 태양을 붙잡아 이끌었다. 태양의 새 친구를 다 캐내지 못한 이안은 불편한 심기를 띠었으나 그녀는 달콤한 제안으로 그를 달랬다.

"다 끝나면 예뻐해 줄게. 아까 못한 것도 해 주고."

"못한 거, 뭐."

"쪽!"

멀어지는 그녀가 날리는 사랑스러운 손 키스.

이안은 여전히 표정을 풀지는 않으면서도 저도 모르게 얼굴을 붉혔다. 항상 저렇게 말만 해 놓고 까먹어버려서 제대로 보상받은 적은 없지만.

"다 끝내면 내가 받으러 간다. 입술 준비해."

이안은 부서진 대문의 파편을 주워들며 단호하게 말했다. 그 사이에 본의 아니게 끼어버린 태양은 못 볼 꼴 본다는 표정으로 가운뎃손가락을 치켜들며 대꾸했다.

"놀고들 있다, 아주."

"에드워드, 너도 해 줄까."

"하면 진짜 죽여 버린다, 너."

퉁명스럽게 대답하면서도 미소를 짓는 소중한 나의 친구, 그리고 언제나 생기 넘치는 소중한 나의 신부.

사랑하는 사람들이 한자리에 모여 있으니 바라만 보아도 가슴이 따듯해진다. 시시콜콜한 대화 속에서도 웃을 일만 자꾸 생겨난다.

이안은 망가진 대문을 보면서도 피식 웃었다. 분명 못 고칠 걸 알지만 그래도 아무 걱정 없이 즐겁기만 했다.

무얼 해도 기쁜 오늘은 이안과 백화의 결혼식 전날. 이안은 지금 세상에서 가장 행복한 새신랑이다.

"끝. 어떠냐, 괜찮지."

"와, 최태양!"

이안과 준비할 땐 해도 해도 끝이 없던 가든 웨딩 준비였다. 하지만 뭐든 잘하는 일꾼 한 명이 끼어드니 아기자기하던 정원은 고급 웨딩홀 부럽지 않은 야외 결혼식장이 되었다.

백화는 완성된 정원을 둘러보며 탄성을 질렀다.

"생각했던 것보다 훨씬 멋져! 테이블 세팅까지 최고네!"

그러자 가장 큰 공을 세웠던 태양은 어깨를 으쓱했고 장난스러운 거드름을 피우며 대꾸했다.

"이 쉬운 걸 하루 종일 하고 앉아 있었냐."

"말도 마. 이안 씨가 손대는 것마다 다 부서져. 체질적으로 무슨 일을 하는 게 안 맞나 봐."

"강이안은 건물주가 천직이야. 아무것도 안 해도 돈 받잖아."

"응, 나도 그렇게 생각해. 우리 이안 씨한테는 아무것도 안하는 것만큼 잘 어울리는 직업이 없어."

은근슬쩍 이안의 흉을 보고 있자니 때마침 현관 앞에 서 있는 그의 모습이 눈에 띈다. 그가 긴 팔을 뻗어 현관 위에 매달고 있는 건, 백화가 손이 닿지 않아서 차마 달지 못했던 꽃 장식이었다.

그걸 바라보던 백화는 흐뭇한 미소를 지으며 뒷말을 덧붙였다.

"그래도 참 든든해. 우리 이안 씨."

"저 애물단지가?"

"응. 모두가 변한다고 해도 이안 씨만큼은 항상 그대로일 것 같거든."

"그대로라……."

"절대 변하지 않을 사람이야. 저 사람은 세상이 두 쪽 나도 믿을 수 있어."

때마침 장식을 마친 이안이 현관문 위에서 손을 떼어 냈다. 그는 사뭇 진지한 눈으로 꽃 장식을 확인했고 제법 마음에 들었는지 아이처럼 미소를 지었다.

그런 이안의 모습은 태양이 직접 보기에도 2년 전 도저히 미워지지 않았던 그 순수함을 그대로 띠고 있어서.

"어, 그런 쪽으로는 믿을 만한 남편감이지."

그는 고개를 끄덕이며 동조했다. 목소리는 무심했지만 충분한 진심이 담겨 있는 칭찬이었다.

"그나저나 요즘 바빠? 이안 씨가 연락 안 된다고 난리다, 맨날."

백화는 다시 태양에게로 고개를 돌려 화제를 바꿔 물었다.

태양은 '강이안이 지나치게 자주 연락하는 거야.'라고 불평할까 하다가, 혹시라도 당사자의 귀에 들어가서 더 귀찮아지는 일이 없도록 일반적인 대답을 했다.

"나야 뭐, 이제 2학년이니까. 과제 때문에 힘들어 죽겠다."

"아, 그래. 한창 바쁠 때지. 그런데 이안 씨는 그걸 모르고, 맨날 너 새 친구 생긴 거 아니냐고 의심하더라니까."

백화는 태양에게 너무 예민하게 구는 이안을 나무랐다. 하지만 태양은 그 뜻을 알면서도 의미심장한 미소를 띠었다.

"왜 웃어?"

그녀가 의아한 눈빛으로 고개를 틀어 물으니,

"틀린 말은 아닌데."

"응?"

"나 여자 친구 생겼어."

그의 입으로부터 뜻밖의 폭탄선언이 터져 나온다. 이안의 촉이 들어맞은 역사적인 순간이다.

"뭐?! 언제부터!"

백화는 처음으로 듣는 태양의 연애 소식에 두 눈을 휘둥그렇게 뜨며 물었다. 태양은 멋쩍은 듯 시선을 피했고 그 상태로 수줍게 대답했다.

"알고 지낸 지는 꽤 됐고 만난 지는 얼마 안 됐어. 한 달 좀 넘었나, 이제."

"누구야! 어떤 여자야! 몇 살이고, 어디 살고, 성격은 착해? 혹시 미국인이야?"

"천천히 물어봐."

"대견해서 그러지! 적응 못 할까 봐 걱정했는데 누구보다 잘 지내고 있었네!"

그 소식을 들은 백화의 반응은 진심으로 기뻐 보였다.

그건 태양이 늘 그리워해 왔던 따뜻한 관심이라서 그는 지금 이 순간이 한 지붕 아래서 가족처럼 지냈던 그때와 비슷하게 느껴졌다.

태양은 은은한 미소를 퍼트렸고 마음에 품은 그 사람의 소개를 이어 나갔다.

"그냥 나랑 같은 한국 사람이고 옆집에 살아. 웃을 때마다 눈이 반달이 되는데 그게 미치도록 귀여워."

"아, 귀염 상이구나! 성격은?"

"항상 신이 나 있어. 같이 있으면 나도 따라서 기분 좋아질 만큼."

"또? 또 뭐가 좋은데?"

"좋은 점이라……."

한창 자랑을 하던 태양은 잠시 말을 멈추었다. 그러고는 문득 고개를 돌려 특유의 까만 눈동자로 백화를 가만히 마주했다.

지금 그가 들여다보고 있는 건 지난날 열병처럼 사랑을 앓아왔던 상대의 얼굴.

한때 태양은 눈앞에 있는 그녀에게 모든 마음을 바쳤었다. 하지만 단 한 번도 되돌려 받지는 못했고, 그의 존재는 그녀의 시선에 들어차지도 않았다.

"그냥 다른 건 다 필요 없고……."

"응?"

아무리 첫사랑은 이뤄지지 않는다고 해도 너무하다 싶을 만큼 비참해지고 서러웠던 그의 첫 번째 사랑.

"내가 좋아하는 만큼 나를 좋아해 줘."

하지만 그렇게 흉터뿐인 마음에도 새로운 사랑은 찾아오더라.

"내가 사랑한다고 말하면, 사랑한다고 대답해 줘."

봄날 마른 가지에 핀 벚꽃을 보듯, 사랑을 틔우니 기뻐해 주는 사람이 생겨나더라.

"나는 그게 가장 좋아."

"……."

"사랑하면 사랑받는 거."

그는 오랜만에 부드러운 미소를 입가에 머금으며 대답했다. 붉어진 태양의 얼굴에는 행복만이 가득 차올라 있었다. 그 애가 떠난

뒤로 항상 묻고 싶었던 '외롭진 않아?'라는 질문을 지금 던진다면,
'응, 전혀 외롭지 않아.'라는 대답이 돌아오고도 남을 만큼.

백화는 어느 때보다도 밝게 빛나는 태양을 보며 오랜 시간 묵혀
두고 있었던 미안함을 내려놓았다.

결혼 소식을 전하는 것도, 결혼식에 초대하는 것도 혹시나 상처
가 될까 조심스러웠는데, 그녀는 이제 와서야 가족처럼 소중한 존
재에게 진심 어린 축복을 부탁할 수 있게 되었다.

"응, 좋은 사람이 생겨서 다행이야."

내가 행복한 만큼 당신도 언제나 행복하길.

간절한 바람을 담아 웃어주니 태양은 특유의 앳된 미소를 따라
서 머금었다.

"역시 누구 생겼네, 너."

물론 그건 질투의 화신 강이안의 까칠한 등장과 동시에 흔적도
없이 사라지고 말았지만.

"왜, 나는 누구 생기면 안 되냐."

"여자야, 남자야."

"뭐?"

"여자냐고, 남자냐고."

이안은 예민한 눈빛을 보내며 태양에게 새로 생긴 사람의 정체를
캐물었다.

태양은 질문의 의도가 뭘까 잠시 생각하다가 어차피 이안의 머
릿속은 들여다본다고 해서 이해할 수 있는 것이 아니기에 솔직히
대답했다.

"여자."

"친구?"

"아니, 애인."

"아."

그러자 날카롭게 서 있던 이안의 날은 스르륵 풀어진다. 자신과 공통분모가 없는 것을 다행이라고 생각하는 모양이었다.

"잘 됐네."

"오, 너 애인은 딱히 질투 안 하냐?"

"질투를 왜 해. 애인인데."

"그 정도의 개념은 있었구나, 강이안."

"그냥 친구, 지인, 아는 사람, 친해지고 싶은 사람만 아니면 돼."

"애인 간섭보다 더 심하잖아. 미친놈아."

참으로 요상한 이안의 질투였다. 태양은 질색을 하며 싫어했으나 일방적으로 집착하고 있는 이안에게 그런 건 상관없었다.

그는 곧바로 안심이 된 표정을 지었고 그 시선을 그대로 백화에게 옮겨 백화에게 말했다.

"내 여자, 나 어디 좀 다녀올게."

"어디 가는데요?"

"그냥…… 얼마 안 걸려."

이안은 그녀의 질문에 되는 대로 대답하며 서둘러 등을 돌렸다. 그건 분명 무언가를 숨기는 것이었지만 백화는 그에게 더 이상 캐묻지 않았다.

사실 굳이 알아내려 하지 않아도 눈치챌 수 있다. 지금 어렴풋이 새어 나오는 감정은 평소의 눈빛에서도 이따금씩 드러나던 감정이니까.

지금 그녀가 할 수 있는 일은 그걸 혼자 버텨 내려는 그를 가만히 지켜봐 주는 것뿐이었다.

"그래, 잘 다녀와요."

백화는 평범한 인사 뒤에 너무 슬퍼하진 말라는 말을 덧붙일까 하다가 관두었다.

이안은 잠시 고갤 돌려 손을 흔들었고 대문을 지나 홀로 멀어졌다.

그의 뒷모습이 점차 시야에서 사라진다. 그 안엔 단 한 사람만이 메울 수 있는 외로움이 가득하다.

"쟤, 또 거기 가는 거냐?"

태양은 이안이 사라진 쪽으로 시선을 둔 채 넌지시 물었다. 백화는 고개를 끄덕였고 이내 안타까움이 가득한 말을 덧붙였다.

"오늘은…… 많이 울지 말아야 할 텐데."

서울역 광장.

까만 롱코트를 차려입은 희운은 바삐 지나다니는 사람들 틈에 가만히 서 있었다.

희운은 2년이라는 시간 동안 온기를 되찾은 시선을 인파 쪽으로 두었고 만나기로 약속한 누군가를 애타게 찾았다. 분명 버스에서 내렸다는 문자를 받긴 했지만 그 사람의 흔적은 아직 보이지 않았다.

너무 작아서 못 찾고 있는 건가, 잠시 고민하고 있던 그때였다.

"아! 저 여기! 여기 있어요!"

그의 뒤편에서부터 명랑한 목소리 하나가 불쑥 튀어 나왔다. 반가운 기색을 담아 고갤 돌리니, 허둥지둥하는 모습마저 변하지 않은 그녀가 바삐 뛰어오는 게 보였다.

"늦어서 죄송해요!"

"이미 늦었으니까 걸어와. 다쳐."

희운은 부드러운 목소리로 위태로운 걸음을 걱정했다. 하지만 이내 그녀가 손에 닿을 거리까지 가까워지자 그는 장난스러운 핀잔을 놓았다.

"이십 분이나 지각인가. 너무하네."

"버스가…… 버스가 안 와서! 그래서!"

"알았어, 알았어. 숨 제대로 쉬어."

그는 가쁜 호흡을 고르는 그녀에게 본능적으로 손을 뻗으려 하다가 도로 집어넣었다. 하지만 눈빛은 자상하기 그지없었고, 입가에 띤 미소는 후련해 보이기까지 했다.

터질 듯한 심장이 제법 진정되었는지 그녀는 떨어뜨렸던 고개를 다시 한 번 치켜들고 사과를 했다.

"기다리게 해서 정말 죄송해요!"

그는 괜찮다는 말 대신 옆에 끼워놓고 있던 서류 봉투를 내밀었다.

"어, 그거……."

안을 확인하기도 전에 내용물을 알아본 그녀는 놀란 기색을 감추지 못했고, 희운은 그녀를 향해 어느 때보다도 의미가 깊은 말을 흘려보냈다.

"오늘은 다 용서해 줄게. 기념일이니까."

"정말로 오늘……."

"제대로 기념하러 가자, 이해실."

입술에 그녀의 이름을 담으며 희운이 다정한 미소를 지었다. 그녀는 잠시 눈빛을 흔드는가 싶더니 이내 기쁨이 가득 어린 목소리로 대답했다.

"네! 김 대리님!"

서울역 근처, 백반집.

"와, 여기 정말 맛있네요."

마지막 밥 한 숟가락까지 깨끗이 비운 해실이 말했다. 희운은 반찬만 몇 번 실어 나르던 젓가락을 멈추었고 탐탁지 않은 목소리로 물었다.

"정말 겨우 김치찌개 정도로 괜찮겠어?"

"네?"

"오늘은 특별한 날이니까 더 괜찮은 데로 가고 싶었는데."

아쉬움 가득한 희운에 말에 해실은 따뜻한 웃음을 머금었다.

"정말 기분 좋으신가 봐요. 오늘."

"그럼, 새 출발하는 날인데."

희운은 가볍게 대답하며 테이블 위에 놓여 있는 서류봉투 위로 시선을 내렸다. 누군가에게는 아픔일지 모르는 그 서류는 적어도 희운에겐 묶여 있던 족쇄가 끊어져나갔다는 증표와 같았다.

그는 다시 해실을 마주하며 말을 이었다.

"이혼 기념 턱 내는 사람은 아마 나뿐일걸."

"속상하진 않아요?"

"시원해. 섭섭한 것도 없이."

"그래도 축하해드리기는 좀……."

"왜. 이혼남이라서 불쌍해?"

"네? 아니요! 그런 뜻이 아니라, 아직 여러 가지 힘든 일들이 많으실 테니까……."

해실은 조심스럽게 걱정스러운 마음을 드러냈다. 가끔 희운의 고민을 들어주었던 그녀는 결혼생활 실패가 그의 집안에서 어떤 의미인지 이제 어느 정도는 알고 있었다.

그 걱정대로 희운은 이혼선언 이후 발칵 뒤집어진 집안 때문에 한동안 지치도록 시달렸었지만.

  '니가 이 결혼생활을 깨트렸을 때 무슨 일이 벌어지는지 알아?!'

  '자그마치 30억이야! 30억 가까이 되는 계약도 같이 깨져 버리는 거라고!'

집안이 희운을 팔아먹고 받은 대가는 그가 생각했던 것보다 별 볼 일이 없었다.

희운은 그날로 1년 8개월가량의 결혼생활을 관두었다. 그동안 자신보다 딴 남자들과 더 많은 시간을 보냈던 그 여자 역시 단칼에 정리했다.

그리고 조금 더 이기적으로 행동하기로 결심했다. 탐욕이 빚어

온 비극은 결코 그의 책임이 아니니까.

"신경 안 쓸 거야. 아무것도."

"……."

"그러니까 너는 사랑하는 사람이랑 결혼해."

희운이 충고하듯 말하자 해실은 얼굴을 붉혔다. '사랑'이라는 단어만 들어도 그 사람 생각에 부끄러워지는지, 그녀는 왼쪽 네 번째 손가락에 낀 반지를 수줍게 만지작거린다.

희운은 그런 그녀에게 질투 어린 장난을 쳤다.

"그 사람 떠올리는 건가?"

"네? 아, 그게……."

"2년 동안 얼굴도 못 봤으면 가물가물 할 텐데."

"집에 사진 있어요! 편지도 있고, 여기 손가락에 반지도 있고……."

"그래서, 아직도 사랑해?"

열심히 대답하던 해실에게 갑작스러운 질문이 던져졌다.

해실은 조금의 망설임도 없이 고개를 끄덕여보였다. 배시시 어려 있는 미소는 지금도 충분히 사랑받는 여자처럼 활기가 넘쳐흘렀다.

희운은 그녀를 따라 가벼운 웃음을 흘렸고, 진심 어린 말을 건넸다.

"얼른 돌아왔으면 좋겠네. 그 사람."

"지금도 오는 중일 거예요. 부지런하게."

"그래, 조만간 도착하겠군."

간절한 바람을 함께 소원해 주는 사람이 있다는 건 정말로 기쁜 일이다. 해실은 기약 없는 기다림을 응원 받으며 또 한 번 그 사람을 기다릴 힘을 낸다.

"대리님도 다시 좋은 사랑할 수 있을 거예요."

해실은 희운 역시 용기를 내길 바라며 그의 지친 마음을 축복했다.

"나?"

희운은 낮게 되물었고 이내 씨익 웃어 보이는 것으로 대답을 삼켰다.

아마 나의 사랑은 당신의 사랑이 매듭지어지고 나서야 미련 없이 새 보금자리를 찾아갈 수 있을 것 같으니.

—문이 열립니다.

엘리베이터 안내음성이 흐르고 드넓은 펜트하우스의 응접실이 드러났다. 더 이상 사람이 살지 않는 이곳은 깨끗하다 못해 공허하기까지 했다.

이안은 뽀얗게 먼지가 쌓인 대리석 바닥 위에 천천히 발자국을 냈다.

"나 왔어."

그리고 들어줄 사람이 있는 것처럼 인사를 했다. 그 목소리 안엔 일말의 기대감이 가득했다.

"혹시 너도 왔어?"

그는 물었지만 늘 그랬듯 펜트하우스 안에선 아무런 대답이 돌아오지 않았다. 하지만 이안은 아직 희망을 놓지 않은 얼굴로 현관문 앞에 다가섰다.

그는 문고리를 여는 대신 문틈으로 시선을 두었고 그 사이에 반으로 접혀 꽂혀 있는 종이 한 장을 확인했다. 그건 며칠 전에 이안이 남겨 두고 갔던 짧은 편지였다.

사실 내용이라고 해 봤자 새로 이사하게 된 집 주소와 간단한 근황 정도가 전부였다. 그러나 이안은 며칠마다 한 번씩 언제 돌아올지 모를 그 사람을 위해 편지를 남겨두기 시작했다.

어떻게 보면 그 뜻은 보답조차 바라지 않는 배려였을지 모르겠다. 그러나 이안은 한동안 그 편지 안에서 애타게 무언가를 찾아 헤맨다.

혹시 펼쳐들었던 흔적은 없는지 다시 꽂아둔 건 아닌지. 예전의 위치와 비교하고 또 비교하며 한참 동안 그 사람의 존재를 확인한다.

하지만 아무리 보고 또 보아도 편지는 처음 그 상태 그대로였다.

"아……."

이안은 그제야 눈빛을 가라앉히며 실망하기 시작했다.

분명 시작은 배려였는데 요즘은 오로지 그 사람의 존재를 확인하기 위한 용도로만 쓰이고 있다. 그 때문에 이안은 매번 가슴 깊이 실망한 채로 돌아서기 일쑤였다.

'그래도 오늘은 꼭…… 돌아왔으면 했는데.'

이안은 사뭇 가라앉은 눈빛으로 지난번의 편지를 거두었다.

그리고 오늘은 특별히 편지가 아닌 예쁜 카드 한 장을 꺼내 들었다. 그건 내일 있을 이안과 백화의 결혼식을 알리는 청첩장이었다.

그는 평소대로 그 자리에 꽂아둘까 하다가 다른 사람에게 그랬던 것처럼 인사를 덧붙이기로 한다.

듣지 못한다는 건 알지만, 그래도 나는 널 정식으로 초대하고 싶으니까.

"한지성."

이안은 아주 오랜만에 그 사람의 이름을 담았고.

"나 내일 결혼해."

그가 듣는다면 깜짝 놀랄 소식을 나지막이 전했다. 그는 벌써부터 목소리가 떨려오는 것 같아 마른침을 삼켜 재정비를 하고 말을 잇는다.

"신혼집 정원에서 결혼식을 올릴 거야. 내 여자는 요즘 그게 유행이라고 하는데…… 나는 알아. 왜 그러는지."

나한테는 가족이 없잖아.

화려한 웨딩홀엔 수많은 하객들의 자리가 놓여 있을 텐데, 그중 내 뒤에 앉아서 나를 축하해 줄 사람은 단 한 명도 없잖아.

내 여자는 그 빈자리들이 나를 외롭게 만들까 봐 걱정스러운가 봐. 부르고 싶은 사람들이 많았을 텐데, 내가 아는 얼굴들에게만 청첩장을 보냈어.

"너라도 있었으면……."

백 자리 중에 아흔아홉 자리가 텅 비어 있어도 상관없으니까.

"그냥 너만 있어줬으면, 괜찮다고 할 수 있었는데……."

충분히 마음을 다잡은 후에도 눈시울은 맥없이 뜨거워졌다.

좋은 웨딩홀마저 포기한 백화의 마음을 알기에 언제나 숨겨 와야 했던 서러움.

사실은 삼켜도 삼켜도 삼켜지지 않아서 그의 가슴만 까맣게 타 들어 갔다. 아무리 괜찮다고 최면을 걸어도 인생에서 중요한 날 함께해 줄 가족이 없다는 사실은 역시 슬프고 외로운 일이었다.

　이안은 소매 끝으로 눈가를 문질렀고 청첩장을 문틈 사이에 다시 꽂아두었다.

　"꼭 참석해 줬으면 좋겠어."

　지금껏 여러 번 반복했던 말이지만 지금처럼 간절하게 바란 적은 없었다.

　"나는 니가…… 정말 보고 싶어."

　이안은 혼자 있을 때만 겨우 꺼내보는 진심을 입술 사이로 흘려보냈다.

　혹시 니가 돌아와 그동안 어떻게 지냈냐고 물어본다면 나는 아마 죽을 만큼 힘들었다고 대답할 것이다. 나는 니가 없는 시간 동안 죄책감을 삼키느라 무너지는 줄 알았고, 외로움을 참아내느라 미치는 줄 알았다.

　하지만 나의 형벌은 니가 돌아올 때까지 어떻게든 버텨내는 일이라서, 나는 최선을 다해 무너지지 않았다. 지옥 같은 불안 속에서도 결코 미치지 않았다.

　'그러는 너는 어떻게 지내? 아픈 곳은 없어?'

　간절히 묻고 싶은 인사는 그저 가슴 깊이 파묻어 두었다. 혹시라도 잘 못 지내고 있을까 봐 두려워서.

　지금은 존재하지도 않는 천 년 뒤의 너. 내가 열 번 정도 죽었다가 다시 태어난다면 천운이 닿아 너를 볼 수도 있겠지만.

내가 아직 '강이안'일 때, 내가 아직 너의 소중함을 기억하고 있을 때. 그때 우리가 다시 만날 수 있었으면 좋겠다.

그게 내 마지막 소원이야.

"제발……."

마지막으로 간절하게 애원하며 이안은 그를 생각할 때마다 버릇처럼 차오르는 울음기를 정리했다. 그는 이내 현관문 앞에서 등을 돌렸고 차마 떨어지지 않는 발걸음을 떼어 내기 시작했다.

그 외로운 몸은 다시 엘리베이터에 실릴 때까지, 다섯 번을 멈췄고 세 번을 뒤돌아보았다. 마침내 그를 태운 엘리베이터가 1층을 향해 내려가면 그들의 추억이 담긴 펜트하우스는 다시 텅 비어버린다.

주인 없는 공허한 자리엔 '우리 형에게' 이라고 쓰인 청첩장만이 존재했다. 그건 잔뜩 젖어 버린 남겨진 자의 미련이었다.

* * *

결혼식 당일. 신부대기실로 꾸민 신혼집의 작은 방.

"내가 결혼을 하다니……."

전신 거울을 들여다보는 백화의 입에서 탄식인지 감탄인지 모를 중얼거림이 새어 나왔다.

하얀 어깨와 굴곡 있는 바디라인이 강조된 하얀 웨딩드레스. 길게 늘어트린 머리카락과 잘 어울리는 화관, 품 안에 들려 있는 라벤다 꽃 부케까지.

태어나서 한 번도 본 적 없는 자신의 모습은 영락없는 신부였다.

어제 스몰웨딩을 준비하면서도 와 닿지 않았던 결혼이 이제야 겨우 실감나기 시작한다.

"아악! 어떡하지! 나 결혼해!"

"그러게, 정말 신기한 일이네."

혼자 긴장감을 표출하고 있던 와중에 누군가 작은방의 문을 불쑥 열고 들어와 대꾸했다.

놀란 백화가 시선을 옮기자 문 앞에는 커다란 케이크 상자를 들고 있는 모니카가 서 있다. 한때는 악연이었으나 지금은 그저 숱한 인연 중 하나로 섞여버린 동창생.

"어, 왔어?"

백화는 부케를 가볍게 흔들며 인사했다. 모니카는 화답하는 대신 모든 준비를 마친 백화를 아래위로 훑어보았고.

"드레스 예쁜데, 내가 입었으면 더 괜찮았겠어."

아니나 다를까, 속이 뒤집어지는 말을 했다. 물론 백화는 조금의 동요도 없이 받아칠 뿐이었지만.

"아니야, 너는 가슴이 작아서 안 돼. 준하야."

"아! 너 자꾸 가슴 얘기할래?"

"그럼 키 얘기를 해 줄까? 다리 길이로 비교해도 괜찮고."

"알았어! 너 피지컬 잘난 거 알았으니까, 그만해!"

투덜대는 모니카를 보며 백화는 장난스럽게 웃었다. 모니카는 잠시 그녀를 흘겨보는가 싶더니 이내 손에 들려 있던 케이크 상자를 내밀었다.

"자, 선물."

"웨딩 케이크 어제 보내지 않았어?"

"이건 따로 만든 거야. 웨딩 케이크는 데코만 화려하지 먹을 게 별로 없거든."

"아아, 알겠다. 내 몸매가 부러워서 살찌우려는 거구나."

"본심 알아줘서 고마워. 하나도 남기지 말고 다 먹어."

까칠한 대화 속에서도 훈훈한 정은 오고갔다. 백화는 모니카의 케이크 상자를 넘겨받았고 즐거운 듯 콧노래를 흥얼거렸다.

아마 행복에도 겉모습이 있다면 딱 지금의 저 모습이지 않을까.

"긴장되지 않아?"

백화를 물끄러미 바라보던 모니카가 대뜸 물었다. 백화는 잠시 생각하다가 고개를 저으며 대꾸한다.

"아깐 그랬었는데 너 보니까 다시 괜찮아지는 것 같기도 하고."

"정원에서 올리는 결혼식이라 그런지 홈 파티 느낌이더라."

"파티지, 그럼. 먹고 마시고 즐겨야지."

참으로 백화다운 결혼이라고 생각하며 모니카는 살짝 미소 지었다. 화려한 것보다 더 보기 좋은 것이 뭔지 저 애는 이미 알고 있는 것이 분명하다.

모니카는 백화에게 다가가 드레스를 정돈해 주었고 손목시계의 시간을 확인했다.

"이제 열두 시 오 분 전이야. 슬슬 나가야하지 않겠어?"

"벌써 시간이 그렇게 됐어?"

"응, 니 신랑 아까부터 기다리고 서 있더라."

"진짜?!"

모니카의 귀띔에 백화의 움직임이 급해졌다. 그녀는 부랴부랴 웨딩슈즈를 찾아 신었고 마지막으로 자신의 모습을 점검했다.

그러고는 모니카에게 휙 고개를 돌려 동의를 구하듯 묻는다.

"나 잘 살 수 있겠지?"

모니카는 그런 백화에게 가볍게 미소 지었고 이내 경험에서 우러난 대답을 했다.

"확실한 건, 니 신랑 절대 딴 여자한테 눈은 안 돌려."

"푸핫."

"정말이야. 너만 죽도록 사랑하고 쫓아다닐걸."

그 말에 백화는 시원하게 입꼬리를 올려 웃었다.

"그럼 됐어. 바라는 건 그것뿐이거든."

한편 그 시각, 아래층 정원.

"조카사위, 진짜 너무하네!"

"강이안, 너 생각이 있냐 없냐!"

결혼식을 2분 앞둔 새신랑은 지금 막 어마어마한 문제 하나를 깨달았다.

하루 빨리 백화와 진짜 가족으로 거듭나고 싶어서, 급한 마음으로 진행했던 결혼.

이안은 그녀와 결혼해야겠다는 생각이 들자마자 그날로 신혼집을 구하고, 그날로 그녀의 부모님을 만나고, 그날로 당장 결혼승낙을 받았다. 다짐부터 결혼 결정까지 걸린 시간은 11시간가량이 전부였다.

비록 속전속결이긴 했지만 신혼집도 마음에 들고, 그녀의 부모님도 좋은 반응을 보였으니 문제없다고 생각했는데.

"프러포즈도 못 받고 결혼하는 내 조카 불쌍해서 어떡하지?"

"나는 그게 뭔지 잘……."

"아저씨, 프러포즈 안 했으면 결혼도 못 하지 않아요?"

"……그 정도로 큰 문제야?"

그의 결혼 계획안에 빠져 있었던 '프러포즈'는 삼촌과 태양으로부터 맹렬한 비난을 불러일으켰다. 사실 이안은 그게 무엇인지조차 몰랐지만 그래서 못했다는 변명을 인정해 주기엔 그들의 성격이 너무 짓궂었다.

"조카사위, 안타깝지만 이 결혼은 무효일세."

혼란스러워하는 이안을 보며 삼촌은 무겁게 말했다.

이안은 애절한 눈빛으로 태양에게 긴급 SOS를 보냈으나 그는 고개만 끄덕일 뿐 편 들어줄 생각은 없어 보였다.

"지금 그게 무슨 말인가, 우리 아들."

때마침 이안의 뒤편에서 강한 여성의 목소리가 들려왔다. 고개를 돌리기 전이었지만 정체는 충분히 알 수 있을 것 같아서 이안의 시선이 불안하게 흔들리기 시작했다.

"나의 소중한 딸내미한테 프러포즈도 안 해 줬다고?"

"아니, 그게……."

"정말 안 해 줬다고?"

"일부러 그런 건……."

두 눈을 번뜩이며 가까워지는 중년 여성은 백화의 어머니이자 이안의 장모님이었다.

소싯적 여군이었다는 그녀는 백화보다 열 배는 더 거친 성격의 소유자였다. 언제나 유순한 장인어른과 달리 그녀는 매사에 옳고 그름이 정확해서 이안을 가끔 곤란하게 만들었다.

"우리 아들, 엄마가 마지막으로 물어볼게."

"……."

"프러포즈 제대로 해 줬어, 안 해 줬어?"

그런 그녀가 묻는다. 프러포즈를 했냐고.

이미 주눅이 들어 있던 이안은 저도 모르게 뒷걸음질을 치며 거짓말을 한다.

"……했어."

그러기가 무섭게 태양은 이안에게 팔을 둘렀고 그의 장모님을 똑바로 바라보며 대답했다.

"안 했습니다. 얘."

"아니야, 했어. 했다고 해 줘."

"아줌마, 정말 안 했습니다. 얘."

기어이 드러난 진실에 장모님의 낯빛이 크게 어두워졌다.

그녀는 사나운 눈초리로 이안을 바라보더니 그가 가장 두려워하는 말을 꺼낸다.

"어, 그럼 말이 달라지지. 강이안 씨."

"왜 강이안 씨라 그래? 이제 아들이라며."

"나도 그렇게 생각하고 있었는데 강이안 씨가 프러포즈를 안 했다고 하니까."

"강이안 씨라고 그만해."

"저기요, 강이안 씨. 존댓말도 다시 써주시겠어요?"

"아, 왜 자꾸⋯⋯."

결국 울기 직전이 되어 버린 이안은 시선을 어긋 냈다. 삼촌과 태양은 더 이상 웃음을 참지 못해 키득거렸지만 짓궂은 장난에 재미들린 장모님은 좀 더 완벽한 연기를 위해 표정관리에 집중했다.

바로 그때.

"이안 씨, 많이 기다렸지!"

신혼집의 현관문이 열리며 세상에서 가장 반가운 목소리가 들려왔다.

이안은 불안에 떨고 있던 시선을 들었고 하얀 웨딩드레스를 차려입은 신부를 두 눈동자에 담았다.

"어때?"

그와 눈이 마주치자 수줍게 물어보는 그녀의 모습은 상상했던 것보다 아름답고 기대했던 것보다 더 사랑스러웠다.

저 여자가 오늘 나와 결혼할 여자라는 사실은 믿기지 않을 만큼 행복해서 그는 지금 이 순간이 꿈인지 현실인지조차 구별할 수 없었다.

이안은 폭죽처럼 터져 나오는 수많은 감정들 중 가장 또렷한 마음만을 꺼내놓았다.

"⋯⋯반했어."

"푸핫, 뭐야. 그 반응은."

백화는 웃음을 터트렸고 서 있던 자리에서 발걸음을 떼어 냈다.

세 걸음 앞, 두 걸음 앞, 그리고 곧 한 걸음 앞.

그녀는 점차 이안에게로 가까워지는데 그럴수록 이안은 어쩐지 울 것 같은 기분이 든다. 참으려 해도 눈가가 뜨거워지고 버티려 해도 코끝이 찡해진다.

그래서 두 눈을 한 번 깜빡였더니 눈시울이 머금고 있던 눈물은 그의 볼을 타고 툭 떨어지고 말았다.

백화도 놀랄 만큼 적나라한 눈물방울이었다.

"이안 씨! 왜 울어요!"

당황한 백화는 그의 두 뺨을 붙잡고 소리쳐 물었으나, 더욱 놀란 건 이안 본인이었다. 이안은 절대 고의가 아니었던 눈물을 감추기 위해 젖은 시선을 그녀에게서 어긋 냈다.

"안 울어……."

"우는데?!"

"으……."

그러나 말이 끝나기가 무섭게 이안의 눈물샘은 활짝 열려버렸다. 그는 결국 흐느끼기 시작했고 눈물은 이제 떨어지는 게 아니라 쏟아지는 수준이 되었다.

"왜 그래! 누가 울렸어?"

응. 니가 울렸어.

이안은 대답하고 싶었으나 목소리가 나오지 않았다. 백화는 그런 마음을 알지 못해서 사나운 눈빛으로 고갤 돌렸고 구경하는 하객들을 향해 대찬 고함을 내질렀다.

"아! 내 신랑 누가 울렸어! 대체 얼마나 놀렸길래 결혼식 하기도 전에 울어!"

괜히 뜨끔해 버린 태양과 삼촌 그리고 이안의 장모님은 그녀의
시선을 쏙 피해 버렸다. 그건 백화의 심기를 자극하기에 충분한 모
습이었다.

"삼촌이지!"

"아……아니. 오해하지 마, 조카."

"그럼 최태양 너야?! 너 또 우리 이안 씨 섭섭하게 만들었어?!"

"섭섭은 무슨……."

"아, 엄마가 그랬구나! 엄마 저번부터 이안 씨 반응 재미있다고
괴롭혔잖아!"

"별……별말 안 했는데?"

"이 사람들이 단체로 딱 잡아떼기나 하고!"

흥분한 백화는 순백의 신부라는 자각도 잊어버린 채 으르렁 으
르렁 성질을 냈다.

이안은 우는 와중에도 그건 말려야겠다 싶어서 자신의 뺨에 닿
아 있는 그녀의 손을 맞잡았다. 그러고는 울음기 가시지 않은 목소
리로 그녀의 애칭을 나지막이 불렀다.

"내 여자."

"어! 왜! 이안 씨!"

"미안해……."

"뭐……뭐가?"

내가 아직도 모르는 게 많아서. 아직도 못 해 준 게 많아서. 아직
도 한없이 여리기만 하고, 아직도 너한테 부족한 사람이라서.

"정말 미안해……."

이안은 사과를 반복했다. 처음에는 해 주지 못한 프러포즈 때문에 미안한 건가 싶었는데, 이제 보니 그건 오랜 시간 함께 해 준 그녀가 고맙다 못해 생겨난 미안함이었다.

그는 그녀의 모든 것이 너무나도 감사해서 어찌할 바를 모르겠다. 어떻게 이 마음을 돌려줘야할지 감히 상상할 수도 없다.

"아휴, 이렇게 사랑받고 살아도 되나 몰라……."

그의 서툰 감정표현을 전부 이해한 백화는 기쁘게 미소 지으며 화답했다. 그리고 어느 때보다 따듯한 목소리로 그녀의 마음을 전했다.

"나는 오늘 결혼할 사람이 이안 씨라서 정말 좋아요."

"……."

"프러포즈 받을 때 얼마나 기뻤는데."

진심 어린 그녀의 대답은 늘 그래왔듯 이안의 여린 감정을 달랜다. 이안은 그제야 눈물을 그쳤고 그녀의 얼굴을 바라보았다.

그는 지금 그녀에게 나를 좋아해 줘서 고맙다고, 프러포즈를 받고 기뻐해 줘서 정말 고맙다고 말할 생각이다.

하지만 그 전에 문득 떠오르는 커다란 물음표.

"……프러포즈?"

"응?"

"내 프러포즈를…… 받았어?"

이안은 그녀를 기쁘게 만들었다는 프러포즈의 존재가 심히 당황스러웠다.

'프러포즈'라는 개념 자체를 깨달았던 게 불과 몇 분 전이었는데, 그녀는 대체 어디서 누구한테 프러포즈를 받았던 걸까.

그의 눈빛이 다른 의미로 떨리기 시작했다. 그게 또 울먹이는 거라고 생각했는지 백화는 서둘러 설명을 덧붙여 주었다.

"받았지! 받아줬으니까 오늘 우리가 결혼을 하지!"

"내 프러포즈를?"

"응. 이안 씨 프러포즈를."

"내 거 확실해?"

"지금…… 대체 뭘 물어보는 거야?"

혼란스러운 이안을 따라 그녀의 머릿속도 같이 혼란스러워진다. 넌지시 돌려 묻는 재주가 없는 이안은 그냥 대놓고 질문하기로 했다.

"내가 프러포즈를 언제 어디서 어떻게 했었지."

그러자 그녀는 깔끔하고 간결한 말투로 프러포즈라고 생각했던 그 사건을 꺼내놓았다.

"한 달 전에. 동구청 안에서. 직원들의 박수를 받으며."

꽤나 상세한 그녀의 설명에, 이안의 머리는 예상치 못한 기억 하나를 떠올렸다.

한 달 전.

백화와 결혼하기로 결심한 이안은 그녀와 함께 동구청을 찾아갔고, 당당하게 혼인신고서 한 장을 뽑아 들었다.

아무 생각 없이 끌려왔던 백화는 난데없는 이안의 행동에 깜짝 놀라 물었다.

'이안 씨, 그걸 왜 챙기는 거예요?'

'혼인신고 할 때 쓰는 거니까.'

'혼인신고 하게?!'

'어.'

조금의 망설임도 없었던 그의 대답.

백화는 내심 설레었으나 그대로 드러낼 순 없었다. 부모님께 이안을 소개하지도 않은 지금, 혼인신고는 때 이른 선택이었다.

그래서 백화는 이안의 마음에 상처가 되지 않도록 주의하며 꽤나 구구절절한 거절의 말을 뱉어냈다.

'이안 씨. 결혼이라는 건 당장 하고 싶다고 해서 할 수 있는 게 아니에요.'

'왜.'

'왜라니. 결혼승낙도 안 받았잖아.'

'승낙이 필요해?'

'필요해. 엄청. 결혼하기 전에 결혼해도 되냐고 허락받는 건 당연한 거야.'

사뭇 진지하게 이어지는 백화의 설명에 그는 잠시 생각에 잠겼다. 되돌아보면 결혼은 항상 이안 혼자서만 하겠다고 정해두었지 먼저 허락을 구한 적은 단 한 번도 없었다.

이안은 납득했다는 표정으로 고개를 끄덕였고 백화를 마주했다.

그러고는 사람도 별로 없는 평일 낮의 동구청 민원실, 그 한가운데에서 백화의 손을 꼬옥 붙잡고.

'너 나랑 혼인신고서 쓸래?'

박력 넘치는 허락을 구했다.

'이안 씨, 지금 그거 혹시⋯⋯.'

'허락해 줘. 나 이제 니 남편 강이안 할래.'

그걸 엿보던 동구청 직원들도 그 순간 다 같이 일어나 박수를 쳤을 만큼 그야말로 어마어마한 명장면이었다.

백화는 그날 한껏 감동받은 얼굴로 품에 안겼었는데, 그것이 바로 프러포즈 승낙이었구나. 나는 본의 아니게 제대로 된 프러포즈를 해 줬던 거구나.

"맞아. 그거 프러포즈였어."

이안은 입가에 미소를 띠우며 천연덕스럽게 대답했다. 진작 그렇게 알고 있었던 백화는 그 말마저도 의아했지만 어쨌든 그의 기분이 다시 좋아졌으니 다행이라고 생각했다.

"자자! 그럼 결혼식 시작하자! 울보 새신랑 달래느라 벌써 십 분이나 늦어졌네!"

삼촌은 마주 선 두 사람을 버진로드 안으로 밀어 넣으며 예식의 시작을 알렸다.

웨딩 가렌드와 피켓으로 아기자기하게 꾸며진 그들만의 결혼식장.

그 한가운데 선 이안은 백화의 손을 꼭 잡았고 마주친 시선을 향해 사랑스러운 눈웃음을 건넸다. 그건 백화가 가장 좋아하는 이안의 표정이라서 그녀는 저도 모르게 그를 따라 웃고 말았다.

아직 결혼생활은 제대로 시작하지도 않았는데 서로가 곁에 있다는 사실만으로 모든 일이 즐거워지는 기분이었다.

혼인 서약은 한동안 이안에게 머물 보금자리를 제공해 주었던 삼촌이 맡았다.

"신랑 강이안 군은 언제나 지금처럼 신부를 아끼고 사랑하며, 믿음직스러운 남편으로써의 도리를 다 할 것을 맹세합니까?"

삼촌은 제법 엄숙한 목소리로 이안에게 물었고 그는 조금도 고민하지 않고 대답했다.

"응."

"조카사위, 적어도 지금만큼은 '네.'라고 해 주겠나."

"아, 네."

그의 대답에 삼촌은 고개를 한 번 끄덕인 후 이번엔 백화에게로 시선을 옮겨 같은 질문을 던졌다.

"신부 백화 양은……."

"네!"

"대답은 질문이 다 끝나면 해 줘. 조카야."

"저는 제 신랑을 영원토록 아주 많이 사랑해 줄 것을 맹세합니다!"

백화의 당찬 선언에 이안은 수줍은 듯 얼굴을 붉혔다.

진지하지는 못하지만 어느 때보다도 진실된 그들의 혼인서약. 하객들의 웃음소리로 가득 찬 결혼식장엔 그야말로 행복뿐이었다. 그 언젠가 이안이 보았던 로맨스 영화의 마지막 장면과 완벽하게 일치하는 광경이었다.

내 인생은 이제 해피엔딩을 맞이한 걸까.

이안은 잠시 생각했지만 이내 마음을 고쳐먹었다. 끝을 낸 것은 지독한 외로움일 뿐, 우리가 사랑할 시간은 오늘부터 다시 시작이니까.

"자, 그럼 이제 두 사람이 부부가 되었음을 선언하는 성혼선언이 있겠습니다. 새신부는 흥분 좀 가라앉히시고, 새신랑은 또 눈물 쏟지 마세요."

다시 엄숙함을 되찾은 삼촌이 성혼선언문을 준비했다. 이안과 백화는 '부부'라는 단어에 긴장한 듯 어깨를 폈고 나란히 서서 삼촌의 진지한 눈빛을 마주했다.

그 분위기에 몰입되어 시종일관 떠들썩하던 하객들까지 고요해지던 그때.

끼이이익—

하얀 대문이 열리고 익숙한 구두소리가 들어선다. 느리지만 부드러운 누군가의 숨소리가 들려온다.

코끝에 스치는 그리운 향기의 주인을 이성보다 본능이 먼저 알아챘다.

그 사람이다.

오랜 시간 기다리게 만들어놓고 이렇게나 늦어 버린.

이안은 일렁이는 눈빛으로 천천히 뒤를 돌아본다.

그러자 2년 만에 드디어 그 사람의 인사가 되돌아온다.

"다녀왔습니다. 이안 님."

〈완결〉

폭군을 길들이는 방법

강하다 장편소설

단글

폭군을 길들이는 방법 외전

초판 1쇄 인쇄 2016년 5월 4일
초판 2쇄 발행 2017년 2월 20일

지은이 강하다
발행인 오영배
기획 박성인
책임편집 김보나
표지 · 본문 디자인 권지연
제작 조하늬

펴낸곳 (주)삼양출판사 · 단글
주소 서울시 강북구 도봉로 173
대표 전화 02-980-2112 팩스 / 02-983-0660
편집부 전화 02-980-2116 팩스 / 02-983-8201
블로그 blog.naver.com/dan_gul
출판등록 1999년 3월 11일 제9-00046호

단글 은 (주)삼양출판사의 로맨스 문학 브랜드입니다.

| 차 례 |

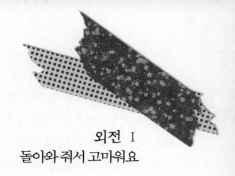

외전 I
돌아와 줘서 고마워요

"다녀왔습니다, 이안 님."

이성을 마비시키는 목소리에 이안의 눈동자가 그대로 멈추어버렸다. 이안은 분명 눈앞에 나타난 그 사람을 바라보고 있었지만 쉽사리 입술을 열어 반기지 못했다.

그런 이안을 대신해 곁에 있던 백화가 첫 마디를 꺼낸다.

"지성……씨?"

그러자 그는 조금도 변하지 않은 부드러운 눈웃음을 띠고 나직이 대답한다.

"백화 님은 생각했던 것보다 훨씬 웨딩드레스가 잘 어울리시네요."

"정말 지성 씨예요?"

"뭐, 보다시피?"

"아악! 지성 씨!"

솟구치는 반가움을 참지 못한 백화는 버럭 함성을 내질렀다. 그녀는 긴 웨딩드레스 자락을 붙잡은 채 성큼성큼 걸음을 옮겼고, 지성 역시 그녀에게 한 발자국씩 다가섰다.

가까워지면 가까워질수록 선명해지는 그의 모습은 길어진 머리카락을 제외하고는 2년 전과 전혀 달라진 것이 없었다. 특유의 여유로운 분위기도, 온기 어린 눈빛도 영락없는 2년 전의 한지성 그대로였다.

"대체 언제 돌아온 거예요! 도착했으면 연락 좀 하지 그랬어!"

백화는 그간의 그리움을 담아 그를 다그쳤다. 지성은 대답 대신 빙긋 웃어 보였고 하객 쪽을 바라보며 정중한 사과를 건네려 했다.

하지만 입술이 채 떨어지기도 전에 백화의 어머니는 그의 정체부터 넌지시 물었다.

"자네는 누군가?"

그러자 이번엔 낮게 터진 목소리 하나가 그의 대답을 대신 했다.

"형이야……."

"……."

"우리 형."

'형'이라는 단어를 힘주어 반복하는 이안의 눈이 젖어들기 시작했다. 마른지 얼마 되지도 않았는데 그의 얕은 눈물샘은 또다시 넘쳐 흐를 모양이었다.

"이안 씨, 울지 마! 좋은 날인데 왜 자꾸 울어!"

백화는 그가 본격적으로 울음을 터트리기 전에 서둘러 달래주었다. 그러나 지성은 기어이 입을 열었고 이안을 가장 서럽게 만드는 말을 했다.

"이안 님은 생각했던 것보다 훨씬 잘 지내고 계셨네요. 역시 혼자 남겨두길 잘했어요."

"잘하긴 뭐가……."

내가 혼자서 얼마나 힘들었는데. 얼마나 고군분투하면서 고생했는데.

"너 때문에 내가…… 내가……."

가슴에 단단히 얹힌 서러움은 제대로 토해 내는 것조차 힘이 들었다. 이안은 맺어지지 않는 말을 혼잣말처럼 중얼거리다가 결국 자리에 주저앉았다.

그는 또 운다는 소리를 들을까 싶어 재빨리 얼굴을 감췄지만 그 자리에 있는 모든 하객들은 알고 있었다. 그가 곧 이전보다 격한 울음을 터트릴 거라는 사실을.

"이안 씨! 뚝!"

백화는 벌써 눈가가 그렁그렁해진 이안의 등을 부드럽게 토닥여주었다. 그는 눈물이 나오지 않게 손바닥으로 두 눈을 꽉 눌렀고 흐린 목소리로 대답했다.

"안 울어……."

"말로만 안 운다고 하지 말고!"

"진짜 안 울 거야……."

어긋 내는 그 말은 이안의 진심이었다. 2년 만에 마주한 지성은 마치 떠난 적도 없었던 사람처럼 태연하게 서 있는데 혼자만 울며불며 반기는 게 몹시도 억울했다.

그래서 뜨거운 눈가를 진정시키며 호흡을 고르니, 그걸 바라보던 지성은 차분한 목소리로 말을 건다.

"저도 일찍 돌아오고 싶었는데 다 폭파된 장치 살리는 게 여간 까다로운 일이 아니라서요."

"어쩌라고. 일찍 오든가 말든가……."

"그래서 2년이나 지나버렸습니다. 작정하고 오래 남겨 둔 건 아니었어요."

"남겨두든가 말든가……."

이안은 더 이상 감정적으로 동요하지 않기 위해 불친절한 대꾸만 반복했다.

그러다 문득 떠오른 의문점 하나.

시공간이동장치잖아. 그럼 아무리 시간이 지났더라도 떠난 이튿날로 설정해서 돌아오면 되는 거잖아.

"왜 지금 왔어?"

"예?"

"더 빨리 올 수 있었잖아."

"아아, 시간 설정이요?"

이안의 날카로운 질문에 지성은 잠시 고민하는 듯 뜸을 들였다. 하지만 이내 웃는 낯으로 뻔뻔하게 꺼내놓는 대답은.

"그럼 저만 서른이잖아요. 혼자만 나이 들기 싫어서요."

2년 동안 애타게 기다린 사람이 군말 없이 받아들이기엔 참으로 개인적인 이유였다. 그건 예상치 못할 정도로 하찮아서 뒤통수가 더욱 아파오는 기분이었다.

"쟤 진짜 싫어⋯⋯."

결국 사무치는 억울함을 참지 못한 이안은 붉어지는 눈가를 적나라하게 드러내고 말았다. 당황한 백화는 난처해진 낯빛으로 지성을 바라보았고 이내 장난기 가득한 그의 얼굴을 확인하고는 버럭 소리를 내질렀다.

"아! 왜 사람을 일부러 울리고그래!"

"취미활동이랄까요? 오랜만에 하니까 재미있네요."

"다들 내 신랑 못 놀려서 안달이네!"

분위기는 어수선해졌는데 이상하게도 지성의 마음은 편안하게 가라앉았다. 2년 동안 매일같이 그리워하던 공간은 조금도 달라지지 않아서 지치도록 졸여왔던 가슴도 이제야 숨을 쉬는 느낌이었다.

기나긴 고독에도 끝이 찾아왔다. 드디어 외로움은 물러가고 그에게는 찾아갈 인연들만이 남아 있다.

"돌아오길 정말 잘했네요."

돌아온 지성이 기다려준 사람들을 바라보며 건넨 진심 어린 말.

그 한 마디에는 꼭 대답을 해 줘야겠는지 이안은 물기 가득한 목소리로 말했다.

"당연하잖아, 그걸 꼭 돌아와 봐야 아나⋯⋯."

*　　*　　*

31C, 델타 돔.

"보안코드를 해독할 방법이 없습니다!"

"이쪽 역시 아무런 단서도 잡히지 않습니다!"

"다른 시공간이동장치 확인 결과 전부 작동하지 않습니다! 보안코드가 설정되어 있는 장치 빼고는 2년 전 Z999이 폭파시킨 그대로입니다!"

혼란만이 가득한 서버관리실에 비극적인 상황보고가 연달아 터졌다. C7은 공허한 시선을 가라앉혔고 낮은 목소리로 명령을 내렸다.

"무슨 방법을 동원해서든 그의 행방을 찾아내십시오. 어떻게든……."

빠져나갈 곳 없는 델타 돔에서 그 사람이 행방불명된 지 벌써 6시간째.

그가 떠난 빈자리에는 어떠한 흔적도 남아 있지 않았다. 마치 애초부터 존재하지 않았던 환영처럼 그는 감쪽같이 모두의 눈앞에서 사라져 버렸다.

C7은 어제 마주했던 그 사람의 얼굴을 되새겼다. 그는 늘 그렇듯 차가운 표정을 유지하고 있었지만 늦은 밤 취침에 들려하는 원을 향해 의미심장한 말을 건넸었다.

'B1님, 모든 악몽은 깨어나기 마련입니다.'

'그게 무슨 말이야?'

'혹시 오늘 밤 나쁜 꿈을 꾸게 되더라도, 절대 겁내지 마시라는 뜻입니다.'

'……'

'깨어나는 순간 평범한 일상은 찾아오니까요.'

평소의 그 사람답지 않게 길고 다정했던 굿나잇 인사.

C7은 그가 지난 2년간 얼마나 원의 존재를 무시해 왔는지 알고 있었다. 주인에게 두고 온 마음을 결코 거둬올 생각이 없는 듯, 끊임없이 내밀어지는 원의 손길에도 반응 한 번 보이질 않던 그였다.

그래서 C7은 갑작스러운 인사를 건네는 그를 의심스러운 시선으로 바라보았지만.

'그래, 새겨둘게……..'

가엾은 주인은 진실을 들여다보는 대신 거짓을 믿는 쪽을 택했다. 이제 그와 인사 정도는 가볍게 주고받는 사이가 된 거라고, 절망뿐인 현실에서 존재하지도 않는 희망을 찾았다.

"할 수 있는 모든 방법을 사용해봤지만 서버를 통한 위치 추적은 불가능합니다!"

"Z999이 설정해 둔 보안코드 해독은 시간이 얼마나 걸립니까."

"패턴도, 설정 방법도 전부 생소한 것이라서 아무래도 지금 당장은……."

어젯밤, 원의 믿음과 상관없이 그 사람을 따라나서야 했던 걸까. 그를 붙잡아 놓고 이딴 수작을 부리는 이유가 뭐냐고 추궁했어야 했던 걸까.

뒤늦은 후회는 아무것도 도움이 되지 않는다. 지금 C7은 놓쳐 버린 그 사람의 발자국을 애타게 찾아 헤매고 있으니.

"……찾아내세요."

그는 한 번 더 힘주어 명령을 내리며 머릿속으로 원을 떠올렸다. 아까 전 마주하고 나왔던 나약한 눈빛이 그의 뇌리를 흔들었다.

"하지만 이런 보안코드는……."

"부탁이 아니라 명령이야. 오늘 안에 어떻게든 찾아내라고."

상대에게 말을 낮춘다는 건 C7의 이성이 흐트러지고 있다는 뜻이었다. 그는 그 사람을 찾지 못한 후사의 일이 두려웠다. 아니, 솔직하게 드러내지면 그 사람을 영영 잃어버린 주인의 미래가 두려웠다.

언젠가 C7은 주인에게 물었다.

　'드디어 그를 손에 넣으셨는데, 어째서 복종훈련을 강행하
　지 않는 것입니까.'

주인은 오랜만에 보는 소년 같은 미소로 웃었고, 조금의 고민도 없이 대답했다.

　'그럴 수 있는 사람이 아니야.'

　'……'

　'아니, 그래도 되는 사람이 아닌 건가…….'

직접적으로 말하진 않았지만 그는 기다리는 중이었다. 그 사람이 제 주인을 섬기던 때처럼 스스로 마음을 바쳐 주기를. 제 주인에게 그리했듯이 스스로 곁을 지켜 주기를.

주인은 애달프게도 기다려왔다. 기다림에도 끝은 있을 거라고 생각한 모양이다.

"끝까지…… 끝까지 아무것도…… 없었는데…….'

아무래도 이것이 그 사람이 말했던 악몽의 시작인 것 같다. 깨어날 수 있는 유일한 방법은 어떻게든 그를 찾아 되돌려놓는 것뿐.

C7은 두 주먹을 불끈 쥐고 그 사람의 행방을 찾느라 바쁜 에이전트들을 다그치려 했다.

그 순간.

"C7님! 패스워드에 관한 힌트로 보이는 단서를 발견했습니다."

C7의 이성을 잡아끄는 외침이 커다란 모니터 화면 앞에서부터 터져 나왔다. 화면을 바라보는 그의 눈동자가 크게 흔들렸다.

*　　*　　*

"코코아 마실래?"

결혼식이 끝나고 하객들이 모두 돌아간 늦은 밤의 정원.

머그컵 두 잔을 손에 쥔 이안이 벤치에 앉아 있는 지성에게 다가와 물었다. 지성은 고개를 들어 싱긋 웃어 보였고, 대답 대신 기특함이 담긴 되물음을 던졌다.

"이안 님이 직접 타신 거예요?"

"어."

"이젠 혼자 할 수 있는 일이 많아지셨나 보네요."

"이거 말고 커피, 녹차, 홍차도 가능해."

"그게 그거잖아요."

"미묘하게 물이 달라."

이안은 지성에게 머그컵 하나를 건네고 그의 옆에 자리를 잡았다. 달콤한 향을 음미하던 지성은 이내 한 모금을 머금었고 만족스러운 미소를 퍼트리며 이안에게 말했다.

"정말 맛있어요."

"알고 있어. 내 여자도 좋아하거든."

태연하게 대꾸하는 이안은 전과 달리 안정된 모습이었다.

비록 결혼식 내내 울음을 그치지 못하긴 했지만 그 모습은 예전에 불안에 떨며 눈가를 적시던 나약함과는 전혀 달랐다.

그저 선천적으로 여린 마음이 바뀌지 않았을 뿐, 감정을 받아들이는 방식도 표현하는 방식도 예전보다 훨씬 성숙해졌다. 이젠 부작용으로 인한 폭주조차 걱정할 필요가 없어 보일 정도였다.

"이제 언어통역기 없이도 말 잘하시네요."

"내가 실어증 걸린 줄 알고 내 여자가 하도 걱정해서 말이지."

"그래서 죽자 살자 배우신 거예요?"

"어. 내 사람 걱정시키는 건 지쳤어."

지성은 그런 이안의 성장이 대견하기도 했지만 한편으로는 안쓰럽게 느껴졌다. 그리 나약하던 사람이 이토록 단단해지는 데까지는 적어도 수천 번 스스로를 치대고 수만 번 모질게 다그쳤을 테니까.

"2년 동안 버틸 만하셨어요?"

그 마음을 그대로 담아 넌지시 물으니 이안은 고개를 저으며 곧바로 대답했다.

"아니. 죽을 뻔했어."

"……."

"그래도 죽진 않았어. 그럼 된 거잖아."

기다렸다는 듯 내뱉는 그의 투정은 숙제를 확인해 달라 보채는 학생과 같았다. 지성은 2년간 이안이 열심히 버텨왔을 일들을 짐작하며 기쁜 마음으로 그의 머리를 쓰다듬어 주었다.

"잘하셨어요. 기특하네요."

"머리는 만지지 말지. 나도 서른인데."

"전혀 그렇게 안 보이는데, 뭐."

이안은 싫은 내색을 하면서도 지성의 손길을 뿌리치지는 않았다. 그도 이제야 되돌아온 그의 존재를 만끽하고 있는 모양이었다.

그렇게 한참 동안 말없이 달콤한 코코아만 나누고 있던 그때, 이번엔 이안이 계속 묻고 싶었던 질문을 던진다.

"너는."

"네?"

"너는 거기서 괜찮게 지내고 있었어?"

지성은 잠시 어디까지 솔직해져야하나 고민했다. 대답을 하기 전에 이안의 마음부터 헤아려보는 건 그의 오래된 습관이었다.

하지만 그는 예전처럼 듣기 좋은 말만 골라내는 대신에 전부를 가감 없이 드러내 보기로 했다.

"저는 늘 델타 돔에선 괜찮지 못했습니다. 부모님이 돌아가시던 날의 기억이 꽤나 생생해서요."

"……."

"그래서 2년 동안 그분들께 죄송해하느라 힘들었습니다."

그는 이 순간의 이안을 믿고 있다. 비록 꺼내진 이야기는 그들의 멍에와 같았던 사람들에 대한 이야기이지만, 지금의 이안이라면 마음을 무너트리지 않을 거라고 생각한다.

"아……."

이안의 입술 새로 흐린 신음이 흘렀다. 지성을 바라보는 시선은 옅게 떨리고 있었으나 눈가는 조금도 젖어들지 않았다.

이안은 무언가를 고민하는 듯 미간을 좁혔고 머지않아 나직한 목소리를 흘렸다.

"이제는 혼자 시달리지 마."

"……."

"나도 너랑 같이 용서를 구하고 있으니까."

이제 혼자가 아니라는 말. 우리 함께 하자는 말. 한동안 절실하게 듣고 싶었지만 그 말을 이안이 해 주리라고는 기대한 적이 없었는데.

시간이 약이라는 옛말은 정확하게 들어맞았다. 시간은 무조건적으로 지켜 줘야만 했던 존재도 누군가를 위로해 줄 수 있는 강인한 사람으로 만들어 주었다.

지성은 놀랍도록 성숙해진 이안을 물끄러미 바라보다가 곱게 눈초리를 휘며 웃었다.

그리고 다시 머그컵을 입가로 가져가려는데.

"그 반지는 뭐야."

지성의 왼손 네 번째 손가락에 끼워져 있던 반지를 뒤늦게 발견한 이안이 대뜸 묻는다.

"아, 이거요?"

지성은 평소처럼 대수롭지 않게 반응하는 듯하다가 믿기지 않을 만큼 놀라운 대답을 내뱉는다.

"제 결혼반지요."

"너 결혼했어?"

"아직요. 내일 프러포즈하러 갈 겁니다."

"프러포즈?"

지금 저 애가 하겠다는 게 오늘 날 혼란스럽게 만들었던 그 프러포즈 맞나. 상황을 미처 이해하지 못한 이안이 고민하고 있는 사이, 지성의 휴대폰이 울렸다.

"네, 차 실장님."

발신자를 확인한 그는 망설임 없이 전화를 받았고 이안에게 내비치는 목소리와는 사뭇 다른 단호한 음성을 이어 나갔다.

"회사 임원진은 제가 한 명 한 명 검토해본 후에 골라내겠습니다. 제가 인맥보단 개인의 능력을 중시하는 편이라서요."

"⋯⋯."

"취임식은 어찌 되든 상관없습니다. 그 전에, 내일 스케줄에서 제가 부탁드렸던 시간은 빼두셨습니까?"

"⋯⋯."

"그럼 됐습니다. 필요한 대화는 전부 나눈 것 같으니 끊겠습니다. 차 실장님도 일은 그만하고 쉬세요."

이안은 지성이 통화를 마칠 때까지 넋을 놓은 채 바라만보고 있었다. 이곳에 돌아온 지 하루도 되지 않았는데 벌써 스케줄까지 논의하는 그의 적응력은 과히 경이로울 지경이었다.

"넌 가끔 대단해 보일 때가 있어."

이안은 휴대폰을 다시 재킷 안주머니에 넣어 두는 지성에게 혼잣말처럼 중얼거렸다. 지성은 태연한 눈빛으로 그를 마주했고 늘 그래왔듯 혼자서만 여유로운 대답을 했다.

"진짜 대단해져서 돌아온 게 아닐까요? 대기업 대표님이라든가⋯⋯."

설마 그럴 리가.

라고 생각했지만, 드러내진 않았다. 이안이 보기에도 지성은 예전보다 견고해진 느낌이었으니까.

이안은 그저 지성을 향해 픽 웃어 보였고, 다시 따듯한 코코아를 한 모금 들이켰다.

혀끝을 맴도는 달콤함. 소중한 사람들과 함께라는 편안함. 특별한 날을 마무리하기에 딱 좋은 감정들이 이안의 마음을 따듯하게 데웠다. 오랜 기다림으로 지친 마음까지 한 번에 위로받는 기분이었다.

"아, 한지성."

"네, 이안 님."

이안은 지성의 이름을 불렀고 지성은 늘 그래 왔듯 가볍게 답했다.

"진짜 대단해졌어도 어디 안 갈 거지?"

돌아온 지성에게 구해지는 이안의 확신. 지성은 그 말에 곧바로 고개를 끄덕이려다가 이내 천천히 가로 저으며 대답했다.

"갈 건데요."

"어딜 가."

"장가."

오자마자 무슨.

이안은 그의 말을 농담처럼 넘겨버렸지만 지성의 머릿속엔 이미 그녀의 얼굴이 선명했다.

'기다려 주세요.'

'나도 정리할 자신이 없어.'

'당신과 끝내고 싶지 않아…….'

2년 전 이곳을 떠나던 날. 남아 있는 삶은 전부 그녀에게 맡겨두고 왔으니, 이젠 남은 일은 되찾으러 가는 것뿐.

'기다릴게요.'

'꼭 돌아오겠다고 약속해 주면…… 얼마가 되었든 지성 씨 잊지 않고 기다릴게요.'

따듯했던 그녀의 온기가 떠오른다. 습관처럼 가슴이 설레어 온다. 당신의 삶도 행복해지기를.

제이 기획, 미래홍보부서.

"이해실! 너 제정신이니?!"

노정화 과장의 날카로운 고함이 사무실에 쟁쟁하게 들어찼다.

그건 충분히 소란스러웠지만, 이 상황에 익숙해질 대로 익숙해진 직원들은 굳이 관심을 두지 않았다. 자칫 눈이라도 마주쳤다간 바로 불똥이 튀어올 것을 알고 있기 때문이었다.

하지만 그녀의 심술을 피할 수 없는 해실은 평소처럼 고개를 숙인 채 쏟아지는 말을 듣기만 했다.

"내가 일 처리 늦어지는 거 얼마나 싫어하는지 알잖아!"

"하지만 분명 노 과장님께 들었던 마감기한은 오늘이 아니라 내일까지……."

"그걸 지금 변명이라고 해? 보통 하루 정도는 여유를 두고 끝냈어야 하는 거 아니야?"

억지도 이런 억지가 없었다. 그녀의 생트집은 대리에서 과장으로 승진한 이후 더욱 정도가 심해졌다.

처음엔 그녀가 이럴 때마다 어떻게 대처해야하나 고민하던 해실이었지만, 이제는 당하는 일에도 노하우가 생겨 최대한 빨리 끝내는 쪽으로 처신하게 되었다.

"죄송합니다, 노 과장님!"

안 되겠다 싶으면, 애초부터 한 적 없는 잘못을 깔끔하게 인정해 버리기.

"하, 일처리 이딴 식으로 할 거면서 회사엔 왜 붙어있는 건지."

"최대한 빨리 마무리해 올게요!"

그리고 모멸감 느껴지는 말들도 전부 빠짐없이 수긍해버리기.

"알았으면 어떻게든 오늘 오후 두시까지 끝내. 안 그러면 책임질 일이 더 많아질 거야."

"네, 과장님!"

"아후, 꼴 보기 싫으니까 그냥 저리 가버려."

역시 자존심을 내려놓으면 간단해지는 일들이 많았다. 영원히 화만 내고 있을 기세로 노발대발하던 노 과장은 해실이 먼지처럼 부서지고 나서야 손을 휘휘 저으며 그녀를 놓아주었다.

해실은 허리를 90도로 숙여 마지막까지 그녀에게 깍듯이 인사했다. 그리고 조심히 뒤를 돌아 한 발을 조심히 떼어 내려는데.

"앗!"

"우리 과장님! 또 왜 이렇게 흥분하셨을까!"

노 과장과 친분이 있는 여직원들이 해실의 어깨를 밀쳐내며 노 과장에게로 다가섰다. 부딪힌 해실의 어깨는 욱신욱신 아렸지만, 그녀들은 미안한 기색도 보이질 않았다.

"오늘도 부하직원 가르치시느라 고생이 많으세요."

"아휴, 말도 마, 임 대리. 내가 많은 걸 바라는 것도 아닌데 말이야."

"어차피 내년엔 계약연장 못 할 것 같으니까 그때까지만 참으세요."

울컥.

무참하게 내리꽂히는 서러운 말들은 해실의 눈가를 뜨겁게 만들었다. 그러나 그녀는 아무것도 듣지 못하는 척 최대한 동요하지 말아야 했다. 그런다고 해서 마음이 괜찮아지는 건 아니었지만 심호흡 몇 번으로 애써 가라앉았다고 생각하면 그만이었다.

그렇게 억지스러운 평정심을 되찾고, 빈 구석 자리를 향해 무거운 걸음을 옮기려던 그 순간.

"갑, 갑자기 무슨 일이십니까."

잔뜩 긴장한 부장의 목소리가 유리문 쪽에서부터 흘러나왔다.

머지않아 임원직을 전담하는 비서실장이 사무실 안으로 들어섰고, 그는 곧 진중한 시선으로 직원들의 얼굴을 훑어보기 시작했다.

"연락을 미리 주시지……."

"직원들은 전원 다 이 자리에 있습니까."

"예? 아, 예. 김희운 대리가 잠시 외근을 나가긴 했는데……."

"경호팀, 우선 들어와."

비서실장은 부장의 대답이 끝나기도 전에 복도 쪽으로 짧은 명령을 내렸다. 그러자 열댓 명은 족히 되어 보이는 경호원들이 완벽한 정렬을 맞추며 들어섰고 사무실 통로를 따라 길을 만들어 냈다.

순식간에 조성되는 심상치 않은 분위기에 하나둘씩 일어나는 직원들. 그리고 슬금슬금 뒷걸음질을 치는 부장.

그 움츠러든 공기 속에서 비서실장은 뒤늦은 방문을 알린다.

"대표님 들어오십니다."

믿지 못할 방문자의 정체에 사무실 내부는 작게 수군거리기 시작한다.

"대표? 지금 대표라고 한 거 맞아?"

"최 대표는 행방불명 됐잖아."

"아니야, 이번에 누군가 새로 취임한다는 말을 듣긴 했는데……."

"그렇다고 해도 여길 왜 와. 대표가."

그러나 의심과 상관없이 차분한 발걸음은 복도를 따라 이어졌다.

여유롭지만 가볍지는 않은 구두소리에, 모든 직원들은 신경을 곤두세웠고, 조심스러운 눈길로 유리문을 주시했다.

해실 역시 그들 중 한 명이었다. 심지어 그녀의 몸은 경호원들이 만들어 낸 길 중앙에 덩그러니 놓여 있었던 터라 서둘러 자리를 비켜줘야 할 처지였다.

하지만 등을 돌리자마자 외면할 수 없는 은은한 향기가 그녀의 코끝을 스쳤다. 2년 동안 마음에 품어 두고 간절히 기다렸던 그 사람의 것과 많이 닮아 있는 향기였다.

해실은 본능적으로 걸음을 멈추었고 그 자리에 그대로 얼어붙었다.

"세상에나…… 저 사람……."

"2년 전에 그…… 신입사원 맞지?"

이미 그의 정체를 확인한 직원들은 의미심장한 감탄사를 주고받았다. 하지만 그때까지도 그녀는 고갤 돌려 얼굴을 확인하는 일조차 하지 못했다.

　백만분의 일이라도 그 사람이 아닐 확률은 존재하니까. 이토록 간절한 바람이 어긋나 버린다면, 애써 지켜 온 희망도 이 자리에서 무너지고 말 테니까.

　그 사람은 너무나도 절실한 사람이라서, 그녀는 감히 기대를 내걸 수도 없다. 혹시나 하는 현실을 마주하는 일도 그저 조심스럽기만 하다.

　그러나 그런 마음을 전혀 모르는지. 하염없이 가까워지던 그리운 향기의 주인은 이내 그녀의 바로 뒤편에서 멈춰 섰다.

　그 사람은 잠시 숨을 고르며 머뭇거리는가 싶더니, 나지막이 그녀의 이름을 부른다.

　"해실 씨."

　오랜 시간, 추억에만 가둬두었던 그 목소리로.

　해실은 곧바로 반응하지 못했다. 단번에 알아들은 나직한 음성마저도 혼란스럽게 여길 만큼 그녀는 2년 새에 겁이 더 많아졌다.

　하지만 그 나약함까지도 보듬어주듯 그 사람은 따뜻한 온기를 담아 한 번 더 인사를 건넨다.

　"많이 기다렸죠?"

　"……"

　"이제 데리러 와서 미안해요."

　그녀가 많이 기다렸던 사람. 이제라도 그녀를 데리러 올 사람.

　그녀에게는 단 한 명뿐이었다. 간절히 바라 왔던 그 사람뿐이었다.

　"……지성 씨."

그제야 해실은 그 사람의 이름을 입에 담았고 천천히 고개를 돌렸다. 서서히 드러나는 시야에 매일 같이 꿈꿔왔던 얼굴이 점점 차오르기 시작했다.

발그레하게 달아오른 귓불, 부드럽게 어린 미소, 온기를 머금은 눈빛. 그녀를 설레게 만드는 그 사람의 모든 것.

"지성 씨……."

해실은 한 번 더 그 사람의 이름을 불렀다. 그러자 기다렸다는 듯 눈물이 터져 나왔고 반가운 얼굴은 금세 흐려지고 말았다.

그녀는 그를 똑바로 바라보기 위해 눈가를 문질렀다. 젖어드는 그녀의 왼손 네 번째 손가락에서 기다림의 증표가 영롱한 빛을 냈다.

그 순간, 지성이 가지고 있던 일말의 불안감은 그 빛에 뒤섞여 사라져 버렸다. 자신과 다르지 않는 그녀의 마음에 이제야 조여 왔던 숨통이 트이는 듯했다.

지성은 멈춰두었던 발걸음을 마저 옮겼고 애타게 바라 왔던 그녀의 몸을 곧바로 끌어안았다. 드디어 그 사람의 온기가 품 안으로 돌아왔다. 힘들었던 시간만큼 깊어진 사랑을 지닌 채.

"보고 싶었어요."

"……."

"정말 많이 보고 싶었어요……."

울음기 가득한 목소리로 해실에게 하염없이 고백하니.

"저도 그래요……."

꿈속에서만 지치도록 들어왔던 목소리가 생생하게 지성의 귓가에 스며들었다.

지성은 잠시 그녀에게서 몸을 떼어 냈고 곧바로 부드러운 입술을 머금었다. 밀려들어오는 그의 혀끝은 너무나도 달콤해서 그녀는 마치 온 우주에 그 사람과 둘만 남아 있는 기분이었다.

깊지만 짧았던 키스를 끝낸 해실은 두 팔에 힘을 주어 지성의 등을 끌어안았다. 지성은 그녀를 품 안에 넣었고 줄곧 그리워했던 향기를 한껏 채워 넣었다.

"아직까지 날 사랑해요?"

그녀의 귓가에 다정한 목소리가 스며들어왔다. 고민할 필요도 없는 질문에, 그녀는 고개를 끄덕거리며 대답했다.

"사랑해요. 예전보다 더 많이……."

나는 긴 시간을 넘어 당신에게로 돌아왔다. 당신은 나와 함께 있고, 이젠 그 어떤 것도 바랄 것이 없다.

"무사히 돌아와줘서 고마워요."

나를 반기는 당신의 목소리가 들려온다.

이제야 편히 쉴 수 있을 것 같아서, 나도 모르게 웃음이 새어 나온다.

옥상 난간에 등을 기대고 선 희운은 방금 전 여직원과 나누었던 대화를 끊임없이 되새겼다.

'해실 씨는 새로 부임하신 대표님이 조기퇴근 시키셨어요. 오늘 중요한 날이라면서…….'

'새로 부임한 대표?'

'네, 믿기실지는 모르겠지만 2년 전에 신입사원으로 들어왔

던 한지성 씨가 오늘부터 대표직으로…….'

대화 속에 들어 있던 익숙한 그 이름이 떠오르자, 희운의 눈빛은
눈에 띄게 무거워졌다.

그는 짧아진 담배꽁초를 바닥에 내버렸고, 매캐한 연기를 뱉어 냈
다. 그러고는 담뱃갑을 열어 다시 새로운 장초를 꺼내 들었다. 새로
운 불을 붙일 라이터도 함께.

거의 끊어가던 담배를 같은 자리에서 해치운 지가 벌써 삼십 분째.

화를 내고 있는 건 아니었다. 기분 나빠하고 있는 것도 아니었다.

그는 그저 준비했던 상황을 준비해 왔던 것처럼 받아들이지 못하
는 자신을 달래고, 달래고, 또 달래는 중이었다.

약속했었으니까. 그 사람을 기다리는 그녀를 욕심 없는 눈길로
지켜보며, 그저 행복만을 바라주기를 혼자서 약속했었으니까.

"그래, 그럼 이제 된 건데 왜……."

하지만 생각했던 것보다 그의 마음은 그녀의 행복을 서러워했다.
2년 만에 그가 돌아왔다는 소식을 들었을 때 반갑기 보단 아쉬움이
먼저 들었고, 그런 자신의 마음은 희운조차 놀라게 만들었다.

이렇게 치졸한 속앓이나 하려고 두 사람을 도와준 건 아니었는
데. 그는 지금 사랑하는 두 사람의 모습이 서운하다. 조금의 미련도
남겨져 있지 않은 빈자리가 쓸쓸하다.

아무래도 지금은 희운을 묶어 두는 족쇄의 존재가 없어져 버려서
인지도 모르겠다. 이제 사랑하는 사람과 사랑을 해도 되는 희운은
그 대상이 떠나버린 것 같아 안타깝기만 하다.

틈이 생기니 그녀로 채우고 싶다. 이런 건 나쁜 욕심이라는 걸 알

면서도.

"후우……."

희운은 또 한 번 짙은 담배 연기를 뱉어 냈다. 까맣게 변색된 채 질척이는 감정들은 모두 게워 내려는 노력이었다.

그때.

끼이익—

녹슨 쇳소리를 내며 옥상의 문이 열렸다. 갑작스러운 인기척에 희운은 고개를 들었고 들어서는 발걸음의 주인을 시선에 담았다.

"너……."

희운의 눈동자가 그대로 굳었다. 지금 가장 만나선 안 될 사람과 만나기라도 한 것처럼.

그러나 그 사람은 죄책감이 밀려들 만큼 반갑게 웃으며 희운에게 묵혀둔 인사를 건넸다.

"잘 지내셨어요?"

2년 만에 나타난 지성의 존재를 맞닥뜨린 희운은 울지도, 그렇다고 해서 웃지도 못하고 가만히 그를 마주할 수밖에 없었다. 어서 와, 반가워, 잘 왔어. 쉬운 인사말은 많았지만 입술을 차마 떨어지지 않았다.

그 마음을 꿰뚫어 보듯, 지성은 딱히 대답을 기다리지 않고 곧바로 그를 향해 걸어왔다. 거리감이 가까워질수록 불안하게 흔들리던 희운의 눈동자는 지성이 그의 곁에 나란히 서자 이내 바닥으로 툭 떨어져 버렸다.

"어, 그래……."

겨우 새어 나온 목소리는 본인이 생각해도 형편없어서 희운은 더욱더 그를 마주할 면목이 없어졌다.

이러다간 아무에게도 내색하지 못했던 추잡한 미련까지 다 드러나게 생겼다. 사랑이 서툴러서 놓쳐 버린 희운은 사랑을 감추는 것까지 능숙하지 못하다.

"여기 계실 줄 알았어요. 외근 마치고 돌아오셨다는 얘기 듣자마자 계속 기다리고 있었는데."

지성은 가라앉은 그의 목소리에도 아랑곳 않고 재회의 기쁨을 드러냈다. 희운은 여전히 눈길을 어긋 낸 상태로 되는 대로 대답했다.

"그냥. 쉬다가 들어가려고."

"담배는 아직 못 끊으신 겁니까?"

"끊었다가 피웠다가 그래."

"그게 못 끊으신 거잖아요."

"그런가."

한쪽이 말문을 닫아두니 맥없이 끊어져 버리는 대화.

책임감을 느낀 희운은 먹구름만 잔뜩 끼어 있는 머리를 애써 움직였다. 그리고 겨우 물어볼 만한 질문을 떠올려 입술을 떼어 내려 했다.

하지만 목소리가 나오기도 전에.

"오늘 해실 씨 없어도 업무에 지장 없으시겠습니까?"

"……."

"사실…… 저녁때 프러포즈할 계획이거든요. 그래서 지금 해실 씨 먼저 호텔로 보내놨습니다."

지성은 가장 듣기 힘든 이야기를 희운에게 꺼내놓았다. 희운은 어떤 대답이 가장 자연스러울지 고민하다가 곧 평소처럼 딱딱한 말투로 되물었다.

"왜 먼저 보내. 같이 가지 않고."

축하는 없었지만 적어도 아쉬움은 묻어나오지 않은 게 다행이었다. 이대로 지금 상황만 마무리한다면 그의 미련은 지성에게 들키지 않고 마무리될 수 있을 터였다.

그러나 그런 희운을 향해 지성이 선명하게 내뱉는 말은 피하기 급급했던 그의 표정을 확인하게 만들기에 충분했다.

"제 곁으로 데려오기 전에 감사하다는 인사는 드려야 할 것 같아서요."

"무슨 감사를……."

"대리님 아니었으면 해내지 못했을 일들이 너무 많아요."

고개를 든 희운은 한동안 말없이 지성을 바라보고 서 있었다. 그의 눈동자는 차마 진정하지 못하고 힘없이 떨려왔지만 시선을 피하지는 않았다.

희운은 그 얘기를 꺼내는 지성의 의도를 알아내고 싶었다. 만약 그가 괜한 동정이나 어수룩한 위로를 건네는 거라면 희운은 단호하게 거부할 생각이었다. 하지만 그가 마주한 지성의 시선은 비참해지려고 해도 그럴 수 없을 정도로 그저 선하기만 했다.

희운의 자격지심과는 전혀 관계없는 진심 어린 눈빛으로 지성은 한 번 더 따듯한 목소리를 건넨다.

"정말 감사합니다, 대리님. 저를 믿어주신 것도, 그동안 해실 씨를 지켜주신 것도."

“……”

“세상에서 가장 행복한 사람으로 만들 생각으로 프러포즈 하는 거예요.”

“……”

“대리님이 그러셨던 것처럼.”

그녀를 행복한 사람으로 만들어 주겠다는 다짐.

그건 분명 희운의 진심이었다. 그녀를 놓아줄 때도, 그녀를 지켜줄 때도, 심지어는 그녀를 그에게 보내 줄 때조차도

희운이 바라는 것은 그녀가 행복해지는 것 단 하나 뿐이었다. 하지만 그 행복은 자신이 줄 수 있는 게 아니었기에 실천은 전부 그 사람에게 미뤄두었던 것뿐이었다.

그런 희운을 대신해 눈앞에 이 남자는 그녀를 지켜주었고 사랑해주었고 이제는 남은 행복까지도 책임져주려 하고 있다.

그는 그녀의 행복이 될 자격이 있는 사람이고 이 행복을 유지해나갈 능력마저 갖고 있는 사람이다.

그러니 지금은 희운의 사랑이 끝나는 순간이 아니라 희운의 오랜 다짐이 이뤄지는 마지막 단계인 것이다.

서러워하는 감정도, 질투하는 감정도 느낀다는 게 우스워질 일이다. 그에게 감사를 받으면서야 비로소 다시 일깨우게 된 사실이지만.

“그래…… 나머지는 너한테 맡길게.”

한참 뜸들인 대답을 하며 희운은 마지막에 다다라서야 흐트러질 뻔했던 마음을 겨우 다잡았다.

잔뜩 헝클어졌던 마음은 언제 그랬냐는 듯 정돈되었고, 남겨진 미

런도 추억과 함께 섞여 있을 뿐 적어도 검은 기름때처럼 거추장스럽게 떠다니진 않았다.

"프러포즈 성공했으면 좋겠네."

"네?"

"뭐, 어차피 잘 될 것 같지만."

희운은 뒤늦은 미소를 입가에 띠운 채 이제야 진심 어린 축복을 건넸다. 그 말에 지성은 곧바로 두 귀를 붉히다가 피식 웃고 말았다.

처음 마주했을 땐 희운의 쓰라린 눈빛 때문에 마음이 무거웠는데 어느새 편안해진 그의 안색을 보니 고마운 만큼 미안해지는 감정도 내려놓을 수 있을 것 같았다.

희운은 다시 한 번 짧아진 담배꽁초를 지져 껐고 더 이상 새 장초를 꺼내지 않았다. 그리고 기대서 있던 난간에서 등을 떼어 내며 말했다.

"그럼 이해실한테 가 봐. 감사인사는 잘 받았으니까."

지성은 고개를 끄덕였고 그를 따라 걸음을 옮기려했다. 그러다가 문득 다시 희운을 바라보며 다소 업무적인 톤으로 그를 불렀다.

"아, 김희운 대리님."

"어."

"저 이제 이 회사 대표인데 말입니다."

"아아, 그랬지. 신입사원이 2년 만에 대표 자리 꿰차는 건 납득하기 힘든 일이라서."

"그 문제는……."

"굳이 알고 싶진 않아. 극존칭은 옥상 벗어나는 순간부터 써 줄게."

희운은 의아함이 가득 담긴 대꾸를 했지만 경위를 추궁하지는 않았다. 그 과정은 델타 돔에 관한 설명 없이는 이해시키기 불가능한 일이었기에, 지성에게는 정말 다행인 일이었다.

언제나 말하지 못할 깊은 곳까지 헤아려주는 사람. 그래서 참 좋은 사람.

"대리님, 대표로서 부탁드릴 것이 있는데……."

"뭐."

그런 사람이기에 지성은 넌지시 부탁 하나를 건넨다.

"앞으로도 계속 제 곁에서 저를 이끌어주시겠습니까?"

"뭐?"

"아무래도 일은 대리님께 배웠던 터라, 혼자서는 여간 힘든 게 아니네요."

"그래서."

"지금보다 높은 곳에 모셔두고 좀 더 신세지고 싶습니다."

"……."

갑작스러운 지성의 제안을 들은 희운은 잠시 고민하는가 싶더니 특유의 서늘한 말투로 대답했다.

"난 그냥 내 자리가 좋은데. 업무 많은 건 질색이라서."

"아…… 그러세요?"

"뭐, 그래도 월급 올려주면 도와줄 수도 있고."

"월급에 지분까지 얹어드릴게요."

"개인적인 자리에선 존칭도 생략할래."

"네, 알겠습니다. 저도 김 대리님한테 존칭 듣는 건 무섭네요."

어느새 자연스럽게 대화를 주고받던 중 서로의 장난스러운 눈빛이 마주쳤다. 그 찰나의 시선은 2년간의 공백을 충분히 메우고도 남을 만큼 편안했다.

"조건 하나 더 있어. 노정화 과장."

"그건 말씀 안 하셔도 조만간 제가 직접."

"사적인 악감정은 배제하고 업무적으로만 해결해."

"넣을 건데요. 조금은."

"그래도 회사잖아."

시작은 악연이었지만 결국엔 인연이 된 지금 나는 누군가에게 당신을 '좋은 친구'라고 소개해도 되려나.

확실히 물어볼까 했지만 둘은 곧 관두었다. 애매하면 애매한대로 지금처럼 알지 못하는 부분까지 헤아리고 지내면 그만이니까.

"한 대표. 생각해봤는데."

"뭘요?"

"노 과장. 최대한 사적으로 처리해. 그것도 자업자득이니까."

"역시 그동안 너무 심했죠?"

"어. 감히 누구한테."

시시콜콜한 대화를 끝도 없이 이어 나가는 두 남자는 분명 평소보다 들떠 있었다. 마치 오랜 세월을 같이 해 온 사이처럼 그들에겐 평온한 분위기만이 감돌았다.

지성은 쓰러지고 싶은 순간마다 다가와 조용히 일으켜 세워주던 희운의 뒤를 따라 걸으며 진심이 가득한 축복을 건넸다.

시든 꽃잎 같던 당신의 사랑도, 막막하게만 느껴졌던 당신의 앞길도. 모두 당신이 바라온 만큼 행복해지기를. 나를 축복해 주었던 만큼 당신도 꼭 축복받기를.

그 마음을 전부 건네받았는지 희운이 입가에 미소를 띠었다.

그건 지성조차 처음 보는 한없이 다정한 미소였다.

*   *   *

[악몽은 달콤하게 그대를 집어삼킨다]

그 사람이 남기고 떠났다는 메시지를 확인한 원은 공허한 시선을 C7에게 두었다.

"그래서 뭐."

저 물음만 벌써 몇 번째더라.

"21세기의 '최원' 명의로 등록되어 있던 재산과 직분 전부가 '한지성'의 명의로 변경되어 있었습니다. 그 사람은 가질 수 있는 모든 것을 가지고 다시 21세기로 돌아간 듯 보입니다."

이 대답은 또 몇 번째더라.

C7은 드러난 사실 전부를 보고했지만 원은 단 하나도 받아들이지 못했다. 그는 진실이 전해질 때마다 입술을 깨물었고 주먹을 꽉 움켜쥐었다. 그리고 흔들리는 시선으로 다시 메시지를 바라보다가 다시 고개를 들어 묻는다.

"그래서 뭐."

"……."

"그러니까 그게 뭐."

C7은 그 안타까운 몸부림이 잠잠해질 때까지 끊임없이 같은 말을 반복한다.

"그 사람은 다시 강이안이 있는 21세기로 돌아갔습니다. 원 님의 것이었던 전부를 가지고······."

"닥쳐······ 닥쳐! 닥치라고!"

그것이 전부 그를 향한 원의 절망이 될 줄 알면서도.

C7은 원이 명령한 대로 입을 닫았다. 원의 눈은 일렁이기 시작했고, 메시지가 떠 있는 문서출력장치를 거칠게 집어던졌다.

"어디서 개소리를 지껄여! 그 애가 왜 나를 떠나는데! 대체 왜!"

통치자 집무실을 가득 채우는 원의 절규는 이곳이 그 사람을 위해 만들어 놓은 장소였기에 더욱 안타까웠다.

원은 비틀거리는 걸음으로 C7에게 다가왔고 그의 어깨를 붙잡아 흔들며 애절하게 다그쳤다.

"그럴 리가 없잖아. 다시 한 번 확인해 봐. 나는 전부를 다 줬는데······ 여기 있는 모든 건 전부 그 애한테 줬는데······."

무너지기 시작한 원에게 밑바닥은 없었다. 그는 추락하고 싶은 만큼 추락할 작정인 듯 이번엔 정신 나간 사람처럼 입가에 미소를 퍼트리기 시작했다.

"크흐흐, 이제 알겠어. 나한테 원하는 게 있는 거야. 이딴 거 말고 그 애의 존재처럼 특별한 무언가······."

"······."

"그것만 준비해두면 그 애는 돌아올지도 몰라. 다시 내 앞에 나타나 줄 거야······."

그 사람이 원하는 것.

없다면 거짓말이다. 그는 분명 원에게 애타게 바라는 것이 있었고, 그것은 자신의 흔적 위에 걸어둔 보안코드로 명확하게 드러내놓았다. 하지만 그걸 알려 준다고 해도 원은 결코 그의 바람을 이뤄주지 못할 것이다. 그러니 그 사람도 결코 돌아오지 않을 것이다.

"기억해. 기억하라고. 내가 놓친 게 있을 거야……."

이 말을 적나라하게 전하기엔 C7의 마음이 너무 지쳤고, 원의 상태가 너무 불안정했다. 그래서 C7은 그 사람의 바람을 찾아내려 애쓰는 원에게 아무 말도 하지 않았다.

"아, 그 애가 고쳤다는 시공간이동장치 보안코드는 해결했어? 그냥 내가 데리러 가야겠어."

"아니요. 알아내지 못했습니다."

"어제부터 하루 종일 해독했잖아! 그 결과물이 왜 아직까지 없어!"

"처음 접하는 보안 시스템이라 지금으로써는 무리입니다."

그는 보안코드를 물어보는 질문에도 고개를 저었다. 아무것도 알아내지 못한 척 진실은 심연 속에 숨겨두었다.

"이 새끼가! 뚫린 주둥이라고 내뱉으면 다야!"

일렁이던 감정이 다시 넘쳐흐른 순간, 원은 C7의 머리채를 거칠게 잡아 쥐었다. 그는 저항조차 않는 C7을 그대로 바닥에 내쳤고 성난 구둣발로 마구 짓밟기 시작했다.

"찾아내! 찾아내라고! 어떻게든 찾아내! 이 개새끼야!"

"윽……!"

C7은 이 와중에도 급소를 피하려 몸을 웅크렸다. 그러나 아무리

사리려해 봐도 이성을 잃은 원의 공격은 자비조차 없어서 결국 그의 입술은 새빨갛게 터져 버리고 말았다.

흰 바닥엔 피가 낭자했고 깨끗하던 그의 피부는 다시 검붉은 멍이 들었다. 그 잔혹한 흔적을 보고 나서야 원은 발길질을 멈추고 C7의 앞에 무너지듯 주저앉았다.

그리고 애원했다.

"나를 그 애한테 데려다 줘⋯⋯."

C7은 들어줄 수도 없는 부탁을.

C7은 시공간이동장치를 작동시킬 수 있는 패스워드를 떠올렸고 이내 또다시 고개를 저으며 대답했다.

"보안코드 해독은⋯⋯ 불가능합니다."

사실 C7이 패스워드를 알아낸 건 한 시간 전의 일이었다. 그때까지만 해도 C7은 어떻게든 시공간이동장치에 걸려 있는 암호를 풀어 떠나버린 그 사람을 다시 포획해올 생각밖에 없었다.

그것이 주인이 바라는 일이니까. 그것이 주인이 행복해지는 길이니까. 하지만 한참 동안의 사투 끝에 밝혀진 그 사람의 패스워드는.

[WAKE_UP]

깨어나라는 짧은 문장이었다.

그러나 그건 [악몽은 달콤하게 그대를 집어삼킨다]라는 패스워드의 힌트와 묘하게 맞물려서 원을 향한 그 사람의 절절한 부탁이 된다.

그 사람은 자신이 원의 악몽 그 자체라는 사실을 잘 알고 있다. 그 사람의 곁에선 결코 행복해질 수 없는 원의 처지를 그 누구보다 잘 이해하고 있다.

그렇기에 그는 그동안 따뜻한 눈빛 한 번 건네지 않았고 원의 호의에 단 한 번도 반응하지 않았다. 달콤한 희망이 생길수록 악몽은 더욱 깊이 원의 이성을 집어삼킬 테니까. 그 사람은 악몽에 취한 원을 깨우기 위해 긴 시간 지치도록 애를 써왔던 거다.

문득 떠나기 전날 밤, 그 사람이 했던 말이 떠오른다.

'B1님, 모든 악몽은 깨어나기 마련입니다.'

'혹시 오늘 밤 나쁜 꿈을 꾸게 되더라도 절대 겁내지 마시라
는 뜻입니다.'

'깨어나는 순간 평범한 일상은 찾아오니까요.'

원은 그 말을 똑똑히 들었으면서도 지금까지 그 사람이 바라는 것 하나 생각하질 못한다. 이미 달콤한 악몽에 중독되어 버린 터라, 그에게는 평범한 일상으로도 돌아가는 것 자체가 비극이 되어 버린 듯하다. 하지만 그 사람의 진심을 깨달아버린 C7은 그런 주인을 끊임없이 흔들어 깨운다.

"포기하십시오. 그 사람은 돌아오지 않습니다."

"그런 말 하지 말라고 했잖아……."

주인은 깨고 싶지 않아 발버둥을 치지만 C7은 지치지도 않고 그를 현실로 이끈다.

"원 님도 더 이상 그 사람을 붙잡을 수 없습니다. 이제."

"그 말 좀…… 제발 좀……."

"잊으세요. 그 사람에 관한 모든 건."

"하지 말라고 말하잖아! 개 같은 새끼야!"

혼란에 휩싸인 원은 비명을 지르며 안주머니에서 권총을 꺼내 들

었다.

파르르 떨리는 그의 어깨, 그리고 갈 곳을 잃고 헤매는 눈동자.

누가 보아도 위태로운 모습의 원은 절망만을 말하는 C7의 심장 부근에 총구를 겨누었다. 그리고 지극히도 터무니없는 명령을 내렸다.

"죽고 싶지 않으면…… 이제부터 내가 묻는 말에 그렇다고만 대답해."

"……."

"되찾아올 수 있지?"

이렇게 고집을 부려도, 같은 꿈은 결코 반복되지 않을 텐데.

"그 새끼는…… 다시 내 손안에 들어올 수 있지?"

연이은 질문에 C7은 조용히 고개를 들었다. 그는 두려움을 소화시키듯 깊은 심호흡을 했고 머지않아 입술을 움직였다.

"아니요."

담담하게 흘러나온 명령불복종, 그 뒤로.

탕─!

정적을 가르는 총성이 이어졌다.

그 굉음을 신호탄으로 흩날리는 건 생명을 가르는 검붉은 꽃잎이었다.

*   *   *

"꼭 꿈을 꾸는 것 같아……."

서울의 한 고급 호텔 스위트룸.

해실은 두 볼을 수줍게 붉힌 채 거울 속 자신의 모습을 확인했다. 평소 화장기 없이 수수하기만 했던 그녀의 얼굴은 호텔에서 대기하고 있던 메이크업 아티스트와 스타일리스트의 손길을 거쳐 아름답게 꾸며진 상태였다.

태어나서 처음으로 받아보는 공주님 대접은 어색하고도 민망했다.

'대표님은 잠시 후에 도착하실 예정입니다. 그때까지 룸에서 편히 쉬고 계십시오. 사모님.'

하지만 변신을 마친 해실의 귀에 그 사람의 도착소식이 닿자 그때부터는 미친 듯이 가슴이 두근거리기 시작했다.

'사모님이라니. 왠지 부끄러워.'

곧 도착할 그를 기다리며 해실은 오늘 일어났던 일을 차분히 되새겼다. 항상 마음에 두고 그리워만 했던 지성과 재회한 것이 불과 여섯 시간 전.

떨어져 있었던 만큼 간절하게 그녀를 끌어안으며 지성은 다른 사람들은 듣지 못할 작은 속삭임을 흘려보냈다.

'오늘 밤에 시간 괜찮아요?'

'네?'

'나랑 같이 있어줘요.'

갑작스러운 데이트 신청이었지만 해실에게 거절할 마음은 없었다. 그래서 조심스레 고개를 끄덕이자 지성은 비서실장에게 짧은 명령을 내렸다.

'준비 부탁드립니다. 차 실장님.'

'네, 대표님.'

대답을 마친 비서실장은 곧바로 해실에게 다가왔고 그녀를 사무실 밖으로 정중하게 안내했다. 그때까지도 해실은 어리둥절한 느낌뿐이었지만 회사 앞에 주차된 리무진을 마주하고는 이것이 꿈인지 현실인지조차 분간할 수 없게 되었다.

오랜 시간 그녀의 곁을 떠나있었던 그는 마치 백마 탄 왕자님. 아니, 리무진 탄 대표님이 되어 눈앞에 나타났다. 꿈으로도 꾼 적 없던 상황에 그녀의 기분은 환상을 헤매는 듯 몽롱해졌다.

저 문을 열고 그 사람이 내게로 다가오면 나는 어떤 반응을 보여야 할까. 그 전에 이렇게 꾸민 내 모습이 어색해 보이진 않았으면 좋겠는데…….

차오르는 행복감 속에서 괜한 걱정을 하고 있던 그때, 스위트룸의 문이 열리는 소리와 함께 익숙한 향기가 스며들었다.

"해실 씨."

동시에 그녀의 이름을 부르는 그 사람의 목소리가 들렸고 그녀에게로 가까워지는 발걸음이 느껴졌다. 잔뜩 긴장하고 있던 해실은 서둘러 침대 옆 기둥 뒤로 몸을 숨겼고 조용히 숨을 죽였다.

왜 숨는 건지는 그녀 본인조차도 알 수 없었다. 그냥 지금은 터질 것처럼 뛰고 있는 심장이 당황스러울 뿐이었다.

"해실 씨?"

그런 해실을 한 번 더 부르며 지성은 스위트룸을 훑어보았다. 신경 써서 골랐던 만큼 인테리어는 몹시 고급스러웠다.

간식이 놓여 있는 찬장에는 먹다 남긴 초콜릿과 천 원짜리 지폐 세 장이 올려져 있었다.

'아, 계산하려고 올려 둔 건가 봐. 너무 귀엽잖아.'

이곳에 서서 초콜릿을 우물거렸을 그녀를 상상하니 지성의 귀가 빨갛게 달아올랐다.

공백으로 남겨두었던 시간이 2년이나 되는 만큼 최대한 조심스럽고 천천히 다가갈 생각이었는데 그녀를 발견하는 즉시 안아버리게 생겼다. 지성은 벅차는 마음을 애써 다잡고 침실 쪽으로 다가갔다.

워낙 넓어서 네 사람이 누워도 넉넉할 듯할 침대. 그 옆으로 삐죽이 튀어나온 뒤통수 하나가 눈에 띄었다.

"거기 해실 씨예요?"

지성은 숨어 있는 그녀를 향해 나직이 물었다. 그러자 해실은 천천히 고개를 끄덕였고 여린 목소리를 흘려보냈다.

"네, 그런데 잠시만요!"

"무슨 일 있어요?"

"아니요, 그런 건 아니고…….."

"……."

"그냥 부끄러워서…….."

해실은 뒤돌아 있어서 보지 못했지만 그 순간 지성의 표정은 그야말로 사랑뿐이었다. 그는 입가에 장난스러운 미소를 머금고 한 걸음씩 그녀에게로 옮기기 시작했다.

"싫어요. 지금 해실 씨 얼굴 보러 갈래요."

"네……네?"

"보고 싶어."

어느새 해실의 바로 뒤까지 다가온 지성은 움츠러든 어깨에 가만히 손을 올렸다. 그녀는 잠시 망설였으나 그가 살짝 어깨를 흔들자 어쩔 수 없다는 듯 고개를 돌렸다.

지성의 보랏빛 눈동자에 사랑스러운 그녀의 모습이 담겼다.

울고 있진 않지만 물기를 머금은 눈동자. 두 볼에 가득한 홍조. 잇새로 깨물고 있는 입술. 지그시 머무르는 그의 시선을 부끄러운 기색으로 피하는 모습까지 그녀는 완벽하게 사랑스러웠다.

마치 마음을 흔들기 위해 태어난 존재처럼 그녀는 지성의 모든 평정심을 뿌리 채 뽑아내버렸다. 그는 그녀의 몸을 자신과 마주하게끔 돌려세웠고 나머지 한 손으로 그녀의 다른 어깨도 붙잡았다.

"지성…… 읍!"

그리고 그녀가 그의 이름을 미처 부르기도 전에 잘 여문 입술을 거칠게 집어삼켰다. 밀려들어오는 혀끝에 해실은 저도 모르게 두 눈을 꼭 내리감았다.

넓은 스위트룸에 호흡이 뒤섞이는 소리만이 야릇하게 울렸다. 지성은 입술을 떼지 않은 채 그녀를 침대 쪽으로 이끌었고, 이내 커다란 매트리스 위에 그녀의 몸을 눕혀 놓았다.

차분하게 세팅된 머리는 금세 헝클어졌지만 그렇기에 그녀는 더욱 탐스러웠다. 그는 자꾸만 본능을 부추기는 그녀를 자신의 가슴 아래 가두며 집요하게 입술을 파고들었다. 순순히 그를 받아들이던 해실은 숨이 차오르자 조심히 그의 얼굴을 떼어 냈다.

"잠깐…… 잠깐만…… 힘들어요."

"나도."

"네?"

"나도 힘들어."

그녀의 말에 의미심장한 대답을 한 지성은 그녀의 목덜미 쪽으로 입술을 가져갔다. 그의 뜨거운 숨결이 닿자 해실의 몸엔 기분 좋은 소름이 끼쳐 올랐다.

"아……."

그래서 흐린 신음을 흘려보내니, 지성은 목덜미에 닿은 입술을 댄 채로 부드러운 목소리를 낸다.

"천천히 다가가려고 했는데 자꾸 마음이 급해져……."

"……."

"혹시…… 겁나?"

그건 마지막 남은 이성으로 물어본 질문이었다.

지성은 순수해서 더 자극적인 그녀의 향기 때문에 지금이라도 당장 이 작은 몸을 안아버리고 싶지만, 너무 커다란 자신의 감정을 그녀가 미처 따라오지 못하고 있을까 봐 걱정스러웠다. 해실은 목소리를 가다듬기 위해 마른침을 삼켰고 그의 몸을 끌어안으며 대답했다.

"조금은요."

"……."

"다른 것보다…… 지금 이 순간이 꿈일까 봐 겁나요."

그녀의 말은 짧았지만 지성에게는 수천 마디 고백처럼 들려왔다.

지성은 자신과 조금도 다르지 않은 그녀의 마음에 깨달았고 그동안 혼자서 애태웠던 기다림마저도 전부 알아차렸다.

"깨지 않도록 지켜줄게. 넌 행복해지고 싶은 만큼 행복해져."

어느 때보다도 진심을 담아 그녀에게 건네는 약속.

이윽고 확신에 찬 지성의 손이 그녀의 원피스 치마를 들어올렸다. 하얀 허벅지 끝에 딸기무늬 속옷이 드러나자 해실은 황급히 손을 뻗어 가리려 했다.

"저, 저 오늘 이럴 줄 모르고 안 예쁜 속옷 입었는데……!"

"괜찮아요, 그럼 벗겨두면 되잖아."

"네, 네?"

지성은 해실의 팔을 지그시 밀어내고 그녀의 허벅지 사이를 매만 졌다. 그 부드러운 감촉에 이끌려 그녀의 두 다리는 본능적으로 틈을 만들어냈다.

그러자 지성은 기다렸다는 듯 고개를 파묻고 허벅지 안쪽에 깊은 입맞춤을 건넸다. 촉촉이 붙었다가 자극적인 소리와 함께 떨어지는 그의 입술은 낙인처럼 뜨겁고 강렬하게 해실을 애태웠다.

"지성 씨……."

그의 이름을 부르는 해실의 목소리가 차츰 젖어들었다. 지성은 조심스러운 손길로 그녀의 속옷을 붙잡았고 천천히 아래로 끌어내 렸다. 부끄러움을 참지 못한 해실이 두 손으로 얼굴을 꼭 감싸 쥐자 지성은 나른한 미소를 띠며 물었다.

"혹시 그거 알아요?"

"뭘요?"

"너 진짜 귀여워."

존댓말과 반말 사이는 마치 놀이공원 바이킹의 왼쪽 끝과 오른쪽 끝 같다. 능청스레 오고갈 때마다 해실의 마음은 숨도 쉬지 못할 만 큼 아찔하게 떨려온다.

지성은 그녀의 무릎을 붙잡았고 달콤한 과즙을 맛보듯 그녀의 비밀스러운 열매를 머금었다. 오직 지성에게서만 느낄 수 있는 전율이 해실의 등줄기를 스치자 그녀의 허리가 바짝 휘어 올라갔다.

"아……!"

그 신음을 신호탄 삼아 지성은 좀 더 강렬하게 그녀를 자극했다. 두려울 정도로 매혹적인 쾌락이 그녀의 속살을 점차 젖어들게 만들었다.

"지성 씨, 잠깐만……!"

곧 한계가 찾아올 것 같은 느낌에, 해실은 누워있던 상체를 일으켜 그의 어깨를 붙잡았다.

덕분에 지성의 입술은 잠시 떨어졌지만 이내 달려들 듯 그녀의 입술을 집어삼켰다. 처음보다 격한 움직임이 그녀의 입안을 혼미하게 만들었다.

이미 본능뿐인 지성의 손이 해실의 원피스 지퍼를 내렸다. 붉은 원피스 자락은 그녀의 어깨에서 스르륵 떨어졌고 머지않아 아담한 가슴을 가린 브래지어도 지성에 의해 벗겨져나갔다.

한창 뒤엉키던 혀끝이 떨어지고, 순식간에 나신이 된 해실은 지성의 손에 이끌려 다시 침대에 눕혀졌다.

수줍은 해실은 그의 시선 아래 드러난 가슴을 가렸지만 손가락 새로 드러난 것은 오히려 더 요염하게 비칠 뿐이었다.

"애태우는 거예요?"

"네?"

"처음보다는 천천히 하고 싶었는데…… 아무래도 안 될 것 같아."

부드럽게 흐르는 목소리와 달리 그의 눈빛은 짐승처럼 강렬했다.

지성은 단정하게 잠겨 있던 와이셔츠 단추를 하나하나 풀기 시작했다.

금세 벗겨진 와이셔츠는 침대 아래로 허망하게 떨어졌고, 반듯하던 정장 바지 역시 마찬가지였다. 해실은 일렁이는 시선으로 그의 몸이 드러나는 과정을 숨죽여 바라보았다. 흉터가 많은 피부에 붙은 단단한 근육은 은밀하고도 관능적이었다.

그 아름다운 몸을 그녀에게 밀착시키며 지성은 나직한 목소리로 속삭였다.

"그동안 잊혀지는 건 아닐까 걱정 많이 했어요."

생각지도 못한 불안감에 놀란 해실이 떨리는 시선으로 그를 바라보자 지성은 고개를 끌어내려 코끝을 맞닿았다.

그리고 이어내는 건 체념어린 말이었다.

"만약 그렇게 되더라도 받아들여야겠다고 생각했는데……."

해실은 무슨 대답을 하려 했으나 그는 곧바로 입술을 끌어내렸다. 스치듯 짧은 키스였을 뿐인데도 그녀의 심장은 더욱 거세게 요동쳤다. 지성은 홍조가 짙어진 그녀의 얼굴을 사랑스럽게 내려다보며 달콤한 뒷말을 이었다.

"지금 다시 생각해보니까 그러지 못했을 것 같아."

비록 오랜 시간 기다리게 만든 사람은 나였고, 기약도 못할 자리에 계속 머물러있길 바라는 건 욕심이라는 걸 알지만.

이렇게 사랑스러운 너를 내가 어떻게 보내. 이미 내 품안에 있어도 더 못 가져서 미칠 것 같은데.

"해실 씨는 나를 자꾸 이기적인 사람으로 만들어요."

지성은 욕심 어린 고백과 함께 이전보다 깊은 키스를 건넸다.

다시금 얽히는 그의 혀에 해실은 잠시 어깨를 움츠렸으나 그녀의 얼굴을 부드럽게 감싸 쥐는 손길을 따라 스르르 풀어졌다. 그리고 넓은 지성의 등을 힘주어 마주 안았다. 그녀의 감촉은 조심스럽고도 강렬해서, 지성은 이성을 놓아버릴 지경이었다.

"하아…… 지성 씨."

잠시 입술이 떨어지자마자 해실은 가쁜 숨을 내쉬며 그의 이름을 불렀다.

"응."

짧게 대답한 지성은 그녀의 목덜미를 머금었다.

해실은 그의 혀끝의 온도를 느끼며 속눈썹을 내리감았고 이내 달뜬 목소리를 흘려보냈다.

"사랑해요."

그건 지금 이 순간조차도 내리 받고 있는 그의 고백에 대한 대답이었다. 해실은 그와 닿는 순간마다 사랑한다는 말이 들리는 것만 같아 더 이상 참을 수가 없다.

"정말?"

지성은 웃음기 어린 목소리로 되묻고는 한 손을 내려 그녀의 한쪽 허벅지 사이를 살며시 벌렸다. 그의 것이 촉촉이 젖은 그녀의 입구와 밀착되었다.

"나도 사랑해."

애틋한 고백과 함께 지성은 그녀의 안으로 몰아치는 감정을 밀어

붙였다. 등을 감싼 해실의 손끝에 보다 힘이 어렸다. 하지만 그건 두려움이라기 보단 더욱 그를 원하는 느낌이라, 지성은 애써 참고 있던 허리를 본능에 따라 움직였다.

"정말 사랑해."

"아!"

"더 사랑할 수 없을 만큼 사랑해……."

"아앗, 지성 씨……!"

집요하게 파고들면 파고들수록 지성의 사랑 고백은 애절해졌다. 해실의 전신은 그가 주는 기쁨으로 타오르는 듯했고 그럴수록 지성의 존재감은 강렬해져만 갔다.

한동안은 너무나도 그리워서 떠올릴 때마다 가슴 미어지기도 했다. 하지만 이제는 닿고 싶을 때마다 마음껏 닿을 수 있는 사람이기에 그녀는 오랜만에 하염없는 설렘을 만끽했다.

"앞으로는 내 옆에 있어줘요. 알았죠?"

해실은 숨이 가빠지는 와중에도 그를 붙잡고 물었다. 지성은 대답대신 미소 지을 뿐이었지만 그것으로도 충분하다고 여길 만큼 매혹적이었다. 달이 차오르는 동안 그는 끊임없이 사랑을 말했다. 그녀는 그때마다 그에게 입을 맞췄고 끊임없이 화답해 주었다.

오랜 시간 무르익었던 마음이 결실을 맺는 밤.

서로를 느끼는 그들은 처음으로 아무런 두려움이 없었다. 그저 그가 했던 말처럼 행복해지고 싶은 만큼 마음껏 행복해할 뿐.

하얀 달빛이 비치는 곳에는 그대가 있다. 그대가 머무는 자리엔 나를 향한 사랑이 있다.

그야말로 눈부시게 아름다운 밤이다.

그리고 눈부시도록 사랑스러운 당신이다.

푸르른 새벽이 잠에서 깨어난 해실을 반겼다.

그녀는 졸음이 가시지 않은 눈을 느리게 깜빡이다가 비어 있는 옆자리를 깨달았다. 지난 밤 그녀를 꼭 붙잡고 있었던 그가 갑자기 사라졌을 리는 없지만 그래도 어쩐지 마음은 불안했다.

"……지성 씨?"

해실은 조심스러운 목소리로 그를 불렀다. 그러자 소파 쪽에서부터 그녀를 안심시키는 대답이 돌아왔다.

"네, 여기 있어요."

"아……."

"일어났어요?"

앉아 있던 지성이 몸을 일으켜 세우니 그녀의 시야에도 그의 얼굴이 들어왔다. 곧바로 마음이 놓이는 기분에 그녀는 미소를 지으며 고개를 끄덕였다.

"왜 지금 일어났어. 피곤할 텐데 더 자지 않고."

"그냥 눈이 떠져서…… 지성 씨는 왜 이렇게 일찍 일어났어요?"

"나도 그냥 눈이 떠져서."

지성은 말끝에 다정한 눈웃음을 덧붙였다. 해실은 마주치는 시선만으로도 부끄러워져서 괜한 이불 끝자락만 만지작거렸다.

지성은 그런 그녀에게 다가와 그녀의 옷가지를 내밀었다. 어제 분명 정신없이 벗어 두었을 텐데 옷은 잘 개어져 있는 상태였다.

"쌀쌀하니까 입어요. 감기 걸릴라."

"아, 네! 고마워요!"

"물 갖다 줄게 조금만 기다려요."

"아니요! 제가 떠와도 되는데!"

해실은 그녀를 위해 움직이는 지성을 말리려 했다. 하지만 그는 망설임 없이 정수기 쪽으로 걸음을 움직였다. 어쩐지 그에게 보살핌을 받는 것 같아 그녀의 마음이 따듯해졌다.

지성의 너른 등을 바라보던 해실은 그가 건네주었던 옷을 챙겨 입었다. 옷에 배어 있는 그의 향기에 문득 뜨거웠던 어젯밤이 떠올랐다.

'더 사랑할 수 없을 만큼 사랑해…….'

그때의 설렘이 생생하게 되살아나는 바람에 그녀의 두 뺨은 버릇처럼 물들고 말았다. 꿈처럼 행복했던 순간이 그녀의 현실이라서 그녀는 기쁨을 감출 수 없다. 이젠 마음 놓고 사랑할 일만 남을 것 같아서 오지 않은 미래조차 기대가 된다.

그녀를 그렇게 만들어 준 지성은 금세 다가와 물컵을 내밀었다. 온도는 그녀가 마시기에 딱 좋을 만큼 데워져 있어서 그녀는 또 한 번 그의 자상함에 감탄을 했다.

"지성 씨는 나중에 좋은 남편이 될 것 같아요."

"그래요?"

"네. 항상 자상하게 챙겨주니까……."

해실이 수줍음을 띠며 말하자 지성은 씨익 웃으며 그녀의 곁에 앉았다. 그러고는 능청스럽게 대답했다.

"그것 말고도 잘하는 거 많아. 죽을 때까지 사랑만 줄 수도 있어."

달콤한 말을 내뱉는 그에게는 평소의 정중함이 없었다. 하지만 그건 무례한 느낌이 아니라 조금 더 살가워진 느낌이라서 오히려 듣기에 좋았다.

싱긋 미소 짓는 해실에게 지성은 나직한 목소리로 물었다.

"혹시 기억나요?"

"어떤 기억이요?"

"2년 전에 내가 프러포즈 했던 거."

확인할 필요도 없이 당연한 질문에 해실은 크게 고개를 끄덕였다.

사실 지성은 그녀의 네 번째 손가락에 끼워진 반지만으로도 충분히 대답을 얻은 듯했지만 그래도 그녀의 목소리로 확답을 듣고 싶었다.

"한 번 더 얼굴 보고 물어볼게요."

"네?"

"나랑 결혼해 줄래요?"

그래서 단도직입적으로 허락을 구하니 해실의 눈동자는 놀란 듯 커다래진다.

지성은 그 놀람마저도 달래주는 부드러운 목소리로 말을 이었다.

"내 남은 시간은 전부 당신을 지키는 데 쓰고 싶어. 하루하루 지나가는 게 아쉬울 만큼 행복하게 해 줄게."

"……."

"나는 세상에서 제일 좋은 남편이 되어 줄 테니까, 당신은 그냥 내 아내만 되어줘요."

"아……."

"결혼하자. 우리."

쏟아지는 고백은 해실의 마음을 쉴 새 없이 두드렸다. 마주하고 있는 그의 눈빛은 모든 이성을 녹여버릴 것처럼 따듯했고, 함께 있는 시간은 벌써부터 지나가는 게 아쉬울 만큼 행복했다.

빨리 대답을 해야 하는데 자꾸 목이 멘다. 그녀는 이 순간이 너무나도 기뻐서 제대로 표현할 수조차 없다.

그래서 눈가를 붉히며 고개만 연신 끄덕이니.

"목소리로 말해 줘요. 듣고 싶어."

지성은 대답을 재촉하며 그녀의 눈가에 조심히 입을 맞췄다. 그가 얼마나 그녀를 아끼고 있는지 선명히 드러나는 키스였다.

앞으로 만나는 수많은 사람들 중 이렇게 나를 사랑해 줄 사람이 또 있을까. 해실은 잠시 생각했지만 정답은 너무나도 뻔했다.

그녀는 두 팔로 그의 목덜미를 와락 끌어안았고, 울먹이는 목소리로 대답했다.

"네…… 결혼할래요. 지성 씨랑."

이 말 하나를 듣기 위해 얼마나 힘들게 달려왔는지. 아무리 표현해도 그녀는 이해하지 못할 것이다. 그만큼 절실한 뜻을 지닌 단어는 이 세상 어디에도 없었으니까. 지성은 그녀의 등을 포근히 끌어안아 주며 나긋한 음성을 흘려보냈다.

"고마워."

사랑한다는 말보다 더 따듯한 말. 나의 존재를 고마워해 주는 그대. 화답하듯 번지는 해실의 미소는 지성과 닮아 있었다. 그의 웃는 모습이 얼마나 사람을 설레게 만드는지 알고 있기에, 따라 웃으려 하다 보니 어느새 비슷해져 버렸다.

이래서 사랑하는 연인들은 닮는다고 하는가 보다. 사람이란 누구나 가장 좋아하는 것을 가지려하기 마련이니까.

서로의 온기를 느끼고 있으니 그동안의 시간들이 주마등처럼 스쳐 갔다. 마음을 파고들었던 첫 만남부터 설레기 시작한 순간의 열기, 헤어지던 날의 애절함까지.

물론 가끔은 그대로 인해 가슴 아파했고, 또 가끔은 그대로 인해 울기도 했지만, 아무리 생각해 봐도 나의 삶에서 그대를 만난 건 행운이었다. 그것도 일생에 두 번 다신 없을 만큼 커다란 행운.

나는 그대를 만나기 위해 살아왔다. 이제는 내게 온 그대의 손을 잡아주는 일만 남아 있다. 그대의 온기가 느껴진다. 곁에 있는 그대가 실감나서 가슴이 설레 온다.

* * *

'내가 뭘 잘못했어?'

차가운 너의 등을 보며 수천 번 수만 번을 묻고 물었던 말.

'왜 나를 싫어하는 거야?'

대답을 듣는 게 두려워 차마 입 밖으로 꺼내지도 못했던 말.

한번쯤 물어볼 걸 그랬다. 이렇게 버려지듯 남겨질 줄 알았다면.

한번쯤 소리칠 걸 그랬다. 더 이상 나를 아프게 하지 말라고.

너는 나에게 좋은 사람이었다. 비록 나를 보는 시선에는 아무런 감정이 없었고 나를 향한 입가에는 아무런 미소가 없었으나, 그래도 너는 언제나 나에게 좋은 사람이었다.

너는 아직도 이런 내 마음이 의아하겠지만, 지금 와서 늦은 답변을 하자면 시작은 정확히 그날부터였다.

'Z999. 나는 살아가는 게 무서워……'

'……'

'하염없이 치이다가 언젠가 죽어 버릴 것 같아……'

너도 잘 알고 있듯이 나는 지나치게 미련해서.

'제가 지켜드리겠습니다.'

니가 해 준 그 짧은 한 마디를 평생 잊지 못했다.

'뭐……?'

'그럴 일 없도록 지켜드릴 테니, 무서워하실 필요 없습니다.'

그 순간부터 나는 내 모든 걸 너에게 걸었다. 너는 그저 내게 필요한 대답을 처방해 주었던 것뿐인데 나는 그 안에 진심이 있을 거라 기대했다.

비어 있는 너의 감정을 깨달은 건 한참 후의 일이었다. 내 마음은 한동안 미칠 듯이 쓰라렸지만, 머지않아 납득해 버렸다.

정을 주었던 사람이 끔찍하게 사살되는 장면을 보았던 너니까, 누군가에게 또다시 정을 준다는 건 아주 힘겨운 일일 거라고. 그건 너의 아픈 상처라서 욕심을 내서도, 건드려서도 안 된다고.

그렇게 나는 너의 빈껍데기 같은 마음마저도 이해했다. 그래서 단한 번도 너를 욕심내지 못했다.

사실은 너에게 조금 더 진심이 담겨 있었으면 했는데. 단순한 복종이 아니라 따뜻한 정을 주었으면 했는데……

'가지 않겠다고 말하면 안 돼?'

'……'

'부탁이야. 제발 A1한테 가지 말아 줘……'

우리의 계약관계가 끝나던 날, 나는 너에게 처음으로 부탁을 했고 너에게서 일말의 아쉬움을 찾아 헤맸다.

그때 너는 뭐라고 대답했었더라. 아, 기억나. 너는 평소와 조금도 다르지 않은 텅 빈 시선으로 또렷이 대답했어.

'저는 지정된 주인에게 배치되는 존재입니다. 제가 할 수 있
  는 일은 아무것도 없습니다. B1 님.'

이상해. 지금 떠올려 보면 그때도 너는 아무런 감정이 없었는데. 나는 왜 멋대로 니가 아쉬워하는 것 같다고 생각했던 걸까. 나는 대체 무엇을 보고 너의 뒷모습에서 슬픔을 찾았을까.

나는 니가 감정을 깨닫지 못한 것이라고 믿었다. 그래서 표현도 하지 못하는 것이라고 확신했다.

하지만 그건 나의 바보 같은 착각이었을 뿐.

'A1 님, 저는 당신이 아파하지 않았으면 좋겠습니다.'

너도 누군가에게 마음을 품을 줄 아는 사람이더라.

'주제넘은 말로 들리실지 모르겠지만…… 저는 A1 님을 볼
  때마다 안쓰럽고 죄송하거든요.'

'예전에 저를 지켜주셨던 분들이 이런 마음일까 싶어요.'

누군가를 소중하게 여기고 있다는 감정을 충분히 표현할 수 있는 사람이더라.

그 사실을 깨달았을 땐 처음으로 니가 미웠어. 그땐 이미 가지고 있는 마음의 전부를 너에게 다 줘버린 후였거든. 조금이라도 돌려받

을 수 있을 줄 알았어. 그럴 자격 정도는 된다고 생각했어.

그런데 너는 단 한 번도 나를 알아주지 않았어. 너의 모든 것을 빼앗은 그 사람에게 가버린 후로, 너는 거짓말처럼 나를 지켜 주지 않았어. 그래서 나는 그 사람이 정말 싫어. 그 사람 곁에 있는 너를 보는 것도 싫어. 나에게 죄가 있다면 너에게서 자꾸 없는 마음을 기대한 게 전부야.

내가 이 모든 이야기를 너에게 다 털어놓고 내가 뭘 잘못했냐고, 대체 왜 나를 싫어하는 거냐고 물어본다면 너는 과연 무슨 대답을 해 줄까. 차라리 많은 이유를 댔으면 좋겠어. 집착하는 내가 역겹고, 끔찍하고, 소름 끼친다고 말해도 괜찮으니까.

제발…… 미안하다는 말만 하지 않았으면 좋겠어.

"아아……."

원은 전부를 잃은 것처럼 울기 시작했다. 내가 너의 가족이 되어 주겠다는 말이 그 사람에게 상처가 될까싶어 차마 꺼내지 못했던 그는 이제 영원히 내뱉을 수 없음을 깨닫고 하염없이 슬퍼했다.

원은 연신 눈가를 문지르다가 이내 목 놓아 울음을 토해 냈다.

"아파……."

그동안 그에게 상처 입을 때마다 한 번도 드러내진 못했지만.

"아파서 미칠 것 같아……."

그의 손에서 떨어진 총 한 자루가 차가운 바닥에 나뒹굴었다. 그건 마치 지금의 원처럼 위태롭고도 초라한 꼴이었다. C7은 그런 그를 가만히 지켜보았다. 반쯤 감긴 눈으로 자꾸 끊어지려는 호흡을 이어가며, 그는 원이 뱉어 내는 고통을 묵묵히 받아내려 애썼다.

C7은 원에겐 자신뿐이라는 걸 알고 있었다. 그마저 외면한다면 원의 곁에는 아무도 남아 있지 않게 된다는 걸 이미 깨닫고 있었다.

그래서 그는 가엾은 주인의 손을 차마 놓지 못했다. 원은 아직 그 사실을 알아차리지 못했지만 혼자서라도 일방적으로 붙잡고 있으면 적어도 멀어지진 않을 테니.

C7은 고통 속에서도 원을 포기한 적이 없었다. 그것이 어리고 유약한 그의 몸으로 주인을 지키는 유일한 방법이었다.

"쿨럭……!"

그러나 가슴을 관통한 총알 하나는 애틋한 C7의 노력을 물거품으로 만들기에 충분했다. 그는 기침과 함께 피를 쏟아 냈고 점점 가쁜 숨을 몰아쉬었다. 아득해지는 이성을 붙잡으려 발악했지만 할 수 있는 건 삶의 끝을 마주하는 것뿐이었다.

"원 님……."

C7은 다 꺼져 가는 목소리로 원의 이름을 불렀다. 울고 있는 원에게선 아무런 대꾸도 돌아오지 않았지만 이미 익숙해질 대로 익숙해진 반응이라 괜찮았다.

"혼자…… 남겨지더라도…… 버티실 수 있겠습니까……."

그는 짧은 질문을 어렵게 이어 나갔다. 그의 입에선 또 한 번 검붉은 피가 왈칵 쏟아져 내렸다. 매초가 다르게 흐려지는 정신. 제발 아직은 안 된다고, 조금만 버텨달라고 스스로에게 매달리던 그때.

"아니……."

원의 나약한 목소리가 돌아왔다.

"그럴 수 있을 리가 없잖아……."

C7조차 수긍할 수밖에 없는 확실한 대답이었다.

그런 원에게 C7은 이 순간 하고 싶은 말이 참 많다.

울지 마세요. 힘들어하지 마세요. 그 사람이 떠났어도 당신은 괜찮을 수 있을 테니 아무런 걱정하지 마세요.

그러나 문제는 시간이었다. 그는 빼앗겨 버린 원의 마음이 다시 채워질 때까지 살아 있을 자신이 없었다.

이대로라면 온전히 숨이 멎기까지 걸리는 시간은 단 몇 분.

C7은 원을 위해 할 수 있는 마지막 일이 무엇일까, 필사적으로 생각했다. 절망으로 추락하는 그를 멈춰 세워 둘 방법을 끊임없이 찾아 헤맸다. 그리고 결정했다. 어떻게든 당신을 책임지기로.

"으……."

C7은 아픔 가득한 신음을 내뱉으며 천천히 손을 뻗었다. 그가 마지막 남은 힘을 다해 쥐어드는 건, 원이 떨구었던 총 한 자루였다.

C7이 겨눈 총구는 원의 심장에 정확히 멈춰 섰다. 원은 그걸 정면으로 바라보고 있으면서도 딱히 저지하지 않았다.

"저는…… 당신이 행복했으면…… 좋겠습니다……."

"……."

"다음 생애는 꼭……."

C7은 끊어질 듯한 목소리로 작별 인사를 고했다.

그저 울기만 하던 원은 그제야 눈물을 멈췄고, 이내 C7의 앞에서 처음으로 미소를 띠었다. 그 안엔 분명 고통이 가득했으나, 적어도 더 이상 비참해 보이지는 않았다. 다행히도.

"……나도 그랬으면 좋겠어."

마지막 종소리처럼 잔잔하게 울리는 그의 대답.

타앙—!

그 뒤로 이어지는 날카로운 총성.

같은 순간 두 개의 삶이 끝을 맺음과 동시에 천 년 후의 비극적인 이야기도 막을 내렸다. 델타 돔엔 아직도 수많은 사람들이 남아 있었지만, 그들 중 감정을 가진 사람은 단 한 명도 존재하지 않았다.

훗날 가엾기 짝이 없는 인생을 동화처럼 전해들은 누군가는 비웃음을 띠며 이렇게 대답했다.

"형편없는 놈들이잖아. 그러니까 인간관계나 감정 따위에 왜 연연해? 비효율적이게."

그 말에 모두들 고개를 끄덕였다. 애절했던 감정조차 결코 따라 해서는 안 될 이유로 삼았다. 먼 훗날 델타 돔은 거짓말처럼 한 순간에 무너졌다. 그리고 억 겁의 시간이 지나 새로운 인류가 탄생했다.

그들은 스스로를 첫 번째 인간일 거라 확신했고 그들이 만들어 내는 이야기가 시초일 것이라 여겼다.

그건 어쩌면 당연한 일이었다. 마지막으로 존재했던 두 명의 '사람'은 빛이 바래다 못해, 흔적도 없이 지워진 지 오래였으니까.

외전 II
결혼한 남자와 결혼할 남자

흔히들 결혼은 연애와 엄연히 다르다고들 말한다.

순한 양이 심술쟁이가 되고, 요리사가 편식쟁이로 거듭나고, 캐러멜라떼가 에스프레소로 변해 버리는 기적이 결혼과 동시에 일어난다고 한다.

하지만 그 말을 들을 때마다 백화는 전혀 공감할 수 없었다.

"자기야, 빨래 좀 걷어줘."

"응."

"아, 그 전에 화단에 물 좀 줄래?"

"응."

"나가면서 음식물 쓰레기 처리도!"

"응."

남편이 된 이안은 마치 그녀의 시중을 들기 위해 만들어진 로봇처럼 무슨 부탁이든 고분고분하게 들어주었으니까.

"와, 이안 님은 무조건 다 해드리네요."

이 근처에 신혼집을 알아보러 왔다가 잠시 들른 지성이 감탄하듯 말했다. 백화는 그를 위해 탄 커피를 식탁 위에 놓아두며 대수롭지 않게 대답했다.

"원래 순한 사람이잖아요. 그리고 자기한테 뭐 맡기는 걸 좋아하기도 하고."

"이안 님이요?"

"응, 하고 나면 엄청 뿌듯한가 봐요."

그러자 지성의 눈동자에는 의아한 기색이 어렸다. 함께한 시간이 백화보다 긴 만큼 이안에 대해 잘 알고 있는 그는 전혀 동의할 수 없는 모양이었다.

"그럴 리가요. 본인이 해야 할 일을 하는 것도 싫어하는 분인데."

"에이, 지성 씨는 너무 이것저것 다 해 줘서 그렇지."

"제가 이것저것 다 해드리는 이유는 저분이 이것도 저것도 하지 않기 때문이랍니다."

"흐음…… 그래요?"

그녀가 미심쩍은 반응을 보이자 고개를 끄덕이는 지성의 표정에선 억울함까지 묻어 나왔다.

하지만 백화는 여전히 그 말을 실감할 수 없었다. 그녀가 알고 있는 이안은 뭘 시킬 때마다 군말 없이 해 주던 사람이었다.

"아무래도 사랑하는 사람의 부탁은 나서서 들어주고 싶나 봅니다."

"그냥 성격이 바뀐 거겠죠. 좀 더 철이 들었다거나."

백화는 이안을 뒷바라지하느라 고생했던 지성을 위해 일부러 부정했지만 마음은 괜스레 뿌듯해졌다. 사랑하는 사람이 챙겨주려 노력한다는 사실은 언제 느껴도 변함없이 좋았다. 머지않아 백화가 부탁한 일을 모두 해결한 이안이 부엌으로 들어섰다.

"자기야, 잘하고 왔어?"

백화가 묻자 이안은 고개를 끄덕였다. 아무리 봐도 귀찮았다는 기색은 보이지 않아서 백화는 배시시 웃고 말았다.

지성은 그런 이안에게 아쉬움 가득한 목소리로 말했다.

"이안 님, 저랑 지내실 때도 그렇게 도와주시지 그러셨어요."

"뭐가."

"제가 뭘 부탁드리면 항상 단칼에 거절하셨잖아요."

"싫어서 싫다고 한 건데, 뭐."

"백화 님이 하시는 부탁은 들어주고 싶어서 안달 나세요?"

능청스러운 지성의 물음은 사랑에 빠진 이안을 놀리기 위한 것이었다. 백화는 얼굴을 붉히며 손을 내저었고 흐뭇하게 이안을 바라보았다. 하지만 특유의 도도한 표정으로 이어지는 그의 대답은,

"딱히."

마음껏 기뻐하기에 애매한 반응이었다. 괜히 엇나간다고 보기엔 얼굴에 수줍은 기색 하나 없었다.

"그럼 백화 님 말은 왜 이리 잘 들으세요?"

지성은 그에게 한 번 더 질문했다. 예상치 못하게 의미심장해진

분위기를 수습하기 위해서였다.

그러나 늘 지니고 있었던 생각처럼 이어서 단번에 나온 이안의 대답이 분위기를 더욱 싸늘히 식히기에 충분했다.

"싸우기 싫어서."

순간 백화의 입꼬리가 어색하게 굳었다. 이안이 마지못해 부탁을 들어주는 거라고 단 한 번도 생각해 본 적 없었던 그녀였다.

챙겨 주는 게 아니라 맞춰 주던 거였어?

커다란 의구심이 생겨난 백화는 당황한 목소리로 물었다.

"저, 정말 부탁 순순히 들어주던 이유가 그뿐이에요?"

"응."

"그럼 속으로는 싸우고 싶었던 거야?"

"뭘 속으로 싸워."

"아니, 그러니까 그게……."

그렇게 불만 가득이었으면 티를 내지. 너무 자주 시키는 것 같다고 얘기라도 해 주지. 그럼 나도 좀 덜 시켰을 거 아니야.

'왜 지금껏 내색 한 번 안 하다가 갑자기 이래?!'

내뱉고 싶은 말들은 많았으나 모두 치졸해 보이는 것들뿐이었다. 결국 그녀는 폭발시키는 대신 최대한 조심스레 묻기로 했다.

"왜 이것저것 시키지 말라는 소리 나한테는 안 했어?"

그러자 이안은 이미 예전에 체념해 버린 듯한 얼굴로 태연하게 대답했다.

"언제부터인가 앉아 있을 시간도 안 줘서 그땐 말해 볼까 했는데……."

"했었는데? 그랬는데?"

"말하러 가자마자 빨래하라고 시키길래 그냥 받아들이기로 했어."

"……."

"원래 결혼하면 다 변하잖아."

흔히들 결혼은 연애와 엄연히 다르다고들 말한다.

순한 양이 심술쟁이가 되고, 요리사가 편식쟁이로 거듭나고, 캐러멜라떼가 에스프레소로 변해버리는 기적이 결혼과 동시에 일어난다고 한다.

그 말에 조금도 공감할 수 없었던 백화와는 달리 이안은 절실하게 공감하고 있었던 모양이다. 변할 대로 변해 버린 백화를 성인군자의 자세로 받아들여 버릴 만큼.

"자기야, 잠깐 여기로 와 줄래?"

안방 침대에 앉은 백화는 짐짓 낮은 목소리로 그를 불렀다.

오늘 들었던 이안의 충격적인 속마음을 도저히 무시할 수 없어서였다.

생각해 보면 연애할 때의 그녀는 이안에게 뭐 하나 더 못 해 줘서 안달이었는데 결혼 후에는 뻔뻔스럽게 이것저것 부탁하기만 했다.

사실 말이 좋아 부탁이지 거의 부려 먹은 거나 다름이 없었다. 그래서 지금부터라도 다시 마음을 다잡고 그녀도 그에게 배려해 주겠다는 말을 하려 했는데.

"뭐 할 거 있어?"

안방으로 들어오며 이안이 꺼낸 첫마디는 그녀의 마음을 쓰라리게 만들었다. 어떻게 하면 좋아. 이젠 당연히 내가 심부름을 시킬 거라고 생각하면서 오잖아.

"아니야, 이안 씨는 절대 할 거 없어. 이리 와서 앉아."

백화가 침대 옆자리를 톡톡 두드리며 말하자 그는 느린 걸음으로 다가오기 시작했다. 그녀는 그동안 해야 할 말을 정리했고, 곁에 살며시 내려앉는 이안을 보며 말문을 열려 했다.

그 순간 이안의 손이 그녀의 뒷목을 붙잡았다. 그는 지그시 속눈썹을 내리감았고 붉게 물든 입술을 그녀에게 가져왔다. 아무래도 침대에 앉으라는 말을 다른 쪽으로 해석한 모양이었다.

백화는 서둘러 그를 저지하려 했지만, 그럴 새도 없이 이안은 뜨거운 혀를 밀어붙였다. 이안 특유의 아기냄새가 코끝을 스치자 아까까지만 해도 심각했던 이성이 흐물흐물 녹아내렸다.

더 느끼고 싶은 마음은 굴뚝같았다. 지금 이것보다 중요한 용건이 있지 않았다면. 백화는 가쁜 숨을 내쉬며 입술을 떼어냈고 그의 손아귀에서 다급히 벗어났다.

"하아, 그…… 그만! 이거 아니야!"

"아니야?"

"아니야! 멈춰! 이거보다 더 중요한 거야!"

순간 이안의 눈빛에 짙은 아쉬움이 섞여 나왔다. 그 얼굴을 본 백화는 심장이 멎는 기분이었으나 좋은 부인으로 거듭나기 위해 그녀는 가까스로 본능을 가라앉혔다.

"할 얘기가 있어."

"해."

"있잖아, 오늘 난 자기가 날 변했다고 생각한다는 얘기에 깜짝 놀랐어."

"미안해."

"아니, 사과하라는 뜻이 아니라…… 어떨 때 가장 변했다고 느끼는지 말해 줄 수 있을까?"

백화의 질문은 제법 진지했다. 이안은 그 말을 곱씹어 생각하는 듯하더니 이내 고갤 저으며 대답했다.

"잘 모르겠어."

"모르긴 왜 몰라. 나한테 섭섭할 때 없었어?"

"……딱히?"

"그놈의 딱히라는 말 좀 하지 마! 아깐 분명히 그랬잖아! 내가 변한 것 같다고!"

전전긍긍하는 마음뿐인 백화는 이안의 뒤바뀐 대답을 참지 못하고 다그쳤다. 그러자 이안은 잠시 그녀를 바라보다가 이내 뜻밖의 대답을 꺼내 놓았다.

"가끔 그런 생각이 들어."

"무슨 생각!"

"사랑받고 싶다는 생각."

"……사랑?"

그건 백화가 단 한 번도 미루어 짐작해 본 적 없던 이안의 속마음이었다.

아까처럼 옥박지르는 일이 많아서 그렇지, 사랑이라면 평소에 있는 대로 주고 있다고 생각했는데. 이안은 진심으로 사랑을 갈구하고 있었다. 떨리는 그의 눈동자에선 심지어 불안감마저 느껴졌다.

"혹시 나한테 사랑 못 받는 느낌이 들어?"

조심스러운 백화의 물음에 이안은 고개를 저었다.

"받는 거 느껴."

"그런데 왜 그런 생각을 해?"

그러자 이안은 그녀와 지그시 시선을 맞추고 나직한 음성으로 속삭인다.

"내가 훨씬 더 많이 사랑하잖아."

"응?"

"그래서 부족해. 더 사랑받고 싶어."

사랑을 보채는 이안의 두 뺨엔 어느새 붉은 물이 들어 있었다. 이 시간의 달콤함과 너무나도 잘 어우러지는 모습이었다.

걱정 많던 백화는 순식간에 들떠 오르는 마음을 주체하지 못하고 멍한 시선으로 그를 바라보았다. 그러자 이안은 그 시선이 민망했는지 옆으로 고개를 살짝 틀었다. 그러고는 볼멘 목소리로 괜한 투정을 부리기 시작했다.

"낮에 했던 그 말도 이해심 넓은 거 자랑한 거야."

"……."

"그런데 왜 이런 걸 대놓고 물어봐. 다시 속 좁아 보이잖아."

심기가 못마땅해진 이안은 미간을 좁혔다. 그간 백화에게 보여 주지 않으려 했던 불만 가득한 얼굴이었다.

"너한테 사랑 못 받으면 다 너 때문이야……."

그 심술궂은 얼굴로 원망스럽게 중얼거리는 말은 조금 더 사랑해달라는 절절한 부탁이었다.

이보다 더 사랑스러운 사람이 세상에 또 존재할 수 있을까.

그녀는 눈앞의 이 달콤한 남자가 자신의 남자라는 사실이 새삼 감격스러워졌다. 전생에 나라가 아닌 세계를 구한 수준의 행복감이 그녀를 덮쳐 왔다.

"못 받을 리가 없잖아! 내가 얼마나 우리 자기를 사랑하는데!"

백화는 기쁜 고함을 내지르며 그의 품에 달려들었다. 이안은 놀란 눈동자로 그녀를 내려다보았고 알 수 없다는 듯 물었다.

"속 좁은 거 좋아해?"

그러자 백화는 그의 가슴팍에 얼굴을 문지르며 고개를 끄덕였다.

"뭐든 좋아! 속 좁아도 좋고, 그렇게 인상 팍 구기는 것도 좋고, 손 하나 까딱 안 하고 뒹굴뒹굴하고 있어도 좋아!"

이안은 잠시 그녀가 어느 타이밍부터 사랑이 넘치기 시작했을까 되짚어 보았다. 기억해 두었다가 자주자주 써먹는다면 평생 사랑이 부족할 걱정은 없을 것 같아서였다.

그러나 아무리 생각해 봐도 떠오르는 건 느닷없었다는 느낌뿐.

"도대체 내 어떤 점을 사랑하는 건지 모르겠어."

이안은 그녀의 등을 끌어안아 주며 혼잣말처럼 말했다.

"다 사랑해! 앞으로 내 말은 다 안 들어줘도 돼!"

웃음기를 가득 머금은 백화의 대답이 이어졌다.

"다 안 들어줘도?"

"응! 무조건 싫다고만 대답해도 내 남자는 사랑스러워!"

그건 이안이 조금 더 그녀의 사랑에 확신을 갖게 하기 위해서 내뱉은 말이었다. 하지만 이안은 그동안 그녀의 뜻을 순순히 따라주느라 멈추어야만 했던 수많은 것들을 기억해 냈다.

이안은 입꼬리를 들어 올렸고 특유의 나른한 저음으로 속삭였다.

"그 말…… 절대 바꾸면 안 돼."

순간 이안의 보랏빛 눈동자에는 평소의 순수함이 없었지만 백화는 그의 품에 안겨 있느라 눈치채지 못했다. 그래서 아무 거리낌 없이 대답했다.

"절대 안 바꿔!"

그 말이 순한 이안을 얼마나 엉큼하게 바꿔 놓을 줄도 모르고.

"어디 보자……."

상자 하나를 든 백화가 조심스레 욕실 안으로 들어섰다. 그녀는 원피스처럼 입고 있던 박스 티셔츠를 훌렁 벗었고 뒤이어 까만색 민무늬 속옷도 차례로 바닥에 떨어트렸다.

그러고는 상자를 열어 어제 새로 산 속옷 세트를 꺼냈다. 새빨간색에 레이스 장식까지 되어 있는 과감한 디자인의 브래지어가 그녀의 앞에 펼쳐졌다.

늘 무난한 속옷만을 고집해오던 그녀였지만 어제는 특별히 속옷 매장에서 가장 화려한 세트를 구입했다.

처음엔 그저 신기한 마음에 대보기만 할 생각이었으나, 매장 점원은 호들갑을 떨며 다가와 그녀가 들고 있는 속옷을 강력추천 했다.

'그거 이번 시즌 신상이야. 엄청 반응이 좋아.'

'에이, 이런 건 안 입어요. 봐 본 거예요, 그냥.'

'구경만 하기엔 너무 아깝지! 이게 얼마나 가슴을 옹골차게
　모아주는데!'

　물론 백화는 강매에 넘어가는 쉬운 타입의 고객이 아니었다. 호
불호가 강한 성격인지라 한 번 자신의 스타일이 아니라고 생각한
건 끝까지 쳐다보지도 않았다.

　그러나 결혼한 지 얼마 안 된 그녀도 유부녀는 유부녀인지라.

'이 제품이 말이야, 결혼한 지 오십 주년이 된 부부도 초심
　으로 돌아가게 만든다는 마법의 제품이거든.'

　점원이 '부부의 초심'을 언급하는 순간 귀가 번쩍 뜨이고 말았다.
이안이 그녀에게 소홀하게 대해 주는 건 아니었지만 그래도 첫 설
렘의 느낌이라는 건 따로 있는 법이니까.

　그래서 홀리듯 구입해 버린 속옷 세트는 역시 그냥 대봤을 때보
다 실제로 착용했을 때 몇 배는 더 자극적이었다.

　"이야…… 너무 요란한데?"

　백화는 거울에 비친 자신의 모습을 보며 미간을 찌푸렸다. 빨간
색이 안 받는 건지 아니면 레이스가 안 어울리는 건지, 브래지어가
감싸고 있는 그녀의 하얀 가슴은 지나치게 부담스러워서 오히려 반
감이 들었다.

　"이안 씨는 분명 겁먹을 거야. 그러고도 남아."

　이래저래 고민해보던 백화는 결국 이 비싸고 화려한 속옷을 이
안에게 개시하지 않기로 결정했다. 그녀가 알고 있는 이안은 이렇
게 화려한 모습을 보고 좋아할 사람이 아니었다.

　"에이, 역시 사지 말 걸 그랬어."

백화는 아쉬움 가득한 불평과 함께 벗어 두었던 박스 티셔츠를 집어 들었다. 그 때.

벌컥—!

문이 열리며 이안의 목소리가 흘러나왔다.

"있잖아. 한지성이 잠깐 보자는데 나 밖에……."

"악! 깜짝이야!"

"……."

그러나 그 목소리는 머지않아 코드가 뽑힌 스피커처럼 한순간에 끊겨버렸다.

놀란 백화가 뒤를 돌아보니 당황한 표정의 이안이 문고리를 붙잡은 채 그대로 얼어붙어 있다.

"왜 갑자기 들어오고 그래! 화장실이면 당연히 노크를 해야지!"

백화는 이안에게 버럭 소리를 내질렀다. 하지만 이안은 아무 대답도 하지 않았다. 아니, 하지 못했다. 그는 이미 백화의 빨간 브래지어에 모든 정신을 빼앗긴 상태였으니까.

"어딜 봐! 눈 돌려!"

그제야 퍼뜩 정신을 차린 그녀는 박스 티셔츠로 몸을 가린 채 이안을 다그쳤다. 순종적인 이안은 이성이 아득한 와중에도 습관처럼 순순히 발길을 돌렸고, 그러다 문득 떠올렸다.

'다 사랑해! 앞으로 내 말은 다 안 들어줘도!'

'다 안 들어줘도?'

'응! 무조건 싫다고만 대답해도 내 남자는 사랑스러워!'

이젠 말 잘 듣는 아이처럼 굴지 않아도 무조건 사랑해 주겠다는 그녀의 말을. 이안은 문고리를 당기던 손을 멈추었다. 그리고 다시 그녀에게로 고개를 틀었다.

"뭐야! 나가라니까! 얼른!"

백화는 되돌아온 이안의 시선을 또다시 밀어냈지만 그의 눈동자는 조금의 움직임도 없었다. 오히려 더 사나워질 뿐.

"싫어."

한동안 본 적 없던 눈빛을 띠고 이안은 대답했다. 결혼 후로 뜸했던 완강한 태도였다.

"뭐, 뭐?!"

"안 나갈 거야."

"아니, 지금……."

"절대 안 나가. 싫어."

이안은 무조건 싫다는 말만 반복하며 성큼성큼 들어섰다. 불행히도 욕실엔 도망칠 장소도 없어서 그녀는 박스 티셔츠를 방패 삼아 겨우 몸만 가리고 있을 뿐이었다.

"정말 장난하는 거 아니야! 나가!"

백화는 그의 도발에 휘말려 들지 않으려 한 번 더 완강하게 외쳤다. 그와 동시에 이안은 박스 티셔츠 끄트머리를 확 붙잡았고 입꼬리를 비틀어 올리며 대답했다.

"나도 장난하는 거 아니야."

"아아……."

"보여 줘, 다시."

보여 달라는 말이 이렇게 위험하게 들렸던 적이 있었을까.

그 순간 백화는 빛나는 이안의 눈동자를 보며 곧 잡아먹힐 수도 있겠다고 생각했다. 그는 마치 먹잇감을 포획한 짐승처럼 그녀를 노렸고, 박스티 끄트머리를 쥔 손에 점점 힘을 더했다.

아래로 떨어지는 이안의 시선을 의식한 백화의 얼굴이 숨길 수 없이 붉어졌다.

"나, 나 지금 씻기 전이라서……."

그녀는 더 이상 다그침이 통하지 않는 이안에게 서툰 변명을 늘어놓았지만 이안의 반응은 지나치게 간단했다.

"그래서?"

"땀 냄새가……."

"나 그거 좋아해."

말을 마친 이안은 곧바로 백화의 목덜미를 향해 달려들었다. 그의 입술이 베어 물 듯 귓불을 머금으니 백화에게선 흐린 신음이 샜다.

"아……."

그 목소리는 이안에게 본능을 끌어올리는 촉진제와 같아서 그녀의 박스티를 끌어내리려는 그의 손아귀는 보다 거칠어졌다.

"잠깐! 진짜 잠깐만!"

당황한 백화는 온 힘을 다해 이안을 저지하려 애썼다. 장소도, 시간도, 심지어 입고 있는 속옷까지도 지금은 때가 아니었기에 그녀는 어떻게든 이안을 가라앉혀야 했다.

하지만 부끄러웠던 만큼 힘이 들어갔던 탓일까.

"아! 진짜 잠깐 기다리라고!"

"아……!"

그녀의 두 손은 이안의 가슴팍을 들이받듯 떠밀어 버렸다.

덕분의 이안의 몸은 기우뚱 뒤로 기울었고 딱딱한 욕실바닥에 그대로 내동댕이쳐지고 말았다.

"어머! 자기야!"

"으……."

놀란 백화의 고함 뒤에 허리를 감싸 쥔 이안의 신음이 이어졌다. 그는 미간을 구긴 채 고통을 참아내다가 이내 고개를 떨어트렸다.

저 각도와 이 숨소리는 그녀가 익히 아는 사태의 전조증상이었다.

안 돼, 제발. 그러지 마.

"이안 씨! 울지 마!"

"안 울어."

"그, 그래?"

"아파하는 거야. 너 때문에."

그리 대답하는 이안의 목소리에는 부아가 가득했다. 그는 무조건 사랑해 주겠다고 말해 놓고서 밀어내버린 백화에게 진심으로 섭섭해 하는 모양이었다.

"예쁘질 말든가……."

이안의 입술에서 어리광 같은 원망이 샜다. 분명 그는 진심으로 화를 내는 중이었지만 백화의 기분은 이상하게 들떠 올랐다.

아, 이 귀여운 남자를 어쩌면 좋아.

"미안해. 너무 예뻐서."

그녀는 웃음기를 억누르고 대답했다. 잔뜩 삐쳐버린 이안은 아무 대꾸도 하지 않았다. 손에 들린 하얀 티셔츠만 신경질적으로 욕실 바닥에 내려놓을 뿐. 그러다 문득 스치는 생각 하나.

'이 티셔츠, 아까 뺏고 있던 그 티셔츠 아닌가?'

이안은 떨리는 눈동자를 조심스레 위로 들어 올렸다. 방금 전까지만 해도 철통보안 되어 있었던 백화의 몸이 그의 시선에 적나라하게 드러났다.

하얗고 매끄러운 살결, 아찔한 볼륨감을 자랑하는 C컵 가슴, 날카롭게 떨어지는 목선, 그리고 한쪽으로 모아 내린 긴 머리카락까지.

이안이 바라보는 백화의 모습은 이성이 아득해질 만큼 아름다웠다. 머금지 않아도 달콤함이 느껴졌고 매만지지 않아도 부드러움이 전해졌다.

이안은 떨리는 눈빛으로 마른침을 삼켰다. 그제야 백화는 미묘하게 달라진 그의 시선을 의식하고는 야릇한 속옷차림의 자신을 깨달았다.

"악!"

놀란 그녀는 소리를 지르며 몸을 가리고 주저앉았다. 빛나는 이안의 눈동자가 그녀를 따라 움직였다.

"자, 자기야, 옷 좀……."

당황한 백화의 목소리는 아까와 다르게 작아져 있었다. 평소에 입은 적 없던 과감한 색상의 속옷은 역시 그에게 내보이기 부끄러웠다. 하지만 이안은 들고 있는 옷을 건네는 대신 가만히 몸을 숙여 따뜻한 손길을 건넸다. 그의 온기가 붉은 뺨에 와 닿자 그녀는 떨리는 눈빛으로 물었다.

"뭐, 뭐하려고?"

"뭘 할 것 같은데."

무어라 대답을 할 새도 없이 이안의 입술은 그녀를 덮쳤다. 백화의 몸은 욕실 벽으로 몰아붙여졌고, 곧이어 이안의 혀가 달콤한 마시멜로처럼 밀려들어 왔다.

농밀한 그의 움직임은 평소의 순수한 강이안이 아니었다. 그는 마치 입 안을 녹여버릴 것처럼 뜨겁게 그녀를 자극했다.

잠시 입술이 떨어질 때마다 야릇한 소리와 함께 더운 숨이 샜다.

"하아……."

백화가 살며시 참았던 숨을 터트리니, 이안은 살짝 미간을 좁히고는 더욱 깊숙이 혀를 밀어 넣었다. 본능에 이끌리는 사람처럼 집요하게.

나른하게 감긴 그의 속눈썹이 미세하게 떨려 왔다. 뜨거운 이안의 손길은 그녀의 얼굴에서 떠나 둥그런 어깨를 거쳐, 붉은 브래지어 안으로 파고들어갔다. 백화는 결국 저도 모르게 여린 신음을 터트렸다.

"아……."

그건 이안이 가장 좋아하는 그녀의 목소리였다. 이때 무엇보다 탐스러운 건 벚꽃처럼 피어오른 표정이라는 걸 알기에, 이안은 잠시 입술을 떨어트려 그녀의 얼굴을 두 눈에 담았다.

"진짜…… 이러지 말라니까."

속삭이듯 그를 저지하는 백화는 흐트러진 머리카락마저도 아름다웠다. 순간 이안의 모든 감각은 아찔하게 살아나고, 그의 온몸엔 뜨거운 열기가 훅 달아올랐다. 이안은 지금 눈앞에 서있는 그녀가 사랑스러워서 미치기 일보직전이다.

"너야말로 이러지 마."

"으……으응?"

"나 참기 힘들어……."

애원하는 이안의 목소리는 새어 나오는 숨결만큼이나 뜨거웠다.

하지만 그는 보랏빛 눈동자만 일렁이고 있을 뿐 그 이상 밀어붙이진 못했다. 박력 있게 들이닥칠 땐 언제고 백화의 허락이 제대로 떨어지질 않으니 더 해볼 엄두가 안 나는 모양이었다.

역시 심술쟁이가 되기에는 너무나도 순한 사람, 이라고 생각하며 백화는 입가에 장난스러운 미소를 띠었다.

"뭘 참기 힘든데?"

뻔히 다 아는 걸 짓궂게 묻자 이안이 곧바로 투덜거렸다.

"알면서……."

"전혀 모르겠는데?"

"그럼 침대로 가서 알려 줄게."

말을 마친 이안은 그녀의 몸을 번쩍 들어 올렸다. 이런 힘은 대체 어디 숨어 있다가 나오는 건지; 욕실에서 빠져나가 침실로 들어서는 그의 발걸음엔 조금의 머뭇거림도 없었다.

"꺄악!"

그는 백화를 던지듯 침대에 내려놓았고, 곧바로 그녀의 허리 양옆에 두 무릎을 세워 앉았다.

달아오를 대로 달아오른 이안을 확인한 백화는 놀리듯 말했다.

"응큼해."

"다 니가 가르쳐 준 거잖아."

나른한 대답을 흘려보낸 이안은 입고 있던 티셔츠를 천천히 벗겨냈다. 신비롭도록 하얀 살결이 은은한 달빛 아래 서서히 그 모습을 드러내기 시작했다.

처음엔 탐스러운 복근이, 그다음엔 그녀의 입술을 고대하는 가슴이, 마지막으로는 애타도록 아름다운 그의 얼굴이 차례로 시선을 사로잡는다. 손수 벗은 티셔츠를 침대 아래로 떨어트린 이안은 마치 갓 포장을 벗긴 화이트 초콜릿 같다. 바라만 보고 있어도 혀끝이 아릴 만큼 달달한 것이, 한껏 베어 물고 싶은 충동을 일으킨다.

순수해서 더욱 야하게 느껴지는 눈빛을 띠고, 이안은 속삭였다.

"나는 아무것도 몰랐는데……."

그리고 나른한 미소를 입가에 머금었다. 섹시하게 올라간 입꼬리는 지나치게 자극적이라 백화는 그를 향해 손길을 뻗을 수밖에 없었다.

"전부 너한테 배웠어."

이안은 말을 이으며 그녀의 손을 붙잡았고 팔목 안쪽부터 차분히 핥아나갔다.

"이런 것도……."

농밀한 혀끝이 점점 어깨로 가까워지면 가까워질수록 그의 몸도 그녀에게 밀착되었다. 어느새 백화의 쇄골까지 도착한 그의 입술은 자극적인 소리와 함께 진한 키스마크를 새겨놓았다.

"그리고 이런 것도."

이안은 그녀의 매끄러운 살결 위에 붉게 피어오른 흔적을 보며 한 번 더 입꼬리를 휘어 올렸다.

백화는 순식간에 나쁜 아이로 돌변한 이안이 사랑스러워서 그의 허리에 팔을 두르고 깊은 입맞춤을 건넸다.

호흡이 뒤엉키는 동안 이안의 손은 조심스레 그녀의 새빨간 속옷들을 벗겨냈고 뒤이어 자신도 모든 것을 훌훌 털어 냈다.

더 이상 거리낄 것 없이 서로의 온기가 마주 닿자, 그들의 숨소리는 더욱 거칠어졌다. 백화는 손끝으로 이안의 척추를 위쪽에서부터 차근차근 쓸어 내려갔다.

"아아……."

그에게서 곧바로 여린 신음이 터져 나오자 백화는 씨익 웃으며 속삭였다.

"역시 여기 만져주는 거 좋아하네."

"그거 하지 말라니까."

"왜?"

"자꾸 이상한 소리 나와서 싫다고."

이안은 눈썹을 찡그리며 말했지만 그건 백화의 장난기만 부추길 뿐이었다. 그녀는 아랑곳 않고 점점 아래쪽으로 자극을 더해갔고 그는 입술을 꾹 깨물며 소름처럼 돋아나는 흥분을 참아보려 애썼다.

그 모습은 백화에게 신음 소리보다 자극적이었던지라 그녀는 깨물린 입술 위에 가볍게 입을 맞췄다.

"귀여워."

감탄처럼 흘러나온 백화의 말에 이안은 지그시 감고 있던 눈을 떴다. 마주한 그의 눈동자엔 이전보다 짙어진 본능이 배어들어 있었다.

"하나도 안 귀여워."

"내 눈엔 귀여운데?"

"이제부터 그런 생각 못할걸."

이안은 선전포고 같은 말을 끝으로 백화의 귓불을 머금었다. 달콤한 그의 혀가 부드럽게 움직이기 시작하니, 이제 새어나오는 소리를 참을 수 없는 쪽은 백화가 되었다.

"으응…… 이안 씨."

달뜬 그녀의 음성을 들은 이안은 조심스레 그녀의 가슴을 감싸 쥐었다.

"앗!"

갑작스러운 자극에 놀란 그녀는 신음을 터트렸고 이안은 곧바로 입술을 옮겨 그 목소리를 가로막았다.

정신 차릴 새도 없이 밀려들어온 혀끝이 그녀의 입안을 깊숙이 헤집었다. 그녀의 호흡은 점점 거칠어져만 갔고, 그럴수록 그의 손길도 강렬함을 더해갔다.

"아직도 귀여워 보여?"

잠시 입술을 떼어낸 이안이 나른한 눈빛을 띠며 물었다. 이젠 귀엽다는 느낌보다 관능적이라는 느낌이 더 강했지만 백화는 숨을 몰아쉬느라 제대로 대답하지 못했다.

"아직 내가 원하는 답은 안 나오네……."

의미심장한 혼잣말과 함께 이안의 손이 점차 아래로 내려갔다. 머지않아 그 손끝이 정착한 곳은 이미 촉촉해진 백화의 속살이었다.

"앗, 아앗……!"

그녀가 비틀며 보다 격한 신음을 쏟아내자 그는 땀에 젖은 그녀의 목덜미에 입술을 가까이 대고 낮은 목소리를 흘린다.

"말해 줘."

"무슨…… 아!"

"얼른 말해 줘……."

백화는 전신을 휘어 감는 흥분감을 느끼면서도 그의 목소리에 집중했다. 그러나 이안이 원하는 건 쉽게 드러나지 않아서 결국 뱉어내는 건 달뜬 숨소리뿐이었다.

그동안 그녀의 온도를 한계까지 데워낸 이안은 입구 안쪽으로 자극을 몰아붙였다. 깊숙이 파고드는 손길을 감당하지 못한 백화는 허리를 휘어 올렸고 그의 등을 더욱 세게 끌어안았다.

"아, 그만……! 앗!"

"그러니까 빨리 말해……."

"무슨 말…… 무슨 말을……."

백화는 그가 주는 희열을 감당하느라 똑바로 묻지도 못했다. 하지만 대답을 건네려는 듯 이안은 기꺼이 입술을 움직였고 숨소리처럼 작게 속삭였다.

"날 사랑한다고 해."

그 순간.

왜 은밀한 공간을 드나드는 손끝보다, 짧은 그의 말 한 마디가 더욱 강렬하게 와 닿았는지 모르겠다. 백화는 사랑을 갈구하는 그가 너무나도 사랑스러워서 숨이 멎을 것만 같다.

"사랑하고 있어. 정말 많이……."

백화는 그의 등허리를 끌어안으며 조금 더 가슴을 밀착시켰다. 그건 적당한 온도까지 달아올랐다는 그녀만의 신호였기에, 이안은 집요한 손끝 대신 뜨거워진 자신의 본능을 가져갔다.

"한 번 더…….."

어느덧 목소리를 잔뜩 적신 이안이 애원하듯 말했다. 백화에게는 어떠한 애무보다도 더욱 강렬한 자극이었다.

"사랑해, 강이안."

그녀는 숨이 가빠오는 와중에도 또렷하게 대답했다. 그러자 이안은 일렁이는 시선으로 그녀를 내려보다가.

"역시 내가 더 사랑하나 봐."

짧은 대답과 함께 지금껏 그녀의 근처에서 망설이기만 하던 열기를 뜨겁게 밀어붙였다.

"아…….!"

그녀에게선 이전보다 강한 신음이 터져 나왔다.

"나 어떡해, 니가 너무 좋아…….."

마주하고 있는 이안의 눈시울은 버릇처럼 축축해졌다. 북받치는 감정이 그대로 드러나는 눈동자에선 이내 따뜻한 눈물방울이 툭 떨어져 내렸다.

그 마음은 감히 크기를 가늠할 수도 없어서, 백화는 뻔해 보이는 대답 대신 그가 가장 좋아하는 미소를 입가에 머금었다.

그러자 이안은 그 입꼬리를 향해 입술을 끌어내리며 간절히 고백한다.

"정말 좋아…….."

그의 달아오른 혀끝이 한 번 더 그녀의 입술 새를 파고들었다. 간절한 만큼 거칠게, 하지만 소중한 만큼 다정하게.

침대 위에서 일정하게 흔들리는 몸은 더 이상 두 사람이 아니었다. 이성을 앗아가는 강렬한 쾌감이 끈끈히 연결된 그들을 하나로 휘감았다. 요동치면 요동칠수록 전신에 감도는 아찔함에, 이안은 그녀를 탐하던 입술을 떼어 내고 하염없이 속삭였다.

"세상에서 가장 사랑해."

"아!"

그대는 품을수록 탐이 나고, 머금을수록 목마르다. 사랑하는 만큼 표현해 주고 싶은데 아무리 찾아도 이 절실함을 드러내 줄 문장이 없다.

내가 할 수 있는 건 오직 세상의 마지막 날까지 그대 곁에 남아, 기쁜 일은 함께 기뻐해 주고, 슬픈 일은 끌어안아 위로해 주고, 힘든 일은 대신 견뎌주는 것뿐.

"이안 씨, 그거 알아?"

나의 모든 것을 가져간 그녀가 물었다. 그러고는 되물을 틈도 없이 나의 귓가로 입술을 바짝 붙여 속삭였다.

"내가 널 더 사랑해. 딱 그거보다 수천 배로."

마주 닿은 가슴에서 빠른 심장박동이 느껴졌다.

지금 이 말을 해주는 사람이 나의 반려자라서 다행이었고, 이 순간 내 품에 안겨있는 사람이 바로 너라서 다행이었다.

그거면 되었다. 내 곁에 너만 있어 준다면 아직 멀기만 한 우리의 마지막 순간도 분명 해피엔딩일 거라 확신한다.

이안은 열기가 식지 않은 그녀의 몸을 끌어안고 간절하게 기도했다. 오늘도 어제만큼 행복했으니 내일도 딱 오늘만큼 행복하기를. 나의 곁에선 매일 매일이 항상 행복한 일뿐이기를.

머지않아 그녀가 땀에 젖은 그의 머리카락을 쓸어 올려주며.

"우리 내일은 한낮까지 늦잠 잘까?"

다정한 목소리로 그리 물었을 때.

"응…….."

나른하게 대답하는 그는 더할 나위 없이 행복해졌다. 마치 그의 소원을 이뤄주기 위해 온 세상이 행복해지기라도 한 것처럼.

이안의 집 근처, 인적이 드문 공원.

"백화 님이 허락을 안 해 주시나……."

지성은 오랜 시간 동안 가만히 그네에 걸터앉아 휴대폰만 바라보고 있었다. 결혼식을 며칠 앞으로 다가온 지금, 자꾸만 긴장되는 마음 때문에 현직 유부남의 조언이라도 들어보려고 했건만.

─전화를 받을 수 없어 소리샘으로 연결 됩니다.

백화에게 물어보겠다고 답장한 그는 도통 연락이 되질 않았다. 밤은 계속 깊어만 가는데 아무 소식이 없으니 발이 묶인 지성은 난처할 따름이었다.

그는 잠시 그의 집으로 찾아가 볼까했지만 그러기엔 이미 늦은 시간이었다. 결국 혼자 자취하듯 지내는 펜트하우스로 돌아가야겠다고 생각한 지성은 그네에서 천천히 몸을 일으켰다.

그때, 손에 들린 휴대폰에서 요란한 벨소리가 울렸다. 이안인가

싶어 재빨리 액정을 확인했으나 떠오르는 발신인은 훨씬 더 반가운
사람이었다.

"아, 해실 씨."

지성은 기다림에 지친 기색도 깔끔하게 지워 버리고 기쁜 목소리
로 전화를 받았다.

—아…… 저, 저기…….

그에 비해 돌아오는 해실의 반응은 어딘가 당황한 기색이 가득
했다.

"무슨 일 있어요?"

그리 묻는 지성의 얼굴엔 순식간에 걱정이 스며들었다. 해실은
잠시 흐린 숨을 내쉬었고 머지않아 떨리는 음성을 이어 나갔다.

—느, 늦은 시간이라 미안하지만…… 우리 집에 잠시 와줄 수 있
어요?

"네?"

—정말 무서운데…… 생각나는 사람이 지성 씨 밖에 없어서…….

말끝이 흐려질수록 선명해지는 그녀의 두려움. 지성의 눈동자가
크게 흔들렸다.

늦은 밤, 해실의 오피스텔.

지성은 아연실색이 된 표정으로 현관문을 열었다. 해실의 도움
요청을 받자마자 이유도 묻지 않고 출발한 그는, 다급한 시선으로
집안 내부를 살피며 소리 높여 그녀를 불렀다.

"해실 씨!"

활짝 열려 있는 창문이 본능적으로 그를 불안하게 만들었다. 지성은 성큼성큼 창가로 다가가 방충망과 유리창을 차례로 닫아두었다.

그리고 다시 해실을 찾기 위해 뒤를 돌았더니, 낯선 생명체 하나가 그의 눈에 들어왔다. 마치 원래부터 흰 벽에 붙어 있었던 것처럼 자연스러운 모습이었다.

"……새?"

지성은 주먹만 한 크기 때문에 잠시 조류라고 의심했으나 자세히 들여다본 그건 분명 곤충이었다. 채찍 모양의 더듬이, 통통한 몸뚱이, 접혀 있어도 위압감이 느껴지는 회갈색 날개.

"나방이구나."

생명체의 정체를 파악한 순간 해실의 침실 문이 빠끔히 열렸다. 지성은 곧바로 기척을 향해 고개를 돌렸고 그토록 걱정했던 그녀를 발견했다.

"해실 씨?"

"지, 지성 씨……."

드디어 그의 부름에 대답하는 해실은 아직까지도 겁에 질린 표정이었다. 파르르 떨리는 눈동자는 문 뒤로 가려진 움츠러든 몸까지도 생생히 느껴지게 만들었다.

"잡았어요?"

"예?"

"그…… 커다란 거…….."

"아, 아니요. 여기 붙어 있어…….."

"꺄악!"

쿵—!

지성의 대답이 다 끝내기도 전에 그녀는 외마디 비명을 지르며 문을 닫았다. 해실이 다시 사라진 자리를 물끄러미 지켜보고 있던 지성은 그제야 돌아가는 상황을 어렴풋이 파악했다.

"나방 잡아줄까요?"

확인을 위해 물으니 닫힌 문 뒤에 숨은 그녀는 울먹이는 목소리로 대답했다.

"네, 정말 미안해요. 이런 걸로 불러서……."

해실에게는 미안한 기색이 역력했지만 지성은 순간 걱정 가득하던 미간을 온화하게 풀어냈다. 혹시 트라우마로 남을 만한 큰 사건일까 봐 걱정했는데, 다행히도 그녀의 위기는 그가 쉽게 해결해 줄 수 있는 문제였다.

지성은 본격적인 사냥에 앞서 정장재킷을 벗고 와이셔츠 소매를 걷어 올렸다. 무기로 쓸 신문지를 둘둘 말아 쥐자 그의 단단한 팔뚝엔 보기 좋은 핏줄이 섰다.

지금 이 순간, 그가 거대 나방에게 쏟아 붓고 있는 집중력은 전성기 시절 강력한 에이전트를 상대할 때와 비슷했다.

그는 나방의 몸통을 향해 고요히 신문을 장전했고, 탱크의 포탄처럼 빠르고 강력한 속구를 던졌다. 녹슬지 않은 지성의 실력을 증명하듯, 신문은 자비 없이 거대한 나방의 몸뚱이에 명중했다.

"휴우."

지성은 단 한 번의 실패도 없이 깔끔하게 끝난 사냥에 숨을 돌렸다. 그는 신문과 늘어진 나방의 사체를 주워들고 그녀에게 승전보를 전하려 했으나.

"죽이지 말고 밖에 풀어주세요! 지성 씨!"

"네?"

"딱히 해 끼친 건 없으니까…… 그렇게 커질 때까지 열심히 살았는데 이렇게 허무하게 죽으면 불쌍하잖아요."

뒤늦게 터진 그녀의 말에 잠시 당황하고 말았다. 이미 이 친구의 목숨은 돌이킬 수 없는 곳으로 떠나고 말았는데. 이걸 어떻게 한담.

"노력은…… 해볼게요."

지성은 자신 없는 대답과 함께 나방을 살폈다. 찌부러진 몸뚱이는 살아 있는 것이 더 가엾게 느껴질 정도로 엉망진창이 되어 있었다.

그는 나방의 시신을 신문지로 고이 감싼 후, 쓰레기봉투 깊은 곳까지 찔러 넣었다. 증거인멸에 능한 그가 마지막 현장정리까지 끝내놓으니 죽음의 흔적은 어디에서도 찾을 수 없게 되었다.

지성은 해실이 숨어 있는 침실 문을 가볍게 노크했다. 해실은 곧바로 문을 열었고 동그란 눈동자로 지성을 올려다보며 물었다.

"끝났어요?"

"네, 끝났어요."

"멀리 날아갔어요?"

"다신 돌아오지 못할 만큼 아주 멀리 갔어요."

거짓말은 아니라고 생각한다. 그저 빙 돌려 말했을 뿐. 해실은 그제야 안도의 한숨을 내쉬며 그대로 주저앉았다. 거대 나방 때문에 줄곧 긴장상태였던 그녀는 모든 기력을 소진해 버린 듯했다.

지성은 그런 그녀의 앞에 마주앉았고 다정한 손길로 머리를 쓰다듬어주었다.

"많이 무서웠어?"

나직한 물음에 해실은 고개를 천천히 끄덕였다. 그리고 고맙다
는 말을 전하기 위해 다시 지성을 바라보니, 미소 띤 그의 얼굴이
생각보다 가까운 거리에서 그녀를 반겼다.

해실의 심장이 아까와는 다른 의미로 떨려 왔다.

"아…… 고마워요. 도와줘서."

해실은 수줍은 감사의 인사를 건넸다. 지성은 곧바로 대답하는
대신 붉어진 그녀의 뺨을 부드럽게 어루만졌고 입가에 조금 더 진
한 미소를 머금었다.

"밥은 먹었어요?"

"아직 안 먹었어요. 어쩌다 보니까 때를 놓쳐서……."

"배고프겠네. 먹고 싶은 거 있어요?"

"네? 아, 집에 빵 있어요!"

"빵으로 되나. 오므라이스 만들어 줄까?"

다정한 그의 말이 한 마디 한 마디 꺼내질 때마다 그녀의 가슴은
쿵쿵 요동쳤다. 해실은 습관처럼 붉어지는 볼을 매만지며 살며시
고개를 끄덕였다.

"그럼 뽀뽀."

지성은 장난스럽게 눈을 감으며 말했다. 해실은 잠시 머뭇거리
다가 그의 입술 위로 가벼운 키스를 건넸다. 그의 눈초리가 부드럽
게 휘어졌다. 그녀가 가장 좋아하는 눈웃음이었다.

"조금만 기다려요. 금방 밥 차려줄게."

지성은 손끝으로 해실의 코끝을 톡 건드린 후, 자리에서 일어났다. 냉장고를 열어 식재료를 고르는 그의 손길은 익숙하고도 자연스러웠다.

직접 식사를 챙겨 주는 건 지성이 그녀의 집에 들를 때마다 늘 해 오던 일이었다. 처음엔 괜한 폐를 끼치고 싶지 않아 몇 차례 거절했으나 그때마다 지성은 고집 부리듯 앞치마를 찾아 두르며 그녀에게 말했다.

"안 남기고 다 먹는다고 약속."

마주치는 지성의 눈빛엔 진심 어린 기쁨이 가득했다. 그 사람은 사랑하는 사람을 위해 무언가를 해 줄 때 가장 즐거워하는 사람이었다.

"다 먹을게요."

해실은 미안함보다는 고마운 마음으로 그의 호의를 받았다.

그러자 그는 씨익 웃어 보이더니 능숙한 솜씨로 식사를 준비하기 시작했다. 분주히 움직이는 드넓은 그의 어깨는 뒤에서 바라보았을 때 더욱 빛을 발했다. 해실은 식탁에 앉아 요리하는 지성의 모습을 물끄러미 바라보다가, 문득 떠오른 화젯거리를 얘기했다.

"지성 씨! 요즘 저 요리 배우고 있어요!"

"요리? 그건 왜?"

"아, 결혼하고 나면 제가 밥을 차려줘야 하니까……."

부끄러움에 흐려지는 목소리 뒤에 지성의 기분 좋은 웃음소리가 따라붙었다. 그는 프라이팬에 재료들을 볶으며 나긋이 대답했다.

"내가 해 주는 음식 입에 안 맞아요?"

"네? 아니요! 지성 씨가 해 주는 건 항상 맛있어요!"

"그런데 왜 해실 씨가 밥을 차려야한다고 생각해요?"

"그야 당연히……."

"내 밥 차려달라고 결혼하자는 거 아니에요. 엄연히 말하면 내가 차린 밥을 해실 씨가 같이 마주 앉아서 먹어줬으면 좋겠어요."

지성이 내뱉는 말은 부드러우면서도 힘이 실려 있었다. 그건 지성이 정말 바라는 일이었고, 해실도 그가 빈말을 할 사람이 아니라는 걸 알고 있었다.

하지만 결혼을 앞둔 해실은 뭐든 주려고만 하는 지성의 마음을 곧이곧대로 받아들일 수 없었다. 아직 서투른 게 많은 그녀는 자신이 그에게 의지할 만한 배우자가 되지 못할까 봐 걱정스러웠다.

"저도 지성 씨한테 힘이 되어 줄 수 있었으면 좋겠어요."

해실은 조심스러운 목소리로 불안함을 내비쳤다. 그러자 지성은 부드러운 목소리로 되물었다.

"지금은 힘이 안 되는 것 같아요?"

"아직은 못 하는 게 많으니까 아무래도…… 아깐 벌레 하나 못 잡아서 피곤한 지성 씨를 여기까지 불렀잖아요."

"흠, 예전에 내가 했던 말들은 다 까먹었나보네."

지성은 의미심장한 반응을 보이며 가스레인지의 불을 껐다. 그러고는 허리에 둘렀던 앞치마를 풀어내고 그녀에게로 걸음을 옮겼다.

해실은 가까워지는 그를 물끄러미 바라보고 있다가 그가 자신의 앞에 무릎을 굽혀 앉자 당황한 기색을 보였다.

"지, 지성 씨……?"

"기억 안 나요? 예전에 이렇게 무릎 꿇고 했던 말."

지성의 나직한 음성이 오랜 시간 잠들어 있던 해실의 기억을 일깨웠다. 언제나 든든한 나무처럼 우뚝 서 있던 그는 2년 전 이별의 순간을 맞이했을 때, 딱 한 번 그녀의 앞에 무너져 내렸었다.

'나도 정리할 자신이 없어. 당신과 끝내고 싶지 않아…….'

'부탁이야. 나를 떠나지 말아 줘…….'

'날 계속 사랑해 줘요…….'

그날의 애절한 목소리는 아직도 그녀의 머릿속에 생생했다. 해실은 그때처럼 눈앞에 꿇어앉은 그를 흔들리는 시선으로 바라보았고, 지성은 그때만큼이나 간절한 목소리로 그녀에게 고백했다.

"나는 해실 씨 없으면 아무것도 못 하는 사람이에요. 보기보다 겁도 많고, 쓸데없는 걱정도 많이 하거든요."

"……."

"그러니까 난 해실 씨가 곁에 있어주는 것만으로도 충분해요. 더 바라는 것도, 욕심내는 것도 없어요."

지성이 건네는 말은 그의 눈빛만큼이나 따뜻했다. 해실은 감히 무슨 대답을 해 줘야 할지 몰라, 잠시 시선을 어긋 냈다.

지성은 그런 그녀의 손을 가만히 마주잡아주었다. 그의 손길은 가슴이 뭉클해질 만큼 부드럽고 자상했다. 그 온기에 이끌린 그녀의 눈동자가 다시 그에게로 머물자, 그는 기다렸다는 듯 넌지시 물었다.

"내가 사랑하는 거 알죠?"

"네. 알아요……."

해실은 수줍은 대답과 함께 고개를 끄덕였다. 그제야 지성은 입가에 미소를 퍼트렸고 자리에서 일어서며 그녀의 머리카락을 쓰다 듬었다.

"그럼 이제 밥 먹자. 배고프겠다."

나직한 목소리를 마지막으로 지성은 뒤를 돌았다. 그는 해실을 위해 완성시킨 요리를 접시에 옮겨 담으려 걸음을 옮기는 것이었으나, 해실은 왠지 멀어지는 그가 아쉽게 느껴졌다. 이미 달궈질 대로 달궈진 감정은 식지 않았고 떨리는 가슴조차도 쉽게 진정되지 않았다.

"저…… 지성 씨!"

결국 해실은 마음이 시키는 대로 멀어지는 그를 불러 세웠다. 지성은 곧바로 멈추었고 그녀를 향해 다시 의아한 눈동자를 두었다.

"응?"

그와 동시에 해실은 식탁 앞에서 벗어나 지성의 품 안으로 쏙 안겨들었다. 그의 단단한 가슴팍에 얼굴을 파묻으니 그녀가 좋아하는 머스크 향이 은은하게 풍겨왔다.

"해실 씨?"

지성은 그녀의 걱정이 아직 사라지지 않았을까 싶어 조심스럽게 그녀의 이름을 불렀다. 하지만 이어지는 해실의 목소리는 평소보다도 또렷했다.

"지성 씨, 저는 정말 지성 씨가 좋아요."

"네?"

"지성 씨랑 결혼하게 된 것도 아직까지 믿기지 않을 만큼 좋고, 지금 제가 껴안고 있는 사람이 지성 씨라는 사실도 너무 좋아요."

"해실 씨……."

"정말 좋아해요. 아니, 너무 많이 사랑해요."

갑작스러운 그녀의 고백에 당황한 지성은 한동안 아무 말도 하지 못했다. 그러나 그의 귀는 빨갛게 달아올랐고 눈동자는 점점 이전의 여유를 잃어갔다. 잔뜩 동요한 그의 마음은 평온하던 심장마저도 쿵쾅쿵쾅 소란스럽게 만들었다.

"해실 씨, 밥 먹어야 할 텐데……."

지성은 애써 그녀를 떼어 내려 하며 흐트러지려는 이성을 진정시켰다. 가만히 보고만 있어도 고삐가 풀려버릴 만큼 사랑스러운 여자인데, 귀여운 고백과 함께 가슴팍에 안겨드니 본능이 꿈틀거리다 못해 요동치는 기분이었다.

하지만 어쩐 일인지 해실은 그럴수록 더욱 그의 허리를 세게 끌어안았다. 마주 닿은 가슴에서 느껴지는 온기가 그의 전신에 기분 좋은 소름을 불러일으켰다.

"지성 씨, 이런 말을 해도 될지 모르겠는데……."

"네?"

"부끄러워서 도저히 못 하겠는데……."

"아니, 대체 무슨 말이길래……."

본능 어린 중심부가 묵직하게 달아오르는 느낌에 지성의 목소리가 하염없이 떨려왔다. 하지만 그는 그녀가 식사를 마치기 전까진 짐승처럼 달려들고 싶지 않았다. 식사를 마친 후에도 나서도 그녀가 피곤해한다면 순순히 집으로 돌아가 줄 생각이었다.

그동안 그녀를 볼 때마다 솟아오르는 본능을 억누르지 못한 적이 더 많았기에 결혼을 앞둔 요 근래만큼은 최대한 이성적인 모습만 비춰주고 싶었으니까. 그러나 이어지는 해실의 목소리는 그가 간신히 붙잡고 있던 일말의 정신줄 마저 놓아 버리게 만들었다.

"키스…… 하고 싶어요."

"네, 네?"

"으아, 미안해요! 당황했죠! 그런데 지금 너무 하고 싶어서……."

"아……."

품에 안긴 해실이 살며시 고개를 든다. 붉어진 두 뺨에선 미열이 느껴지고 새어 나오는 더운 숨결에선 달뜬 흥분기가 배어나온다.

밥을 먹여야 하는데. 방금 만든 오므라이스를 따듯할 때 우리 해실이 입에 넣어주어야 할 텐데.

"……해 주면 안 돼요?"

하지만 한 번 더 보채는 그녀의 질문에 지성의 모든 이성은 홀홀 날아가 버렸다. 이제 그에게는 주체할 수 없는 본능만이 덩그러니 남고 말았다.

"지금 제 상태로 봐서는 키스만으로 못 끝낼 것 같은데, 괜찮겠어요?"

지성은 난처함이 섞인 목소리로 넌지시 물었다. 해실은 바라던 것보다 훨씬 더 앞으로 나아가버린 진도에 잠시 당황했지만 이내 고운 눈웃음을 지어 보이며 대답했다.

"괜찮을 것 같아요. 지성 씨랑 하는 건 전부."

그건 어느 때보다 확실한 허락이었다. 지성은 그제야 그녀의 몸을 품 안에서 떼어 냈고, 곧바로 고갤 내려 입을 맞추었다.

천천히 그리고 부드럽게. 그는 최대한 정성들여 그녀를 안아줄 생각이었다. 그러나 혀끝에 닿은 그녀의 숨결은 정신을 차리지 못할 만큼 달아서, 그녀의 티셔츠 안으로 밀려들어가는 그의 손길은 어느새 다급해졌다. 아찔할 정도로 달아오르는 열에, 지성은 온몸이 녹아버릴 것만 같았다.

태양보다 아름다운 달이 떠오른 밤. 향긋한 냄새가 감도는 부엌에서, 그들은 완성된 요리가 아닌 서로의 입술을 맛보고 있었다.

지그시 눈을 감은 지성은 벽 쪽으로 그녀의 작은 몸을 몰아세웠고, 부드러운 혀끝으로 그녀의 숨결을 휘어 감았다.

그 자극적인 움직임을 견디지 못한 해실이 그의 허리에 팔을 두르자 그는 잠시 입술을 떼어 내고 그녀를 불렀다.

"해실아……."

그건 지성이 아주 가끔씩 흘려보내는 이름뿐인 호칭이었다. 해실은 그 목소리를 듣는 게 좋아서 조금 더 그를 끌어안았다.

밀착된 가슴에서 느껴지는 심장박동이 그의 이성을 뒤흔들어 놓았다. 해실의 얼굴을 바라보던 지성은 참지 못하겠다는 듯 미간을 좁히며 다시금 깊숙이 입을 맞춰왔다.

서로의 혀가 얽히는 소리는 아직 침실에 이르지도 못한 두 사람을 흥분시키기에 충분했다. 먼저 그를 원하기 시작했던 만큼 먼저 이성을 놓아 버린 해실은 작은 손으로 지성의 와이셔츠 단추를 하나하나 풀어나갔다. 지성은 그녀의 손길이 단단한 가슴에 닿을 때마다 흐린 신음을 흘려보냈다.

"……벌써부터 미칠 것 같아."

그리 말하는 지성의 음성에는 더 이상 평정심이 없었다. 방금 전까지만 해도 그는 완벽하게 느껴질 정도로 정갈하던 사람이었는데, 이젠 금방이라도 녹아내릴 듯 허물어져 있었다.

그 사이 모든 단추를 풀어버린 해실은 와이셔츠를 벗겨 그의 상체를 훤히 드러냈다. 그의 결 좋은 피부에서 느껴지는 열기가 그녀의 손끝에 그대로 전해졌다.

"지성 씨, 몸이 뜨거워요."

"누가 이렇게 만들었는지 알잖아요."

"그럼…… 제가 식혀줄까요?"

"어떻게?"

지성의 나른한 물음이 떨어지자마자 해실은 긴장한 눈빛을 띠었다. 그녀는 무언가를 망설이는 듯 입술을 움직거리는가 싶더니, 도로 그와 눈을 마주하며 말했다.

"치, 침실로 일단 가야할 것 같아요."

"응?"

선전포고를 내뱉은 해실은 그를 천천히 뒤로 밀어 침실 안까지 이끌었다. 언제나 이곳에 휩쓸려 들어오거나 안겨 들어오기만 했었지 한 번도 그를 먼저 리드해 보지 않았던 그녀였다.

"해, 해실 씨?"

지성은 전에 없던 적극적인 모습에 당황한 기색이 역력했다. 하지만 해실은 거기에 굴하지 않고 그의 몸을 침대 위로 눕혀놓았다.

근육이 잘 잡힌 아름다운 몸이 순종하듯 쓰러지자 그걸 바라보는 그녀의 가슴이 요동치기 시작했다.

'사랑하는 사람이 내 손길을 따라 움직인다는 게 이런 기분이구 나.'

사실 수줍음 많은 해실이 그를 먼저 유혹하게 된 건 백화의 덕이 컸다. 며칠 전, 여자들끼리의 수다를 떨기 위해 만났던 백화는 해실의 앞에서 이안과 짧은 통화를 나누었다.

'네, 여보. 저는 집 근처 카페랍니다. 저녁 식사는 집에 가서 차려드릴게요. 걱정 끼쳐드리기 전에 돌아갈 테니 집에서 편한 마음으로 쉬고 계세요.'

매번 친근하게 대화하는 것만 보아왔는데 그날따라 그녀는 순종적인 모습이었다. 친절한 목소리도 공손한 말투도 현모양처가 따로 없었다.

'앞에 해실 씨 있으니까 이만 끊을게요, 여보. 예, 저도 사랑합니다.'

마지막까지 예의를 갖춰 전화를 끊은 백화에게 해실은 의아함 가득한 목소리로 물었다.

'말투가 바뀐 것 같아요. 무슨 일 있었어요?'

'응? 말투?'

'네, 원래는 더 편하게 말했던 것 같은데……'

'아아, 이거.'

백화는 배시시 웃었고 이내 그녀의 귀가 번쩍 뜨이는 대답을 꺼내놓았다.

'아아, 이거. 그냥 팬서비스 차원에서 써주는 거야. 가끔씩 상전 모시듯이 대해 주면 좋아죽거든.'

팬서비스라…… 그리도 기분 좋게 만드는 일이라면 나도 지성 씨한테 해 주고 싶은데.

'저도 그렇게 하면 지성 씨가 좋아할까요?'

해실은 눈빛을 빛내며 물었다. 그러자 백화는 큰일 날 소리한다는 듯 손을 휘휘 내저었다.

'아니지! 아니지! 해실 씨는 나처럼 하면 안 되지!'

'네?'

'나야 이안 씨를 너무 편하게 대하니까 가끔씩 현모양처가 되어 주는 거고, 해실 씨는 원래 현모양처 스타일이니까 그 반대로 나가야지.'

'반대라면…….'

'먼저 덮쳐! 거친 여자 스타일로 확!'

하지만 그녀가 꺼낸 조언은 해실이 도저히 따라하기 힘든 것이었다.

'예?! 덮, 덮쳐요?! 제가요?!'

'응. 해실 씨는 한 번도 먼저 들이대본 적 없다고 하지 않았어?'

그건 사실이었다. 유독 부끄러움이 많은 해실은 그동안 지성에게 적극적으로 굴어본 역사가 없었다. 애정 표현은 지성이 먼저 하면 겨우 따라서 내비쳤고, 그마저도 잔뜩 긴장한 기색이 역력한 모습이었다. 이제는 눈만 마주쳐도 얼굴이 빨개져 버리는 탓에 지성이 매번 감기 걸린 게 아니냐고 의심할 지경이었다.

'그거야…… 그렇지만…….'

해실은 상상만으로도 가슴이 떨려서 대답을 얼버무렸다. 백화는 그런 그녀를 씨익 웃는 얼굴로 바라보았고 그 어느 때보다 확신에 찬 말을 건넸다.

'날 믿어. 지성 씨도 아마 좋아 죽을 거야!'

그리하여 지금 이 순간. 해실은 가지고 있는 모든 용기를 쥐어짜 내 지성을 침대 위로 이끌어놓았다. 하지만 놀란 그에게 이다음엔 무엇을 해야 할지, 그녀는 더 이상 알 수가 없었다.

잠시 고민하던 해실은 평소에 지성이 하던 스킨십의 수순을 떠올렸다. 가장 먼저 그의 몸 위에 올라 요동치는 가슴을 쓸어내리니 지성의 눈빛이 눈에 띄게 흔들렸다.

"해, 해실 씨?"

"네?"

"지금 뭐하는 거예요?"

"어, 음…… 지성 씨가 매번 하던 거요!"

"하던 거?"

지성의 되물음이 끝나기 무섭게, 해실은 보드라운 입술로 그의 단단한 가슴에 입을 맞추었다. 촉촉한 혀끝에 그는 고개를 비틀며 신음했다.

"아……."

그 음성은 이전보다 크고 거칠었다. 지성은 해실을 떼어 놓으려 했지만 그녀는 그럴수록 집요해질 뿐이었다.

"잠깐…… 잠깐만…….."

지성은 그녀의 어깨로 손을 뻗었다. 그러나 한 번 더 파고드는 강한 자극에 부끄러운 소릴 내며 이불자락만 꽉 움켜쥘 수밖에 없었다. 해실은 그의 호흡이 격해질 대로 격해지고 나서야 입술을 떼어 냈다.

"기분 좋아요?"

그녀가 눈동자를 동그랗게 뜨고 묻자 지성은 두 손으로 얼굴을 가리며 대답했다.

"응, 좋아요……."

빨갛게 달아오른 두 귀는 그의 수줍음을 여실히 드러내주고 있었다. 해실은 이 여세를 몰아 점점 아래쪽으로 입술을 이끌었다.

탄탄하게 솟아오른 복근을 따라 입맞춤을 해 주니 그의 몸이 파르르 떨려오는 것이 느껴졌다.

어느새 장골까지 도달한 해실은 눈앞에 놓인 벨트와 바지 버클을 차례로 풀어냈다. 그녀의 손이 묵직하게 달아오른 부위에 닿자 누워만 있던 지성은 다급히 몸을 일으켜 해실을 저지시켰다.

"해실아, 잠깐만……!"

"예?"

다시 마주한 그의 얼굴은 유독 관능적이었다. 흐트러진 눈빛도, 가빠진 숨도, 붉어진 두 뺨도. 해실은 흥분기 가득한 그를 물끄러미 바라보다가 어깨를 와락 끌어안았다. 그에게서 느껴지는 머스크 향이 그녀의 이성을 아찔하게 자극했다.

해실은 목덜미 사이에 고개를 파묻고 속삭이듯 물었다.

"내가 이렇게 해 주는 거 별로 안 좋아요?"

"아니, 그게…… 너무 갑작스러워서……."

"저는 좋아요. 지성 씨가 너무 좋아요⋯⋯."

귀여운 고백을 하며 해실은 그를 안은 두 팔에 더욱 힘을 주었다.

지성은 아이처럼 파고드는 그녀에게 놀란 듯 잠시 얼어붙어 있다가 이내 작은 그녀의 몸을 포근히 감싸주었다.

"그렇다면 다행인데⋯⋯ 나도 해실 씨 기분 좋게 해 주면 안 돼요?"

"네?"

"나 혼자만 가버릴 것 같아서 부끄러워."

말을 마친 지성은 그녀를 붙든 채 몸을 뒤집었다.

해실은 언제나처럼 그의 품 아래 들어오게 되었고 지성은 언제나처럼 그녀를 타고 올랐다. 단단하게 버틴 팔에선 보기 좋은 힘줄이 섰다. 해실은 그 팔을 가만히 쓰다듬으며 말했다.

"아직까지도 실감이 안 나요. 우리 결혼하는 거."

"왜?"

"사랑하는 사람이랑 함께한다는 게 꼭 기적 같아서."

그녀의 말을 들은 지성은 입꼬리를 부드럽게 틀어 올렸다. 그는 코끝에 살짝 입을 맞춰 주었고 나직한 목소리를 흘려보냈다.

"내가 먼저 널 바라보고 있었잖아⋯⋯ 내가 너를 더 원했고, 내가 너를 훨씬 더 많이 기다렸어."

"⋯⋯섭섭해 하는 거예요?"

"아니, 자랑하는 거야. 내가 지금 너보다 행복하다고."

지성은 다정한 손길로 그녀의 머리카락을 쓸어 넘겼다. 그녀의 속눈썹이 가늘게 떨려오자 그에게선 가는 눈웃음이 번졌다.

지성은 천천히 고개를 내려 그녀와 입을 맞추었고 점점 진하게 혀끝을 밀어붙였다. 숨이 얽히고, 마음이 얽히자 헝클어진 이성 대신 살아나는 건 오직 사랑을 탐하는 본능뿐이었다.

그들은 약속이나 한 듯 서로의 옷을 하나씩 벗겨냈다. 달아오른 살결을 감춰 두었던 천 조각들이 침대 밑으로 떨어져 나가자 은밀한 부위까지 적나라하게 시선에 들어왔다.

"불…… 끌 걸 그랬나요?"

해실이 조심스레 묻자 지성은 그녀의 가슴 위로 입술을 옮기며 대답했다.

"아니, 그럼 얼굴을 못 보잖아."

농도 짙게 달라붙은 입술과 집요하게 휘어 감기는 혀는 그녀의 신음을 만들어내기에 충분했다.

"아, 지성 씨……!"

그 자극적인 목소리에 잠시 숨을 멈춘 지성은 그녀의 허벅지 안쪽을 매만지기 시작했다.

처음엔 움츠러든 다리 사이를 열기 위한 손길이었지만 점차 비밀스러운 곳으로 가까워져 오는 것이 느껴졌다. 해실은 그에게 내준 가슴만으로도 젖어드는 쾌감을 감당하기 벅찼으나, 그 손을 밀어내고 싶진 않아서 지성의 머리를 끌어안았다. 그러자 그는 잠깐의 머뭇거림도 없이 그녀의 속살을 지분거리기 시작했다.

"거긴! 앗! 지성 씨!"

해실의 허리가 둥글게 휘어 올랐다. 그제야 지성은 입술을 떼어내고, 그녀와 시선이 맞닿을 수 있는 곳까지 상체를 끌어올렸다. 그의 눈빛은 하염없이 부드러웠으나 깊숙한 곳까지 파고든 손끝은 미칠 만큼 강렬했다. 해실은 터지는 신음을 억누르기 위해 입술을 깨물었다.

그건 지성을 가장 달아오르게 만드는 모습이라, 일렁이는 시선으로 그녀를 내려다보던 그는 이내 참을 수 없는 고백을 터트렸다.

"사랑해요."

"아, 아……!"

"나는 당신이 내 주인이 되어줘서 기뻐……."

그 부드러운 목소리를 따라 그녀의 심장이 거세게 요동쳤다. 그녀는 젖은 눈으로 그를 마주하며 넘실대는 마음을 드러냈다.

"나도 그래요. 나도 정말 사랑해요……."

손끝에 느껴지는 해실의 가장 깊은 곳이 그새 충분한 물기를 머금었다. 지성은 그녀의 온 얼굴에 연신 입을 맞추며 뜨거워진 그의 물건을 천천히 밀어 넣었다.

"아파요?"

지성의 다정한 물음에 해실이 고개를 가로저었다.

그는 단단한 팔로 그녀를 들어 올렸고 등허리를 단단히 받쳐 주었다. 지성에게 내려앉은 해실은 두 다리로 그의 허리를 감싸며 어깨 너머로 팔을 둘러 매달렸다.

코끝에 닿는 숨결은 무척이나 달았다. 친밀하게 밀착된 몸은 설렘에서 비롯된 어려움까지도 지워 버릴 만큼 따뜻하고 다정했다. 마주 닿은 가슴에선 요동치는 심장박동이 그대로 전해져서, 두 사람은 서로를 보며 사랑을 속삭일 수밖에 없었다.

"항상 지성 씨 보면서 생각 했었는데요……."

"무슨 생각?"

"……멋있어요. 정말."

"하하, 이런 자세로 칭찬하는 거예요?"

"네? 아, 얼굴이 가까워서……."

"엉큼하네."

지성은 가볍게 키스했다. 오늘만큼은 용기를 내기로 결심한 해실도 그와 매끄러운 호흡을 맞춰나갔다. 입술이 엉키고 몸이 엉킬수록 두 사람은 더욱 깊이 하나가 되었다. 그 모습은 마치 왈츠를 추는 것처럼 낭만이 가득했다.

"아…… 지성 씨, 귀 되게 빨개요. 지금."

해실은 차오르는 희열을 느끼면서도 장난스레 말을 걸었다. 지성은 그녀의 목선을 훑으며 낮은 목소리로 대답했다.

"지금 나 되게 흥분했거든요."

"지성 씨는 야한 말할 때마다 꼭 존댓말 쓰더라."

"응, 그래야 더 야하게 들리지."

지성의 입술 사이로 새어 나오는 웃음이 그녀를 간지럽혔다. 순간 기분 좋게 돋아나는 소름을 느낀 해실은 그의 얼굴을 붙잡아 올려 그대로 진한 키스를 선물했다.

두 사람의 움직임이 격해지고 밀어 넣는 쪽도 받아들이는 쪽도 강렬한 열기에 사로잡혔다. 그들은 침대 위를 누비며 끊임없이 서로를 갈구했다. 격한 숨소리와 달뜬 신음이 방 안을 채우는 동안, 어느 누구도 지친 기색이 없었다.

지성은 자신의 움직임을 따라 몸을 흔드는 그녀가 좋았고, 해실은 잔뜩 흐트러진 얼굴로 내려다보는 그가 좋았다.

당신은 목덜미를 타고 흘러내리는 땀마저도 미칠 듯 매혹적인 사람이라서 나는 몰아붙일 수밖에 없었다. 홍분에 젖은 당신의 몸이 드디어 절정을 맞이하는 순간, 나는 기쁘게 일그러지는 얼굴을 바라보며 마침내 억눌러왔던 쾌락을 쏟아 보냈다.

"해실아……."

"하아, 하아…… 지성 씨."

나의 이름을 부르는 당신의 목소리가 아직 몸에 남은 열기까지도 포근하게 감싸 안았다. 두 팔을 뻗으니 그 안에 안겨드는 당신은 유난히 향기로웠다.

"지성 씨, 제 삶에서 가장 기쁜 일 뭔 줄 아세요?"

해실은 호흡이 가라앉지 않은 지성의 등을 쓸어주며 말했다. 지성은 잠겨버린 목소리로 나른하게 되물었다.

"뭔데?"

그러자 해실은 세상에서 가장 예쁜 미소를 얼굴에 가득 퍼트린 채 대답한다.

"우리가 이 순간 함께하고 있다는 사실이요."

오늘 밤 이대로 잠이 들어도, 이튿날 아침이 되면 당신을 다시 만날 수 있다는 것.

"……저는 그게 가장 기뻐요."

그녀의 말을 들은 지성의 눈가에 부드러운 눈웃음이 맺혔다. 그는 그녀에게 조금 더 안겨들며 귓가에 나직이 속삭였다.

"나도 그래요……."

나도 당신으로 인해서 당신과 함께할 모든 시간들로 인해서, 하루에도 수십 번씩 울컥하는 기분이 들 만큼 기뻐요. 그래서 지금도 눈시울이 뜨거워지려고 하나 봐요.

"앞으로 훨씬 더 기쁜 일을 많이 만들어 줄게요."

그는 애절한 목소리로 약속했다. 지금 이 순간, 그리고 앞으로 남은 순간들의 전부를 함께할 그녀에게.

그녀는 따듯한 미소를 지어보였고 다정한 목소리로 대답했다.

"힘든 일도, 슬픈 일도, 화나는 일도 저한테 나눠 줘요. 당신만 곁에 있어 준다면 기쁜 일은 충분하니까."

이렇게 사랑스러운 당신과 나는 곧 결혼을 한다. 이렇게 사랑스러운 당신이 곧 나의 가족이 된다.

감히 확신하건데, 우리는 생각보다 훨씬 더 잘 살 것 같다.

무슨 일이 있어도 내가 널 그렇게 만들어줄 테니까.

〈외전 끝〉

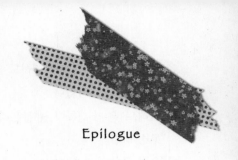

Epilogue

"아…… 이것 참 큰일이네."

백화는 난처한 표정을 지으며 올블랙 정장 차림의 이안을 훑어보았다. 넥타이를 매던 이안은 조심스럽게 물었다.

"많이 이상해? 그냥 정장 입지 말까?"

"이상한 건 아닌데 뭐랄까……."

돌아온 백화의 반응은 미적지근했다. 이안은 불안해진 눈으로 전신거울 속 자신의 모습을 확인했다. 그동안 늘 캐주얼 차림만 고집해 왔던지라 어딘지 모르게 낯설고 어색한 느낌이었다.

오늘을 위해 특별히 맞춘 정장인데 아쉽지만 벗어야 하나.

"자기야, 나 봐 봐."

백화는 고민에 잠긴 이안의 몸을 자신 쪽으로 돌려세웠다. 이안은 걱정 가득한 눈빛을 하면서도 순순히 그녀를 바라보았고 그녀의 솔직한 반응을 기다렸다.

"그래, 옷은 참 괜찮아. 괜찮은데…… 걱정되는 게 하나 있어."

"무슨 걱정."

"우리 강이안 씨가 말이야……."

이안의 이름을 성까지 붙여 부르는 백화는 설상가상으로 눈썹까지 찡그리고 있었다. 만약 이 뒤에 부정적인 대답이 나오는 순간, 그는 곧바로 이 옷을 벗어던지고 제일 아끼는 회색 니트를 꺼내 입을 생각이었다. 하지만 백화는 이안의 눈동자를 똑바로 마주하며, 전혀 예상치 못한 대답을 이어 나갔다.

"오늘의 주인공인 지성 씨보다 빛나 보이면 어떡하지?"

"뭐?"

"하아, 너무 멋있어서 숨 멎는 것도 한두 번이지. 이러다가 심장에 무리 오겠어."

백화는 고개를 절레절레 저으면서 이안의 넥타이를 마무리해 주었다. 뒤늦게 그녀의 말이 칭찬이라는 걸 깨달은 이안은 그제야 걱정을 내려놓으며 투정부리듯 대답했다.

"놀랐잖아. 안 어울린다는 줄 알고."

"우리 자기한테 안 어울리는 옷이 있을 리가."

백화는 이안을 보며 장난스럽게 웃었다. 이렇게 쿡쿡 찔러볼 때마다 일일이 반응해 주는 그가 사랑스러워 죽겠다는 표정이었다.

그녀는 잡고 있던 이안의 넥타이를 끌어당겼고.

쪽―! 까치발을 들어 그의 입술에 가볍게 입을 맞춰 주었다. 갑작스럽게 다가온 키스에 이안의 두 뺨에 벚꽃이 한가득 피어올랐다.

"다시 벗어?"

이안이 애타는 목소리로 묻자, 먼저 시작했던 백화는 그를 떼어내며 대답했다.

"벗긴 뭘 다시 벗어. 나 화장도 하고 옷도 갈아입어야 되는데."

"그러니까 준비하기 전에 잠깐……."

"워워, 결혼식 늦으면 안 돼. 그러니까 진정하고 소파에 얌전히 앉아서 기다려."

백화는 작은 땔감만으로도 활활 불타오르는 이안의 본능을 차분히 달랬다. 그건 누가 달래준다고 달래지는 게 아니었지만 이안은 단호한 그녀의 표정 때문에 더 조르지 못했다. 그녀는 그렇게 이안만 덩그러니 남겨 두고 콧노래를 흥얼거리며 드레스 룸으로 들어섰다.

옷장에 걸려 있는 수많은 옷들 중 와인 컬러의 원피스를 골라든 백화는 옷장 거울에 비춰보며 괜찮은지를 확인했다.

"흐음, 괜찮을까……."

"예뻐."

문 앞에 서 있던 이안은 백화의 혼잣말을 듣자마자 물어보지도 않은 대답을 했다. 그건 좋은 조언을 해 주는 것처럼 들렸지만 그녀에게는 그리 와 닿지 않았다. 그는 늘 몸매가 가장 잘 드러나는 이 원피스를 입을 때마다 침실로 끌고 들어가지 못해 안달이었다.

"자기 취향대로 고르지 말고. 너무 딱 붙지 않아?"

"응. 그래서 좋아."

"하지만 결혼식이잖아."

"그래도."

이안은 적극적으로 와인색 원피스를 추천했다. 벌써부터 머릿속으로는 환상적인 그녀의 뒷모습을 그려내고 있는 모양이었다. 백화는 그런 이안을 음흉하다는 시선으로 바라보았고 엄포를 놓듯 말했다.

"이거 때문에 예식장에서 막 달려들고 그러면 안 돼."

마음은 이미 달려든 지 오래였지만 이안은 흑심을 감춘 순수한 표정으로 고개를 끄덕였다. 하지만 그 순수함은 그저 필살기였던 지라, 그는 드레스 룸 안으로 들어서자마자 냉큼 눈빛을 바꾼다.

"대신 옷 갈아입는 모습 보여줘."

귀를 의심할 만큼 아까와는 완전히 상반된 목소리였다.

"뭐?!"

"보고 싶어."

"자, 잠깐만!"

백화는 뒤늦게 도망치려 했으나 그는 재빨리 문을 닫고 가로막아 버렸다. 잠시 동안 그 안에선 '나가!', '손 떼!'와 같은 고함 소리가 들려왔고, 손등을 찰싹이는 소리도 간간이 터져 나왔다.

하지만 머지않아 쥐죽은 듯 잠잠해졌다. 흑심 가득한 붉은 입술이 그녀의 모든 저항을 달콤하게 막아버렸으니까.

"아이고, 한 대표님. 정말 결혼 축하드립니다."

"축하해 주셔서 감사합니다."

"사모님 정말 선하고 예쁘신 분이죠. 복 받으셨습니다. 대표님!"

"하하, 알고 있습니다."

한때는 상사였던 부장이 허리를 숙이며 연신 축하를 건넸다.

말끔한 턱시도를 차려입은 지성은 부드러운 미소로 화답해 주었고 그러면서도 웨딩홀의 입구 쪽을 살펴보았다. 예식은 이제 얼마 남지 않았는데 가장 중요한 두 사람이 오지 않은 지금. 지성은 평소에도 스케줄을 곧잘 잊어먹곤 하던 그가 생각나서 내심 불안해졌다.

'설마…… 아무리 정신이 없어도 결혼식을 까먹었을까.'

애써 마음을 달래보았지만 신경 쓰이는 건 어쩔 수가 없었다.

결국 연락을 취해 보기로 한 그는 다가오는 사람들에게 눈짓으로만 화답해 준 후 급한 걸음을 떼어 냈다.

웨딩홀 구석으로 향하는 도중 휴대폰을 켜보니 통화목록에는 미처 받지 못했던 백화의 전화 두 통이 도착해 있었다.

"아, 잊어버린 건 아닌가 보네."

지성은 가슴을 쓸어내리며 통화버튼 위로 손가락을 옮겼다. 그러나 그때, 그의 신경을 사로잡는 단어 하나가 귓가를 스쳐 지나갔다.

"봐 봐, 이해실 같은 스타일이 제일 영악하다니까?"

하필 그녀의 이름이 그리 좋지 않은 뉘앙스 사이에 섞였다. 지성은 순식간에 싸늘해진 눈빛을 띠고 느리게 고개를 돌렸다.

"그래도 부럽긴 하다. 남자 하나 잘 꼬셔서 팔자 피잖아요."

"걔 부모님도 빈티가 풀풀 나는 게, 진짜 별 볼 일 없어 보이던데 경사 났죠. 뭐."

"됐어. 그 답답한 성격으로는 결혼생활 오래 못해. 아휴, 걔 하나 때문에 영업부장으로 강등된 것만 생각하면 참."

목소리만으로도 알 수 있었던 험담의 주인은 아나나 다를까, 지난

번 인사고과 때 영업부 부장으로 발령이 났던 노정화와 함께 옮겨간 그 무리들이었다.

분명 아까 전엔 웃는 낯빛으로 축하를 건네며 해실을 만나러 가겠다고 한 것 같은데. 역시 아직까지도 겉과 속이 따로 노나 보네.

지성은 재킷 안주머니에 휴대폰을 도로 집어넣었고 그녀들을 향해 몸을 돌려세웠다. 싸늘히 굳은 그의 낯빛은 차갑다 못해 오한이 들 정도였지만 그녀들은 전혀 눈치채지 못했다.

"호호! 정말 부장님 말대로 얼마 못가서 소박맞으면 웃기겠다!"

그래서 마음 놓고 수위를 높이는 그녀들에게.

"아, 그런 걸 보면서 웃나보네요?"

지성은 나직한 목소리를 꺼내놓는다. 순간 세 사람의 어깨는 바짝 움츠러들었고 점점 가까워지는 구두 소리에 시선조차 돌리지 못했다.

삽시간에 얼어붙은 공기를 가르며 다가온 지성은 노정화 부장 바로 뒤편에 멈춰 섰다. 그러고는 굳어 있던 입꼬리를 들어 올렸다. 그건 겉보기에 평소 그가 짓는 미소와 비슷해서 그녀들은 억지스레 따라 웃으며 상황을 모면하려 했다.

"아하, 아하하! 대표님! 거기 계셨네요!"

"방금 대화는 오해예요! 제, 제 친구 중에 해실이라는 애가 있는데 걔도 이번에 시집을 가서……."

"맞아요! 다른 이해실!"

필사적으로 내뱉는 변명은 가당치도 않았기에 더욱 안쓰러웠다. 눈동자를 위태롭게 떨리는 걸 보면 그녀들도 앞으로 어떤 일이 벌어질지 짐작하고 있는 듯했다.

"아하, 오해……."

지성은 제일 마음에 들지 않는 단어를 힘주어 말했다. 목소리는 부드러웠으나 분명 예리한 칼날이 서 있는 상태였다. 상황의 심각성을 깨달은 노청화 부장은 뒤늦게 몸을 돌려 지성을 마주했다.

"저…… 한지성 대표님. 지금 들으신 건……."

"노 부장님."

하지만 지성은 그녀가 무슨 말을 꺼내기도 전에 가로막아버렸다. 그는 등골이 오싹해질 만큼 섬뜩한 목소리로 뒷말을 이어 나갔다.

"개가 사람처럼 행동하면 사랑과 관심을 받잖아요. 하지만 사람이 개처럼 구는 건 그냥 혐오감만 느껴져요."

"아…… 그, 그게……."

"아무래 지금 제가 느끼는 감정이 딱 그 정도의 혐오감인 것 같은데……."

지성은 어느새 그나마 어려 있던 웃음기도 지워 버렸다. 그러곤 절대 대답할 수 없는 질문을 냉담하게 내뱉었다.

"그냥 지금 제 기분이 개 같은 걸까요?"

"……."

"아니면 혹시 제 눈앞에 개 같은 사람이라도 서있는 걸까요?"

욕설 같은 그 말은 노 부장을 두려움에 떨게 했다. 그건 그녀와 동조해 왔던 다른 여직원들도 별 반 다르지 않았다.

여기서 더 몰아붙였다가는 대성통곡이라도 할 기세였지만, 그간 욱여놓은 지성의 감정이 겨우 이 정도로 수그러들 리 없었다. 그는 다시 입가에 미소를 되찾았고 한결 부드러워진 음성을 흘려보냈다.

"오늘 서로 작별 인사 해두세요. 앞으론 회사에서 얼굴 마주할 일 없을 테니까."

"네? 그게 무슨……."

"이제 더 넓은 현장으로 가셔야죠. 마침 T.O 생긴 지사가…… 목포, 포항, 마산. 딱 됐네요."

그건 지방발령을 기피해 왔던 노 부장 무리에게 청천벽력과 같았다. 그녀들에겐 개 같다는 표현보다 지금의 말이 훨씬 더 끔찍했다.

"죄, 죄송합니다! 대표님!"

눈앞이 깜깜해진 노 부장은 90도로 허리를 숙여 사과했다.

하지만 그대로 등을 돌려버린 지성은 미련 없이 발걸음을 떼어 냈고, 손을 흔들며 서늘한 대꾸만 남겨놓았다.

"웨딩홀엔 애완견 출입 금지니까 나가주시면 감사하겠습니다."

"아! 지성 씨!"

신부 대기실에 들어서는 지성에게 고운 웨딩드레스 차림의 해실은 밝게 손을 흔들었다. 지성은 고개를 들어 그녀를 마주했고 따라 웃는 것으로 화답했다. 여기 들어서기 직전까진 심적으로 다소 지쳐 있었으나 신부의 모습을 보니 다시 설렘이 차오르는 기분이었다.

"봐도 봐도 예쁘네."

지성은 그녀의 티아라를 매만져주며 진심 어린 칭찬을 건넸다. 해실은 그의 자상한 손길에 두 뺨을 붉히다가 걱정스러운 목소리로 물었다.

"하객 분들한테 인사드리느라 많이 힘들죠?"

"아니, 괜찮아."

"아침도 못 먹고 나왔잖아요."

"진짜 괜찮아요. 예식 끝나고 식사할 텐데, 뭐."

지성이 입버릇처럼 꺼내놓는 괜찮다는 대답은 해실을 달래는 용도였다. 그걸 알고 있는 해실은 뭔가 해 줄 수 있는 일이 없을까 잠시 고민에 잠겼다. 그러다 무언가 떠올랐는지, 그녀는 신부대기실 소파 옆에 잠시 내려두었던 수많은 선물 상자 중 하나를 꺼내 들었다.

"여기서 잠깐 이거 먹고 가요!"

"이게 뭐예요?"

"마카롱이요! 아까 노 부장님이랑 동료 분들이 선물해 줬어요!"

노 부장과 그녀의 동료들.

방금 전 한 바탕 전쟁을 치렀던 존재들이 떠오르자 지성은 저도 모르게 표정을 굳혀버렸다. 아까 들었던 질 낮은 험담을 떠올려보면 못된 해코지를 하고도 남았을 것 같아 내심 걱정이 된다.

"혹시 그 사람들이랑 무슨 일 없었어요?"

지성은 염려스러운 목소리로 나직이 물었다. 그러나 해실은 고개를 저으며 곧바로 대답했다.

"아무 일도 없었어요."

무슨 일이 있었든 없었든 같은 말을 했을 그녀였지만 이번만큼은 진심 같았다. 그녀의 동그란 눈동자는 어떠한 불안도 띠고 있지 않았으니까. 그럼 뭐, 우선은 다행인 건가.

"앞으로 연락도 자주하고 친하게 지내기로 했는데요, 뭐!"

하지만 해실이 방글방글 웃으며 던지는 말은 지성을 다시 걱정 속으로 몰아넣기 충분했다. 당황감을 숨기지 못하고 그녀를 마주하니 해실은 신이 난 목소리로 뒷말을 이어나간다.

"사실 아까 노 부장님이랑 쌓였던 오해가 풀렸거든요."

"오해가…… 풀려요?"

"노 부장님이 절 싫어하시는 줄 알았는데, 그런 게 아니라 더 많이 가르쳐 주고 싶으셨대요. 제가 세상물정을 모르는 것 같아서……."

"아아."

지금껏 그녀의 말엔 언제나 최상의 반응을 선보였던 지성이었지만 이번만큼은 유독 영혼이 담겨 있지 않았다. 험담의 수위가 높아서 악의라도 내비치진 않았을까 걱정했더니 영악한 그녀들은 해실의 앞에서 허울 좋은 아부들만 잔뜩 늘어놓았던 모양이었다.

하긴 계산적인 인간들이니까. 대기업 사모님 자리에 오른 해실을 더 이상 계약직 시절처럼 대할 수 없겠지.

지성은 결코 해실을 그들과 함께 둘 수 없었다. 그 진흙탕 물에 그녀가 마실 나가는 것조차도 허락하고 싶지 않았다.

"그 사람들이랑은……."

그래서 지성은 그녀에게 제법 진지한 말투로 주의를 주려 했으나.

"드디어 회사 동료들과 좋은 사이로 지내게 되어서 기뻐요."

해실은 얼굴에 행복을 가득 퍼트린 채 말한다. 지성은 감히 하고 싶은 말을 꺼내지도 못할 만큼 안도감이 어린 표정이었다.

이렇게 착해서 어떡하면 좋을까. 어떻게 사람이 이토록 남 의심할 줄을 모를까. 지성은 잠시 고민했지만 되짚어보면 이런 사람이기에 온 맘 다해 사랑하는 것이었다. 결국 그는 그녀의 순진무구한 눈동자를 바라보며 처음으로 진중한 말문을 열기로 했다.

"내 말 잘 들어요."

"네, 말해요!"

"세상에는 나쁜 사람들이 참 많아요."

"네?"

"살다보면 그 사람들한테 상처 받을 일이 많을 거예요. 믿음을 배신당하기도 하고, 철저히 이용당하기도 하고."

"아……."

점점 드러나는 지성의 의도를 알아차린 그녀는 난처한 표정을 지었다. 생각해 보면 한때 지성도 그들 때문에 곤란에 처했었는데, 너무 눈치 없이 옹호한 건 아닐까 뒤늦은 후회가 밀려왔다.

하지만 그 뒤에 이어지는 말은 해실을 놀라게 만들기에 충분했다.

"그럴 땐 내가 등 뒤에 숨겨줄게요. 상처 받으면 나한테 달려와요, 꼭."

"……."

"회사 동료들이랑 잘 풀린 거 정말 축하해요."

어린아이를 타이르는 듯했던 지성의 표정이 다정하게 풀어졌다. 마주 닿은 눈빛에선 걱정스러운 마음보단 그녀를 향한 관심과 애정이 넘치도록 새어 나오는 중이었다.

해실은 눈앞에 이 남자가 든든하다 못해 감격스러울 정도였다. 그래서 왠지 모르게 마음이 울컥 뜨거워지고 말았다.

"화장 번질까 봐 안 울려고 했는데……."

"응? 우는 거예요?"

누구보다 든든한 지성이라도 그녀의 눈물에는 바로 마음이 약해졌다. 그는 안절부절못하는 눈빛으로 그녀를 살피다가 조심스럽게 눈가를 매만져주었다.

"갑자기 왜 울고 그래요. 응?"

"지성 씨 때문이잖아요⋯⋯."

"나?"

"흐으⋯⋯."

"모르겠지만 사과할 테니까 눈물 그치자. 뚝!"

비록 눈물바람이긴 하나 슬픔 따윈 찾아볼 수 없는 행복한 순간.

"어, 한지성 여자 울린다."

그 달콤한 분위기 속에 문제의 인물이 산통을 깨듯 등장했다.

"⋯⋯이안 님?"

"부인, 이리 와봐. 한지성이 여자 울렸어."

아슬아슬하게 도착해 놓고도 뻔뻔한 그는 지성이 그토록 기다렸던 강이안이었다.

"뭐어? 해실 씨 울어? 해실 씨, 울면 화장 지워져!"

그 뒤를 따라서 특유의 우렁찬 목소리와 함께 백화도 등장했다. 결혼한 이후로는 바늘과 실처럼 언제나 붙어 다니는 두 사람은 오늘도 역시 유쾌한 부부였다.

"한지성이랑 결혼하는 거 싫어서 우는 건가?"

"자기야. 무례하게 무슨 말이야, 대체. 그럼 자기는 나랑 살기 싫어서 결혼식 날 대성통곡했어?"

"그날 안 울었는데. 웃었는데."

"아이고, 강이안 씨. 그날 애기처럼 엉엉 우셨어요. 기억을 떠올려 보세요."

단 두 사람만 들어섰을 뿐인데 평온하기 그지없었던 신부대기실은 삽시간에 소란스러워졌다. 궁합이 척척 맞는 육 개월 차 신혼부부가 만들어 내는 시너지는 의례적인 사내 행사 분위기도 신나는 축제 분위기로 뒤바꾸어버린다.

"왜 이렇게 아슬아슬하게 도착하신 겁니까? 예식 시작할 뻔했잖아요."

그들의 불참까지도 걱정했던 지성은 한숨 섞인 목소리로 물었다. 특별한 해명을 기대한 건 아니었는데 예기치 않게 두 사람의 얼굴은 동시에 붉게 달아올랐다.

"아, 그게…… 이 원피스 때문에 강이안이 폭주하는 바람에……."

백화는 더 이상 시선을 마주하지 못하며 우물쭈물 말했다.

뒷말은 이어지지 않았지만 내용은 알 수 있었다. 걱정하면서 떠올렸던 오만 가지 이유들과는 달리 굉장히 사소한 것이었다.

"절대 까먹은 거 아니야."

뒤이어 이안의 변명이 다급히 덧붙여졌다. 지성은 나름 필사적인 그의 모습에 헛웃음을 내비치고 말았다.

"이안 님이 무슨 투우 소입니까? 빨간 것만 보면 폭주를 하고 달려들게."

대꾸하는 말투는 여전히 까칠했으나 그의 입가엔 장난스러운 미소가 가득했다. 지금껏 만났던 수많은 하객들 중 이제야 정말 축하를 받고 싶은 사람들이 나타나서 한 순간에 마음이 놓이는 듯했다.

"자, 신랑신부님 예식 준비 들어가겠습니다!"

마침 예식장 직원이 결혼식의 임박을 알렸다.

지성은 그 말에 바쁜 걸음을 떼어 내려 했지만 이안은 손을 뻗어 경직된 그의 어깨를 붙잡았다. 그러고는 어제 하루 종일 준비해 두었던 축하의 말을 나직이 건네 놓았다.

"그동안 나 챙겨주느라 수고했어."

"······."

"나는 니가 행복하게 살았으면 좋겠어."

분명 헤어지는 게 아닌데도 아쉬움이 밀려온다. 어째서 보내지는 기분이 드는 건지 지성은 알 수가 없었다. 그러나 지성은 이 뭉클함을 이해 못하면 이해 못한 대로 놔두기로 한다. 언제나 그렇듯 감정이라는 건 시간이 지나며 의미를 깨닫기 마련이니까.

"네, 잘 살겠습니다. 이안 님."

지성이 부드러운 목소리로·대답하자 이안은 싱긋 웃었다.

그 미소는 오늘따라 유독 성숙해 보여서 그를 두고 돌아서는 지성의 발걸음은 어느 때보다 가볍게 떨어졌다.

새하얀 버진로드를 따라 신랑이 들어온다. 그 뒤로 아버지의 손을 맞잡은 신부가 차분한 걸음으로 다가선다.

웨딩단상 앞에서 다시 만난 그들은 누가 봐도 잘 어울리는 모습으로 나란히 서로를 마주했다. 천장의 조명은 신랑신부의 행복한 얼굴을 비췄고, 엄숙한 분위기에서 혼인서약이 이루어졌다.

하얀 장미꽃, 멋진 피아노 음악, 눈처럼 흩날리는 폭죽.

화려한 웨딩홀 안의 모든 것은 그야말로 오늘의 신랑신부를 위해 존재했다. 두 사람의 얼굴이 가득 어린 미소는 행복이라는 단어를 가장 잘 표현해 주는 모습이었다.

30분 남짓한 예식이 시작을 하고 끝을 맺는 동안, 이안은 수많은 사람들이 환호소리와 성대한 풍경을 물끄러미 바라보았다.

다른 사람도 아닌 지성의 결혼식이라 이안은 정말 기쁜 마음이었지만 한편으로는 내심 신경 쓰이는 것이 있었다.

"와, 좋은 웨딩홀이라서 그런지 연예인 결혼식처럼 해 주네!"

내 여자도 이런 결혼식을 꿈꾸지 않았을까.

"자기야, 저 삼단 웨딩케이크는 끝나고 가져가는 건가? 우리 챙겨 가서 저녁에 파티할 때 쓸까?"

수많은 사람들에게 멋진 결혼식을 마음껏 선보이고 싶진 않았을까.

"백화야."

이안은 낮은 목소리로 백화를 불렀다.

"응?"

이름을 부르는 건 흔치 않은 일이라서 백화는 평소보다 눈을 더 동그랗게 뜨고 반응했다. 그런 그녀에게 어떤 말로 마음을 물어야 할지 몰라서 그는 잠시 망설이다가 결국 흐린 목소리로 입술을 연다.

"결혼식은 한 번 하는 거잖아."

"응. 한 번 하는 거지."

"그럼 이런 곳에서 할 걸 그랬어. 보기 좋게."

대책 없이 꺼내진 말은 꼭 후회처럼 느껴졌다. 돌이킬 수 없는 시간에는 부질없는 미련만 가득 묻어 버렸다.

물론 정원에서 이뤄졌던 소소한 결혼식은 이안에게 가장 행복한 순간이었고 그날의 모든 것은 오늘보다 화려하지 않아도 충분히 아름다웠다. 하지만 한 번쯤 욕심이 난다. 내가 가장 사랑하는 사람에게는 세상에서 제일 멋진 것만 해 주고 싶다는 욕심이.

비록 이 많은 객석들 중 절반은 텅 비어 있겠지만 너만 화려하게 빛난다면 그딴 외로움은 얼마든 참을 수 있을 것 같은데.

"음……."

갑작스러운 이안의 말에 백화는 잠시 고민하듯 뜸을 들였다.

그녀는 줄곧 이안의 눈을 마주하고 있었지만 면목이 없어진 그는 은근슬쩍 시선을 피했다. 그러자 백화는 거침없이 그의 두 볼을 감싸 쥐었다. 저를 똑바로 볼 수 있도록 그의 고개를 고정시켜놓았다.

그리고 어느 때보다 또렷한 눈빛을 띠고 그의 이름을 불렀다.

"강이안."

떨리는 눈으로 그녀를 마주하자 따뜻한 목소리가 이어졌다.

"나한테 가장 보기 좋은 건 강이안 너 하나야."

"……."

"어디든 당신만 같이 있어 준다면, 나한텐 그곳이 가장 보기 좋은 광경일 거야."

당찬 백화의 대답은 이안의 뜻 모를 미안함마저도 흐려지게 만든다. 작아지던 자신감도 무럭무럭 자라나게 만든다.

"부인……."

이안은 벅찬 감정이 가득 담긴 목소리로 백화의 애칭을 불렀고 이내 너른 품 안으로 그녀를 끌어안았다.

"앗, 여기서 왜 이래!"

"……해."

"뭐어?! 뭐라고?!"

"사랑해, 진심이야……."

아무리 말해도 모자라. 그래서 멈추지 못하겠어.

"사랑해, 사랑해, 사랑해."

"악! 사람들 많은 데서 이러지 말라니까!"

"사랑하는데 어떡해. 사랑하게 하질 말든가."

"놓으라고! 좀!"

오랜만에 잔잔해졌다가 다시 시끌벅적해진 두 사람은 둘의 사랑을 꽃피워갔다. 하객들의 시선은 흘끔흘끔 그들을 향했지만 이안은 아무 거리낌 없이 백화의 목덜미에 연신 입을 맞췄다.

"이안 님! 백화 님!"

그때, 카메라 앞에 선 지성이 소리쳐 그들을 불렀다. 지금까지 들었던 목소리 중에서 가장 들떠 있는 목소리였다. 이안은 무시하려 했으나 백화는 가까스로 이안의 몸을 떼어 내고 대답했다.

"아……아, 좀! 네! 지성 씨!"

"넷이서 사진 찍게 이리 오세요!"

"우리 차례예요?"

"네, 얼른!"

"진짜 신나 보이네. 알았어요! 지금 갈게요!"

백화는 손을 붕붕 흔들며 지성에게로 다가갔다. 넘치는 사랑을 주체 못하는 이안을 그 자리에 덩그러니 남겨 둔 채로.

이안은 그 미련 없는 뒷모습이 못내 아쉬웠지만.

"자기! 빨리 와! 가족사진 찍자!"

그녀의 말에 섞인 '가족사진'이라는 단어에 곧바로 마음이 들뜨고 말았다. 한번쯤 갖고 싶었던 소중한 사람들과의 사진이었으니까.

이안은 그제야 걸음을 움직였고 지성은 그가 도착하기 전에 긴 의자 하나를 버진로드 위로 끌어 두었다. 그러고는 사진사에게 지금까지 찍어왔던 사진과는 달리 특별한 주문을 했다.

"사진사님. 웨딩사진 느낌이 아니라 평범한 가족사진처럼 찍어주시겠어요?"

"가족사진이요?"

"네. 하나 크게 뽑아서 걸어 두려고요. 마지막 사진이니까 한 장에 얼굴 잘 나오게 부탁드려요."

사진사는 그의 부탁에 알았다는 사인을 보내고 앵글을 매만졌다. 그동안 지성은 자신의 앞에 있는 의자를 툭툭 치며 이안을 불렀다.

"이안 님, 여기 앉으세요."

"나 왜."

"다른 결혼식 사진들보니까 부모님은 의자에 앉아서 찍으시던데요? 부모님은 아니지만 그래도 모시던 분이니까."

이안은 지성에게 '부모님'이 어떤 존재인지 잘 알고 있었다. 그래서 그들의 자리를 내주는 마음도 무슨 의미인지 이해할 수 있었다.

우리는 비록 피 한 방울 섞이지 않았지만, 자라난 환경도 태어난 곳도 전부 다르지만.

그래도 가족이니까.

너도 날 소중하게 생각하는구나. 내가 그렇듯.

"응."

이안은 짧은 대답과 함께 기다란 의자에 자릴 잡았다. 그 옆자리
에 내려앉은 백화는 이안의 팔에 다정한 팔짱을 꼈다.

"자, 찍습니다!"

사진사의 예고가 떨어지자 이전까지만 해도 평소와 다름없었던 이
안의 표정이 곧바로 굳어졌다. 아무래도 첫 가족사진이라는 생각에
잔뜩 긴장한 모양이었다. 그 모습을 보고 있는 백화는 그가 귀여워서
웃음을 터트릴 뻔했지만 자신 있는 표정을 위해 가까스로 참아 냈다.

하지만 가족사진에 인상 쓴 이안의 모습을 남겨 두고 싶지 않았
던 지성은 그의 어깨에 손을 올려두며 말한다.

"이안 님, 웃으세요."

"웃고 있어."

"아니요, 그건 울기 직전입니다."

"······나 웃는 거 까먹은 것 같아."

이안의 목소리에 당황감이 어리자 해실과 백화는 결국 크게 웃어
버리고 말았다. 그건 사진 찍을 때 가장 짓기 힘들다는 자연스러운
미소였다. 지금이 딱 셔터 누르기 좋은 타이밍인지라 사진사는 카운
트다운을 시작했다.

"하나, 두울······!"

마음이 급해진 지성은 카메라를 향해 미소를 유지한 채로 이안을
웃게 할 백발백중 비장의 카드를 꺼내 든다.

"오렌지를 먹어본 지가 얼마나 오렌지."

아, 나 그 유머 좋아.

"푸핫."

"셋!"

찰칵—!

플래시가 터지며 네 사람의 밝은 미소가 한 컷에 담겼다. 바라보고 있으면 웃음이 그대로 들려오는 듯한 행복한 가족사진이었다.

각자 만남의 순간은 달랐으나 어쨌든 이 자리에 함께 모여 있는 우리.

지금 내 곁에 있는 사람이 너라서 다행이다. 너와 같은 순간에 있는 사람이 나라서 다행이다.

비록 미래라는 건 베일에 감춰져 있어서 앞으로는 무슨 일이 일어날지 단 하나도 모르겠지만.

나는 감히 확신한다. 분명 우리는 행복할 거라고. 어느 때라도 나는 그대와 함께하고 있을 테니, 우리가 남몰래 만들어 내는 이야기의 끝도 무조건 해피엔딩일 거라고. 그러니 시간이 많이 흘러서, 언젠가 문득 우리의 소식이 궁금해지거든.

그때가 되면 또 놀러 와.

세상에서 가장 멋진 이야기를 들려줄게.